D1353644

LE CIMETIÈRE DE PRAGUE

Né dans le Piémont en 1932, titulaire de la chaire de sémiotique de l'université de Bologne, Umberto Eco a enseigné à Paris, au Collège de France ainsi qu'à l'École normale supérieure de la rue d'Ulm. Il est l'auteur de six romans (*Le Nom de la rose*, *Le Pendule de Foucault*, *L'Île du jour d'avant*, *Baudolino*, *La Mystérieuse Flamme de la reine Loana* et *Le Cimetière de Prague*) et de nombreux essais, dont *Comment voyager avec un saumon* et *À reculons comme une écrevisse*.

Paru dans Le Livre de Poche :

À RECULONS COMME UNE ÉCREVISSE
APOSTILLE AU « NOM DE LA ROSE »
ART ET BEAUTÉ DANS L'ESTHÉTIQUE MÉDIÉVALE
BAUDOLINO
CINQ QUESTIONS DE MORALE
COMMENT VOYAGER AVEC UN SAUMON
DE L'ARBRE AU LABYRINTHE
DE LA LITTÉRATURE
DE SUPERMAN AU SURHOMME
DIRE PRESQUE LA MÊME CHOSE
LA GUERRE DU FAUX
L'ÎLE DU JOUR D'AVANT
KANT ET L'ORNITHORYNQUE
LECTOR IN FABULA. LE RÔLE DU LECTEUR
LES LIMITES DE L'INTERPRÉTATION
LA MYSTÉRIEUSE FLAMME DE LA REINE LOANA
N'ESPÉREZ PAS VOUS DÉBARRASSER DES LIVRES
LE NOM DE LA ROSE
PASTICHES ET POSTICHES
LE PENDULE DE FOUCAULT
LA PRODUCTION DES SIGNES
LE SIGNE
SIX PROMENADES DANS LES BOIS DU ROMAN ET D'AILLEURS

UMBERTO ECO

Le Cimetière de Prague

ROMAN TRADUIT DE L'ITALIEN PAR JEAN-NOËL SCHIFANO

GRASSET

Titre original :

IL CIMITERO DI PRAGA
Publié par Bompiani, 2010.

ISBN : 978-2-253-16283-4 – 1re publication LGF.

Parce que les épisodes sont aussi nécessaires, et qu'ils constituent même la partie principale d'un récit historique, nous y avons introduit l'exécution de cent citoyens pendus en place publique, et celle de deux moines brûlés vifs, l'apparition d'une comète, toutes descriptions qui valent pour celles de cent tournois, et qui ont le mérite de détourner comme jamais l'esprit du lecteur du fait principal.

Carlo Tenca, *La ca' dei cani*.

À Pietro.

1

LE PASSANT QUI EN CE MATIN GRIS

Le passant qui en ce matin gris du mois de mars 1897 aurait traversé à ses risques et périls la place Maubert, ou la Maub comme la désignaient les malfrats (jadis centre de vie universitaire, quand elle accueillait au Moyen Age la foule des étudiants qui fréquentaient la Faculté des Arts, *Vicus Stramineus* ou rue Fouarre, et plus tard lieu d'exécution capitale d'apôtres de la libre pensée tel Etienne Dolet), ce passant se serait trouvé dans l'un des rares endroits de Paris épargnés par les éventrements du baron Haussmann, au milieu d'un lacis de ruelles malodorantes coupées en deux secteurs par le cours de la Bièvre qui, dans cette zone, sortait encore des entrailles de la métropole où elle avait été reléguée depuis longtemps, pour se jeter, fiévreuse, râles et vermine, dans la Seine toute proche. De la place Maubert, désormais balafrée par le boulevard Saint-Germain, partait encore un enchevêtrement de venelles comme la rue Maître-Albert, rue Saint-Séverin, rue Galande, rue de la Bûcherie, rue Saint-Julien-le-Pauvre, jusqu'à la rue de la Huchette, semées çà et là d'hôtels sordides tenus en général par des Auvergnats, tauliers à la légendaire cupidité, qui demandaient un franc pour la première nuitée et quarante centimes pour les suivantes (plus vingt sous pour qui voulait aussi un drap).

S'il s'était ensuite engagé dans la rue d'Amboise, qui deviendrait plus tard rue Sauton, il aurait trouvé, entre un bordel déguisé en brasserie et une taverne où l'on servait, avec un vin exécrable, un dîner à deux sous (déjà très peu pour l'époque, mais tout ce que pouvaient se permettre les étudiants de la Sorbonne), un cul-de-sac, qui en ce temps-là s'appelait déjà impasse Maubert, mais que l'on nommait autrefois cul-de-sac d'Amboise, et des années auparavant elle abritait un tapis-franc (dans la langue de la malevie, une gargote, une hostellerie de très bas étage, tenue d'ordinaire par un repris de justice, et fréquentée par des forçats à peine sortis du bagne), et qui était restée tristement célèbre pour la raison supplémentaire qu'au XVIIIe siècle fonctionnait là l'officine de trois célèbres empoisonneuses, retrouvées un beau jour asphyxiées par les exhalaisons des substances mortelles qu'elles distillaient sur leurs fourneaux.

Au fond de cette ruelle, la vitrine d'un brocanteur qu'une enseigne délavée célébrait comme Brocantage de Qualité – vitrine fort peu transparente du fait de l'épaisse poussière qui en souillait les vitres ne révélant déjà pas grand-chose de la marchandise exposée et de l'intérieur de la boutique, parce que chacune était un carreau d'à peine plus de vingt centimètres de côté maintenu avec les autres par un châssis de bois. A côté de cette vitrine, il aurait vu une porte, toujours close, et à côté du fil d'une sonnette un écriteau qui avertissait que le propriétaire était temporairement absent.

Et si, comme il arrivait rarement, la porte s'était ouverte, celui qui serait entré aurait entrevu à la lumière incertaine qui éclairait cet antre, disposés sur de rares étagères branlantes et quelques tables également flageolantes, un amas d'objets à première vue désirables mais qui, à les observer plus précisément, se seraient révélés tout à fait inadaptés à un honnête échange commercial, eussent-ils été offerts à des prix tout aussi cassés. Par exemple, une paire de chenets qui aurait déshonoré n'importe quelle cheminée, une pendule en émail bleu écaillé, des coussins autrefois peut-être brodés de couleurs vives, des jardinières ornées d'angelots mutilés en céramique, des guéridons bancals de style incertain, une corbeille porte-billets en fer rouillé, d'indéfinissables boîtes pyrogravées, d'horribles éventails en nacre décorés de dessins chinois, un collier d'ambre à première vue, deux petits chaussons de laine blanche avec des boucles incrustées d'une poussière de diamants d'Irlande, un buste ébréché de Napoléon, des papillons sous verre fêlé, des fruits en marbre polychrome sous une cloche qui avait dû être transparente, des noix de coco, de vieux albums aux modestes aquarelles florales, quelques daguerréotypes encadrés (qui, à l'époque, n'avaient même pas l'air d'une chose pour antiquaire) – tant et si bien que l'individu dépravé qui se serait toqué d'un de ces restes honteux de vieilles saisies mobilières chez des gens dans la gêne et, face au très soupçonneux propriétaire, en aurait demandé le prix, cet individu se serait vu répondre un chiffre capable de désaffectionner même le plus pervers des collectionneurs de tératologies antiquailleuses.

Et si, enfin, le visiteur, en vertu de quelque laissez-passer, avait franchi une deuxième porte qui séparait l'intérieur du magasin des étages supérieurs de l'édifice, et qu'il avait grimpé les marches d'un de ces instables escaliers en colimaçon qui caractérisent les maisons parisiennes dont la façade a la largeur de la porte d'entrée (là où, obliques, elles s'encaquent les unes les autres), il aurait pénétré dans un vaste salon qui paraissait abriter non pas le bric-à-brac du rez-de-chaussée mais plutôt une réunion d'objets d'une tout autre facture : un guéridon Empire à trois pieds ornés de têtes d'aigle, une console soutenue par un sphinx ailé, une armoire XVIIe siècle, des rayonnages en acajou qui étalaient une centaine de livres bien reliés en maroquin, un bureau de ceux qu'on dit américains, avec fermeture cylindrique et quantité de petits tiroirs comme un secrétaire. Et s'il était passé à la chambre contiguë, il aurait trouvé un luxueux lit à baldaquin, une étagère rustique chargée de porcelaines de Sèvres, d'un narghilé turc, d'une grande coupe d'albâtre, d'un vase de cristal, et, sur le mur du fond, des panneaux peints de scènes mythologiques, deux grandes toiles qui représentaient les muses de l'Histoire et de la Comédie, et, diversement suspendus aux murs, des burnous arabes et autres vêtements orientaux en cachemire, une ancienne gourde de pèlerin ; et puis un porte-cuvette avec une étagère chargée d'objets de toilette en matières précieuses – bref, un ensemble bizarre d'objets curieux et coûteux qui ne témoignaient peut-être pas d'un goût cohérent et raffiné mais certainement d'un désir ostentatoire d'opulence.

Revenu dans le salon d'entrée, le visiteur eût découvert, devant la seule fenêtre par où pénétrait l'avare lumière qui éclairait l'impasse, assis à sa table, un individu âgé enveloppé dans une robe de chambre, lequel, pour autant que le visiteur aurait pu lorgner pardessus son épaule, était en train d'écrire ce que nous nous apprêtons à lire, et que, parfois, le Narrateur résumera pour ne pas ennuyer le Lecteur.

Le Lecteur ne doit pas non plus s'attendre que le Narrateur lui révèle qu'il s'étonnerait en reconnaissant dans le personnage quelqu'un de déjà précédemment nommé car (ce récit débutant juste à présent) personne n'y a jamais été nommé avant, et le Narrateur lui-même ne sait pas encore qui est le mystérieux scripteur, s'il se propose de l'apprendre (de conserve avec le Lecteur) tandis que tous deux, en intrus fouineurs, suivent les signes que la plume de l'autre couche sur le papier.

2

QUI SUIS-JE ?

24 mars 1897

J'éprouve un certain embarras à me décider à écrire, comme si je mettais à nu mon âme, par ordre – non, tudieu ! disons sur la suggestion – d'un Juif allemand (ou autrichien, mais c'est pareil). Qui suis-je ? Sans doute est-il plus utile de m'interroger sur mes passions, dont je pâtis peut-être encore, que sur les événements de ma vie. Qui est-ce que j'aime ? Des visages aimés ne me viennent pas à l'esprit. Je sais que j'aime la bonne cuisine : rien qu'à prononcer le nom de La Tour d'Argent, j'éprouve comme un frisson qui me parcourt tout entier. Est-ce de l'amour ?

Qui est-ce que je hais ? Les Juifs, dirais-je d'emblée, mais le fait que je cède aussi servilement aux instigations de ce docteur autrichien (ou allemand) dit que je n'ai rien contre les maudits Juifs.

Des Juifs, je ne sais que ce que mon grand-père m'en a appris : — Ils sont le peuple athée par excellence, m'enseignait-il. Ils partent du concept que le bien doit se réaliser ici-bas, et non pas au-delà de la tombe. Ils n'œuvrent donc que pour la conquête de ce monde-ci.

Les années de mon enfance ont été attristées par leur fantôme. Mon grand-père me décrivait ces yeux qui t'espionnent, trompeurs à te faire blêmir, ces sourires visqueux, ces lèvres de hyène retroussées sur leurs dents, ces regards lourds, viciés, abrutis, ces plis toujours inquiets entre nez et lèvres, creusés par la haine, leur nez, ce nez comme le vilain bec d'un oiseau austral... Et l'œil, ah l'œil... Fébrile, il roule dans la pupille couleur de pain grillé et révèle des maladies du foie corrompu par les sécrétions dues à une haine de dix-huit siècles, il se plie sur mille ridules qui s'accentuent avec l'âge, et déjà, à vingt ans, l'Israélite semble fané comme un vieillard. Quand il sourit, ses paupières enflées s'entre-ferment au point de laisser à peine une ligne imperceptible, signe de ruse, disent certains, de luxure, précisait mon grand-père... Et quand je suis devenu suffisamment grand pour comprendre, il me rappelait que le Juif, outre qu'il est vaniteux comme un Espagnol, ignorant comme un Croate, cupide comme un Levantin, ingrat comme un Maltais, insolent comme un Gitan, sale comme un Anglais, graisseux comme un Kalmouk, impérieux comme un Prussien et médisant comme un d'Asti, il est adultère par irréfrénable rut – dû à la circoncision, qui les rend plus érectiles, avec cette disproportion monstrueuse entre le nanisme de la stature et la jauge caverneuse de leur excroissance semi-mutilée.

Moi, les Juifs, j'en ai rêvé chaque nuit, pendant des années.

Par chance, je n'en ai jamais rencontré, sauf la petite putain du ghetto de Turin, quand j'étais gamin (mais je n'ai pas échangé avec elle plus de deux mots), et le docteur autrichien (ou allemand, c'est kif-kif).

… Moi, les Juifs, j'en ai rêvé chaque nuit, pendant des années… (p. 17)

Les Allemands, je les ai connus, et j'ai même travaillé pour eux : le plus bas niveau d'humanité concevable. Un Allemand produit en moyenne le double de matières fécales qu'un Français. Hyperactivité de la fonction intestinale au détriment de la cérébrale, ce qui démontre leur infériorité physiologique. Aux temps des invasions barbares, les hordes germaniques constellaient leur parcours des amas déraisonnables de leurs défécations. D'ailleurs, même au cours des siècles passés, un voyageur français comprenait aussitôt s'il avait déjà franchi la frontière alsacienne d'après l'importance anormale des excréments laissés le long des routes. Et comme si ça ne suffisait pas : la bromidrose est typique de l'Allemand, autrement dit l'odeur dégoûtante de la sueur, et il est prouvé que l'urine d'un Allemand contient vingt pour cent d'azote tandis que celle des autres races, quinze seulement.

L'Allemand vit dans un état de perpétuel embarras intestinal dû à l'excès de bière, et de ces saucisses de porc dont il se gave. Je les ai vus un soir, lors de mon unique voyage à Munich, dans ces espèces de cathédrales déconsacrées, enfumées comme un port anglais, puantes de saindoux et de lard, deux par deux même, lui et elle, les mains serrées autour des bocaux de bière qui désaltéreraient à eux seuls un troupeau de pachydermes, nez à nez dans un bestial dialogue amoureux, comme deux chiens qui se reniflent, avec leurs éclats de rire bruyants et disgracieux, leur trouble hilarité gutturale, translucides d'un gras pérenne qui en oint les visages et les membres comme l'huile sur la peau des athlètes de cirque antique.

Ils se remplissent la bouche de leur *Geist*, qui veut dire esprit, mais c'est l'esprit de la cervoise qui les rend idiots dès leur jeunesse et explique pourquoi, au-delà du Rhin, il ne se soit jamais rien produit d'intéressant en art, sauf quelques tableaux avec des trognes repoussantes, et des poèmes d'un ennui mortel. Pour ne rien dire de leur musique : je ne parle pas de ce Wagner tapageur et funéraire qui aujourd'hui abêtit même les Français, mais, pour le peu que j'en ai entendu, les compositions de leur Bach sont totalement dénuées d'harmonie, froides comme une nuit d'hiver, et les symphonies de ce Beethoven sont une orgie de goujaterie.

L'abus de bière les rend incapables d'avoir la moindre idée de leur vulgarité, mais le comble de cette vulgarité est qu'ils n'ont pas honte d'être allemands. Ils ont pris au sérieux un moine glouton et luxurieux comme Luther (peut-on épouser une moinesse ?) pour la seule raison qu'il a ravagé la Bible en la traduisant dans leur langue. Qui a dit qu'ils ont abusé des deux grands narcotiques européens, l'alcool et le christianisme ?

Ils se jugent profonds parce que leur langue est vague, elle n'a pas la clarté de la française, et elle ne dit jamais exactement ce qu'elle devrait, si bien qu'aucun Allemand ne sait jamais ce qu'il voulait dire – et prend cette incertitude pour de la profondeur. Avec les Allemands, c'est comme avec les femmes, on n'arrive jamais au fond. Par malchance, ce langage inexpressif avec ses verbes qu'en lisant on doit chercher anxieusement des yeux car ils ne se trouvent jamais où ils devraient être, mon grand-père m'a obligé à l'apprendre dès mon enfance – pas de quoi s'étonner, pro-autrichien qu'il était. C'est ainsi que j'ai haï cette langue, tout autant que le jésuite qui venait me l'enseigner à coups de baguette sur les doigts.

Depuis que ce Gobineau a écrit sur l'inégalité des races, on a l'impression que si quelqu'un médit d'un autre peuple, c'est parce qu'il juge le sien supérieur. Moi, je n'ai pas de préjugés. Depuis que je suis devenu français

… Ils ont pris au sérieux un moine glouton et luxurieux comme Luther (peut-on épouser une moinesse ?) pour la seule raison qu'il a ravagé la Bible en la traduisant dans leur langue… (p. 20)

(et je l'étais déjà à moitié du côté de ma mère), j'ai compris combien mes nouveaux compatriotes étaient paresseux, arnaqueurs, rancuniers, jaloux, orgueilleux sans bornes au point de penser que celui qui n'est pas français est un sauvage, incapables d'accepter des reproches. Cependant, j'ai compris que pour amener un Français à reconnaître une tare dans son engeance, il suffit de lui dire du mal d'un autre peuple, comme par exemple « nous, les Polonais, nous avons ce défaut ou cet autre défaut » et, puisqu'ils ne veulent être à nul autre seconds, fût-ce dans le mal, aussitôt ils réagissent avec un « oh non, ici, en France, nous sommes pires », et allez zou de déblatérer contre les Français, jusqu'au moment où ils se rendent compte que tu les as pris au piège.

Ils n'aiment pas leurs semblables, pas même quand ils en tirent avantage. Personne n'est aussi mal embouché qu'un gargotier français, il a l'air de haïr le client (et c'est sans doute vrai) et de désirer son absence (et c'est faux, car le Français est d'une immense avidité). Ils grognent toujours. Essaie de leur demander quelque chose : sais pas, moi, et leurs lèvres se font protubérantes comme s'ils pétaient.

Ils sont méchants. Ils tuent par ennui. C'est le seul et unique peuple qui a occupé des années le temps de ses citoyens à se couper réciproquement la tête, et une chance que Napoléon ait dévié leur rage sur d'autres peuples d'autre race, en les mettant colonne par deux pour détruire l'Europe.

Ils sont fiers d'avoir un Etat qu'ils disent puissant mais ils passent leur temps à tenter de le faire tomber : personne n'est expert comme le Français à dresser des barricades pour toute raison et à tout frémissement de vent, souvent sans même savoir pourquoi, se laissant entraîner dans la rue par la pire canaille. Le Français ne sait pas bien ce qu'il veut, sauf qu'il sait à la perfection qu'il ne veut pas ce qu'il a. Et, pour l'exprimer, il ne sait rien faire d'autre que chanter des chansons.

Ils croient que le monde entier parle français. C'est arrivé il y a quelques dizaines d'années avec ce fameux Lucas, homme de génie – trente mille documents autographes faux, en volant du papier ancien, en découpant les pages de garde de vieux livres à la Bibliothèque nationale, et en imitant les différentes écritures, même si ce n'était pas aussi bien que je saurais le faire moi-même... Il en avait vendu je ne sais combien et hors de prix à cet imbécile de Chasles (grand mathématicien, dit-on, et membre de l'Académie des sciences, mais grand couillon). Et non seulement lui mais bon nombre de ses collègues académiciens ont pris pour argent comptant que c'est en français que les Caligula, Cléopâtre ou Jules César avaient écrit leurs lettres, et qu'en français correspondaient Pascal, Newton et Galilée, quand les enfants même savent que les savants de ces siècles-là s'écrivaient en latin. Les doctes français ne pouvaient concevoir que d'autres peuples parlassent une autre langue que le françois. Par ailleurs, les fausses lettres disaient que Pascal avait découvert la gravitation universelle vingt ans avant Newton, ce qui suffisait à éblouir ces sorbonnards dévorés de morgue nationale.

Peut-être leur ignorance est-elle l'effet de leur pingrerie – le vice national qu'ils prennent pour vertu et nomment parcimonie. Dans nul autre pays on n'a pu concevoir une comédie entière autour d'un avare. Pour ne rien dire du père Grandet.

Leur avarice, on la voit avec leurs appartements poussiéreux, leurs tapisseries jamais refaites, leurs baignoires qui remontent à leurs ancêtres, leurs escaliers à vis en bois branlant pour exploiter mesquinement le maigre espace. Greffez, comme on fait avec les plantes, un Français sur un Juif (si possible d'origine allemande) et vous aurez ce que nous avons, la Troisième République.

Si je me suis fait français, c'est parce que je ne pouvais pas supporter d'être italien. En tant que piémontais (de naissance), je ne me sentais pas plus que la caricature d'un coq gaulois, mais avec des idées plus étroites. Les Piémontais, toute nouveauté les raidit, l'inattendu les terrorise, pour les faire bouger jusqu'aux Deux-Siciles (mais dans les garibaldiens il y avait très peu de Piémontais) il a fallu deux Liguriens, un exalté comme Garibaldi et un jeteur de sorts comme Mazzini. Et ne parlons pas de ce que j'ai découvert quand j'ai été envoyé à Palerme (quand, au juste ? je dois reconstituer). Seul ce vaniteux de Dumas aimait ces peuples, sans doute parce qu'ils l'adulaient plus que ne le faisaient les Français qui le considéraient aussi sans appel comme un sang-mêlé. Il plaisait aux Napolitains et Siciliens, mulâtres eux aussi non pas par la faute d'une traînée de mère mais par histoire de générations, nés de croisements de Levantins peu fiables, d'Arabes poisseux de sueur et d'Ostrogoths dégénérés, qui ont pris le pire de chacun de leurs hybrides ancêtres, l'indolence des Sarrasins, la férocité des Souabes, l'irrésolution des Grecs et leur goût de se perdre en bavardages jusqu'à couper un cheveu en quatre. Pour le reste, il suffit de voir les gamins qui, à Naples, fascinent les étrangers en s'étranglant de spaghettis qu'ils s'enfilent dans la gargamelle avec les doigts, tout en se barbouillant de tomates pourries. Je ne les ai pas vus, je crois, mais je le sais.

L'Italien est peu sûr, menteur, vil, traître, il se trouve davantage à son aise avec un poignard qu'avec une épée, mieux avec le venin qu'avec la médecine, gluant dans les tractations, cohérent seulement lorsqu'il change de drapeau selon les vents – et j'ai vu ce qui est arrivé aux généraux bourboniens à peine sont apparus les aventuriers de Garibaldi et les généraux piémontais.

C'est que les Italiens se sont modelés sur les prêtres, l'unique vrai gouvernement qu'ils ont jamais eu depuis que ce perverti de dernier empereur romain a été sodomisé par les barbares parce que le christianisme avait ramolli la fierté de la race antique.

Les prêtres… Comment les ai-je connus ? Chez mon grand-père, me semble-t-il, j'ai le souvenir obscur de regards fuyants, de dentitions gâtées, d'haleines lourdes, de mains moites qui essayaient de me caresser la nuque. Pouah ! Oisifs, ils appartiennent aux classes dangereuses, comme les voleurs et les vagabonds. Un type se fait prêtre ou moine rien que pour vivre dans l'oisiveté, et l'oisiveté est garantie par leur nombre. Si les prêtres étaient, disons, un sur mille âmes, ils auraient tellement à faire qu'ils ne pourraient pas passer leur temps à se gratter le nombril en mangeant des chapons. Parmi les prêtres les plus indignes, le gouvernement choisit les plus stupides, et les nomme évêques.

Ils commencent à rôder autour de toi quand tu viens de naître, ils te baptisent ; tu les retrouves à l'école, si tes parents ont été bigots au point de te confier à eux, puis c'est la première communion, et le catéchisme, et la confirmation : il y a un prêtre le jour de ton mariage pour te dire ce que tu dois faire dans ta chambre, et le lendemain en confession pour te demander combien de fois tu l'as fait et pouvoir s'exciter derrière le guichet. Ils te parlent avec horreur du sexe mais tous les jours tu les vois sortir d'un lit incestueux, et sans même s'être lavé les mains ils vont manger et boire leur Seigneur, pour ensuite le chier et le pisser.

Ils répètent que leur royaume n'est pas de ce monde, et ils mettent les mains sur tout ce qu'ils peuvent rafler. La civilisation n'atteindra pas la perfection tant que la dernière pierre de la dernière église ne sera pas tombée sur le dernier prêtre, la terre libérée de cette engeance.

Les communistes ont répandu l'idée que la religion est l'opium des peuples. C'est vrai, car elle sert à refréner les tentations des sujets, et, si ce n'était la religion, il y aurait le double de gens sur les barricades, alors que pendant les journées de la Commune ils n'étaient pas assez nombreux, et on a pu les trucider sans trop attendre. Mais, après avoir entendu ce médecin autrichien parler des avantages de la drogue colombienne, je dirais que la religion est la cocaïne des peuples parce que la religion a poussé et pousse aux guerres, aux massacres des infidèles, et cela vaut pour les chrétiens, les musulmans et autres idolâtres ; et si les nègres d'Afrique se limitaient à se massacrer les uns les autres, mais les missionnaires les ont convertis et en ont fait des troupes coloniales absolument adaptées à mourir en première ligne et à violer les femmes blanches quand ils entrent dans une ville. Les hommes ne font jamais le mal aussi complètement et ardemment que lorsqu'ils le font par conviction religieuse.

Les pires de tous sont certainement les jésuites. J'ai comme la sensation de leur avoir joué quelques sales tours, ou peut-être sont-ce eux qui m'ont fait du mal, je ne m'en souviens pas encore bien. Ou peut-être étaient-ce leurs frères charnels, les francs-maçons. Comme les jésuites, rien qu'un peu plus brouillons. Ceux-ci ont du moins une théologie à eux et savent comment la manœuvrer, ceux-là en ont trop, de théologies, et y perdent la tête. Les maçons, mon grand-père m'en parlait. Avec les

Juifs, ils ont coupé la tête au roi. Et ils ont engendré les carbonari, maçons un peu plus idiots parce qu'ils se faisaient fusiller, dans un premier temps, et après ils se sont fait couper la tête pour s'être trompés dans la fabrication d'une bombe, ou bien ils sont devenus socialistes, communistes et communards. Tous au mur. Parfait, Thiers.

Maçons et jésuites. Les jésuites sont des francs-maçons habillés en femme.

Je hais les femmes, pour le peu que je sais d'elles. Pendant des années, j'ai eu l'obsession de ces brasseries à femmes où se réunissent des malfaiteurs de toute espèce. Pire que les maisons de tolérance. Ces dernières au moins ont des difficultés pour s'installer à cause de l'opposition des voisins, alors que les brasseries peuvent s'ouvrir partout car, à les entendre, ce ne sont que mastroquets où on va boire. Mais on boit au rez-de-chaussée et on pratique la prostitution aux étages. Un thème par brasserie, et les tenues des filles y sont adaptées, ici tu trouves des serveuses allemandes, là en face du Palais de Justice des soubrettes en toge d'avocat. D'ailleurs, les noms suffisent, comme la Brasserie du Tire-cul, la Brasserie des Belles Marocaines ou la Brasserie des Quatorze Fesses, non loin de la Sorbonne. Elles sont presque toujours gérées par des Allemands, voilà une façon de miner la moralité française. Entre le cinquième et le sixième arrondissement, il y en a au moins soixante, mais dans tout Paris on peut en compter presque deux cents, et toutes sont ouvertes, même aux très jeunes. Les gamins entrent d'abord par curiosité, ensuite par vice, et enfin ils attrapent la chaude-pisse – quand tout va bien. Si la brasserie est à côté d'une école, à la sortie les élèves vont épier les filles à travers la porte. Moi, j'y vais pour boire. Et pour épier de l'intérieur, à travers la porte, les élèves

… Les jésuites sont des francs-maçons habillés en femme…
(p. 27)

qui épient à travers la porte. Et pas que les élèves. On apprend beaucoup sur les us et fréquentations d'adultes, cela peut toujours servir.

La chose qui m'amuse le plus, c'est repérer aux tables la nature des différents maquereaux en attente, certains d'entre eux sont des maris qui vivent des grâces de leur épouse, et ceux-là restent entre eux, bien habillés, fumant et jouant aux cartes, et l'hôte ou les filles parlent d'eux comme de la table des cocus : mais au Quartier latin nombreux sont les ex-étudiants ratés, toujours tendus dans la crainte que quelqu'un leur souffle leur rente, et souvent ils jouent du surin. Les plus tranquilles sont les voleurs et les assassins, qui vont et viennent parce qu'ils doivent veiller à leurs mauvais coups, et ils savent que les filles ne les trahiront pas, le lendemain elles flotteraient sur la Bièvre.

Il y a aussi les invertis occupés à capturer les dépravés, hommes ou femmes, pour les prestations les plus dégueulasses. Ils cueillent les clients au Palais-Royal ou aux Champs-Elysées et ils les attirent avec des signes convenus. Souvent ils font surgir dans la chambre leurs complices déguisés en policiers menaçant d'arrêter le client en caleçon, qui se met à implorer pitié tout en extrayant de ses poches des poignées de fric.

Quand j'entre dans ces lupanars, je le fais avec prudence car je sais ce qui pourrait m'arriver. Si le client a l'air d'avoir du jonc, le tenancier fait un signe, une fille s'approche et peu à peu le convainc d'inviter à sa table toutes les autres et allez youp avec ce qui coûte le plus (mais elles, pour ne pas se saouler, boivent des anisettes superfines ou du cassis fin, eau colorée que le client paie au prix fort). Et puis elles te poussent à jouer aux cartes, naturellement elles se font des signes, toi tu perds et tu dois payer le souper à toutes, et au tenancier, et à sa femme. Et si tu cherches à t'arrêter, elles te proposent de ne pas jouer pour de l'argent mais à chaque main que tu remportes, une des filles ôte un vêtement… Et à chaque dentelle qui tombe, voici apparaître ces dégoûtantes chairs blanches, ces seins turgides, ces aisselles brunes à l'odeur âcre qui t'agace…

Je ne suis jamais monté à l'étage. On a dit que les femmes ne sont qu'un succédané au vice solitaire, sauf qu'il y faut plus d'imagination. Ainsi, je reviens chez moi et je rêve à elles la nuit, je ne suis quand même pas en bois, et puis ce sont elles qui m'ont provoqué.

J'ai lu le docteur Tissot, je sais bien qu'elles font le mal, de loin aussi. Nous ne savons pas si les esprits animaux et la liqueur génitale sont la même chose, mais il est sûr que ces deux fluides ont une certaine analogie, et après de longues pollutions nocturnes non seulement on perd des forces mais le corps s'amaigrit, le visage pâlit, la mémoire se pulvérise, la vue se brouille, la voix devient rauque, le sommeil est troublé par des rêves inquiets, on sent des douleurs aux yeux et des taches rouges apparaissent sur le visage, certains crachent des matières calcinées, ressentent des palpitations, des étouffements, des évanouissements, d'autres se plaignent de constipation ou d'émanations de plus en plus fétides. Enfin, la cécité.

Peut-être sont-ce là exagérations, enfant j'avais le visage pustuleux, mais il paraît que c'est typique de l'âge, ou peut-être tous les garçons se procurent-ils ces plaisirs, certains d'une manière excessive, en se touchant jour et nuit. Et puis maintenant je sais me doser, je n'ai des sommeils anxieux qu'au retour d'une brasserie et il ne m'arrive pas, comme à beaucoup, d'avoir des érections à la vue du premier jupon qui passe dans la rue. Le travail me garde du relâchement des mœurs.

Mais pourquoi philosopher au lieu de reconstituer les événements ? Sans doute parce que j'ai besoin de savoir non seulement ce que j'ai fait avant-hier mais aussi comment je suis au dedans de moi. En admettant que j'aie un dedans. On dit que l'âme n'est que ce que l'on fait, mais si je hais quelqu'un et que je cultive cette rancœur, parbleu, cela signifie qu'un dedans existe ! Comment disait-il le philosophe ? *Odi ergo sum.*

Il y a quelques instants, on a sonné en bas, je craignais qu'il ne s'agît d'un type assez sot pour vouloir acheter quelque chose ; en revanche, il m'a aussitôt dit que c'était Tissot qui l'envoyait – mais pourquoi donc ai-je choisi ce mot de passe ? Il voulait un testament olographe, signé par un certain Bonnefoy, en faveur d'un certain Guillot (lui, certainement). Il avait le papier à lettres qu'utilise ou utilisait ledit Bonnefoy, et un modèle de son écriture. J'ai fait monter le sieur Guillot dans mon étude, j'ai choisi une plume et l'encre adaptée et, sans même faire un essai, j'ai établi le document. Parfait. Comme si Guillot connaissait les tarifs, il m'a tendu des honoraires proportionnés au legs.

C'est donc là mon métier ? C'est beau d'établir à partir de rien un acte notarié, forger une lettre qui paraît vraie, élaborer des aveux compromettants, créer un document qui mènera quelqu'un à sa perdition. Le pouvoir de l'art... A m'en récompenser par une visite au Café Anglais.

Je dois avoir la mémoire dans le nez, mais j'ai l'impression qu'il y a des siècles que je ne hume plus le fumet de ce menu : soufflés à la reine, filets de sole à la vénitienne, escalopes de turbot au gratin, selle de mouton purée bretonne... Et, comme entrée, poulet à la portugaise, ou pâté chaud de cailles, ou homard à la parisienne, ou tout à la fois, et comme plat de résistance, que sais-je, canetons à la rouennaise ou ortolans sur canapés et, pour entremets, aubergines à l'espagnole, asperges en branches, cassolettes princesse… Comme vin, je ne saurais, peut-être un château-margaux, ou un château-latour, ou un château-lafite, cela dépend de la cuvée. Et pour finir, une bombe glacée.

La cuisine m'a toujours satisfait, plus que le sexe – peut-être une empreinte que m'ont laissée les prêtres.

Je sens toujours comme un nuage, dans mon esprit, qui m'empêche de regarder en arrière. Pourquoi tout à coup réaffleurent à ma mémoire mes fugues au Bicerin avec les habits du Père Bergamaschi ? J'avais complètement oublié le Père Bergamaschi. Qui était-il ? J'aime laisser courir ma plume où l'instinct le veut. D'après ce docteur autrichien, je devrais parvenir à un moment vraiment douloureux de ma mémoire, qui expliquerait pourquoi, d'un coup, j'ai effacé tant de choses.

Hier, lundi 22 mars que je pensais être le mardi 22 mars, je me suis éveillé comme si je savais très bien qui j'étais : le capitaine Simonini, soixante-sept ans bien sonnés mais bien portés (je suis gros juste ce qu'il faut pour être considéré ce qu'on appelle un bel homme), et j'avais pris en France ce titre de capitaine en souvenir de mon grand-père, prétextant de vagues faits d'armes dans les rangs des Mille garibaldiens, chose qui, dans ce pays où Garibaldi est plus estimé qu'en Italie, procure un certain prestige. Simon Simonini, né à Turin, de père turinois et de mère française (savoyarde, mais, à sa naissance, la Savoie était envahie par les Français).

Encore allongé dans mon lit, j'allais songeant… Les problèmes que j'avais avec les Russes (les Russes ?) :

mieux valait ne pas me faire voir dans l'un ou l'autre de mes restaurants préférés. Je pourrais me cuisiner quelque chose tout seul. Travailler quelques heures à me mitonner un bon petit plat me détend. Par exemple, des côtes de veau Foyot : viande épaisse d'au moins quatre centimètres, portion pour deux s'entend, deux oignons de taille moyenne, cinquante grammes de mie de pain, soixante-quinze de gruyère râpé, cinquante de beurre, on passe la mie jusqu'à en faire de la chapelure qu'on mélange au gruyère, ensuite on pèle et on hache fin les oignons, on fait fondre quarante grammes de beurre dans une petite casserole tandis que dans une autre on amalgame doucement les oignons et le beurre restant, on recouvre le fond d'un plat avec la moitié des oignons, on assaisonne la viande, sel et poivre, on la pose dans le plat et on en garnit un côté avec le reste des oignons, on recouvre le tout avec une première couche de mie et de fromage en faisant bien adhérer la viande au fond du plat, laisser couler le beurre fondu tout en écrasant légèrement de la main, remettre une autre couche de mie jusqu'à former une sorte de coupole en ajoutant du beurre fondu, arroser le tout de vin blanc et de bouillon, sans dépasser de moitié la hauteur de la viande. Le tout mis au four pendant environ une demi-heure, en continuant d'humidifier avec le vin et le bouillon. Assaisonner avec du chou-fleur sauté.

Cela fait passer un peu de temps, mais les plaisirs de la cuisine commencent avant les plaisirs du palais et préparer veut dire prégoûter, ainsi que je le faisais en mijotant encore au lit. Les sots ont besoin de tenir une femme sous leurs couvertures, ou un garçonnet, pour ne pas se sentir seuls. Ils ne savent pas que l'eau à la bouche est mieux qu'une érection.

J'avais presque tout à la maison, à part le gruyère et la viande. Pour la viande, un autre jour j'aurais eu le boucher de la place Maubert mais, qui sait pourquoi, le lundi il est fermé. J'en connaissais un autre à deux cents mètres, boulevard Saint-Germain, et une courte promenade ne m'aurait pas fait de mal. Je me suis habillé et, avant de sortir, devant le miroir placé au-dessus de la cuvette, je me suis appliqué l'habituelle paire de moustaches noires et ma belle barbe au menton. Puis j'ai mis ma perruque, et je l'ai coiffée avec la raie au milieu, mouillant à peine le peigne dans de l'eau. J'ai enfilé ma redingote et glissé dans la poche de mon gilet ma montre en argent avec sa chaîne bien en vue. Pour avoir l'air d'un capitaine à la retraite, j'aime, quand je parle, distraitement jouer avec une petite boîte en écaille de tortue, pleine de losanges de réglisse, avec sur l'intérieur du couvercle le portrait d'une femme laide mais bien habillée, sans doute une chère défunte. De temps en temps, je mets un losange dans ma bouche et je le fais passer d'un côté à l'autre de ma langue, ce qui me permet de parler plus lentement – et qui t'écoute suit le mouvement de tes lèvres sans être très attentif à ce que tu dis. Le problème est d'avoir l'apparence de quelqu'un doué d'une intelligence moins que médiocre.

Je suis descendu sur la chaussée, j'ai tourné le coin de la rue, cherchant à ne pas m'arrêter devant la brasserie d'où déjà au petit matin provenait la confusion des voix disgracieuses de ses femmes perdues.

Place Maubert n'est plus la cour des Miracles qu'elle était encore quand j'y ai débarqué, il y a trente ans de cela, fourmillant de vendeurs de tabac recyclé, le gros obtenu avec les résidus des cigares outre les fonds de pipe, et le fin avec les premiers mégots de cigarettes, le gros à un franc vingt centimes, le fin d'un franc cinquante à un franc soixante la livre (même si cette industrie ne rendait pas, et ne rend au fond pas beaucoup, puisque nul de ces industrieux recycleurs, une fois dépensée une partie substantielle de ses gains dans quelque débit de vins, ne sait où dormir la nuit) ; grouillant de protecteurs qui, après avoir flemmardé jusqu'à deux heures de l'après-midi au moins, faisaient passer le reste de la journée en fumant appuyés à un mur comme autant de retraités de bonne condition, se lançant ensuite dans l'action tels des chiens de berger à la tombée des ténèbres ; pullulant de voleurs réduits à se barboter les uns les autres parce qu'aucun bourgeois (sinon quelque batteur de pavé venu de derrière les barrières) n'eût osé traverser cette place, et moi j'aurais été une bonne proie si je n'avais pas marché d'un pas militaire tout en faisant des moulinets avec ma canne – et puis, ici, les voleurs à la tire me connaissaient, quelques-uns me saluaient en m'appelant même capitaine, ils pensaient que d'une certaine façon j'appartenais à leur sous-bois, les loups ne se mangent pas entre eux – et des pierreuses aux grâces défleuries car, si elles avaient encore été agréables, elles auraient exercé dans les brasseries à femmes, et donc elles ne s'offraient qu'aux chiffonniers, aux fripouilles et aux pique-tabac d'occasion pestiférés – mais à voir un monsieur vêtu avec goût, le huit-reflets bien brossé, elles pouvaient s'enhardir à t'effleurer, ou aller jusqu'à te saisir par un bras, t'approchant de si près qu'elles te faisaient sentir ce terrible parfum à dix sous dont elles pétrissaient leur sueur – et c'eût été là une expérience trop désagréable (je ne voulais pas rêver à elles la nuit) et donc, quand j'en voyais une qui s'approchait, je moulinais fort de la canne, comme pour créer autour de moi une zone protégée et inaccessible, et elles comprenaient en un éclair, car elles étaient habituées à être commandées, et, un bâton, elles le respectaient.

Enfin rôdaient dans cette foule les indicateurs de la préfecture de police, qui recrutaient dans ces endroits-là leurs mouchards, ou moutons, ou bien saisissaient au vol des informations très précieuses sur des scélératesses qui se fomentaient et dont quelqu'un parlait à quelqu'un d'autre en murmurant le timbre trop haut, pensant que dans la rumeur générale sa voix se perdrait. Mais on les reconnaissait au premier abord, à leur aspect exagérément patibulaire. Aucune vraie fripouille ne ressemble à une fripouille. Sauf eux.

Sur la place à présent passent même des tramways, et on ne se sent plus chez soi, même si, quand on sait les repérer, les individus qui peuvent te servir on en trouve encore, appuyés à une encoignure, sur le seuil du Café Maître-Albert, ou dans une des ruelles adjacentes. Mais en somme, Paris n'est plus comme autrefois, depuis que de tous les angles de vue pointe au loin ce taille-crayon de tour Eiffel.

Il suffit, je ne suis pas un sentimental, et il est d'autres lieux où je peux toujours pêcher ce qui me sert. Hier matin, j'avais besoin de viande et de fromage, et la place Maubert faisait encore l'affaire.

Une fois mon fromage acheté, je suis passé devant mon boucher habituel et j'ai vu qu'il était ouvert.

— Comment se fait-il, ouvert le lundi ? ai-je demandé en entrant.

— Mais on est mardi aujourd'hui, capitaine, m'a-t-il répondu en riant. Confus, je me suis excusé, j'ai dit qu'en vieillissant on perd la mémoire, lui il a dit que j'étais toujours un jeune homme et qu'il arrive à tout le monde d'avoir la tête en l'air quand on se réveille trop tôt, moi j'ai choisi ma viande et j'ai payé sans même effleurer la possibilité d'une ristourne – qui est la seule façon de se faire respecter par les marchands.

En me demandant quel jour on était donc, je suis remonté chez moi. J'ai pensé m'enlever moustaches et barbe, comme je fais quand je suis seul, et je suis entré dans ma chambre. Ce n'est qu'à cet instant que quelque chose m'a frappé, qui ne me semblait pas à sa place : à un portemanteau, à côté de la commode, une robe pendait, indubitablement ecclésiastique, une soutane. En m'approchant, j'ai vu que sur le dessus de la commode se trouvait une perruque de couleur châtain, presque blondasse.

J'étais en train de me demander à quel gueux j'avais donné l'hospitalité les jours précédents, quand j'ai réalisé que moi aussi j'étais masqué, car les moustaches et la barbe que je portais n'étaient pas les miennes. Etais-je donc quelqu'un qui se déguisait une fois en honnête homme aisé et une autre fois en ecclésiastique ? Mais comment avais-je pu effacer tout souvenir de ma seconde nature ? Ou bien pour une raison ou une autre (peut-être pour échapper à un mandat d'arrêt), je me déguisais avec bacchantes et barbe, mais dans le même temps je donnais l'hospitalité à quelqu'un qui se travestissait en abbé ? Et si ce faux abbé (un véritable abbé n'aurait pas mis une perruque) vivait avec moi, où dormait-il, vu que chez moi il n'y avait qu'un lit ? Ou bien il ne vivait pas chez moi, et chez moi il s'était réfugié la veille, pour une raison ou pour une autre, se débarrassant ensuite de son déguisement pour aller Dieu sait où faire Dieu sait quoi ?

Je ressentais un vide dans ma tête, comme si je voyais quelque chose dont j'aurais dû me souvenir mais dont je ne me souvenais pas, je veux dire comme quelque chose qui appartiendrait aux souvenirs d'autrui. Je crois que parler de souvenirs d'autrui est la bonne expression. A ce moment-là, j'ai eu l'impression d'être un autre en train de s'observer, de l'extérieur. Quelqu'un observait Simonini, lequel avait soudain l'impression de ne pas savoir exactement qui il était.

Du calme et raisonnons, me suis-je dit. Pour un individu qui, sous prétexte de vendre du bric-à-brac, falsifie des papiers, et qui a choisi de vivre dans un des quartiers les moins recommandables de Paris, il n'était pas invraisemblable que je donnasse asile à quelqu'un de mêlé à des machinations pas très propres. Mais que j'eusse oublié à qui je donnais refuge, ça ne me paraissait pas normal.

J'éprouvais le besoin de regarder derrière moi et de but en blanc ma maison même m'avait l'air d'un lieu étranger qui sans doute cachait d'autres secrets. Je me suis mis à l'explorer comme si c'était le logement d'un autre. En sortant de la cuisine, à droite s'ouvrait la chambre à coucher, à gauche le salon avec les meubles habituels. J'ai ouvert les tiroirs du bureau qui contenaient mes outils de travail, les plumes, les encriers aux différentes encres, des feuilles encore blanches (ou jaunes) d'époques et de formats divers ; sur les étagères, outre les livres, il y avait des boîtes qui renfermaient mes documents, et un tabernacle de noyer ancien. J'étais justement en train de chercher à me rappeler à quoi il servait, quand j'ai entendu sonner en bas. Je suis descendu pour chasser l'importun quel qu'il fût, et j'ai vu une vieille qu'il me semblait connaître. A travers la vitre, elle m'a dit : — C'est Tissot qui m'envoie, et j'ai dû la laisser entrer – va savoir pourquoi j'ai choisi ce mot de passe.

Elle est entrée et elle a ouvert un linge qu'elle gardait serré sur sa poitrine, me montrant une vingtaine d'hosties.

— L'Abbé Dalla Piccola m'a dit que vous étiez intéressé.

J'ai répondu presque machinalement « bien sûr », et j'ai demandé combien. Dix francs l'une, a dit la vieille.

— Vous êtes folle, lui ai-je rétorqué, par instinct de commerçant.

— C'est vous qui devez être fou, vous qui y faites des messes noires. Vous croyez peut-être qu'il est facile de se rendre en trois jours dans vingt églises, communier après avoir tout fait pour garder la bouche sèche, s'agenouiller les mains sur le visage et essayer de faire sortir les hosties de la bouche sans qu'elles s'humidifient, les recueillir dans une petite bourse que je porte entre mes seins, et sans que ni le curé ni mes voisins s'en aperçoivent ? Sans parler du sacrilège, et de l'Enfer qui m'attend. Donc, si ça vous va, c'est deux cents francs, sinon je vais chez l'Abbé Boullan.

— L'Abbé Boullan est mort, cela se voit que vous n'allez pas aux hosties depuis beau temps, lui ai-je répondu presque machinalement. Et puis j'ai décidé qu'avec la confusion que j'avais dans la tête je devais suivre mon instinct sans trop raisonner.

— Laissons courir, je les prends, ai-je dit, et j'ai payé. Et j'ai compris que je devais les déposer dans le tabernacle de mon bureau, en attendant quelque client fidèle. Un travail comme un autre.

En somme, tout m'apparaissait quotidien, familier. Et pourtant, je sentais autour de moi comme l'odeur de quelque chose de sinistre, qui m'échappait.

Je suis remonté dans mon étude et j'ai remarqué que, au fond, dissimulée par un rideau, il y avait une porte. Je l'ai ouverte en sachant déjà que j'entrerais dans un couloir tellement sombre que je devrais le parcourir avec une lampe. Le couloir ressemblait au magasin d'accessoires d'un théâtre, ou à l'arrière-boutique d'un fripier du Temple. Au mur étaient suspendus les vêtements les plus disparates, à la paysanne, de charbonnier, de saute-ruisseau, de mendiant, de chemineau, deux autres soutanes, une veste et des pantalons de soldat, et, à côté des vêtements, les coiffures qui devaient aller avec. Une douzaine de marottes disposées en bon ordre sur une étagère de bois portaient autant de perruques. Au fond, une pettineuse semblable à celle des loges de comédiens, recouverte de pots de céruse et de rouges à lèvres, de crayons noirs et bleu turquin, de pattes de lièvre, de houppettes, de pinceaux, de brosses.

A un certain point, le couloir faisait un coude à angle droit, et au bout se trouvait une autre porte qui s'ouvrait sur une pièce plus lumineuse que les miennes car elle recevait le jour d'une rue qui n'était pas l'étroite impasse Maubert. De fait, en me mettant à l'une des fenêtres, j'ai vu qu'elle donnait sur la rue Maître-Albert.

Depuis cette pièce, un petit escalier menait à la rue, mais c'était tout. Il s'agissait d'une seule pièce indépendante, quelque chose entre un studio et une chambre à coucher, avec des meubles sobres et sombres, une table, un agenouilloir, un lit. Près de la sortie s'ouvrait une petite cuisine, et sur le palier une chiotte avec lavabo.

C'était d'évidence le pied-à-terre d'un ecclésiastique, avec qui j'aurais dû avoir une certaine familiarité puisque nos deux appartements communiquaient. Mais, bien que tout cela parût me rappeler quelque chose, j'avais en fait l'impression de visiter cette pièce pour la première fois.

Je me suis approché de la table et j'y ai vu un paquet de lettres avec leurs enveloppes, toutes adressées à la même personne : Au Révérendissime, ou au Très Révérend Monsieur l'Abbé Dalla Piccola. A côté des lettres, j'ai vu quelques feuilles écrites d'une écriture fine et gracieuse, presque féminine, très différente de la mienne. Brouillons de lettres sans importance particulière, remerciements pour un don, confirmations de rendez-vous. Celle qui se trouvait sur toutes les autres était pourtant rédigée de façon désordonnée, comme si le scripteur prenait des notes pour fixer certains points sur lesquels réfléchir. J'ai lu, non sans peine :

Tout semble irréel. Comme si j'étais un autre qui m'observe. Mettre par écrit pour être sûr que c'est vrai.

Aujourd'hui, c'est le 22 mars.

Où sont la soutane et la perruque ?

Qu'est-ce que j'ai fait hier soir ? J'ai comme du brouillard dans la tête.

Je ne me souvenais même pas où mène la porte au fond de la pièce.

J'ai découvert un couloir (jamais vu ?) plein de vêtements, perruques, crèmes et fards dont se servent les acteurs.

A la patère pendait une bonne soutane, et sur une étagère j'ai non seulement trouvé une bonne perruque mais aussi des faux sourcils. Avec un fond ocre, deux pommettes à peine rosées, je suis redevenu celui que je crois être, aspect pâle et légèrement fébrile. Ascétique. C'est moi. Moi qui ?

Je sais que je suis l'Abbé Dalla Piccola. A savoir, celui que le monde connaît comme Abbé Dalla Piccola. Mais à l'évidence je ne le suis pas, vu que pour le paraître il faut que je me déguise.

Où mène ce couloir ? Peur d'aller au fond.

Relire les notes ci-dessus. Si ce qui est écrit est écrit, cela m'est vraiment arrivé. Prêter foi aux écrits.

Quelqu'un m'a-t-il administré un philtre ? Boullan. Tout à fait capable. Ou les jésuites ? Ou les francs-maçons ? Qu'est-ce que j'ai à voir avec ceux-là ?

Les Juifs ! Voilà qui ça pourrait être.

Ici, je ne me sens pas en sécurité. Quelqu'un aurait pu entrer la nuit, m'avoir soustrait mes vêtements, et, ce qui est pire, avoir lorgné dans mes papiers. Sans doute quelqu'un vadrouille-t-il dans Paris en se faisant passer auprès de tout le monde pour l'Abbé Dalla Piccola.

Il faut que je me réfugie à Auteuil. Sans doute Diana, elle, sait. Qui est Diana ?

Les notes de l'Abbé Dalla Piccola s'arrêtaient ici, et il est curieux qu'il n'eût pas pris avec lui un document aussi confidentiel, signe de l'agitation dont il était certainement la proie. Et ici finissait ce que moi je pouvais savoir de lui.

Je suis rentré dans l'appartement de l'impasse Maubert et je me suis assis à ma table de travail. De quelle manière la vie de l'Abbé Dalla Piccola se croisait-elle avec la mienne ?

Naturellement je ne pouvais pas ne pas faire l'hypothèse la plus évidente. L'Abbé Dalla Piccola et moi étions la même personne et s'il en était allé ainsi tout s'expliquerait, les deux appartements en commun et même que j'étais rentré habillé en Dalla Piccola dans l'appartement de Simonini, où j'avais déposé soutane et perruque et puis m'étais endormi. A un petit détail près : si Simonini était Dalla Piccola, pourquoi moi j'ignorais tout de Dalla Piccola et ne me sentais pas Dalla Piccola qui ignorait tout de Simonini – et, en outre, pour connaître les pensées et les sentiments de Dalla Piccola, n'avais-je pas dû lire ses notes ? Et si j'étais aussi Dalla Piccola, je devrais me trouver à Auteuil, dans cette maison dont lui paraissait tout connaître et moi (Simonini) je ne connaissais rien. Et qui était Diana ?

A moins que je ne fusse par moments Simonini qui avait oublié Dalla Piccola, et par moments Dalla Piccola qui avait oublié Simonini. Ce ne serait pas nouveau. Qui donc m'a parlé de cas de double personnalité ? N'est-ce pas ce qui arrive à Diana ? Mais qui est Diana ?

Je m'étais proposé de poursuivre avec méthode. Je savais que je tenais un carnet avec mes occupations, et j'y ai trouvé les notes suivantes :

21 mars, messe
22 mars, Taxil
23 mars, Guillot pour testament Bonnefoy
24 mars, chez Drumont ?

Comment se fait-il que le 21 je devais aller à la messe, je ne crois pas être croyant. Quand quelqu'un est croyant, il croit en quelque chose. Je crois en quelque chose ? Je n'ai pas l'impression. Je suis donc un incroyant. Mais passons. On va parfois à la messe pour bien des raisons, où la foi n'a rien à voir.

Davantage certain que ce jour, que je croyais lundi, était le mardi 23 mars où en effet ce monsieur Guillot avait toqué chez moi pour me faire rédiger le testament Bonnefoy. C'était le 23, et moi je pensais que c'était le 22. Que s'était-il passé le 22 ? Qui ou qu'était Taxil ?

Et puis, que jeudi je dusse voir ce Drumont, c'était désormais hors de question. Comment pouvais-je rencontrer quelqu'un si je ne savais même plus qui j'étais moi-même ? Il fallait que je me cache tant que je n'aurais pas les idées claires. Drumont... Je me disais que je savais parfaitement de qui il s'agissait ; mais si je cherchais à penser à lui, c'était comme si j'avais l'esprit embrumé par le vin.

Faisons quelques hypothèses, me suis-je dit. D'abord : Dalla Piccola est un autre qui, pour de mystérieuses raisons, passe souvent dans mon appartement, relié au sien par un couloir plus ou moins secret. Le soir du 21 mars, il est rentré chez moi par l'impasse Maubert, il a déposé sa soutane (pourquoi ?), puis il est allé dormir chez lui, où il s'est réveillé sans mémoire au matin. Et ainsi, également sans mémoire, je m'étais réveillé deux matins après. Mais en ce cas, qu'aurais-je fait le lundi 22, au point de m'être éveillé amnésique le matin du 23 ? Et pourquoi donc fallait-il que Dalla Piccola se déshabillât chez moi et rentrât ensuite chez lui sans soutane – et à quelle heure ? J'avais été saisi de la terreur qu'il eût passé la première partie de la nuit dans mon lit… mon Dieu, c'est vrai que les femmes me font horreur, mais avec un abbé ce serait pire. Je suis chaste, mais pas perverti…

Ou bien moi et Dalla Piccola, nous sommes la même personne. Comme j'ai retrouvé la soutane dans ma chambre, après la journée de la messe (le 21) j'aurais pu être rentré par l'impasse Maubert, accoutré en Dalla Piccola (si je devais aller à une messe, il était plus crédible de m'y rendre en abbé), pour ensuite me débarrasser des soutane et perruque, et puis aller plus tard dormir dans l'appartement de l'abbé (en oubliant avoir laissé la soutane chez Simonini). Le lendemain matin, lundi 22 mars, en me réveillant comme Dalla Piccola, non seulement je me serais trouvé sans mémoire, mais je n'aurais pas trouvé non plus la soutane au pied du lit. Comme Dalla Piccola, sans mémoire, j'aurais trouvé une soutane de rechange dans le couloir et j'aurais eu tout le temps pour fuir le même jour à Auteuil, sauf à changer d'idée en fin de journée, reprendre courage et revenir à Paris le soir tard dans l'appartement de l'impasse Maubert, accrochant la soutane au portemanteau de la chambre à coucher, et me réveillant, de nouveau sans mémoire, mais dans la peau de Simonini, le mardi, en croyant qu'on était encore lundi. Ensuite, me disais-je, Dalla Piccola perd la mémoire le 22 mars et sans mémoire il reste un jour entier pour ensuite se retrouver le 23 comme un Simonini amnésique. Rien d'exceptionnel, après ce que j'ai appris de… comment s'appelle ce docteur de la clinique de Vincennes ?

Hormis un petit problème. J'avais relu mes notes : s'il en était allé ainsi, Simonini, le 23 au matin, aurait dû trouver dans sa chambre à coucher non pas une mais bien deux soutanes, celle qu'il avait quittée la nuit du 21 et celle qu'il avait quittée la nuit du 22. Et en revanche, il n'y en avait qu'une seule.

Mais non, suis-je bête. Dalla Piccola était revenu d'Auteuil le soir du 22, par la rue Maître-Albert ; là il avait déposé sa soutane, après quoi il était passé dans l'appartement de l'impasse Maubert et était allé dormir, se réveillant le lendemain matin (le 23) en Simonini, et trouvant au portemanteau une seule soutane. Il est vrai que, si les choses s'étaient déroulées ainsi, le matin du 23, quand j'étais entré dans l'appartement de Dalla Piccola, j'aurais dû trouver dans la chambre à coucher la soutane qu'il y avait déposée le soir du 22. Mais il aurait pu la suspendre dans le couloir où il l'avait trouvée. Il suffisait de contrôler.

Lampe allumée, j'avais parcouru le couloir avec quelque peur. Si Dalla Piccola n'avait pas été moi, me disais-je, j'aurais pu le voir apparaître à l'autre extrémité de ce conduit, et pourquoi pas lui aussi avec une lampe à bout de bras… Heureusement, il n'en a rien été. Et, au fond du couloir, j'avais trouvé la soutane suspendue.

Et pourtant, pourtant… Si Dalla Piccola était revenu d'Auteuil et, une fois déposée sa soutane, avait parcouru tout le couloir jusqu'à mon appartement et s'était couché sans hésitation dans mon lit, c'était parce que à ce point-là il s'était souvenu de moi, et il savait qu'auprès de moi il pouvait dormir comme auprès de lui-même, vu que nous étions la même personne. Par conséquent Dalla Piccola était allé au lit en sachant qu'il était Simonini tandis que le lendemain matin Simonini se réveillait sans savoir qu'il était Dalla Piccola. Autrement dit, d'abord Dalla Piccola perd la mémoire, puis il la recouvre, sur ce il fait un bon somme et passe à Simonini son amnésie.

Amnésie… Ce mot, qui signifie le non-souvenir, m'a ouvert comme une trouée dans le brouillard du temps que j'ai oublié. Je parlais des sans-mémoire chez Magny, il y a plus de dix ans de cela. C'est là que j'en parlais avec Bourru et Burot, avec Du Maurier et avec le docteur autrichien.

3

CHEZ MAGNY

25 mars 1897, à l'aube

Chez Magny… Je me sais amoureux de la bonne cuisine et pour autant que je m'en souvienne, dans ce restaurant rue de la Contrescarpe-Dauphine, on ne payait pas plus de dix francs par tête, et la qualité correspondait au prix. Mais on ne peut pas aller tous les jours chez Foyot. Beaucoup, au cours des années passées, allaient chez Magny pour admirer de loin des écrivains déjà célèbres comme Gautier ou Flaubert, et d'abord ce pianiste polonais phtisique entretenu par une dégénérée qui circulait en pantalon. J'y avais jeté un coup d'œil un soir, pour en ressortir aussitôt. Les artistes, même de loin, sont insupportables, ils regardent autour d'eux pour voir si on les reconnaît.

Et puis les « grands » avaient abandonné Magny, et ils avaient émigré chez Brébant-Vachette, boulevard Poissonnière, où l'on mangeait mieux et l'on payait davantage, mais on voit que *carmina dant panem*. Et lorsque Magny s'était pour ainsi dire purifié, je m'étais mis à y aller quelquefois, dès le début des années 1880.

J'avais remarqué que des hommes de science le fréquentaient, par exemple des chimistes illustres comme Berthelot et de nombreux médecins de la Salpêtrière. L'hôpital n'est pas proprement à deux pas, mais sans doute ces cliniciens ont plaisir à faire une brève promenade à travers le Quartier latin au lieu de manger dans les immondes gargotes où vont les parents des malades. Les conversations des médecins sont captivantes parce qu'elles concernent toujours les faiblesses de quelqu'un d'autre, et chez Magny, pour dominer le bruit, tous parlent à haute voix, si bien qu'une oreille entraînée peut toujours saisir quelque chose d'intéressant. Etre vigilant ne veut pas dire chercher à savoir une chose précise. L'important est de savoir ce que les autres ne savent pas que tu sais.

Si les lettrés et les artistes s'asseyaient toujours autour de tables communes, les hommes de science dînaient seuls, comme moi. Cependant, après avoir été à plusieurs reprises des voisins de table, on commence à faire connaissance. Ma première connaissance a été le docteur Du Maurier, un individu parfaitement haïssable, au point qu'on pouvait se demander comment un psychiatre (ce qu'il était) pouvait inspirer confiance à ses patients en exhibant un visage aussi désagréable. La tête envieuse et livide de qui se croit un éternel second. De fait, il dirigeait une petite clinique pour malades des nerfs à Vincennes, mais il savait pertinemment que sa maison de santé ne jouirait jamais de la renommée et des rentes de la clinique du plus célèbre docteur Blanche – même si Du Maurier, sarcastique, murmurait que trente ans auparavant y avait séjourné un certain Nerval (d'après lui, poète de quelque mérite) que les cures de la si renommée clinique Blanche avaient conduit au suicide.

Mes deux autres commensaux avec qui j'avais instauré de bons rapports étaient les docteurs Bourru et Burot, deux types singuliers, à l'air de frères jumeaux, toujours vêtus de noir, presque avec la même coupe de vêtement, les mêmes bacchantes noires et le menton glabre, le collet toujours pas très net, fatalement parce qu'à Paris ils étaient en voyage, ils exerçaient à l'Ecole de médecine de Rochefort et ne montaient à la capitale que quelques jours par mois pour suivre les expérimentations de Charcot.

— Comment, il n'y a pas de poireaux aujourd'hui, avait demandé un jour, d'un ton irrité, Bourru. Et Burot, scandalisé : — Il n'y a pas de poireaux ?

Alors que le serveur s'excusait, de la table voisine j'étais intervenu : — Mais il y a une excellente barbe-de-capucin. Personnellement je la préfère aux poireaux. Et puis j'avais chantonné en souriant : Tous les légumes / au clair de lune / étaient en train de s'amuser / et les passants les regardaient. / Les cornichons / dansaient en rond, / les salsifis / dansaient sans bruit…

Convaincus, mes deux commensaux avaient choisi les salsifis. Et de là a commencé une cordiale habitude, deux jours par mois.

— Vous voyez, monsieur Simonini, m'expliquait Bourru, le docteur Charcot s'emploie à étudier à fond l'hystérie, une forme de névrose qui se manifeste par différentes réactions psychomotrices, sensorielles et végétatives. Dans le passé, on jugeait que c'était un phénomène exclusivement féminin, provenant de troubles de la fonction utérine, mais Charcot a eu l'intuition que les manifestations hystériques sont également répandues chez les deux sexes, et peuvent comprendre paralysie, épilepsie, cécité ou surdité, difficultés à respirer, parler, avaler.

… Dans le passé, on jugeait que c'était un phénomène exclusivement féminin, provenant de troubles de la fonction utérine… (p. 49)

— Mon collègue, intervenait Burot, n'a pas encore dit que Charcot prétend avoir mis au point une thérapie qui en guérit les symptômes.

— J'y arrivais, répondait Bourru sur un ton piqué. Charcot a choisi la voie de l'hypnotisme qui, jusqu'à hier, était le fonds de commerce de charlatans comme Mesmer. Les patients soumis à l'hypnose devraient réévoquer des épisodes traumatiques qui sont à l'origine de l'hystérie, et guérir en en prenant conscience.

— Et ils guérissent ?

— C'est là le hic, monsieur Simonini, disait Burot, pour nous, ce qui se passe à la Salpêtrière tient plus du théâtre que de la clinique psychiatrique. Entendons-nous bien, ce n'est pas pour mettre en cause les infaillibles qualités diagnostiques du Maître…

— Pas pour les mettre en doute, confirmait Bourru. C'est la technique de l'hypnotisme en soi qui…

Bourru et Burot m'ont expliqué les différents systèmes pour hypnotiser, depuis ceux encore charlatanesques d'un certain Abbé Faria (j'ai dressé les oreilles à ce nom dumasien, mais on sait que Dumas pillait les vrais chroniques et faits divers) jusqu'à ceux, désormais scientifiques, du docteur Braid, un authentique pionnier.

— Dorénavant, disait Burot, les bons magnétiseurs suivent des méthodes plus simples.

— Et plus efficaces, précisait Bourru. Devant le malade on fait osciller une médaille ou une clef, en lui disant de les regarder fixement : en l'espace d'une à trois minutes les pupilles du sujet ont un mouvement oscillatoire, le pouls ralentit, les yeux se ferment, le visage exprime une sensation de repos, et le sommeil peut durer jusqu'à vingt minutes.

— Il faut dire, corrigeait Burot, que cela dépend du sujet, parce que la magnétisation ne dépend pas de la

… Charcot a choisi la voie de l'hypnotisme qui, jusqu'à hier, était le fonds de commerce de charlatans comme Mesmer…

(p. 51)

transmission de fluides mystérieux (comme le voulait ce bouffon de Mesmer) mais de phénomènes d'autosuggestion. Et les gourous indiens obtiennent le même résultat en se regardant attentivement la pointe du nez ou les moines du mont Athos en se fixant le nombril.

« Nous, nous ne croyons pas beaucoup à ces formes d'autosuggestion, avait ajouté Burot, même si nous ne faisons rien d'autre que mettre en pratique des intuitions qui avaient été les propres intuitions de Charcot, avant qu'il ne commençât à prêter tant de foi à l'hypnotisme. Nous sommes en train de nous occuper de cas de variations de la personnalité, c'est-à-dire de patients qui un jour pensent être une personne et un autre jour une autre personne, et les deux personnalités s'ignorent l'une l'autre. L'année dernière, il est entré dans notre hôpital un certain Louis.

— Cas intéressant, avait précisé Bourru, il présentait paralysies, anesthésies, contractures, spasmes musculaires, hyperesthésies, mutisme, irritations cutanées, hémorragies, toux, vomissements, crises d'épilepsie, catatonie, somnambulisme, danse de Saint-Guy, altérations du langage…

— Parfois, il se prenait pour un chien, ajoutait Burot, ou une locomotive à vapeur. Et puis il avait des hallucinations de persécuté, restriction du champ visuel, hallucinations gustatives, olfactives et optiques, congestion pulmonaire pseudo-tuberculeuse, céphalées, mal d'estomac, constipation, anorexie, boulimie et léthargie, cleptomanie…

— Bref, concluait Bourru, un tableau normal. Quant à nous, au lieu de recourir à l'hypnose, nous avons appliqué une barre d'acier sur le bras droit du malade et voilà que nous est apparu, comme par enchantement, un personnage nouveau. Paralysie et insensibilité avaient disparu du côté droit pour se transférer sur le côté gauche.

— Nous étions devant une autre personne, précisait Burot, qui ne se rappelait rien de celui qu'il était un instant auparavant. Dans l'un de ses états, Louis ne buvait pas une goutte de vin et dans l'autre il inclinait même à l'ivrognerie.

— Remarquez, disait Bourru, que la force magnétique d'une substance agit aussi à distance. Par exemple, sans que le sujet le sache, on pose sous sa chaise un flacon qui contient une substance alcoolique. Dans cet état de somnambulisme, le sujet montrera tous les symptômes de l'ivresse.

— Vous comprenez comment nos pratiques respectent l'intégrité psychique du patient, concluait Burot. L'hypnotisme fait perdre connaissance au sujet, tandis qu'avec le magnétisme il n'y a pas commotion violente sur un organe mais une charge progressive des plexus nerveux.

J'ai tiré de cette conversation la certitude que Bourru et Burot étaient deux imbéciles qui tourmentaient de pauvres déments à l'aide de substances urticantes, et j'avais été conforté dans ma conviction en voyant le docteur Du Maurier, qui suivait cette conversation à la table d'à côté, branler plusieurs fois du chef.

— Cher ami, m'avait-il dit deux jours plus tard, aussi bien Charcot que nos deux de Rochefort, au lieu d'analyser le vécu de leurs sujets, et de se demander ce que peut vouloir dire avoir deux consciences, ils se soucient de savoir si on peut agir sur eux par l'hypnotisme ou avec les barres de métal. Le problème est que chez nombre de sujets le passage d'une personnalité à l'autre advient spontanément, de façon et à des moments imprévisibles. Nous pourrions parler d'auto-hypnotisme. A mon avis, Charcot et ses disciples n'ont pas suffisamment réfléchi aux expériences du docteur Azam et au cas Félida. Nous ne savons encore pas grand-chose sur ces phénomènes, le trouble de mémoire peut avoir pour cause une diminution de l'apport de sang à une partie encore inconnue du cerveau et le rétrécissement momentané des vaisseaux peut être provoqué par l'état d'hystérie. Mais où manque l'afflux de sang dans les pertes de mémoire ?

— Où manque-t-il ?

— C'est la question. Vous savez que notre cerveau a deux hémisphères. Il peut donc exister des sujets qui pensent tantôt avec un hémisphère complet et tantôt avec un incomplet où la faculté de mémoire fait défaut. Il se trouve que j'ai dans ma clinique un cas fort semblable à celui de Félida. Une jeune femme d'à peine plus de vingt ans, elle s'appelle Diana.

Ici, Du Maurier s'était arrêté un instant, comme s'il craignait de révéler quelque chose de réservé.

— Une parente de ma patiente me l'avait confiée pour une cure, il y a deux ans, et puis elle est morte, cessant alors évidemment de payer les mensualités, mais que devais-je faire, mettre la patiente à la rue ? Je sais peu de chose sur son passé. Il paraît, selon ce qu'elle raconte, que dès l'adolescence elle avait commencé tous les cinq ou six jours à sentir, après une émotion, des douleurs aux tempes, à la suite de quoi elle tombait comme dans le sommeil. Ce qu'elle appelle sommeil, ce sont en réalité des attaques hystériques : quand elle se réveille, ou se calme, elle est très différente de ce qu'elle était avant, en somme elle est entrée dans ce que le docteur Azam nommait *condition seconde*. Dans la condition que nous qualifierions de normale, Diana se comporte comme l'adepte d'une secte maçonnique… Ne vous méprenez pas, moi aussi je fais partie du Grand Orient, autrement dit de la maçonnerie des gens bien, mais sans doute savez-vous qu'il existe différentes « observances » de tradition templière, avec d'étranges propensions pour les sciences occultes, et certaines d'entre elles (ce sont des franges, bien sûr, heureusement) sont enclines à des rites sataniques. Dans la condition qu'il faut malheureusement qualifier de *normale*, Diana se tient pour une adepte de Lucifer, ou quelque chose comme ça, elle a des propos licencieux, raconte des épisodes lubriques, tente de séduire les infirmiers et même moi, je regrette de le dire, c'est tellement gênant, d'autant plus que Diana est ce qu'on appelle une femme séduisante. Je pense que dans cette condition elle se ressent des traumas qu'elle a subis au cours de son adolescence, et qu'elle essaie d'échapper à ces souvenirs en entrant par moments dans sa condition seconde. Dans cette condition, Diana apparaît comme une créature douce et pleine de candeur, c'est une bonne chrétienne, elle demande toujours son livre de prières, elle veut sortir pour aller à la messe. Mais le phénomène singulier qui se passait aussi avec Félida, c'est que, dans la condition seconde, Diana, quand elle est la Diana vertueuse, se rappelle très bien comment elle était dans la condition normale, et elle se courrouce, et elle se demande comment elle a pu être aussi mauvaise, et elle se punit avec un cilice, à tel point qu'elle appelle la condition seconde son *état de raison*, et évoque sa condition normale comme une période où elle était en proie à des hallucinations. En revanche, dans la condition normale, Diana ne se souvient de rien de ce qu'elle fait dans la condition seconde. Les deux états alternent à intervalles imprévisibles, et elle demeure parfois dans l'une ou l'autre condition pendant des jours et des jours. Je serais d'accord avec le docteur Azam qui parle de *somnambulisme parfait*. En effet, non seulement les somnambules mais aussi ceux qui prennent des drogues, haschich, belladone, opium, ou abusent de l'alcool, font des choses dont ils ne se souviennent pas au réveil.

Je ne sais pourquoi le récit de la maladie de Diana m'avait tant intrigué, mais je me rappelle avoir dit à Du Maurier : — J'en parlerai à une de mes connaissances qui s'occupe de cas déplorables comme celui-ci et sait où faire hospitaliser une jeune fille orpheline. Je vous enverrai l'Abbé Dalla Piccola, un religieux très puissant dans le milieu des pieuses institutions.

Lorsque je parlais avec Du Maurier, je connaissais donc, au minimum, le nom de Dalla Piccola. Mais pourquoi m'étais-je tant inquiété pour cette Diana ?

Je suis en train d'écrire sans interruption depuis des heures, j'ai mal au pouce, et je me suis astreint à toujours manger à ma table de travail, tartinant du pâté et du beurre sur du pain, avec quelques verres de château-latour pour exciter ma mémoire.

J'aurais voulu me récompenser, que sais-je, d'une bonne visite chez Brébant-Vachette, mais tant que je n'ai pas compris qui je suis je ne peux me faire voir à la ronde. Pourtant, tôt ou tard, il me faudra m'aventurer sur la place Maubert afin de ramener à la maison quelque chose à manger.

Pour le moment n'y pensons pas, et remettons-nous à écrire.

En ces années-là (il me semble qu'on était en 1885 ou 86), j'avais connu chez Magny celui que je continue de me rappeler comme le docteur autrichien. A présent, son nom me revient à l'esprit, il s'appelait Froïde (je crois que c'est ainsi qu'on l'écrit), un médecin sur la trentaine, qui venait certes chez Magny pour la simple raison qu'il ne pouvait pas se permettre mieux, et qu'il faisait une période d'apprentissage auprès de Charcot. Il s'asseyait d'habitude à la table d'à côté, et au début nous nous limitions à échanger un signe de tête poli. Je l'avais jugé de nature mélancolique, légèrement dépaysé, timidement désireux que quelqu'un écoutât ses confidences pour se décharger un peu de ses anxiétés. A deux ou trois occasions il avait cherché des prétextes pour échanger quelques mots, mais je m'étais toujours tenu sur mes gardes.

Même si le nom de Froïde ne sonnait pas comme Steiner ou Rosenberg, je savais cependant que tous les Juifs qui vivent et s'enrichissent à Paris ont des noms allemands et, rendu soupçonneux par son nez recourbé, j'avais interrogé un jour Du Maurier, qui avait fait un geste vague, en ajoutant « je ne sais pas trop, mais en tout cas je m'en tiens à l'écart ; Juif et Allemand, c'est un mélange que je n'aime pas ».

— Il n'est pas autrichien ? avais-je demandé.

— C'est pareil, non ? Même langue, même manière de penser. Je n'ai pas oublié les Prussiens qui défilaient sur les Champs-Elysées.

— On me dit que la profession médicale est la plus exercée par les Israélites, tout autant que le prêt à usure. Certes, il vaut mieux ne jamais avoir besoin d'argent et ne jamais tomber malade.

— Mais il y a aussi les médecins chrétiens, avait souri, glacial, Du Maurier.

J'avais fait une gaffe.

Parmi les intellectuels parisiens, il en est qui, avant d'exprimer leur propre répugnance envers les Israélites, concèdent que certains de leurs meilleurs amis sont juifs. Hypocrisie. Je n'ai pas d'amis juifs (Dieu m'en garde), dans ma vie j'ai toujours évité les Juifs. Peut-être les ai-je évités d'instinct, car le Juif (comme par hasard, tel l'Allemand), on le sent à sa puanteur (Victor Hugo l'a dit, lui aussi, *fetor judaica*), qui les aide à se reconnaître, entre autres signes, comme ce qui se passe avec les pédérastes. Mon grand-père me rappelait que leur odeur dépend de l'usage immodéré d'ail et d'oignon, et sans doute de la viande de mouton et d'oie, appesanties par des sucres visqueux qui les rendent atrabilaires. Mais ce doit être aussi la race, le sang infecté, les flancs efflanqués. Ils sont tous communistes, voir Marx et Lassalle, en cela, une fois n'est pas coutume, mes jésuites avaient raison.

Moi, les Juifs, je les ai toujours évités, c'est qu'aussi je fais attention aux noms. Les Juifs autrichiens, comme ils s'enrichissaient, s'achetaient des noms gracieux, de fleurs, de pierre précieuse ou de métal noble, d'où les Silbermann ou Goldstein. Les plus pauvres acquéraient des noms comme Grünspan (verdet). En France comme en Italie, ils se sont masqués en adoptant des noms de villes ou de lieux, tels Ravenna, Modena, Picard, Flamand, parfois ils se sont inspirés du calendrier révolutionnaire (Froment, Avoine, Laurier) – fort justement, vu que leurs pères ont été les artisans occultes du régicide. Mais il faut faire attention aussi aux prénoms qui, parfois, cachent des noms juifs, Maurice vient de Moïse, Isidore d'Isaac, Edouard d'Aaron, Jacques de Jacob et Alphonse d'Adam…

Sigmund, est-ce un prénom juif ? J'avais décidé par instinct de ne pas en agir familièrement avec ce médicastre, mais un jour, en prenant la salière, Froïde l'avait renversée. Entre voisins de table, on doit respecter certaines normes de courtoisie et je lui ai tendu la mienne, en observant que, dans certains pays, renverser le sel est de mauvais augure, et lui, en riant, avait dit qu'il n'était pas superstitieux. Depuis ce jour-là, nous avions com-

mencé à échanger quelques mots. Il s'excusait pour son français, qu'il disait trop laborieux, mais il se faisait très bien comprendre. Ils sont nomades par vice et il faut qu'ils s'adaptent à toutes les langues. J'ai dit gentiment :
— Vous ne devez plus qu'habituer encore votre oreille.
Et lui m'avait souri avec gratitude. Visqueuse.

Froïde était menteur en tant que juif aussi. J'avais toujours entendu dire que ceux de sa race ne doivent manger que des nourritures particulières, spécialement cuites, et c'est pour ça qu'ils se trouvent toujours dans leurs ghettos, tandis que Froïde mangeait à belles dents tout ce qu'on lui proposait chez Magny, et il ne dédaignait pas un verre de bière par repas.

Mais, un soir, on aurait dit qu'il voulait se laisser aller. Il avait déjà commandé deux bières et, après le dessert, tout en fumant nerveusement, il en avait demandé une troisième. A un moment donné, alors qu'il parlait en agitant les mains, il avait renversé le sel pour la deuxième fois.

— Ce n'est pas que je sois maladroit, s'était-il excusé, mais je suis agité. Voilà trois jours que je ne reçois pas de lettre de ma fiancée. Je ne prétends pas qu'elle m'écrive presque chaque jour comme je le fais moi, mais ce silence m'inquiète. Elle est de santé fragile, je souffre terriblement de ne pas être auprès d'elle. Et puis, j'ai besoin de son approbation, quoi que je fasse. Je voudrais qu'elle m'écrive ce qu'elle pense de mon souper chez Charcot. Car savez-vous, monsieur Simonini, que j'ai été invité à souper chez le grand homme, il y a quelques soirs de cela. Ce qui n'arrive pas à tous les jeunes docteurs en visite, et qui plus est, un étranger.

Voilà, m'étais-je dit, le petit parvenu sémite qui s'insinue dans les bonnes familles pour faire carrière. Et cette tension pour sa fiancée ne trahissait-elle pas la nature

COCAINE
TOOTHACHE DROPS
Instantaneous Cure!
PRICE 15 CENTS.
Prepared by the
LLOYD MANUFACTURING CO.
219 HUDSON AVE., ALBANY, N. Y.
For sale by all Druggists.
(Registered March 1885.)
See other side.

… en cas de carie aiguë, si on glisse dans la cavité une mèche de coton imbibée d'une solution à quatre pour cent, la douleur s'apaise aussitôt… (p. 62)

sensuelle et voluptueuse de l'Israélite, toujours habité par le sexe ? Tu penses à elle, la nuit, pas vrai ? Et sans doute tu te touches, hein, en l'imaginant ; toi aussi tu aurais besoin de lire Tissot. Mais je l'avais laissé raconter.

— Il y avait des invités de qualité, le fils de Daudet, le docteur Strauss, l'assistant de Pasteur, le professeur Beck de l'Institut et Emilio Toffano, le grand peintre italien. Une soirée qui m'a coûté quatorze francs : une belle cravate noire de Hambourg, des gants blancs, une chemise neuve, et le frac pour la première fois de ma vie. Et, pour la première fois de ma vie, je me suis fait raccourcir la barbe, à la française. Quant à la timidité, un peu de cocaïne pour me délier la langue.

— De la cocaïne ? N'est-ce pas un poison ?

— Tout est poison, si on en prend à des doses exagérées, même le vin. Mais j'étudie depuis deux ans cette prodigieuse substance. Vous voyez, la cocaïne est un alcaloïde qu'on isole d'une plante que les indigènes d'Amérique mâchent pour supporter les altitudes andines. A la différence de l'opium et de l'alcool, elle provoque des états mentaux exaltants sans pour autant avoir d'effets négatifs. Elle est excellente comme analgésique, principalement en ophtalmologie ou pour la cure de l'asthme, utile dans le traitement de l'alcoolisme et des toxicomanies, parfaite contre le mal de mer, précieuse pour la cure du diabète, elle fait disparaître par enchantement la faim, le sommeil, la fatigue, c'est un bon substitut du tabac, elle guérit dyspepsies, flatulences, coliques, gastralgies, hypocondrie, irritation spinale, rhume des foins, c'est un reconstituant précieux dans la phtisie et elle soigne la migraine ; en cas de carie aiguë, si on glisse dans la cavité une mèche de coton imbibée d'une solution à quatre pour cent, la douleur s'apaise aussitôt. Et, surtout, elle est merveilleuse pour donner confiance aux déprimés, soulager l'esprit, rendre actif et optimiste.

Le docteur en était désormais à son quatrième verre, et il avait évidemment l'ivresse mélancolique. Il se penchait vers moi comme s'il voulait se confesser.

— La cocaïne est excellente pour quelqu'un comme moi qui, je le dis toujours à mon adorable Martha, ne pense pas être si attirant que ça, qui, dans sa jeunesse, n'a jamais été jeune et, maintenant qu'il a trente ans sonnés, ne parvient pas à mûrir. Il y eut un temps où je n'étais qu'ambition et rage d'apprendre, et jour après jour je me sentais découragé du fait que mère Nature, dans l'un de ses moments de clémence, ne m'avait pas imprimé la marque de ce génie que de temps à autre elle concède à quelqu'un.

Il s'était soudain arrêté, avec l'air de celui qui se rend compte d'avoir mis son âme à nu. Petit Israélite à lamentations, m'étais-je dit. Et j'avais décidé de le mettre dans l'embarras.

— Ne parle-t-on pas de la cocaïne comme d'un aphrodisiaque ? avais-je demandé.

Froïde avait rougi : — Elle a aussi cette vertu, du moins je le crois mais… je n'ai aucune expérience à ce sujet. Comme homme, je ne suis pas sensible à ces démangeaisons. Et, comme médecin, le sexe n'est pas un sujet qui m'attire beaucoup. Même si on commence à parler beaucoup de sexe, fût-ce à la Salpêtrière. Charcot a découvert qu'une de ses patientes, Augustine, dans une phase avancée de ses manifestations hystériques, avait révélé que le trauma initial était une violence sexuelle subie dans son enfance. Naturellement, je ne nie pas que parmi les traumas qui déchaînent l'hystérie il puisse y avoir aussi des phénomènes liés au sexe, il ne manquerait plus que ça ! Simplement, cela me semble exagéré de réduire tout au sexe. Mais sans doute est-ce ma pruderie de petit-bourgeois qui me tient éloigné de ces problèmes.

Non, me disais-je, ce n'est pas ta pruderie, c'est que, comme tous les circoncis de ta race, tu as l'obsession du sexe mais tu essaies de l'oublier. Je veux bien voir quand tu mettras tes sales mains sur la chose de ta Martha si tu ne lui fais pas une enfilade de petits Israélites et si tu ne la rends pas phtisique d'épuisement…

Cependant que Froïde poursuivait : — Mon problème est plutôt que j'ai épuisé ma réserve de cocaïne et que je replonge dans la mélancolie, les docteurs anciens auraient dit que j'ai une extravasation de bile noire. Autrefois, je trouvais les préparations de Merck et Gehe, mais ils ont dû suspendre leur production parce qu'ils ne recevaient désormais que de la matière première de mauvaise qualité. Les feuilles fraîches ne peuvent être travaillées qu'en Amérique et la production la meilleure est celle de Parke & Davis de Detroit, une variété plus soluble, d'une couleur blanc pur à l'odeur aromatique. J'en avais une certaine réserve mais, ici, à Paris, je ne saurais à qui m'adresser.

Une invitation à être de la noce pour qui est à jour de tous les secrets de la place Maubert et alentour. Je connaissais des individus auxquels il suffisait de nommer non seulement la cocaïne, mais un diamant, un lion empaillé ou une dame-jeanne de vitriol et, le lendemain, ils te les apportaient sans qu'il faille leur demander où ils les avaient dénichés. Pour moi la cocaïne est un poison, me disais-je, et contribuer à empoisonner un Juif n'est pas pour me déplaire. Aussi, j'avais dit au docteur Froïde qu'en l'espace de quelques jours je lui aurais fait parvenir une bonne réserve de son alcaloïde. Naturellement, Froïde n'avait pas douté que mes procédés fussent plus que répréhensibles. Vous savez, lui avais-je dit, nous, les antiquaires, nous connaissons les gens les plus variés.

Tout cela n'a rien à voir avec mon problème, mais c'est dire combien, en fin de compte, nous étions entrés en confidence et parlions de tout et de rien. Froïde était plein de faconde et d'esprit, peut-être me trompais-je et n'était-il pas juif. Le fait est que l'on conversait mieux avec lui qu'avec Bourru et Burot, et les expérimentations de ces derniers étaient venues sur le tapis, et de là j'avais fait allusion à la patiente de Du Maurier.

— Vous croyez, lui avais-je demandé, qu'une malade de ce genre peut être guérie avec les aimants de Bourru et Burot ?

— Cher ami, avait répondu Froïde, dans les nombreux cas que nous examinons on donne trop de relief à l'aspect physique, en oubliant que si le mal surgit, il a beaucoup plus probablement des origines psychiques. Et, s'il a des origines psychiques, c'est la psyché qu'il faut soigner, pas le corps. Dans une névrose traumatique, la vraie cause de la maladie n'est pas la lésion, en soi d'habitude modeste, mais bien le trauma psychique originel. N'arrive-t-il pas qu'en éprouvant une forte émotion on s'évanouisse ? Et alors, pour qui s'occupe de maladies nerveuses, le problème n'est pas comment on perd les sens, mais quelle est l'émotion qui les a fait perdre.

— Mais comment fait-on pour savoir quelle a été cette émotion ?

— Vous voyez, cher ami, quand les symptômes sont clairement hystériques, comme dans le cas de cette patiente de Du Maurier, alors l'hypnose peut produire artificiellement ces mêmes symptômes, et on pourrait vraiment remonter au trauma initial. Mais d'autres patients ont eu une expérience si insupportable qu'ils ont voulu l'effacer, comme s'ils l'avaient remisée dans une zone inatteignable de leur esprit, si profonde qu'on ne peut même pas y arriver sous hypnose. Par ailleurs, pourquoi sous hypnose devrions-nous avoir des capacités mentales plus alertes que lorsque nous sommes éveillés ?

— Et alors on ne saura jamais…

— Ne me demandez pas une réponse claire et définitive, je vous confie là des pensées qui n'ont pas encore pris une forme achevée. Parfois, je suis tenté de songer que dans cette zone profonde on n'y arrive que lorsqu'on rêve. Même les anciens le savaient, que les rêves peuvent être révélateurs. J'ai le soupçon que si un malade pouvait parler, et parler tout son soûl, pendant des jours et des jours, avec une personne qui saurait l'écouter, allant si possible jusqu'à raconter ce qu'il a rêvé, le trauma originel pourrait d'un coup affleurer, et devenir clair. En anglais on parle de *talking cure*. Vous aurez expérimenté que si vous racontez des événements lointains à quelqu'un, tout en racontant vous récupérez des détails que vous aviez oubliés, ou bien, que vous pensiez avoir oubliés et que, au contraire, votre cerveau conservait dans quelque pli secret à lui. Je crois que d'autant plus minutieuse serait cette reconstitution, d'autant pourrait affleurer un épisode, mais que dis-je, même un fait insignifiant, une nuance qui a eu cependant un effet si insupportablement dérangeant qu'elle a provoqué une… comment dire, une *Abtrennung*, une *Beseitigung*, je ne trouve pas le terme juste, en anglais je dirais *removal*, en français comment dit-on quand on coupe un organe… une ablation ? Oui, c'est ça, en allemand le terme juste serait peut-être *Entfernung*.

Voilà l'Israélite qui remonte à la surface, me disais-je. Je crois qu'à l'époque je m'étais déjà occupé des différents complots hébraïques et du projet de cette race de faire en sorte que leurs enfants deviennent médecins et pharmaciens pour contrôler aussi bien le corps que l'esprit des chrétiens. Si j'étais malade, tu voudrais que je me remette entre tes mains en te racontant tout de moi, même ce que je ne sais pas, et comme ça tu deviens le maître de mon âme ? Pire qu'avec un confesseur jésuite parce que, avec lui au moins, je parlerais protégé par un guichet et je ne dirais pas ce que je pense mais au contraire des choses que tout le monde fait au point qu'on les nomme avec des termes presque techniques, pareils pour tous, j'ai volé, j'ai forniqué, je n'ai pas honoré mon père et ma mère. Ton langage même te trahit, tu parles d'ablation comme si tu voulais me circoncire le cerveau…

Sur ces entrefaites, Froïde s'était mis à rire et il avait commandé encore une autre bière.

— Mais ne prenez pas pour argent comptant ce que je vous dis. Ce sont les imaginations d'un velléitaire. De retour en Autriche, je me marierai et, pour entretenir ma famille, il faudra que j'ouvre un cabinet médical. Alors, j'utiliserai sagement l'hypnose comme me l'a enseigné Charcot, et je n'irai pas fouiner dans les rêves de mes malades. Je ne suis pas une pythonisse. Je me demande si la patiente de Du Maurier ne ferait pas bien de prendre un peu de cocaïne.

Ainsi s'était terminée cette conversation qui avait laissé peu de traces dans ma mémoire. Mais, à présent, tout me revient à l'esprit parce que je pourrais me trouver, sinon dans la situation de Diana, du moins dans celle d'une personne presque normale qui a perdu une partie de sa mémoire. A part le fait qu'il faudrait savoir où peut bien se trouver Froïde maintenant, pour rien au monde je n'irais raconter ma vie, je ne dis pas à un Juif, mais pas même à un bon chrétien. Avec le métier que je fais (lequel ?), il faut que je raconte ce qui concerne les autres, moyennant rémunération, mais que je m'abstienne à tout prix de raconter ce qui me concerne. Cependant, je peux me raconter à moi-même les faits qui me regardent. Je me suis rappelé que Bourru (ou Burot) me disait qu'il y avait des gourous qui s'hypnotisaient tout seuls en fixant leur nombril.

Ainsi ai-je décidé de tenir ce journal, encore qu'à reculons, me racontant mon passé au fur et à mesure que je parviens à le faire revenir dans ma tête, même les choses les plus insignifiantes, jusqu'à ce que l'élément (comment disait-on ?) traumatisant trouve une issue. Tout seul. Et tout seul je veux guérir, sans me mettre entre les mains des médecins des folles.

Avant de commencer (au juste, j'ai déjà commencé désormais, précisément hier), j'aurais aimé, pour me mettre dans l'état d'âme nécessaire à cette forme d'hypnose, aller rue Montorgueil, Chez Philippe. Je me serais assis avec calme, j'aurais considéré longuement le menu, celui que l'on sert de six heures à minuit, et j'aurais commandé : potage à la Crécy, turbot à la sauce aux câpres, filet de bœuf et langue de veau au jus ; pour terminer avec un sorbet au marasquin et des pâtisseries variées, le tout arrosé de deux bouteilles d'un vieux bourgogne.

En attendant, minuit serait passé et j'aurais pris en considération le menu nocturne : je me serais accordé un léger bouillon de tortue (il m'en est venu un à l'esprit, délicieux, de Dumas – j'ai donc connu Dumas ?), un saumon aux petits oignons avec artichauts au poivre de Java ; pour terminer par sorbet au rhum et pâtisserie anglaise aux épices. A une heure avancée de la nuit je me serais offert quelques délicatesses du menu matinal, c'est-à-dire une soupe à l'oignon, comme la dégustaient en ce moment les forts des Halles, heureux de m'encanailler avec eux. Ensuite, pour me disposer à une matinée active, un café bien tassé et un pousse-café mi-cognac mi-kirsch.

Je me serais senti, à dire le vrai, un peu lourd, mais mon esprit en eût été détendu.

Hélas, je ne pouvais me permettre cette doulce licence. Je suis sans mémoire, m'étais-je dit, si au restaurant tu rencontres quelqu'un qui te reconnaît, il est possible que tu ne le reconnaisses pas, lui. Quelle serait ta réaction ?

Je m'étais aussi demandé comment réagir devant ce quelqu'un qui serait venu me chercher au magasin. Avec le type du testament Bonnefoy et avec la vieille des hosties, ça s'était bien passé, mais cela aurait pu mal tourner. J'ai mis dehors un écriteau qui dit « le propriétaire sera absent pendant un mois », et il ne faut pas qu'on sache quand le mois débute et quand il finit. Tant que je n'aurais pas compris quelque chose de plus, il faudrait que je me cloître chez moi, et que je sorte seulement de temps en temps pour acheter quelque chose à manger. Le jeûne me fera peut-être du bien, qui peut dire que tout ce qui m'arrive n'est pas le résultat de quelque festin excessif que je me suis accordé… quand ? Le fameux soir du 21 ?

Et d'ailleurs, s'il me fallait commencer le réexamen de mon passé, j'aurais dû le faire en me regardant le nombril, comme disait Burot (ou Bourru ?), et, la panse pleine, puisque je me trouve être aussi obèse que mon âge le requiert, j'aurais dû commencer à me souvenir en fixant mon nombril dans un miroir.

En revanche, j'ai débuté hier, assis à ce bureau, écrivant sans trêve, sans me distraire, me limitant à grignoter quelque chose de temps à autre et buvant, ça oui, sans retenue. Le côté le meilleur de cette maison, c'est sa bonne cave.

4

LES TEMPS DE MON GRAND-PÈRE

26 mars 1897

Mon enfance. Turin… Une colline au-delà du Pô, moi sur le balcon avec maman. Et puis ma mère n'était plus là, mon père pleurait assis sur le balcon devant la colline, au soleil couchant, mon grand-père disait que Dieu l'avait voulu.

Avec ma mère je parlais le français, comme tout Piémontais de bonne extraction (ici, à Paris, quand je le parle, on dirait que je l'ai appris à Grenoble, où la langue française est la plus pure, pas comme le caquet des Parisiens). Dès mon enfance, je me suis senti plus français qu'italien, comme il arrive pour tout Piémontais. C'est pour cela que je trouve les Français insupportables.

*

Mon enfance, ce fut mon grand-père, plus que mon père et ma mère. J'ai haï ma mère, qui s'en était allée sans m'avertir, mon père qui avait été incapable de faire quoi que ce soit pour l'en empêcher, Dieu parce qu'il en avait décidé ainsi et mon grand-père parce qu'il lui semblait normal que Dieu en eût décidé ainsi. Mon père a toujours été quelque part ailleurs – pour faire l'Italie, qu'il disait. Et puis l'Italie l'a défait.

Grand-père. Giovan Battista Simonini, ex-officier de l'armée savoyarde, qu'il avait abandonnée, si mes souvenirs sont bons, aux temps de l'invasion napoléonienne en s'enrôlant sous les Bourbons de Florence et puis, quand la Toscane aussi était passée sous le contrôle d'une Bonaparte, il était revenu à Turin, capitaine en retraite, cultiver son amertume.

Nez bosselé de boutons, quand il me tenait près de lui je ne voyais que son nez. Et je sentais ses postillons sur mon visage. Il était ce que les Français appelaient un ci-devant, un nostalgique de l'Ancien Régime, qui ne s'était pas résigné aux méfaits de la Révolution. Il n'avait pas quitté ses culottes – il avait encore de beaux mollets – fermées sous le genou par une boucle d'or ; et d'or étaient les boucles de ses souliers vernis. Gilet, habit et cravate noirs lui donnaient un air un peu calotin. Bien que les règles de l'élégance du temps passé lui suggérassent de porter aussi une perruque poudrée, il y avait renoncé, disait-il, parce que même des bravaches tue-chrétiens comme Robespierre s'en étaient ornés, de perruques poudrées.

Je n'ai jamais compris s'il était riche, mais il ne se refusait pas la bonne chère. De mon grand-père et de mon enfance, je me rappelle surtout la *bagna caöda* : dans un récipient de terre cuite gardé bouillant sur un fourneau alimenté par des braises, où grésillait l'huile enrichie d'anchois, ail et beurre, on trempait les cardons (qui d'abord avaient été plongés un moment dans de l'eau froide citronnée – pour certains, mais pas pour mon grand-père, dans du lait, lui), des poivrons crus ou rôtis, des feuilles blanches de chou frisé, topinambour, chou-fleur très tendre – ou bien (mais, comme disait grand-père, ça, c'était pour les pauvres) légumes verts bouillis, oignons, betteraves, patates ou carottes. Manger était un plaisir pour moi, et grand-père se complaisait à me voir grossir (disait-il avec tendresse) comme un petit porcelet.

En m'aspergeant de salive, grand-père m'exposait ses maximes : — La Révolution, mon garçon, nous a rendus esclaves d'un Etat athée, plus inégaux qu'avant et frères ennemis, chacun Caïn de l'autre. Il n'est pas bon d'être trop libres, et il n'est pas bon non plus d'avoir tout le nécessaire. Nos pères étaient plus pauvres et plus heureux parce qu'ils restaient en contact avec la nature. Le monde moderne nous a donné la vapeur qui infecte les campagnes, et les métiers à tisser mécaniques qui ont ôté leur travail à tant de pauvres types, et qui ne produisent pas davantage de tissus qu'autrefois. L'homme, abandonné à lui-même, est trop mauvais pour être libre. Ce tantinet de liberté qui lui sert doit être garanti par un souverain.

Mais son sujet préféré, c'était l'Abbé Barruel. Je m'imagine enfant et je vois presque l'Abbé Barruel, qui donnait l'impression d'habiter à la maison, même s'il devait être mort depuis beau temps.

— Tu vois, mon garçon, entends-je dire mon grand-père, après que la folie de la Révolution a bouleversé toutes les nations d'Europe, une voix s'est fait entendre qui a révélé comment la Révolution n'avait été que le dernier ou le plus récent chapitre d'une conspiration universelle dirigée par les Templiers contre le trône et l'autel, autrement dit contre les rois, en particulier les rois de France, et notre Très Sainte Eglise… Ce fut la voix de l'Abbé Barruel qui, à la fin du siècle dernier, a écrit ses *Mémoires pour servir à l'histoire du jacobinisme*…

… et je vois presque l'Abbé Barruel, qui donnait l'impression d'habiter à la maison, même s'il devait être mort depuis beau temps… (p. 72)

— Mais, monsieur mon grand-père, que venaient faire là les Templiers ? demandais-je alors ; moi qui connaissais cette histoire par cœur, je voulais donner tout loisir à mon grand-père de répéter son sujet favori.

— Mon garçon, les Templiers ont été un ordre très puissant de chevaliers que le roi de France a détruits pour s'emparer de leurs biens, en envoyant une bonne partie d'entre eux sur le bûcher. Mais les survivants se sont constitués en un ordre secret dans le but de se venger du roi de France. En effet, quand la guillotine a fait tomber la tête du roi Louis, un inconnu est monté sur l'échafaud, il a soulevé cette pauvre tête en criant : « Jacques de Molay, tu es vengé ! » Et Molay était le grand maître des Templiers que le roi avait fait brûler à Paris, sur l'extrême pointe de l'île de la Cité.

— Mais quand a-t-il été brûlé, ce Molay ?

— En 1314.

— Laissez-moi faire le compte, monsieur mon grand-père, mais c'est presque cinq cents ans avant la Révolution. Et qu'ont fait les Templiers pendant ces cinq cents années pour rester cachés ?

— Ils se sont infiltrés dans les corporations des anciens maçons des cathédrales, et de ces corporations est née la maçonnerie anglaise qui se nomme ainsi parce que ses membres se considéraient *free masons*, en somme des libres maçons.

— Et pourquoi les maçons devaient-ils faire la révolution ?

— Barruel a compris que les Templiers des origines et les libres maçons avaient été conquis et corrompus par les Illuminés de Bavière ! Et c'était là une secte terrible, créée par un certain Weishaupt, dans laquelle chaque membre ne connaissait que son supérieur immédiat et ignorait tout des chefs qui se trouvaient plus haut et de leurs desseins, et dont le but était non seulement de détruire et le trône et l'autel mais aussi de fonder une société sans lois et sans morale où l'on mettait en commun les biens, y compris les femmes, Dieu me pardonne si je dis ces choses à un enfant mais il faut pourtant reconnaître les trames de Satan. Et, très très liés aux Illuminés de Bavière, il y avait ces négateurs de toute foi qui avaient donné vie à l'infâme *Encyclopédie*, je veux dire Voltaire et d'Alembert et Diderot et toute cette engeance qui, à l'imitation des Illuminés, parlaient en France du siècle des Lumières et en Allemagne de Clarification ou Explication, et qui enfin, se réunissant secrètement pour tramer la chute des rois, avaient donné vie au club dit des Jacobins, d'après justement le nom de Jacques de Molay. Voilà qui a intrigué pour faire éclater la Révolution en France !

— Ce Barruel avait tout compris…

— Il n'a pas compris comment d'un noyau de chevaliers chrétiens pouvait se lever une secte ennemie du Christ. Voilà, c'est comme le levain dans la pâte : s'il manque, la pâte ne lève pas, ne gonfle pas, et tu ne fais pas de pain. Quel a été le levain qu'un individu ou le sort ou le Diable a inoculé dans le corps encore sain des conventicules des Templiers et des libres maçons pour en faire lever la plus diabolique des sectes de tous les temps ?

Là, grand-père faisait une pause, joignait les mains comme pour se mieux concentrer, souriait, malin, et révélait avec une modestie calculée et triomphale : — Qui a eu le courage de le dire le premier, c'est ton grand-père, mon cher garçon. Quand j'ai pu lire le livre de Barruel, je n'ai pas hésité à lui écrire une lettre. Va, là au fond, mon garçon, prends le coffret qui se trouve là-bas.

Je m'exécutais, grand-père ouvrait le petit coffret avec une clef dorée qu'il gardait suspendue à son cou, et il en retirait une feuille passablement jaunie par ses quarante ans d'âge. — Voilà l'original de la lettre que j'ai envoyée à Barruel.

Je revois mon grand-père qui lisait, avec des pauses dramatiques.

« Recevez, Monsieur, de la part du militaire ignorant que je suis, les plus sincères félicitations pour votre œuvre que l'on peut à bon droit taxer d'œuvre par excellence du dernier siècle. Oh ! comme vous avez bien démasqué ces sectes infâmes qui préparent les voies de l'Antéchrist, et ce sont les ennemis implacables non seulement de la religion chrétienne mais de tout culte, de toute société, de tout ordre. Il y en a une cependant que vous n'avez touchée que légèrement. Sans doute l'avez-vous fait exprès parce qu'elle est la plus connue et par conséquent la moins à craindre. Mais, à mon avis, elle est aujourd'hui la puissance la plus formidable, si l'on considère ses grandes richesses et la protection dont elle jouit dans presque tous les Etats d'Europe. Vous comprenez bien, Monsieur, que je parle de la secte judaïque. Elle paraît complètement séparée et ennemie des autres sectes ; mais en réalité elle ne l'est pas. En fait, il suffit qu'une d'elles se montre ennemie du nom chrétien pour que cette dernière la favorise, la stipendie, la protège. Et ne l'avons-nous pas vue de nos yeux, et ne la voyons-nous pas prodiguer son or et son argent pour soutenir et guider les modernes sophistes, les Francs-Maçons, les Jacobins, les Illuminés ? Les Juifs, donc, avec tous les autres sectaires, ne forment qu'une seule faction, pour détruire, dans la mesure du possible, le nom chrétien. Et ne croyez pas, Monsieur, que tout cela est une exagération personnelle. Je n'expose aucune chose qui ne m'ait été dite par les Juifs eux-mêmes... »

— Et comment aviez-vous su ces choses par les Juifs ?

— J'avais un peu plus de vingt ans et j'étais un jeune officier de l'armée savoyarde quand Napoléon a envahi les Etats sardes : nous avons été battus à Millesimo, et le Piémont a été annexé à la France. Ce fut le triomphe des bonapartistes sans Dieu qui nous donnaient la chasse à nous, officiers du roi, pour nous pendre par le cou. Et on disait qu'il ne fallait pas circuler encore en uniforme, que dis-je, pas même se faire voir à la ronde. Mon père était dans le commerce, il avait été en rapport avec un Juif qui prêtait à usure, lequel lui était redevable de je ne sais quoi, et ainsi grâce à ses bons offices, pendant quelques semaines, tant que le climat ne s'est pas calmé pour pouvoir sortir de la ville et aller chez des parents à Florence, il m'a mis à disposition – au prix fort, c'est naturel – une petite chambre dans le ghetto qui, alors, se trouvait juste derrière notre immeuble, entre la via San Filippo et la via delle Rosine. Il m'agréait fort peu de me mêler à cette sale engeance, mais c'était l'unique endroit où personne n'aurait pensé mettre les pieds, les Juifs ne pouvaient sortir de là et les braves gens s'en tenaient éloignés.

Mon grand-père posait alors ses mains sur ses yeux, comme pour écarter une vision insupportable : — Ainsi, en attendant que la tempête fût passée, j'ai vécu au fond de ces trous crasseux où parfois logeaient huit personnes dans une seule pièce, cuisine, lit et seille, tous consumés par l'anémie, la peau de cire, imperceptiblement bleue comme la porcelaine de Sèvres, toujours occupés à chercher les coins les plus cachés, éclairés seulement par la lumière d'une bougie. Pas une goutte de sang, le teint jaunâtre, les cheveux couleur colle de poisson, la barbe d'un rougeâtre indéfinissable et, quand elle était noire, aux reflets de redingote déteinte… Je n'arrivais pas à supporter la puanteur de mon habitation et je circulais dans les cinq cours, je me rappelle parfaitement, la Grand'Cour, la Cour des Prêtres, la Cour de la Vigne, la Cour de la Taverne et celle de la Terrasse, qui communiquaient par d'épouvantables couloirs couverts, les Portiques Obscurs. Maintenant, tu trouves des Israélites même piazza Carlina ; mieux : tu les trouves de partout parce que les Savoie baissent culotte, mais à l'époque ils s'entassaient les uns sur les autres dans ces ruelles sans soleil, et, au milieu de cette tourbe onctueuse et sordide, l'estomac (n'eût été la peur des bonapartistes) m'aurait manqué…

Grand-père faisait une pause, humectant ses lèvres avec un mouchoir, comme pour ôter de sa bouche un goût insupportable : — Et c'est à eux que je devais mon salut, quelle humiliation. Mais, si nous chrétiens nous les méprisions, eux ils n'étaient vraiment pas tendres avec nous, et même ils nous haïssaient, comme du reste ils nous haïssent encore aujourd'hui. Ainsi je me suis mis à raconter que j'étais né à Livourne d'une famille juive, que tout jeune encore j'avais été élevé par des parents qui malheureusement m'avaient baptisé, mais que dans mon cœur j'étais toujours resté un Juif. Mes confidences ne paraissaient guère les impressionner car – me disaient-ils – il y en avait tellement dans ma situation que désormais ils n'y prêtaient plus attention. Cependant mes paroles avaient conquis la confiance d'un vieillard qui vivait dans la Cour de la Terrasse, à côté d'un four pour la cuisson des pains azymes.

Ici grand-père s'animait en racontant cette rencontre et, roulant des yeux, agitant les mains, il imitait en narrant le Juif dont il parlait. Il paraît donc que ce Mordecaï était d'origine syrienne, et qu'à Damas il avait été mêlé à une triste affaire. Dans la ville, un garçon arabe avait disparu et, dans un premier temps, on n'avait pas pensé aux Juifs, on jugeait que les Israélites ne tuaient pour leurs rites que des enfants chrétiens. Or, au fond d'un fossé, on avait retrouvé les restes d'un petit cadavre qui devait avoir été découpé en mille morceaux broyés ensuite dans un mortier. Les modalités du crime étaient si proches de celles qu'on imputait aux Juifs que les gendarmes avaient commencé à penser que, la Pâque approchant, ayant besoin de sang chrétien pour pétrir les azymes, ne parvenant pas à capturer un fils de chrétiens, les Israélites avaient pris l'Arabe, l'avaient baptisé et puis trucidé.

— Tu sais, commentait mon grand-père, qu'un baptême est toujours valable, quel que soit celui qui le donne, pourvu que ce dernier entende baptiser selon l'intention de la Sainte et Romaine Eglise, chose que les perfides Israélites savent pertinemment, et ils n'éprouvent nulle honte à dire « je te baptise ainsi que le ferait un chrétien, en l'idolâtrie de qui moi je ne crois pas mais qu'il suit, lui, en y croyant pleinement ». Ainsi le pauvre petit martyr a au moins eu la chance d'aller au Paradis, même si le mérite en revient au diable.

Mordecaï avait été aussitôt soupçonné. Pour le faire parler, on lui avait attaché les poignets derrière le dos, on lui avait ajouté des poids aux pieds et, une douzaine de fois, on l'avait soulevé avec une poulie pour le laisser ensuite s'écrouler sur le sol. Ensuite, on lui avait mis du soufre sous le nez, et encore plongé dans l'eau glacée et quand il levait la tête on l'enfonçait au fond, jusqu'à ce qu'il eût avoué. Autrement dit, on disait que pour que cela cesse, le misérable avait donné les noms de cinq de ses coreligionnaires qui n'avaient absolument rien à y voir et qui avaient été condamnés à mort tandis que lui, les membres disloqués, remis en liberté, il avait désormais perdu la raison, et quelque bonne âme l'embarqua sur un bateau marchand qui allait à Gênes, sinon les autres Juifs l'auraient lapidé à mort. On dit même que sur le bateau il avait été séduit par une barnabite qui l'avait convaincu de se faire baptiser et que lui, pour obtenir de l'aide une fois débarqué dans les royaumes de Sardaigne, il avait accepté tout en demeurant dans son cœur fidèle à la religion de ses pères. Il aurait été alors ce que les chrétiens appellent un marrane, sauf que, une fois arrivé à Turin et l'asile demandé dans le ghetto, il avait nié s'être jamais converti, et beaucoup le croyaient faux Juif qui conservait dans son cœur sa nouvelle foi chrétienne – et donc, pour ainsi dire, deux fois marrane. Mais personne ne pouvant prouver tous ces racontars qui venaient d'outre-mer, par la pitié due aux déments, on le gardait en vie grâce à la charité de tous, très chiche charité, relégué dans un tel taudis que même un natif du ghetto n'aurait pas osé y habiter.

Mon grand-père pensait que, quoi qu'il eût fait à Damas, le vieux n'était pas du tout devenu fou. Il était simplement animé par une haine inextinguible envers les chrétiens et, dans ce bouge sans fenêtres, en lui tenant le poignet d'une main tremblante et le fixant de ses yeux qui scintillaient dans le noir, il lui disait que depuis lors il avait consacré sa vie à la vengeance. Il lui racontait comment leur Talmud prescrivait la haine pour la race chrétienne et comment, pour corrompre les chrétiens, eux, les Juifs, ils avaient inventé les francs-maçons, dont il était devenu un des supérieurs inconnus qui commandait les loges depuis Naples jusqu'à Londres, sauf qu'il devait demeurer caché, secret et ségrégé pour ne pas être poignardé par les jésuites qui lui donnaient partout la chasse.

Tout en parlant il regardait autour de lui comme si de chaque coin sombre dût surgir un jésuite armé d'un poignard, puis il se mouchait bruyamment, pleurait un peu sur sa triste condition, un peu souriait, malin et vindicatif, savourant le fait que le monde entier ignorait son terrible pouvoir, il palpait onctueusement la main de Simonini et continuait à laisser gambader son imagination. Et il lui disait que, si Simonini l'avait voulu, leur secte l'aurait accueilli avec joie, et lui l'aurait fait entrer dans la plus secrète des loges maçonniques.

Il lui avait révélé qu'aussi bien Manès, le prophète de la secte des Manichéens, que l'infâme Vieux de la Montagne qui enivrait de drogue ses Assassins pour ensuite les envoyer assassiner les princes chrétiens, étaient de race juive. Que les francs-maçons et les Illuminés avaient été institués par deux Juifs, et que toutes les sectes antichrétiennes tiraient leurs origines des Juifs, qu'actuellement ils étaient si nombreux à travers le monde qu'ils arrivaient à plusieurs millions de personnes de chaque sexe, de chaque état, de chaque rang et de chaque condition, y compris un très grand nombre d'ecclésiastiques et jusqu'à quelques cardinaux, et d'ici peu ils ne désespéraient pas d'avoir un pape de leur parti (et, commenterait plus tard mon grand-père au cours des années à venir, depuis qu'avait été exhaussé au trône de Pierre un être ambigu comme Pie IX, la chose ne paraissait pas invraisemblable), que, pour mieux tromper les chrétiens, eux-mêmes se faisaient souvent passer pour chrétiens, voyageant et circulant d'un pays à l'autre avec de faux certificats de baptême achetés à des curés corrompus, qu'ils espéraient, à force d'argent et de manigances, obtenir de tous les gouvernements un état civil, comme déjà ils l'obtenaient dans de nombreux pays, que, lorsqu'ils posséderaient des droits de citoyenneté comme tous les autres, ils commenceraient à acquérir des maisons et des terrains, et que, au moyen de l'usure, ils dépouilleraient les chrétiens de leurs biens fonciers et de leurs trésors, qu'ils se promettaient de devenir en moins d'un siècle les maîtres du monde, d'abolir toutes les autres sectes pour faire régner la leur, de bâtir autant de synagogues que d'églises des chrétiens, et de réduire le reste de ces derniers en esclavage.

— Voilà, concluait mon grand-père, ce que j'ai révélé à Barruel. Peut-être ai-je exagéré un peu en disant avoir appris de tous ce que m'avait confié un seul d'entre eux, mais j'étais convaincu et je suis encore convaincu que le vieux me disait la vérité. Et ainsi ai-je écrit, si tu me laisses finir de lire.

Et grand-père reprenait sa lecture :

« Voilà, Monsieur, les projets perfides de la nation juive, que j'ai de mes propres oreilles entendus... Il serait donc fort souhaitable qu'une plume énergique et supérieure comme la vôtre dessillât les yeux des susnommés gouvernements, et les instruisît pour faire retourner ce peuple dans l'abjection qui lui est due, et dans laquelle nos pères, plus politiques et plus judicieux que nous, eurent toujours soin de les maintenir. Raison pour quoi, Monsieur, je vous invite en mon nom particulier, en vous priant de pardonner à un Italien, à un soldat, les erreurs de tout genre que vous trouverez dans cette lettre. Je vous souhaite de la main de Dieu la plus ample récompense pour les écrits lumineux dont vous avez enrichi son Eglise, et qu'Il inspire pour vous, à qui les lit, la plus haute estime et le plus profond respect dans lesquels j'ai l'honneur d'être, Monsieur, votre très humble et très obéissant serviteur, Giovanni Battista Simonini. »

Arrivé là, chaque fois grand-père replaçait la lettre dans son coffret et moi je demandais : — Et qu'a-t-il dit, l'Abbé Barruel ?

— Il n'a pas daigné me répondre. Mais comme j'avais quelques bons amis dans la Curie romaine, j'ai su que ce pleutre avait craint que, en diffusant ces vérités, ne se fût déchaîné un massacre des Juifs, qu'il n'avait pas le courage de provoquer parce qu'il pensait que, parmi eux, il y avait des innocents. En outre, de quelque poids ont dû être certaines menées des Juifs français de l'époque, quand Napoléon avait décidé de rencontrer les représentants du Grand Sanhédrin pour obtenir leur appui dans ses ambitions – et quelqu'un devait avoir fait savoir à l'Abbé qu'il ne fallait pas faire de vagues. Mais en même temps Barruel n'était pas capable de se taire et voilà qu'il envoie l'original de ma lettre au souverain pontife Pie VII – et d'autres copies à pas mal d'évêques. Et la chose n'en reste pas là, parce qu'il a aussi communiqué la lettre au cardinal Fesch, alors primat des Gaules, pour qu'il la fît connaître à Napoléon. Et il en a fait autant pour le chef de la police de Paris. Et la police parisienne, me dit-on, avait mené une enquête auprès de la Curie romaine, pour savoir si j'étais un témoin fiable – et par le diable je l'étais, et les cardinaux ne purent le nier ! Bref, Barruel lançait la pierre et cachait la main, il ne voulait pas susciter un esclandre plus grand que son livre ne l'avait déjà causé, mais en ayant l'air de se taire il communiquait mes révélations à la moitié de la planète. Il faut que tu saches que Barruel avait été à l'école des jésuites jusqu'à ce que Louis XV les expulse de France, et il avait reçu ensuite les ordres comme prêtre séculier, sauf à redevenir jésuite quand Pie VII a redonné pleine légitimité à l'ordre. Or donc, tu sais que moi je suis catholique fervent et que je professe le plus grand respect pour quiconque porte une soutane, mais à coup sûr un jésuite est bien toujours un jésuite, il dit une chose et il en fait une autre, il en fait une et en dit une autre, et Barruel ne s'est pas comporté différemment…

Mon grand-père ricanait en crachant de la salive entre les rares dents qui lui étaient restées, amusé de sa propre sulfureuse impertinence. — Voilà, mon petit Simonino, concluait-il, moi je suis vieux, je n'ai pas vocation à faire la voix de qui crie dans le désert, s'ils n'ont pas voulu me prêter attention, ils en répondront devant le Père Eternel ; mais c'est à vous les jeunes que je confie la torche du témoignage, maintenant que les très maudits Juifs deviennent de plus en plus puissants, et que notre couard souverain Charles-Albert se montre de plus en plus indulgent avec eux. Mais il sera culbuté par leur conjuration…

— Ils conjurent même ici à Turin ? demandais-je.

Grand-père regardait autour de lui comme si quelqu'un écoutait ses paroles, alors que les ombres du couchant obscurcissaient la pièce : — Ici et partout, disait-il. C'est une race maudite, et leur Talmud dit, comme l'affirme qui sait le lire, que les Juifs doivent maudire les chrétiens trois fois par jour et demander à Dieu qu'ils soient exterminés et détruits, et que si l'un d'eux rencontre un chrétien au bord d'un précipice, il doit le pousser dans le vide. Tu sais pourquoi tu te nommes Simonino ? J'ai voulu que tes parents te fissent baptiser ainsi en mémoire de saint Simonino, un enfant martyr qui, dans le lointain XVe siècle, à Trente, fut enlevé par les Juifs qui l'ont tué et puis réduit en morceaux, toujours pour en utiliser le sang au cours de leurs rites.

*

« Si tu n'es pas sage et que tu ne vas pas dormir tout de suite, cette nuit l'horrible Mordecaï viendra te rendre visite. » Voilà comment mon grand-père me menace. Et moi je peine à m'endormir, dans ma chambrette sous le toit, tendant l'oreille au moindre craquement de la vieille maison, entendant presque dans le petit escalier de bois les pas du terrible vieux qui vient me prendre pour m'entraîner dans son infernal habitacle, et me faire manger des pains azymes pétris avec le sang des enfançons martyrs. En confondant avec d'autres histoires que j'ai écoutées de la bouche de maman Teresa, la vieille servante qui avait déjà allaité mon père et traîne encore la

… entendant presque dans le petit escalier de bois les pas du terrible vieux qui vient me prendre pour m'entraîner dans son infernal habitacle, et me faire manger des pains azymes pétris avec le sang des enfançons martyrs… (p. 84)

savate dans la maison, j'entends Mordecaï qui marmotte en salivant, lubrique, « tiens tiens tiens, je sens une odeur de petit chrétien ».

*

J'ai déjà presque quatorze ans, et plusieurs fois j'ai été tenté d'entrer dans le ghetto qui, désormais, bavochait hors les vieilles bornes, vu qu'en Piémont on va supprimer de nombreuses restrictions. Peut-être, alors que je rôde presque aux frontières de ce monde interdit, en croisé-je quelques-uns, de Juifs, mais j'ai entendu dire que beaucoup ont abandonné leurs apparences séculaires. Ils se déguisent, dit mon grand-père, ils se déguisent, ils nous frôlent et nous ne le savons même pas. Toujours en vadrouillant aux marges, j'ai rencontré une fille aux cheveux noirs qui traversait chaque matin la piazza Carlina pour apporter on ne sait quel panier couvert d'un linge dans une boutique voisine. Regard ardent, yeux de velours, brune carnation... Impossible que ce soit une Israélite, que ces géniteurs que grand-père me décrit avec une face d'oiseau de proie et des yeux vénéneux puissent engendrer des filles de cette race. Et pourtant, elle ne peut venir que du ghetto.

C'est la première fois que je regarde une femme qui ne soit pas maman Teresa. Je passe et repasse tous les matins et, comme je la vois de loin, j'ai comme des palpitations. Les matins où je ne la vois pas, j'erre sur la place comme si je cherchais une voie pour m'échapper et que je les refusais toutes, et je suis encore là-bas quand à la maison grand-père m'attend, assis à table, chiffonnant, furieux, de la mie de pain.

Un matin, j'ose aborder la fille, lui demandant, les yeux baissés, si je peux l'aider à porter sa corbeille. Elle,

elle répond avec hauteur, en dialecte, qu'elle peut très bien la porter toute seule. Elle ne m'appelle pas *monssü*, mais bien *gagnu*, gamin. Je ne l'ai plus cherchée, je ne l'ai plus vue. J'ai été humilié par une fille de Sion. Parce que je suis gras, peut-être ? Le fait est qu'ici a commencé ma guerre avec les filles d'Eve.

*

Pendant toute mon enfance, grand-père n'avait pas voulu m'envoyer dans les écoles du Royaume car, disait-il, seuls y enseignaient des carbonari et des républicains. J'ai vécu ces longues années à la maison, tout seul, observant avec rancœur, des heures durant, les autres garçons qui jouaient sur les berges du fleuve, comme s'ils m'ôtaient quelque chose qui m'appartenait ; et, pour le reste du temps, je restais enfermé dans une pièce à étudier avec un père jésuite, toujours choisi par mon grand-père, selon mon âge, parmi les sales corbeaux noirs qui l'entouraient. Je haïssais le maître du moment, non seulement parce qu'il m'enseignait des choses à coups de baguette sur les doigts, mais aussi parce que mon père (les rares fois où il s'entretenait distraitement avec moi) m'instillait la haine des prêtres.

— Mais mes maîtres ne sont pas prêtres, ce sont des pères jésuites, disais-je.

— Pire encore, rétorquait mon père. Jamais se fier aux jésuites. Tu sais ce qu'a écrit un saint prêtre (je dis un prêtre, remarque bien, pas un franc-maçon, un carbonaro, un Illuminé de Satan comme on raconte que je suis, mais un prêtre à l'angélique bonté, l'Abbé Gioberti) ? C'est le jésuitisme qui discrédite, harcèle, afflige, calomnie, persécute, ruine les hommes doués d'un esprit libre ; c'est le jésuitisme qui chasse des emplois publics les bons et les valeureux et les remplace par les tristes et les vils ; c'est le jésuitisme qui ralentit, entrave, trouble, détourne, affaiblit, corrompt de mille façons l'instruction publique et privée, qui sème rancunes, méfiances, animosités, haines, disputes, discordes évidentes et cachées entre les individus, les familles, les classes, les Etats, les gouvernements et les peuples ; c'est le jésuitisme qui affaiblit les esprits, dompte les cœurs et les vouloirs avec l'indolence, énerve les jeunes avec une molle discipline, corrompt l'âge mûr avec une morale complaisante et hypocrite, combat, attiédit, éteint l'amitié, les affections domestiques, la pitié filiale, le saint amour de la patrie dans le plus grand nombre de nos citoyens… Il n'est secte au monde aussi dénuée d'entrailles (a-t-il dit), aussi dure et impitoyable quand il s'agit de ses intérêts, que la Compagnie de Jésus. Derrière cette face caressante et flatteuse, ces douces et mielleuses paroles, ces manières aimables et si affables, le jésuite qui répond dignement à la discipline de l'Ordre et aux ordres des supérieurs a une âme de fer, imperméable aux sentiments les plus sacrés et aux plus nobles affections. Il met rigoureusement en pratique le précepte de Machiavel selon quoi là où l'on délibère du salut de la patrie on ne doit avoir aucune considération ni de juste ni d'injuste, ni de compatissant ni de cruel. Et c'est pourquoi ils sont éduqués dès l'enfance au collège à ne cultiver aucun amour familial, à ne pas avoir d'amis, se tenant prêts à révéler à leurs supérieurs le moindre faux pas, fût-ce du compagnon le plus cher, à discipliner chaque mouvement du cœur et à se disposer à l'obéissance absolue, *perinde ac cadaver*. Tandis que les Fasingari de l'Inde, disait Gioberti, nommés aussi les étrangleurs, immolent à leur divinité les corps de leurs ennemis, les refroidissant avec la corde ou le couteau, les jésuites d'Italie exterminent l'âme avec la langue, comme les reptiles, ou avec la plume.

— Même si, concluait mon père, cela m'a toujours fait sourire que, certaines de ces idées, Gioberti les eût prises de seconde main, dans un roman publié l'année précédente, *Le Juif errant* d'Eugène Sue.

*

Mon père. La bête noire de la famille. A écouter mon grand-père, il était englué avec les carbonari. Quand il faisait allusion aux opinions de grand-père, il se limitait à me dire à voix basse de ne pas prêter l'oreille à ses divagations, mais, je ne sais si par pudeur, par respect des idées de son père, ou désintérêt à mon égard, il évitait de me parler de ses propres idéaux. Il me suffisait de tendre l'oreille à quelques conversations de grand-père avec ses pères jésuites, ou de faire attention aux commérages de maman Teresa avec le concierge pour comprendre que mon père appartenait à ceux qui non seulement approuvaient la Révolution et Napoléon, mais parlaient même d'une Italie qui secouerait le joug de l'empire autrichien, des Bourbons de Naples et du pape, et deviendrait (mot qu'en la présence de grand-père on ne devait pas prononcer) Nation.

*

Les premiers rudiments m'avaient été enseignés par le Père Pertuso, au profil de fouine. Le Père Pertuso a été le premier à m'instruire sur l'histoire de nos jours (quand mon grand-père m'instruisait sur celle d'hier).

Plus tard circulaient les premiers bruits au sujet des mouvements carbonari – dont je recueillais les nouvelles dans les gazettes qui arrivaient à l'adresse de mon père absent, que je séquestrais avant que grand-père ne les fît détruire – et je me rappelle que je devais suivre les leçons de latin et d'allemand que m'inculquait le Père Bergamaschi, si intime avec grand-père qu'il avait dans l'appartement une petite chambre à lui, pas très loin de la mienne. Le Père Bergamaschi… A la différence du Père Pertuso, c'était un homme jeune, de belle prestance, les cheveux ondulés, un visage bien dessiné, la parole fascinante et, du moins à la maison, il endossait avec dignité une soutane bien soignée. Me viennent à l'esprit ses mains blanches aux doigts fuselés et aux ongles un peu plus longs que l'on ne se serait attendu chez un homme d'Eglise.

Quand il me voyait penché à étudier, souvent il s'asseyait derrière moi et, me caressant la tête, il me mettait en garde contre les si nombreux dangers qui menaçaient un jeune désarmé, et il m'expliquait comment le carbonarisme n'était rien d'autre que le travestissement du fléau majeur, le communisme.

— Les communistes, disait-il, jusqu'à hier ils ne paraissaient pas redoutables, à présent avec le manifeste de ce Marsh (c'est ainsi qu'il semblait prononcer), il faut que nous en mettions à nu les trames. Toi, tu ne sais rien de Babette d'Interlaken. Digne arrière-petite-fille de Weishaupt, celle qu'on a appelée la Grande Vierge du communisme helvétique.

Qui sait pourquoi le Père Bergamaschi semblait avoir l'obsession, plus que des insurrections milanaises ou viennoises dont on parlait ces jours-là, des heurts religieux qui avaient eu lieu en Suisse entre catholiques et protestants.

— Babette était née en contrebande et avait grandi au milieu des crapules, des vols, des pillages et du sang ; elle ne connaissait Dieu que pour avoir entendu continuellement blasphémer son nom. Dans les escarmouches sous Lucerne, quand les radicaux avaient tué quelques catholiques des cantons primitifs, c'est chez Babette qu'on leur faisait éclater le cœur et arracher les yeux. Babette, en agitant au vent sa chevelure blonde de concubine de Babylone, celait sous le manteau de ses grâces le fait qu'elle était le héraut des sociétés secrètes, le démon qui suggérait toutes les manigances et les ruses de ces mystérieuses cliques ; elle apparaissait soudain et disparaissait en un éclair, comme un farfadet, elle savait des secrets impénétrables, elle escamotait les dépêches diplomatiques sans en altérer les sceaux, elle rampait comme un aspic dans les cabinets les plus réservés de Vienne, de Berlin et même de Pétersbourg, elle contrefaisait des lettres de change, altérait les chiffres des passeports, toute gamine elle connaissait l'art des poisons ; et elle savait les administrer comme le lui ordonnait sa secte. Elle paraissait possédée par Satan, si grandes étaient sa vigueur fébrile, la fascination de ses regards.

J'écarquillais les yeux, j'essayais de ne pas écouter, mais la nuit je rêvais de Babette d'Interlaken. Tandis que dans le demi-sommeil j'essayais d'effacer l'image de ce démon blond à la chevelure fluant sur ses épaules, certainement nues, de ce farfadet démoniaque et parfumé, au sein haletant de la volupté d'une féroce mécréante et pécheresse, je la caressais comme modèle à imiter – autrement dit, éprouvant de l'horreur à la seule pensée de l'effleurer des doigts, je ressentais le désir d'être comme elle, agent omnipotent et secret qui altérait les chiffres des passeports, menant à leur perte ses victimes de l'autre sexe.

*

Mes maîtres aimaient la bonne chère, et ce vice doit m'être resté même à l'âge adulte. Je me souviens de tablées, sinon joyeuses du moins recueillies, où les bons

… J'écarquillais les yeux, j'essayais de ne pas écouter, mais la nuit je rêvais de Babette d'Interlaken… (p. 91)

pères discutaient de l'excellence d'un pot-au-feu que grand-père avait fait préparer.

Il fallait au moins un demi-kilo de muscle de bœuf, une queue, culotte, saucisses, langue et tête de veau, saucisson frais, poule, un oignon, deux carottes, deux côtes de céleri, un bouquet de persil. Le tout à laisser mijoter des temps variés, selon le type de viande. Mais, comme se le rappelait mon grand-père, et le Père Bergamaschi approuvait avec d'énergiques signes de tête, à peine le pot-au-feu dressé sur le plat creux, il fallait répandre une poignée de gros sel sur la viande et y verser plusieurs louches de bouillon brûlant pour en exalter la saveur. Garniture réduite, à part quelques pommes de terre ; mais fondamentales, les sauces, soit : moutarde de raisin, sauce au raifort, moutarde aux fruits de sénevé, mais surtout (grand-père ne transigeait pas) la trempette verte : une poignée de persil, quatre filets d'anchois, la mie d'un petit pain, une cuillère de câpres, une gousse d'ail, un jaune d'œuf dur. Le tout finement broyé, avec huile d'olive et vinaigre.

Ce furent là, je m'en souviens, les plaisirs de mon enfance et de mon adolescence. Que désirer d'autre ?

*

Après-midi, chaleur suffocante. Je suis en train d'étudier. Le Père Bergamaschi s'assoit en silence derrière moi, sa main se serre sur ma nuque, et il me susurre qu'à un garçon aussi pieux, d'intentions aussi bonnes, qui voudrait éviter les séductions du sexe ennemi, il pourrait offrir non seulement une amitié paternelle mais aussi la chaleur et l'affection d'un homme mûr.

Depuis lors, je ne me suis plus laissé toucher par un

prêtre. Se peut-il que je me déguise en Abbé Dalla Piccola pour toucher les autres à mon tour ?

*

Cependant, vers ma dix-huitième année, mon grand-père qui voulait que je sois avocat (dans le Piémont on appelle avocat quiconque a fait des études de droit) s'était résigné à me faire sortir de la maison et à m'envoyer à l'université. J'expérimentais pour la première fois la relation avec les jeunes de mon âge, mais il était trop tard, et je vivais dans la méfiance. Je ne comprenais pas leurs éclats de rire étouffés et leurs regards entendus quand ils parlaient de filles, et qu'ils se passaient des livres français avec des gravures dégoûtantes. Je préférais rester seul et lire. Mon père recevait en abonnement de Paris *Le Constitutionnel* où *Le Juif errant* de Sue avait paru en feuilleton, et naturellement, j'avais dévoré ces fascicules. Par là j'avais appris comment l'infâme Compagnie de Jésus savait ourdir les crimes les plus abominables pour capter un héritage, foulant aux pieds les droits des miséreux et des hommes bons. Et, en même temps que la défiance à l'égard des jésuites, cette littérature m'avait initié aux délices du feuilleton : dans le grenier, j'avais repéré une caisse de livres que mon père avait d'évidence soustraits au contrôle de mon grand-père et (cherchant moi aussi à cacher à grand-père ce vice solitaire) je passais des après-midi entiers à m'user les yeux sur *Les Mystères de Paris*, *Les Trois Mousquetaires*, *Le Comte de Montecristo*…

On était entré dans cette année admirable qu'a été 1848. Tout étudiant exultait pour l'élévation au pontificat du cardinal Mastai Ferretti, ce pape Pie IX qui, deux ans auparavant, avait accordé l'amnistie pour les délits politiques. L'année avait débuté avec les premiers mouvements anti-autrichiens à Milan où les citoyens cessèrent de fumer pour mettre en crise le Trésor public de l'Impérial et Royal Gouvernement (et aux yeux de mes camarades turinois, ces camarades milanais prenaient la stature de héros résistant sans broncher devant les soldats et les fonctionnaires de police qui les provoquaient en leur soufflant des bouffées de cigare à la si bonne odeur). Le même mois, des mouvements révolutionnaires avaient éclaté dans le Royaume des Deux-Siciles et Ferdinand II avait promis une Constitution. Mais alors qu'à Paris, en février, l'insurrection populaire détrônait Louis-Philippe et que la République était proclamée (à nouveau et enfin !) – et qu'on abolissait la peine de mort pour les délits politiques, et l'esclavage, et que s'instaurait le suffrage universel –, en mars, le Pape avait accordé non seulement la Constitution, mais aussi la liberté de la presse, et il avait libéré les Juifs du ghetto de nombreux et humiliants rituels et servitudes. A la même période, le grand-duc de Toscane accordait la Constitution, tandis que Charles-Albert promulguait le Statut dans les Royaumes sardes. Enfin, les mouvements révolutionnaires à Vienne et en Bohême et en Hongrie, et ces cinq journées de l'insurrection de Milan qui conduiraient à la chasse aux Autrichiens, avec l'armée piémontaise qui entrait en guerre pour annexer Milan libérée au Piémont. Mes camarades susurraient même à propos de l'apparition d'un Manifeste des communistes, si bien que les étudiants n'étaient pas les seuls à exulter, mais les travailleurs aussi et les hommes de basse condition, tous convaincus qu'à brève échéance ils pendraient le dernier prêtre avec les boyaux du dernier roi.

Ce n'est pas que toutes les nouvelles fussent bonnes, parce que Charles-Albert subissait des défaites et on le jugeait traître aux Milanais et en général à tout patriote ;

Pie IX, effrayé par le meurtre d'un de ses ministres, s'était réfugié à Gaeta auprès du roi des Deux-Siciles et après avoir lancé la pierre il cachait le bras, il se montrait moins libéral que ce qu'il avait semblé au début ; nombre de constitutions accordées étaient retirées... Mais à Rome, sur ces entrefaites, étaient arrivés Garibaldi et les patriotes mazziniens, et au début de l'année suivante on proclamerait la République romaine.

Mon père avait définitivement disparu de la maison en mars et maman Teresa se disait convaincue qu'il avait fait cause commune avec les insurgés milanais, sauf que vers décembre un des jésuites de chez nous apportait la nouvelle qu'il avait rejoint les mazziniens qui se pressaient pour installer une garnison dans la République romaine. Effondré, grand-père me harcelait de vaticinations horribles qui changeaient l'*annus mirabilis* en *annus horribilis*. Tant et si bien que dans ces mêmes mois le gouvernement piémontais supprimait l'ordre des jésuites, raflant leurs biens, et, pour faire terre brûlée autour d'eux, il supprimait aussi les ordres dits jésuitants, tels les Oblats de Saint Charles et de la Très Sainte Vierge Marie, et les Liguoristes.

— Nous sommes dans l'avent de l'Antéchrist, se lamentait grand-père, et il attribuait naturellement chaque événement aux menées des Juifs, en voyant se vérifier les plus tristes prophéties de Mordecaï.

*

Mon grand-père donnait refuge aux pères jésuites qui cherchaient à se soustraire à la fureur populaire, en attendant qu'ils réintègrent en quelque sorte le clergé séculier, et, au tout début de 1849, beaucoup d'entre eux arrivaient en clandestins, fuyant Rome et rapportant des choses atroces sur ce qui se passait là-bas.

Le Père Pacchi. Après ma lecture du *Juif errant*, je le voyais comme l'incarnation du Père Rodin, le jésuite pervers qui agissait dans l'ombre en sacrifiant tout principe moral pour le triomphe de la Compagnie, sans doute parce que, comme lui, il cachait toujours son appartenance à l'ordre en s'habillant en pékin, en somme il portait un pardessus usé, au col incrusté d'une vieille sueur et couvert de pellicules, un tire-jus en guise de cravate, un gilet de drap noir qui montrait la corde, des gros souliers toujours croûteux de boue qu'il posait sans se gêner sur les beaux tapis de chez nous. Il avait un visage affilé, maigre et blême, des cheveux gris et graisseux collés aux tempes, des yeux de tortue, des lèvres minces et violâtres.

Non content d'inspirer du dégoût par le seul fait de s'asseoir à table, il ôtait l'appétit à tout le monde en racontant des histoires à glacer le sang, avec des tons et un langage de saint prédicateur : — Mes amis, ma voix tremble, je dois pourtant vous le dire. La lèpre s'est répandue à partir de Paris, car Louis-Philippe, qui n'était certes pas d'une pâte à faire des hosties, était cependant une digue contre l'anarchie. J'ai vu de mes yeux le peuple romain ces jours-ci ! Est-ce vraiment le peuple romain ? Ce n'étaient que figures en loques et échevelées, gibiers de potence qui, pour un verre de vin, renieraient le Paradis. Non point peuple mais plèbe qui à Rome a fusionné avec la plus vile racaille des villes italiennes et étrangères, garibaldiens et mazziniens, instrument aveugle de tout mal. Vous ne savez pas, vous, combien sont exécrables les abominations commises par les républicains. Ils pénètrent dans les églises et brisent les urnes des martyrs, les cendres se dispersent au vent, et de l'urne ils font pot de chambre. Ils descellent les pierres sacrées des autels et ils les tartinent de matière fécale, ils griffent

… Un curé qui parlait mal de la République a été traîné contre une porte cochère, transpercé de coups de poignard, on lui a crevé les yeux et arraché la langue… (p. 99)

de leurs poignards les statues de la Vierge, aux images des saints ils crèvent les yeux, et avec du charbon ils y tracent des mots de lupanar. Un curé qui parlait mal de la République a été traîné contre une porte cochère, transpercé de coups de poignard, on lui a crevé les yeux et arraché la langue, puis, une fois éventré, on a enroulé ses intestins autour de son cou et on l'a étranglé. Et n'allez pas croire que même si Rome est libérée (on parle déjà d'aides qui doivent venir de France) les mazziniens seront vaincus. Ils sont vomis par toutes les provinces d'Italie, ils sont adroits et matois, simulateurs et comédiens, vifs et hardis, patients et constants. Ils continueront à se réunir dans les repaires les plus secrets de la ville, la feinte et l'hypocrisie les font entrer dans les secrets des cabinets, dans la police, dans les armées, dans les flottes, dans les citadelles.

— Et mon fils est parmi eux, pleurait grand-père, anéanti, corps et esprit.

Ensuite, il accueillait à table un excellent bœuf braisé au barolo. — Mon fils ne comprendra jamais, disait-il, la beauté de cette macreuse avec oignon, carotte, céleri, sauge, romarin, laurier, clou de girofle, cannelle, genièvre, sel, poivre, beurre, huile d'olive et, naturellement, une bouteille de barolo, servi avec polenta ou purée de pommes de terre. Faites, faites la révolution... On a perdu le goût de la vie. Vous voulez chasser le pape pour manger de la bouillabaisse à la niçoise, comme nous y contraindra ce poissard de Garibaldi... Il n'y a plus de religion.

*

Souvent le Père Bergamaschi se mettait en civil et il s'en allait en disant qu'il s'absenterait quelques jours – sans dire le pourquoi du comment. Alors j'entrais dans sa chambre, je m'emparais de sa soutane, l'endossais, et j'allais ensuite me mirer dans une psyché en ébauchant des mouvements de danse. Comme si j'étais, le ciel me pardonne, une femme ; ou comme si lui l'était, que j'imitais. S'il s'avérait que l'Abbé Dalla Piccola c'est moi, voilà que j'aurais décelé les origines lointaines de mes goûts théâtraux.

J'avais trouvé de l'argent dans les poches de la soutane (qu'évidemment le Père avait oublié), et j'avais décidé de m'accorder et quelques plaisirs de gourmandise et quelques explorations de ces lieux de la ville que j'avais à maintes reprises entendu célébrer. Ainsi vêtu – et sans compter qu'en ces temps-là c'était déjà une provocation – je m'engageais dans les méandres du Balôn, ce quartier de Porta Palazzo alors habité par la lie de la population turinoise, où se recrutait l'armée des pires apaches qui pouvaient infecter la ville. Mais, à l'occasion des fêtes, le marché de Porta Palazzo offrait une animation extraordinaire, les gens se heurtaient, s'entassaient autour des étals, les servantes entraient en troupes dans les boucheries, les enfants s'arrêtaient, en extase, devant le fabricant de nougats, les goulafres faisaient leurs achats de volailles, gibier et saucissons, dans les restaurants on ne trouvait pas une table de libre, et moi j'effleurais de ma soutane de voletantes robes féminines, et je voyais du coin de l'œil, que je gardais ecclésiastiquement fixé sur mes mains jointes, des têtes de femmes avec leur bibi, leur bonnet, leur voile ou leur fichu, et je me sentais étourdi par le va-et-vient des diligences et des charrettes, par les cris, les hurlements, le vacarme.

Excité par cette effervescence que mon grand-père et mon père, fût-ce pour des raisons opposées, m'avaient jusqu'à présent tenue cachée, j'avais poussé jusqu'à l'un des lieux légendaires du Turin de l'époque. Vêtu en jésuite, et jouissant avec malice de la stupeur que je suscitais, je me rendais au Caffè al Bicerin, près de l'église de la Consolata, prendre ce *bicerin*, ce verre à l'anse de métal protecteur, odorant de lait, cacao, café et autres arômes. Je ne savais pas encore que même Alexandre Dumas, un de mes héros, écrirait sur le *bicerin*, quelques années après, mais au cours de mes deux ou trois incursions, pas plus, dans cet endroit magique, j'avais tout appris sur le nectar qui dérivait de la *bavareisa*, même si, alors que dans la *bavareisa*, lait, café et chocolat sont mélangés et adoucis avec du sirop, dans le *bicerin*, les trois ingrédients restent en trois strates séparées (et toujours chaudes), si bien qu'on peut en commander trois variantes, un *bicerin pur e fiur*, à base de café et de lait, *pur e barba*, café et chocolat, et *'n poc 'd tut*, avec en somme un peu de tout.

La béatitude de cette ambiance au cadre extérieur en fer, les panneaux publicitaires de chaque côté, les colonnettes et les chapiteaux de fonte, les boiseries intérieures décorées de miroirs et les tables en marbre, le comptoir derrière lequel apparaissaient les bocaux, au parfum d'amande, de quarante types différents de dragées... J'aimais, en particulier le dimanche, me mettre en observation car la boisson était le nectar de qui, ayant jeûné pour se préparer à la communion, cherchait réconfort en sortant de la Consolata – et le *bicerin* était couru au temps du jeûne quadragésimal parce que le chocolat chaud n'était pas considéré comme nourriture. Hypocrites.

Mis à part les plaisirs du café et du chocolat, ce qui me remplissait de satisfaction, c'était d'apparaître un autre : le fait que les gens ne savaient pas qui j'étais vraiment me donnait un sentiment de supériorité. Je possédais un secret.

*

… Mis à part les plaisirs du café et du chocolat, ce qui me remplissait de satisfaction, c'était d'apparaître un autre…
(p. 101)

Puis j'avais dû limiter et enfin interrompre ces aventures car je craignais de tomber sur un de mes camarades qui, à coup sûr, ne me connaissaient pas comme un cagot et me jugeaient enflammé de leur même ardeur de carbonaro.

Avec ces aspirants à une patrie insurgée, on se rencontrait d'habitude à l'Osteria del Gambero d'Oro. Dans une rue étroite et sombre, au-dessus d'une entrée plus obscure encore, une enseigne avec une écrevisse dorée disait *Au bistrot de l'écrevisse d'or, bon vin et cantine tout confort*. A l'intérieur s'ouvrait un couloir qui servait de cuisine et de cellier. On buvait au milieu des odeurs de saucisson et d'oignon, parfois on jouait à la mourre, le plus souvent, conjurés sans conjuration, nous passions la nuit à imaginer des insurrections imminentes. La cuisine de mon grand-père m'avait accoutumé à vivre en gourmet, tandis qu'au Gambero d'Oro on pouvait au mieux (si on était une bonne fourchette) satisfaire sa faim. Mais il me fallait aussi mener une vie de société, et échapper aux jésuites de la maison, donc mieux valaient les graillons du Gambero, avec quelques amis joviaux, que les mornes soupers casaniers.

Vers l'aube on sortait, l'haleine saturée d'ail et le cœur rempli d'ardeurs patriotiques, on se perdait dans un confortable manteau de brouillard, excellent pour se soustraire au regard des mouchards. On montait parfois au-delà du Pô, observant de haut les toits et les campaniles flotter sur ces vapeurs qui inondaient la plaine, alors qu'au loin la basilique de Superga, déjà illuminée par le soleil, avait l'air d'un phare au milieu de la mer.

Mais nous, les étudiants, ne parlions pas seulement de la Nation à venir. Nous parlions, comme il arrive à cet âge, de femmes. Les yeux enflammés, chacun à son tour rappelait un sourire dérobé en regardant vers un balcon, une main touchée en descendant un escalier, une fleur fanée, tombée d'un livre de messe et recueillie (disait le vantard) quand encore elle conservait le parfum des doigts qui l'avaient placée dans ces pages saintes. Moi, je me retirais, irrité, et j'acquérais une renommée de mazzinien aux mœurs intègres et sévères.

Sauf qu'un soir le plus licencieux d'entre nous avait révélé une découverte dans son grenier : bien cachés au fond d'une malle par son très dévergondé et bambocheur de père, quelques-uns de ces volumes qu'à Turin on taxait alors (en français) de cochons, et, n'osant pas les étaler sur la table graisseuse du Gambero d'Oro, il avait décidé de les prêter à tour de rôle à chacun de nous, tant et si bien que, quand mon tour était venu, je n'avais pas pu refuser.

Ainsi, tard dans la nuit, j'avais feuilleté ces tomes, qui devaient être précieux et coûteux, reliés en maroquin, dos à nerfs et mosaïque dorée, tranches or, fleurons dorés aux plats et – pour certains – plats aux armes. Ils s'intitulaient *Une veillée de jeune fille* ou *Ah ! Monseigneur, si Thomas nous voyait !* et moi je frissonnais en feuilletant ces pages pour y découvrir des gravures qui me faisaient couler des ruisseaux de sueur depuis les cheveux jusqu'aux joues et dans le cou : des femmes jeunes qui soulevaient leurs jupes pour montrer des postérieurs d'une blancheur aveuglante, offertes à l'outrage d'hommes lascifs – et je ne savais pas ce qui me troublait le plus de ces rondeurs dévergondées ou du sourire, quasi virginal, de la jeune fille qui tournait impudiquement la tête vers son profanateur, les yeux malicieux et ce sourire chaste à lui en éclairer le visage encadré de cheveux corvins arrangés en deux chignons latéraux ; ou encore, bien plus terribles, trois filles sur un divan, qui ouvraient les jambes en montrant ce qui aurait dû être la défense naturelle de leur pubis virginal, l'une d'elles l'offrant à la main droite d'un homme aux cheveux ébouriffés, lequel dans le même temps pénétrait et baisait son impudique voisine, et de la troisième, en négligeant l'aine dévoilée, il écartait de la main gauche le décolleté tout juste licencieux, et froissait le corsage. Et puis, j'avais trouvé une curieuse caricature d'abbé au visage bosselé qui, en approchant l'œil, se révélait composé de nus femelles et mâles diversement entortillés, et pénétrés par d'énormes membres virils, dont nombre d'entre eux retombaient en troupes sur la nuque comme pour former, avec leurs testicules, une chevelure touffue qui se terminait en boucles grassouillettes.

Je ne me souviens pas comment avait fini cette nuit de sabbat, quand le sexe s'était présenté à moi sous ses espèces les plus épouvantables (dans le sens sacré du terme, comme le grondement du tonnerre qui suscite à la fois le sentiment du divin, l'effroi du diabolique et du sacrilège). Je me souviens seulement que j'étais sorti de cette perturbante expérience en me répétant à mi-voix, comme une oraison jaculatoire, la phrase de je ne sais plus quel écrivain de choses saintes que le Père Pertuso m'avait fait apprendre par cœur, des années de cela : « La beauté du corps est toute dans la peau. En effet, si les hommes regardaient ce qu'il y a sous la peau, la seule vue des femmes leur deviendrait nauséabonde : cette grâce féminine n'est que sentine, sang, humeur, fiel. Considérez ce qui se cache dans les narines, dans la gorge, dans le ventre… Et nous qui n'osons pas toucher, ne fût-ce rien que du bout des doigts, le vomi ou le fumier, comment pouvons-nous donc désirer serrer dans nos bras un sac d'excréments ? »

Sans doute à cet âge croyais-je encore en la justice divine, et j'avais attribué à sa vengeance pour cette nuit de sabbat tout ce qui était arrivé le lendemain. J'avais trouvé mon grand-père renversé sur son fauteuil, qui râlait, une feuille froissée entre les mains. Nous avions appelé le médecin, j'avais recueilli la lettre et lu que mon père avait été mortellement transpercé par une balle française dans la défense de la République romaine, précisément en ce mois de juin 1849 où le général Oudinot, pour le compte de Louis-Napoléon, était accouru pour libérer le Saint-Siège des mazziniens et des garibaldiens.

Grand-père n'est pas mort, et dire qu'il avait plus de quatre-vingts ans, mais des jours durant il s'était enfermé dans un silence plein de ressentiment, sans qu'on sache si sa haine visait les Français ou les papaux qui avaient tué son fils, ou l'irresponsabilité de son fils qui avait osé les défier, ou tous les patriotes qui l'avaient corrompu. Par moments, il laissait échapper des sifflements plaintifs, en faisant allusion à la responsabilité des Juifs dans les événements qui secouaient l'Italie, de même qu'ils avaient bouleversé la France cinquante ans auparavant.

*

Peut-être pour évoquer mon père, je passe de longues heures dans le grenier sur les romans qu'il y a laissés, et je parviens à intercepter, arrivé par la poste quand lui ne pourrait plus le lire, *Joseph Balsamo* de Dumas.

Ce livre prodigieux raconte, comme chacun sait, les aventures de Cagliostro, et la manière dont il a ourdi l'affaire du collier de la reine, en un seul coup ruinant, au moral et aux finances, le cardinal de Rohan, compromettant la souveraine, exposant au ridicule la cour entière, à tel point que beaucoup considéraient que l'arnaque cagliostresque avait tellement contribué à miner le prestige de l'institution monarchique qu'elle avait préparé ce climat de discrédit qui conduirait à la Révolution de 1789.

Mais Dumas fait davantage, il voit dans Cagliostro, autrement dit Joseph Balsamo, celui qui a sciemment organisé non pas une arnaque, mais bien un complot politique à l'ombre de la franc-maçonnerie universelle.

J'étais fasciné par l'ouverture. Scène : le mont Tonnerre. Sur la rive gauche du Rhin, à quelques lieues de Worms, commence une série de lugubres montagnes, la Chaise du Roi, le Roc des Faucons, la Crête du Serpent et, la plus élevée de toutes, le mont Tonnerre. Le 6 mai 1770 (presque vingt ans avant le début de la fatidique Révolution), voilà qu'au moment où le soleil descendait derrière l'aiguille de la cathédrale de Strasbourg qui le coupait presque en deux hémisphères de feu, un inconnu qui venait de Mayence gravissait les pentes de cette montagne, abandonnant même son cheval à un certain point. Soudain, il était capturé par des êtres masqués qui, après lui avoir bandé les yeux, le conduisaient au-delà de la forêt dans une clairière où l'attendaient trois cents fantômes enveloppés dans un suaire et armés d'épées, lesquels commençaient à le soumettre à un interrogatoire très serré.

Que désires-tu ? Voir la lumière. Es-tu prêt à jurer ? Et suit une série d'épreuves, comme boire le sang d'un traître à peine occis, faire feu, le canon d'un pistolet contre son front afin de prouver son sens de l'obéissance, et des fadaises de la même eau qui évoquaient des rituels maçonniques d'ordre infime, bien connus des lecteurs même de Dumas, jusqu'à l'instant où le voyageur décidait de couper court et de s'adresser avec hauteur à la confrérie, prouvant à l'évidence qu'il en connaissait tous les rites et les trucs, et qu'ils en finissent donc de faire leur théâtre avec lui, parce que lui il était quelque chose de plus qu'eux tous : de cette confrérie maçonnique universelle, il était le chef de droit divin.

Et il appelait pour les placer sous son commandement les membres des loges maçonniques de Stockholm, de Londres, de New York, de Zurich, de Madrid, de Varsovie et de différents pays asiatiques, tous étant évidemment accourus déjà sur le mont Tonnerre.

Pourquoi les maçons du monde entier s'étaient-ils ici assemblés ? L'Inconnu maintenant l'expliquait : il demandait la main de fer, le glaive de feu et les balances de diamant pour chasser l'Impur de la terre, c'est-à-dire avilir et détruire les deux grands ennemis de l'humanité, le trône et l'autel (grand-père m'avait bien dit que le mot de l'infâme Voltaire était : écrasez l'infâme). L'Inconnu rappelait donc qu'il vivait, comme tout bon nécromant de l'époque, depuis mille et mille générations, avant Moïse et sans doute Assurbanipal, et qu'il était arrivé d'Orient annoncer que l'heure était venue. Les peuples forment une immense phalange qui marche incessamment vers la lumière, et la France était l'avant-garde de cette phalange. Que l'on mît dans ses mains le vrai flambeau de cette marche et qu'elle incendiât le monde d'une nouvelle lumière. En France régnait encore un roi vieux et corrompu à qui ne restaient à vivre que quelques années à peine. Même si un des participants – qui s'avérait être Lavater, le sublime physionomiste – avait essayé de faire remarquer que les visages de ses deux jeunes successeurs (le futur Louis XVI et son épouse Marie-Antoinette) révélaient un naturel bon et charitable, l'Inconnu (que les lecteurs devraient avoir probablement reconnu : Joseph Balsamo, qui n'a pas encore été nommé dans le livre de Dumas) rappelait qu'on ne devait pas prêter le flanc à la pitié humaine quand il s'agissait de faire avancer le flambeau du progrès. D'ici à vingt ans, la monarchie française devait être effacée de la surface de la terre.

Et à ce point-là, chaque représentant de chaque loge de chaque pays s'était proposé d'offrir hommes et richesses pour le triomphe de la cause républicaine et maçonnique à l'enseigne du *lilia pedibus destrue*, piétine et détruis les lys de France.

Je ne m'étais pas demandé si le complot de cinq continents n'était pas un peu trop pour modifier les assises constitutionnelles de la France. Au fond, un Piémontais de l'époque jugeait qu'au monde n'existaient que la France, certainement l'Autriche, peut-être, très très lointaine, la Cochinchine, mais aucun autre pays digne d'attention, sauf évidemment l'Etat pontifical. Devant la mise en scène de Dumas (avec la vénération que j'ai pour ce grand auteur), je me demandais si l'Aède n'avait pas découvert pour ainsi dire, en ne racontant qu'un seul complot, la Forme Universelle de tout complot possible.

Oublions le mont Tonnerre, la rive gauche du Rhin, l'époque – me disais-je. Pensons aux conjurés qui viennent de chaque partie du monde représenter les tentacules de leur secte qui s'étirent dans chaque pays, réunissons-les dans une clairière, dans une grotte, dans un château, dans un cimetière, dans une crypte, pourvu qu'il y fasse raisonnablement sombre, faisons prononcer par l'un d'eux un discours qui en mette à nu les trames, et la volonté de conquérir le monde… Moi, j'ai toujours connu des personnes qui craignaient le complot de quelque ennemi occulte, les Juifs pour mon grand-père, les maçons pour les jésuites, les jésuites pour mon père garibaldien, les carbonari pour les rois de la moitié de l'Europe, le roi, manipulé par les prêtres, pour mes camarades mazziniens, les Illuminés de Bavière pour les polices d'une moitié du monde, et ainsi de suite, qui sait combien de gens il y a encore sur cette terre, qui pensent être menacés par une conspiration. Voilà bien une forme à remplir selon qu'il vous plaira, à chacun son complot.

Dumas était vraiment un profond connaisseur de l'âme humaine. A quoi aspire chacun, et d'autant plus que plus malheureux et boudé par la fortune ? A l'argent et, conquis sans peine, au pouvoir (quelle volupté de commander ton semblable, et l'humilier) et à la vengeance pour chaque tort subi (et chacun dans sa vie a subi au moins un tort, pour petit qu'il soit). Et voilà que dans *Montecristo* Dumas te fait voir comment il est possible d'acquérir une immense richesse pouvant te donner un pouvoir surhumain et de faire payer chacune de leurs dettes à tes ennemis. Mais, se demande tout un chacun, pourquoi moi en revanche je suis défavorisé par la fortune (ou du moins pas aussi favorisé que je le voudrais), pourquoi m'ont été refusées des faveurs accordées, par contre, à d'autres moins méritants que moi ? Puisque personne ne pense que ses propres déveines puissent être attribuées à une de ses propres insuffisances, il faudra alors identifier un coupable. Dumas offre à la frustration de tous (aux individus comme aux peuples) l'explication de leur échec. Quelqu'un d'autre, en réunion sur le mont Tonnerre, a donc projeté ta ruine…

A bien y penser, Dumas n'a rien inventé : il a seulement donné forme narrative à ce qu'avait dévoilé, selon mon grand-père, l'Abbé Barruel. Voilà qui me suggérait déjà que, pour vendre en quelque sorte la révélation d'un complot, je ne devais fournir à l'acquéreur rien d'original, mais bien seulement et spécialement ce qu'il avait ou déjà appris ou qu'il pourrait apprendre plus facilement par d'autres canaux. Les gens ne croient qu'à ce qu'ils savent déjà, et là était la beauté de la Forme Universelle du Complot.

*

Nous étions en 1855, j'avais maintenant vingt-cinq ans, j'avais passé ma licence en droit et je ne savais pas encore que faire de ma vie. Je fréquentais mes anciens camarades sans grand enthousiasme pour leurs frissons révolutionnaires, anticipant toujours de quelques mois, avec scepticisme, leurs désillusions : voilà Rome désormais reconquise par le pape, et Pie IX qui, en Souverain Pontife des réformes, devient plus rétrograde que ses prédécesseurs ; voilà que s'évanouissent – par malchance et par lâcheté – les espoirs que Charles-Albert se hisse en héraut de l'unité italienne ; voilà que, après de bouleversants mouvements socialistes qui avaient enflammé tous les esprits, en France on rétablit l'Empire ; voilà que le nouveau gouvernement piémontais, au lieu de libérer l'Italie, envoie des soldats pour faire une guerre inutile en Crimée…

Et je ne pouvais même plus lire ces romans qui m'avaient formé combien plus que n'avaient su le faire mes jésuites, parce que, en France, un conseil supérieur de l'Université, où qui sait pourquoi siégeaient trois archevêques et un évêque, avait promulgué le soi-disant amendement Riancey qui taxait de cinq centimes par numéro tout journal qui publierait un feuilleton. Pour qui était peu au clair des affaires éditoriales, la nouvelle n'avait pas grand relief, mais mes camarades et moi en avions aussitôt saisi la portée : la taxe était trop punitive et les journaux français devraient renoncer à publier des romans ; la voix de ceux qui avaient dénoncé les maux de la société, tels Sue et Dumas, on la faisait taire à jamais.

Cependant, toujours plus gâteux par moments, mais à d'autres moments très lucide pour enregistrer ce qui se passait autour de lui, mon grand-père se plaignait du fait que le gouvernement piémontais, depuis que l'avaient pris en main des maçons comme d'Azeglio et Cavour, se fût transformé en une synagogue de Satan.

— Tu te rends compte, mon garçon, disait-il, les lois de ce Siccardi ont aboli les prétendus privilèges du clergé. Pourquoi abolir le droit d'asile dans les lieux saints ? Peut-être qu'une église a moins de droits qu'une gendarmerie ? Pourquoi abolir le tribunal ecclésiastique pour des religieux accusés de délits communs ? L'Eglise n'a peut-être pas le droit de juger les siens ? Pourquoi abolir la censure religieuse préventive sur les publications ? Peut-être que désormais chacun peut dire ce qui lui plaira, sans retenue et sans respect pour la foi ni pour la morale ? Et quand notre archevêque Fransoni a invité le clergé de Turin à désobéir à ces mesures, il a été arrêté comme un malfaiteur et condamné à un mois de prison ! Et à présent nous en sommes arrivés à la suppression des ordres mendiants et contemplatifs, presque six mille religieux. L'Etat s'en approprie les biens et dit qu'ils serviront au paiement des portions congrues aux curés, mais si tu réunis tous les biens de ces ordres tu atteins un chiffre qui est dix, que dis-je, cent fois la somme de toutes les portions congrues du Royaume, et le gouvernement dépensera cet argent pour l'école publique où on enseignera ce qui ne sert pas aux humbles, ou bien on s'en servira pour paver les ghettos ! Et le tout à l'enseigne du bon mot « une Eglise libre dans un Etat libre », là où le seul qui soit vraiment libre de prévariquer, c'est l'Etat. La vraie liberté est le droit qu'a l'homme de suivre la loi de Dieu, de mériter le Paradis ou l'Enfer. Au contraire, à présent on entend par liberté la possibilité de choisir les croyances et les opinions qui te chantent le mieux, où l'une vaut l'autre – et il est égal pour l'Etat que tu sois franc-maçon, chrétien, israélite ou disciple du Grand Turc. De cette façon, on devient indifférent à la Vérité.

… Et quand notre archevêque Fransoni a invité le clergé de Turin à désobéir à ces mesures, il a été arrêté comme un malfaiteur et condamné à un mois de prison !… (p. 112)

— Et ainsi mon fils, avait pleuré un soir grand-père qui, dans son marasme ne me distinguait plus de mon père, et parlait désormais en haletant et gémissant, ainsi mon fils, disparaissent Chanoines du Latran, Chanoines réguliers de Saint Gilles, Carmes Chaussés et Déchaux, Chartreux, Bénédictins du Mont-Cassin, Cisterciens, Olivétains, Minimes, Mineurs Conventuels, Mineurs de l'Observance, Mineurs Réformés, Mineurs Capucins, Oblats de Sainte Marie, Passionnistes, Dominicains, Mercédaires, Servites de Marie, Père de l'Oratoire, et puis Clarisses, Crucistes, Célestines ou Filles bleues, et Baptistines.

Et, tout en récitant cette liste comme un rosaire, de plus en plus agité et comme si à la fin il avait oublié de prendre souffle, il avait fait porter à table le civet, avec lard, beurre, farine, persil, demi-litre de barbera, un lièvre coupé en morceaux gros comme des œufs, cœur et foie compris, petits oignons, sel, poivre, épices et sucre.

Il s'était presque consolé, mais à un moment donné il avait écarquillé les yeux et il s'était éteint, avec un léger rot.

La pendule bat minuit et m'avertit qu'il y a trop de temps que j'écris presque sans interruption. A présent, j'ai beau me forcer, je ne parviens plus à me rappeler quoi que ce soit des années qui ont suivi la mort de mon grand-père.

La tête me tourne.

5

SIMONINO CARBONARO

Nuit du 27 mars 1897

Excusez-moi, capiston Simonini, si je m'immisce dans votre journal intime que je n'ai pas pu m'empêcher de lire. Mais ce n'est pas de mon fait si, ce matin, je me suis réveillé dans votre lit. Vous aurez compris que je suis (ou du moins je pense être) l'Abbé Dalla Piccola.

Je me suis éveillé dans un lit qui n'est pas le mien, dans un appartement que je ne connais pas, sans nulle trace de ma soutane, ni de ma perruque. Seulement une fausse barbe à côté du lit. Une fausse barbe ?

Il y a quelques jours, il m'était déjà arrivé de me réveiller et de ne pas comprendre qui j'étais, sauf que cette fois-là cela se passait chez moi, tandis que ce matin cela se passe chez quelqu'un d'autre. C'était comme si j'avais eu les yeux chassieux. J'avais mal à la langue, comme si je l'avais mordillée.

En regardant par une fenêtre, je me suis aperçu que l'appartement donne sur l'impasse Maubert, de l'autre côté de la rue Maître-Albert où j'habite.

Je me suis mis à fouiller toute la maison, qui paraissait

habitée par un laïc porteur de toute évidence d'une fausse barbe, et par conséquent (que l'on veuille m'excuser) une personne de douteuse moralité. Je suis passé dans un bureau meublé avec ostentation ; dans le fond, derrière un rideau, j'ai trouvé une petite porte et j'ai pénétré dans un couloir. L'impression était de coulisses d'un théâtre, pleines de vêtements et de perruques où, quelques jours avant, j'avais trouvé une soutane, sauf qu'à présent je le parcourais en sens contraire, vers mon logement.

Sur ma table j'ai trouvé une série de notes que j'aurais dû prendre, à en juger d'après vos reconstitutions, le 22 mars, jour où, comme ce matin, je me suis réveillé sans mémoire. Et puis que signifie, me suis-je demandé, la dernière note que j'avais écrite ce jour-là, au sujet d'Auteuil et de Diana. Qui est Diana ?

C'est curieux. Vous soupçonnez que nous sommes tous deux la même personne. Cependant, vous vous rappelez beaucoup de choses de votre vie et moi très peu de la mienne. Par contre, comme le prouve votre journal, vous, de moi, vous ne savez rien, alors que moi je viens de m'apercevoir que je me souviens d'autres choses, et pas qu'un peu, je me souviens de ce qui vous est arrivé à vous et – comme par hasard – exactement celles dont on dirait que vous ne parvenez pas à vous rappeler. Devrais-je dire que, si je peux me souvenir de tant de choses qui vous concernent, alors je suis vous ?

Sans doute non, nous sommes deux personnes différentes, entraînées pour quelque mystérieuse raison dans une vie commune, moi je suis un ecclésiastique et peut-être sais-je de vous ce que vous m'avez raconté sous le sceau du secret de la confession. Ou bien suis-je celui qui a pris la place du docteur Froïde et, sans que vous vous le rappeliez, vous a extrait du plus profond de votre ventre ce que vous tentiez d'y garder enseveli ?

Quoi qu'il en soit, il est de mon devoir sacerdotal d'attirer votre attention sur ce qui vous est arrivé après la mort de monsieur votre grand-père, que Dieu ait accueilli son âme dans la paix des justes. Certes, si vous deviez mourir en cet instant, le Seigneur ne vous accueillerait pas, vous, dans cette paix, car j'ai l'impression qu'avec vos semblables votre comportement n'est pas sans reproches, et peut-être est-ce pour cela que votre mémoire se refuse à récupérer des souvenirs qui ne vous font pas honneur.

*

En réalité, Dalla Piccola ne rapportait à Simonini qu'une séquence fort mince de faits, annotés en pattes de mouche, une graphie bien différente de la sienne ; mais c'étaient justement ces allusions avares qui agissaient pour Simonini comme des cintres où suspendre des flots d'images et de mots qui soudain lui revenaient à l'esprit. Matière dont le Narrateur tente le résumé, autrement dit la nécessaire amplification, pour rendre plus cohérent ce jeu de stimulations et de réponses, et pour ne pas imposer au lecteur le ton hypocritement vertueux dont, en les suggérant, l'abbé censurait avec excessive onction les égarements de son alter ego.

Il semble que non seulement le fait qu'eussent été abolis les Carmes Déchaux, mais même que son grand-père fût trépassé, n'ait pas particulièrement bouleversé Simon. Sans doute avait-il eu de l'affection pour son grand-père mais, après une enfance et une adolescence claquemurées dans une maison qui paraissait avoir été étudiée pour l'opprimer, où son grand-père aussi bien que ses éducateurs en soutane noire lui avaient toujours inspiré méfiance, rancœur et ressentiment au regard du monde, Simon était devenu toujours plus

incapable de nourrir d'autres sentiments qu'un ombrageux amour de soi, prenant, peu à peu, la calme sérénité d'une opinion philosophique.

Après s'être occupé des obsèques, auxquelles avaient pris part d'illustres ecclésiastiques et le gratin de la noblesse liée à l'Ancien Régime, une rencontre avec le très vieux notaire de famille, un certain Rebaudengo, lui apprenait, suite à la lecture du testament, que son grand-père lui léguait tous ses avoirs. Sauf que, informait le notaire (et il avait l'air d'en jouir), à cause des nombreuses hypothèques que le vieillard avait souscrites, et de plusieurs mauvais investissements, il ne restait rien de ces avoirs, pas même cette maison avec tous les meubles qu'elle contenait, et qui devraient aller dès que possible aux créditeurs – eux qui, jusqu'alors, étaient demeurés dans l'ombre par respect dû à ce gentilhomme estimé ; mais avec le petit-fils, ils n'auraient pas de frein.

— Vous voyez, mon cher Maître, lui avait dit le notaire, ce sont peut-être bien les tendances des temps nouveaux, et ce n'est plus comme autrefois, mais même les fils de bonnes familles parfois doivent se plier et travailler. Et si Vous vouliez incliner vers ce choix, au vrai humiliant, je pourrais Vous offrir un emploi dans mon étude où j'aurais besoin d'un jeune muni de quelques notions de droit, mais qu'il soit clair que je ne pourrais pas Vous rémunérer à la mesure de Votre talent ; ce peu que je Vous donnerais devrait Vous suffire à trouver un autre logement et à vivre d'un train modeste.

Simon avait aussitôt soupçonné que le notaire s'était approprié quantité des biens que son grand-père croyait avoir perdus en d'imprudentes souscriptions, mais il n'en avait pas les preuves, et il lui fallait cependant survivre. Il s'était dit que, travaillant en contact avec le notaire, il pourrait un jour lui rendre la pareille en lui soustrayant ce que, à coup sûr, ce dernier lui avait injustement pris. Il s'était ainsi arrangé pour vivre dans deux pièces de la via Barbaroux et pour espacer les visites dans les différents bistrots où ses camarades se réunissaient, en commençant à travailler avec Rebaudengo, rapiat, autoritaire et méfiant – qui avait tout de suite cessé de le traiter avec des Maître et des majuscules sur la langue et s'adressait à lui comme Simonini sans plus, afin de laisser entendre qui était le patron. Mais en l'espace de quelques années de ce travail de tabellion (comme on disait selon la coutume), il avait acquis la reconnaissance légale et, au fur et à mesure qu'il gagnait la prudente confiance du patron, il s'était rendu compte que son activité principale ne consistait pas tant à faire ce qu'un notaire fait d'habitude, comme garantir testaments, donations, achats-ventes et autres contrats, mais plutôt à attester des donations, achats-ventes, testaments et contrats qui n'avaient jamais eu lieu. Autrement dit, le notaire Rebaudengo, pour des sommes raisonnables, montait des actes falsifiés en imitant si nécessaire l'écriture d'autrui et fournissant les témoins qu'il enrôlait chez les troquets environnants.

— Que cela soit clair, mon cher Simon, lui expliquait-il, en passant désormais au tu, moi je ne produis pas des faux mais bien de nouvelles copies d'un document authentique qui a été perdu ou qui, par un banal incident, n'a jamais été produit, mais qui aurait pu et dû l'être. Ce serait un faux si je dressais un certificat de baptême où il apparaîtrait, pardonne-moi l'exemple, que tu es né d'une prostituée et à Odalengo Piccolo (et il ricanait, heureux de cette hypothèse humiliante). Je n'oserais jamais commettre un crime de ce genre

… Que cela soit clair, mon cher Simon, lui expliquait-il, en passant désormais au tu, moi je ne produis pas des faux mais bien de nouvelles copies d'un document authentique qui a été perdu ou qui, par un banal incident, n'a jamais été produit, mais qui aurait pu et dû l'être… (p. 119)

parce que je suis un homme d'honneur. Mais si un de tes ennemis, c'est pour dire, aspirait à ton héritage et que tu savais que ce dernier n'est certainement né ni de ton père ni de ta mère, mais bien d'une courtisane d'Odalengo Piccolo et qu'il a fait disparaître son certificat de baptême pour prétendre à ta richesse, et que tu me demandais de produire ce certificat disparu pour confondre ce truand, je seconderais pour ainsi dire la vérité, je prouverais ce que nous savons qui est vrai, et tu n'aurais pas de remords.

— Oui, mais comment feriez-vous, Vous, pour savoir de qui est vraiment né ce type ?

— Mais tu me l'aurais dit, toi ! Toi qui le connais si bien.

— Et Vous vous fiez à moi ?

— Je me fie toujours à mes clients, parce que je ne sers que des gens d'honneur.

— Mais si, par hasard, le client Vous a menti ?

— Alors c'est lui qui a péché, pas moi. Si je me mets en plus à penser que le client peut me mentir, alors j'arrête d'exercer ce métier, qui est fondé sur la confiance.

Simon n'était pas resté tout à fait convaincu que le métier de Rebaudengo pût être qualifié d'honnête par d'autres mais, depuis qu'il avait été initié aux secrets de l'étude, il avait participé aux falsifications, surpassant vite le maître et se découvrant de prodigieuses habiletés calligraphiques.

En outre, comme pour se faire pardonner ce qu'il disait, ou ayant repéré le côté faible de son collaborateur, le notaire invitait parfois Simonino dans des restaurants luxueux comme le Cambio (que fréquentait Cavour en personne), et il l'initiait aux mystères de la financière, une symphonie de crêtes de coq, ris, cervelle et testicules de veau, filet de bœuf, cèpes, demi-verre de marsala, farine, sel, huile et beurre, le tout rendu aigrelet par une alchimique dose de vinaigre – et, pour la goûter bien à point, il aurait fallu se présenter, comme son nom l'indiquait, en redingote ou stiffelius si l'on préfère.

Possible que Simonino, malgré les exhortations paternelles, n'eût pas reçu une éducation héroïque et sacrificielle, mais pour cette soirée-là il était prêt à servir Rebaudengo jusqu'à la mort – du moins sa mort à lui, Rebaudengo, comme on verrait, sinon la sienne.

En attendant, son salaire, même si c'était de pas grand-chose, avait augmenté – c'est qu'aussi le notaire vieillissait vertigineusement, il perdait la vue, sa main tremblait, et en un court laps de temps Simon lui était devenu indispensable. Mais précisément parce qu'il pouvait maintenant se permettre davantage d'aises, et qu'il n'arrivait plus à éviter les restaurants les mieux renommés de Turin (ah, les délices des agnolotti à la piémontaise, farcis de viande blanche rôtie, de viande rouge rôtie, et de bœuf bouilli, poule bouillie désossée, chou frisé cuisiné avec les rôtis, quatre œufs entiers, parmiggiano reggiano, noix muscade, sel et poivre, et pour le jus le fond de cuisson des rôtis, beurre, une gousse d'ail, une branche de romarin), pour satisfaire ce qui devenait sa plus profonde et charnelle passion, le jeune Simonini ne devait pas fréquenter ces endroits dans des habits râpés ; or donc, ses possibilités augmentant, augmentaient ses exigences.

En travaillant avec le notaire, Simon s'était rendu compte que celui-ci n'exécutait pas seulement des tâches confidentielles pour des clients privés, mais que – peut-être pour couvrir ses arrières au cas où certains aspects de son activité pas très licite seraient parvenus aux oreilles des autorités – il fournissait aussi des services à ceux qui s'occupaient de sécurité publique, parce que parfois, selon ses mots, pour faire justement condamner un suspect il était nécessaire de présenter aux juges quelques preuves documentaires susceptibles de les convaincre que les déductions de la police n'étaient pas tirées par les cheveux. Ainsi était-il entré en contact avec des personnages à l'identité incertaine qui passaient de temps à autre à l'étude et qui, dans le lexique du notaire, étaient « les messieurs du Bureau ». Qu'était et que représentait ce Bureau, il ne fallait pas être grand clerc pour le deviner : il s'agissait d'affaires réservées de la compétence du gouvernement.

Un de ces messieurs était le chevalier Bianco, qui s'était déclaré un jour très satisfait de la manière dont Simon avait produit un certain document irréfutable. Ce dernier devait être une personne qui, avant d'entrer en contact avec quelqu'un, s'assurait d'informations avérées sur son compte car, en le prenant un jour en aparté, il lui avait demandé s'il fréquentait encore le Caffè al Bicerin, et c'est là-bas qu'il l'avait convoqué pour ce qu'il avait qualifié de rendez-vous privé. Et il lui avait dit :

— Très cher Maître, nous savons fort bien que vous êtes le petit-fils d'un très fidèle sujet de Sa Majesté, et que, par conséquent, vous avez été sainement éduqué. Nous savons aussi que monsieur votre père a payé de sa vie pour des choses que nous aussi pensons justes, même s'il a agi, comment dire, avec une excessive anticipation. Nous avons donc confiance en vos loyauté et volonté de collaboration, tout en considérant que nous avons été à votre égard très indulgents, vu que depuis longtemps nous aurions pu vous incriminer, vous et le notaire Rebaudengo, pour des exploits pas tout à fait louables. Nous savons que vous fréquentez des amis, compagnons, camarades de sensibilité, comment dire, mazzinienne, garibaldienne, carbonarienne. Rien que de bien naturel, il paraît que c'est la tendance des jeunes générations. Mais voici notre problème : nous ne voulons pas que ces jeunes agissent sur des coups de tête, ou du moins pas avant qu'il soit utile et raisonnable d'en agir ainsi. Elle a beaucoup dérangé notre gouvernement, la folle entreprise de ce Pisacane qui, il y a quelques mois, s'est embarqué avec vingt-quatre autres séditieux, a débarqué à Ponza en agitant le drapeau tricolore, fait évader trois cents détenus, et puis a levé l'ancre pour Sapri en pensant que les populations locales l'attendaient avec des armes. Les plus indulgents disent que Pisacane était un généreux, les plus sceptiques qu'il était un sot, à la vérité c'était une poire. Ces rustres qu'il voulait libérer l'ont massacré avec tous les siens, vous voyez donc où les bonnes intentions peuvent mener quand elles ne tiennent pas compte de l'état de fait.

— Je comprends, avait dit Simon, mais qu'attendez-vous de moi ?

— Voilà, donc. Si nous devons empêcher ces jeunes de commettre des erreurs, la meilleure façon, c'est de les placer en prison pendant un certain temps, sous l'accusation d'attentat aux institutions, pour ensuite les libérer quand il y aura vraiment besoin de cœurs vaillants. Il faut donc les surprendre en évidente fomentation de crime pour conspiration. Vous savez certainement à quels chefs ils prêtent foi. Il suffirait que leur parvienne un message d'un de ces chefs, qui les convoquerait dans un lieu précis, armés de pied en cap, avec cocardes et drapeaux et autres bagatelles les qualifiant comme carbonari en armes. La police arriverait, les arrêterait, et tout serait fini.

— Mais si moi, à ce moment-là, je suis avec eux je serais arrêté aussi, et si je n'y suis pas ils comprendraient que c'est moi qui les ai trahis.

— Que nenni, mon bon monsieur, nous ne sommes pas à ce point ingénus que ça ne nous ait pas effleurés.

Comme nous le verrons, Bianco avait pensé juste. Mais notre Simon aussi avait d'excellents dons de penseur : après avoir parfaitement entendu le plan qu'on lui proposait, il avait conçu une extraordinaire forme de dédommagement, et dit à Bianco ce qu'il attendait de la royale munificence.

— Vous voyez, chevalier, le notaire Rebaudengo a commis bien des illégalités avant que ne débute ma collaboration avec lui. Il suffirait que je repère deux ou trois de ces affaires pour lesquelles il existe une documentation suffisante, et qui n'implique aucune personne vraiment importante mais pourquoi pas quelqu'un qui entre-temps est défunt, et que je fasse parvenir sous une forme anonyme, par l'intermédiaire de votre aimable entremise, tout le matériel d'accusation à la magistrature publique. Vous en auriez assez pour imputer au notaire un délit répété de faux en acte public, et le mettre à l'abri pendant un nombre raisonnable d'années, ce qu'il faudrait pour que la nature suive son cours, certainement pas très long étant donné l'état où se trouve le vieux.

— Et ensuite ?

— Et ensuite, une fois le notaire en prison, j'exhiberais un contrat, daté d'à peine quelques jours avant son arrestation, contrat d'où il ressortirait que, ayant terminé de lui payer une série d'échéances, je lui ai définitivement acheté son étude, dont je deviens le propriétaire. Quant à l'argent que je feindrais de lui avoir versé, tout le monde pense que je devrais avoir suffisamment hérité de mon grand-père, et le seul qui sait la vérité, c'est justement Rebaudengo.

— Intéressant, avait dit Bianco. Mais le juge se demandera où a bien pu passer l'argent que vous lui auriez payé.

— Rebaudengo se méfiait des banques et gardait tout dans un coffre-fort de l'étude, que bien sûr je sais comment ouvrir parce qu'il lui suffit à lui de me tourner le dos pour être convaincu, comme il ne me voit pas, que moi je ne vois pas ce qu'il fait. Or, les hommes de la loi ouvriront certainement, d'une façon ou d'une autre, le coffre-fort et ils le trouveront vide. Je pourrais témoigner que l'offre de Rebaudengo était arrivée presque à l'improviste, moi-même j'étais étonné de la faible somme qu'il en voulait, au point de soupçonner qu'il avait quelque raison pour abandonner ses affaires. Et de fait on trouvera, outre le coffre-fort vide, des cendres de Dieu sait quels documents dans la cheminée, et dans le tiroir de son bureau une lettre où un hôtel de Naples lui confirme la réservation d'une chambre. A ce point-là, il sera clair que Rebaudengo se sentait déjà dans le collimateur de la justice et voulait se rendre libre comme l'air en allant jouir de ses biens auprès des Bourbons où sans doute il avait déjà envoyé son magot.

— Mais devant le juge, il nierait avoir connaissance de votre contrat…

— Dieu sait quelles autres choses il niera, le magistrat ne lui prêtera sûrement pas foi.

— C'est un plan avisé. Vous me plaisez, Maître. Vous êtes plus rapide, plus motivé, plus décidé que Rebaudengo et, comment dire, plus éclectique. Eh bien, donnez-nous tout cuit ce groupe de carbonari, et puis nous nous occuperons de Rebaudengo.

L'arrestation des carbonari paraît avoir été un jeu d'enfant, d'autant que ces enthousiastes étaient justement de grands enfants qui n'étaient carbonari que dans leurs rêves brûlants. Depuis longtemps, au début par pure vanité, sachant que chacune de ses révélations serait attribuée à des nouvelles qu'il avait reçues de son père héroïque, Simon donnait à avaler sur les carbonari des sornettes que lui avait susurrées le Père Bergamaschi. Le jésuite le mettait continuellement en garde contre les menées des carbonari, francs-maçons, mazziniens, républicains et Israélites déguisés en patriotes qui, afin de se cacher aux yeux des polices du monde entier, se faisaient passer pour des marchands de charbon et se réunissaient dans des endroits secrets sous prétexte de transactions commerciales.

Tous les carbonari dépendent de la Haute Vente, composée de quarante membres, pour la plupart (c'est horrible à dire) la fine fleur du patriciat romain – outre, comme de bien entendu, quelques Juifs. Leur chef est Nubius, un grand seigneur, corrompu autant que peut l'être un bagne entier mais qui, grâce à son nom et à sa fortune, s'était créé à Rome une position sûre, au-dessus de tout soupçon. De Paris, Buonarroti, le général La Fayette ou Saint-Simon le consultaient comme l'oracle de Delphes. De Munich comme de Dresde, de Berlin comme de Vienne ou de Pétersbourg, les chefs des principales ventes, Tscharner, Heymann, Jacobi, Chodzko, Lieven, Mouraviev, Strauss, Pallavicini, Driesten, Bem, Bathyani, Oppenheim, Klauss et Carolus l'interrogeaient sur la voie à suivre. Nubius a tenu la barre de la Vente suprême jusque vers 1844, jusqu'à ce que quelqu'un lui fasse boire de l'acqua-

… Tous les carbonari dépendent de la Haute Vente, composée de quarante membres, pour la plupart (c'est horrible à dire) la fine fleur du patriciat romain – outre, comme de bien entendu, quelques Juifs… (p. 127)

toffana. Ne pensez pas que ce furent nous, les jésuites. On soupçonne que l'auteur de l'homicide a été Mazzini qui aspirait, et aspire encore, à se mettre à la tête de tous les carbonari, avec l'aide des Israélites. Le successeur de Nubius est à présent Piccolo Tigre, un Juif qui, comme Nubius, ne cesse de courir partout pour susciter des ennemis au Calvaire. Mais la composition et le lieu de la Haute Vente sont secrets. Tout doit rester inconnu aux Loges qui reçoivent d'elle la direction et l'impulsion. Les quarante membres de la Haute Vente eux-mêmes n'ont jamais su d'où venaient les ordres à transmettre ou à exécuter. Et puis on dit que les jésuites sont esclaves de leurs supérieurs. Ce sont les carbonari qui sont esclaves d'un maître qui se soustrait à leurs regards, peut-être un Grand Vieux dirigeant cette Europe souterraine.

Simon avait fait de Nubius son héros, presque une réplique virile de Babette d'Interlaken. Et, métamorphosant en poème épique ce que le Père Bergamaschi lui racontait sous la forme d'une nouvelle gothique, il en hypnotisait ses camarades. En passant sous silence le détail négligeable que Nubius était désormais mort.

Jusqu'au jour où il avait montré une lettre, qui ne lui avait presque rien coûté à fabriquer, dans laquelle Nubius annonçait une insurrection imminente dans tout le Piémont, ville après ville. Le groupe dont Simon était le chef aurait une tâche dangereuse et excitante. S'ils se réunissaient un matin donné dans la cour de l'Osteria del Gambero d'Oro, ils y trouveraient épées et fusils, et quatre charrettes chargées de vieux meubles et matelas, avec quoi ils devraient se diriger vers l'entrée de la via Barbaroux et dresser une barricade qui empêchât l'accès par la piazza Castello. Et là, ils attendraient les ordres.

Il n'en fallait pas davantage pour enflammer les esprits de cette vingtaine d'étudiants qui, en cette fatidique matinée, s'étaient réunis dans la cour du mastroquet et, penchés sur des tonneaux abandonnés, avaient trouvé les armes promises. Alors qu'ils regardaient autour d'eux, cherchant les chariots et leurs meubles, sans même avoir pensé à charger leurs fusils, la cour avait été envahie par une cinquantaine de gendarmes les tenant en joue. Incapables d'opposer la moindre résistance, les jeunes s'étaient rendus, ils avaient été désarmés, sortis de là et placés face au mur des deux côtés de la porte d'entrée. — Allez, canailles, haut les mains, silence ! hurlait un fonctionnaire en civil, le sourcil très froncé.

Tandis qu'apparemment les conjurés étaient regroupés presque au hasard, deux gendarmes avaient placé Simon juste au bout de la file, à l'angle d'une ruelle, et à un moment donné ils avaient été appelés par un de leurs sergents, s'éloignant ainsi vers l'entrée de la cour. C'était le moment (convenu). Simon s'était retourné sur son camarade le plus proche et lui avait murmuré quelque chose. Un coup d'œil aux gendarmes suffisamment loin, et les deux, d'un bond, avaient passé l'angle et s'étaient mis à courir.

— Aux armes, ils s'échappent ! avait crié quelqu'un. Les deux fuyards, alors qu'ils prenaient leurs jambes à leur cou, avaient entendu les pas et les cris des gendarmes qui tournaient eux aussi l'angle de la ruelle, Simon avait perçu deux coups de feu : l'un avait touché son ami, et Simon ne s'était pas soucié si mortellement ou pas. Il lui suffisait que, selon les accords, le second coup fût tiré en l'air.

Et voilà qu'il avait tourné dans une autre rue, puis dans une autre encore, alors qu'au loin il entendait les cris de ses poursuivants qui, obéissant aux ordres, prenaient le mauvais chemin. Peu après il traversait la piazza Castello et s'en retournait chez lui comme un citoyen quelconque. Pour ses compagnons, qui pendant ce temps-là étaient emmenés par les gendarmes, il s'était enfui et, comme ils avaient été arrêtés en une seule masse et aussitôt placés de façon à ne montrer que le dos, il était évident qu'aucun des hommes de la loi ne pouvait se rappeler son visage. Normal qu'il n'eût donc pas besoin de quitter Turin et pût reprendre son travail en allant même prêter réconfort aux familles des amis arrêtés.

Il ne restait plus qu'à passer à la liquidation du notaire Rebaudengo, advenue selon les modalités prévues. Et puis, le cœur du vieux, un an après, avait crevé, en prison, mais Simonini ne s'était pas senti responsable : ils étaient à égalité, le notaire lui avait donné un métier et il avait été son esclave durant quelques années ; le notaire avait ruiné son grand-père, Simon l'avait ruiné à son tour.

C'est donc là ce que l'Abbé Dalla Piccola était en train de révéler à Simonini. Et que lui aussi, après toutes ces évocations, se sentît accablé, on en aurait pour preuve le fait que sa contribution au journal s'arrêtait là, sur une phrase inachevée, comme si, tandis qu'il écrivait, il était tombé dans un état de déliquescence.

6

AU SERVICE DES SERVICES

28 mars 1897

Monsieur l'Abbé,

Il est curieux que ce qui devait être un journal intime (destiné à être lu uniquement par celui qui l'écrit) se soit transformé en un échange de messages. Mais voici que je me suis mis à vous écrire une lettre, presque certain qu'un jour en passant par ici vous la lirez.

Vous en savez trop sur moi. Vous êtes un témoin trop désagréable. Et excessivement sévère.

Oui, je l'admets, avec mes camarades aspirants carbonari, et avec Rebaudengo, je n'ai pas agi selon les mœurs que vous êtes tenu de prêcher. Mais ne nous voilons pas la face : Rebaudengo était une fripouille et, si je pense à tout ce que j'ai fait après, j'ai l'impression de n'avoir fait des fripouilleries qu'à des fripouilles. Quant à ces garçons, c'étaient des exaltés, et les exaltés sont la lie du monde parce que c'est à cause d'eux et de leurs beaux principes avec quoi ils s'exaltent qu'on fait les guerres et les révolutions. Et comme j'ai désormais compris que, en ce monde, on ne pourra jamais réduire le nombre des exaltés, autant vaut tirer profit de leur exaltation.

Je reprends *mes* souvenirs, si vous permettez. Je me revois à la tête de l'étude de feu Rebaudengo, et qu'avec Rebaudengo déjà j'aie pu fabriquer de faux actes notariaux n'a rien pour m'étonner car c'est exactement ce que je fais encore ici, à Paris.

Maintenant je me rappelle bien le chevalier Bianco aussi. Un jour il m'avait dit : — Vous voyez, Maître, les jésuites ont été bannis des Royaumes sardes, mais tout le monde sait qu'ils continuent d'agir et de faire des adeptes sous de fausses apparences. Ce qui se passe dans tous les pays d'où ils ont été expulsés, et on m'a montré une amusante caricature dans un journal étranger : on y voit quelques jésuites qui, chaque année, font semblant de vouloir rentrer au pays (bloqués évidemment à la frontière), afin qu'on ne se rende pas compte que leurs confrères y sont déjà, dans ce pays, en toute liberté et sous les habits d'un autre ordre. Ils sont donc encore partout, et nous devons savoir où ils sont. Or nous savons que, depuis les temps de la République romaine, quelques-uns fréquentaient la maison de monsieur votre grand-père. Il nous paraît donc improbable que vous n'ayez pas gardé des rapports avec certains d'entre eux, et nous vous demandons par conséquent d'en sonder les humeurs et les propos car on a l'impression que l'ordre est de nouveau puissant en France, et ce qui se passe en France, c'est comme si cela se passait aussi à Turin.

Ce n'était pas vrai que j'avais encore des rapports avec les bons pères, mais j'apprenais, oui, beaucoup de choses sur les jésuites, et de source sûre. En ces années-là, Eugène Sue avait publié son dernier chef-d'œuvre, *Les Mystères du peuple*, il l'avait terminé juste avant de mourir, en exil, à Annecy, en Savoie, parce que depuis longtemps il s'était lié aux socialistes et fièrement opposé à la prise de pouvoir et à la proclamation de l'empire par Louis-Napoléon. Vu qu'on ne publiait plus de feuilletons à cause de la loi Riancey, cette dernière œuvre de Sue était sortie en petits volumes, et chacun d'eux était tombé sous la rigueur de nombreuses censures, y compris la piémontaise, si bien qu'il avait été laborieux de réussir à les avoir tous. Je me souviens de m'être mortellement ennuyé à suivre cette fangeuse histoire de deux familles, l'une de Gaulois, l'autre de Francs, depuis la préhistoire jusqu'à Napoléon III, où les méchants dominateurs sont les Francs, quand les Gaulois paraissent tous socialistes dès les temps de Vercingétorix ; mais Sue était désormais la proie d'une seule obsession, comme tous les idéalistes.

A l'évidence, il avait écrit les dernières parties de son œuvre en exil, au fur et à mesure que Louis-Napoléon prenait le pouvoir et devenait empereur. Pour rendre odieux ses projets, Sue avait eu une idée géniale : puisque l'autre grand ennemi de la France républicaine était, depuis l'époque de la Révolution, les jésuites, il ne restait qu'à montrer comment la conquête du pouvoir de la part de Louis-Napoléon avait été inspirée et dirigée par les jésuites. Il est vrai que les jésuites avaient été aussi expulsés de la France dès la révolution de 1830, mais en réalité ils y étaient restés, survivant en catimini, et plus en douce encore depuis que Louis-Napoléon avait commencé son ascension au pouvoir, les tolérant pour garder de bonnes relations avec le pape.

Ainsi trouvait-on dans le livre une très longue lettre du Père Rodin (qui avait déjà fait son apparition dans *Le Juif errant*) au général des jésuites, le Père Roothaan, où le complot était exposé par le menu. Dans le roman, les dernières vicissitudes ont lieu pendant la résistance socialiste et républicaine au coup d'Etat, et la lettre apparaît écrite de façon que se révélât, encore à l'état de projet, ce que Louis-Napoléon aurait réellement fait plus tard. Et qu'ensuite, au moment où les lecteurs lisaient, tout se fût déjà vérifié, cela rendait la vaticination encore plus bouleversante.

Naturellement, le début de *Joseph Balsamo* m'était revenu à l'esprit : il aurait suffi de remplacer le mont Tonnerre par un milieu plus en odeur de prêtraille, pourquoi pas la crypte d'un vieux monastère, réunir là-bas non pas les maçons mais les fils de Loyola venus du monde entier, et il eût été suffisant qu'en place de Balsamo parlât Rodin : son ancien schéma de complot universel s'adapterait au présent.

D'où l'idée que je pouvais vendre à Bianco non seulement quelques cancans recueillis çà et là, mais un document complet soustrait aux jésuites. Il me fallait à coup sûr changer des choses, éliminer ce Père Rodin que d'aucuns pouvaient bien se rappeler comme personnage romanesque, et faire entrer dans la danse le Père Bergamaschi, désormais perdu de vue, mais à Turin on en avait certainement entendu parler. Par ailleurs, quand Sue écrivait, le général de l'ordre était encore le Père Roothaan, alors que maintenant on disait qu'il avait été remplacé par un certain Père Beckx.

Le document devrait apparaître comme la transcription quasiment littérale de ce qu'un informateur crédible relate, et l'informateur ne devrait pas être présenté comme un délateur (car l'on sait que les jésuites ne trahissent jamais la Compagnie), mais plutôt comme un vieil ami de mon grand-père qui lui avait confié ces choses pour prouver la grandeur et l'invincibilité de son ordre.

J'aurais voulu y mettre aussi les Juifs, dans l'histoire, comme un hommage à la mémoire de mon grand-père ;

mais Sue n'en parlait pas, et je n'arrivais pas à les apparier, eux et les jésuites – et puis, en ces années-là, au Piémont, les Juifs importaient peu à qui que ce fût. Il ne faut pas surcharger la tête des agents du gouvernement avec trop d'informations, ils veulent seulement des idées claires et simples, blanc et noir, bons et méchants, et, de méchant, il ne doit y en avoir qu'un seul.

Cependant je n'avais pas voulu renoncer aux Juifs, je les avais utilisés pour la reconstitution ambiante. C'était toujours une façon de suggérer à Bianco quelques soupçons au regard des Israélites.

Je m'étais dit qu'un événement situé à Paris, et pis encore à Turin, pourrait être contrôlé. Il fallait que je réunisse mes jésuites dans un endroit moins atteignable même pour les services secrets piémontais, dont eux aussi n'auraient que des nouvelles légendaires. Alors que les jésuites, eux, étaient partout, poulpes du Seigneur, avec leurs mains crochues tendues même sur des pays protestants.

Celui qui doit falsifier des documents doit toujours se documenter, et voilà pourquoi je fréquentais les bibliothèques. Les bibliothèques sont fascinantes : parfois, on a l'impression de se trouver sous la marquise d'une gare et, à la consultation de livres concernant des terres exotiques, on croit voyager vers des rivages lointains. C'est ainsi qu'il m'était arrivé de repérer dans un livre quelques belles gravures du cimetière juif de Prague. Désormais abandonné, il contenait presque douze mille pierres funéraires dans un espace étriqué, mais les sépultures devaient être beaucoup plus nombreuses car, au cours de plusieurs siècles, quantité de strates de terre y ont été superposées. Après que le cimetière avait été abandonné quelqu'un avait relevé certaines tombes enterrées, avec leur pierre, tant et si bien qu'il s'était créé comme un entassement irrégulier de pierres funéraires inclinées dans toutes les directions (ou peut-être étaient-ce les Juifs qui les avaient plantées ainsi sans égard, étrangers qu'ils sont à tout sentiment du beau et de l'ordre).

Ce lieu depuis longtemps abandonné me convenait, et aussi pour son incongruité : quelle ruse avait piqué les jésuites pour qu'ils se décident à se réunir dans un lieu qui avait été sacré aux Israélites ? Et quel contrôle avaient-ils sur ce lieu oublié de tous, et peut-être inaccessible ? Des questions sans réponse, qui auraient conféré de la crédibilité à la narration car, estimais-je, Bianco croyait fermement que, lorsque tous les faits apparaissent explicables de bout en bout et vraisemblables, alors la narration est fausse.

En bon lecteur de Dumas, il ne me déplaisait pas de rendre cette nuit-là, et cette convivialité, ténébreuses et effrayantes, avec cet espace sépulcral à peine éclairé par une serpe de lune ébréchée, et les jésuites disposés en demi-cercle si bien que, vu d'en haut, du fait de leurs sales chapeaux noirs à larges bords, le sol parût grouiller de cancrelats – ou encore, de décrire le ricanement diabolique du Père Beckx alors qu'il énonçait les sombres desseins de ces ennemis de l'humanité (et le fantôme de mon père en eût joui du haut des cieux, que dis-je, du fond des enfers où probablement Dieu précipite mazziniens et républicains), et puis montrer les messagers infâmes alors qu'ils s'égaillaient pour annoncer à toutes leurs maisons répandues à travers le monde le plan nouveau et diabolique en vue de la conquête de ce monde, tels de noirs oiseaux de malheur qui s'élèveraient dans la pâleur de l'aube afin de parapher cette nuit de sabbat.

Mais il fallait que je sois fruste et essentiel, comme il convient à un rapport secret, car on sait que les agents

… ou encore, de décrire le ricanement diabolique du Père Beckx alors qu'il énonce les sombres desseins de ces ennemis de l'humanité (et le fantôme de mon père en eût joui du haut des cieux, que dis-je, du fond des enfers où probablement Dieu précipite mazziniens et républicains)… (p. 137)

de police ne sont pas des lettrés et n'arrivent pas à aller au-delà de deux ou trois pages.

Mon prétendu informateur racontait donc que cette nuit-là les représentants de la Compagnie de différents pays s'étaient réunis à Prague pour écouter le Père Beckx, lequel avait présenté à l'assistance le Père Bergamaschi qui, par une série d'événements providentiels, était devenu conseiller de Louis-Napoléon.

Le Père Bergamaschi avait relaté la soumission aux ordres de la Compagnie dont Louis-Napoléon Bonaparte donnait des preuves.

— Nous devons louer, avait-il dit, la ruse avec laquelle Bonaparte a trompé les révolutionnaires en feignant d'en embrasser les doctrines, l'habileté avec laquelle il a conspiré contre Louis-Philippe, en favorisant la chute de ce gouvernement d'athées, et sa fidélité à nos conseils, quand il s'est présenté en 1848 aux électeurs comme républicain sincère afin de pouvoir être élu président de la République. Il ne faut pas oublier non plus la manière dont il a contribué à détruire la République romaine de Mazzini et à rétablir le Saint-Père sur son trône.

Napoléon s'était proposé (poursuivait Bergamaschi) – pour détruire définitivement les socialistes, les révolutionnaires, les philosophes, les athées, et tous les infâmes rationalistes qui proclament la souveraineté de la nation, le libre examen de conscience, la liberté religieuse, politique, sociale – de dissoudre l'Assemblée législative, d'arrêter sous prétexte de conspiration les représentants du peuple, de décréter l'état de siège à Paris, de faire fusiller sans procès les hommes pris les armes à la main sur les barricades, de transporter les individus les plus dangereux à Cayenne, de supprimer les libertés de la presse et d'association, de faire replier l'armée dans les forts et, de là, bombarder la capitale, la réduire en cendres, ne pas laisser pierre sur pierre, et faire ainsi triompher l'Eglise catholique, apostolique, romaine sur les ruines de la Babylone moderne. Après quoi, il convoquerait le peuple au suffrage universel pour proroger de dix ans son pouvoir présidentiel, et ensuite pour transformer la République en Empire renouvelé – le suffrage universel étant l'unique remède contre la démocratie parce qu'il implique le peuple des campagnes encore fidèle à la voix de ses curés.

Les choses les plus intéressantes étaient celles que Bergamaschi disait à la fin, au sujet de la politique vis-à-vis du Piémont. Là, je faisais énoncer au Père Bergamaschi ces desseins futurs de la Compagnie qui, au moment de la rédaction de son rapport, s'étaient désormais pleinement réalisés.

— Ce roi veule qu'est Victor-Emmanuel rêve le Royaume d'Italie, son ministre Cavour excite ses velléités, et tous deux entendent non seulement bouter l'Autriche hors de la péninsule, mais aussi détruire la puissance temporelle du Saint-Père. Ceux-là chercheront l'appui de la France, et il sera donc facile de les entraîner d'abord dans une guerre contre la Russie, en promettant de les aider contre l'Autriche, mais en demandant en échange la Savoie et Nice. Ensuite, l'empereur fera semblant de s'engager pour les Piémontais, mais – après quelques insignifiantes victoires locales – il négociera la paix avec les Autrichiens sans les consulter, et il favorisera la formation d'une Confédération italienne présidée par le pape, où entrera une Autriche conservant le reste de ses possessions en Italie. Ainsi le Piémont, seul gouvernement libéral de la péninsule, restera subordonné aussi bien à la France qu'à Rome et il sera sous le contrôle des troupes françaises qui occupent Rome, et des troupes qui sont en garnison en Savoie.

Voilà le document. Je ne savais pas dans quelle mesure cette dénonciation de Napoléon III comme ennemi des Royaumes sardes pouvait plaire au gouvernement piémontais, mais j'avais déjà eu l'intuition de ce que par la suite l'expérience devait me confirmer, que ça arrange toujours les hommes des services, même si on ne le fait pas sortir tout de suite, d'avoir un document quel qu'il soit avec quoi faire éventuellement chanter les hommes du gouvernement ou semer la panique ou renverser les situations.

Bianco avait, de fait, lu avec attention le rapport, il avait levé les yeux de ces feuilles, il m'avait fixé au visage, et il avait dit qu'il s'agissait de pièces de la plus haute importance. Il m'avait confirmé une fois de plus que, quand un espion vend quelque chose d'inédit, il ne doit rien faire d'autre que raconter quelque chose qu'on pourrait trouver sur tout éventaire de livres d'occasion.

Cependant, même s'il était peu au fait de la littérature, Bianco était bien informé sur moi, pour qu'il ajoutât d'un air sournois : — Naturellement, tout ça est inventé par vous.

— Je vous en prie ! lui avais-je dit scandalisé. Mais lui m'avait arrêté en levant la main : — Laissez tomber, Maître. Même si ce document était de votre cru, pour moi et mes supérieurs il nous convient de le présenter au gouvernement comme authentique. Vous devez savoir maintenant, c'est une histoire connue *urbi et orbi*, que notre ministre Cavour était convaincu de tenir Napoléon III pour lui avoir envoyé sur les talons la comtesse Castiglione, belle femme, on ne peut le nier, et le Français ne s'était pas fait prier pour jouir de ses grâces. Mais on n'a pas tardé à comprendre que Napoléon ne fait pas tout ce que veut Cavour, et que la comtesse Castiglione a gaspillé tant de grâce divine pour rien, elle y a peut-être éprouvé du plaisir, mais nous ne pouvons faire dépendre les affaires de l'Etat des démangeaisons d'une dame aux mœurs non excessivement ombrageuses. Il est très important que la Majesté de notre souverain se méfie du Bonaparte. D'ici peu, et désormais on le prévoit, Garibaldi ou Mazzini ou tous les deux ensemble organiseront une expédition dans le Royaume de Naples. Si par hasard cette entreprise était un succès, le Piémont se devra d'intervenir pour ne pas laisser ces terres entre les mains de républicains qui perdraient la tête, et pour ce faire il devra passer le long de la Botte à travers les Etats pontificaux. Disposer notre souverain à nourrir des sentiments de défiance et de rancœur à l'égard du Pape et à ne pas faire grand cas des recommandations de Napoléon III, ce sera donc la condition nécessaire pour atteindre ce but. Comme vous l'aurez compris, cher Maître, la politique, c'est souvent nous qui en décidons, nous les très humbles serviteurs de l'Etat, plus que ceux qui, aux yeux du peuple, gouvernent…

Ce rapport avait été mon premier travail vraiment sérieux, où je ne me limitais pas à gribouiller un testament à l'usage d'un privé quelconque, mais construisais un texte politiquement complexe avec lequel je contribuais peut-être à la politique du Royaume de Sardaigne. Je me souviens que j'en étais véritablement fier.

En attendant on était arrivé à l'année fatidique : 1860. Fatidique pour le pays, pas encore pour moi qui me limitais, détaché, à suivre les événements en écoutant les propos des désœuvrés dans les bars. Tout en ayant l'intuition que je devrais de plus en plus m'occuper de choses politiques, je pensais que les nouvelles les plus appétissantes à fabriquer seraient celles que les désœuvrés attendaient, se méfiant de celles que les folliculaires rapportaient comme certaines.

Ainsi, j'avais appris que les populations du grand-duché de Toscane, du duché de Modène, du duché de Parme chassaient leurs souverains ; les prétendues légations pontificales d'Emilie et de Romagne se dérobaient au contrôle du pape ; tous demandaient leur annexion au Royaume de Sardaigne ; au mois d'avril 1860, des mouvements insurrectionnels éclataient à Palerme, Mazzini écrivait aux chefs de la révolte que Garibaldi accourrait les aider, on murmurait que Garibaldi cherchait des hommes, du fric et des armes pour son expédition et que la marine des Bourbons croisait déjà dans les eaux siciliennes pour bloquer toute expédition ennemie.

— Mais savez-vous que Cavour utilise un de ses hommes de confiance, La Farina, pour tenir à l'œil Garibaldi ?

— Mais que dites-vous là ? Le ministre a approuvé une souscription pour l'achat de douze mille fusils, précisément pour les garibaldiens.

— En tout cas, la distribution a été bloquée, et par qui ? Par les carabiniers royaux !

— Mais je vous en prie, de grâce ! Loin de la bloquer, Cavour a facilité la distribution.

— Oui-da, à part que ce ne sont pas les beaux fusils Enfield que Garibaldi attendait, ce sont de vieilles pétoires avec quoi notre héros peut au mieux aller à la chasse aux alouettes !

— Je sais par des gens du Palais royal, n'allez pas me demander des noms, que La Farina a donné à Garibaldi huit mille lires et mille fusils.

— Oui, mais il devait y en avoir trois mille, et le gouverneur de Gênes en a gardé deux mille pour lui.

— Pourquoi Gênes ?

— Parce que vous ne voudriez tout de même pas que Garibaldi aille en Sicile à dos de mulet. Il a souscrit un contrat pour l'acquisition de deux bateaux, qui devront partir de Gênes ou des environs. Et vous savez qui a garanti la dette ? La franc-maçonnerie, et pour tout dire une loge génoise.

— La loge du Grand Mamamouchi alors, la maçonnerie est une invention des jésuites !

— Taisez-vous, vous qui êtes franc-maçon, tout le monde est au courant !

— Glissons. Je sais de source sûre qu'à la signature du contrat étaient présents (et ici la voix qui parlait devenait un souffle) l'avocat Riccardi et le général Negri di Saint Front…

— Et qui sont ces guignols ?

— Vous ne le savez pas ? (la voix se faisait très très basse) Ce sont les chefs du Bureau Affaires réservées, ou mieux le Bureau de la Haute Surveillance Politique, qui est en fin de compte le service informations du président du Conseil… Ils sont à tous les deux une puissance, ils ont plus de poids que le Premier ministre, voilà qui ils sont, il s'agit bien là de maçons !

— Vous croyez ? On peut appartenir aux Affaires réservées et être maçon, et même, ça aide.

Le 5 mai, il était de notoriété publique que Garibaldi, avec mille volontaires, avait levé l'ancre et se dirigeait vers la Sicile. En fait de Piémontais, il n'y en avait pas plus d'une dizaine, des étrangers aussi avaient embarqué, et, en abondance, des avocats, des médecins, des pharmaciens, des ingénieurs et des rentiers. Peu de gens du peuple.

… La loge du Grand Mamamouchi alors, la maçonnerie est une invention des jésuites !
— Taisez-vous, vous qui êtes franc-maçon, tout le monde est au courant !… (p. 144)

Le 11 mai, les bateaux de Garibaldi avaient débarqué à Marsala. Et la marine des Bourbons, de quel côté regardait-elle ? Il paraît qu'elle avait été effrayée par deux navires britanniques qui mouillaient dans le port, officiellement pour protéger les biens de leurs compatriotes qui, à Marsala, vivaient de florissants commerces de vins réputés. Ou bien les Anglais n'étaient-ils pas plutôt ici pour venir en aide à Garibaldi ?

Bref, en l'espace de quelques jours les Mille de Garibaldi (désormais la rumeur publique les appelait ainsi) mettaient en déroute les bourboniens à Calatafimi, ils augmentaient en nombre grâce à l'arrivée de volontaires locaux, Garibaldi se proclamait dictateur de la Sicile au nom de Victor-Emmanuel II, et, à la fin du mois, Palerme était conquise.

Et la France, la France que disait-elle ? La France paraissait observer avec prudence, mais un Français, désormais plus célèbre que Garibaldi, Alexandre Dumas, le grand romancier, avec son bateau à lui, l'*Emma*, cinglait pour s'unir aux libérateurs, lui aussi avec argent et armes.

A Naples, le malheureux roi des Deux-Siciles, François II, dans la crainte que les victoires garibaldiennes remportées en divers lieux ne fussent dues à la trahison de ses généraux, se hâtait d'accorder des amnisties aux détenus politiques et de reproposer le statut de 1848 qu'il avait abrogé ; mais il était trop tard et des émeutes mûrissaient jusque dans sa capitale.

Et c'est dans ces premiers jours de juin que je recevais un billet du chevalier Bianco : il me disait d'attendre, à minuit de ce jour même, un fiacre qui me prendrait à la porte de mon étude. Singulier rendez-vous, mais je subodorais une affaire intéressante et, à minuit, suant dans la chaleur caniculaire qui, ces jours-là, tourmentait aussi Turin, j'avais attendu devant ma porte. Une voiture était arrivée, fermée, les vitres couvertes de rideaux, occupée par un inconnu qui m'avait conduit quelque part – pas très loin du centre, m'avait-il semblé, avec l'impression que la voiture parcourait deux ou trois fois les mêmes rues.

Le fiacre s'était arrêté dans la cour délabrée d'une vieille bâtisse populaire qui n'était plus qu'une embûche de rampes disjointes. Là, on m'avait fait passer par une porte basse et parcourir un long couloir, au bout duquel une autre petite porte donnait dans l'entrée d'un immeuble de toute autre qualité, où s'ouvrait un ample escalier. Cependant, nous n'étions pas montés non plus par là, mais par un petit escalier au fond de l'entrée, après quoi on avait pénétré dans un cabinet aux parois tapissées de damas, un grand portrait du roi sur le mur du fond, une table couverte d'un tapis vert où avait pris place quatre personnes, dont l'une était le chevalier Bianco, qui m'avait présenté aux autres. Personne n'avait tendu la main, ils s'étaient limités à un signe de tête.

— Asseyez-vous, Maître. Monsieur, à votre droite, est le général Negri di Saint Front, à votre gauche voici l'avocat Riccardi et, en face de vous, le professeur Boggio, député du collège de Valenza Pô.

Selon ce qu'il se murmurait dans les bars, je reconnaissais dans les deux premiers ces chefs de la Haute Surveillance Politique qui (*vox populi*) auraient aidé les garibaldiens à acheter les deux fameux bateaux. Quant au troisième personnage, je connaissais son nom : il était journaliste, à trente ans déjà professeur de droit, député, toujours très proche de Cavour. Il avait un visage rubicond, enjolivé de fines moustaches, un monocle grand comme le cul d'un verre, et l'air de l'homme le plus inoffensif du monde. Mais l'obséquiosité dont les trois autres le gratifiaient témoignait de son pouvoir auprès du gouvernement.

Negri di Saint Front avait commencé : — Cher Maître, connaissant vos capacités à recueillir des informations, outre votre prudence et votre réserve à les gérer, nous entendrions vous confier une mission très délicate dans les terres tout juste conquises par le général Garibaldi. Ne prenez pas cette tête soucieuse, nous n'entendons pas vous charger de mener à l'assaut les Chemises rouges. Il s'agit de nous procurer des nouvelles. Cependant, pour que vous sachiez quelles informations peuvent intéresser le gouvernement, il nous est nécessaire de vous confier ce que je n'hésite pas à qualifier de secret d'Etat, et vous comprendrez donc de quelle circonspection vous devrez faire preuve dès cette nuit et dorénavant, jusqu'à la fin de votre mission, et au-delà. Mais il y va aussi, comment dire, de la sauvegarde de votre intégrité personnelle, ce à quoi, c'est bien naturel, nous tenons beaucoup.

On ne pouvait pas être plus diplomate que ça. Saint Front tenait beaucoup à ma santé et de ce fait il m'avisait que, si j'avais parlé autour de moi de ce que j'étais sur le point d'entendre, cette même santé je la mettrais en sérieux danger. Mais le préambule laissait présager, avec l'importance de la mission, le poids sonnant et trébuchant que j'en tirerais. Par conséquent, d'un respectueux signe de confirmation, j'avais encouragé Saint Front à poursuivre.

— Personne mieux que le député Boggio ne pourra vous expliquer la situation, c'est qu'aussi il tire ses informations et ses souhaits de la source la plus haute, dont il est très proche. Je vous en prie, professeur…

— Voyez-vous, Maître, avait commencé Boggio, il n'y a personne au Piémont qui, plus que moi, admire cet homme intègre et généreux qu'est le général Garibaldi. Ce qu'il a fait en Sicile, avec une poignée de braves, contre une des armées les mieux équipées d'Europe, est miraculeux.

Cet exorde me suffisait pour m'induire à penser que Boggio était le pire ennemi de Garibaldi, mais je m'étais proposé d'écouter en silence.

— Toutefois, avait poursuivi Boggio, s'il est bien vrai que Garibaldi a endossé la dictature des territoires conquis au nom de notre roi Victor-Emmanuel II, ceux qui le suivent de près n'approuvent pas du tout cette décision. Mazzini, le souffle sur son cou, le tanne afin que la grande insurrection méridionale conduise à la république. Et nous connaissons la grande force de persuasion de ce Mazzini qui, tout en se la coulant douce dans des pays étrangers, a déjà convaincu tant d'insensés d'aller à la mort. Parmi les collaborateurs les plus intimes du général, il y a Crispi et Nicotera qui sont des mazziniens de la plus belle eau, et influencent bien mal quelqu'un comme le général, incapable de se rendre compte de la malignité des autres. Bon, parlons clair et net : Garibaldi ne tardera pas à rejoindre le détroit de Messine et à passer en Calabre. L'homme est un stratège averti, ses volontaires, enthousiastes, beaucoup d'insulaires se sont unis à eux, on ne sait pas si par esprit patriotique ou par opportunisme, et beaucoup de généraux bourboniens ont déjà donné la preuve d'une si piètre habileté au commandement qu'on peut penser que d'occultes donations auraient affaibli leurs vertus militaires. Il ne nous revient pas de vous dire vers qui penchent nos soupçons quant à ces donations. Certainement pas du côté de notre gouvernement. A présent, la Sicile est désormais aux mains de Garibaldi, et si dans ses mains tombaient aussi les Calabres et Naples, le général, soutenu par les républicains mazziniens, disposerait des ressources d'un royaume de neuf millions d'habitants et, étant entouré d'un prestige populaire irrésistible, il serait plus fort que notre souverain. Pour éviter ce malheur, notre souverain a une seule possibilité : descendre vers le sud avec notre armée, passer, certes de manière non indolore, à travers les Etats pontificaux, et arriver à Naples avant que n'y arrive Garibaldi. Est-ce clair ?

— Clair. Mais je ne vois pas comment moi...

— Attendez. L'expédition garibaldienne a été inspirée par des sentiments d'amour patriotique, mais pour intervenir en vue de la discipliner, je dirais mieux, de la neutraliser, nous devrions pouvoir démontrer, via des rumeurs bien répandues, et des articles de gazettes, qu'elle a été polluée par des personnages ambigus et corrompus, au point que soit rendue nécessaire l'intervention piémontaise.

— En somme, avait dit l'avocat Riccardi qui n'avait pas encore parlé, il ne faut pas miner la confiance dans l'expédition garibaldienne, mais affaiblir la confiance dans la subséquente administration révolutionnaire. Le comte de Cavour envoie en Sicile La Farina, grand patriote sicilien qui a dû affronter l'exil, et devrait donc jouir du crédit de Garibaldi, mais en même temps il est depuis des années le féal collaborateur de notre gouvernement et il a fondé une Société Nationale Italienne qui soutient l'annexion du Royaume des Deux-Siciles à une Italie unie. La Farina est chargé de faire la clarté sur certains bruits, fort préoccupants, qui nous sont déjà parvenus. Il paraît qu'en toute bonne foi et incompétence, Garibaldi est en train d'instaurer là-bas un gouvernement qui est la négation de tout gouvernement. A l'évidence, le général ne peut pas tout contrôler, son honnêteté est hors de discussion, mais dans quelles mains laisse-t-il la chose publique ? Cavour attend de La Farina un rapport complet sur chaque éventuelle malversation, mais les mazziniens feront tout pour l'isoler du peuple, c'est-à-dire de ces couches de population où il est plus facile de recueillir les brûlantes nouvelles des scandales.

— Et, dans tous les cas, notre Bureau se fie jusqu'à un certain point à La Farina, était intervenu Boggio. Non pas pour faire des critiques, par pitié, mais lui aussi est sicilien, sans doute de bonnes gens, mais ils sont différents de nous, n'est-ce pas ? Vous aurez une lettre de présentation pour La Farina et vous pouvez vous appuyer sur lui, cependant vos mouvements seront de la plus grande liberté, vous ne serez pas tenu de ne recueillir que des données documentées, mais (comme vous l'avez déjà fait d'autres fois) d'en fabriquer quand elles feraient défaut.

— Et à quel titre j'irais là-bas, privé, officiel ?

— Comme d'habitude, nous avons pensé à tout, avait souri Bianco. Le sieur Dumas, dont vous devez connaître le nom de romancier célèbre, est sur le point de rejoindre Garibaldi à Palerme avec un bateau de sa propriété, l'*Emma*. Nous n'avons pas bien compris ce qu'il peut aller faire là-bas, sans doute veut-il simplement écrire quelque histoire romancée de l'expédition garibaldienne, ou peut-être n'est-il qu'un vaniteux qui affiche son amitié avec le héros. Quoi qu'il en soit, nous savons que dans deux jours environ il fera escale en Sardaigne, dans la baie d'Arzachena, et donc chez nous. Vous partirez après-demain matin à l'aube pour Gênes et vous embarquerez sur un de nos bateaux qui vous emmènera en Sardaigne où vous rejoindrez Dumas, muni d'une lettre d'accréditation signée par quelqu'un à qui Dumas doit beaucoup et en qui il a confiance. Vous apparaîtrez comme envoyé du journal dirigé par le professeur Boggio, chargé en

Sicile de couvrir et célébrer l'entreprise de Dumas et celle de Garibaldi. Vous serez ainsi admis à faire partie de l'entourage de ce conteur et avec lui vous débarquerez à Palerme. Arriver à Palerme avec Dumas vous conférera un prestige et une insoupçonnabilité dont vous ne bénéficieriez pas si vous arriviez tout seul. Là-bas, vous pourrez vous mêler aux volontaires et dans le même temps avoir le contact avec la population locale. Une autre lettre d'une personne connue et estimée vous accréditera auprès d'un jeune officier garibaldien, le capitaine Nievo, que Garibaldi devrait avoir nommé vice-intendant général. Imaginez que dès le départ du *Lombardo* et du *Piemonte*, les deux navires qui ont conduit Garibaldi à Marsala, on lui avait confié 14 000 des 90 000 lires qui constituaient la caisse de l'expédition. Nous ne savons pas bien pourquoi ils ont chargé de tâches administratives précisément Nievo qui est, nous dit-on, un homme de lettres, mais il paraît jouir d'une parfaite réputation de personne intègre. Il sera heureux de converser avec quelqu'un qui écrit pour les journaux et se présente comme un ami du fameux Dumas.

Le reste de la soirée, on l'avait passé à nous accorder sur les aspects techniques de l'entreprise, et sa rétribution. Le lendemain, après avoir fermé l'étude pour une période indéterminée, j'avais rassemblé quelques bricoles de stricte nécessité et, en suivant mon inspiration, j'avais emporté aussi la soutane que le Père Bergamaschi avait laissée dans la maison de mon grand-père, et que j'avais sauvée avant que tout ne fût livré aux créditeurs.

7

AVEC LES MILLE

29 mars 1897

Je ne sais pas si j'aurais réussi à me rappeler tous les événements, et surtout les sensations de mon voyage sicilien entre les mois de juin 1860 et de mars 1861 si, hier dans la nuit, en fouillant au milieu de vieux papiers au fond d'une commode, en bas dans le magasin, je n'avais pas trouvé un dossier de feuilles roulées en cornet où j'avais tenu un brouillon de ces vicissitudes, dans le but probable de pouvoir ensuite établir un rapport détaillé à mes commettants turinois. Ce sont des notes lacunaires, je n'avais relevé naturellement que ce que je jugeais marquant, ou que je *voulais* présenter comme tel. Qu'avais-je tu, je ne sais.

*

Depuis le 6 juin, je suis à bord de l'*Emma*. Dumas m'a accueilli avec grande cordialité. Il portait une veste de tissu léger, couleur marron pâle et il apparaissait sans nul doute comme le sang-mêlé qu'il est. La peau olivâtre, les lèvres prononcées, épaisses, sensuelles, un casque de cheveux crépus comme un sauvage africain. Pour le reste, le regard vif et ironique, le sourire cordial, la ronde obésité du bon vivant… Je me suis rappelé une des si nombreuses légendes qui le concernaient : un muscadin à Paris, en sa présence, avait fait malignement mention de ces théories de la dernière actualité, qui voyaient un lien entre l'homme primitif et les espèces inférieures. Et lui, il avait répondu : « Oui, monsieur, moi, je descends du singe. Mais vous, vous y remontez ! »

Il m'a présenté le capitaine Beaugrand, le second Brémond, le pilote Podimatas (un individu couvert de poils comme un sanglier, avec barbe et cheveux qui s'emmêlent en tout point de son visage, si bien qu'il a l'air de ne raser que le blanc de ses yeux) et surtout le cuisinier Jean Boyer – et, à bien observer Dumas, on a l'impression que le cuisinier est le personnage le plus important du groupe. Dumas voyage avec une cour, en grand seigneur d'autrefois.

Tandis qu'il m'accompagnait dans ma cabine, Podimatas m'informait que la spécialité de Boyer, c'étaient les asperges aux petits pois, recette curieuse parce que, dans ce plat, il n'y avait pas l'ombre d'un petit pois.

Nous avons doublé l'île de Caprera, là où va se cacher Garibaldi quand il ne se bat pas.

— Le général, vous le rencontrerez vite, m'a dit Dumas, et rien qu'à en parler son visage s'est éclairé d'admiration. — Avec sa barbe blonde et ses yeux bleus, on dirait le Jésus de *La Dernière Cène* de Leonardo. Ses mouvements sont pleins d'élégance ; sa voix a une infinie douceur. Il a l'air d'un homme apaisé, mais prononcez devant lui les mots *Italie* et *indépendance* et vous le verrez se réveiller comme un volcan, éruptions de feu et torrents de lave. Pour aller au combat, il n'est jamais

… Le général, vous le rencontrerez vite, m’a dit Dumas, et rien qu’à en parler son visage s’est éclairé d’admiration. — Avec sa barbe blonde et ses yeux bleus, on dirait le Jésus de *La Dernière Cène* de Leonardo… (p. 154)

armé ; au moment de l'action, il met au clair le premier sabre qui lui tombe sous la main, jette le fourreau et s'élance sur l'ennemi. Il n'a qu'une seule faiblesse : il croit être un as à la pétanque.

Peu de temps après, branle-bas à bord. Les marins s'apprêtaient à pêcher une grande tortue de mer, comme on en trouve au sud de la Corse. Dumas était excité.

— Il y aura du travail. Il faudra d'abord la renverser sur le dos, l'ingénue allongera le cou et nous profiterons de son imprudence pour lui couper la tête, zac, ensuite nous la pendrons par la queue pour la laisser saigner pendant douze heures. Après quoi, nous la renversons de nouveau sur le dos, nous introduisons un fort couteau entre le plastron et la carapace, en faisant bien attention de ne pas perforer le fiel sinon elle devient immangeable, on extrait la vidure et on ne garde que le foie, la bourbe transparente qu'il contient ne sert à rien, mais il y a deux lobes de chair qui ont l'air de deux noix de veau aussi bien pour leur blancheur que pour leur saveur. Enfin, nous détachons les membres, le cou et les nageoires, on coupe des morceaux de chair de la dimension d'un cajou, on les fait dégorger, on les met dans un bon consommé, avec poivre, clous de girofle, carottes, thym et laurier et on fait cuire le tout pendant trois ou quatre bonnes heures à feu doux. Pendant ce temps, on prépare des émincés de poulet assaisonnés de persil, ciboule et anchois, on les fait cuire dans le consommé brûlant, ensuite on les passe et on verse dessus la soupe de tortue où nous aurons mis trois ou quatre verres d'un madère sec. S'il n'y avait pas de madère, on pourrait mettre du marsala avec un petit verre d'eau-de-vie ou de rhum. Mais ce serait un pis-aller. Nous dégusterons notre soupe demain soir.

J'éprouvais de la sympathie pour un homme qui aimait tant la bonne chère ; fût-il d'une race si douteuse.

*

(13 juin) Depuis avant-hier, l'*Emma* est arrivé à Palerme. La ville, avec son va-et-vient de chemises rouges, ressemble à un champ de coquelicots. Cependant que nombre de volontaires garibaldiens sont habillés et armés au petit bonheur la chance : certains, toujours en civil, ont tout juste un vieux chapeau avec une plume piquée dessus. C'est que désormais on trouve très peu d'étoffe rouge, et une chemise de cette couleur coûte une fortune, peut-être est-ce davantage à la portée des nombreux fils de la noblesse locale qui se sont unis aux garibaldiens seulement après les premières et plus sanglantes batailles, qu'à celle des volontaires partis de Gênes. Le chevalier Bianco m'avait donné assez d'argent pour survivre en Sicile et je me suis procuré aussitôt un uniforme usé comme il se doit pour n'avoir pas l'air d'un muscadin fraîchement débarqué, avec la chemise qui, à force de lavages, commençait à devenir rose, et des pantalons en mauvais état ; mais la seule chemise m'a coûté quinze francs, et avec la même somme à Turin j'aurais pu en acheter quatre.

Ici tout a un prix déraisonnable, un œuf coûte quatre sous, une livre de pain, six sous, une livre de viande, trente. J'ignore si c'est parce que l'île est pauvre, et que les occupants sont en train d'en dévorer les rares ressources, ou parce que les Palermitains ont décidé que les garibaldiens sont une manne descendue du ciel, et ils les plument bien comme il faut.

La rencontre des deux grands au Palais du Sénat (« Comme la mairie de Paris en 1830 ! », disait Dumas ravi) a été très théâtrale. Des deux, je ne sais pas qui était le meilleur histrion.

— Mon cher Dumas, je sentais votre absence, s'est écrié le général et, à Dumas qui lui présentait ses félicitations : — Pas à moi, pas à moi, mais à ces hommes. Ils ont été des géants ! Et puis, aux siens : — Donnez de suite à monsieur Dumas le plus bel appartement du palais. Rien ne sera suffisant pour un homme qui m'a apporté des lettres annonçant l'arrivée de deux mille cinq cents hommes, dix mille fusils et deux pyroscaphes !

Je regardais le héros avec la méfiance qu'après la mort de mon père j'éprouvais pour les héros. Dumas me l'avait décrit comme un Apollon, et il me semblait de stature modeste, pas blond mais blondasse, avec des jambes courtes et arquées et, à en juger par son allure, affecté de rhumatismes. Je l'ai vu monter à cheval avec quelque peine, aidé par deux des siens.

Vers la fin de l'après-midi, une foule s'était réunie sous le Palais Royal au cri de « Vive Dumas, vive l'Italie ! ». L'écrivain en était visiblement réjoui, mais j'ai l'impression que Garibaldi, connaissant la vanité de son ami et ayant besoin des fusils promis, avait fait organiser la chose. Je me suis mêlé à la foule et j'ai cherché à comprendre ce qu'ils disaient dans leur dialecte aussi incompréhensible que le parler des Africains, mais un bref dialogue ne m'a pas échappé : l'un demandait à l'autre qui était ce Dumas à qui tant il criait Vive, et l'autre répondait que c'était un prince circassien qui nageait dans l'or et venait mettre ses deniers à la disposition de Garibaldi.

Dumas m'a présenté à quelques hommes du général, j'ai été foudroyé par le regard d'oiseau rapace du lieutenant de Garibaldi, le terrible Nino Bixio, et j'en ai été intimidé au point que je me suis éloigné. Je devais trouver une auberge où je puisse aller et venir sans que personne me remarque.

A présent, aux yeux des Siciliens je suis un garibaldien ; aux yeux du corps expéditionnaire, un libre courriériste.

*

J'ai revu Nino Bixio alors qu'il passait à cheval dans la ville. D'après ce qu'on raconte, le vrai chef militaire de l'expédition, c'est lui. Garibaldi se distrait, il pense toujours à ce qu'il fera demain, il est bon dans les assauts et entraîne qui le suit, mais Bixio pense au présent et met les troupes en ordre de marche. Alors qu'il passait, j'ai entendu un garibaldien près de moi, qui disait à son camarade : — Regarde cet œil, où qu'il se pose, il foudroie. Son profil coupe comme un fendant de sabre. Bixio ! Le nom même donne l'idée du zigzag de l'éclair.

Il est manifeste que Garibaldi et ses lieutenants ont hypnotisé ces volontaires. C'est mauvais. Les chefs qui trop fascinent sont à décapiter tout de suite, pour le bien et la tranquillité des royaumes. Mes patrons de Turin ont raison : il faut que ce mythe de Garibaldi ne se répande pas aussi au nord, sinon tous les sujets des petits royaumes de là-haut se mettront en chemise rouge, et ce sera la république.

*

(15 juin) Difficile de parler avec les gens du coin. La seule chose qui est claire, c'est qu'ils essaient d'exploiter quiconque a l'air d'un Piémontais, comme ils disent, même si, parmi les volontaires, de Piémontais il y en a bien peu. J'ai trouvé une taverne où je peux souper pour

pas cher et goûter certaines nourritures locales aux noms imprononçables. Je me suis étouffé avec des miches remplies de rate mais, avec le bon vin qu'on trouve ici, on peut en avaler plus d'une. En soupant, je me suis lié d'amitié avec deux volontaires, un certain Abba, Ligurien d'à peine plus de vingt ans, et un type du nom de Bandi, un journaliste de Livourne, plus ou moins de mon âge. A travers leurs récits, j'ai reconstitué l'arrivée des garibaldiens et leurs premières batailles.

— Ah, si tu savais, mon cher Simonini, me disait Abba. Le débarquement à Marsala, quel cirque ! Donc, nous avons face à nous le *Stromboli* et le *Capri*, les navires bourboniens, notre *Lombardo* heurte un rocher et Nino Bixio dit qu'il vaut mieux qu'on le capture avec un trou dans le ventre que sain et sauf, et plus encore, que nous devrions couler le *Piemonte* aussi. Beau gaspillage, je me dis, mais Bixio avait raison, il ne fallait pas faire cadeau de deux bateaux aux Bourbons, et puis ainsi font les grands condottieri, après le débarquement, ils brûlent leurs vaisseaux, et en avant, tu ne peux plus battre en retraite. Le *Piemonte* donne le *la* au débarquement, le *Stromboli* commence à donner du canon, mais le tir fait chou blanc. Le commandant d'un bateau anglais amarré dans le port se rend à bord du *Stromboli* et dit au capitaine qu'il y a des sujets anglais à terre et qu'il le tiendrait pour responsable de tout incident international. Tu sais que les Anglais à Marsala ont de grands intérêts économiques, côté vin. Le commandant bourbonien dit qu'il n'en a rien à faire des incidents internationaux et il fait tirer encore, mais le canon fait encore chou blanc. Quand enfin les bateaux des Bourbons envoient quelques coups dans le mille, ils ne font de mal à personne sauf qu'ils coupent en deux un chien.

— Les Anglais vous ont donc aidés ?

— Disons qu'ils se sont placés tranquillement au milieu, de manière à gêner les Bourbons.

— Mais quels rapports le général a-t-il avec les Anglais ?

Abba a fait un geste comme pour dire que les fantassins comme lui obéissent et ne posent pas trop de questions. — Ecoute plutôt celle-là, qui n'est pas mal. En arrivant dans la ville, le général avait donné l'ordre de s'emparer du télégraphe et d'en arracher les fils. On envoie un lieutenant avec quelques hommes, et, les voyant arriver, le préposé au télégraphe prend ses jambes à son cou. Le lieutenant entre dans le bureau et trouve la copie d'une dépêche à peine envoyée au commandant militaire de Trapani : « Deux vapeurs battant drapeau sarde viennent d'entrer dans le port et des hommes débarquent. » A cet instant précis arrive la réponse. Un des volontaires, qui était employé au télégraphe à Gênes, la traduit : « Combien d'hommes et pourquoi ils débarquent ? » Le sous-officier fait transmettre : « Excusez-moi, il y a erreur ; il s'agit de deux bateaux marchands provenant de Girgenti avec un chargement de soufre. » Réaction de Trapani : « Vous êtes un idiot. » Le sous-off encaisse, tout content, fait couper les fils et s'en va.

— Disons la vérité, intervenait Bandi, le débarquement n'a pas été qu'un cirque, comme raconte Abba ; quand on a mis les pieds sur le rivage, depuis les navires des Bourbons les premiers obus et les volées de mitraille commençaient finalement à tomber. On s'amusait, ça oui. Au milieu des explosions un gros moine était apparu, vieux mais bien repu, qui, le chapeau à la main, nous souhaitait la bienvenue. Quelqu'un a crié : « Pourquoi tu viens nous les casser, ô le moine ? », mais Garibaldi a levé la main, et il a dit : « Petit frère, que cherchez-vous donc ? Vous n'entendez pas comme sifflent ces balles ? »

Et le moine : « Les balles ne me font pas peur ; je suis le serviteur de saint François le pauvre, et je suis enfant d'Italie. » « Vous êtes donc avec le peuple ? » a demandé le général. « Avec le peuple, avec le peuple », a répondu le moine. Alors nous avons compris que Marsala était à nous. Et le général a envoyé Crispi chez le receveur des impôts réquisitionner au nom de Victor-Emmanuel roi d'Italie toute la recette, qui fut consignée à l'intendant Acerbi, contre quittance. Un Royaume d'Italie n'existait pas encore, mais le reçu que Crispi a signé au receveur des impôts est le premier document où Victor-Emmanuel est appelé Roi d'Italie.

J'en ai profité pour demander : — Mais l'intendant n'est pas le capitaine Nievo ?

— Nievo est le second d'Acerbi, a précisé Abba. Si jeune, déjà si grand écrivain. Vrai poète. Son front resplendit de son talent. Il va, toujours solitaire, regardant au loin, comme s'il voulait élargir de coups d'œil l'horizon. Je crois que Garibaldi est sur le point de le nommer colonel.

Et Bandi d'en rajouter une couche : — A Calatafimi, il était resté un peu en arrière pour distribuer le pain quand Bozzetti l'a appelé à la bataille, et lui il s'est jeté dans la mêlée, en vol plongeant vers l'ennemi, comme un grand oiseau noir, ouvrant les pans de son manteau qui a été aussitôt transpercé par une balle…

Cela m'a largement suffi pour me rendre antipathique ce Nievo. Il devrait avoir mon âge et il se considère déjà comme un homme célèbre. Le poète guerrier. Forcément ils te transpercent le manteau si tu le leur ouvres devant eux, une belle manière pour exhiber un trou qui ne soit pas dans ta poitrine…

C'est alors qu'Abba et Bandi commencèrent à parler de la bataille de Calatafimi, une victoire miraculeuse, mille volontaires d'un côté, vingt-cinq mille bourboniens bien armés de l'autre.

— Garibaldi en tête, disait Abba, sur un cheval bai de Grand Vizir, une selle si belle, avec des étriers chantournés, chemise rouge et un chapeau à la hongroise. A Salemi, les volontaires locaux nous rejoignent. Ils arrivent de toutes parts, à cheval, à pied, par centaines, une diablerie, des montagnards armés jusqu'aux dents, avec de ces faces de coupe-jarret et de ces yeux qu'on aurait dit des bouches de pistolets. Mais conduits par des gentilshommes, des propriétaires de par là-bas. Salemi est sale, avec les rues qui ont l'air de conduits d'égouts, mais les moines y occupaient de beaux couvents, et c'est là que nous avons établi nos quartiers. Ces jours-ci nous parvenaient des nouvelles de l'ennemi qui différaient entre elles, ils sont quatre mille, non, dix mille, vingt mille, avec chevaux et canons, ils se fortifient là-haut, non, là en bas, ils avancent, ils se retirent… Et tout soudain voilà qu'apparaît l'ennemi. Ils doivent être environ cinq mille hommes, allons donc, disait l'un de nous, ils sont dix mille. Entre eux et nous, une plaine en friche. Les chasseurs napolitains descendent des hauteurs. Quel calme, quelle assurance, on voit qu'ils sont bien entraînés, pas des va-nu-pieds comme nous. Et leurs trompettes, quels sons lugubres ! Le premier coup de fusil n'est tiré qu'à une heure et demie après midi. Ce sont les chasseurs napolitains qui le tirent, descendus dans les rangées de figuiers de Barbarie. « Ne répondez pas, ne répondez pas au feu ! » crient nos capitaines ; mais les balles des chasseurs passent au-dessus de nous avec un tel miaulement qu'on ne peut rester sans rien faire. On entend un coup, puis un autre, puis le trompette du général sonne la diane, et le pas de course. Les balles pleuvent comme des grêlons, le mont est un nuage de fumée à cause des canons qui nous tirent dessus, nous traversons la plaine, la première ligne des ennemis se brise, je me retourne et je vois sur la colline Garibaldi à pied, l'épée au fourreau sur l'épaule droite, qui va de l'avant avec lenteur, tenant toute l'action sous son regard. Bixio accourt au galop pour lui faire un bouclier de son cheval, et lui crie : « Général, ainsi vous voulez mourir ? » Et lui, il répond : « Comment pourrais-je mieux mourir que pour mon pays ? », puis s'en va de l'avant sans se soucier de cette grêle de balles. A ce moment-là, j'ai eu peur que le général pense qu'il était impossible de vaincre, et qu'il cherchait à mourir. Mais aussitôt un de nos canons tonne depuis la route. Il nous semble recevoir l'aide de mille bras. En avant, en avant, en avant ! On n'entend plus que cette trompette, qui n'avait plus cessé de sonner le pas de course. Nous franchissons à la baïonnette la première, la deuxième, la troisième terrasse, en grimpant sur la colline, les bataillons bourboniens se retirent plus haut, se rassemblent et paraissent croître en force. Il semble impossible de les affronter encore, ils sont tous sur la crête, et nous en contrebas, fatigués, effondrés. Il y a un instant de suspension, eux là-haut, nous tous à terre. Çà et là, quelques coups de feu, les Bourbons roulent des rochers, lancent des pierres, on dit que l'une d'elles a touché le général. Je vois au milieu des figuiers de Barbarie un jeune homme, beau, blessé à mort, soutenu par deux camarades. Il prie ses camarades d'être compatissants avec les Napolitains, parce qu'eux aussi sont des Italiens. Toute la côte est barrée de soldats tombés sous les tirs, mais on n'entend pas une plainte. Du haut de la crête, les Napolitains hurlent par moments « Vive le Roi ! ». Pendant ce temps des renforts nous arrivent. Je me souviens qu'à ce moment-là tu es apparu toi, Bandi, tout couvert de blessures mais en particulier avec une balle qui s'était fichée au-dessus de ton sein gauche, et j'ai pensé qu'en l'espace d'une demi-heure tu serais mort. Et, en revanche, à l'instant du dernier assaut, te voilà, devant nous tous, combien d'âmes avais-tu ?

— Bagatelles, disait Bandi, c'étaient des griffures.

— Et les franciscains qui combattaient pour nous ? Il y en avait un, maigre et crasseux, qui chargeait un tromblon avec des poignées de balles et de pierres, puis il grimpait et déchargeait en mitraille. J'en ai vu un, blessé à une cuisse, arracher la balle de ses chairs et se remettre à faire feu.

Alors Abba commençait à évoquer de nouveau la bataille du pont de l'Ammiraglio : — De par Dieu, Simonini, une journée de poème homérique ! Nous sommes aux portes de Palerme et nous arrive en aide une troupe d'insurgés locaux. Un d'eux hurle « O Dieu ! », tourne sur lui-même, fait trois ou quatre pas de côté comme un ivrogne, et tombe dans un fossé, au pied de deux peupliers, près d'un chasseur napolitain mort ; sans doute la première sentinelle surprise par les nôtres. Et j'entends encore ce Génois qui, là où le plomb grêlait, a crié en dialecte : « Belandi, comment on passe ici ? » Et une balle le cueille au front et le descend, crâne brisé. Au pont de l'Ammiraglio, sur le tablier, sur les arcs, sous le pont et dans les jardins potagers, massacre à la baïonnette. A l'aube, nous sommes les maîtres du pont, mais bloqués là par un feu terrible qui vient d'un rang d'infanterie derrière un mur, tandis qu'un détachement de cavalerie nous charge sur le flanc gauche, mais qu'on fait reculer à travers la campagne. Nous passons le pont, nous nous rassemblons au croisement de la Porta Termini, mais sommes sous le tir des canons d'un navire qui nous bombarde depuis le port, et met en feu une barricade en face de nous. N'importe. Une cloche sonne à toute volée. Nous nous engageons dans les ruelles et, à un moment donné,

… Au pont de l'Ammiraglio, sur le tablier, sur les arcs, sous le pont et dans les jardins potagers, massacre à la baïonnette… (p. 165)

mon Dieu, quelle vision ! Agrippées à une grille avec leurs mains qui semblaient des lys, trois toutes jeunes filles vêtues de blanc, d'une grande beauté, nous regardaient, muettes. Elles avaient l'air de ces anges que l'on voit dans les fresques des églises. Mais qui êtes-vous, nous demandent-elles, et nous disons que nous sommes des Italiens, et nous demandons qui elles sont, elles, et elles répondent qu'elles sont des novices. O les pauvrettes, disions-nous, et il ne nous aurait pas déplu de les libérer de cette prison et de les mettre en joie, et elles de s'écrier : « Vive Sainte Rosalie ! » Nous répondons : « Vive l'Italie ! » Et elles aussi crient : « Vive l'Italie ! » comme un psaume, avec ces voix suaves, et elles nous souhaitent la victoire. Nous avons combattu encore cinq jours à Palerme avant l'armistice, mais de novices point, et nous avons dû nous contenter des roulures !

Dans quelle mesure dois-je me fier à ces deux enthousiastes ? Ils sont jeunes, ça a été là leurs premiers faits d'armes, bien avant déjà ils adoraient leur général, à leur façon ils sont romanciers, comme Dumas, ils embellissent leurs souvenirs et une poule devient un aigle. Nul doute qu'ils se soient comportés avec bravoure dans ces escarmouches, mais est-ce un hasard si Garibaldi se promenait tranquillement au milieu du feu (et les ennemis de loin devaient bien le voir) sans jamais être touché ? Est-ce que par hasard ces ennemis, sur un ordre supérieur, ne tiraient pas sans zèle ?

Ces idées me passaient déjà par la tête pour avoir saisi certains marmottements chez mon aubergiste, qui doit avoir roulé sa bosse dans d'autres régions de la Péninsule et parle une langue presque compréhensible. C'est de lui que m'est venue la suggestion de tailler la bavette avec don Fortunato Musumeci, un notaire qui, paraît-il, sait tout sur tout, et a même montré, en diverses circonstances, sa méfiance envers les nouveaux arrivants.

Je ne pouvais certes pas l'approcher en chemise rouge, et il m'est venu à l'esprit la soutane du Père Bergamaschi que j'avais dans mon bagage. Quelques coups de peigne, un ton suffisamment onctueux, les yeux baissés, et me voilà filant en douce de l'auberge, méconnaissable à tous. Ce fut d'une grande imprudence car le bruit courait qu'on était sur le point d'expulser les jésuites de l'Ile. Mais, somme toute, ça s'est bien passé pour moi. Et puis, comme victime d'une imminente injustice, je pouvais inspirer confiance dans les milieux anti-garibaldiens.

J'ai commencé à discuter avec don Fortunato en le surprenant dans un débit de boissons où lentement il sirotait son café après la messe matutinale. L'endroit était central, presque élégant, don Fortunato était abandonné, le visage tendu vers le soleil, et les yeux mi-clos, la barbe de quelques jours, un habit noir avec cravate même en ces jours de canicule, un cigare à demi éteint entre des doigts jaunes de nicotine. J'ai remarqué que là-bas ils mettent dans le café une écorce de citron. J'espère qu'ils n'en mettent pas dans le café au lait.

Assis à la table voisine, il m'a suffi de me plaindre de la chaleur, et notre conversation a débuté. Je me suis présenté comme envoyé par la Curie romaine pour comprendre ce qui pouvait bien se passer par ici, et cela a permis à Musumeci de parler librement.

— Mon Très Révérend Père, croyez-vous possible que mille personnes rassemblées à la va-comme-je-te-pousse et armées au petit bonheur la chance arrivent à Marsala et débarquent sans même perdre un seul homme ? Pourquoi les navires bourboniens, et c'est la deuxième flotte d'Europe après l'anglaise, ont-ils tiré au hasard sans toucher personne ? Et plus tard, à Calatafimi, comment a-t-il pu se faire que les mêmes mille va-nu-pieds, plus quelques garçons d'écurie poussés à coups de pied dans le derrière par quelques propriétaires terriens qui voulaient mériter devant l'occupant, placés face à l'une des armées les mieux entraînées du monde (et je ne sais pas si vous savez ce qu'est une académie militaire bourbonienne), mille va-nu-pieds et des poussières – dis-je – ont mis en déroute vingt-cinq mille hommes, même si sur le terrain on n'a pu en compter que quelques milliers, les autres étant encore retenus dans les casernes ? De l'argent est passé par là, des tombereaux d'argent pour payer les officiers des bateaux à Marsala, et le général Landi à Calatafimi qui, après une journée à l'issue incertaine, aurait encore eu suffisamment de troupes fraîches pour liquider ces messieurs les volontaires, au lieu de ça il s'est replié sur Palerme. On parle pour lui d'un pourboire de quatorze mille ducats, savez-vous ? Et pour ses supérieurs ? Pour beaucoup moins que cela, il y a une douzaine d'années les Piémontais avaient fusillé le général Ramorino ; ce n'est pas que les Piémontais me soient sympathiques, mais, pour ce qui est des choses militaires, ils s'y entendent. En revanche, Landi a été simplement remplacé par Lanza, à mon avis déjà payé lui aussi. Voyez de fait la si célébrée conquête de Palerme… Garibaldi avait renforcé ses bandes avec trois mille cinq cents gibiers de potence ramassés parmi les truands siciliens, mais Lanza disposait d'environ seize mille hommes, je dis bien : seize mille. Et au lieu de les utiliser en masse, Lanza les envoie à la rencontre des rebelles par petits groupes, et il est normal qu'ils aient le dessous, c'est qu'aussi quantité de traîtres palermitains avaient été payés, qui s'étaient mis à tirer depuis les toits. Dans le port, au vu des navires bourboniens, les navires piémontais débarquent des fusils pour les volontaires ; à terre, on laisse Garibaldi rejoindre la prison de la Vicaria et le Bagne des Condamnés où il libère mille autres criminels de droit commun, les enrôlant dans sa bande. Et je ne vous dis pas ce qui est en train de se passer en ce moment à Naples, notre pauvre souverain est entouré de misérables qui ont déjà reçu leur récompense et font en sorte que le sol se dérobe sous ses pieds…

— Mais d'où vient tout cet argent ?

— Très Révérend Père ! Je m'étonne fort qu'à Rome vous en sachiez aussi peu ! Mais c'est la maçonnerie anglaise ! Vous voyez le lien ? Garibaldi maçon, Mazzini maçon, Mazzini en exil à Londres en contact avec les francs-maçons anglais, Cavour maçon qui reçoit ses ordres des loges anglaises, maçons tous les hommes autour de Garibaldi. C'est un plan non tant pour détruire le Royaume des Deux-Siciles mais pour porter un coup mortel à Sa Sainteté, car il est patent que, après les Deux-Siciles, Victor-Emmanuel voudra Rome aussi. Vous croyez, vous, à cette belle historiette des volontaires partis avec quatre-vingt-dix mille lires en caisse, qui ne pouvaient même pas servir à donner de quoi manger le temps du voyage à cette troupe de buveurs et de gloutons, il suffit de les voir comme ils avalent les dernières provisions de Palerme, et dépouillent les campagnes alentour, vous y croyez ? C'est que les maçons anglais avaient versé à Garibaldi trois millions de francs français, en piastres d'or turques qui ont cours dans toute la Méditerranée !

— Et qui garde cet or ?

— Le franc-maçon de confiance du général, ce capitaine Nievo, un blanc-bec de moins de trente ans qui ne doit rien faire d'autre que l'officier payeur. Mais ces démons, ils paient généraux, amiraux et qui vous voulez, et ils sont en train d'affamer les paysans. Ces derniers s'attendaient que Garibaldi partage les terres de leurs maîtres, et au contraire le général doit à l'évidence s'allier avec qui a terre et argent. Vous verrez que ces garçons d'écurie, qui ont été se faire trouer la peau à Calatafimi, quand ils auront compris qu'ici rien n'a changé, ils commenceront à tirer sur les volontaires et avec les mêmes fusils qu'ils ont volés à ceux qui sont morts.

Ma soutane quittée, et circulant dans la ville en chemise rouge, j'ai échangé deux mots sur l'escalier d'une église avec un moine, le père Carmelo. Il dit qu'il a vingt-sept ans mais il en fait quarante. Il me confie qu'il voudrait s'unir à nous, mais quelque chose le retient. Je lui demande quoi, vu qu'à Calatafimi, des moines, il y en avait aussi.

— Je viendrais avec vous, me dit-il, si je savais que vous ferez quelque chose de vraiment grand. Et la seule chose que vous savez me dire, c'est que vous voulez unir l'Italie pour en faire un seul peuple. Mais le peuple, qu'il soit uni ou divisé, s'il souffre, il souffre ; et moi, je ne sais pas si vous parviendrez à en faire cesser les souffrances.

— Mais le peuple aura la liberté et des écoles, lui ai-je dit.

— La liberté n'est pas le pain, et l'école non plus. Ces choses vous suffiront peut-être à vous, Piémontais, mais pas à nous.

— Mais que vous faudrait-il à vous ?

— Pas une guerre contre les Bourbons, mais une guerre des pauvres contre ceux qui les affament, qui ne sont pas seulement à la Cour, mais de partout.

— Alors contre vous, les tonsurés, qui avez des couvents et des terres en tous lieux.

— Contre nous aussi ; mieux, contre nous avant tout autre ! Mais l'Evangile à la main, et la croix. Alors, je viendrais. Comme ça, c'est trop peu.

D'après ce que j'avais entendu à l'université sur le

fameux Manifeste des communistes, ce moine est l'un d'eux. Vraiment, je n'y comprends pas grand-chose à cette Sicile.

*

Sans doute parce que je traîne avec moi cette obsession depuis les temps de mon grand-père, mais je me suis demandé de but en blanc si, dans le complot pour soutenir Garibaldi, il n'y avait pas aussi la patte des Juifs. D'habitude, on les y trouve toujours. Je me suis de nouveau adressé à Musumeci.

— Comment donc ! m'a-t-il dit. Et d'abord, si tous les francs-maçons ne sont pas juifs, tous les Juifs sont francs-maçons. Et parmi les garibaldiens ? Je me suis amusé à éplucher la liste des volontaires de Marsala, qui a été publiée « en l'honneur des braves ». Et j'y ai trouvé des noms comme Eugenio Ravà, Giuseppe Uziel, Isacco D'Ancona, Samuel Marchesi, Abramo Isacco Alpron, Moisè Maldacea, et un Colombo Donato, mais de feu Abramo. Dites-moi un peu si, avec des noms pareils, ce sont de bons chrétiens.

*

(16 juin) J'ai approché ce capitaine Nievo, ma lettre de présentation à la main. C'est un muscadin avec une paire de fines moustaches soignées, une mouche sous la lèvre, et des airs de rêveur. Une pose car, tandis que nous discutions, est entré un volontaire pour lui parler de je ne sais quelles couvertures à prélever et lui, comme un comptable vétilleux, il lui a rappelé que sa compagnie en avait déjà prélevé dix la semaine passée. « Vous les mangez, les couvertures ? » a-t-il demandé. Et : « Si tu veux

en manger d'autres, je t'envoie les digérer en cellule. » Le volontaire avait salué et disparu.

— Vous voyez quel travail je dois faire ? On vous aura dit que je suis un homme de lettres. Et pourtant je dois ravitailler les soldats en solde et paquetage, et commander vingt mille uniformes nouveaux parce que chaque jour arrivent des nouveaux volontaires de Gênes, La Spezia et Livourne. Et puis il y a les suppliques, comtes et duchesses qui veulent deux cents ducats par mois de salaire et croient que Garibaldi est l'archange du Seigneur. Ici, tout le monde attend que les choses viennent d'en haut, ce n'est pas comme chez nous où, si quelqu'un veut quelque chose, il se démène. On m'a confié la caisse à moi, peut-être parce que j'ai passé mon doctorat à Padoue dans les deux droits, ou parce qu'on sait que je ne vole pas, et ne pas voler est une grande vertu dans cette Ile où prince et aigrefin ne font qu'un.

Evidemment, il joue les poètes distraits. Quand je lui ai demandé s'il était déjà colonel ou pas, il m'a répondu qu'il l'ignorait : — Vous savez, m'a-t-il dit, ici la situation est un peu confuse. Bixio cherche à imposer une discipline militaire de type piémontais, comme si nous étions à Pinerolo, mais nous sommes une bande d'irréguliers. Cependant, si vous devez écrire des articles à Turin, laissez dans l'ombre ces misères. Tâchez de communiquer l'excitation vraie, l'enthousiasme qui envahit tout le monde. Ici, il y a des gens qui jouent leur vie pour quelque chose en quoi ils croient. Que les autres le prennent comme une aventure en terres coloniales. Palerme est amusante à vivre, avec ses cancans elle est comme Venise. Nous, nous sommes admirés en tant que héros, et deux empans de blouse rouge et soixante-dix centimètres de cimeterre nous rendent désirables aux yeux de beaucoup de belles dames, dont la vertu n'est qu'apparente. Il n'est soirée que nous n'ayons un balcon au théâtre, et les sorbets sont excellents.

— Vous me dites que vous devez pourvoir à quantité de dépenses. Mais comment faites-vous avec le peu d'argent que vous aviez emporté de Gênes ? Vous utilisez l'argent que vous avez séquestré à Marsala ?

— C'était là menue monnaie. Plutôt, à peine arrivé à Palerme, le général a envoyé Crispi prélever l'argent de la Banque des Deux-Siciles.

— J'en ai entendu parler, on dit qu'il s'agit de cinq millions de ducats…

Alors là, le poète est redevenu l'homme de confiance du général. Il a fixé le regard vers le ciel : — Oh, vous savez, on raconte tant de choses. Et puis, quoi qu'il en soit, vous devez prendre en compte les donations de patriotes de toute l'Italie, je pourrais dire de toute l'Europe – et ceci écrivez-le dans votre journal à Turin, pour suggérer l'idée aux étourdis. En somme, la chose la plus difficile est de tenir en ordre les registres, parce que lorsque nous serons ici officiellement dans le Royaume d'Italie, il faudra que je remette tout en règle au gouvernement de Sa Majesté, sans en distraire un centime, tant d'entré tant de sorti.

Comment tu t'en tireras avec les millions des francs-maçons anglais ? me demandais-je. Ou bien vous êtes tous d'accord, toi, Garibaldi et Cavour, l'argent était arrivé, mais on n'en parle pas. Ou bien, encore, l'argent était là, mais toi tu n'en savais et n'en sais toujours rien, tu es l'homme de paille, le petit virtuose qu'ils (mais qui ?) utilisent comme couverture, et tu penses que les batailles ne se remportent qu'à la grâce de Dieu ? L'homme ne m'était pas encore transparent. La seule chose où je sentais des traces de sincérité dans ses paroles, c'était le regret cuisant de voir les volontaires, ces semaines-là, qui avançaient vers la côte orientale, et s'apprêtaient, de victoire en victoire, à traverser le détroit, à entrer en Calabre, puis à Naples, quand lui il avait été affecté à Palerme pour veiller à l'arrière sur les comptes, l'économie, et rongeait son frein. Il y a des gens ainsi faits, au lieu de se féliciter pour le sort qui lui offrait de bons sorbets et de belles dames, il désirait que d'autres balles lui traversassent le manteau.

J'ai entendu dire que sur la terre vivent plus d'un milliard de personnes. Je ne sais pas comment ils sont arrivés à les compter, mais il suffit de circuler dans Palerme pour comprendre que nous sommes trop nombreux, que déjà nous nous écrasons les pieds les uns les autres. Et la plupart d'entre eux puent. Il y a déjà peu de nourriture maintenant, si nous croissons encore on peut tout imaginer. Il faut donc des saignées de populations. Certes, il y a les pestilences, les suicides, les condamnations à la peine capitale, il y a ceux qui se défient toujours en duel, ou qui aiment chevaucher à travers bois et prairies à tombeau ouvert, j'ai entendu parler de gentilshommes anglais qui vont nager dans la mer, et naturellement meurent noyés… Mais cela ne suffit pas. Les guerres sont l'exutoire le plus efficace et le plus naturel qu'on puisse désirer pour enrayer la multiplication des êtres humains. Ne disait-on pas jadis, en partant à la guerre, que Dieu le veut ? Mais il faut des gens qui le veuillent, qui aient envie de faire la guerre. Si tout le monde se planquait, à la guerre plus personne ne mourrait. Et alors, pourquoi la faire ? Par conséquent, des gens comme Nievo sont indispensables, ou Abba ou Bandi, avec ce désir de se jeter au front, sous la mitraille. Afin que les gens comme moi puissent vivre moins obsédés par l'humanité qui te souffle dessus.

Bref, même si elles ne me plaisent pas, nous avons besoin de belles âmes.

*

Je me suis présenté à La Farina avec la lettre qui m'accréditait.

— Si vous attendez de moi quelques bonnes nouvelles à communiquer à Turin, m'a-t-il dit, vous pouvez vous ôter ça de la tête. Ici, il n'y a pas de gouvernement. Garibaldi et Bixio pensent commander des Génois comme eux, pas des Siciliens comme moi. Dans un pays où la conscription obligatoire est inconnue, on a songé sérieusement à recruter trente mille hommes. Dans de nombreuses communes ont eu lieu de véritables soulèvements. On décrète qu'il faut exclure des conseils municipaux les anciens employés royaux, les seuls qui sachent lire et écrire. L'autre jour, certains bouffeurs de curés ont proposé de brûler la bibliothèque publique parce qu'elle a été fondée par les jésuites. On fait gouverneur de Palerme un jeunet de Marcilepre, que personne ne connaît. A l'intérieur de l'Ile, c'est une succession de crimes en tout genre et souvent les assassins sont ceux-là mêmes qui devraient garantir l'ordre, parce que l'on a enrégimenté aussi d'authentiques brigands. Garibaldi est un honnête homme, mais il est incapable d'apercevoir ce qui se passe sous son nez : sur un seul transport de chevaux réquisitionnés dans la province de Palerme, deux cents ont disparu ! On charge d'organiser un bataillon quiconque en fait la demande, si bien qu'il existe des bataillons qui ont une fanfare et des officiers au grand complet pour quarante ou cinquante soldats, au maximum ! On donne le même emploi à trois ou quatre personnes ! On laisse la Sicile entière sans tribunaux, ni civils, ni pénaux, ni commerciaux, parce qu'on a congédié en masse toute la magistrature, et on crée des commissions militaires pour juger de tout et n'importe quoi, comme aux temps des Huns ! Crispi et sa bande disent que Garibaldi ne veut pas de tribunaux civils parce que les juges et les avocats sont des fripouilles ; qu'il ne veut pas d'assemblée parce que les députés sont des gens de plume et pas d'épée ; qu'il ne veut aucune force de sécurité publique parce que les citoyens doivent s'armer et se défendre eux-mêmes. Je ne sais pas si cela est vrai, mais désormais je ne parviens même plus à obtenir un entretien avec le général.

Le 7 juillet, j'ai su que La Farina a été arrêté et réexpédié à Turin. Par ordre de Garibaldi, évidemment poussé par Crispi. Cavour n'a plus un seul informateur. Tout dépendra alors de mon rapport.

Il est inutile que je me déguise encore en curé pour recueillir des potins : on jase dans les tavernes, et parfois ce sont les volontaires eux-mêmes qui se plaignent de la routine générale. J'entends dire que, parmi les Siciliens qui s'étaient enrôlés avec les garibaldiens après l'entrée à Palerme, une demi-centaine s'en sont allés, certains en emportant leurs armes. « Ce sont des paysans qui s'enflamment comme de la paille et se lassent vite », les justifiait Abba. Le conseil de guerre les condamne à mort, pour ensuite les laisser aller où ils veulent, mais que ce soit loin. Je cherche à comprendre quels peuvent être les vrais sentiments de ces gens. Toute cette excitation qui règne dans la Sicile entière dépend du fait que c'était là une terre abandonnée par Dieu, brûlée par le soleil, sans eau qui ne soit celle de la mer et avec de rares fruits épineux. Sur cette terre où depuis des siècles il ne se passait rien arrivent Garibaldi et les siens. Ce n'est pas que les gens d'ici prennent parti pour lui, ni qu'ils sont encore pour le roi que Garibaldi est en train de détrôner. Simplement ils sont comme ivres du fait qu'il se soit passé quelque chose de différent. Et chacun interprète la diversité à sa manière.

Peut-être ce grand vent de nouveautés n'est-il qu'un sirocco qui de nouveau les endormira tous.

*

(30 juillet) Nievo, avec qui j'ai désormais une certaine familiarité, me confie que Garibaldi a reçu une lettre formelle de Victor-Emmanuel lui intimant de ne pas traverser le détroit de Messine. Mais l'ordre est accompagné d'un billet confidentiel du roi soi-même, qui dit à peu de chose près : d'abord, je vous ai écrit en roi, maintenant je vous suggère de répondre que vous voudriez suivre mes conseils, mais que vos devoirs envers l'Italie ne vous permettent pas de vous engager à ne pas porter secours aux Napolitains quand ces derniers vous appelleraient vous pour les libérer. Double jeu du roi, mais contre qui ? Contre Cavour ? Ou bien contre Garibaldi en personne, à qui il donne d'abord l'ordre de ne pas aller sur le continent, pour ensuite l'encourager à le faire et lorsqu'il l'aura fait, pour punir sa désobéissance il interviendra en Campanie avec les troupes piémontaises ?

— Le général est trop ingénu et il va tomber dans quelque chausse-trape, dit Nievo. Je voudrais être à ses côtés, mais le devoir m'impose de rester ici.

J'ai découvert que cet homme, indubitablement cultivé, vit lui aussi dans l'adoration de Garibaldi. Dans un moment de faiblesse, il m'a fait voir un petit volume qui venait de lui parvenir, *Amori garibaldini*, imprimé au nord sans qu'il eût pu lui-même en revoir les épreuves.

— J'espère que ceux qui me lisent pensent qu'en ma qualité de héros j'ai droit à être un peu bête, et on a fait tout son possible pour le démontrer en laissant une série honteuse de fautes d'impression.

J'ai parcouru une de ses compositions, consacrée précisément à Garibaldi, et j'ai eu la conviction qu'un peu bête, Nievo doit l'être :

Il a un je ne sais quoi dans l'œil
qui dans l'esprit resplendit
et à se mettre à genoux
il semble incliner les foules.
Même sur les places combles
se retourner courtois, humain
et tendre la main
je le vis aux jeunes filles

Ici, tout le monde est fou de ce petit bonhomme aux jambes tordues.

*

(12 août) Je vais voir Nievo, lui demander confirmation du bruit qui court : les garibaldiens ont désormais débarqué sur les côtes calabraises. Mais je le trouve d'exécrable humeur, il en pleure presque. Nouvelle lui est parvenue qu'à Turin on murmure sur son administration.

— Mais moi j'ai tout noté ici, et il frappe de la main sur ses registres, tous serrés dans de la toile rouge. Tant reçu, tant dépensé. Et si quelqu'un a volé, on le comprendra d'après mes comptes. Quand je donnerai tout ça à qui de droit, quelques têtes vont tomber. Mais ce ne sera pas la mienne.

*

(26 août) Même sans être un stratège, il me semble comprendre, d'après les nouvelles que je reçois, ce qui se passe. Jaunets maçonniques ou conversion à la cause

… Il a un je ne sais quoi dans l'œil / qui dans l'esprit resplendit / et à se mettre à genoux / il semble incliner les foules… (p. 179)

des Savoie, certains ministres napolitains trament en ce moment contre leur roi. Il faudra qu'une révolte éclate à Naples, les révoltés devront demander aide au gouvernement piémontais, Victor-Emmanuel descendra au sud. Garibaldi a l'air de ne s'apercevoir de rien ; ou bien il s'aperçoit de tout et accélère ses mouvements. Il veut arriver à Naples avant Victor-Emmanuel.

*

Je trouve Nievo hors de ses gonds, brandissant une lettre : — Votre ami Dumas, me dit-il, joue les Crésus et puis il pense que Crésus, c'est moi ! Regardez ce qu'il m'écrit, et il a l'effronterie de dire qu'il le fait aussi au nom du général ! Autour de Naples, les mercenaires suisses et bavarois à la solde des Bourbons flairent la défaite et s'offrent de déserter pour quatre ducats par tête. Comme ils sont cinq mille, c'est une affaire de vingt mille ducats, c'est-à-dire quatre-vingt-dix mille francs. Dumas, qui avait l'air de son comte de Montecristo, ne les a pas, et en grand seigneur il met au pot la misère de mille francs. Il dit que les patriotes napolitains en recueilleront trois mille. Et le reste, il demande si par hasard je ne peux pas le mettre moi. Mais où croit-il que je le prenne, moi, l'argent ?

Il m'invite à boire quelque chose. — Vous voyez, Simonini, maintenant ils sont tous excités par le débarquement sur le continent, et personne ne s'est rendu compte d'une tragédie qui pèsera honteusement sur l'histoire de notre expédition. Cela s'est passé à Bronte, près de Catane. Dix mille habitants, la plupart paysans et bergers, encore condamnés à un régime qui rappelait le féodalisme moyenâgeux. Tout le territoire avait été reçu en don par Lord Nelson, avec le titre de duc de Bronte, et le reste est depuis longtemps entre les mains de quelques rares rentiers, ou « galants-hommes », comme on les appelle là-bas. On y exploitait et traitait les gens comme des animaux, il leur était interdit d'aller dans les bois des maîtres pour couper des herbes à manger, et ils devaient un péage pour entrer dans les champs. Quand arrive Garibaldi, ces gens pensent que l'heure de la justice a sonné et que les terres devront leur revenir ; il se forme des comités dits libéraux, dont l'homme le plus éminent est un certain avocat Lombardo. Mais Bronte est propriété anglaise, les Anglais ont aidé Garibaldi à Marsala, et de quel côté doit-on pencher ? C'est alors que les gens arrêtent de prêter l'oreille à l'avocat Lombardo et aux autres libéraux : ils n'entendent plus rien, ils déchaînent un hallali populaire, un massacre, un carnage de galants-hommes. Ils ont mal fait, pas de doute, et au milieu des révoltés s'étaient glissés des hommes de sac et de corde, c'est connu, avec le branle-bas qui a secoué l'Ile, pareille racaille, qui aurait dû rester sous les verrous, s'est retrouvée à l'air libre… Mais tout est arrivé parce que nous, nous étions arrivés. Pressé par les Anglais, Garibaldi envoie Bixio à Bronte, pas précisément l'homme qui fait dans la dentelle : il a proclamé l'état de siège, et commencé de sévères représailles contre la population, il a pris en compte les dénonciations des galants-hommes et a identifié l'avocat Lombardo comme le meneur de la révolte, ce qui était faux, mais c'est kif-kif, il fallait faire un exemple, et Lombardo a été fusillé avec quatre autres, dont un pauvre fou qui, bien avant les massacres, allait par les routes criant des insultes contre les galants-hommes, sans faire peur à personne. A part la tristesse pour ces cruautés, la chose me frappe personnellement. Vous comprenez, Simonini ? D'un côté arrivent à Turin des nouvelles de ces actions, où nous passons pour être de mèche avec les vieux propriétaires, de l'autre côté les plaintes à mi-voix dont je vous parlais sur l'argent mal dépensé, il n'y a qu'un pas pour faire la preuve par neuf : les propriétaires nous paient pour fusiller les pauvres gens, et nous, avec cet argent, nous menons la belle vie. Et vous voyez en revanche qu'ici on meurt, et gratis. Il y a de quoi se faire du mauvais sang.

*

(8 septembre) Garibaldi est entré dans Naples, sans rencontrer aucune résistance. Il se sent à l'évidence ragaillardi parce que Nievo me dit qu'il a demandé à Victor-Emmanuel l'éviction de Cavour. A Turin, ils vont avoir besoin maintenant de mon rapport, et je comprends qu'il doit être le plus anti-garibaldien possible. Il me faudra charger le pinceau de l'or maçonnique, peindre Garibaldi comme un irresponsable, beaucoup insister sur le massacre de Bronte, parler des autres crimes et délits, des vols, des concussions, de la corruption et des gaspillages généraux. J'insisterai sur le comportement des volontaires selon les récits de Musumeci, qui font ripaille dans les couvents, qui déviergent les toutes jeunes filles (sans doute aussi les religieuses, forcer le trait ne gâte rien).

Produire aussi quelques ordres de réquisition de biens privés. Faire une lettre d'un informateur anonyme qui me parle des contacts continus entre Garibaldi et Mazzini via Crispi, et de leurs plans pour instaurer la République, au Piémont aussi. Bref, un bon rapport énergique qui permette de pousser Garibaldi dans les cordes. C'est qu'aussi Musumeci m'a fourni un autre bel argument : les garibaldiens sont avant tout une bande de mercenaires étrangers. De ces mille hommes font partie des aventuriers français, américains, anglais, hongrois et même africains, la lie venue de toutes les nations, et nombre d'entre

… Garibaldi est entré dans Naples, sans rencontrer aucune résistance… (p. 183)

eux ont été corsaires avec Garibaldi lui-même dans les Amériques. Il suffit d'entendre les noms de ses lieutenants, Turr, Eber, Tuccorì, Telochi, Maghiarodi, Czudaffi, Frigyessi (Musumeci crache ces patronymes du mieux qu'il peut, et à part Turr et Eber, les autres je ne les avais jamais entendus nommer). Puis il y aurait les Polonais, les Turcs, les Bavarois et un Allemand du nom de Wolff, qui commande les déserteurs allemands et suisses depuis peu au service des Bourbons. Et le gouvernement anglais mettrait à la disposition de Garibaldi des bataillons d'Algériens et d'Indiens. Il s'agissait bien de patriotes italiens ! Sur mille, les Italiens sont la moitié. Musumeci exagère, parce que, autour de moi je n'entends que des accents vénitiens, lombards, émiliens ou toscans, et des Indiens je n'en ai pas vu, mais si dans le rapport j'insiste aussi sur ce ramas de races, je pense que ça ne fera pas mal.

J'ai aussi placé naturellement quelques allusions aux Juifs, pieds et poings liés avec les francs-maçons.

Je pense que le rapport doit parvenir le plus tôt possible à Turin, et qu'il ne doit pas tomber entre des mains indiscrètes. J'ai trouvé un navire militaire piémontais qui fait un retour immédiat dans les Royaumes sardes, et il ne m'en faut pas beaucoup pour fabriquer un document officiel qui donne l'ordre au capitaine de m'embarquer jusqu'à Gênes. Mon séjour sicilien finit ici, et je regrette un peu de ne pas voir ce qui se passera à Naples et au-delà, mais je n'étais pas là pour m'amuser, ni pour écrire un poème épique. Au fond, de tout ce voyage je me rappelle avec plaisir seulement les *pisci d'ovu*, les *babbaluci a picchipacchi*, qui est une façon de préparer les escargots, et les cannoli, oh, les cannoli… Nievo m'avait aussi promis de me faire goûter un certain espadon, *a' sammurigghu*, mais je n'ai pas eu le temps, et il ne me reste que le fumet du nom.

8

L'*ERCOLE*

Tiré des journaux des 30 et 31 mars et 1er avril 1897

Le Narrateur éprouve une certaine gêne à devoir enregistrer ce chant amébée entre Simonini et les intrusions de son Abbé, mais il semble que précisément le 30 mars Simonini reconstruit de manière incomplète les derniers événements de Sicile, son texte se complique de nombreuses lignes effacées, et d'autres éliminées avec un X, mais encore lisibles – et inquiétantes à lire. Le 31 mars, l'Abbé Dalla Piccola s'introduit dans le journal, comme pour débloquer les portes fermées à double tour de la mémoire de Simonini, lui révélant ce que désespérément il se refuse à se rappeler. Et le 1er avril, après une nuit inquiète où il se souvient d'avoir eu envie d'écorcher le renard, Simonini intervient à nouveau, irrité, comme pour corriger ce qu'il considère des exagérations et indignations moralisantes de l'abbé. Mais en somme, le Narrateur ne sachant à la fin à qui donner raison, se permet de raconter ces événements comme il juge bon qu'ils doi-

vent être reconstitués – et il prend naturellement sur lui la responsabilité de sa reconstitution.

A peine arrivé à Turin, Simonini avait fait transmettre son rapport au chevalier Bianco ; le lendemain, un message lui était parvenu, qui de nouveau le convoquait tard le soir, là où un fiacre l'emporterait vers ce même petit salon de la première fois où l'attendaient Bianco, Riccardi et Negri di Saint Front.

— Maître Simonini, avait débuté Bianco, je ne sais si la familiarité qui désormais nous lie me permet d'exprimer sans réserve mes sentiments, mais je dois vous dire que vous êtes un sot.

— Chevalier, comment vous permettez-vous ?

— Il se permet, il se permet, était intervenu Riccardi, et il parle aussi en notre nom. Moi, j'ajouterais un sot dangereux, au point qu'on peut se demander s'il est bien prudent de vous laisser encore circuler dans Turin avec les idées qui se sont formées dans votre tête.

— Pardonnez-moi, mais je peux m'être trompé quelque part, je ne comprends pas...

— Vous vous êtes trompé, vous vous êtes trompé, en tout et pour tout. Mais vous rendez-vous compte que dans une poignée de jours (à présent même les concierges le savent) le général Cialdini entrera avec nos troupes dans les Etats de l'Eglise ? Il est probable qu'en l'espace d'un mois notre armée sera aux portes de Naples. A ce moment-là, nous aurons déjà provoqué un plébiscite populaire et il s'ensuivra que le Royaume des Deux-Siciles et ses territoires seront officiellement annexés au Royaume d'Italie. Si Garibaldi est ce gentilhomme et ce réaliste qu'il est, il aura tenu tête aussi à cette tête brûlée de Mazzini et il aura accepté, bon gré mal gré, la situation, il aura remis les terres conquises entre les mains du roi, et il aura fait une splendide figure de patriote. Alors, il faudra démanteler l'armée garibaldienne, qui représente maintenant presque soixante mille hommes qu'il n'est pas bon de laisser en vadrouille, la bride sur le cou, et accepter les volontaires dans l'armée des Savoie, renvoyer les autres chez eux avec une indemnité de départ. Tous des braves, ces garçons, tous des héros. Et vous, vous voulez que, en donnant votre rapport de malheur en pâture à la presse et à l'opinion publique, nous disions que ces garibaldiens, qui sont sur le point de devenir nos soldats et officiers, étaient un ramassis de malfrats, la plupart étrangers, qui ont mis à sac la Sicile ? Que Garibaldi n'est pas le si pur héros envers qui l'Italie entière sera reconnaissante, mais un aventurier qui a vaincu un ennemi pipé en l'achetant ? Et qui jusqu'au bout a comploté avec Mazzini pour faire de l'Italie une république ? Que Nino Bixio parcourait l'Ile en fusillant les libéraux et en massacrant les bergers et les paysans ? Mais vous êtes fou !

— Mais vous, messieurs, vous m'aviez chargé…

— Nous ne vous avions pas chargé de diffamer Garibaldi et les braves Italiens qui se sont battus avec lui, mais de trouver au contraire des documents qui prouveraient combien l'entourage républicain du héros administrait mal les terres occupées, de manière à justifier une intervention piémontaise.

— Mais vous, messieurs, vous savez bien que La Farina…

— La Farina écrivait des lettres privées au comte Cavour, qui n'en a certainement pas fait parade. Et puis La Farina est La Farina, une personne qui avait une dent particulière contre Crispi. Et enfin, qu'est-ce que c'est que ces élucubrations sur l'or des francs-maçons anglais ?

— Tout le monde en parle.

— Tout le monde ? Nous pas. Et puis, qu'est-ce que c'est que ces maçons ? Vous êtes maçon, vous ?

— Moi pas, mais…

— Et donc ne fourrez pas le nez dans des choses qui ne vous concernent pas. Les maçons, laissez-les bouillir dans leur bouillon.

Simonini n'avait évidemment pas compris que dans le gouvernement des Savoie ils étaient tous francs-maçons, et avec les jésuites qu'il avait eus dans les pattes dès son enfance il aurait dû le savoir. Mais déjà Riccardi en remettait une louche avec les Juifs, en lui demandant par quelle aberration il les avait insérés dans son rapport.

Simonini avait balbutié : — Les Juifs sont partout, et n'allez pas croire…

— Peu importe ce que nous croyons ou ne croyons pas, avait interrompu Saint Front, c'est que dans une Italie unie nous aurons aussi besoin de l'appui des communautés juives, d'un côté, et de l'autre côté il est inutile de rappeler aux bons catholiques italiens qu'au milieu des si purs héros garibaldiens il y aurait eu des Juifs. Bref, avec toutes les gaffes que vous avez commises, il y en aurait suffisamment pour vous envoyer prendre le bon air pendant quelques décennies dans l'une des nos confortables forteresses alpines. Malheureusement, vous nous servez encore. A ce qu'il paraît, il reste là-bas ce capitaine Nievo, ou colonel si l'on veut, avec tous ses registres, et nous ignorons *in primis* s'il a été et s'il est correct dans leur rédaction, et *in secundis* s'il est politiquement utile que ses comptes soient divulgués. Vous, vous nous dites que Nievo entend nous les remettre à nous, ces registres, et ce serait bien, mais, avant qu'ils n'arrivent chez nous, il pourrait les montrer à d'autres, et ce serait mal. Par conséquent, vous vous en retournez en Sicile, toujours comme envoyé du député Boggio, pour rendre compte des nouveaux, admirables événements, vous vous attachez à Nievo comme une sangsue et vous faites en sorte que ces registres disparaissent, s'évanouissent dans l'air, partent en fumée, et que personne n'en entende plus parler. Comment, c'est votre affaire, et vous êtes autorisé à utiliser tous les moyens – bien entendu dans le cadre de la légalité, et vous ne pouvez pas vous attendre à un autre mandat de notre part. Le chevalier Bianco vous donnera une garantie sur la Banque de Sicile pour disposer de l'argent nécessaire.

Ici, même ce que Dalla Piccola dévoile devient assez lacuneux et fragmentaire, comme si lui aussi peine à se rappeler ce que sa réplique s'était efforcée d'oublier.

Il semble en tout cas que, revenu en Sicile fin septembre, Simonini s'y attarde jusqu'au mois de mars de l'année suivante, toujours dans la tentative infructueuse de mettre la main sur les registres de Nievo, et recevant tous les quinze jours une dépêche du chevalier Bianco qui lui demande avec quelque irritation à quel point il en est.

C'est que Nievo se consacrait maintenant corps et âme à ces maudits comptes, de plus en plus pressé par les rumeurs malveillantes, de plus en plus occupé à enquêter, contrôler, éplucher des milliers de reçus pour être certain de ce qu'il enregistrait, désormais pourvu d'une grande autorité parce que Garibaldi lui-même, soucieux qu'on ne créât pas de scandales ou de médisances, avait mis à sa disposition un bureau avec quatre collaborateurs et deux gardes devant la porte cochère et sur l'escalier aussi, à telle enseigne qu'il ne s'avérait guère possible, pour ainsi dire, d'entrer de nuit dans le tréfonds de l'édifice pour chercher les registres.

En plus, Nievo avait laissé entendre qu'il soupçonnait que les comptes qu'il allait rendre ne feraient pas plaisir à certains ; ainsi craignait-il que les registres pussent être volés ou altérés, et avait-il fait de son mieux pour les rendre introuvables. Il n'était donc plus resté à Simonini que de renforcer davantage son amitié avec le poète, et il en était d'ailleurs à un tutoiement de camaraderie, pour pouvoir au moins comprendre ce qu'il se proposait de faire avec cette maudite documentation.

Ils passaient de nombreuses soirées ensemble, dans cette Palerme automnale encore languide sous ces chaleurs que n'apaisaient pas les vents marins, tout en sirotant parfois eau et anis quand la liqueur se dissolvait tout doucement dans l'eau comme un nuage de fumée. Peut-être parce qu'il éprouvait de la sympathie pour Simonini, peut-être parce que se sentant dorénavant prisonnier de la ville, il avait besoin de rêver avec quelqu'un, Nievo baissait petit à petit sa garde de vigilant militaire, et il se confiait. Il parlait d'un amour qu'il avait laissé à Milan, un amour impossible parce qu'elle était la femme non seulement de son cousin mais de son meilleur ami. Pourtant, il n'y avait rien à faire, même ses autres amours l'avaient mené à l'hypocondrie.

— C'est ainsi que je suis, et suis condamné à l'être. Je serai toujours imaginatif, sombre, ténébreux, bilieux. J'ai maintenant trente ans et j'ai toujours fait la guerre, pour me distraire d'un monde que je n'aime pas. Ainsi ai-je laissé chez moi un grand roman, encore manuscrit. Je voudrais le voir imprimé, et je ne peux pas m'en occuper parce que je dois avoir l'œil sur ces sales comptes. Si j'étais ambitieux, si j'avais soif de plaisirs... Si, au moins, j'étais méchant... Au moins comme Bixio. Rien. Je reste enfant, je vis au jour le jour, j'aime le mouvement pour me mouvoir, l'air pour le respirer. Je mourrai pour mourir... Et tout sera fini.

Simonini ne tentait pas de le consoler. Il le jugeait inguérissable.

Début octobre, il y avait eu la bataille du Volturno, où Garibaldi a repoussé la dernière offensive de l'armée bourbonienne. Mais en ces mêmes jours le général Cialdini avait vaincu l'armée pontificale à Castelfidardo, et envahi les Abruzzes et le Molise, qui faisaient partie du Royaume bourbonien. A Palerme, Nievo rongeait son frein. Il avait su que parmi ses accusateurs au Piémont il y avait les lafariniens, signe que maintenant La Farina crachait son venin sur tout ce qui touchait de près ou de loin aux Chemises rouges.

— L'envie te vient d'abandonner tout ça, disait Nievo bien affligé, mais c'est justement dans ces moments-là qu'il ne faut pas lâcher le gouvernail.

Le 26 octobre, le grand événement s'était produit, Garibaldi avait rencontré Victor-Emmanuel, à Teano. Il lui avait pratiquement livré l'Italie du Sud. De quoi le nommer au minimum sénateur du Royaume, disait Nievo, et, en revanche, début novembre, Garibaldi avait aligné à Caserte quatorze mille hommes et trois cents chevaux attendant que le roi les passât en revue, et le roi avait fait faux bond.

Le 7 novembre, le roi entrait, triomphal, à Naples et Garibaldi, moderne Cincinnatus, se retirait sur l'île de Caprera. « Quel homme », disait Nievo, et il pleurait, ainsi qu'il arrive aux poètes (chose qui irritait énormément Simonini).

Peu de jours après, l'armée de Garibaldi était dissoute, vingt mille volontaires étaient accueillis dans l'armée des Savoie, mais s'y intégraient aussi trois mille officiers des Bourbons.

— C'est juste, disait Nievo, ils sont italiens eux aussi, mais c'est une morose conclusion à notre épopée. Moi, je ne m'engage pas, je prends six mois de solde et adieu. Six mois pour mettre fin à ma charge, j'espère y arriver.

Ce devait être un satané travail, parce que fin novembre, il avait tout juste terminé les comptes jusqu'à la fin juillet. A vue de nez, il lui fallait encore trois mois et sans doute davantage.

Lorsque, au mois de décembre, Victor-Emmanuel était arrivé à Palerme, Nievo disait à Simonini : — Je suis la dernière Chemise rouge ici, et je suis considéré comme un Huron. Et je dois répondre aux calomnies de ces ânes de lafariniens. Dieu du ciel, si j'avais su que ça finirait comme ça, au lieu de m'embarquer à Gênes pour cette galère, je me noyais, c'était mieux.

Jusqu'à présent, Simonini n'avait pas encore trouvé la façon de mettre la main sur les maudits registres. Et soudain, à la mi-décembre, Nievo lui avait annoncé qu'il retournait à Milan pour une courte période. En laissant les registres à Palerme ? En les emportant avec lui ? Impossible de savoir.

Nievo était resté absent presque deux mois, et Simonini avait cherché à employer cette triste période (je ne suis pas un sentimental, se disait-il, mais qu'est-ce qu'un Noël dans un désert sans neige et couvert de figuiers de Barbarie ?) à visiter les environs de Palerme. Il avait acheté une mule, endossé la soutane du Père Bergamaschi, et il allait de village en village, en partie pour recueillir les bavardages auprès des curés et des paysans, mais surtout pour chercher à explorer les secrets de la cuisine sicilienne.

Il trouvait, dans des auberges solitaires hors les portes, des délicatesses sauvages et peu chères (mais d'une grande saveur) comme l'eau cuite : il suffisait de mettre des tranches de pain dans une soupière en les assaisonnant avec beaucoup d'huile et du poivre fraîchement mouliné, on faisait bouillir par ailleurs dans trois quarts d'eau salée, oignons émincés, filets de tomates et menthe, après vingt minutes de cuisson on versait le tout sur le pain, on laissait reposer deux minutes et zou, servi bien chaud.

Aux portes de Bagheria, il avait déniché une taverne avec quelques tables dans une entrée sombre, mais dans cette ombre agréable même dans les mois hivernaux, un hôte en apparence (et sans doute en substance) fort sale préparait de magnifiques plats à base de viscères, comme le cœur farci, la gélatine de cochon, le ris de veau et tout type de tripes.

Il avait rencontré là deux personnages, assez différents l'un de l'autre, et que seulement plus tard son génie pourrait réunir dans le cadre d'un unique plan. Mais n'anticipons pas.

Le premier avait l'air d'un pauvre fou. L'hôte disait le nourrir et le loger par compassion, même si, en vérité, il était en mesure de rendre des services nombreux et utiles. Tout le monde l'appelait le Bronte, et il semble de fait qu'il avait échappé aux massacres de Bronte. Il était toujours agité par les souvenirs de la révolte et après quelques verres de vin il cognait du

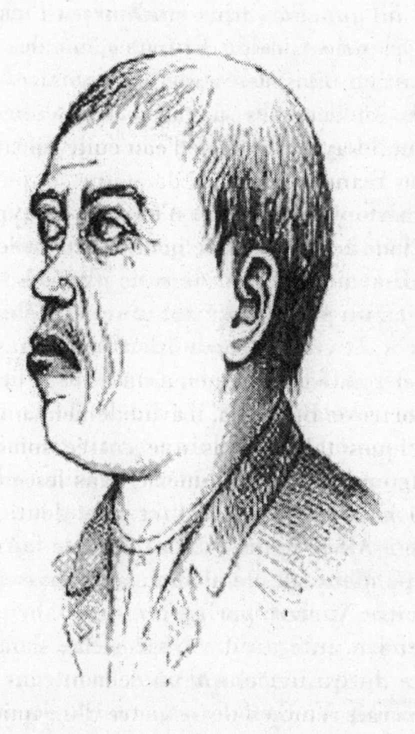

… Tout le monde l'appelait le Bronte, et il semble de fait qu'il avait échappé aux massacres de Bronte… (p. 194)

poing sur la table et criait en sicilien « Galurins, gare à vos terres, l'heure du jugement approche, peuple ne manque pas à l'appel ». Et c'était la phrase, « *Cappelli guaddativi, l'ura du giudizziu s'avvicina, populu non mancari all'appellu* », que criait avant l'insurrection son ami Nunzio Ciraldo Fraiunco, un des cinq que Bixio avait ensuite passés par les armes.

Sa vie intellectuelle n'était pas intense, mais au moins une idée, il l'avait, et elle était fixe. Il voulait tuer Nino Bixio.

Pour Simonini, le Bronte n'était qu'un type bizarre qui l'aidait à passer quelques ennuyeuses soirées d'hiver. Il avait jugé tout de suite plus intéressant un autre sujet, un personnage hirsute et au début revêche qui, après l'avoir entendu demander à l'hôte les recettes des différents plats, s'était mis à lier conversation, se révélant ainsi un fidèle de la table tout comme Simonini. Lequel lui racontait comment on faisait les agnolotti à la piémontaise, et lui tous les secrets de la caponata ; Simonini de lui raconter la viande crue préparée à Alba, ce qu'il fallait pour le faire saliver ; lui se répandant sur les alchimies du massepain.

Ce maître Ninuzzo parlait presque italien, et il laissait entendre qu'il avait voyagé même dans les pays étrangers. Jusqu'au moment où, se montrant fort dévot de différentes Vierges des sanctuaires locaux et respectueux de la dignité ecclésiastique de Simonini, il lui avait confié sa curieuse position : il avait été artificier de l'armée bourbonienne, mais pas comme militaire, en tant qu'artisan expert en garde et gestion d'une poudrière pas très loin d'ici. Les garibaldiens en avaient chassé les militaires bourboniens et séquestré les munitions et les poudres mais, pour ne pas démanteler toute la casemate, ils avaient maintenu Ninuzzo en service comme gardien du lieu, à la solde de l'intendance militaire. Et c'est là qu'il était, Ninuzzo, s'ennuyant dans l'attente des ordres, plein de rancune envers les occupants du Nord, nostalgique de son Roi, imaginant révoltes et insurrections.

— Je pourrais faire sauter encore la moitié de Palerme si je voulais, avait-il murmuré à Simonini, une fois qu'il eut compris que lui non plus n'était pas du côté des Piémontais. Et, devant son ahurissement, il avait raconté que les usurpateurs ne s'étaient pas du tout aperçus que sous la poudrière il y avait une crypte où se trouvaient encore des baricauts de poudre, grenades et autres instruments de guerre. A conserver, pour le jour imminent de la rescousse, vu que déjà des bandes de résistants s'organisaient dans les monts pour rendre la vie difficile aux envahisseurs piémontais.

Au fur et à mesure qu'il parlait d'explosifs, son visage s'éclairait et son profil aplati et ses yeux sombres devenaient presque beaux. Tant et si bien qu'un jour il avait emmené Simonini dans sa casemate et, émergeant d'une exploration de la crypte, il lui montrait sur la paume de sa main des granules noirâtres.

— Ah, Très Révérend Père, disait-il, il n'y a rien de plus beau que de la poudre de bonne qualité. Observez la couleur, gris ardoise, les granules ne s'effritent pas sous la pression des doigts. Si vous aviez une feuille de papier, je vous la mettrais dessus, je lui mettrais le feu, et elle brûlerait sans toucher la feuille. Avant, on la faisait avec soixante-quinze parties de salpêtre, douze de charbon et douze de soufre, et puis on est passé à ce qu'on appelle le dosage à l'anglaise, savoir quinze parties de charbon et dix de soufre, et c'est comme ça qu'on perd les guerres parce que tes grenades n'explosent pas. Aujourd'hui, nous du métier (mais hélas ou grâce à Dieu nous sommes peu nombreux), au lieu du salpêtre nous mettons du nitrate du Chili, et on voit la différence.

— C'est mieux ?

— C'est le mieux. Remarquez, mon Père, que, des explosifs, on en invente un par jour, et c'est à celui qui marchera plus mal que l'autre. Il y avait un officier du Roi (je veux dire le légitime) qui se donnait des grands airs de grand savant et il me conseillait la toute dernière invention, la pyroglycérine. Il ne savait pas qu'elle ne marche qu'à percussion, elle est donc difficile à faire détoner parce que tu devrais être là à frapper avec un marteau et c'est toi le premier qui sauterais en l'air. Ecoutez-moi bien, si tu veux vraiment faire sauter en l'air quelqu'un, rien ne vaut la vieille poudre. Alors là, oui, c'est un spectacle.

Maître Ninuzzo paraissait se délecter, comme s'il n'y avait rien de plus beau au monde. Sur le moment, Simonini n'avait pas accordé beaucoup d'importance à ses divagations. Mais plus tard, en janvier, il prendrait tout cela en considération.

En effet, à étudier plusieurs façons de mettre la main sur les comptes de l'expédition, il s'était dit : ou les comptes sont ici à Palerme, ou à Palerme ils seront de nouveau quand Nievo reviendra du Nord. Après, Nievo devra les emporter à Turin par la mer. Il est donc inutile de le talonner jour et nuit, car de toute manière je n'arrive pas au coffre-fort secret et si j'y arrive je ne l'ouvre pas. Si j'y arrive et que je l'ouvre, il en résulte un scandale, Nievo dénonce la disparition des registres, et mes commanditaires turinois pourraient en être accusés. La chose ne pourrait pas non plus passer sous silence même si je pouvais surprendre Nievo avec les registres entre les mains et lui planter un couteau dans le dos. Un cadavre comme celui de Nievo serait aussi toujours quelque chose d'embarrassant. Il faut que les registres s'envolent en fumée, m'ont-ils dit à Turin. Mais avec eux il faudrait que Nievo aussi parte en fumée, et de façon que, devant sa disparition (qui devrait apparaître accidentelle et naturelle), la disparition des registres passe au second plan. Donc incendier ou faire sauter en l'air le palais de l'Intendance. Trop tapageur. Il ne reste qu'une solution, faire disparaître Nievo, les registres, et tout ce qui se trouve avec lui alors qu'il se déplace en mer de Palerme à Turin. Dans une tragédie de la mer où vont par le fond cinquante ou soixante personnes, qui pourrait penser que tout cela eût eu pour fin l'élimination de quatre tas de paperasse ?

Idée sans nul doute d'un esprit imaginatif et hardi, mais à ce qu'il paraît Simonini grandissait en âge et en sapience ; et il n'était plus, ce temps des petits jeux avec quatre camarades à l'université. Il avait vu la guerre, il s'était habitué à la mort, heureusement à celle des autres, et il avait un vif intérêt à ne pas finir dans ces forteresses dont lui avait parlé Negri di Saint Front.

Naturellement, Simonini avait dû réfléchir un long temps sur ce projet ; c'est qu'aussi il n'avait rien d'autre à faire. En attendant, il consultait maître Ninuzzo, à qui il offrait de succulents repas.

— Maître Ninuzzo, vous vous demanderez pourquoi je suis ici, et je vous dirai que j'y suis par ordre du Saint-Père, afin de restaurer le Royaume de notre Souverain des Deux-Siciles.

— Mon Père, je suis votre homme, dites-moi ce que je dois faire.

— Voici. A une date que je ne connais pas encore, un bateau à vapeur devrait lever l'ancre de Palerme pour le continent. Ce pyroscaphe emportera dans un coffre-fort des ordres et des plans en vue de détruire à jamais l'autorité du Saint-Père et de couvrir d'infamie notre Roi. Ce pyroscaphe doit couler à pic avant d'arriver à Turin, et que ne se sauvent ni hommes ni choses.

— Rien de plus facile, mon Père. On se sert d'une trouvaille très récente que les Américains, il paraît, sont en train de mettre au point. Une « torpille à charbon ». Une bombe faite comme un bloc de charbon. Tu caches le bloc parmi les tas de minéraux destinés au ravitaillement du navire, et une fois dans les chaudières la torpille, réchauffée comme il se doit, cause une explosion.

— Pas mal. Mais le morceau de charbon, il faudrait le jeter dans la chaudière au bon moment. Il ne faut pas que le bateau explose ou trop tôt ou trop tard, c'est-à-dire peu après son départ ou peu avant son arrivée, sinon tout le monde s'en apercevrait. Il devrait exploser à mi-chemin, loin des yeux indiscrets.

— La chose devient plus difficile. Vu qu'on ne peut pas acheter un chauffeur, ce serait la première victime ; il faudrait calculer le moment exact où la bonne pelletée de charbon est lancée dans la chaudière. Et, pour le dire, la Sorcière de Bénévent ne suffirait pas...

— Et alors ?

— Et alors, mon cher Père, l'unique solution qui marche toujours, c'est encore une fois le baricaut de poudre avec une belle mèche.

— Mais qui accepterait d'allumer la mèche à bord en sachant qu'ensuite il sera pris dans l'explosion ?

— Personne, à moins que ce ne soit un expert, comme nous sommes grâce à Dieu, ou hélas, encore un petit nombre. L'expert sait fixer la longueur de la mèche. Autrefois, les mèches étaient des tuyaux de paille remplis de poudre noire, ou une étoupille soufrée, ou des cordes imprégnées de salpêtre et goudronnées. Tu ne savais jamais combien de temps il fallait avec ça pour arriver au boum. Mais, grâce à Dieu, depuis une trentaine d'années il existe la mèche à combustion lente : et, sans vouloir me vanter, j'en ai quelques mètres dans la crypte.

— Et avec ça ?

— Et avec ça tu peux fixer le temps nécessaire à la flamme, à partir du moment où tu as mis le feu à la mèche, pour arriver à la poudre, et tu peux décider du temps selon la longueur de la mèche. Par conséquent, si l'artificier savait que, une fois le feu mis à la mèche, il peut atteindre un point du bateau où quelqu'un l'attend avec une chaloupe déjà mise à la mer, et que le bateau saute en l'air quand eux sont à bonne distance, alors tout serait parfait, qu'est-ce que je dis là, un chef-d'œuvre !

— Maître Ninuzzo, il y a un hic... Imaginons que ce soir-là il y ait une mer démontée, que personne ne puisse mettre une chaloupe à l'eau. Un artificier comme vous courrait-il un risque de ce genre ?

— Franchement non, mon Père.

On ne pouvait pas demander à maître Ninuzzo d'aller à une mort presque certaine. Mais à quelqu'un de moins perspicace que lui, peut-être que oui.

Fin janvier, Nievo revenait de Milan à Naples où il s'arrêtait une quinzaine de jours, peut-être pour y recueillir des documents. Après quoi, il recevait l'ordre de retourner à Palerme, d'y rassembler tous ses registres (à l'évidence ils étaient donc restés là) et de les apporter à Turin.

Les retrouvailles avec Simonini avaient été affectueuses et fraternelles. Nievo s'était laissé aller à des réflexions sentimentales sur son voyage dans le Nord, sur son amour impossible qui malheureusement, ou merveilleusement, s'était ravivé au cours de cette courte visite... Simonini écoutait, et ses yeux paraissaient s'humidifier aux histoires élégiaques de son ami, en vérité tout à l'anxiété de savoir par quel bateau les registres partiraient pour Turin.

Enfin Nievo avait parlé. Début mars, il quitterait Palerme pour Naples avec l'*Ercole*, et de Naples il poursuivrait pour Gênes. L'*Ercole* était un digne bateau à vapeur de fabrication anglaise, avec deux roues latérales, une quinzaine d'hommes d'équipage, et pouvant embarquer plusieurs dizaines de passagers. Il avait eu une longue histoire, mais ce n'était pas encore une relique et il faisait bien son service. Dès lors, Simonini avait été aux aguets pour récolter tous les renseignements possibles, il avait appris dans quelle auberge logeait le capitaine, Michel Mancino, et, en causant avec les marins, il s'était fait une idée de la disposition interne du bateau.

Alors, de nouveau avec componction et soutane, il était revenu à Bagheria et il avait pris le Bronte en aparté.

— Bronte, lui avait-il raconté, un bateau est sur le point de partir de Palerme qui emmène à Naples Nino Bixio. Le moment est venu, pour nous les derniers défenseurs du Trône, de nous venger de ce qu'il a fait à ton pays. A toi l'honneur de participer à l'exécution.

— Dites-moi ce que je dois faire.

— Voici une mèche, et sa durée a été fixée par qui en sait plus que toi, et que moi. Enroule-la autour de ta taille. Un de nos hommes, le capitaine Simonini, officier de Garibaldi mais secrètement fidèle à notre Roi, fera charger à bord une caisse protégée par le secret militaire, et avec la recommandation qu'en fond de cale elle soit sous la surveillance permanente d'un de ses hommes de confiance, c'est-à-dire toi. La caisse sera évidemment pleine de poudre. Simonini embarquera avec toi et fera en sorte que, une fois que vous serez parvenus à une certaine hauteur, en vue de Stromboli, l'ordre te soit transmis de dérouler, disposer et allumer la mèche. Dans le même temps, il aura fait mettre une chaloupe à la mer. La longueur et la consistance de la mèche seront telles qu'elles te permettront de remonter de la soute et de te porter à la poupe, où Simonini t'attendra. Vous aurez tout le temps de vous éloigner du bateau avant qu'il n'explose, et le maudit Bixio avec lui. Cependant, toi, Simonini tu ne devras pas même l'entrevoir, ni t'approcher de lui si tu le voyais. Comme tu arriveras au pied du bateau avec la charrette sur laquelle Ninuzzo te conduira, tu trouveras un marin qui s'appelle Almalò. C'est lui qui te guidera dans la cale et là, tu resteras tranquille jusqu'à ce qu'Almalò vienne te dire que tu dois faire ce que tu sais.

Les yeux du Bronte scintillaient, mais il n'était pas complètement idiot : — Et s'il y a gros temps ? avait-il demandé.

— Si dans la cale tu sens que le bateau danse un peu, tu n'auras pas à te faire de souci, la chaloupe est vaste et robuste, elle a un mât et une voile, et la terre ne sera pas loin. Et puis, si le capitaine Simonini juge que les vagues sont trop hautes, il ne voudra pas risquer sa vie. Tu ne recevrais pas l'ordre, et on liquidera Bixio une autre fois. Mais si tu reçois l'ordre, c'est parce que quelqu'un, qui en sait plus que toi sur la mer, aura décidé que vous arriverez sains et saufs à Stromboli.

Enthousiasme et pleine adhésion du Bronte. Longs conciliabules avec maître Ninuzzo pour mettre au point la machine infernale. Au moment opportun, vêtu de façon presque funéraire, comme les gens imaginent que rôdent les espions et les agents secrets, Simonini s'était présenté au capitaine Mancino avec un sauf-conduit couvert de timbres et de sceaux, d'où il résultait que, par ordre de Sa Majesté Victor-Emmanuel II, on devait transporter à Naples une grande caisse contenant du matériel très secret. La caisse, pour se confondre avec les autres marchandises et ne pas attirer l'attention, devait être entreposée dans la cale mais, à côté d'elle, devait rester jour et nuit un homme de confiance de Simonini. C'est le marin Almalò qui le recevrait, un habitué des missions de confiance pour l'armée, et le capitaine devait quant au reste se désintéresser de l'affaire. A Naples, un officier des Bersaglieri prendrait en charge la caisse.

Le projet était donc d'une grande simplicité, et l'opération ne pourrait attirer l'attention de personne, encore moins celle de Nievo qui avait plutôt intérêt à surveiller sa propre caissette renfermant les registres.

On prévoyait que l'*Ercole* lèverait l'ancre autour d'une heure après midi, et que le voyage vers Naples durerait quinze ou seize heures ; il serait opportun de faire exploser le bateau quand il croiserait l'île de Stromboli dont le volcan en perpétuelle et tranquille éruption émettait des éclats de feu dans la nuit, en sorte que l'explosion passât inobservée, même aux premières lueurs de l'aube.

Simonini avait bien sûr contacté depuis longtemps Almalò, qui lui avait semblé le plus vénal de tout l'équipage, il l'avait copieusement arrosé et lui avait donné

les dispositions essentielles : il attendrait le Bronte sur le quai et le logerait à fond de cale avec sa caisse.
— Pour le reste, lui avait-il dit, à la tombée du soir fais attention quand apparaissent à l'horizon les feux du Stromboli, et peu importe dans quel état se trouve la mer. A ce point-là, tu descends dans la cale, tu vas auprès de cet homme, et tu lui dis : « Le capitaine t'avertit que c'est l'heure. » Ne t'inquiète pas de ce qu'il fait ou fera, mais pour que l'envie ne te vienne pas de fouiner, il te suffit de savoir qu'il devra chercher dans la caisse une bouteille avec un message dedans et la jeter par un hublot ; quelqu'un sera à proximité avec une barque et il pourra récupérer la bouteille et la porter à Stromboli. Toi, tu te limites à revenir à ton poste d'équipage, en oubliant tout. Alors, répète ce que tu dois lui dire.

— On t'envoie dire que c'est l'heure.

— Bien.

A l'heure du départ, Simonini était sur le quai pour saluer Nievo. Leurs adieux avaient été émouvants :
— Mon ami très cher, lui disait Nievo, tu as été près de moi pendant si longtemps, et je t'ai ouvert mon âme. Il est possible que nous ne nous revoyions plus. Une fois remis mes comptes à Turin, je m'en retourne à Milan et là... Nous verrons. Je penserai à mon livre. Adieu, embrasse-moi, et vive l'Italie.

— Adieu mon Ippolito, je me souviendrai toujours de toi, lui disait Simonini qui réussissait même à écraser quelques larmes parce qu'il s'identifiait à son rôle.

Nievo avait fait descendre de sa voiture une lourde caissette, et il suivait sans les perdre de vue ses collaborateurs qui la portaient à bord. Peu avant que lui-même ne montât à l'échelle de coupée, deux de ses amis, que Simonini ne connaissait pas, étaient venus l'exhorter à ne pas partir avec l'*Ercole*, qu'ils jugeaient peu sûr, quand le lendemain matin l'*Elettrico* levait l'ancre, qui inspirait davantage confiance. Simonini avait eu un instant de trouble, mais aussitôt Nievo avait haussé les épaules, et il avait dit que le plus tôt arrivaient ses documents, le mieux c'était. Peu après, l'*Ercole* abandonnait les eaux du port.

Dire que Simonini avait passé la joie au cœur les heures suivantes, ce serait donner trop de crédit à son sang-froid. Il avait au contraire passé la journée entière et la soirée dans l'attente de cet événement qu'il ne verrait jamais, même en montant sur cette Punta Raisi qui s'élève hors la ville de Palerme. En calculant les temps, vers neuf heures du soir il s'était dit que sans doute tout était consommé. Il n'était pas certain que le Bronte avait su suivre les ordres à la lettre, mais il imaginait son marin qui, au large de Stromboli, allait lui donner l'ordre, et le pauvret penché à insérer la mèche dans la caisse, à l'allumer, courir, rapide, à la poupe où il n'aurait trouvé personne. Il comprendrait peut-être bien la duperie, se précipiterait comme un fol (et qu'était-il d'autre ?) vers la cale pour éteindre à temps la mèche, désormais trop tard, et l'explosion l'aurait saisi sur le chemin du retour.

Simonini se sentait si satisfait pour sa mission accomplie que, rendossant son habit ecclésiastique, il était allé s'accorder dans la taverne de Bagheria un souper substantiel à base de pâtes aux sardines et piscistocco à la gourmande (stockfisch amolli dans l'eau froide pendant deux jours et coupé en filets, un oignon, une branche de céleri, une carotte, un verre d'huile, de la pulpe de tomate, olives noires dénoyautées, pignons, raisin de Corinthe et poire, câpres dessalées, sel et poivre).

… En calculant les temps, vers neuf heures du soir il s'était dit que sans doute tout était consommé… (p. 206)

Ensuite, il avait pensé à maître Ninuzzo... Il ne seyait pas de laisser un témoin aussi dangereux en liberté. Il était remonté sur sa mule et s'était dirigé vers la poudrière. Maître Ninuzzo s'y trouvait sur le seuil, fumant une de ses vieilles pipes, et il l'avait accueilli avec un beau sourire : — Vous pensez que c'est fait, mon Père ?

— Je pense que oui, vous devriez être fier, maître Ninuzzo, avait dit Simonini, et il l'avait serré dans ses bras en disant « Vive o Roi », comme on disait par là-bas. En l'embrassant, il lui avait enfilé dans le ventre deux empans de poignard.

Vu que personne ne passait jamais par là, Dieu sait quand on retrouverait le cadavre. Et puis, si par un hasard des plus improbables, les gendarmes ou qui on veut à leur place étaient remontés jusqu'à l'auberge de Bagheria, ils auraient su que Ninuzzo, ces derniers mois, avait passé de nombreuses soirées avec un ecclésiastique passablement gourmand. Mais ce religieux aussi serait désormais introuvable, parce que Simonini était sur le point de partir pour le continent. Quant au Bronte, personne ne se soucierait de sa disparition.

Simonini était revenu à Turin vers la mi-mars, et il attendait de voir ses commanditaires car il était temps qu'ils soldent leurs comptes. Un après-midi, Bianco était entré dans son étude, il s'était assis devant son bureau, et il avait dit :

— Simonini, vous n'en manquez jamais une.

— Mais comment, avait protesté Simonini, vous vouliez que les registres s'en aillent en fumée et je vous mets au défi de les trouver !

— Eh oui, mais le colonel Nievo lui aussi est parti en fumée, et c'est plus que ce que nous désirions. De ce navire disparu, on en parle désormais trop, et je ne sais pas si on arrivera à arrêter les bruits sur l'événement. Ce sera un travail difficile de tenir les Affaires réservées loin de cette histoire. A la fin, nous y parviendrons ; mais le seul anneau faible de la chaîne, c'est vous. Tôt ou tard, quelque témoin pourrait pointer le nez pour rappeler que vous étiez un intime de Nievo à Palerme et que, comme par hasard, vous travailliez là-bas mandaté par Boggio. Boggio, Cavour, le gouvernement... Mon Dieu, je n'ose penser à la rumeur qui en découlerait. Donc, vous devez disparaître.

— Forteresse ? avait demandé Simonini.

— Même sur un homme envoyé en forteresse, il pourrait se répandre des bruits. Nous ne voulons pas répéter la farce du Masque de fer. Nous pensons à une solution moins théâtrale. Vous en avez terminé ici, à Turin, vous plaquez tout et vous éclipsez à l'étranger. Vous allez à Paris. Pour les premières dépenses, la moitié des honoraires dont nous étions convenus devra vous suffire. Au fond, vous avez voulu en faire trop, c'est comme faire un travail à moitié. Et comme nous ne pouvons prétendre que, arrivé à Paris, vous puissiez survivre longtemps sans en faire des vertes et des pas mûres, nous vous mettrons tout de suite en contact avec certains de nos collègues de là-bas, qui pourraient vous confier quelque charge réservée. Disons que vous passez à la solde d'une autre administration.

9

PARIS

2 avril 1897, le soir, tard

Depuis que je tiens ce journal, je ne suis plus allé au restaurant. Ce soir, il fallait que je me remonte le moral et j'ai décidé d'aller dans un endroit où quiconque me croiserait serait tellement ivre que, si même je n'avais pas reconnu le type, lui ne m'aurait pas reconnu, moi. C'est le cabaret du Père Lunette, là tout près, rue des Anglais, qui s'appelle ainsi à cause d'un pince-nez énorme, qui surmonte l'entrée, on ne sait depuis combien de temps ni pourquoi.

Plus que manger, on peut y ronger quelques morceaux de fromage que les propriétaires donnent pour presque rien, parce que ça vous attise la soif. Quant au reste, on boit et on chante – ou mieux, les « artistes » du lieu chantent, Fifi l'Absinthe, Armand le Gueulard, Gaston Trois-Pattes. La première salle est un couloir à moitié occupé sur sa longueur par un comptoir de zinc, avec le patron, la patronne et un bambin qui dort au milieu des jurons et des éclats de rire des clients. Face au comptoir, le long du mur, s'étire une planche où peuvent s'appuyer les clients qui ont déjà pris un verre. Derrière le comptoir, sur une étagère apparaît la plus belle collection de mélanges de tord-boyaux qui se puisse trouver à Paris. Mais les vrais clients vont dans la salle du fond, deux tables autour desquelles les pochards dorment sur l'épaule de leur voisin. Tous les murs sont historiés par les clients, et ce sont presque toujours des dessins obscènes.

Ce soir, je me suis assis à côté d'une femme absorbée à siroter son énième absinthe. J'ai cru la reconnaître, elle a été dessinatrice pour des revues illustrées et puis petit à petit elle s'est laissée aller, peut-être parce qu'elle savait qu'elle était phtisique et qu'elle avait encore peu de temps à vivre ; à présent, elle se propose de faire des portraits aux clients en échange d'un verre, mais maintenant sa main tremble. Avec un peu de chance, la phtisie ne l'aura pas, elle finira avant, en tombant la nuit dans la Bièvre.

J'ai échangé quelques mots avec elle (depuis dix jours, je vis si reclus que j'ai pu trouver réconfort même dans la conversation avec une femme), et pour chaque petit verre que je lui offrais, je ne pouvais éviter d'en prendre un pour moi.

Et voilà que j'écris maintenant avec la vue, et la tête, offusquées : conditions idéales pour se souvenir de pas grand-chose et mal.

Je sais seulement qu'à mon arrivée à Paris j'étais soucieux, ce qui est bien naturel (en fin de compte m'attendait l'exil), mais la ville m'a conquis et j'ai décidé qu'ici je vivrais le restant de ma vie.

Je ne savais pas combien de temps je devrais faire durer l'argent dont je disposais, et j'avais pris en location une chambre dans un hôtel aux alentours de la Bièvre. Heureusement que j'avais pu m'en permettre une pour moi tout seul car, dans ces refuges, souvent une seule pièce abrite quinze paillasses, et parfois sans fenêtre. Le mobilier était fait des restes de déménagements, les draps étaient fourrés de vermine, une petite bassine de zinc servait pour les ablutions, un petit seau pour les urines, il n'y avait pas même une chaise, sans parler de savon et de serviettes. Au mur, un écriteau enjoignait de laisser la clef dans la serrure à l'extérieur, évidemment pour ne pas faire perdre de temps aux policiers quand, et c'était fréquent, ils faisaient irruption en se saisissant des dormeurs par les cheveux, les regardant bien à la lumière d'une lanterne, laissant retomber ceux qu'ils ne reconnaissaient pas et tirant en bas par les escaliers ceux qu'ils étaient venus chercher, après les avoir tabassés avec conscience si par hasard on se montrait récalcitrant.

Quant aux repas, j'avais déniché, rue du Petit-Pont, une taverne où on mangeait pour quatre sous : toutes les viandes avariées que les bouchers des Halles jetaient aux ordures – vertes dans les parties grasses et noires dans les parties maigres – étaient récupérées à l'aube, on leur faisait un brin de toilette, on les arrosait de poignées de sel et de poivre, on les faisait macérer dans du vinaigre, on les suspendait pendant quarante-huit heures au bon air au fond de la cour, et puis elles étaient prêtes pour le client. Dysenterie assurée, prix abordable.

Avec les habitudes que j'avais prises à Turin, et mes copieux repas palermitains, je serais mort en quelques semaines si, très vite comme je le dirai, je n'avais touché les premières rétributions de ceux à qui m'avait adressé le chevalier Bianco. Je pouvais déjà me permettre Noblot, rue de la Huchette. On entrait dans une grande salle qui donnait sur une cour ancienne et il fallait apporter son pain. Près de l'entrée, il y avait une caisse tenue par la patronne et par ses trois filles : elles mettaient sur la note les plats de luxe, le rosbif, le fromage, les confitures ou elles distribuaient une poire cuite avec deux noix. Derrière la caisse étaient admis ceux qui commandaient au moins un demi-litre de vin, artisans, artistes sans le sou, copistes.

En passant la caisse, on arrivait à une cuisine où un fourneau monumental cuisait les ragoûts de mouton, le lapin ou le bœuf, la purée de petits pois ou les lentilles. Aucun service n'était prévu : il fallait aller chercher son assiette, son couvert, et se mettre à la queue leu leu devant le cuisinier. Ainsi, en se heurtant tour à tour, les clients avançaient leur assiette à la main jusqu'à ce qu'ils réussissent à s'asseoir à l'énorme table d'hôte. Deux sous de bouillon, quatre sous de bœuf, les dix centimes du pain qu'on apportait de l'extérieur, et voilà qu'on mangeait pour quarante centimes. Tout me semblait exquis, et d'ailleurs je m'étais rendu compte que venaient là aussi des personnes de bonne condition, pour le goût de s'encanailler.

Au reste, même avant de pouvoir entrer chez Noblot, je ne m'étais jamais repenti de ces premières semaines en enfer : j'ai fait des connaissances utiles et je me suis familiarisé avec un milieu où il allait me falloir plus tard nager comme un poisson dans l'eau. Et en écoutant les propos qui se tenaient dans ces ruelles, j'ai découvert d'autres rues, et d'autres coins de Paris, comme l'ancienne rue de Lappe, complètement consacrée à la ferraille aussi bien destinée aux artisans et aux familles que réservée à des opérations moins avouables, telles que rossignols ou fausses clefs, et même le poignard à lame rétractile qui se cache dans la manche de sa veste.

Je tâchais de demeurer dans ma chambre le moins possible et je m'accordais les plaisirs habituels réservés au Parisien à poches vides : je me promenais sur les Boulevards. Je ne m'étais pas rendu compte jusqu'alors combien Paris est plus grand que Turin. Je m'extasiais au spectacle de gens de toutes les classes sociales qui

… Je m'extasiais au spectacle de gens de toutes les classes sociales qui passaient à côté de moi… (p. 213)

passaient à côté de moi, peu d'entre eux allaient expédier quelque commission, la plupart étaient là pour mutuellement s'observer. Les Parisiennes comme il faut s'habillaient avec grand goût et, si ce n'étaient elles, leurs coiffures attiraient mon attention. Hélas, sur ces mêmes trottoirs se promenaient les Parisiennes, comment dire, pas comme il faut, bien plus ingénieuses pour inventer des déguisements qui attirassent l'œil de notre sexe.

Des prostituées elles aussi, même si moins vulgaires que celles que je connaîtrais bientôt dans les brasseries à femmes, réservées aux seuls gentilshommes de bonne condition économique, et tout cela se voyait à la science diabolique qu'elles employaient pour séduire leurs victimes. Plus tard, un de mes informateurs m'a expliqué comment naguère on ne voyait sur les Boulevards que des grisettes, qui étaient des jeunes femmes un peu évaporées, pas chastes mais désintéressées ; elles ne demandaient ni vêtements ni bijoux à leur amant, c'est que ce dernier était aussi plus pauvre qu'elles. Et puis, elles avaient disparu, comme la race des carlins. Ensuite est apparue la lorette, ou biche, ou cocotte, pas plus spirituelle et cultivée que la grisette, mais désireuse de cachemire et de falbalas. Aux temps où j'étais arrivé à Paris, la lorette avait cédé le pas à la demi-mondaine : amants très riches, diamants et carrosses. Il était rare qu'une demi-mondaine se promenât sur les Boulevards. Ces dames aux camélias s'étaient choisi pour principe moral de n'avoir ni cœur, ni sensibilité, ni reconnaissance, et qu'il faut savoir exploiter les impuissants qui paient rien que pour les exhiber dans leur loge à l'Opéra. Quel sexe dégoûtant.

Entre-temps, j'avais pris contact avec Clément Fabre de Lagrange. Les Turinois m'avaient adressé à un certain bureau dans une bâtisse d'apparence modeste, dans une rue que la prudence acquise au cours de mon métier m'empêche de citer, fût-ce sur une feuille de papier que personne ne lira jamais. Je crois que Lagrange s'occupait de la Division Politique de la Direction Générale de la Sûreté Publique, mais je n'ai jamais compris si dans cette pyramide il se trouvait au sommet ou à la base. Il paraissait ne devoir en appeler à personne d'autre et, si on m'avait torturé, de toute cette machine d'information politique, je n'aurais rien pu dire. En effet, je ne savais même pas si Lagrange avait un bureau dans cet immeuble : j'avais écrit à cette adresse pour lui annoncer que j'avais pour lui une lettre de présentation du chevalier Bianco, et deux jours après je recevais un billet qui me convoquait sur le parvis de Notre-Dame. Il aurait, comme signe de reconnaissance, un œillet à la boutonnière. Et, depuis lors, Lagrange m'a toujours rencontré dans les endroits les plus impensables, un cabaret, une église, un jardin, jamais deux fois au même endroit.

Lagrange avait juste besoin ces jours-là d'un document donné, je le lui avais produit de façon parfaite, il m'avait aussitôt favorablement jugé, et, depuis ce moment, j'avais commencé à travailler pour lui comme « indicateur », ainsi dit-on par ici, d'une façon informelle, et je recevais chaque mois trois cents francs plus cent trente de frais (et quelques gratifications dans des cas exceptionnels, et production de documents à part). L'empire dépense beaucoup pour ses indicateurs, certes davantage que le Royaume de Sardaigne, et j'ai entendu dire que sur un budget de la police de sept millions de francs par an, deux millions sont consacrés aux informations politiques. Mais une autre rumeur affirme que le bilan est de quatorze millions, avec quoi on doit cependant payer les ovations organisées au passage de l'empereur, les brigades corses pour surveiller les mazziniens, les provocateurs et les espions purs et durs.

Avec Lagrange, je me faisais au moins cinquante mille francs par an, mais à travers lui j'avais été aussi introduit auprès d'une clientèle privée, si bien que j'ai pu bien vite organiser mon cabinet actuel (autrement dit le brocantage de couverture). Entre les faux testaments et le commerce d'hosties consacrées, l'activité du cabinet me rapportait cinquante mille francs supplémentaires, et avec dix mille francs l'an j'étais ce qu'on appelle à Paris un bourgeois aisé. Naturellement il ne s'agissait jamais de rentrées certaines, et mon rêve était de réaliser non pas dix mille francs de revenus mais de rente, et avec le trois pour cent des titres d'Etat (les plus sûrs) il aurait fallu que j'accumule un capital de trois cent mille francs. Somme à la portée d'une demi-mondaine, à l'époque, mais pas d'un notaire encore largement inconnu.

Dans l'attente d'un coup de chance, dès lors je pouvais, de spectateur, me transformer en acteur des plaisirs parisiens. Je n'ai jamais éprouvé de l'intérêt pour le théâtre, pour ces horribles tragédies où l'on déclame des alexandrins, et les salles des musées m'attristent. Mais il y avait quelque chose de mieux que Paris m'offrait : les restaurants.

Le premier que j'ai voulu me permettre – même à prix d'or –, j'en avais entendu célébrer les louanges jusqu'à Turin. C'était le Grand Véfour, sous les portiques du Palais-Royal, il paraît que Victor Hugo aussi l'a fréquenté, il y venait pour la poitrine de mouton aux haricots blancs. L'autre, qui m'avait tout de suite séduit, c'était le Café Anglais, à l'angle de la rue Gramont et du boulevard des Italiens. Autrefois restaurant pour cochers et domestiques, à présent il accueillait à ses tables le Tout-Paris. J'y ai découvert les pommes Anna, les écrevisses bordelaises, les mousses de volaille, les mauviettes en cerises, les petites timbales à la Pompadour, le cimier de chevreuil, les fonds d'artichauts à la jardinière, les sorbets au vin de Champagne. A la seule évocation de ces noms, je sens que la vie vaut la peine d'être vécue.

En plus des restaurants me fascinaient les passages. J'adorais le passage Jouffroy, sans doute parce qu'il abritait trois des meilleurs restaurants de Paris, le Dîner de Paris, le Dîner du Rocher et le Dîner Jouffroy. Aujourd'hui encore, et surtout le samedi, on dirait que tout Paris se donne rendez-vous dans cette galerie de cristal où se heurtent sans discontinuer des gentilshommes ennuyés et des dames peut-être trop parfumées à mon goût.

Le passage des Panoramas m'intriguait peut-être davantage. On y observe une faune plus populaire, bourgeois et provinciaux qui, à la vue des boutiques d'antiquaires, dévorent de leurs yeux les objets qu'ils ne pourront jamais se permettre, mais y défilent aussi les jeunes ouvrières à peine sorties de leur manufacture. S'il faut vraiment lorgner des jupons, mieux vaut les femmes mieux habillées du passage Jouffroy, pour qui aime ça, mais, pour voir les ouvrières, les suiveurs font les cent pas dans cette galerie, messieurs entre deux âges qui dérobent leurs regards derrière des lunettes vert fumé. Il n'est pas certain que toutes ces ouvrières soient vraiment telles : le fait qu'elles portent une robe simple, une coiffe de tulle, un petit tablier ne signifie rien. Il faudrait leur observer la pointe des doigts, et si elles sont sans piqûres, griffures ou petites brûlures, cela voudrait dire que ces filles mènent une vie plus aisée, et précisément grâce aux suiveurs qu'elles ravissent.

Dans ce passage, je ne reluque pas les ouvrières mais les suiveurs (d'ailleurs, qui a dit que le philosophe est

… Dans ce passage, je ne reluque pas les ouvrières mais les suiveurs… (p. 218)

celui qui, au café chantant, ne regarde pas la scène mais le parterre ?). Ceux-là pourraient devenir un jour mes clients, ou mes instruments. Certains, je les suis même quand ils regagnent leur domicile, sans doute pour embrasser une épouse engraissée et une demi-douzaine de marmots. Je prends note de l'adresse. On ne sait jamais. Je pourrais les ruiner avec une lettre anonyme. Un jour, dis-je, si c'était nécessaire.

Des différentes tâches que Lagrange m'avait confiées au début, je n'arrive à me rappeler presque rien. Il me vient seulement un nom à l'esprit, celui de l'Abbé Boullan, mais il doit s'agir de quelque chose de plus tardif, et situé même peu avant ou après la guerre (j'arrive à reconstituer qu'au milieu il y a eu une guerre, avec Paris sens dessus dessous).

L'absinthe est en train d'accomplir son œuvre, et si j'haleinais sur une bougie je déclencherais une grande flamme au lumignon.

10

DALLA PICCOLA PERPLEXE

3 avril 1897

Cher capitaine Simonini,

Ce matin, je me suis réveillé avec la tête lourde et un étrange goût dans la bouche. Dieu me pardonne, c'était le goût de l'absinthe ! Je vous assure que je n'avais pas encore lu vos observations de la nuit d'hier. Comment pouvais-je savoir ce que vous aviez bu si je ne l'avais pas bu moi-même ? Et comment un ecclésiastique pourrait-il reconnaître le goût d'une boisson interdite, et donc inconnue ? Ou bien non, j'ai l'esprit confus, j'écris sur le goût que j'ai senti dans ma bouche en me réveillant mais je l'écris après vous avoir lu, et ce que vous m'avez écrit m'a suggestionné. Et, de fait, si je n'ai jamais bu d'absinthe, comment pourrais-je savoir que ce que je sens dans ma bouche est de l'absinthe ? C'est le goût de quelque chose d'autre que votre journal intime m'a induit à juger être de l'absinthe.

Oh, doux Jésus, le fait est que je me suis réveillé dans mon lit, et tout paraissait normal, comme si je n'avais rien fait d'autre pendant tout le mois passé. Sauf que je savais devoir venir dans votre appartement. Là, c'est-à-dire ici, et j'ai lu vos pages de journal qu'encore j'ignorais. J'ai vu votre allusion à Boullan, et quelque chose a affleuré à mon esprit, mais d'une façon vague et embrouillée.

Je me le suis répété à haute voix et ce nom, prononcé plusieurs fois, m'a produit une secousse cérébrale, comme si vos docteurs Bourru et Burot m'avaient placé un métal magnétique sur une partie du corps, ou qu'un docteur Charcot m'avait agité, que sais-je, un doigt, une clef, une main ouverte devant les yeux et fait entrer dans un état de somnambulisme lucide.

J'ai vu comme l'image d'un prêtre qui crachait dans la bouche d'une possédée.

11

JOLY

Tiré du journal du 3 avril 1897, tard dans la nuit

La page du journal de Dalla Piccola se conclut de manière abrupte. Peut-être aura-t-il entendu un bruit, une porte qui s'ouvrait en bas, et il aura disparu. Vous admettrez que le Narrateur aussi soit perplexe. C'est que l'Abbé Dalla Piccola semble se réveiller seulement quand Simonini a besoin d'une voix de la conscience qui accuse ses distractions et le rappelle à la réalité des faits ; pour le reste il apparaît plutôt dénué de la mémoire de soi. A le dire sans ambages, si ces pages ne rapportaient pas des choses absolument vraies, il paraîtrait que ce serait l'art du Narrateur qui a disposé ces alternances d'euphorie amnésique et de dysphorique mémoire.

Un matin du printemps 1865, Lagrange avait convoqué Simonini sur un banc du jardin du Luxembourg, et il lui avait montré un livre défraîchi à la couverture jaunâtre, paru en octobre 1864 à Bruxelles, selon la date de publication, sans nom d'auteur, avec ce titre

Dialogue aux enfers entre Machiavel et Montesquieu ou la politique de Machiavel au XIXe siècle, par un contemporain.

— Voilà, avait-il dit, le livre d'un certain Maurice Joly. Maintenant nous savons qui il est, mais on a eu bien du mal à le découvrir alors qu'il introduisait en France des exemplaires de son livre imprimé à l'étranger et qu'il les distribuait clandestinement. Ou bien, si vous voulez, ça a été laborieux mais pas difficile parce que nombre de contrebandiers de matériel politique sont des agents à nous. Vous devriez savoir que la seule manière de contrôler une secte subversive, c'est d'en prendre le commandement, ou du moins d'avoir sur notre livre de paye ses principaux chefs. Faut pas croire qu'on découvre les plans des ennemis de l'Etat par illumination divine. On a pu dire, sans doute en exagérant un peu, que sur dix adeptes d'une association secrète, trois sont nos « mouchards », pardonnez-moi le terme mais la populace les appelle de la sorte, six sont des imbéciles pleins de foi, et un seul est un homme dangereux. Mais trêve de digressions. A présent Joly est en prison, à Sainte-Pélagie, et on l'y maintiendra le plus longtemps possible. Ce qui nous intéresse : savoir d'où il a tiré ses informations.

— Mais de quoi parle le livre ?

— Je vous avoue que je ne l'ai pas lu, il y a plus de cinq cents pages – mauvaise option car on doit pouvoir lire les diffamations d'un libelle en une demi-heure. Un de nos agents spécialisés dans ces choses-là, un certain Lacroix, nous en a fourni un résumé. Mais je vous fais cadeau du seul exemplaire rescapé. Vous verrez comment dans ces pages on suppose que Machiavel et Montesquieu s'entretiennent au royaume des morts, que Machiavel est le théoricien d'une vision cynique du pouvoir et soutient la légitimité d'une série d'actions visant à réprimer la liberté de presse et d'expression, l'Assemblée législative, toutes choses toujours proclamées par les républicains. Et il le fait de façon si détaillée, si en rapport avec notre époque, que même le lecteur le plus démuni se rend compte que le libelle est destiné à diffamer notre empereur en lui attribuant l'intention de neutraliser le pouvoir de la Chambre, de demander au peuple de faire proroger de dix années le pouvoir du président, de changer la république en empire...

— Pardonnez-moi, monsieur Lagrange, nous parlons en confiance et vous connaissez mon dévouement au gouvernement... Je ne peux pas ne pas relever que, d'après ce que vous me dites, ce Joly fait allusion à des choses que l'empereur a vraiment faites, et je ne vois pas pourquoi se demander où Joly a puisé ses informations...

— Mais dans le livre de Joly on n'ironise pas seulement sur ce que le gouvernement a fait, on fait carrément des insinuations sur ce qu'il pourrait avoir l'intention de faire, comme si Joly voyait certaines choses non pas de l'extérieur mais de l'intérieur. Vous savez, dans chaque ministère, dans chaque palais du gouvernement, il y a une taupe, un sous-marin, qui fait sortir des informations. D'habitude, on le laisse vivre pour laisser filtrer à travers lui des informations fausses que le ministre a intérêt à répandre, mais parfois il devient dangereux. Il faut repérer qui a renseigné ou, pire, instruit Joly.

Simonini songeait que tous les gouvernements despotiques suivent la même logique et il suffisait de lire le vrai Machiavel pour comprendre ce que Napoléon ferait ; mais cette réflexion l'avait amené à donner forme à une sensation qui ne l'avait pas quitté pendant le résumé de Lagrange : ce Joly faisait dire à son Machiavel-Napoléon presque les mêmes mots que lui-même avait prêtés aux jésuites dans le document reconstruit pour les services piémontais. Il était donc évident que Joly s'était inspiré de la même source que Simonini, c'est-à-dire de la lettre du Père Rodin au Père Roothaan dans *Les Mystères du peuple* de Sue.

— Par conséquent, poursuivait Lagrange, nous vous ferons traduire à Sainte-Pélagie comme réfugié mazzinien soupçonné d'avoir eu des rapports avec des milieux républicains français. Un Italien y est détenu, un certain Gaviali, qui a eu quelque chose à voir avec l'attentat d'Orsini. Bien naturel que vous cherchiez à le contacter, vous qui êtes garibaldien, carbonaro et Dieu sait quoi d'autre encore. A travers Gaviali vous connaîtrez Joly. Parmi les détenus politiques, isolés au milieu d'apaches de toutes les races, on se comprend. Faites-le parler, les gens en prison s'ennuient.

— Et combien de temps resterai-je dans cette prison ? avait demandé Simonini, préoccupé pour l'ordinaire.

— Cela dépendra de vous. Plus tôt vous aurez les informations, plus tôt vous sortirez. On apprendra que le juge d'instruction vous a déchargé de toute accusation grâce à l'habileté de votre avocat.

Il manquait encore à Simonini l'expérience de la prison. Ce n'était pas agréable, dans ces effluves de sueur et d'urine, avec ces soupes impossibles à avaler. Grâce à Dieu, comme d'autres détenus de bonne condition économique, Simonini avait la possibilité de recevoir chaque jour un panier de victuailles.

De la cour, on entrait dans une grande salle dominée par un poêle central, avec des bancs le long des murs.

C'est là que d'habitude ceux qui recevaient leur nourriture de l'extérieur consommaient leurs repas. Il y avait ceux qui mangeaient penchés sur leur panier, tendant les mains pour protéger leur pitance de la vue des autres, et ceux qui se montraient généreux aussi bien avec leurs amis qu'avec leurs voisins occasionnels. Simonini avait compris que les plus généreux étaient, d'un côté, les délinquants habituels, éduqués à la solidarité avec leurs semblables et, de l'autre, les détenus politiques.

Entre ses années turinoises, l'expérience en Sicile, et les premières années dans les plus sordides sentines parisiennes, Simonini avait accumulé une expérience suffisante pour reconnaître le délinquant-né. Il ne partageait pas les idées, qui commençaient à circuler à son époque, selon lesquelles les criminels auraient dû être tous rachitiques ou bossus ou avec un bec-de-lièvre ou les écrouelles ou encore, comme avait dit Vidocq qui, question criminels, en connaissait un bout (ne serait-ce que parce qu'il était un des leurs), tous avec les jambes arquées ; mais ils présentaient certainement beaucoup des caractères typiques des races colorées, comme la rareté du poil, la capacité crânienne réduite, le front fuyant, les sinus frontaux très développés, le développement énorme des mandibules et des apophyses zygomatiques, le prognathisme, l'obliquité des orbites, la peau plus sombre, les cheveux épais et frisés, les oreilles volumineuses, les dents inégales, et puis l'exiguïté des affections, la passion exagérée pour les plaisirs vénériens et pour le vin, la maigre sensibilité à la douleur, le manque de sens moral, la paresse, l'impulsivité, l'imprévoyance, la grande vanité, la passion du jeu, la superstition.

Sans parler de personnages tel celui qui se plaçait tous les jours dans son dos, comme pour quémander une bouchée du panier des vivres, la face sillonnée en tout sens de cicatrices livides et profondes ; les lèvres tuméfiées par l'action corrosive du vitriol ; les cartilages du nez coupés, les narines remplacées par deux trous informes, les bras longs, les mains courtes, grosses et velues même sur les doigts... Jusqu'au moment où Simonini avait dû revoir ses idées sur les stigmates du délinquant parce que ce sujet, qui s'appelait Oreste, s'était par la suite montré homme d'une grande douceur et, après que Simonini lui avait enfin offert une partie de sa nourriture, il s'était attaché à lui et manifestait à son égard un dévouement canin.

Il n'avait pas une histoire compliquée : il avait simplement étranglé une fille qui n'avait pas agréé ses offres amoureuses et il était en attente de jugement. — Je ne sais pas pourquoi elle a été aussi méchante, disait-il, au fond je lui avais demandé de m'épouser. Et elle, elle a ri. Comme si j'étais un monstre. Je regrette tellement qu'elle ne soit plus là, mais alors qu'est-ce que devait faire un homme qui se respecte ? Et puis, si j'arrive à éviter la guillotine, le bagne, c'est pas si mal après tout. On raconte que le rata est abondant.

Un jour, pointant du doigt un type, il avait dit : — Lui, ouais, c'est un homme mauvais. Il a tenté de tuer l'empereur.

C'est ainsi que Simonini avait identifié Gaviali, et il l'avait approché.

— Vous avez conquis la Sicile grâce à notre sacrifice, lui avait dit Gaviali. Ensuite, il avait expliqué : — Pas le mien. Ils n'ont rien réussi à prouver, sauf que j'avais eu quelques contacts avec Orsini. Comme ça, Orsini et Pieri ont été guillotinés, Di Rudio est à Cayenne, mais moi, si tout va bien, je sors dans pas longtemps.

… C'est ainsi que Simonini avait identifié Gaviali, et il l'avait approché… (p. 228)

Ils connaissaient tous l'histoire d'Orsini. Patriote italien, il s'était rendu en Angleterre pour se faire confectionner par l'armurier Joseph Taylor six bombes (de simples sphères de fer avec une vis de fermeture) destinées à être chargées avec du fulminate de mercure de manière à exploser à l'impact. Le soir du 14 janvier 1858, alors que Napoléon III se rendait au théâtre, Orsini et deux de ses camarades avaient lancé trois bombes contre le carrosse de l'empereur, mais avec de maigres résultats : ils avaient blessé cent cinquante-sept personnes, et huit d'entre elles étaient mortes par la suite, mais les souverains s'en étaient tirés, indemnes.

Avant de monter à l'échafaud, Orsini avait écrit à l'empereur une lettre larmoyante, l'invitant à défendre l'unité d'Italie, et beaucoup disaient que cette lettre avait eu quelque influence sur les décisions ultérieures de Napoléon III.

— Au début, c'est moi qui aurais dû faire les bombes, disait Gaviali, et un groupe de mes amis qui, sans se vanter, sont les magiciens des explosifs. Et puis Orsini n'a pas eu confiance. On le sait, les étrangers sont toujours plus forts que nous, et il s'est engoué de cet Anglais qui, à son tour, s'était engoué du fulminate de mercure. A Londres, le fulminate de mercure tu pouvais l'acheter en pharmacie, il servait pour faire les daguerréotypes, et ici en France on en imprégnait le papier des « bonbons chinois » qui, en les déroulant, boum, suscitait une belle petite explosion – et des éclats de rire, comment donc ! C'est qu'une bombe avec un explosif détonant a peu d'efficacité si elle n'explose pas au contact de la cible. Une bombe à poudre noire aurait produit de gros éclats métalliques qui auraient frappé dans un rayon de dix mètres, tandis qu'une bombe au fulminate s'émiette tout de suite et ne te tue que si tu es là où elle tombe. Dans ce cas, mieux vaut une balle de pistolet qui, où elle arrive, arrive.

— On pourrait toujours retenter, avait hasardé Simonini. Puis il avait ajouté : — Je connais des personnes qui seraient intéressées par les services d'un groupe de bons artificiers.

Le Narrateur ne sait pas pourquoi Simonini avait lancé cet appât. Pensait-il déjà à quelque chose ou lançait-il des leurres par vocation, par vice, par prévoyance, parce qu'on ne sait jamais ? En tout cas, Gaviali avait bien réagi : — Parlons-en, avait-il dit. Vous me dites que vous sortirez bientôt, c'est ce qui devrait m'arriver à moi aussi. Venez me chercher au Père Laurette, rue de la Huchette. Là, nous nous retrouvons presque chaque soir avec les mêmes amis, et c'est un endroit où les gendarmes ont renoncé à venir, primo parce qu'ils devraient toujours mettre en taule tous les clients, et ce serait du boulot, et secundo parce que c'est un endroit où un guignol, s'il entre, n'est pas sûr de ressortir.

— Bel endroit, avait dit en riant Simonini, je viendrai. Mais dites-moi, j'ai su qu'il devrait y avoir entre ces murs un certain Joly, qui a écrit des choses malicieuses sur l'empereur.

— C'est un idéaliste, avait répondu Gaviali, les mots ne tuent pas. Mais ce doit être une brave personne. Je vous le présente.

Joly était habillé avec des vêtements encore propres, à l'évidence il trouvait le moyen de se faire la barbe, et d'habitude il sortait de la salle du poêle où il se rencognait, solitaire, quand entraient les privilégiés avec leur panier de vivres, pour ne pas souffrir à la vue de la fortune des autres. Il paraissait plus ou moins du même âge que Simonini, il avait les yeux ardents du visionnaire, et pourtant voilés de tristesse, et il se laissait voir comme un homme aux multiples contradictions.

— Asseyez-vous avec moi, lui avait dit Simonini, et acceptez quelque chose de ce panier, pour moi j'en ai trop. J'avais tout de suite compris que vous ne faites pas partie de cette racaille.

Joly avait, d'un sourire, tacitement remercié, il avait accepté volontiers un morceau de viande et une tranche de pain, mais il s'en était tenu aux généralités. Simonini avait dit : — Heureusement que ma sœur ne m'a pas oublié. Elle n'est pas riche mais elle m'entretient bien.

— Vous avez de la chance, avait dit Joly, moi je n'ai personne...

La glace était rompue. Ils s'étaient entretenus de l'épopée garibaldienne, que les Français avaient suivie avec passion. Simonini avait fait allusion à certains de ses ennuis, d'abord avec le gouvernement piémontais et puis avec le français, et le voilà dans l'attente d'un procès pour conspiration contre l'Etat. Joly avait dit que lui, il était en prison pas même pour conspiration, mais pour le simple goût des potins.

— S'imaginer comme élément nécessaire dans l'ordre de l'univers équivaut, pour nous, gens de bonnes lectures, à ce qu'est la superstition pour les illettrés. On ne change pas le monde avec les idées. Les personnes de peu d'idées sont moins sujettes à l'erreur, elles suivent ce que tout le monde fait et ne dérangent personne, et elles réussissent, s'enrichissent, arrivent à de bonnes positions, députés, décorés, hommes de lettres renommés, académiciens, journalistes. Peut-on être sot quand on fait aussi bien ses propres affaires ? Le sot, c'est moi, qui ai voulu me battre contre les moulins à vent.

Au troisième repas, Joly tardait encore à en venir au fait et Simonini lui avait mis un peu plus la pression en demandant quel livre dangereux il avait donc écrit. Et Joly s'était répandu sur son dialogue aux enfers, et au fur et à mesure qu'il le résumait, il s'indignait de plus en plus des infamies qu'il avait dénoncées, et il les glosait, et il les analysait davantage encore que ce qu'il avait fait dans son libelle.

— Vous saisissez ? Réussir à réaliser le despotisme grâce au suffrage universel ! Le misérable a accompli un coup d'Etat autoritaire en s'en remettant au peuple bœuf ! Il nous avertit de ce que sera la démocratie de demain.

Exact, pensait Simonini, ce Napoléon est l'homme de notre temps, et il a compris comment on pouvait mettre le mors à un peuple qui, quelque soixante-dix années auparavant, s'était excité à l'idée qu'on pût couper la tête à un roi. Lagrange peut bien croire que Joly a eu des inspirateurs, mais il est clair qu'il s'est limité à analyser des faits qui sont sous les yeux de tout le monde, au point d'anticiper les feintes du dictateur. Je voudrais plutôt comprendre quel a été vraiment son modèle.

Simonini avait alors fait une référence voilée à Sue et à la lettre du Père Rodin ; aussitôt Joly avait souri, presque en rougissant, et il avait dit que oui, que son idée de dépeindre les projets néfastes de Napoléon était née de la façon dont les avait décrits Sue, sauf qu'il lui avait paru plus utile de faire remonter l'inspiration jésuitique au machiavélisme classique.

— Quand j'ai lu ces pages de Sue, je me suis dit que j'avais trouvé la clef pour écrire un livre qui secouerait ce pays. Quelle folie, les livres on les réquisitionne, on les brûle, et puis après tu es là comme si tu n'avais rien fait. Et je ne pensais pas que Sue, pour en avoir encore moins dit, avait été contraint à l'exil.

Simonini se sentait comme dépossédé d'une chose à lui. C'est vrai qu'il avait lui aussi copié son discours des jésuites chez Sue, mais personne ne le savait et il se réservait d'utiliser encore pour d'autres fins son schéma de complot. Et voilà que Joly le lui soustrayait en le rendant, pour ainsi dire, du domaine public.

Il s'était ensuite calmé. Le livre de Joly avait été séquestré et lui il possédait un des rares exemplaires encore en circulation ; Joly resterait encore quelques années en prison, quand bien même Simonini copierait intégralement son texte en attribuant, que sais-je, le complot à Cavour, ou à la chancellerie prussienne, personne ne s'en rendrait compte, pas même Lagrange, qui reconnaîtrait au maximum dans le nouveau document quelque chose de crédible. Les services secrets de chaque pays ne croient qu'à ce qu'ils ont entendu dire ailleurs et repousseraient comme sans fondement toute information complètement inédite. Du calme donc, il se trouvait dans la situation apaisée de savoir ce que Joly avait dit, sans que personne le sût. A part ce Lacroix que Lagrange avait nommé, le seul qui avait eu le courage de lire tout le *Dialogue*. Il suffisait par conséquent d'éliminer Lacroix, et c'était fait.

Pour le moment, l'heure était venue de sortir de Sainte-Pélagie. Il avait salué Joly avec une fraternelle cordialité, l'autre s'était ému et il avait ajouté : — Sans doute pouvez-vous me rendre un service. J'ai un ami, un certain Guédon, qui peut-être ne sait même pas où je suis, mais pourrait m'envoyer de temps en temps un panier avec quelque chose que mangent les humains. Ces soupes infâmes me donnent des brûlures d'estomac et de la dysenterie.

Il lui avait dit qu'il trouverait ce Guédon dans une librairie de la rue de Beaune, celle de mademoiselle Beuque, où se réunissaient les fouriéristes. Pour ce que Simonini en savait, les fouriéristes étaient une sorte de socialistes qui aspiraient à une réforme générale du genre humain mais ne parlaient pas de révolution, raison pour quoi ils étaient méprisés aussi bien par les communistes que par les conservateurs. Mais à ce qu'il paraît, la librairie de mademoiselle Beuque était devenue un port franc pour tous les républicains qui s'opposaient à l'Empire, et qui se rencontraient là tranquillement parce que la police ne pensait pas que les fouriéristes pussent faire de mal à une mouche.

A peine la prison quittée, Simonini s'était précipité pour faire son rapport à Lagrange. Il n'avait aucun intérêt à s'acharner sur Joly, au fond ce don Quichotte lui faisait presque de la peine. Il avait dit :

— Monsieur de Lagrange, notre sujet est simplement un ingénu qui a espéré un moment de notoriété, et mal lui en a pris. J'ai eu l'impression qu'il n'aurait même pas pensé à écrire son libelle s'il n'y avait pas été incité par quelqu'un de votre milieu. Et, je suis désolé de le dire, sa source est, oui, ce Lacroix qui d'après vous aurait lu le livre pour vous le résumer, et qui probablement l'avait lu, pour ainsi dire, avant qu'il fût écrit. Il se peut qu'il se soit occupé lui-même de le faire imprimer à Bruxelles. Pour quelle raison, ne me le demandez pas.

— Mandataire de quelque service étranger, peut-être prussien, pour créer du désordre en France. Cela ne m'étonne pas.

— Un agent prussien dans un bureau comme le vôtre ? Cela me semble incroyable.

— Stieber, le chef de l'espionnage prussien, a reçu neuf millions de thalers pour couvrir le territoire français d'espions. Le bruit court qu'il aurait envoyé en France cinq mille paysans prussiens et neuf mille domestiques pour avoir des agents dans les cafés, dans les restaurants, dans les familles qui comptent, partout. Faux. Les espions sont en toute petite partie prussiens, et pas même alsaciens, car au moins on les reconnaîtrait à leur accent, ce sont de bons Français qui le font pour de l'argent.

— Et vous ne parvenez pas à identifier et arrêter ces traîtres ?

— Nous n'avons pas intérêt, sinon eux ils arrêteraient les nôtres. Les espions ne se neutralisent pas en les tuant, mais en leur passant de fausses informations. Et pour ce faire, ceux qui pratiquent le double jeu nous servent. Cela dit, l'information que vous me donnez sur ce Lacroix me semble inédite. Dieu de Dieu, dans quel monde vivons-nous, on ne peut se fier à personne... Il faudra se débarrasser immédiatement de lui.

— Mais si vous le poursuivez en justice, ni lui ni Joly n'admettront quoi que ce soit.

— Une personne qui a travaillé pour nous ne devra jamais apparaître dans une salle de tribunal et cela, excusez-moi si j'énonce un principe général, vaudrait et vaudra pour vous aussi. Lacroix sera victime d'un accident. Sa veuve aura une juste pension.

Simonini n'avait pas parlé de Guédon et de la librairie de la rue de Beaune. Il se réservait de voir quel parti il pourrait tirer de cette fréquentation. Et puis les quelques jours à Sainte-Pélagie l'avaient épuisé.

Sans perdre un instant, il s'était fait conduire chez Lapérouse, quai des Grands-Augustins, et pas en bas, où l'on servait huîtres et entrecôtes comme autrefois, mais au premier étage, dans un de ces cabinets particuliers où l'on commandait barbue sauce hollandaise, casserole de riz à la Toulouse, aspics de filets de lapereaux en chaud-froid, truffes au champagne, pudding d'abricots à la vénitienne, corbeille de fruits frais, compotes de pêches et d'ananas.

Et au diable les galériens, qu'ils fussent idéalistes ou assassins, eux et leurs soupes. Les prisons sont aussi faites pour permettre aux gentilshommes d'aller au restaurant sans courir de risques.

Ici, les mémoires de Simonini, comme en semblables cas, s'embrouillent, et son journal contient des morceaux décousus. Le Narrateur ne peut que faire trésor des interventions de l'Abbé Dalla Piccola. Désormais le couple travaille à plein régime et en parfaite entente...

En synthèse, Simonini sentait que pour se qualifier aux yeux des services impériaux, il devait apporter à Lagrange quelque chose de plus. Qu'est-ce qui fait vraiment prendre en considération un indicateur de la police ? La découverte d'un complot. Il devait donc organiser un complot pour pouvoir le dénoncer.

L'idée, c'est Gaviali qui la lui avait donnée. Il s'était renseigné à Sainte-Pélagie et avait appris quand il sortirait. Et il se souvenait où il pourrait le trouver, rue de la Huchette, au cabaret du Père Laurette.

Vers le bout de la rue, on s'insinuait dans une maison dont l'entrée était une fente – d'ailleurs pas plus étroite que celle de la rue du Chat-qui-Pêche, qui s'ouvrait sur la même rue de la Huchette, si étrécie qu'on ne comprenait pas pourquoi on l'avait ouverte, vu qu'il fallait y passer en crabe. Après l'escalier, on parcourait des couloirs aux pierres qui suaient des larmes de gras et des portes si basses qu'on ne comprenait pas comment on pouvait entrer dans ces pièces. Au deuxième étage s'ouvrait une porte un peu plus praticable, par où on pénétrait dans un vaste local, sans doute obtenu en abattant au moins trois ou quatre appartements d'autrefois, et c'était là le salon ou la salle ou le cabaret du Père Laurette, dont personne ne pouvait dire qui il pouvait bien être parce qu'il était mort probablement des années auparavant.

Tout autour, des tables bondées de fumeurs de pipe et de joueurs de lansquenet, des filles précocement ridées, au teint pâle, comme des poupées pour enfants de pauvres, qui cherchaient seulement à repérer des clients dont le verre n'était pas fini, pour implorer une goutte.

Le soir où Simonini y avait mis pied, il y avait de l'agitation : quelqu'un dans le quartier avait suriné quelqu'un d'autre, et on aurait dit que l'odeur du sang avait rendu tout le monde nerveux. A un moment donné, un forcené avec un tranchet avait blessé une des filles, projeté à terre la patronne qui était intervenue, s'était mis, furieux, à frapper qui tentait de l'arrêter, et il avait été enfin abattu quand un serveur lui fracassa une carafe sur la nuque. Après quoi, tous s'étaient remis à faire ce qu'ils faisaient avant, comme si rien ne s'était passé.

C'est ici que Simonini avait trouvé Gaviali, autour d'une table de camarades qui paraissaient partager ses idées régicides, presque tous des réfugiés politiques italiens, et presque tous experts en explosifs, ou obsédés par le sujet. Quand la tablée avait atteint un taux alcoolique raisonnable, on commençait à discuter sur les erreurs des grands auteurs d'attentat du passé : la machine infernale avec laquelle Cadoudal avait tenté d'assassiner Napoléon, alors Premier Consul, était un mélange de salpêtre et de mitraille qui sans doute marchait dans les ruelles étroites de la vieille capitale, mais qui, aux jours d'aujourd'hui, serait inefficace (et franchement ça l'avait été à l'époque aussi). Pour assassiner Louis-Philippe, Fieschi avait fabriqué une machine faite de dix-huit canons de fusil qui tiraient en même temps, et il avait tué dix-huit personnes, mais pas le roi.

— Le problème, disait Gaviali, c'est la composition de l'explosif. Prends le chlorate de potassium : on avait pensé le mélanger avec du soufre et du charbon pour obtenir une poudre à canon, mais comme seul résultat l'officine qu'ils avaient activée pour la produire a sauté en l'air. Ils ont pensé s'en servir au moins pour les allumettes, mais il fallait en mouiller la tête de chlorate et soufre dans de l'acide sulfurique. Bien commode. Jusqu'au moment où les Allemands, voilà plus de trente ans, ont inventé les allumettes au phosphore qui s'enflamment par frottement.

— Sans parler, disait un autre, de l'acide picrique. Ils s'étaient rendu compte qu'il éclatait si on le réchauffait en présence de chlorate de potassium et on avait donné le *via* à une série de poudres plus détonantes les unes que les autres. Quelques expérimentateurs sont morts et l'idée a été abandonnée. La nitrocellulose irait mieux…

… autour d'une table de camarades qui paraissaient partager ses idées régicides, presque tous des réfugiés politiques italiens, et presque tous experts en explosifs… (p. 239)

— On s'en doute.

— Il faudrait prêter attention aux anciens alchimistes. Ils avaient découvert qu'un mélange d'acide nitrique et d'huile de térébenthine, après quelques instants, s'enflamme spontanément. Il y a cent ans qu'on a découvert que si on ajoute de l'acide sulfurique, qui absorbe l'eau, à de l'acide nitrique, l'allumage se produit presque toujours.

— Moi, je prendrais plus au sérieux la xyloïdine. Tu combines de l'acide nitrique avec de l'amidon ou des fibres de bois...

— On dirait que tu viens de lire le roman de ce Verne qui se sert de la xyloïdine pour propulser un véhicule aérien vers la lune. Aujourd'hui, on parle plutôt de nitrobenzol et de nitronaphtaline. Ou bien, si tu traites papier et carton avec de l'acide nitrique, tu obtiens de la nitramidine, semblable à la xyloïdine.

— Ce sont tous des produits instables. Le cas échéant, aujourd'hui, on prend au sérieux le fulmicoton ; à égalité de poids, sa force explosive est six fois celle de la poudre noire.

— Mais son rendement est inconstant.

Et ainsi poursuivaient-ils pendant des heures, toujours revenant aux vertus de la bonne et honnête poudre noire, et Simonini avait l'impression d'être revenu aux conversations siciliennes avec Ninuzzo.

Après quelques pichets de vin offerts, il avait été aisé d'attiser la haine de cette clique pour Napoléon III, lequel probablement s'opposerait à l'invasion de Rome par les Savoie, imminente désormais. La cause de l'unité d'Italie exigeait la mort du dictateur. Bien que Simonini pensât qu'à ces avinés l'unité d'Italie n'importait que dans une certaine mesure et que, du reste, ils étaient plus intéressés à faire sauter de belles bombes. C'étaient par ailleurs le genre d'énergumènes qu'il cherchait.

— L'attentat d'Orsini, expliquait Simonini, n'a pas raté par sa faute, mais parce que les bombes étaient mal faites. Maintenant nous avons quelqu'un qui est disposé à risquer la guillotine pour lancer les bombes au bon moment, mais nous avons encore des idées imprécises sur le type d'explosif à utiliser, et les conversations que j'ai eues avec notre ami Gaviali m'ont persuadé que votre groupe pourrait nous être utile.

— Mais à qui pensez-vous quand vous dites « nous » ? avait demandé un des patriotes.

Simonini avait donné l'impression d'hésiter, puis il s'était servi de tous les paraphernaux qui lui avaient valu la confiance des étudiants turinois : lui, il représentait la Haute Vente, il était un des lieutenants du fantomatique Nubius, il ne fallait pas lui en demander plus parce que la structure de l'organisation des carbonari était telle que chacun ne connaissait que son supérieur immédiat. Le problème était que les nouvelles bombes d'efficacité indiscutable ne pouvaient pas être produites au pied levé, mais après expérimentations sur expérimentations, et des études d'alchimiste ou presque, avec les bonnes substances miscibles, et des essais en pleine campagne. Lui, il était en mesure d'offrir un local tranquille, précisément rue de la Huchette, avec tout l'argent nécessaire pour les frais. Quand les bombes seraient prêtes, le groupe ne devait plus se soucier de l'attentat, cependant il faudrait qu'ils abritent à l'avance dans ce local des tracts qui annonçaient la mort de l'empereur et expliquaient les buts des auteurs de l'attentat. Napoléon tué, le groupe devait s'occuper de faire circuler les tracts dans différents lieux de la ville, et en déposer quelques-uns dans les conciergeries des grands journaux.

— Vous ne devriez pas être dérangés, parce que dans les hautes sphères il y a quelqu'un qui verrait l'attentat d'un bon œil. Un de nos hommes à la préfecture s'appelle Lacroix. Mais je ne suis pas certain qu'il soit fiable à cent pour cent, aussi ne cherchez pas à avoir des contacts avec lui, s'il savait qui vous êtes il pourrait vous dénoncer, rien que pour obtenir une promotion. Vous savez comment sont ces agents doubles...

Le pacte avait été accepté avec enthousiasme, les yeux de Gaviali brillaient. Simonini avait donné les clefs du local, et une somme consistante pour les premiers achats. Quelques jours plus tard, il était allé rendre visite aux conjurés, il lui avait semblé que pour les expérimentations ils tenaient le bon bout ; il avait apporté avec lui plusieurs centaines de tracts imprimés par un typographe complaisant, il avait laissé une autre somme pour les dépenses, et dit : « Vive l'Italie unie ! Ou Rome ou la mort ! », puis il s'en était allé.

Mais ce soir-là, alors qu'il parcourait la rue Saint-Séverin déserte à cette heure, il avait eu l'impression d'entendre des pas qui le suivaient, sauf qu'à peine il s'arrêtait, ce piétinement derrière lui cessait aussi. Il avait doublé le pas, mais le bruit dans son dos s'était de plus en plus rapproché jusqu'au moment où il était devenu clair que quelqu'un, plus que le prendre en filature, le suivait bel et bien. Il avait soudain entendu haleter sur son épaule, puis il avait été saisi avec violence et jeté dans l'impasse de la Salembrière qui (encore plus étroite que la rue du Chat-qui-Pêche) s'ouvrait juste à ce point-là ; comme si son poursuivant connaissait les lieux à la perfection et avait choisi le moment et le coin appropriés. Ecrasé contre le mur, Simonini n'avait vu que le scintillement d'une lame de couteau qui lui frôlait le visage. Il ne parvenait pas, dans cette obscurité, à distinguer le visage de son agresseur, mais il n'avait pas hésité en entendant cette voix qui, avec l'accent sicilien, lui sifflait : — Six ans j'y ai mis à retrouver vos traces, mon bon Père, mais j'y ai réussi !

C'était la voix de maître Ninuzzo que Simonini était convaincu d'avoir quitté à la poudrière de Bagheria avec deux empans de poignard dans le ventre.

— Vivant je suis, parce qu'une âme pleine de pitié est passée par là-bas après vous, et m'a porté secours. Trois mois, j'ai été entre la vie et la mort, et sur la panse j'ai une balafre qui va d'une hanche à l'autre... Mais à peine levé de mon lit, j'ai commencé mes recherches. Qui avait vu un religieux comme ci et comme ça... En somme, quelqu'un à Palerme l'avait vu parler au café avec le notaire Musumeci et avait eu l'impression qu'il ressemblait comme deux gouttes d'eau à un garibaldien piémontais ami du colonel Nievo... J'ai appris ensuite que ce Nievo avait disparu en mer comme si son bateau était parti en fumée, et moi je savais bien comment et pourquoi il était parti en fumée, et de qui c'était l'ouvrage. A partir de Nievo il a été facile de remonter à l'armée piémontaise et de là à Turin, et dans cette ville glacée, un an j'ai passé à interroger les gens. Enfin, j'ai su que ce garibaldien s'appelait Simonini, qu'il avait une étude de notaire mais qu'il l'avait cédée, laissant échapper en discutant avec l'acquéreur qu'il s'en allait à Paris. Toujours sans le sou, et ne me demandez pas comment j'ai pu faire, je m'en suis venu à Paris, seulement je ne savais pas que la ville était aussi grande. J'ai dû tourner et tourner pour retrouver vos traces. Et j'ai pu vivre en fréquentant des rues comme celle-ci et en plaçant un couteau sur la gorge de certains de ces messieurs bien habillés qui s'étaient trompés de chemin. Un par jour, ça m'a suffi pour vivre. Et, toujours dans le coin, je faisais mes tours et mes tours. J'imaginais qu'un comme vous fréquentait les tapisses-franques, comme ils les appellent ici, plutôt que les maisons bien et propres... Vous auriez dû vous faire pousser une belle barbe noire, si vous ne vouliez pas être reconnu si facilement...

C'était à partir de ce moment que Simonini avait adopté sa mise de bourgeois barbu, mais dans cette mauvaise passe il devait admettre qu'il avait trop peu fait pour faire perdre sa trace.

— En somme, concluait Ninuzzo, j'ai pas à vous raconter toute mon histoire, il me suffit de vous planter dans la panse la même taillade que vous avez plantée dans la mienne, mais en travaillant avec davantage de conscience. Ici, la nuit, il passe personne, comme à la poudrière de Bagheria.

La lune s'était un peu levée et à présent Simonini voyait le nez écrasé de Ninuzzo et ses yeux qui brillaient, mauvais.

— Ninuzzo, avait-il eu la présence d'esprit de dire, vous ne savez pas que si j'ai fait ce que j'ai fait, c'est parce que j'obéissais à des ordres, des ordres qui venaient de très très haut, et d'une autorité si sainte que je devais agir sans tenir compte de mes sentiments personnels. Et c'est toujours pour obéir à ces ordres que je suis ici, pour préparer d'autres actions en soutien au trône et à l'autel.

Simonini haletait, en parlant, mais il voyait que, insensiblement, la pointe du couteau s'écartait de son visage. — Vous, vous avez consacré votre vie à votre roi, avait-il poursuivi, et vous devez comprendre qu'il est des missions… sacrées, permettez-moi de le dire… pour lesquelles on peut même justifier d'accomplir un acte qui sinon serait infâme. Vous comprenez ?

Maître Ninuzzo ne saisissait pas encore, mais il montrait que désormais la vengeance n'était plus son but unique : — J'ai trop claqué du bec pendant ces années-là, et vous voir mort me rassasie pas. J'en ai assez de vivre dans le noir. Depuis que j'ai retrouvé vos traces, je vous ai vu aller dans les restaurants, des riches, même. Disons que je vous laisse la vie en échange d'une somme chaque mois qui me permette de manger et dormir comme vous, et mieux encore.

— Maître Ninuzzo, moi, je vous promets davantage qu'une petite somme chaque mois. Je suis en train de préparer un attentat contre l'empereur français, et rappelez-vous que si votre roi a perdu le trône, c'est parce que Napoléon a aidé en sous-main Garibaldi. Vous qui en savez tant sur les poudres, vous devriez rencontrer la poignée de braves qui s'est réunie rue de la Huchette pour préparer ce que là, vraiment, il faudra appeler une machine infernale. Si vous vous unissiez à eux, non seulement vous pourriez prendre part à une action qui passera à l'histoire, et donner la preuve de votre extraordinaire habileté d'artificier, mais – en gardant à l'esprit que cet attentat est encouragé par des personnalités de très haut rang – vous auriez votre part d'une compensation qui vous rendrait riche pour toute votre vie.

Rien qu'à entendre parler de poudres, sa rage était retombée, qui avait couvé depuis la nuit de Bagheria, et Simonini avait senti qu'il le tenait dans son poing quand l'autre avait dit : — Qu'est-ce qu'il me faudra faire, alors ?

— C'est simple, dans deux jours, vers six heures vous vous rendez à cette adresse, frappez, vous entrerez dans un magasin, et vous direz qu'un certain Lacroix vous envoie. Les amis seront prévenus. Mais il faudra, pour être reconnu, que vous portiez un œillet à la boutonnière de cette veste-ci. Vers sept heures, j'arriverai moi aussi. Avec l'argent.

— J'y vais, avait dit Ninuzzo, mais s'il s'agit d'un micmac, vous devez savoir que maintenant je sais où vous habitez.

Le lendemain matin, Simonini retournait voir Gaviali et l'avertissait que le temps pressait. Qu'ils se trouvent tous réunis le lendemain pour six heures de l'après-midi. D'abord arriverait un artificier sicilien envoyé par lui-même, pour vérifier l'état des travaux, peu après il arriverait lui, et puis monsieur Lacroix en personne, pour donner toutes les garanties de l'affaire.

Ensuite, il était allé voir Lagrange et lui avait communiqué qu'il était au courant d'un complot pour assassiner l'empereur. Il savait que les conjurés se réuniraient à six heures le lendemain, rue de la Huchette, pour remettre les explosifs à leurs commanditaires.

— Mais attention, avait-il dit. Une fois, vous m'avez confié que sur dix membres d'une association secrète, trois sont nos espions, six sont des imbéciles et un est un homme dangereux. Bien, là-bas, d'espions vous n'en trouverez qu'un seul, c'est-à-dire moi, huit sont des imbéciles, mais l'homme vraiment dangereux portera un œillet à la boutonnière. Et comme il est dangereux pour moi aussi, je voudrais qu'il arrivât un petit pandémonium et que le type ne fût pas arrêté mais tué sur place. Croyez-moi, c'est une façon pour que la chose fasse moins de bruit. Malheur si celui-là venait à parler, fût-ce seulement avec un des vôtres.

— Je vous fais crédit, Simonini, avait dit monsieur Lagrange. L'homme sera éliminé.

Ninuzzo était arrivé à six heures rue de la Huchette, avec son beau petit œillet, Gaviali et les autres lui avaient montré avec orgueil leurs engins, Simonini était arrivé une demi-heure après en annonçant la venue de Lacroix, à six heures quarante-cinq, la force publique avait fait irruption, Simonini, criant à la trahison, avait sorti un revolver en le pointant vers les gendarmes mais en tirant un coup en l'air, les gendarmes avaient répondu et atteint Ninuzzo à la poitrine, mais comme les choses doivent être proprement faites, ils avaient aussi tué un autre conjuré. Ninuzzo se roulait au sol en proférant de très siciliennes injures, et Simonini, toujours en faisant semblant de tirer sur les gendarmes, lui avait, d'un coup de feu, donné le coup de grâce.

Les hommes de Lagrange avaient surpris Gaviali et ses camarades les mains dans le sac, autrement dit avec les premiers exemplaires des bombes à moitié fabriquées et un paquet de tracts qui expliquaient pourquoi ils étaient en train de les fabriquer. Au cours d'interrogatoires serrés, Gaviali et ses camarades avaient avancé le nom du mystérieux Lacroix qui (pensaient-ils) les avait trahis. Motif supplémentaire pour que Lagrange décidât de le faire disparaître. Dans les procès-verbaux de la police, il apparaissait qu'il avait participé à l'arrestation des conjurés et qu'il avait été refroidi d'un coup de revolver tiré par ces misérables. Citation élogieuse à sa mémoire.

Quant aux conjurés, il avait paru inutile de les soumettre à un procès trop tapageur. En ces années-là, expliquait Lagrange à Simonini, circulaient continuellement des rumeurs d'attentats contre l'empereur et on supposait que beaucoup de ces bruits n'étaient pas des légendes de génération spontanée, mais qu'elles étaient à dessein diffusées par des agents républicains afin de pousser les exaltés à l'émulation. Inutile de répandre l'idée qu'attenter à la vie de Napoléon III était devenu une mode. Ainsi, les conjurés avaient été envoyés à Cayenne, où ils allaient mourir de fièvres paludéennes.

Sauver la vie de l'empereur rapportait gros. Si le travail sur Joly lui avait bien valu dix mille francs, la découverte du complot lui en avait rapporté trente mille. En calculant que la location du local et l'achat du matériel pour la fabrication des bombes lui avaient coûté cinq mille francs, il lui restait net trente-cinq mille francs, plus d'un dixième de ce capital de trois cent mille auquel il aspirait.

Satisfait pour le sort de Ninuzzo, il regrettait un peu pour Gaviali qui était après tout un bon diable, et s'était fié à lui. Mais qui veut être un conjuré doit prendre ses risques, et ne se fier à personne.

C'est dommage pour ce Lacroix qui, au fond, ne lui avait jamais rien fait de mal. Mais sa veuve aurait une bonne pension.

12

UNE NUIT À PRAGUE

4 avril 1897

Il ne me restait plus qu'à approcher le dénommé Guédon dont m'avait parlé Joly. La librairie de la rue de Beaune était dirigée par une vieille fille toute ridée, toujours habillée d'une immense jupe de laine noire et d'une coiffe à la Petit Chaperon rouge qui lui couvrait la moitié du visage – heureusement.

Là, j'avais aussitôt rencontré Guédon, un sceptique observant avec ironie le monde qui l'entourait. J'aime les mécréants. Guédon avait sans barguigner bien réagi à l'appel de Joly : il lui enverrait de la nourriture et même un peu d'argent. Puis il avait ironisé sur l'ami pour qui il se dépensait. Pourquoi écrire un livre et risquer la prison, quand ceux qui lisaient les livres étaient déjà républicains par nature et ceux qui soutenaient le dictateur, des paysans analphabètes admis au suffrage universel par la grâce de Dieu ?

Les fouriéristes ? Braves gens, mais comment prendre au sérieux un prophète qui annonçait que dans un monde régénéré les oranges pousseraient à Varsovie, les océans seraient de limonade, les hommes auraient un appendice caudal, et qu'inceste et homosexualité seraient reconnus comme les impulsions les plus naturelles de l'être humain ?

— Et pourquoi, alors, vous les fréquentez ? lui avais-je demandé.

— Mais parce que, m'avait-il répondu, ce sont encore les seules personnes honnêtes qui s'opposent à la dictature de l'infâme Bonaparte. — Vous voyez cette belle dame, avait-il dit. C'est Juliette Lamessine, une des femmes les plus influentes du salon de la comtesse d'Agoult, et avec l'argent de son mari elle cherche à mettre sur pied un salon tout à elle, rue de Rivoli. Elle est fascinante, elle est intelligente, elle est écrivain d'un remarquable talent, être invité chez elle comptera de toute manière.

Guédon m'avait aussi montré un autre personnage, grand, beau, plein de charme : — Lui, c'est Toussenel, le célèbre auteur de *L'Esprit des bêtes*. Socialiste, républicain indompté, et amoureux fou de Juliette, qui ne daigne pas lui accorder un seul regard. Mais c'est l'esprit le plus lucide là-dedans.

Toussenel me parlait du capitalisme, qui était en train d'empoisonner la société moderne.

— Et qui sont les capitalistes ? Les Juifs, ces souverains de notre temps. La Révolution du siècle passé a coupé la tête au Capet, celle de notre siècle devra couper la tête à Moïse. J'écrirai un livre sur le sujet. Qui sont les Juifs ? Mais tous ceux qui sucent le sang des sans-défense, du peuple. Ce sont les protestants, les francs-maçons. Et naturellement les Israélites.

— Mais les protestants ne sont pas juifs, avais-je hasardé.

— Qui dit Juif dit protestant, comme les méthodistes anglais, les piétistes allemands, les Suisses et les Hollandais qui apprennent à lire la volonté de Dieu dans le même livre que les Juifs, la Bible, une histoire d'incestes et de massacres et de guerres sauvages, où on ne triomphe qu'à travers la trahison et la fraude, où les rois font assassiner les maris pour s'emparer de leurs épouses, où les femmes qui se disent saintes entrent dans le lit des généraux ennemis pour leur couper la tête. Cromwell a coupé la tête à son roi en citant la Bible, Malthus qui a refusé aux enfants des pauvres le droit à la vie était imbu de Bible. C'est une race qui passe son temps à se rappeler son esclavage, et toujours prête à s'assujettir au culte du veau d'or malgré les signes de la colère divine. La bataille contre les Juifs devrait être le but principal de tout socialiste digne de ce nom. Je ne parle pas des communistes, parce que leur fondateur est juif, mais le problème est de dénoncer le complot de l'argent. Pourquoi dans un restaurant de Paris une pomme vaut cent fois plus cher qu'en Normandie ? Il y a des peuples prédateurs qui vivent de la chair des autres, des peuples marchands, comme l'étaient jadis les Phéniciens et les Carthaginois et aujourd'hui les Anglais et les Juifs.

— Si bien que pour vous, Anglais et Juif, c'est pareil ?

— Presque. Avez-vous lu ce roman, *Coningsby*, de Disraeli ? L'auteur est un homme politique anglais important, un Juif séfarade converti au christianisme, qui a eu le culot d'écrire que les Juifs sont en marche pour dominer le monde.

Le lendemain, il m'avait apporté un livre de ce Disraeli, où il avait souligné des passages entiers : « Avez-vous jamais vu se déclarer en Europe un mouvement de quelque importance sans que les Juifs y figurent et y prennent leur grande part ?... Les premiers jésuites étaient juifs ! Cette mystérieuse diplomatie russe, devant laquelle pâlit toute l'Europe occidentale, qui la dirige ? Les Juifs ! Qui en Allemagne s'est approprié le monopole quasi complet de toutes les chaires professorales ? »

— Notez bien que Disraeli n'est pas un mouchard qui dénonce son peuple. Au contraire, il entend en exalter les vertus. Il écrit sans vergogne que le ministre des Finances de Russie, le comte Cancrim, est le fils d'un Juif de Lituanie, tout comme le ministre espagnol Mendizábal est le fils d'un converti de la province d'Aragon. A Paris, un maréchal de l'Empire est le fils d'un Juif français, Soult, et juif était Massena qui, en hébraïque, donnait Manasseh… D'ailleurs, la révolution qui se manigance en Allemagne, sous quels auspices se développe-t-elle ? Sous les auspices du Juif, voyez ce Karl Marx et ses communistes.

Je n'étais pas sûr que Toussenel eût raison, mais ses philippiques, qui me disaient ce qu'on pensait dans les cercles les plus révolutionnaires, me donnaient quelques idées… Demeurait un doute quant à d'éventuels acheteurs de documents contre les jésuites. Peut-être les francs-maçons, mais je n'avais pas encore de contacts avec ce monde-là. Des documents antimaçonniques auraient bien pu intéresser les jésuites, mais je ne me sentais pas encore en mesure d'en produire. Contre Napoléon ? Certainement pas pour les vendre au gouvernement et, quant aux républicains, qui constituaient, eux, un bon marché potentiel, après Sue et Joly, il restait bien peu à dire. Contre les républicains ? Là aussi, il semblait que le gouvernement avait déjà tout ce qui lui servait et, proposer à Lagrange des informations sur les fouriéristes n'aurait fait que susciter son rire : allez savoir combien de ses indicateurs fréquentaient déjà la librairie de la rue de Beaune.

Il restait qui ? Les Juifs, grand Dieu. Au fond, j'avais pensé qu'ils n'étaient l'obsession que de mon grand-père, mais après avoir écouté Toussenel je me rendais compte qu'un marché anti-juif s'ouvrait non seulement du côté de tous les descendants de l'Abbé Barruel (et leur nombre n'était pas mince), mais aussi côté révolutionnaires, républicains, socialistes. Les Juifs étaient les ennemis de l'autel, mais ils l'étaient aussi des plèbes, dont ils suçaient le sang et, selon les gouvernements, du trône aussi. Il fallait travailler sur les Juifs.

Je me rendais compte que la tâche n'était pas facile : sans doute quelque milieu ecclésiastique pouvait être encore touché par un recyclage du matériel de Barruel, avec les Juifs comme complices des maçons et des templiers pour faire éclater la Révolution française, mais un socialiste tel que Toussenel n'y aurait trouvé aucun intérêt, et il fallait lui dire quelque chose de plus précis sur le rapport entre Juifs, accumulation du capital, complot britannique.

Je commençais à regretter de n'avoir jamais voulu rencontrer un Juif dans ma vie. Je découvrais que j'avais de vastes lacunes sur l'objet de ma répugnance – qui de plus en plus s'imprégnait de ressentiment.

Je n'en finissais pas de me creuser la tête quand Lagrange soi-même m'avait ouvert une issue. On a déjà vu que Lagrange donnait toujours ses rendez-vous dans les lieux les plus improbables, et cette fois-ci c'était au Père-Lachaise. Au fond il avait raison, on était pris pour des parents à la recherche d'un défunt bien-aimé, ou pour des romantiques revisitant le passé – et dans cette occurrence nous tournions tous deux avec componction autour de la tombe d'Abélard et d'Héloïse, destination d'artistes, de philosophes et d'âmes énamourées, fantômes parmi les fantômes.

— Simonini, je désire donc vous faire rencontrer le colonel Dimitri, seul nom qui le désigne dans notre milieu. Il travaille pour le Troisième Département de la chancellerie impériale russe. Il va de soi que si vous allez à Saint-Pétersbourg vous enquérir de ce troisième département, tout le monde tombera des nues, car officiellement il n'existe pas. Ce sont des agents chargés de surveiller la formation de groupes révolutionnaires, et là chez eux le problème est beaucoup plus sérieux que chez nous. Ils doivent se garder des héritiers des décembristes, des anarchistes, et à présent de la mauvaise humeur des prétendus paysans émancipés. Il y a quelques années, le tsar Alexandre a aboli la servitude de la glèbe, mais maintenant environ vingt millions de paysans libérés doivent payer leurs anciens maîtres pour avoir l'usufruit des terres qui ne leur suffisent pas pour vivre, beaucoup d'entre eux envahissent les villes en cherchant du travail…

— Et qu'attend de moi ce colonel Dimitri ?

— Il est en train de rassembler des documents, comment dire… compromettants, sur le problème judaïque. Les Juifs, en Russie, sont beaucoup plus nombreux que chez nous et, dans les villages, ils représentent une menace pour les paysans, parce qu'ils savent lire, écrire et surtout compter. Pour ne rien dire des villes où on suppose que nombre d'entre eux adhèrent à des sectes subversives. Mes collègues russes ont un double problème : d'un côté, se garder des Juifs, dès lors qu'en un lieu ils représenteraient un réel danger ; et de l'autre, orienter sur eux le mécontentement des plèbes paysannes. Mais c'est Dimitri qui vous expliquera tout ça. Nous, ça ne nous concerne pas. Notre gouvernement est en bons termes avec les groupes de la finance israélite française et il n'a aucun intérêt à susciter des sautes d'humeur dans ces milieux-là. Nous, nous voulons seulement rendre un service aux Russes. Dans notre métier, une main lave l'autre, et nous vous prêtons gracieusement au colonel Dimitri, vous, Simonini, qui n'avez officiellement rien à voir avec nous. J'allais oublier, avant que n'arrive Dimitri, je vous conseillerais de bien vous renseigner sur l'Alliance Israélite Universelle, qui a été fondée il y a environ six ans, ici, à Paris. Ce sont des médecins, des journalistes, des juristes, des hommes d'affaires… La crème de la société israélite parisienne. Tous d'orientation, dirions-nous, libérale, et à coup sûr plus républicaine que bonapartiste. En apparence, la société se propose d'aider les persécutés de toute religion et de tout pays au nom des Droits de l'Homme. Jusqu'à preuve du contraire, il s'agit de citoyens d'une grande intégrité, mais ils sont difficiles à infiltrer parce que les Juifs se connaissent et se reconnaissent, en se flairant le derrière comme les chiens. Cependant, je pourrais vous mettre en contact avec quelqu'un qui a réussi à gagner la confiance des sociétaires de l'Alliance. C'est un certain Jakob Brafmann, un Juif qui s'est converti à la foi orthodoxe, devenu ensuite professeur d'hébreu au séminaire théologique de Minsk. Il est à Paris pour peu de temps, chargé de mission par le colonel Dimitri et par sa Troisième Section, et il lui a été facile de s'introduire dans l'Alliance Israélite parce qu'il était connu par certains d'entre eux comme un coreligionnaire. Il pourra vous dire quelque chose sur cette association.

— Pardonnez-moi, monsieur Lagrange. Mais si ce Brafmann est un indicateur du colonel Dimitri, tout ce qu'il me dira sera déjà connu de Dimitri et cela n'aura aucun sens que j'aille le lui raconter de nouveau.

— Ne soyez pas ingénu, Simonini. Cela a un sens, cela a un sens. Si vous allez raconter à Dimitri ce qu'il sait déjà par Brafmann, à ses yeux vous apparaîtrez comme quelqu'un qui a des informations sûres, qui confirment celles qu'il a déjà.

Brafmann. D'après les récits de mon grand-père, je m'attendais à rencontrer un individu au profil de vautour, les lèvres charnues, l'inférieure fortement proéminente, comme il arrive avec les nègres, des yeux caves et comme il se doit marécageux, la fissure des paupières moins ouverte que dans les autres races, des cheveux ondulés ou frisés, des oreilles en feuille de chou... Au contraire, je rencontrais un monsieur d'aspect monacal, avec une belle barbe argentée, des sourcils drus et broussailleux, des sortes de touffes méphistophéliques à la racine du nez, comme j'en avais déjà vu chez les Russes ou les Polonais.

Preuve que la conversion transforme aussi les traits du visage et pas seulement ceux de l'âme.

L'homme avait un penchant singulier pour la bonne cuisine, même s'il montrait la gloutonnerie du provincial qui veut tout goûter et ne sait pas composer un menu comme il faut. Nous avions dîné au Rocher de Cancale, rue Montorgueil, où autrefois on allait savourer les meilleures huîtres de Paris. Le restaurant avait été fermé pendant une vingtaine d'années, puis il avait rouvert avec un autre propriétaire, ce n'était plus comme avant, mais les huîtres étaient encore là, et pour un Juif russe cela suffisait. Brafmann s'était limité à ne déguster que quelques douzaines de belons, suivies d'une bisque d'écrevisses.

— Pour survivre quarante siècles, il fallait qu'un peuple aussi vital constitue un gouvernement unique dans chaque pays où il allait vivre, un Etat dans l'Etat, qu'il a toujours conservé et partout, fût-ce dans les périodes de ses dispersions millénaires. Eh bien moi, j'ai trouvé les documents qui prouvent l'existence de cet Etat, et de cette loi, le Kahal.

… je rencontrais un monsieur d'aspect monacal, avec une belle barbe argentée, des sourcils drus et broussailleux, des sortes de touffes méphistophéliques à la racine du nez, comme j'en avais déjà vu chez les Russes ou les Polonais… (p. 257)

— Et c'est quoi ?

— L'institution remonte aux temps de Moïse, et après la diaspora elle n'a plus fonctionné à la lumière du jour mais elle a été reléguée à l'ombre des synagogues. J'ai trouvé les documents d'un Kahal, celui de Minsk, de 1794 à 1830. Tout écrit, le moindre acte est enregistré.

Il déroulait, genre papyrus, des papiers couverts de signes que je ne comprenais pas.

— Chaque communauté hébraïque est gouvernée par un Kahal et soumise à un tribunal autonome, le Bet-Din. Ce sont là les documents d'un Kahal, mais évidemment ils sont pareils à ceux de n'importe quel Kahal. On y dit comment ceux qui appartiennent à une communauté ne doivent obéir qu'à leur tribunal interne et non pas à celui de l'Etat qui les héberge, comment on doit régler les fêtes, comment on doit abattre les animaux pour leur cuisine particulière, et vendre aux chrétiens les parties impures et corrompues, comment chaque Juif peut acheter par le Kahal un chrétien à exploiter à travers le prêt à usure jusqu'à ce qu'il se soit emparé de toutes ses propriétés, et comment aucun autre Juif n'a de droits sur ce même chrétien… Le manque de pitié envers les classes inférieures, l'exploitation du pauvre de la part du riche, selon le Kahal, ne sont pas condamnables mais au contraire louables, pourvu que ce soit un fils d'Israël qui en use ainsi. Certains disent que, particulièrement en Russie, les Juifs sont pauvres : c'est vrai, de très nombreux Juifs sont victimes d'un gouvernement occulte dirigé par les Juifs riches. Personnellement, je ne me bats pas contre les Juifs, moi qui suis né juif, mais contre l'*idée judaïque* qui veut se substituer au christianisme… Moi, j'aime les Juifs, ce Jésus qu'ils ont assassiné, eux, m'est témoin…

Brafmann avait repris souffle en passant commande d'un aspic de filets mignons de perdreaux. Mais il était presque aussitôt revenu à ses feuilles qu'il manipulait avec des yeux qui brillaient : — Et c'est tout authentique, vous voyez ? Pour preuve la vieillesse du papier, l'uniformité de l'écriture du notaire qui a rédigé les documents, les signatures qui sont les mêmes, fût-ce à des dates différentes.

Or donc, Brafmann, qui avait déjà traduit les documents en français et en allemand, avait appris par Lagrange que j'étais en mesure de produire des documents authentiques, et il me demandait de lui produire une version française qui parût remonter aux mêmes périodes que les textes originaux. Il était important d'avoir ces documents dans d'autres langues aussi, afin de démontrer aux services russes que le modèle du Kahal était pris au sérieux dans les différents pays européens, et qu'il était en particulier apprécié par l'Alliance Israélite parisienne.

J'avais demandé comment on pouvait, à partir de ces documents produits par une communauté perdue de l'Europe orientale, tirer la preuve de l'existence d'un Kahal mondial. Bafmann m'avait répondu de ne pas m'inquiéter, ils ne serviraient que de pièces à conviction, de preuves que ce dont il parlait n'était pas le fruit d'une invention – et, pour le reste, son livre serait suffisamment convaincant lorsqu'il dénoncerait le vrai Kahal, la grande pieuvre qui tendait ses tentacules sur le monde civil.

Ses traits se durcissaient et il prenait presque cet aspect aquilin qui aurait dû dénoncer le Juif qu'il était encore malgré tout.

— Les sentiments fondamentaux qui animent l'esprit talmudique sont une ambition démesurée pour dominer le monde, une avidité insatiable de posséder toutes les richesses des non-Juifs, la rancœur envers les chrétiens et Jésus-Christ. Tant qu'Israël ne se convertira pas à

Jésus, les pays chrétiens qui hébergent ce peuple seront toujours considérés par lui comme un lac ouvert où chaque Juif peut pêcher librement, comme dit le Talmud.

Epuisé par sa fougue accusatrice, Brafmann avait commandé des escalopes de poularde au velouté, mais le plat n'était pas à son goût et il l'avait fait changer pour des filets de poularde piqués aux truffes. Puis il avait tiré de son gilet un oignon en argent et dit : — Pauvres de nous, il s'est fait tard. La cuisine française est sublime mais le service est lent. J'ai un engagement et il me faut y aller. Vous me ferez savoir, capitaine Simonini, s'il vous est aisé de trouver le type de papier et les bonnes encres.

Brafmann avait tout juste goûté, pour conclure, un soufflé à la vanille. Et je m'attendais qu'un Juif, encore que converti, me fît payer à moi l'addition. Au contraire, d'un geste élégant, Brafmann avait voulu offrir, lui, ce casse-croûte, comme il le taxait négligemment. Les services russes lui consentaient sans doute des remboursements princiers.

J'étais rentré quelque peu perplexe. Un document d'un siècle et demi, produit à Minsk et avec des commandements aussi minutieux, genre qui inviter et qui ne pas inviter à une fête, ne prouve en rien que ces règles gouvernent aussi l'action des grands banquiers de Paris ou de Berlin. Et enfin : jamais, jamais au grand jamais il ne faut travailler sur des documents authentiques, ou authentiques à moitié ! S'ils existent quelque part, quelqu'un pourra toujours aller les chercher et démontrer que quelque chose a été reporté de façon inexacte... Le document, pour convaincre, doit être construit *ex novo*, et si possible on ne doit pas en montrer l'original mais en parler par ouï-dire, qu'on ne puisse remonter à aucune source existante. C'est comme les Rois mages, seul Matthieu leur a consacré deux versets, sans dire ni comment ils se nommaient, ni combien ils étaient, ni qu'ils étaient rois, et tout le reste n'est que rumeurs et traditions. Et pourtant, pour les gens ils sont aussi vrais que Joseph et Marie, et je sais que quelque part on vénère leurs corps. Il faut que les révélations soient extraordinaires, bouleversantes, romanesques. C'est alors qu'elles deviennent crédibles et suscitent l'indignation. Que peut bien importer à un vigneron de la Champagne que les Juifs imposent à leurs semblables de fêter comme ci ou comme ça les noces de leur fille ? Est-ce là une preuve qu'ils veulent glisser leurs mains dans ses poches ?

Je m'étais alors rendu compte que le document probant, moi, je l'avais, ou bien plutôt j'en avais le cadre convaincant – mieux que le *Faust* de Gounod pour lequel les Parisiens s'étaient pris de folie depuis quelques années – et il suffisait de trouver les contenus adaptés. Certes, je pensais au convent sur le mont Tonnerre, au plan de Joseph Balsamo, et à la nuit des jésuites dans le cimetière de Prague.

D'où devait partir le projet hébraïque pour la conquête du monde ? Mais de la possession de l'or, comme me l'avait suggéré Toussenel. Conquête du monde, pour mettre en état d'alerte monarques et gouvernements, possession de l'or, pour satisfaire socialistes, anarchistes et révolutionnaires, destruction des sains principes du monde chrétien, pour inquiéter pape, évêques et curés. Et introduire un peu de ce cynisme bonapartiste dont avait si bien parlé Joly, et de cette hypocrisie jésuitique que Joly comme moi avions apprise chez Sue.

J'étais retourné en bibliothèque, mais cette fois-ci à Paris où on trouvait beaucoup plus de choses qu'à Turin, et j'avais découvert d'autres images du cimetière de Prague. Il existait depuis le Moyen Age et, au cours des siècles, comme il ne pouvait pas s'étendre au-delà du périmètre autorisé, il avait superposé ses tombes, au point de couvrir peut-être cent mille cadavres, et les pierres funéraires devenaient de plus en plus denses, l'une presque adossée à l'autre, obscurcies par les feuillages des sureaux, sans aucun portrait pour les ennoblir parce que les Israélites ont la terreur des images. Peut-être que les graveurs avaient été fascinés par le site et ils avaient exagéré en créant cette champignonnière de pierre comme des arbustes d'une bruyère pliés par tous les vents, cet espace avait l'air de la bouche grande ouverte d'une vieille sorcière édentée. Mais, grâce à quelques gravures plus imaginatives qui le représentaient sous la lumière lunaire, le parti que je pouvais tirer de cette atmosphère de sabbat m'avait aussitôt paru évident si, au milieu de ce qui ressemblait à des dalles d'un pavement soulevées dans tous les sens par un ébranlement tellurique, des rabbins s'étaient placés là, courbés, enveloppés dans leur manteau et encapuchonnés, avec leurs barbes grisâtres et caprines, des rabbins absorbés dans leur complot, inclinés eux aussi comme les stèles auxquelles ils s'appuyaient, formant ainsi dans la nuit une forêt de fantômes recroquevillés. Et au centre se trouvait la tombe de Rabbi Löw qui, au XVIIe siècle, avait créé le Golem, créature monstrueuse destinée à accomplir les vengeances de tous les Israélites.

Mieux que Dumas, et mieux que les jésuites.

Naturellement, ce que rapportait mon document devrait apparaître comme la déposition orale d'un témoin de cette nuit d'épouvante, un témoin obligé de maintenir l'incognito, sous peine de mort. Il devrait avoir réussi à entrer de nuit dans le cimetière, avant la cérémonie annoncée, déguisé en rabbin, se cachant près de l'accumulation de pierres qui avait été la tombe de Rabbi Löw.

Sur le coup de minuit – comme si d'une façon blasphématoire le clocher d'une église chrétienne avait sonné de loin le rassemblement judaïque –, douze individus arriveraient enveloppés dans des manteaux sombres, et une voix, comme surgissant du fond d'une tombe, les saluerait tels douze Rosche-Bathe-Abboth, chefs des douze tribus d'Israël, et chacun d'eux répondrait : « Nous te saluons toi, ô Fils du Damné. »

Voici la scène. Comme elle s'était déroulée sur le mont Tonnerre, la voix de celui qui les avait convoqués demande : « Cent ans ont passé depuis notre dernière réunion. D'où venez-vous et qui représentez-vous ? » Et, chacune à son tour, les voix répondent : Rabbi Juda d'Amsterdam, Rabbi Benjamin de Tolède, Rabbi Levi de Worms, Rabbi Manasse de Pest, Rabbi Gad de Cracovie, Rabbi Siméon de Rome, Rabbi Sébulon de Lisbonne, Rabbi Ruben de Paris, Rabbi Dan de Constantinople, Rabbi Asser de Londres, Rabbi Isascher de Berlin, Rabbi Naphtali de Prague. Alors la voix, c'est-à-dire le treizième participant, se fait dire par chacun l'état des richesses de sa communauté, et calcule les richesses des Rothschild et des banquiers israélites triomphants de par le monde. On arrive ainsi au résultat de six cents francs par tête pour les trois millions cinq cent mille Juifs vivant en Europe, c'est-à-dire deux milliards de francs. Pas encore suffisant, commente la treizième voix, pour détruire deux cent soixante-cinq millions de chrétiens, mais assez pour débuter.

Je devais encore penser à tout ce qu'ils diraient, mais j'avais déjà dessiné la conclusion. La treizième voix avait évoqué l'esprit de Rabbi Löw, une lumière bleutée s'était levée de son sépulcre, devenant de plus en plus violente et aveuglante, chacun des douze participants avait jeté une pierre sur le tumulus et la lumière s'était graduellement éteinte. Les douze avaient presque disparu dans des directions différentes, engloutis (comme on dit) par les ténèbres, et le cimetière était retourné à sa spectrale et anémique mélancolie.

Donc, Dumas, Sue, Joly, Toussenel. Il me manquait, outre le magistère du Père Barruel, mon guide spirituel dans toute cette reconstruction, le point de vue d'un catholique fervent. Ces jours-là, justement, comme il m'incitait à me hâter pour établir mes rapports avec l'Alliance Israélite, Lagrange m'avait parlé de Gougenot des Mousseaux. J'en avais eu vent, c'était un journaliste légitimiste qui, jusqu'alors, s'était occupé de magie, pratiques démoniaques, sociétés secrètes et franc-maçonnerie.

— A ce qu'il nous semble, disait Lagrange, il met la dernière main à un livre sur les Israélites et la judaïsation des peuples chrétiens, je ne sais pas si je me fais bien comprendre. Cela pourrait vous servir de le rencontrer pour recueillir un matériel qui suffise à satisfaire nos amis russes. Cela nous servirait de notre côté d'avoir des informations plus précises sur ce qu'il est en train de préparer, car nous ne voudrions pas que les bons rapports entre notre gouvernement, l'Eglise et les milieux de la finance israélite se ternissent. Vous pourrez l'approcher en vous présentant comme chercheur en choses judaïques, et qui admire ses travaux. Il y a quelqu'un qui peut vous introduire auprès de lui, un certain Abbé Dalla Piccola qui nous a rendu plus d'un service.

— Mais moi, je ne sais pas l'hébreu, avais-je dit.

— Et qui vous dit que Gougenot le sache ? Pour haïr quelqu'un, il n'est pas nécessaire de parler comme lui.

A présent (d'un coup !) je me rappelle cette première rencontre avec l'Abbé Dalla Piccola. Je le vois comme s'il se trouvait devant moi. Et, le voyant, je comprends que ce n'est pas un double de moi ou un sosie si on préfère, parce qu'il fait au moins soixante ans, qu'il est presque bossu, il louche et il a les dents en avant. L'abbé Quasimodo, m'étais-je dit, en le voyant alors. En outre, il avait un accent allemand. De cette première rencontre, je ne me rappelais rien d'autre sinon que Dalla Piccola m'avait murmuré qu'on devrait garder un œil non seulement sur les Juifs mais aussi sur les maçons, parce que, au bout de compte, il s'agissait toujours de la même conspiration. J'étais d'avis qu'il ne fallait pas ouvrir plus d'un front à la fois, et j'avais renvoyé la discussion, mais par certaines allusions de l'Abbé j'avais compris que des informations sur les tenues intéressaient les jésuites, parce que l'Eglise préparait une offensive très violente contre la lèpre maçonnique.

— En tout cas, avait di Dalla Piccola, le jour où vous devriez prendre contact avec ces milieux, parlez-m'en. Je suis frère dans une loge parisienne et j'ai là de bonnes connaissances.

— Vous, un abbé ? avais-je dit, et Dalla Piccola avait souri : — Si vous saviez combien d'abbés sont francs-maçons…

En attendant, j'avais obtenu un entretien avec le chevalier Gougenot des Mousseaux. C'était un septuagénaire déjà faible d'esprit, convaincu des rares idées qu'il avait, et qui n'était intéressé qu'à prouver l'existence du démon et de magiciens, sorciers, spiritistes, mesméristes, Juifs, prêtres idolâtres et même « électricistes » qui soutenaient l'existence d'une sorte de principe vital.

C'était un flot de paroles, et il avait commencé depuis les origines. J'écoutais, résigné, les idées du vieux sur Moïse, sur les Pharisiens, sur le Grand Sanhédrin, sur le Talmud, mais Gougenot m'avait dans le même temps offert un excellent cognac, laissant distraitement la bouteille sur un guéridon devant lui, et je supportais.

Il me révélait que le pourcentage des femmes de mauvaise vie était plus élevé chez les Juifs que chez les chrétiens (et ne le savait-on pas d'après les Evangiles, me demandais-je, où Jésus, à chaque pas qu'il fait, ne se heurte qu'à des pécheresses ?), puis il démontrait pourquoi dans la morale talmudique le prochain n'existait pas, qu'il n'était fait aucune mention des devoirs que nous aurions envers lui, ce qui explique et, au vrai, justifie que les Juifs soient impitoyables pour ruiner des familles, déshonorer des jeunes filles, mettre veuves et vieillards sur le pavé après en avoir sucé le sang à usure. Comme pour les prostituées, le nombre des malfaiteurs aussi était plus élevé chez les Israélites que chez les chrétiens : — Mais vous le savez, vous, que sur douze cas de vol jugés au tribunal de Leipzig, onze étaient le fait de Juifs ? s'exclamait Gougenot, et il ajoutait avec un sourire malin : — Et en effet, sur le Calvaire il y avait deux voleurs pour un seul juste. Et en général, ajoutait-il, les crimes commis par les Juifs sont parmi les plus pervers, comme l'escroquerie, le faux, l'usure, la banqueroute frauduleuse, la contrebande, la falsification monétaire, la concussion, la fraude commerciale, et ne m'en faites pas dire davantage.

Après une petite heure de détails sur l'usure, voilà que venait la partie la plus croustillante, sur l'infanticide et l'anthropophagie, et enfin, comme pour opposer à ces ténébreuses pratiques un comportement lucide et visible à la lumière du soleil, c'était le tour des vices publics de la finance israélite, et de la faiblesse des gouvernants français à les contrecarrer et punir.

Les choses les plus intéressantes, mais chichement utilisables, venaient quand des Mousseaux rappelait, comme s'il était lui aussi un Juif, la supériorité intellectuelle des Juifs sur les chrétiens en s'appuyant sur les déclarations précises de Disraeli que j'avais écoutées de la bouche de Toussenel – où l'on voit que socialistes fouriéristes et catholiques monarchistes étaient au moins unis par les mêmes opinions sur le judaïsme – et qu'il paraissait s'opposer à la vulgate de l'Israélite rachitique et maladif ; il est vrai que, n'ayant jamais éduqué le corps ni pratiqué les arts militaires (que l'on songe à la valeur que, au contraire, les Grecs donnaient aux compétitions physiques), les Israélites étaient fragiles et de faible constitution, mais ils vivaient plus vieux, avec une fécondité inconcevable – effet aussi de leur irrépressible appétit sexuel – et exempts de quantité de maladies qui frappaient le reste de l'humanité – par conséquent plus dangereux comme envahisseurs du monde.

— Expliquez-moi pourquoi, me disait Gougenot, les Juifs ont été presque toujours épargnés par les épidémies de choléra, même s'ils vivaient dans les parties les plus malsaines et insalubres de la cité. En parlant de la peste de l'an 1348, un historien de l'époque a dit que pour des raisons mystérieuses les Juifs n'en ont été frappés dans aucun pays ; Frascator nous dit que seuls les Juifs ont échappé à l'épidémie de typhus de l'année 1505 ; Daguer nous démontre comment les Juifs ont été les seuls à survivre à l'épidémie dysentérique à Nimègue, en 1736 ; Wawruch a prouvé comment le ver solitaire ne se manifeste pas dans la population juive en Allemagne. Qu'en dites-vous ? Comment est-ce possible, puisqu'il s'agit du peuple le plus sale du monde et qu'ils ne se marient qu'entre consanguins ? Cela est contre toutes les lois de la nature. Se peut-il que ce soit leur régime alimentaire dont les règles nous demeurent obscures, que ce soit la circoncision ? Quel secret les rend plus forts que nous quand ils paraissent plus faibles ? Je dis qu'un ennemi aussi perfide et puissant doit être détruit par n'importe quel moyen. Vous vous rendez compte qu'au temps de leur entrée dans la Terre promise, ils n'étaient que six cent mille hommes, et en comptant pour chaque adulte mâle quatre personnes, on obtient une population totale de deux millions et demi. Mais, au temps de Salomon, ils étaient un million trois cent mille combattants, et donc cinq millions d'âmes, et nous sommes déjà au double. Et aujourd'hui ? Il est difficile d'en calculer le nombre, dispersés qu'ils sont sur tous les continents, mais les calculs les plus prudents parlent de dix millions. Ils croissent, ils croissent…

Il paraissait épuisé par le ressentiment, au point que j'avais été tenté de lui offrir un petit verre de son cognac. Mais il s'était repris, si bien que, quand il en était arrivé au messianisme et à la kabbale (et donc disposé à résumer même ses livres sur magie et satanisme), moi j'étais désormais saisi d'un étourdissement béat, et j'avais réussi par miracle à me lever, remercier et prendre congé.

Beaucoup plus qu'il n'en faut, me disais-je ; si je devais intégrer toutes ces informations dans un document destiné à des gens comme Lagrange, il y a le risque que les services secrets me jettent dans un cachot, et même au château d'If, comme il se doit pour un dévot de Dumas. Peut-être avais-je pris le livre de des Mousseaux un peu trop par-dessus la jambe, parce que maintenant que j'écris je me souviens que *Le Juif, le Judaïsme et la Judaïsation des peuples chrétiens* était bien sorti en 1869, presque six

… Il paraissait épuisé par le ressentiment, au point que j'avais été tenté de lui offrir un petit verre de son cognac… (p. 269)

cents pages dans un corps minuscule, il avait reçu la bénédiction de Pie IX et obtenu un grand succès auprès du public. Mais c'était précisément la sensation que j'éprouvais maintenant, avec tout ce qu'on publiait déjà partout, libelles et gros livres anti-israélites, qui me conseillait d'être sélectif.

Dans mon cimetière de Prague, les rabbins devaient dire quelque chose de facile à comprendre, qui eût prise sur le peuple, et du neuf en quelque sorte, non pas comme l'infanticide rituel dont on parlait depuis des siècles et auquel désormais les gens croyaient autant qu'aux sorcières, il suffisait de ne pas permettre aux enfants de tourner autour des ghettos.

Ainsi avais-je repris la rédaction de mon rapport sur les dommages de cette nuit fatidique. La treizième voix avait parlé la première : — Nos pères ont transmis aux élus d'Israël le devoir de se réunir une fois par siècle autour de la tombe du saint Rabbin Siméon-Ben-Jehuda. Il y a dix-sept siècles que la puissance qui avait été promise à Abraham nous fut enlevée par la croix. Piétiné, humilié par ses ennemis, sans trêve sous la menace de mort et de viols, le peuple d'Israël a résisté : s'il s'est dispersé sur la terre entière, cela veut dire que la terre entière doit lui appartenir. C'est à nous, depuis les temps d'Aaron, qu'appartient le veau d'or.

— Oui, avait alors dit Rabbi Isascher, quand nous serons les seuls possesseurs de tout l'or de la terre, la vraie force passera dans nos mains.

— C'est la dixième fois, avait repris la treizième voix, après mille ans d'atroce et incessante lutte avec nos ennemis, que se réunissent dans ce cimetière, autour de la tombe de notre Rabbin Siméon-Ben-Jehuda, les élus de chaque génération du peuple d'Israël. Mais dans aucun des siècles précédents nos ancêtres n'étaient parvenus à concentrer autant d'or dans nos mains, partant autant de force. A Paris, à Londres, à Vienne, à Berlin, à Amsterdam, à Hambourg, à Rome, à Naples, et chez tous les Rothschild, les Israélites sont les maîtres de la situation financière… Parle, toi, Rabbin Ruben, qui connais la situation de Paris.

— Tous les empereurs, rois et princes régnants, disait à présent Ruben, sont surchargés de dettes contractées avec nous pour la conservation de leurs armées, et pour étayer leurs trônes qui vacillent. Nous devons donc faciliter de plus en plus les prêts, afin de prendre, comme gage pour assurer les capitaux que nous fournissons aux pays, le contrôle des voies ferrées, de leurs mines, de leurs forêts, de leurs grandes forges et manufactures, et autres biens immeubles, sans oublier l'administration des impôts.

— N'oublions pas l'agriculture, qui restera toujours la grande richesse de tout pays, était intervenu Siméon de Rome. La grande propriété foncière reste apparemment intouchable, mais si nous réussissons à pousser les gouvernements à débiter ces grandes propriétés, l'acquisition en sera facilitée.

Ensuite, Rabbi Juda d'Amsterdam avait dit : — Mais beaucoup de nos frères en Israël se convertissent et acceptent le baptême chrétien…

— Qu'importe ! avait répondu la treizième voix… Les baptisés peuvent tout à fait nous servir. Malgré le baptême de leur corps, leur esprit et leur âme demeurent fidèles à Israël. D'ici à un siècle, ce ne seront plus les enfants d'Israël qui voudront se faire chrétiens, mais beaucoup de chrétiens s'enrôleront dans notre sainte foi. Alors, Israël les rejettera avec mépris.

— Mais avant tout, avait dit Rabbi Levi, considérons que l'Eglise chrétienne est notre plus dangereux ennemi.

Il faut répandre parmi les chrétiens les idées de la libre pensée, du scepticisme, il faut avilir les ministres de cette religion.

— Propageons l'idée du progrès qui a pour conséquence l'égalité de toutes les religions, avait interrompu Rabbi Manasse, luttons pour supprimer, dans les programmes scolaires, les leçons de religion chrétienne. Les Israélites, avec l'habileté et l'étude, obtiendront sans difficulté les chaires et les postes de professeurs dans les écoles chrétiennes. L'éducation religieuse restera ainsi reléguée dans la famille et, comme dans la plupart des familles on n'a pas le temps de surveiller cette branche de l'enseignement, l'esprit religieux graduellement s'affaiblira.

C'était le tour de Rabbi Dan de Constantinople : — Et surtout, commerce et spéculation ne doivent jamais sortir de nos mains. Il faut accaparer le commerce de l'alcool, du beurre, du pain et du vin, car, avec ça, nous nous rendons les maîtres absolus de toute l'agriculture, et en général de toute l'économie rurale.

Et Naphtali de Prague avait dit : — Visons à la magistrature et au barreau. Et pourquoi les Israélites ne deviendront-ils pas ministres de l'instruction publique, alors qu'ils ont si souvent eu le maroquin des finances ?

Enfin, Rabbi Benjamin de Tolède avait parlé : — Nous ne devons être étrangers à aucune profession qui compte dans la société : philosophie, médecine, droit, musique, économie, en un mot, toutes les branches de la science, de l'art, de la littérature sont un vaste champ où nous devons donner de grandes preuves, et mettre en relief notre génie. La médecine avant tout ! Un médecin est introduit dans les secrets les plus intimes de la famille, et il a entre ses mains la vie et la santé des chrétiens. Et nous devons encourager les unions entre Israélites et chrétiens : l'introduction d'une quantité minime de sang impur dans notre race élue de Dieu ne pourrait pas la corrompre, alors que nos fils et nos filles se procureront des liens de parenté avec les familles chrétiennes de quelque autorité.

— Concluons notre réunion, avait dit la treizième voix. Si l'or est la première puissance de ce monde, la deuxième est la presse. Il faut que les nôtres président à la direction de tous les journaux quotidiens dans chaque pays. Une fois les maîtres absolus de la presse, nous pourrons changer les opinions publiques sur l'honneur, sur la vertu, sur la droiture, et porter le premier assaut à l'institution familiale. Simulons le zèle pour les questions sociales à l'ordre du jour, il faut contrôler le prolétariat, infiltrer nos agitateurs dans les mouvements sociaux et faire en sorte de pouvoir le soulever quand nous voudrons, pousser l'ouvrier aux barricades, aux révolutions, et chacune de ces catastrophes nous rapprochera de notre but unique : celui de régner sur la terre, comme il a été promis à notre premier père Abraham. Alors notre puissance ira croissant comme un arbre gigantesque dont les ramures porteront les fruits qui se nomment richesse, jouissance, bonheur, pouvoir, en soulte de cette odieuse condition qui, durant de longs siècles, a été le seul sort du peuple d'Israël.

Ainsi finissait, si je me rappelle bien, le rapport établi à partir du cimetière de Prague.

A la fin de ma reconstitution, je me sens épuisé – peut-être parce que j'ai accompagné ces heures d'haletante écriture de quelques libations pour me donner force physique et excitation spirituelle. Pourtant, depuis hier, je n'ai plus d'appétit et manger me donne des nausées.

Je m'éveille et je vomis. Je travaille sans doute trop. Ou peut-être suis-je pris à la gorge d'une haine qui me dévore. Avec la distance du temps passé, revenant aux pages que j'avais écrites sur le cimetière de Prague, je comprends comment à partir de cette expérience, de ma reconstitution si convaincante de la conspiration israélite, cette répugnance qui, aux temps de mon enfance et de mes années de jeunesse, n'avait été (comment dire ?) qu'idéale, toute de tête, comme les voix d'un catéchisme instillées par mon grand-père, désormais s'était faite chair et sang et, seulement depuis que j'avais réussi à faire revivre cette nuit de sabbat, ma rancœur, mon fiel pour la perfidie judaïque s'étaient changés, d'idée abstraite, en passion irrépressible et profonde. Oh, vrai, il fallait avoir été cette nuit-là dans le cimetière de Prague, tonnerre de Dieu, ou au moins fallait-il lire mon témoignage sur cet événement, pour comprendre comment on ne pouvait plus supporter que cette race maudite pût empoisonner notre vie !

Après avoir lu et relu ce document, je saisissais enfin pleinement que j'avais là une mission. Il fallait à tout prix que je réussisse à vendre mon rapport à quelqu'un ; mais à la seule condition qu'on le payât à prix d'or, on lui prêterait foi et on contribuerait à le rendre crédible…

Pour ce soir cependant il vaut mieux que j'arrête d'écrire. La haine (ou même rien que son souvenir) chamboule l'esprit. Mes mains tremblent. Il faut que j'aille dormir, dormir, dormir.

13

DALLA PICCOLA DIT NE PAS ÊTRE DALLA PICCOLA

5 avril 1897

Ce matin je me suis réveillé dans mon lit, et je me suis habillé, avec ce minimum de grimage que ma personnalité tolère. Ensuite, je suis venu lire votre journal intime où vous dites avoir rencontré un Abbé Dalla Piccola, et vous le décrivez comme certainement plus âgé que moi et bossu par-dessus le marché. Je suis allé me placer devant le miroir qui se trouve dans votre chambre – dans la mienne, selon qu'il convient à un religieux, il n'y en a pas – et, encore que je ne veuille pas me complaire à faire mon éloge, je n'ai pas pu m'empêcher de relever que j'ai des traits réguliers, que je ne louche pas du tout et que je n'ai pas les dents en avant. Et j'ai un bel accent français, avec peut-être quelques inflexions italiennes.

Mais qui est alors l'abbé que vous avez rencontré sous mon nom ? Et qui suis-je moi, au point où nous en sommes ?

14

BIARRITZ

5 avril 1897, fin de matinée

Je me suis réveillé tard et j'ai trouvé dans mon journal votre brève note. Vous êtes matineux. Mon Dieu, monsieur l'Abbé – si vous lisez ces lignes un de ces jours (ou une de ces nuits). Mais qui êtes-vous vraiment ? Pourquoi est-ce précisément à présent que je me souviens de vous avoir tué, bien avant la guerre ! Comment puis-je parler à une ombre ?

Je vous ai tué ? Pourquoi à présent en suis-je sûr ? Essayons de reconstituer. Mais en attendant il faudrait que je mange. Curieux, hier je n'arrivais pas à penser à la nourriture sans dégoût, à présent je voudrais dévorer tout ce que je trouve. Si je pouvais sortir librement de la maison, il faudrait que j'aille chez un médecin.

Une fois terminé mon rapport sur la réunion dans le cimetière de Prague, j'étais prêt à rencontrer le colonel Dimitri. En me rappelant le bon accueil qu'avait fait Brafmann à la cuisine française, je l'avais invité lui aussi au Rocher de Cancale, mais Dimitri ne paraissait pas intéressé par la nourriture et il chipotait à peine dans les plats que j'avais commandés. Il avait des yeux légèrement obliques avec deux pupilles petites et perçantes qui me faisaient penser aux yeux d'une fouine, même si, question fouines, je n'en avais et je n'en ai jamais vu (je hais les fouines comme je hais les Juifs). Dimitri avait, me semblait-il, la singulière vertu de mettre mal à l'aise son interlocuteur.

Il avait lu avec attention mon rapport et dit : — Très intéressant. Combien ?

C'était un plaisir de traiter avec des gens comme ça, et j'avais lâché un chiffre, peut-être exorbitant, cinquante mille francs, en expliquant combien m'avaient coûté mes indicateurs.

— Trop cher, avait répondu Dimitri. Ou plutôt, trop cher pour moi. Voyons si on peut partager les dépenses. Nous sommes en bons rapports avec les services prussiens, et eux aussi ont un problème hébraïque. Moi, je vous paie vingt-cinq mille francs, en or, et je vous autorise à passer copie de ce document aux Prussiens, qui vous donneront l'autre moitié. Je me charge de les informer. Ils voudront bien sûr le document original, comme celui que vous me donnez à moi, mais d'après ce que m'a expliqué l'ami Lagrange vous avez la vertu de multiplier les originaux. La personne qui prendra contact avec vous se nomme Stieber.

Il n'a rien dit de plus. Il a refusé poliment un cognac ; une fois debout, il s'est incliné dans les formes, plus à l'allemande qu'à la russe, piquant d'un coup de la tête presque à angle droit avec son corps roidi, et il s'en est allé. L'addition, c'est moi qui l'ai payée.

J'ai sollicité une rencontre avec Lagrange, qui m'avait déjà parlé de ce Stieber, le grand chef de l'espionnage prussien. Il était spécialisé dans la récolte d'informations

… J'ai sollicité une rencontre avec Lagrange… (p. 278)

outre-frontière, mais il savait aussi s'infiltrer dans des sectes et mouvements contraires à la tranquillité de l'Etat. Une dizaine d'années auparavant, il avait été précieux pour recueillir des données sur ce Marx qui faisait problème aussi bien aux Allemands qu'aux Anglais. Il semble que lui ou un de ses agents, Krause, qui travaillait sous le faux nom de Fleuri, avait réussi à s'introduire au domicile londonien de Marx, dans la peau d'un docteur, et qu'il s'était emparé d'une liste avec tous les noms des adhérents à la ligue communiste. Beau coup, qui avait permis d'arrêter de nombreux individus dangereux, avait conclu Lagrange. Précaution inutile, avais-je observé quant à moi : pour se faire pigeonner de la sorte, ces communistes devaient être des abrutis, et ils ne feraient pas long feu. Mais Lagrange avait dit qu'on ne sait jamais. Mieux vaut prévenir, et punir avant que les crimes ne soient commis.

— Un bon agent des services d'information est perdu quand il doit intervenir sur quelque chose qui s'est déjà produit. Notre métier, c'est de faire que cela se produise avant. Nous sommes en train de dépenser des sommes plutôt rondelettes pour organiser des désordres sur les Boulevards. Il n'en faut pas beaucoup, quelques douzaines d'ex-détenus avec un petit groupe de policiers en civil, on saccage trois restaurants et deux bordels en chantant *La Marseillaise*, on incendie deux kiosques, et puis arrivent les nôtres en uniforme qui les arrêtent tous après un semblant de lutte corps à corps.

— Et à quoi ça sert ?

— Ça sert à faire grimper la tension des bons bourgeois inquiets et à convaincre tout le monde qu'il faut de la poigne. Si nous devions réprimer des désordres réels, organisés par qui sait qui, nous ne nous en tirerions pas aussi facilement. Mais revenons à Stieber. Depuis qu'il est devenu le chef de la police secrète prussienne, il s'est promené à travers les villages de l'Europe orientale habillé en saltimbanque et en prenant note de tout, en créant un réseau d'indicateurs le long de la route qu'un jour l'armée prussienne parcourrait de Berlin à Prague. Et il a commencé une besogne analogue pour la France, en vue d'une guerre qui, un jour ou l'autre, sera inévitable.

— Ne vaudrait-il donc pas mieux que je ne fréquente pas cet individu ?

— Non. Il faut l'avoir à l'œil. Il vaut donc mieux que ce soient nos agents qui travaillent pour lui. Par ailleurs, vous, vous devez l'informer sur une histoire qui concerne les Juifs, et qui n'a pas d'intérêt pour nous. En collaborant avec lui vous ne ferez donc aucun dommage à notre gouvernement.

Une semaine plus tard m'était parvenu un billet signé par ce Stieber. Il me demandait si cela me dérangerait beaucoup de me rendre à Munich, afin de rencontrer un de ses hommes de confiance, un certain Goedsche, à qui remettre le rapport. Cela me dérangeait, et comment, mais l'autre moitié de la rétribution m'intéressait trop.

J'avais demandé à Lagrange s'il connaissait ce Goedsche. Il m'avait dit que c'était un ex-employé des Postes qui travaillait en effet comme agent provocateur pour la police secrète prussienne. Après les émeutes de 1848, pour incriminer le dirigeant des démocrates, il avait produit de fausses lettres où il apparaissait que ce dernier voulait assassiner le roi. Preuve qu'à Berlin il y avait quelques juges parce qu'on avait démontré que les lettres étaient fausses, Goedsche avait été balayé par le scandale et il avait dû quitter son emploi aux Postes. L'affaire avait de surcroît sapé sa crédibilité même dans les milieux des services secrets, où on te pardonne si tu falsifies des documents, mais pas si ensuite tu te fais prendre la main dans le sac. Il s'était recyclé en écrivant de mauvais romans historiques qu'il signait du nom de sir John Retcliffe, et en continuant à collaborer au *Kreuzzeitung*, un journal de propagande anti-judaïque. Et les services l'utilisaient encore pour diffuser des informations, qu'elles fussent fausses ou vraies, sur le monde hébraïque.

Cependant, c'était un homme qui faisait mon affaire, m'étais-je dit, mais Lagrange m'expliquait que, peut-être, si on recourait à lui pour cette histoire, c'était juste parce que les Prussiens ne tenaient pas tant que ça à mon rapport, et ils avaient chargé une demi-pointure d'y jeter un coup d'œil, par acquit de conscience, pour ensuite me liquider.

— Ce n'est pas vrai, les Allemands y tiennent, à mon rapport, avais-je réagi. A tel point qu'on m'a promis une somme considérable.

— Qui vous l'a promise ? a demandé Lagrange. Et comme j'avais répondu que c'était Dimitri, il avait souri :
— Ce sont des Russes, Simonini, et tout est dit. Que coûte à un Russe de vous promettre quelque chose au nom des Allemands ? Mais allez quand même à Munich, nous aussi nous sommes curieux de savoir ce qu'ils combinent. Et gardez toujours à l'esprit que Goedsche est une perfide crapule. Autrement, il ne ferait pas ce métier.

Non que Lagrange fût gentil à mon endroit, mais sans doute dans la catégorie des misérables faisait-il entrer aussi les hauts gradés, et donc lui-même. Quoi qu'il en soit, s'ils me paient bien, je ne suis pas trop regardant.

Je crois avoir déjà écrit dans mon journal l'impression que j'ai conservée de cette grande brasserie munichoise où les Bavarois se pressent autour de longues tables d'hôte, coude à coude, bâfrant des saucisses graisseuses et absorbant des chopes aussi grandes qu'un cuvier, hommes et femmes, les femmes plus rieuses, bruyantes et vulgaires que les hommes. Décidément une race inférieure, et ça m'a coûté, après le voyage déjà en soi des plus fatigant, de rester ces deux seules journées en terre teutonne.

C'est dans une de ces brasseries que Goedsche m'avait donné rendez-vous, et j'ai dû convenir que mon espion allemand paraissait né pour fureter dans ces milieux : des habits d'une élégance effrontée ne masquaient pas l'aspect rusé de celui qui vit d'expédients.

Dans un mauvais français, il m'a aussitôt posé quelques questions sur mes sources, j'ai louvoyé, j'ai cherché à parler d'autre chose en mentionnant les erreurs de mon passé garibaldien, il était agréablement surpris parce que, disait-il, il était en train d'écrire un roman sur les affaires italiennes de 1860. Presque terminé, il s'intitulerait *Biarritz*, et il y aurait de nombreux volumes, mais tous les événements ne se passaient pas en Italie, on se déplaçait en Sibérie, à Varsovie, à Biarritz, justement, et ainsi de suite. Il en parlait volontiers et non sans quelque complaisance, se targuant d'être sur le point de mettre la touche finale à la chapelle Sixtine du roman historique. Je ne saisissais pas le lien entre les différents événements dont il s'occupait, mais il semblait que le noyau de l'histoire était la menace permanente des trois forces maléfiques qui dominaient insidieusement le monde, c'est-à-dire les francs-maçons, les catholiques, en particulier les jésuites, et les Juifs qui s'infiltraient même dans les deux premiers pour saper dans ses fondations la pureté de la race protestante teutonne.

Il se répandait sur les intrigues italiennes des maçons mazziniens, ensuite l'histoire se déplaçait à Varsovie où les maçons conspiraient contre la Russie, de conserve avec les nihilistes, race damnée comme les peuples slaves en ont produit de tout temps, les uns et les autres en grande partie juifs – important leur système de recrutement qui rappelait celui des Illuminés de Bavière et des carbonari de la Haute Vente : chaque membre en recrutait neuf autres qui ne devaient pas se connaître les uns les autres. Après quoi, on retournait en Italie en suivant l'avancée des Piémontais vers les Deux-Siciles, dans un brouillamini d'agressions, trahisons, viols de nobles dames, voyages rocambolesques, légitimistes irlandaises d'un immense courage et toutes cape et épée, messages secrets cachés sous la queue des chevaux, un prince Caracciolo vil et carbonaro qui violentait une jeune fille (irlandaise et légitimiste), découvertes d'anneaux révélateurs en or oxydé vert avec des serpents entretressés et un corail sang de bœuf au centre, une tentative d'enlèvement du fils de Napoléon III, le drame de Castelfidardo où avait été répandu le sang des troupes allemandes féales du Souverain Pontife, et on se jetait contre la *welsche Feigheit* – Goedsche l'avait dit en allemand sans doute pour ne pas m'offenser, mais quelques notions d'allemand me restaient de mes études et je comprenais qu'il s'agissait de la couardise typique des races latines. A ce point-là, l'affaire devenait de plus en plus confuse, et nous n'étions pas encore à la fin du premier volume.

Au fur et à mesure que Goedsche racontait, ses yeux vaguement porcins s'animaient, il émettait des gouttes de salive, riait dans sa barbe de certaines trouvailles qu'il jugeait excellentes, et il paraissait désirer des ragots de première main sur Cialdini, La Marmora et les autres généraux piémontais, et, bien sûr, dans les milieux garibaldiens. Mais, comme dans son milieu les informations se paient, je n'ai pas jugé opportun de lui donner à titre gratuit des nouvelles intéressantes sur les affaires italiennes. Et puis, les informations que j'avais, il valait mieux les taire.

Je me disais que cet homme faisait fausse route : il ne faut jamais chercher un danger aux mille visages, le danger doit en avoir un seul, autrement les gens se distraient. Si tu veux dénoncer les Juifs, parle des Juifs, mais laisse tomber les Irlandais, les princes napolitains, les généraux piémontais, les patriotes polonais et les nihilistes russes. Trop de légumes dans le pot-au-feu. Comment peut-on être si dispersé ? D'autant que, au-delà de son roman, Goedsche paraissait exclusivement obsédé par les Juifs, et tant mieux pour moi parce que le document précieux que je venais lui offrir était sur les Juifs.

Il n'écrivait pas ce roman, me dit-il, pour de l'argent ou autres espérances de gloire terrestre, mais pour libérer le lignage allemand du piège judaïque.

— Il faut revenir aux mots de Luther, quand il disait que les Juifs sont mauvais, vénéneux et diaboliques jusques aux moelles, ils avaient été pendant des siècles notre plaie et pestilence, et ils continuaient de l'être à son époque. Ils étaient, ce sont ses mots, perfides serpents, venimeux, avides, vindicatifs, assassins et enfants du Démon, qui blessent et nuisent en secret, ne pouvant le faire au grand jour. Avec eux, l'unique thérapie possible était une *schärfe Barmherzigkeit* – je n'arrivais pas à traduire, je comprenais que cela devait signifier une *âpre miséricorde*, mais que Luther voulait parler d'une absence de miséricorde. Il fallait mettre le feu aux synagogues, et ce qui ne voulait pas brûler devait être recouvert de terre de façon que personne ne pût jamais en voir un caillou, détruire leurs maisons et les chasser dans une écurie comme les romanichels, leur enlever tous ces textes talmudiques où n'étaient enseignés que mensonges, malédictions et injures, leur empêcher l'exercice de l'usure, confisquer tout ce qu'ils possédaient en or, comptant et bijoux, mettre dans les mains de leurs jeunes mâles hache et houe, de leurs petites femelles quenouille et fuseau parce que, commentait Goedsche en ricanant, *Arbeit macht frei*, seul le travail rend libre. La solution finale, pour Luther, eût été leur expulsion de l'Allemagne, comme des chiens rabiques.

— On n'a pas écouté Luther, avait conclu Goedsche, du moins jusqu'à présent. C'est que, même si depuis l'Antiquité les peuples non européens ont été jugés laids – regardez le nègre qui aujourd'hui encore est justement taxé d'animal –, un critère sûr pour reconnaître les races supérieures n'avait pas encore été défini. Nous savons aujourd'hui que le degré le plus élevé d'humanité, on l'a avec la race blanche, et que le modèle le plus évolué de race blanche est la race germanique. Mais la présence des Juifs est une menace perpétuelle de croisements raciaux. Observez une statue grecque, quelle pureté de traits, quelle élégance de la taille, et ce n'est pas par hasard si cette beauté était identifiée à la vertu ; qui était beau était aussi brave, comme il arrive avec les grands héros de nos mythes teutoniques. A présent, imaginez ces Apollons altérés par des traits sémites, avec le teint bronzé, les yeux sombres, le nez de rapace, le corps rechigné. Pour Homère, c'étaient là les caractéristiques de Thersite, la personnification même de la bassesse. La légende chrétienne, envahie d'esprits encore judaïques (au fond, c'est Paul qui a donné le *la*, un Juif asiatique, aujourd'hui nous dirions un Turc), nous a convaincus que toutes les races descendent d'Adam. Non, en se séparant de la bête originelle les hommes ont pris des chemins différents. Nous devons revenir au point où les chemins se sont séparés, et donc aux vraies origines nationales de notre peuple, à l'inverse des divagations des Lumières françaises avec leur cosmopolitisme et leur égalité et fraternité universelle ! C'est l'esprit des temps nouveaux. Ce qu'on appelle désormais en Europe la Renaissance d'un peuple est le rappel à la pureté de la race originelle. Sauf que le terme – et la fin – ne vaut que pour la race germanique, et cela fait rire qu'en Italie le retour à la beauté de jadis soit représenté par votre Garibaldi aux jambes arquées, par votre roi aux jambes courtes et par ce nain de Cavour. C'est que les Romains aussi étaient une race sémite.

— Les Romains ?

— Vous n'avez pas lu Virgile ? Ils avaient pour origine un Troyen, et donc un Asiatique, et cette migration sémite a détruit l'esprit des anciens peuples italiques ; voyez ce qui est arrivé aux Celtes : romanisés, ils sont devenus français, et donc des Latins eux aussi. Les Germains seuls ont réussi à se garder purs et incontaminés, et à briser la puissance de Rome. Mais à la fin, la supériorité de la race aryenne et l'infériorité de la judaïque, et donc fatalement de la latine, on la voit aussi dans l'excellence des différents arts. Ni en Italie ni en France n'ont grandi un Bach, un Mozart, un Beethoven, un Wagner.

Goedsche ne ressemblait vraiment pas au type du héros aryen qu'il célébrait, au contraire, si j'avais dû dire la vérité (mais pourquoi devrait-on toujours dire la vérité ?), il m'avait l'air d'un Juif goulu et sensuel. Mais au bout du compte, il fallait lui prêter foi, vu que les services lui prêtaient foi, qui devraient me payer les vingt-cinq mille francs restants.

Toutefois, je ne suis pas parvenu à retenir une petite insinuation perfide. Je lui ai demandé s'il se considérait, lui, comme un bon représentant de la race supérieure et apollinienne. Il m'a regardé d'un œil torve et m'a dit que l'appartenance à une race n'est pas seulement un fait physique mais avant tout un fait spirituel. Un Juif reste un Juif, même si, par un accident de la nature, ainsi que naissent des enfants avec six doigts et des femmes capables de faire des multiplications, il naissait avec des cheveux blonds et des yeux bleus. Et un aryen est un aryen, s'il vit l'esprit de son peuple, même s'il a des cheveux bruns.

Ma question avait arrêté sa fougue. Il avait repris contenance, essuyé la sueur de son front avec un grand mouchoir à carreaux rouges, et demandé le document, objet de notre rencontre. Je le lui ai passé, et après tous ses propos je pensais qu'il allait être aux anges. Si son gouvernement voulait liquider les Juifs selon le mandat de Luther, mon histoire du cimetière de Prague semblait faite exprès pour alerter toute la Prusse sur la nature du complot judaïque. Il a lu lentement, entre une gorgée de bière et l'autre, fronçant les sourcils à plusieurs reprises, plissant les yeux au point d'avoir l'air d'un Mongol, et il a conclu en disant : — Je ne sais pas si pour nous ces informations sont d'un réel intérêt. Elles racontent ce que nous avons toujours su sur les trames israélites. Certes, elles le racontent bien et, si c'était inventé, ce serait bien inventé.

— Je vous en prie, Herr Goedsche, je ne suis pas ici pour vous vendre du matériel d'invention !

— Je n'ai pas le moindre doute là-dessus, certes, mais moi aussi j'ai des obligations envers ceux qui me paient. Il faut encore prouver l'authenticité du document. Je dois soumettre ces feuilles à Herr Stieber et à ses bureaux. Laissez-les-moi et si vous voulez, retournez donc à Paris, vous aurez une réponse d'ici quelques semaines.

— Mais le colonel Dimitri m'a dit que c'était chose faite…

— Ce n'est pas fait. Pas encore. Je vous l'ai dit, laissez-moi le document.

— Je vais être franc avec vous, Herr Goedsche. Ce que vous avez entre les mains est un document original : original, vous comprenez ? Sa valeur réside dans les informations qu'il donne bien sûr, mais plus encore dans le fait qu'il s'agit d'un rapport original, rédigé à Prague après la réunion dont il est question. Je ne peux pas permettre que ce document circule dans la nature, du moins pas avant qu'on ne m'ait versé la compensation promise.

— Vous êtes excessivement soupçonneux. Bon, d'accord, commandez encore une ou deux bières et donnez-moi une heure de temps pour que je recopie ce texte. Vous avez dit vous-même que les informations qu'il contient valent ce qu'elles valent, et si je voulais vous blouser il me suffirait de les garder en mémoire, parce que je vous assure que je me rappelle tout ce que j'ai lu presque mot à mot. Mais je veux soumettre le texte à Herr Stieber. Alors, laissez-moi donc le recopier. L'original est entré ici avec vous, et avec vous, de cette brasserie, il sortira.

Pas moyen de rien objecter. J'ai humilié mon palais avec quelques-unes de ces dégoûtantes saucisses teutoniques, j'ai bu beaucoup de bière, et je dois dire que la bière allemande peut parfois être aussi bonne que la française. J'ai attendu que Goedsche recopiât avec soin tout de A à Z.

Nous nous sommes quittés froidement. Goedsche a fait comprendre que nous devions partager l'addition, il a même calculé que j'avais bu deux ou trois bières de plus, il m'a promis des nouvelles d'ici une semaine et il m'a laissé écumant de rage pour ce long voyage fait à vide, et à mes frais, et sans avoir vu un thaler de la rétribution fixée d'avance avec Dimitri.

Quel idiot, me suis-je dit, Dimitri savait déjà que Stieber n'aurait jamais payé et il s'est payé mon texte à moitié prix. Lagrange avait raison, je ne devais pas me fier à un Russe. Peut-être avais-je trop demandé et aurais-je dû être satisfait d'avoir encaissé la moitié.

J'étais désormais convaincu que les Allemands ne se manifesteraient plus jamais, et, en effet, des mois ont passé sans que je reçoive aucune nouvelle. Lagrange, à qui j'avais confié mon dépit, avait souri avec indulgence :

— Ce sont les aléas de notre métier, on n'a pas affaire à des saints.

La chose ne m'enchantait guère. Mon histoire du cimetière de Prague était trop bien agencée pour finir gâchée en terres sibériennes. J'aurais pu la vendre aux jésuites. Au fond, les premières vraies accusations à l'égard des Juifs et les premières allusions à leur complot international étaient venues d'un jésuite comme Barruel, et la lettre de mon grand-père devait avoir attiré l'attention d'autres personnalités de l'ordre.

Le seul intermédiaire avec les jésuites pouvait être l'Abbé Dalla Piccola. Celui qui m'avait mis en contact avec lui, c'était Lagrange et c'est à Lagrange que je me suis adressé. Lagrange m'a dit qu'il lui ferait savoir que je le cherchais. Et de fait, quelque temps après, Dalla Piccola est venu dans mon magasin. Je lui ai présenté, comme on dit dans le monde du commerce, ma marchandise, et il m'a semblé intéressé.

— Certes, m'a-t-il dit, je dois examiner votre document et puis en toucher un mot à quelqu'un de la Compagnie, parce que ce sont pas gens à acheter chat en poche. J'espère que vous avez confiance en moi et que vous me le laissez pendant quelques jours. Il ne sortira pas de mes mains.

Devant un digne ecclésiastique, j'ai eu confiance.

Une semaine plus tard, Dalla Piccola s'est représenté au magasin. Je l'ai fait monter dans mon bureau, j'ai tenté de lui offrir quelque chose à boire, mais il n'avait pas l'air amical.

— Simonini, m'a-t-il dit, vous m'avez à coup sûr pris pour un sot et vous alliez me faire endosser la figure du faussaire auprès des pères de la Compagnie de Jésus, ruinant ainsi un réseau de bonnes relations que j'avais tissé au cours des ans.

— Monsieur l'Abbé, je ne sais pas de quoi vous voulez parler…

— Arrêtez de vous moquer de moi. Vous m'avez donné ce document, qui se voulait secret (et il jetait sur la table mon rapport sur le cimetière de Prague), j'allais en demander un prix très élevé, et voilà que les jésuites, en me regardant comme un benêt, m'informent gentiment que mon document très confidentiel était déjà paru comme une invention étayant ce *Biarritz*, le roman d'un certain John Retcliffe. Du pareil au même, mot pour mot (et sur la table il me jetait aussi un livre). A l'évidence, vous savez l'allemand, et vous avez lu le roman à peine sorti. Vous y avez trouvé l'histoire de cette réunion nocturne dans le cimetière de Prague, elle vous a plu, et vous n'avez pas résisté à la tentation de vendre une fiction pour de la réalité. Et, avec l'impudence des plagiaires, vous avez misé sur le fait que, au-delà du Rhin, l'allemand personne ne le lise…

— Ecoutez, je crois comprendre…

— Il n'y a pas grand-chose à comprendre. J'aurais pu jeter ce chiffon de papier dans les immondices et vous

… Simonini, m'a-t-il dit, vous m'avez à coup sûr pris pour un sot… (p. 291)

envoyer au diable, mais je suis susceptible et vindicatif. Je vous avertis que je ferai savoir à vos amis des services de quelle pâte vous êtes fait et dans quelle mesure on peut se fier à vos informations. Pourquoi je viens vous le dire à l'avance ? Pas par loyauté – car à un individu de votre acabit il n'en est point dû –, mais pour que, si les services décidaient que vous méritez un coup de poignard dans le dos, vous sachiez d'où vient la suggestion. Inutile d'assassiner quelqu'un par vengeance si l'assassiné ne sait pas qui l'assassine, n'est-ce pas ?

Tout était clair, cette fripouille de Goedsche (et Lagrange m'avait dit qu'il publiait des feuilletons sous le pseudonyme de Retcliffe) n'avait jamais remis mon document à Stieber : il avait remarqué que le sujet allait à merveille pour le roman qu'il finissait d'écrire et satisfaisait ses fureurs anti-judaïques, il s'était emparé d'une histoire vraie (ou du moins il aurait dû la croire telle) pour qu'elle devienne un morceau de narration – la sienne. Lagrange m'avait aussi prévenu que le gredin s'était déjà distingué dans la falsification de documents, et être tombé si ingénument dans le piège d'un faussaire me rendait fou de rage.

Mais à la rage s'ajoutait la peur. Quand Dalla Piccola parlait de coups de poignard dans le dos, peut-être pensait-il user d'une métaphore, mais Lagrange avait été clair : dans l'univers des services, quand quelqu'un devient encombrant on le fait disparaître. A plus forte raison un collaborateur qui se montre publiquement indigne de créance parce qu'il vend une rognure romanesque comme information confidentielle, et qu'en plus il a risqué de ridiculiser les services devant la Compagnie de Jésus, qui veut encore l'avoir dans les pattes ? On le surine, et plouf, il flotte sur la Seine.

Voilà ce que me promettait l'Abbé Dalla Piccola, et lui expliquer la vérité ne servait à rien, nulle raison pour qu'il dût me croire, vu qu'il ne savait pas que j'avais donné le document à Goedsche avant que l'infâme eût fini d'écrire son livre, mais il savait par contre que je le lui avais donné à lui (Dalla Piccola) *après* que le livre de Goedesche avait déjà paru.

Je me trouvais dans une impasse.

A moins d'empêcher Dalla Piccola de parler.

J'ai agi presque d'instinct. J'ai sur mon bureau un chandelier de fer forgé, très lourd, je l'ai saisi et j'ai poussé Dalla Piccola contre le mur. Il a écarquillé les yeux et a dit dans un souffle : — Vous n'allez pas me tuer…

— Si, je regrette, lui ai-je répondu.

Et je le regrettais vraiment, mais il faut bien faire de nécessité vertu. J'ai assené le coup. L'Abbé est aussitôt tombé, pissant le sang de ses dents protubérantes. J'ai regardé ce cadavre et je ne me suis pas le moins du monde senti coupable. Il l'avait bien cherché.

Il s'agissait seulement de faire disparaître cette dépouille importune.

Quand j'avais acheté et la boutique et l'appartement à l'étage, le propriétaire m'avait montré une trappe qui s'ouvrait dans le pavement de la cave.

— Vous trouverez quelques escaliers, avait-il dit, et au début vous n'aurez pas le courage de les descendre parce que vous vous sentirez défaillir dans une grande puanteur. Mais parfois ce sera nécessaire. Vous êtes étranger et sans doute ne savez-vous pas toute l'histoire. Jadis, les saletés, on les jetait dans la rue, on avait même fait une loi qui obligeait à crier « Attention à l'eau ! » avant de jeter ses propres besoins par la fenêtre, mais c'était trop fatigant, on vidait le vase de nuit et tant pis pour qui passait dessous. Puis on a fait dans la rue des canaux à ciel ouvert, et enfin ces conduits on été recouverts et les égouts sont nés. Maintenant le baron Haussmann a fini par construire un bon système souterrain à Paris, mais il sert surtout à faire s'écouler les eaux, et les excréments s'en vont pour leur part, quand le conduit sous votre siège ne s'engorge pas, vers une fosse qui est transportée et vidée de nuit dans de grandes décharges. Cependant, on se demande si on ne devrait pas définitivement adopter le système du tout-à-l'égout, c'est-à-dire si, dans des égouts collecteurs, ne devraient pas confluer et les eaux résiduaires et toutes les autres ordures. C'est bien pour cela que depuis plus de dix ans un décret impose aux propriétaires de relier leur maison au conduit des égouts par une galerie large d'au moins un mètre trente. Comme celle que vous trouverez là en bas, sauf qu'elle est plus étroite et pas aussi haute que l'imposerait la loi. Qu'à cela ne tienne. Ces choses-là, on les fait sur les Grands Boulevards, pas dans une impasse dont personne n'a cure. Et personne ne viendra jamais contrôler si vraiment vous descendez porter vos ordures là où vous devriez. Quand vous vous sentirez écœuré à l'idée d'écrabouiller toute cette saloperie, vous jetterez vos immondices en bas par ces escaliers, dans l'espoir qu'un jour de pluie un peu d'eau arrive jusqu'ici et les emporte loin. Par ailleurs, cet accès aux égouts pourrait avoir ses avantages. Nous vivons en des temps où à Paris, tous les dix et vingt ans, il y a une révolution ou une émeute, et une issue souterraine pour fuir n'est jamais une mauvaise chose. Comme chaque Parisien, vous aurez lu ce roman sorti depuis peu, *Les Misérables*, où le protagoniste fuit dans les égouts, un ami blessé sur le dos, et vous comprenez donc ce que je veux dire.

L'histoire de Hugo, en bon lecteur de feuilletons, je la connaissais bien. Je ne voulais certes pas répéter l'expérience, et je me demandais, sans pouvoir répondre, comment son personnage avait pu faire autant de chemin là-dessous. Il se peut que dans d'autres zones de Paris les canaux souterrains soient assez hauts et spacieux, mais celui qui coulait sous l'impasse Maubert devait remonter à des siècles. Déjà, faire descendre le cadavre de Dalla Piccola de l'étage au magasin et puis à la cave, cela n'a pas été facile, par chance l'avorton était suffisamment voûté et amaigri pour être à peu près maniable. Mais pour le faire descendre par les escaliers sous la trappe j'ai dû le laisser rouler en bas. Ensuite, je suis descendu moi aussi et, en restant penché, je l'ai traîné sur quelques mètres, pour éviter qu'il ne se putréfie juste sous mon domicile. D'une main je le tirais par la cheville, de l'autre je tenais haut une lampe – et malheureusement je n'avais pas une troisième main pour me boucher le nez.

C'était la première fois que je devais faire disparaître le corps de quelqu'un que j'avais tué, car avec Nievo et avec Ninuzzo l'affaire s'était résolue sans que je dusse m'en soucier (mais dans le cas de Ninuzzo, j'aurais dû, au moins la première fois en Sicile). Je me rendais maintenant compte que l'aspect le plus agaçant d'un homicide est de se débarrasser du cadavre, et ce doit être pour cela que les prêtres déconseillent de tuer, sauf, ça va de soi, sur les champs de bataille, où on laisse les corps aux vautours.

Je me suis traîné mon défunt d'Abbé sur une dizaine de mètres, et tirer derrière soi un curé au milieu d'excréments qui n'étaient pas seulement les miens mais de qui sait qui encore avant moi, ce n'est pas chose plaisante, encore moins si on doit le raconter à sa propre victime – mon Dieu, qu'est-ce que j'écris là ? Enfin, après avoir pataugé dans des paquets d'étrons, je suis arrivé à entrevoir au loin une lame de lumière, signe que, au débouché de l'impasse Maubert, il devait y avoir un regard qui donnait sur la chaussée.

Si, au début, j'avais envisagé de traîner le cadavre jusqu'à un grand collecteur pour le confier à la miséricorde d'eaux plus abondantes, je me suis dit ensuite que ces eaux auraient porté le corps qui sait où, pourquoi pas dans la Seine, et quelqu'un aurait pu encore identifier la chère dépouille mortelle. Une juste réflexion : maintenant, tandis que j'écris, j'ai appris que dans les grandes décharges publiques en aval de Clichy on a récemment trouvé, en l'espace de six mois, quatre mille chiens, cinq veaux, vingt moutons, sept chèvres et sept cochons, quatre-vingts poulets, soixante-neuf chats, neuf cent cinquante lapins, un singe et un serpent boa. Les statistiques ne parlent pas d'abbés, mais j'aurais pu contribuer à les rendre encore plus extraordinaires. En abandonnant là mon défunt, il y avait de bons espoirs qu'il ne bougeât pas. Entre le mur et le canal – qui était certainement beaucoup plus vieux que le baron Haussmann –, il y avait un accotement assez étroit, et c'est là que j'ai déposé le cadavre. Je calculais qu'avec ces miasmes et cette humidité il se décomposerait vite, et qu'il ne resterait après que l'ossature non identifiable. Et puis, en considérant la nature de l'impasse, je comptais bien qu'elle ne méritât aucune manutention et que, partant, personne ne viendrait jamais jusqu'ici. Et, à supposer qu'on trouvât ici des restes humains, encore eût-il fallu démontrer d'où ils pouvaient provenir : n'importe qui en descendant par cette bouche d'égout aurait pu les amener où ils se trouvaient.

J'ai regagné mon étude et j'ai ouvert le roman de Goedsche où Dalla Piccola avait placé un signet. Mon allemand était rouillé mais je m'en tirais pour comprendre les faits, sinon les nuances. Assurément, c'était mon discours du rabbin au cimetière de Prague, sauf que Goedsche (qui ne manquait pas d'un sens théâtral) donnait une description un peu plus riche du cimetière nocturne, il y faisait d'abord arriver un banquier, certain Rosenberg, en compagnie d'un rabbin polonais portant un chapeau sur sa calotte crânienne avec des bouclettes aux tempes, et pour entrer il fallait susurrer au gardien un mot cabalistique de sept syllabes.

Et puis arrivait celui qui, dans la version originale, était mon indicateur, introduit par un certain Lasali lui promettant de le faire assister à une rencontre qui avait lieu tous les cent ans. Ces deux-là se déguisaient avec de fausses barbes et des chapeaux à large bord ; ensuite l'histoire se poursuivait plus ou moins comme je l'avais racontée moi, y compris mon finale, avec la lumière bleutée qui s'élevait de la tombe et les silhouettes des rabbins qui s'éloignaient englouties par la nuit.

Le malpropre avait exploité mon rapport succinct pour évoquer des scènes mélodramatiques. Il était disposé à tout pour grappiller quelques thalers. Vrai, il n'y a plus de religion.

Exactement ce que veulent les Juifs.

A présent, je vais dormir ; j'ai fait un accroc à mes habitudes de gastronome modéré, je n'ai pas bu de vin mais une quantité immodérée de calvados (et immodérément me tourne la tête – je soupçonne là que je deviens répétitif). Or, puisqu'il paraît que c'est seulement en sombrant dans un sommeil sans rêves que je m'éveille comme Abbé Dalla Piccola, je voudrais bien voir comment à présent je pourrais me réveiller dans la peau d'un défunt dont j'ai été sans nul doute cause et témoin de la disparition.

15

DALLA PICCOLA DE NOUVEAU EN VIE

6 avril 1897, à l'aube

Capiston Simonini, je ne sais pas si ce fut pendant votre sommeil (intempérant ou intemporel si on préfère) que je me suis réveillé et que j'ai pu lire vos pages. Aux premières lumières de l'aube.

Après vous avoir lu, je me suis dit que, peut-être, et pour quelque mystérieuse raison, vous mentiez (et votre vie, que vous avez si sincèrement exposée, n'empêche pas de croire que parfois vous mentiez). S'il y a quelqu'un qui devrait à coup sûr savoir que vous ne m'avez pas tué, ce devrait être moi. Je voulais contrôler, je me suis dépouillé de mes vêtements sacerdotaux et, presque nu, je suis descendu dans la cave, j'ai ouvert la trappe, mais, au bord de ce conduit méphitique dont vous parlez si bien, je suis resté étourdi par les relents. Je me suis demandé ce que je voulais vérifier : s'il se trouvait encore là les rares os d'un cadavre que vous dites y avoir abandonné voilà plus de vingt-cinq ans ? Et j'aurais dû descendre dans ce merdier pour décider si ces os ne sont pas les miens ? Si vous me permettez, je le sais déjà. Alors je vous crois, vous avez tué un abbé Dalla Piccola.

Qui suis-je alors ? Pas le Dalla Piccola que vous avez tué (qui d'abord ne me ressemblait pas), mais comment se fait-il qu'il existe deux abbés Dalla Piccola ?

La vérité est que peut-être je suis fou. Je n'ose pas sortir de chez moi. Et pourtant il faudra que je sorte pour acheter quelque chose, car mon habit m'empêche d'aller dans les tavernes. Je n'ai pas une belle cuisine comme vous – même si, à vous dire la vérité, je ne suis pas moins gourmand.

Je suis pris d'un désir irrépressible de me tuer, mais je sais qu'il s'agit d'une tentation diabolique.

Et puis, pourquoi me tuer si vous m'avez déjà tué ? Ce serait du temps perdu.

7 avril

Cher Abbé, à présent ça suffit.

Je ne me souviens pas de ce que j'ai fait hier et j'ai trouvé votre note ce matin. Cessez de vous tourmenter. Vous non plus vous ne vous souvenez pas ? Et alors, faites comme moi, fixez un long temps votre nombril et puis commencez à écrire, laissez votre main penser pour vous. Pourquoi donc dois-je, moi, tout me rappeler, et vous seulement le peu de choses que je voulais oublier ?

Pour ma part, en ce moment, je suis assailli par d'autres mémoires. J'avais tout juste tué Dalla Piccola, quand j'ai reçu un billet de Lagrange qui voulait cette fois me rencontrer place Fürstenberg, et à minuit, quand cet endroit est assez spectral. Je n'avais pas, comme disent les personnes timorées, la conscience tranquille parce que je venais de tuer un homme, et je craignais que

Lagrange ne le sût déjà. En revanche, c'était évident, il voulait me parler d'un autre sujet.

— Capitaine Simonini, m'a-t-il dit, nous avons besoin que vous ayez à l'œil un type curieux, un ecclésiastique… comment dire… sataniste.

— Je le trouve où, en Enfer ?

— Trêve de plaisanteries. C'est donc un certain Abbé Boullan, qui a connu il y a des années une Adèle Chevalier, une converse du couvent de Saint-Thomas-de-Villeneuve, à Soissons. Il circulait sur elle des rumeurs mystiques, elle aurait été guérie de la cécité et elle aurait fait des prédictions ; des fidèles commençaient à se presser en foule au couvent, ses supérieures en étaient embarrassées, l'évêque l'avait éloignée de Soissons et, sans savoir comment, notre Adèle choisit Boullan comme père spirituel, signe que la main de Dieu assemble qui se ressemble. Ainsi décident-ils de fonder une association pour l'action réparatrice, c'est-à-dire pour consacrer à Notre Seigneur des prières mais aussi différentes formes d'expiation physique, afin de compenser les offenses que lui font les pécheurs.

— Rien de mal, me semble-t-il.

— Si ce n'est qu'ils commencent à prêcher que pour se libérer du péché il faut pécher, que l'humanité a été dégradée par le double adultère d'Adam avec Lilith et d'Eve avec Samaël (ne me demandez pas qui sont ces personnes parce que moi, mon curé ne m'avait parlé que d'Adam et d'Eve) et que, en somme, il faut faire des choses qui ne sont pas claires, mais il semble que l'Abbé, la demoiselle en question et beaucoup de leurs fidèles s'adonnèrent à des colloques, comment dire, un peu échevelés, où chacun abusait de l'autre. A quoi il faut ajouter les bruits selon lesquels le bon Abbé aurait fait discrètement disparaître le fruit de ses amours illégitimes avec Adèle.

Autant de choses qui, me direz-vous, ne nous intéressent pas nous, mais bien la Préfecture de police, si ce n'est que dans le tas se sont encaquées depuis longtemps des femmes de bonne famille, des épouses de hauts fonctionnaires, même d'un ministre, et que Boullan a soutiré à ces pieuses dames pas mal de fric. L'affaire, à ce point-là, est devenue affaire d'Etat, et nous, nous avons dû la prendre en main. Les deux ont été dénoncés et condamnés à trois ans de prison pour escroquerie et outrage à la pudeur, et ils sont sortis fin 64. Après quoi, cet Abbé nous l'avions perdu de vue et nous pensions qu'il s'était rangé. Ces derniers temps, définitivement absous par le Saint-Office après de nombreux actes de repentance, le voici qui, revenu à Paris, se remet à soutenir ses thèses sur la réparation des péchés d'autrui à travers la culture de ses propres péchés, et si tout le monde commençait à penser de la sorte l'affaire cesserait d'être religieuse et deviendrait politique, vous me comprenez. Par ailleurs, l'Eglise aussi a recommencé à se faire du souci et récemment l'archevêque de Paris a interdit Boullan d'office divin – et je dirais qu'il était temps. Pour toute réponse, Boullan s'est mis en contact avec un autre tartuffe en odeur d'hérésie, un certain Vintras. Voilà dans ce petit dossier tout ce qu'il faut savoir sur lui, ou du moins ce que nous, nous savons. C'est à vous de l'avoir à l'œil et de nous communiquer ce qu'il est en train de combiner.

— Je ne suis pas une pieuse femme à la recherche d'un confesseur qui abuse d'elle, comment l'approcher ?

— Que sais-je, habillez-vous en prêtre, pourquoi pas. Il me paraît que vous avez été capable de vous déguiser même en général garibaldien, ou quelque chose de ce genre.

Voilà ce qui m'est tout juste venu à l'esprit. Mais avec vous, mon cher Abbé, ça n'a rien à voir.

16

BOULLAN

8 avril

Capiston Simonini, cette nuit, après avoir lu votre note irritée, j'ai décidé d'imiter votre exemple et de me mettre à écrire, sans forcément avoir fixé mon nombril, de manière presque automatique, laissant mon corps, par le truchement de ma main, décider de se rappeler ce que mon âme avait oublié. Votre docteur Froïde n'était pas un sot.

Boullan… Je me revois alors me promenant avec lui devant un presbytère, dans la banlieue de Paris. Ou était-ce à Sèvres ? Je me souviens qu'il est en train de me dire : — Remédier aux péchés que l'on commet contre Notre Seigneur signifie aussi les prendre à sa charge. Pécher peut être un fardeau mystique, et pécher le plus intensément possible, pour épuiser la charge d'infamie que le Démon prétend de l'humanité, et en décharger nos frères les plus faibles, incapables au fond d'exorciser les forces malignes qui nous ont faits esclaves. Avez-vous jamais vu ce papier tue-mouches qu'on vient d'inventer en Allemagne ? Ce sont les pâtissiers qui s'en servent, ils imprègnent un ruban de mélasse et le suspendent en vitrine au-dessus de leurs tartes. Les mouches sont attirées par la mélasse, capturées sur le ruban par cette substance visqueuse et y meurent d'inanition, ou bien elles se noient quand vous jetez dans un canal le ruban désormais grouillant d'insectes. Voilà, le fidèle réparateur doit être comme ce papier tue-mouches : attirer sur soi toutes les ignominies pour en être ensuite le creuset purificateur.

Je le vois dans une église où, devant l'autel, il doit « purifier » une pécheresse dévote, maintenant possédée, qui se tord au sol en proférant de dégoûtantes injures et des noms de démons : — Abigor, Abraças, Adramelech, Haborym, Melchom, Stolas, Zaebos…

Boullan endosse les saints vêtements sacerdotaux violets avec un rochet rouge, il se penche sur elle et prononce ce qui paraît être la formule d'un exorcisme mais (si j'ai bien entendu) à l'inverse : — *Crux sacra non sit mihi lux, sed draco sit mihi dux, veni Satana, veni !* Puis il se penche sur la pénitente et lui crache trois fois dans la bouche, ensuite il soulève sa soutane, urine dans un ciboire et l'offre à la malheureuse. A présent, il retire d'un vase (avec les mains !) une substance d'évidente origine fécale et, un fois dénudée la poitrine de la possédée, il lui en tartine le sein.

La femme s'agite à terre, haletant, elle émet des gémissements qui s'éteignent peu à peu, jusqu'au moment où elle tombe dans un sommeil quasi hypnotique.

Boullan va dans la sacristie où il se lave sommairement les mains. Puis il sort avec moi sur le parvis, en soupirant comme qui a accompli un dur devoir. — *Consummatum est*, dit-il.

Je me rappelle lui avoir dit que je venais vers lui envoyé par une personne qui voulait garder l'anonymat et désireuse de pratiquer un rite pour lequel des hosties consacrées étaient nécessaires.

… Vous savez que dans certaines loges l'usage est de poignarder l'hostie pour sceller un serment… (p. 306)

Boullan avait ricané : — Une messe noire ? Mais si un prêtre est officiant, c'est lui qui consacre directement les hosties, et la chose serait valable même si l'Eglise l'avait défroqué.

J'avais précisé : — Je ne crois pas que la personne dont je parle veuille faire célébrer une messe noire par un prêtre. Vous savez que dans certaines loges l'usage est de poignarder l'hostie pour sceller un serment.

— J'ai compris. On m'a parlé d'un type, qui tient une petite boutique de bric-à-brac du côté de la place Maubert, il s'occupait aussi du commerce d'hosties. Vous pourriez essayer avec lui.

Est-ce à cette occasion que nous deux nous nous sommes rencontrés ?

17

LES JOURNÉES DE LA COMMUNE

9 avril 1897

J'avais depuis peu tué Dalla Piccola lorsqu'un billet de Lagrange me convoqua, cette fois sur un quai de la Seine.

Voici les tours que joue la mémoire. Peut-être suis-je en train d'oublier des faits d'une importance capitale, mais je me souviens de l'émotion éprouvée ce soir-là quand, près du pont Royal, je me suis arrêté, frappé par une lumière soudaine. J'étais face au chantier du nouveau siège du *Journal officiel de l'Empire français* qui, le soir, pour accélérer les travaux, était éclairé par le courant électrique. Au milieu d'une forêt de poutres et d'échafaudages, une source très lumineuse concentrait ses rayons sur un groupe de maçons. Nul mot ne peut rendre l'effet magique de cette clarté sidérale qui brillait sur les ténèbres alentour.

La lumière électrique… En ces années-là, les sots se sentaient cernés par le futur. Un canal avait été ouvert en Egypte, qui unissait la Méditerranée à la mer Rouge, en raison de quoi il ne fallait plus faire le tour de l'Afrique pour aller en Asie (ainsi léserait-on tant d'honnêtes compagnies de navigation) ; on avait inauguré une Exposition universelle dont les architectures laissaient entrevoir que ce qu'avait fait Haussmann pour ravager Paris n'était qu'un début ; les Américains termineraient bientôt un chemin de fer qui traverserait leur continent d'orient en occident, et, comme ils venaient de libérer les esclaves nègres, cette boueuse plèbe envahirait toute la nation en la faisant devenir un marais de sang-mêlé, pire que les Juifs. Dans la guerre américaine entre Nord et Sud, des navires sous-marins avaient fait leur apparition, où les marins ne mouraient plus noyés mais à coup sûr asphyxiés sous l'eau ; les beaux cigares de nos parents allaient être remplacés par des cartouches poitrinaires qui brûlaient en une minute en ôtant toute joie au fumeur ; nos soldats mangeaient depuis longtemps de la viande avariée conservée dans des boîtes de métal. En Amérique, on disait avoir inventé une sorte de grosse cabine hermétiquement fermée qui faisait monter les personnes aux étages les plus élevés d'un immeuble par le moyen d'un simple piston à eau – et on savait déjà que des pistons s'étaient cassés le samedi soir et que des gens étaient restés deux nuits bloqués dans cette boîte, privés d'air, pour ne rien dire de l'eau et de la nourriture, en sorte qu'on les avait trouvés morts le lundi.

Et tous de se réjouir parce que la vie devenait plus facile, on étudiait des machines pour se parler à distance, d'autres pour écrire mécaniquement, sans plume. Y aurait-il encore un jour des originaux à falsifier ?

Les gens léchaient les vitrines des parfumeurs où l'on célébrait les miracles du principe tonifiant pour la peau au lait de tortue, du régénérateur des cheveux au quinquina, de la Crème Pompadour à l'eau de banane, du lait de cacao, de la poudre de riz aux violettes de Parme, toutes découvertes pour rendre plus attirantes les femmes les plus lascives, mais maintenant à la portée aussi des cousettes prêtes à se faire entretenir parce que, dans beaucoup d'ateliers de couture, on introduisait une machine qui cousait à leur place.

L'unique invention intéressante des temps nouveaux avait été un machin en porcelaine pour déféquer assis.

Pourtant, moi non plus je ne me rendais pas compte que cette apparente excitation marquait la fin de l'empire. A l'Exposition universelle, Alfred Krupp avait montré un canon de dimensions jamais vues, cinquante tonnes, une charge de poudre de cent livres par projectile. L'empereur en avait été fasciné au point de conférer à Krupp la Légion d'honneur, mais quand Krupp lui avait envoyé liste et prix de ses armes, qu'il était prêt à vendre à tout Etat européen, les hauts commandements français, qui avaient leurs marchands d'armes préférés, avaient convaincu l'empereur de décliner l'offre. Le roi de Prusse, lui, avait évidemment acheté.

Cependant, Napoléon ne raisonnait plus comme autrefois : ses calculs rénaux l'empêchaient de manger et de dormir, pour ne rien dire des déplacements à cheval ; il croyait aux conservateurs et à son épouse convaincus que l'armée française était encore la meilleure du monde, alors qu'ils étaient (mais on l'a su après) au maximum cent mille hommes contre quatre cent mille Prussiens ; et Stieber avait déjà envoyé à Berlin des rapports sur les chassepots que les Français considéraient comme le dernier cri en matière de fusils, et qui, au vrai, étaient déjà des objets de musée. En plus, se félicitait Stieber, les Français n'avaient pas mis en place un service de renseignements égal au leur.

Mais venons-en aux faits. A l'endroit convenu, j'avais rencontré Lagrange.

— Capitaine Simonini, m'avait-il dit en éludant les civilités, que savez-vous de l'Abbé Dalla Piccola ?

— Rien. Pourquoi ?

— Il a disparu, et juste au moment où il était en train de faire un petit travail pour nous. A mon avis, la dernière personne qui l'a vu, c'est vous : vous m'aviez demandé de lui parler et je vous l'avais envoyé. Et ensuite ?

— Et ensuite je lui ai remis le rapport que j'avais déjà donné aux Russes, pour qu'il le fît voir à certains milieux ecclésiastiques.

— Simonini, il y a un mois j'ai reçu un billet de l'Abbé, qui disait à peu de chose près : il faut que je vous voie au plus tôt, j'ai à vous raconter quelque chose d'intéressant sur votre Simonini. Au ton de son message, ce qu'il voulait me raconter sur vous ne devait pas être très élogieux. Alors : qu'y a-t-il eu entre vous et l'Abbé ?

— J'ignore ce qu'il voulait vous dire. Peut-être considérait-il comme un abus de ma part de lui proposer un document que (croyait-il) j'avais produit pour vous. A l'évidence, il n'était pas au courant de nos accords. A moi, il n'a rien dit. Je ne l'ai plus vu et je me demandais même ce qu'était devenue ma proposition.

Lagrange m'avait un temps regardé fixement, puis il avait dit : — Nous en reparlerons, et il s'était en allé.

Il n'y avait pas grand-chose à remettre sur le tapis. Lagrange, à partir de ce moment, serait sur mes talons et, s'il avait vraiment soupçonné quelque chose de plus précis, le fameux coup de poignard dans mon dos serait arrivé pareillement, même si j'avais fermé le bec à l'Abbé.

J'ai pris quelques précautions. J'ai eu recours à un armurier de la rue de Lappe, pour une canne à système. Il en avait mais de très mauvaise facture. Je me suis alors rappelé avoir vu la vitrine d'un marchand de cannes, précisément dans mon bien-aimé passage Jouffroy, et là j'ai trouvé une merveille, avec une poignée en forme de serpent, en ivoire, et le fût d'ébène, d'une élégance extraordinaire – et robuste avec ça. La poignée n'est pas particulièrement adaptée pour s'y appuyer si par hasard on a mal à une jambe car, bien qu'un peu inclinée, elle est plus verticale qu'horizontale ; mais elle fonctionne à merveille s'il s'agit d'empoigner la canne comme une épée.

La canne à système est une arme prodigieuse même si tu affrontes un type armé d'un pistolet : tu fais semblant d'être effrayé, tu te recules et tu pointes ta canne, mieux encore si ta main tremble. L'autre se met à rire et la saisit pour te l'arracher, et ainsi il t'aide à en dégainer la lame, acérée, affilée et, alors qu'il demeure interdit sans comprendre ce qui lui est resté dans la main, tu assènes, rapide, un fendant, presque sans effort tu lui fais une balafre qui va d'une tempe au menton, en travers, si possible en lui coupant une narine et, quand bien même tu ne lui crèverais pas un œil, le sang qui gicle de son front lui offusquerait la vue. Et puis, c'est la surprise qui compte, à ce stade l'adversaire est déjà liquidé.

Si c'est un adversaire de rien du tout, mettons un voleur à la petite semaine, tu reprends ta canne et tu t'en vas en le laissant défiguré pour la vie. Mais si c'est un adversaire plus insidieux, après le premier fendant, comme en suivant la dynamique de ton bras, tu reviens en arrière dans le sens horizontal, et tu lui tranches la gorge, de sorte qu'il n'aura plus à se faire de souci pour sa cicatrice.

Sans compter l'apparence digne et honnête que tu prends en te promenant avec une canne de ce genre – qui coûte assez cher mais vaut ce qu'elle coûte, et dans certains cas il ne faut pas regarder à la dépense.

Un soir en rentrant chez moi j'ai rencontré Lagrange devant le magasin.

J'ai légèrement agité ma canne, mais aussitôt j'ai pensé que les services n'auraient pas confié à un personnage comme lui la liquidation d'un personnage comme moi, et je me suis disposé à l'écouter.

— Bel objet, a-t-il dit.

— Quoi ?

— Votre canne à système. Avec un pommeau de cette nature, ce ne peut être qu'une canne à système. Vous craignez quelqu'un ?

— C'est à vous de me dire si je devrais, monsieur Lagrange.

— Vous nous craignez, nous, je le sais parce que vous savez que vous nous êtes devenu suspect. Maintenant permettez-moi d'être bref. Une guerre franco-prussienne est imminente, et l'ami Stieber a rempli Paris de ses agents.

— Vous les connaissez ?

— Pas tous, et là c'est vous qui entrez en jeu. Du moment que vous avez offert à Stieber votre rapport sur les Juifs, il vous considère comme une personne, comment dire, achetable… Bien ; un de ses hommes est arrivé ici à Paris, ce Goedsche qu'il me semble vous avez rencontré. Nous croyons qu'il va vous chercher. Vous deviendrez l'espion des Prussiens à Paris.

— Contre mon pays ?

— Ne soyez pas hypocrite, ce n'est même pas votre pays. Et, si la chose vous trouble, c'est pour la France que vous le ferez. Vous transmettrez aux Prussiens de fausses informations, que nous vous procurerons, nous.

— Cela ne m'a pas l'air compliqué…

— Au contraire, c'est très dangereux. Si vous êtes découvert à Paris, nous devrons faire semblant de ne pas vous connaître. Par conséquent vous serez fusillé. Si les

Prussiens découvrent que vous jouez un double jeu, ils vous tueront, sans doute d'une manière moins légale. Par conséquent, dans cette histoire vous avez – disons – cinquante probabilités sur cent d'y laisser votre peau.

— Et si je n'accepte pas ?

— Vous en aurez quatre-vingt-dix-neuf.

— Pourquoi pas cent ?

— A cause de la canne à système. Mais ne comptez pas trop dessus.

— Je savais bien que j'avais des amis sincères aux services. Je vous remercie de votre sollicitude. C'est d'accord. J'ai librement décidé d'accepter, et pour l'amour de la Patrie.

— Vous êtes un héros, capiston Simonini. Attendez mes ordres.

Une semaine après, Goedsche se présentait à mon magasin, plus transpirant que d'habitude. Résister à la tentation de l'étrangler a été dur, mais j'ai résisté.

— Vous devez savoir que je vous considère comme un plagiaire et un faussaire, lui ai-je dit.

— Pas plus que vous, a souri onctueusement l'Allemand. Vous croyez que je n'ai finalement pas découvert que votre histoire du cimetière de Prague est inspirée du texte de ce Joly qui a fini en prison ? J'y serais arrivé tout seul, même sans vous ; vous n'avez fait que raccourcir le parcours.

— Vous vous rendrez compte, Herr Goedsche, qu'en agissant comme étranger sur le territoire français, il suffirait que je donne votre nom à qui je sais et votre vie ne vaudrait plus un centime ?

— Vous vous rendez compte que la vôtre aurait le même prix si, une fois arrêté, en guise de noms je donnais le vôtre ? Donc, faisons la paix. Je cherche à vendre ce chapitre de mon livre comme une chose vraie à des acheteurs sûrs. Nous partagerons en deux, vu que dorénavant nous devons travailler ensemble.

Quelques jours avant le début de la guerre, Goedsche m'avait emmené sur le toit d'une maison qui se dressait à côté de Notre-Dame, où un petit vieux détenait de nombreux pigeonniers.

— C'est ici un bon endroit pour faire voler des pigeons parce que tout autour de la cathédrale, des pigeons, il y en a des centaines et personne n'y prête attention. Chaque fois que vous aurez des informations utiles, vous écrirez un message et le vieux fera partir un animal. Pareillement, vous passez chaque matin ici pour savoir si des instructions sont arrivées pour vous. Simple, non ?

— Mais quelles informations vous intéressent ?

— Nous ne savons pas encore ce qu'il nous intéresse de savoir de Paris. Pour le moment, nous contrôlons les zones du front. Mais tôt ou tard, si nous gagnons, notre intérêt se portera sur Paris. Et donc nous voudrons des informations sur les mouvements de troupes, la présence ou l'absence de la famille impériale, l'humeur des Parisiens, en somme tout et rien, c'est à vous de vous montrer subtil. Des cartes géographiques pourraient nous servir et vous allez me demander comment on fait pour attacher et faire tenir une carte au cou d'un pigeon. Venez avec moi à l'étage inférieur.

A l'étage du dessous se trouvait un autre individu dans un laboratoire photographique équipé d'une petite salle avec un mur peint en blanc et un de ces projecteurs qu'on appelle lanternes magiques dans les foires, celles qui font apparaître des images sur des parois ou sur de grands draps.

— Ce monsieur prend un de vos messages, pour grand qu'il soit et quel qu'en soit le nombre de pages, il le

… Là où le message arrive, on agrandit l'image en la projetant sur un mur… (p. 316)

photographie et le réduit sur une feuille de collodion qui est expédiée avec le pigeon. Là où le message arrive, on agrandit l'image en la projetant sur un mur. Et la même chose se passera ici, si vous recevez des messages trop longs. Mais ici l'air n'est plus sain pour un Prussien, et moi je quitte Paris ce soir. Nous nous entendrons par petits billets sur les ailes des colombes, comme deux amoureux.

L'idée me révulsait, mais c'est à cela que je m'étais engagé, malédiction, et rien que pour avoir occis un abbé. Et alors tous ces généraux, qui tuent des milliers d'hommes ?

Ainsi sommes-nous arrivés à la guerre. Lagrange me passait de temps en temps des informations à faire parvenir à l'ennemi, mais, comme avait dit Goedsche, les Prussiens ne s'intéressaient guère à Paris, et, pour le moment, ils voulaient savoir combien d'hommes avait la France en Alsace, à Saint-Privat, à Beaumont, à Sedan.

Jusqu'aux jours du siège, on vivait encore dans la gaieté à Paris. En septembre, la fermeture de toutes les salles de spectacle avait été décidée, et pour participer au drame des soldats sur le front et pour pouvoir envoyer sur ledit front même les pompiers de service ; mais un peu plus d'un mois après, la Comédie-Française avait obtenu l'autorisation de donner des représentations, afin de soutenir les familles des morts pour la patrie, fût-ce à l'économie, sans chauffage et avec des bougies à la place des lumières à gaz, puis quelques représentations avaient repris à l'Ambigu, à la Porte-Saint-Martin, au Châtelet et à l'Athénée.

Les jours difficiles ont donc commencé en septembre avec la tragédie de Sedan. Napoléon fait prisonnier de l'ennemi, l'empire s'écroulait, la France entière entrait dans un état d'agitation presque (presque pour le moment) révolutionnaire. On proclamait la République, mais dans les rangs mêmes des républicains, d'après ce que je pouvais comprendre, deux âmes se démenaient : l'une voulait tirer de la défaite l'occasion d'une révolution sociale, l'autre était prête à souscrire la paix avec les Prussiens pour éviter de céder à ces réformes qui – disait-on – déboucheraient sur une forme de communisme pur et simple.

A la mi-septembre, les Prussiens étaient arrivés aux portes de Paris ; ils avaient occupé les forts qui auraient dû défendre la ville, qu'à présent ils bombardaient. Cinq mois d'un siège très dur pendant lesquels le grand ennemi deviendrait la faim.

Je ne comprenais pas grand-chose des menées politiques, des défilés qui sillonnaient la ville en différents endroits, et cela m'importait encore moins, et puis je jugeais qu'en de pareils moments il valait mieux ne pas trop musarder. Mais la nourriture, voilà qui était mon affaire, et je me tenais journellement informé auprès des négociants de mon quartier pour comprendre ce qui nous attendait. A parcourir les jardins publics comme le Luxembourg, au début on aurait dit que Paris vivait au milieu du bétail, parce qu'on avait amassé ovins et bovins dans l'enceinte de la ville. Mais dès octobre on disait qu'il ne restait pas plus de vingt-cinq mille bœufs et cent mille moutons, ce qui n'était rien pour nourrir une métropole.

Et de fait, petit à petit, dans certaines maisons on devait frire les poissons rouges, l'hippophagie exterminait tous les chevaux non défendus par l'armée, un boisseau de pommes de terre coûtait trente francs et le pâtissier Boissier vendait à vingt-cinq une boîte de lentilles. Plus l'ombre d'un lapin en vue et les boucheries ne se gênaient plus pour exposer d'abord de beaux chats bien repus et

… A la mi-septembre, les Prussiens étaient arrivés aux portes de Paris ; ils avaient occupé les forts qui auraient dû défendre la ville, qu'à présent ils bombardaient… (p. 317)

puis des chiens. On avait abattu tous les animaux exotiques du Jardin d'Acclimatation et, la nuit de Noël, pour qui avait de l'argent à dépenser, chez Voisin on avait offert un menu somptueux à base de consommé d'éléphant, chameau rôti à l'anglaise, daube de kangourou, côtelettes d'ours à la sauce poivrade, terrine d'antilope aux truffes, et chat avec garniture de petits rats de lait – car, désormais, non seulement sur les toits n'apparaissaient plus de moineaux, mais souris et rats disparaissaient des égouts.

Passons pour le chameau, qui n'était pas mal, mais les rats non. Même en temps de siège on trouve des contrebandiers et des accapareurs, et je pourrais rappeler un souper mémorable (hors de prix) non pas dans un des grands restaurants, mais dans une gargote presque en banlieue, où, avec quelques privilégiés (pas tous de la meilleure société parisienne mais, dans ces circonstances-là, les différences de caste sont oubliées), j'ai pu goûter du faisan et du pâté de foie gras d'oie de la première fraîcheur.

En janvier, on signait un armistice avec les Allemands, à qui on avait concédé en mars une occupation symbolique de la capitale – et je dois dire que même pour moi ça a été assez humiliant de les voir défiler avec leurs casques cloutés sur les Champs-Elysées. Puis ils ont pris position au nord-est de la ville, abandonnant au gouvernement français le contrôle de la zone sud occidentale, c'est-à-dire des forts d'Ivry, Montrouge, Vanves, Issy et, entre autres, du Mont-Valérien à la forteresse très fortifiée d'où (les Prussiens l'avaient expérimenté) on pouvait aisément bombarder la partie ouest de la capitale.

Les Prussiens abandonnaient Paris, dont le gouvernement français présidé par Thiers reprenait possession, mais la Garde nationale, désormais difficilement contrôlable, avait déjà séquestré et caché à Montmartre les canons achetés à l'aide d'une souscription publique, Thiers envoyait pour les reconquérir le général Lecomte qui, au début, faisait tirer sur la Garde nationale et sur la foule, mais à la fin ses soldats s'unissaient aux rebelles, et Lecomte était fait prisonnier par ses propres hommes. Dans le même temps, quelqu'un avait reconnu je ne sais où un autre général, Thomas, qui n'avait pas laissé un bon souvenir dans les répressions de 1848. Qui plus est, il était en civil, sans doute parce qu'il se sauvait pour s'occuper de ses oignons, et pourtant tous s'étaient mis à dire qu'il espionnait les communards. On l'avait emmené où attendait déjà Lecomte, et tous deux avaient été fusillés.

Thiers se retirait à Versailles avec tout le gouvernement et fin mars à Paris on proclamait la Commune. Maintenant, c'était le gouvernement français (de Versailles) qui assiégeait et bombardait Paris depuis le fort du Mont-Valérien, tandis que les Prussiens laissaient faire, et même se montraient assez indulgents pour qui passait leurs lignes, si bien que Paris, au deuxième siège, avait plus de nourriture que pendant le premier : affamée par ses propres compatriotes, la ville était indirectement approvisionnée par l'ennemi. Et, comparant les Allemands aux gouvernementaux de Thiers, on commençait à murmurer que, en fin de compte, ces mangeurs de choucroute étaient de braves chrétiens.

Alors qu'on annonçait le repli du gouvernement français à Versailles, je recevais un billet de Goedsche qui m'informait que les Prussiens n'étaient plus intéressés par ce qui se passait à Paris et par conséquent pigeonnier et laboratoire seraient démontés. Mais le même jour Lagrange me rendait visite, qui paraissait avoir deviné ce que m'écrivait Goedsche.

— Cher Simonini, m'avait-il dit, vous devriez faire pour nous ce que vous faisiez pour les Prussiens, nous tenir informés. J'ai déjà fait arrêter ces deux misérables qui collaboraient avec vous. Les pigeons sont retournés où ils avaient l'habitude d'aller, mais le matériel du laboratoire va nous servir à présent. Nous, pour des informations militaires rapides, nous avions une ligne de communication entre le fort d'Issy et une mansarde à nous, toujours du côté de Notre-Dame. C'est de là que vous nous enverrez vos informations.

— « Vous nous enverrez » à qui ? Vous étiez, comment dire, un homme de la police impériale, vous devriez avoir disparu avec votre empereur. J'ai l'impression en revanche que vous parlez maintenant comme émissaire du gouvernement Thiers…

— Capiston Simonini, j'appartiens à ceux qui restent, même quand les gouvernements passent. Maintenant, je suis mon gouvernement à Versailles parce que si je m'attarde ici je pourrais connaître la fin de Lecomte et de Thomas. Ces forcenés ont la fusillade facile. Mais nous leur rendrons la monnaie de leur pièce. Quand nous voudrons savoir quelque chose de précis, vous recevrez des ordres plus détaillés.

Quelque chose de précis… C'est rien de le dire, étant donné que dans chaque point de la ville il se passait des choses différentes, des détachements de la Garde nationale défilaient, fleur au fusil et drapeau rouge ; dans les quartiers mêmes où des bourgeois de la bonne société attendaient claquemurés chez eux le retour du gouvernement légitime ; parmi les élus de la Commune, on n'arrivait pas à comprendre, ni par les journaux ni par les murmures au marché, qui se trouvait de quel côté ; il y avait des ouvriers, des médecins, des journalistes, des républicains modérés et des socialistes enragés, jusqu'à d'authentiques jacobins qui rêvaient au retour non pas à la Commune de 89 mais à la terrible de 93. Pourtant, l'atmosphère générale dans les rues était de grande gaieté. Si les hommes n'avaient pas porté l'uniforme, on aurait pu penser à une immense fête populaire. Les soldats jouaient à ce qu'on appelle *sussi* à Turin et, ici, au bouchon ; les officiers se promenaient en se pavanant devant les filles.

Il m'est venu à l'esprit ce matin que je devrais avoir, parmi mes vieilleries, une grosse boîte contenant des coupures de journaux de l'époque qui me servent à présent pour reconstituer ce que ma mémoire toute seule ne peut faire. C'étaient des titres de toute tendance, *Le Rappel*, *Le Réveil du Peuple*, *La Marseillaise*, *Le Bonnet Rouge*, *Paris Libre*, *Le Moniteur du Peuple*, et d'autres encore. Qui pouvait bien les lire, je l'ignore, sans doute seuls ceux qui les écrivaient. Moi, je les achetais tous pour voir s'ils contenaient des faits ou des opinions susceptibles d'intéresser Lagrange.

Combien la situation était confuse, je l'ai compris un jour en rencontrant dans la foule confuse d'une manifestation tout aussi confuse Maurice Joly. Il a eu de la peine à me reconnaître à cause de ma barbe, puis en se souvenant de moi comme d'un carbonaro ou quelque chose de ce genre, il a pensé que j'avais pris le parti de la Commune. J'avais été pour lui un compagnon de mésaventure gentil et généreux, il m'a pris par le bras, m'a conduit chez lui (un très modeste appartement quai Voltaire) et il s'est confié à moi devant un petit verre de Grand Marnier.

— Simonini, m'avait-il dit, après Sedan j'ai participé aux premiers mouvements républicains, j'ai manifesté pour la poursuite de la guerre, mais ensuite j'ai compris que ces agités en veulent trop. La Commune de la Révolution a sauvé la France de l'invasion, mais certains miracles ne se répètent pas deux fois dans l'Histoire. La révolution, on ne la proclame pas par décret, elle naît du ventre du peuple. Le pays souffre d'une gangrène morale depuis vingt ans, on ne le fait pas renaître en deux jours. La France n'est capable que de châtrer ses enfants les meilleurs. J'ai souffert deux ans de prison pour m'être opposé au Bonaparte et quand je suis sorti de prison je n'ai pas trouvé un éditeur qui publiât mes nouveaux livres. Vous me direz : il y avait encore l'empire. Mais à la chute de l'empire ce gouvernement républicain m'a intenté un procès pour avoir pris part à une invasion pacifique de l'Hôtel de Ville, fin octobre. D'accord, j'ai été acquitté parce qu'il n'avait pas été possible de m'imputer quelque violence que ce fût, mais c'est ainsi que sont récompensés ceux qui s'étaient battus contre l'empire et contre l'infâme armistice. A présent, on dirait que tout Paris s'exalte dans cette utopie communarde, mais vous ne savez pas combien d'hommes cherchent à sortir de la ville pour ne pas accomplir leur service militaire. On dit qu'on va proclamer un recrutement obligatoire pour tous ceux qui ont entre dix-huit et quarante ans, mais regardez combien de jeunes gens effrontés circulent dans les rues, et dans les quartiers où n'ose même pas entrer la Garde nationale. Ils ne sont pas nombreux ceux qui veulent se faire tuer pour la révolution. Quelle tristesse.

Joly m'est apparu comme un inguérissable idéaliste qui ne se satisfait jamais des choses comme elles sont, même si je dois dire qu'au vrai il ne lui arrivait jamais rien de bon. Cependant le service militaire obligatoire m'a préoccupé et je me suis convenablement blanchi barbe et cheveux. Maintenant, j'ai l'air d'un sexagénaire posé.

Au contraire de Joly, je trouvais sur les places et les marchés des gens qui approuvaient quantité de nouvelles lois, comme le renoncement aux augmentations de loyers demandées par les propriétaires pendant le siège, et la restitution aux travailleurs de tous leurs instruments de travail mis en gage au Mont-de-Piété dans la même période, la pension aux femmes et fils des militaires de la Garde nationale tués en service, le renvoi de l'échéance des traites. Toutes de belles choses qui appauvrissaient les caisses communes et allaient à l'avantage de la canaille.

Canaille qui, en attendant (il suffisait d'écouter les conciliabules sur la place Maubert et dans les brasseries de l'arrondissement), alors qu'elle applaudissait à l'abolition de la guillotine (c'est bien naturel), se rebellait contre la loi qui abolissait la prostitution, laissant ainsi tant de travailleurs du quartier sur le pavé. Toutes les roulures de Paris avaient ainsi émigré à Versailles, et je ne sais vraiment pas où ces braves soldats de la Garde nationale allaient calmer leurs ardeurs.

Pour bien braquer le bourgeois, voici les lois anticléricales, comme la séparation de l'Eglise et de l'Etat et la confiscation des biens ecclésiastiques – pour ne rien dire des bruits persistants qui couraient sur l'arrestation de prêtres et de moines.

A la mi-avril, une avant-garde de l'armée de Versailles avait pénétré dans les zones nord occidentales, vers Neuilly, fusillant tous les fédéraux qu'elle capturait. Depuis le Mont-Valérien, on canonnait l'Arc de triomphe. Quelques jours après, j'ai été témoin de l'épisode le plus incroyable de ce siège : le défilé des francs-maçons. Je n'imaginais pas les maçons en communards, mais les voici paradant avec leurs étendards et leurs tabliers pour demander au gouvernement de Versailles d'accorder une trêve afin d'évacuer les blessés des villages bombardés. Ils sont arrivés jusqu'à l'Arc de triomphe où, pour l'occasion, ne tombaient plus de boulets car, on le comprend, la plupart de leurs confrères se trouvaient hors de la ville avec les légitimistes. Mais en somme, même si les loups ne se dévorent pas entre eux, et si les francs-maçons de Versailles avaient mis tout en œuvre pour obtenir une trêve d'un jour, l'accord s'était arrêté là et les francs-maçons de Paris se ralliaient à la Commune.

Si pour le reste j'ai peu de souvenirs de ce qui, dans ces journées de la Commune, se passait à la surface, c'est que je parcourais Paris sous terre. Un message de Lagrange m'avait dit ce que le haut commandement militaire voulait savoir. Il s'imagine que Paris est souterrainement transpercée par son système d'égouts, et c'est de cela que parlent volontiers les romanciers, mais, sous le réseau des égouts, la ville, jusqu'à ses barrières et même au-delà, est un enchevêtrement de carrières de calcaire, de carrières de craie et d'antiques catacombes. Certaines sont très connues, d'autres très peu. Les militaires étaient au courant des galeries qui réunissent les forts du cercle extérieur au centre de la ville, et à l'arrivée des Prussiens ils s'étaient hâtés de bloquer de nombreuses entrées pour empêcher que l'ennemi ne fît quelques mauvaises surprises, mais les Prussiens n'avaient même pas songé, fût-ce quand cela aurait été possible, entrer dans ce lacis de tunnels par crainte de n'en plus sortir et de se perdre en territoire miné.

En réalité, rares étaient ceux qui savaient quelque chose sur des carrières et des catacombes, et la plupart étaient des gens du milieu qui se servaient de ces labyrinthes pour passer avec des marchandises de contrebande les barrières à la barbe des douaniers, et échapper aux descentes de la police. Ma mission était d'interroger le plus d'aigrefins possible pour m'orienter dans ces conduits.

Je me rappelle que, en accusant réception de l'ordre, je n'avais pu me retenir de transmettre : « Mais l'armée n'a pas de cartes détaillées ? » Et Lagrange avait répondu : « Ne posez pas de questions idiotes. Au début de la guerre, notre état-major était si certain de vaincre qu'il n'avait distribué que des cartes de l'Allemagne et pas de la France. »

Dans des périodes où la bonne nourriture et le bon vin se faisaient rares, il était facile de repêcher de vieilles connaissances dans quelque tapis-franc et de les emmener dans un bistrot plus reluisant où je leur faisais trouver un poulet et du vin de première qualité. Et eux, non contents de parler, ils me faisaient faire de fascinantes promenades souterraines. Il s'agit seulement d'avoir des lampes efficaces et, pour se rappeler quand tourner à gauche ou à droite, relever une série de signes de tout type qu'on trouve le long des parcours, comme le profil d'une guillotine, une ancienne plaque, l'esquisse au charbon d'un diablotin, un nom, peut-être tracé par qui n'est plus jamais ressorti de ce lieu. Et il ne faut pas s'effrayer en parcourant les ossuaires parce que, à suivre la bonne séquence des crânes, on arrive toujours à un petit escalier par où on monte dans la cave d'un local complaisant, et de là on peut retourner voir les étoiles.

Certains de ces lieux, au cours des années suivantes, on aurait pu les visiter, mais jusqu'alors d'autres n'étaient connus que de mes indicateurs.

Bref, entre fin mars et fin mai, j'avais acquis une certaine compétence et j'expédiais à Lagrange des tracés pour lui indiquer quelques trajets possibles. Puis je me suis aperçu que mes messages ne servaient pas à grand-chose, parce que les versaillais pénétraient maintenant dans Paris sans se servir du sous-sol. Versailles disposait désormais de cinq corps d'armée, avec des soldats préparés et bien endoctrinés, et une seule idée en tête, comme on avait vite compris : on ne fait pas de prisonniers, chaque fédéré capturé doit être un homme mort. On avait même disposé, et je verrais de mes yeux exécuter l'ordre, que chaque fois qu'un groupe de prisonniers dépassait le nombre de dix, le peloton d'exécution devait être remplacé par une mitrailleuse. Et on avait adjoint aux soldats des brassardiers, des forçats ou quelque chose comme ça, arborant un brassard tricolore, encore plus brutaux que les troupes régulières.

Le dimanche 21 mai, à deux heures de l'après-midi, huit mille personnes assistaient en liesse au concert donné dans le jardin des Tuileries au bénéfice des veuves et des orphelins de la Garde nationale, et nul ne savait encore que le nombre des pauvres malheureux qui en bénéficieraient d'ici peu augmenterait épouvantablement. En effet (mais on l'a su après), tandis que le concert durait encore, à quatre heures et demie les versaillais entraient dans Paris par la porte de Saint-Cloud, ils occupaient Auteuil et Passy et fusillaient tous les gardes nationaux capturés. On a dit par la suite qu'à sept heures du soir au moins vingt mille versaillais étaient déjà dans la ville, mais les têtes de la Commune, Dieu sait ce qu'elles faisaient. Signe que pour faire une révolution il faut avoir une bonne éducation militaire, pourtant si tu l'as, cette bonne éducation militaire, tu ne fais pas la révolution et tu es du côté du pouvoir, et voilà pourquoi je ne vois pas la raison (je veux dire la raison raisonnable) de faire une révolution.

Au matin du lundi, les hommes de Versailles plaçaient leurs canons à l'Arc de triomphe et quelqu'un avait donné l'ordre aux communards d'abandonner une défense coordonnée et de se barricader chacun dans son propre quartier. Si c'est vrai, la stupidité des commandements fédérés a eu l'occasion de briller une fois de plus.

Des barricades se dressaient de partout, auxquelles collaborait une population apparemment enthousiaste, même dans les quartiers hostiles à la Commune, comme ceux de l'Opéra ou du faubourg Saint-Germain, où les gardes nationaux débusquaient de chez elles des dames très élégantes et les incitaient à entasser dans la rue leurs meubles les plus précieux. On tirait une corde à travers la rue pour marquer la ligne de la barricade future et chacun allait y déposer un pavé déchaussé ou un sac de sable ; par les fenêtres, on jetait chaises, commodes, banquettes et matelas, tantôt avec l'approbation des habitants, tantôt avec les habitants en larmes, blottis dans la dernière pièce d'un appartement désormais vide.

Un officier m'a indiqué les siens au travail et m'a dit :
— Un coup de main vous aussi, citoyen, c'est aussi pour votre liberté que nous allons mourir !

J'ai fait mine de m'affairer, je suis allé ramasser un tabouret tombé au fond de la rue, et j'ai tourné l'angle.

C'est que les Parisiens aiment faire des barricades depuis au moins un siècle, et si ensuite elles se disloquent au premier coup de canon, il semble que cela compte pour des prunes : on construit des barricades pour se sentir des héros, mais je voudrais voir combien de ceux qui sont en train de les élever tiendront là jusqu'au moment décisif. Ils feront comme moi ; et, pour les défendre, resteront les plus stupides, qui seront fusillés sur place.

C'est seulement du haut d'un ballon aérostatique qu'on aurait pu comprendre comment se passaient les choses à Paris. Certains bruits disaient que l'Ecole militaire avait été occupée, là où étaient mis en sécurité les canons de la Garde nationale, d'autres bruits qu'on combattait place Clichy, d'autres encore que les Allemands cédaient aux versaillais le passage par le nord. Le mardi, Montmartre était conquise et quarante hommes, trois femmes, quatre enfants avaient été amenés là où les communards avaient fusillé Lecomte et Thomas, agenouillés et fusillés à leur tour.

Le mercredi, j'ai vu beaucoup d'édifices publics en flammes, comme les Tuileries : qui disait qu'elles avaient été incendiées par les communards pour arrêter l'avancée des versaillais et qu'il y avait même des jacobines, des démones, les pétroleuses qui circulaient avec un seau de pétrole pour mettre le feu ; qui jurait que c'étaient les obus versaillais ; et enfin, qui accusait les vieux bonapartistes saisissant l'occasion pour détruire des archives compromettantes – et, à première vue, je m'étais dit que si j'avais été moi dans la peau de Lagrange, c'est ainsi que j'aurais procédé, et puis j'ai pensé qu'un bon agent des services cache les informations mais ne les détruit jamais, car elles peuvent toujours avoir du bon pour faire chanter quelqu'un.

Par un extrême scrupule, mais avec grand-peur de me retrouver au milieu d'un accrochage, je m'étais rendu pour la dernière fois au pigeonnier, où j'avais trouvé un message de Lagrange. Il me disait qu'il n'était plus nécessaire de communiquer au moyen de pigeons, et il me donnait une adresse proche du Louvre, qui maintenant était occupé, et un mot de passe pour traverser les postes de contrôle versaillais.

J'apprenais à ce moment même que les versaillais avaient atteint Montparnasse et je me suis souvenu d'une visite à Montparnasse de la cave d'un mastroquet où on entrait par un conduit souterrain qui, le long de la rue d'Assas, arrivait rue du Cherche-Midi et débouchait dans le sous-sol du magasin abandonné d'un immeuble au carrefour de la Croix-Rouge, intersection encore fortement tenue par les communards. Etant donné que jusqu'alors mes recherches souterraines n'avaient servi à rien et que je devais montrer le bien-fondé de mes rétributions, je suis allé voir Lagrange.

Depuis l'île de la Cité, cela n'a pas été difficile d'arriver près du Louvre, mais derrière Saint-Germain-l'Auxerrois j'ai vu une scène qui, je l'avoue, m'a un peu impressionné. Passaient un homme et une femme avec un enfant, et ils n'avaient certes pas l'air de fuir d'une barricade prise d'assaut ; mais voilà un quarteron de brassardiers ivres, célébrant à l'évidence la conquête du Louvre, qui tentent d'arracher l'homme des bras de sa femme, elle s'agrippait à lui en pleurant, les brassardiers les ont poussés tous les trois au mur et les ont criblés de balles.

Je n'ai cherché à passer qu'à travers les rangs des réguliers, auxquels je pouvais donner le mot de passe, et j'ai été conduit dans une pièce où quelques personnes plantaient des clous colorés sur une grande carte de la ville. Je n'ai pas vu Lagrange et je l'ai demandé. Un monsieur entre deux âges s'est retourné, le visage excessivement normal (je veux dire que si j'essayais de le décrire, je ne trouverais aucun trait marquant à caractériser) et, sans me tendre la main, il m'a salué avec civilité.

— Le capitaine Simonini, j'imagine. Moi, je m'appelle Hébuterne. Dorénavant, tout ce que vous avez fait avec monsieur de Lagrange, tout, vous le ferez avec moi. Vous savez, les services d'Etat doivent se renouveler, en particulier à la fin d'une guerre. Monsieur Lagrange méritait une retraite honorée, sans doute à l'heure qu'il est pêche-t-il quelque part à la ligne, loin de cette désagréable confusion.

Ce n'était pas le moment de poser des questions. Je lui ai parlé du tunnel de la rue d'Assas à la Croix-Rouge et Hébuterne a dit qu'il était fort utile de faire une opération à la Croix-Rouge parce que, d'après les renseignements qui lui étaient parvenus, les communards amassaient là-bas

… Un monsieur entre deux âges s'est retourné, le visage excessivement normal […]
— Le capitaine Simonini, j'imagine. Moi, je m'appelle Hébuterne… (p. 330)

de nombreuses troupes en attendant l'arrivée par le sud des versaillais. Il m'a donc ordonné d'aller attendre, chez le mastroquet dont je lui avais donné l'adresse, une poignée de brassardiers.

Je pensais aller sans me hâter de la Seine à Montparnasse, pour donner le temps à l'envoyé d'Hébuterne d'arriver avant moi lorsque, encore sur la rive droite, j'ai vu sur un trottoir les cadavres bien alignés d'une vingtaine de fusillés. Ils devaient être fraîchement morts et paraissaient d'extraction sociale et d'âge différents. Il y avait un jeune avec les stigmates du prolétaire, la bouche à peine ouverte, à côté d'un bourgeois mûr aux cheveux frisés et avec une paire de moustaches bien soignées, les mains croisées sur une redingote à peine froissée ; à côté d'un type avec une tête d'artiste, et il y en avait un autre aux traits quasiment méconnaissables, un trou noir à la place de l'œil gauche et une serviette nouée autour de la tête, comme si quelqu'un de compatissant, ou quelque impitoyable amoureux de l'ordre avait voulu rassembler cette gueule désormais cassée par Dieu sait combien de balles. Et il y avait une femme, qui peut-être avait été belle.

Ils étaient sous le soleil de la fin mai, et autour d'eux voletaient les premières mouches de la saison attirées par ce festin. Ils avaient l'air d'avoir été pris presque par hasard et fusillés rien que pour donner un exemple, et d'avoir été alignés sur le trottoir pour libérer la rue où passait en cet instant une troupe de versaillais qui traînaient un canon. Ce qui m'a frappé dans ces visages, c'était, j'éprouve un certain malaise à l'écrire, leur *nonchalance* : ils paraissaient accepter en dormant leur destinée commune.

Arrivé au bout de la file, j'ai été frappé par les traits du dernier justicié qui se trouvait un peu à l'écart des autres, comme s'il n'avait été ajouté qu'après à la compagnie. Le visage était en partie recouvert de sang caillé, mais j'ai très bien reconnu Lagrange. Les services avaient commencé à se renouveler.

Je n'ai pas l'âme sensible d'une femmelette, et j'ai même été capable de traîner le cadavre d'un abbé et de le descendre dans les égouts, mais cette vue m'a perturbé. Non que j'eusse éprouvé de la pitié, mais parce qu'il me faisait penser que ça aurait pu m'arriver à moi aussi. Il suffisait que d'ici à Montparnasse je rencontre quelqu'un qui me reconnût comme un homme de Lagrange, et le plus beau, c'est que ç'aurait pu être aussi bien un versaillais qu'un communard, l'un et l'autre auraient eu raison de se méfier de moi et se méfier, ces jours-là, voulait dire fusiller.

En calculant que là où il y avait des édifices encore en flammes il était peu probable qu'il y eût encore des communards et que les versaillais ne quadrillaient pas encore la zone, je me suis hasardé à passer la Seine pour parcourir toute la rue du Bac et rejoindre en surface le carrefour de la Croix-Rouge. De là, je pouvais entrer tout de suite dans le magasin abandonné et faire sous terre le reste du chemin.

Je craignais qu'à la Croix-Rouge le système de défense ne m'empêchât d'atteindre mon immeuble, mais il n'en allait pas ainsi. Des groupes armés poireautaient sur le seuil de quelques maisons, en attendant les ordres ; de bouche à oreille se répandaient des nouvelles contradictoires, on ne savait pas d'où les versaillais arriveraient, certains faisaient et défaisaient, harassés, de petites barricades en changeant d'entrée de rue selon les rumeurs qui circulaient. Un contingent de gardes nationaux plus consistant allait arriver, et nombre d'habitants de ce quartier bourgeois cherchaient à convaincre les gens armés de ne pas tenter d'inutiles héroïsmes, on disait que les hommes de Versailles n'en étaient pas moins toujours des compatriotes, et des républicains par-dessus le marché, et que Thiers avait promis l'amnistie pour tous les communards qui se seraient rendus…

J'ai trouvé la porte cochère de mon immeuble entrebâillée, je suis entré et je l'ai bien refermée derrière moi, je suis descendu dans le magasin et puis en bas dans la cave, et j'ai rejoint Montparnasse en m'orientant à la perfection. Là, j'ai trouvé une trentaine de brassardiers qui m'ont suivi en faisant avec moi retour en arrière ; arrivés au magasin les hommes sont remontés dans quelques appartements des étages supérieurs, prêts à intimider les habitants, mais ils ont trouvé des personnes bien vêtues qui les ont accueillis avec soulagement et qui leur indiquaient les fenêtres d'où l'on dominait le mieux le croisement. Où, en cet instant, arrivait de la rue du Dragon un officier à cheval apportant un ordre d'alerte. L'ordre était évidemment de se prémunir contre une attaque par la rue de Sèvres ou par la rue du Cherche-Midi, et à l'angle des deux rues les communards étaient maintenant en train de dépaver la chaussée pour préparer une nouvelle barricade.

Tandis que les brassardiers se disposaient aux différentes fenêtres des appartements occupés, je n'ai pas cru opportun de demeurer en un lieu où tôt ou tard arriveraient quelques balles des communards, et je suis redescendu quand en bas il y avait encore un grand remue-ménage. Sachant quelle serait la trajectoire des tirs par les fenêtres de l'immeuble, je me suis posté à l'angle de la rue du Vieux-Colombier, afin de m'éclipser en cas de danger.

La plupart des communards, pour monter la barricade, avaient entassé leurs armes, et ainsi les tirs qui commençaient à les viser du haut des fenêtres les avaient pris de court. Ils s'étaient ressaisis, mais ils ne comprenaient pas encore d'où venaient les balles, et ils s'étaient mis à tirer à hauteur d'homme vers les entrées de la rue de Grenelle et de la rue du Four, tant et si bien que j'ai dû reculer, dans la peur que les impacts n'atteignissent aussi la rue du Vieux-Colombier. Et puis quelqu'un s'est rendu compte que les ennemis tiraient d'en haut et un échange de coups de feu a commencé du croisement aux croisées et vice versa, sauf que les versaillais voyaient bien qui viser et tiraient dans le tas alors que les communards ne comprenaient pas encore quelles étaient les fenêtres à mettre en joue. Bref, le massacre a été facile, tandis que du croisement on criait à la trahison. C'est l'éternelle rengaine : quand tu échoues dans quelque chose, tu cherches toujours quelqu'un à accuser de ton incapacité. Trahison à la noix, me disais-je, c'est que vous ne savez pas comment on combat, révolution à la manque…

Enfin quelqu'un avait repéré la maison occupée par les versaillais, et les survivants tentaient d'en défoncer la porte cochère. J'imagine que les brassardiers étaient alors déjà redescendus dans les souterrains et que les communards ont trouvé la maison vide, mais j'avais décidé de ne pas rester à attendre les événements. Comme je l'ai appris par la suite, les versaillais étaient vraiment en train de déboucher rue du Cherche-Midi, et en grand nombre, si bien que les ultimes défenseurs de la Croix-Rouge doivent avoir été mis en déroute.

J'ai rejoint mon impasse par des ruelles secondaires en évitant les directions d'où on entendait provenir le crépitement des fusillades. Le long des murs, je voyais des affiches tout juste collées, où le Comité de salut public exhortait les citoyens à se défendre jusqu'au bout

(« Aux barricades ! L'ennemi est dans nos murs. Pas d'hésitation ! »).

Dans une brasserie de la place Maubert, j'ai eu les dernières nouvelles : sept cents communards avaient été fusillés rue Saint-Jacques, la poudrière du Luxembourg avait sauté ; les communards, par vengeance, avaient sorti de la prison de la Roquette quelques otages, dont l'archevêque de Paris, et ils les avaient collés au mur. Fusiller l'archevêque marquait un point de non-retour. Pour que les choses revinssent à la normale, il était nécessaire que le bain de sang fût complet.

Mais voilà que, au moment où l'on me racontait ces événements, sont entrées quelques femmes saluées par les cris de jubilation des clients. C'étaient *les* femmes qui revenaient à leur brasserie ! Les versaillais avaient ramené avec eux de Versailles les prostituées bannies par la Commune et ils commençaient à les faire circuler de nouveau dans la ville, comme pour donner un signe que tout était en train de redevenir normal.

Je ne pouvais pas rester au milieu de cette racaille. Ils réduisaient à néant la seule et unique bonne chose que la Commune avait faite.

Au cours des jours suivants, la Commune s'était éteinte, avec un dernier corps-à-corps à l'arme blanche dans le cimetière du Père-Lachaise. Cent quarante-sept survivants, racontait-on, avaient été capturés et justiciés sur place.

Comme ça, ils ont appris à ne pas fourrer leur nez dans des choses qui ne les regardaient pas.

18

PROTOCOLES

Tiré des journaux des 10 et 11 avril 1897

La fin de la guerre aidant, Simonini avait repris son travail normal. Par chance, avec tous les morts qu'il y avait eu, les problèmes de succession étaient à l'ordre du jour, quantité de tombés pour la Patrie, encore jeunes, sur les ou face aux barricades n'avaient pas encore pensé à faire leur testament, et Simonini était accablé de travail – et écrasé de prébendes. Quelle belle paix, puisque avant il y avait eu purification sacrificielle.

Son journal survole donc la routine notariale des années suivantes et ne fait qu'une allusion au désir, qui en cette période ne l'avait jamais abandonné, de renouer les contacts pour la vente du document sur le cimetière de Prague. Il ne savait pas ce que faisait Goedsche pendant ce temps, mais il fallait qu'il le précédât. C'est qu'aussi, curieusement, durant presque toute la période de la Commune, les Juifs semblaient avoir disparu. Invétérés conspirateurs, tiraient-ils secrètement les fils de la Commune ou, au contraire, accumulateurs de capitaux, se cachaient-ils à Versailles

pour préparer l'après-guerre ? Cependant, ils s'alignaient sur les francs-maçons, les francs-maçons de Paris s'étaient rangés avec la Commune, les communards avaient fusillé un archevêque, et les Juifs en quelque sorte devaient y être pour quelque chose. Ils tuaient bien les enfants, alors les archevêques...

Tandis qu'il allait ainsi réfléchissant, un jour de l'année 1876 il avait entendu sonner en bas, et sur le seuil de sa porte se présentait un monsieur âgé en soutane. Simonini avait d'abord pensé qu'il s'agissait de l'habituel abbé sataniste qui venait faire commerce d'hosties consacrées, et puis, en l'observant mieux, sous cette masse de cheveux désormais blancs mais toujours bien ondulés, il avait reconnu, presque trente ans après, le Père Bergamaschi.

Pour le jésuite, il avait été un peu plus difficile de se convaincre d'avoir devant lui Simonino, le petit Simon qu'il avait connu adolescent, surtout à cause de la barbe (qui était redevenue noire, après la paix, légèrement poivre et sel, comme cela seyait à un quadragénaire). Puis ses yeux s'étaient éclairés et il avait dit en riant : — Mais oui, tu es Simonino, c'est donc bien toi, mon garçon ? Pourquoi tu me laisses sur le seuil ?

Il souriait mais, si nous ne voulons pas nous enhardir jusqu'à écrire qu'il avait le sourire d'un tigre, il avait au moins celui d'un chat. Simonini l'avait fait monter à l'étage et lui avait demandé : — Comment avez-vous réussi à me trouver ?

— Eh, eh, mon garçon, avait dit le Père Bergamaschi, ne sais-tu pas que nous, les jésuites, nous en remontrons au diable ? Même si les Piémontais nous avaient chassés de Turin, je continuais à garder de bons contacts avec de nombreux milieux, et comme ça j'ai su, primo, que tu travaillais chez un notaire et falsifiais des testaments, passe encore, mais que tu avais remis aux services piémontais un rapport où j'apparaissais moi aussi comme conseiller de Napoléon III, et complotais contre la France et les Royaumes sardes dans le cimetière de Prague. Belle invention, je ne dis pas, mais je me suis rendu compte que tu avais tout copié chez Sue, ce bouffeur de curés. Je suis parti à ta recherche, mais on m'avait dit que tu étais en Sicile avec Garibaldi et qu'ensuite tu avais quitté l'Italie. Le général Negri di Saint Front est en rapports courtois avec la Compagnie et il m'a orienté sur Paris, où mes frères avaient de bonnes connaissances auprès des services secrets impériaux. J'ai ainsi appris que tu avais eu des contacts avec les Russes et que ton rapport sur nous au cimetière de Prague était devenu un rapport sur les Juifs. Mais dans le même temps j'ai su que tu avais espionné un certain Joly, j'ai pu avoir par voie confidentielle un exemplaire de son livre, resté dans le bureau d'un certain Lacroix mort héroïquement dans un combat avec des carbonari dynamiteurs, et j'ai vu que, même si Joly avait copié chez Sue, toi tu avais copiassé chez Joly. Enfin les frères allemands m'ont signalé qu'un dénommé Goedsche parlait d'une cérémonie, toujours dans le cimetière de Prague, où les Juifs disaient à quelque chose près ce que tu avais écrit toi dans le rapport donné aux Russes. Seulement, moi, je savais que la première version, où nous apparaissions nous, les jésuites, était la tienne, et de bien des années antérieure au romanvinasse de Goedsche.

— Enfin quelqu'un qui me rend justice !

— Laisse-moi terminer. Par la suite, entre la guerre, le siège et puis les jours de la Commune, Paris était devenu insalubre pour un ensoutané comme moi.

Je me suis décidé à rentrer et à te chercher parce que, il y a quelques années, la même histoire des Juifs dans le cimetière de Prague paraissait dans un fascicule publié à Saint-Pétersbourg. On le présentait comme le passage d'un roman qui cependant se fonde sur des faits réels, l'origine était donc Goedsche. Or, précisément cette année, plus ou moins le même texte a paru dans un opuscule à Moscou. Bref, là-bas, ou là-haut si on préfère, on est en train d'organiser une affaire d'Etat autour des Juifs, qui deviennent une menace. Mais pour nous aussi ils sont une menace car à l'abri de cette Alliance Israélite se cachent les maçons, et Sa Sainteté est désormais bien décidée à déchaîner une campagne en bataille rangée contre tous ces ennemis de l'Eglise. Et voilà que, bien bon, tu reviens toi, Simonino, qui dois te faire pardonner la plaisanterie que tu m'avais jouée avec les Piémontais. Après l'avoir si bien diffamée, tu dois quelque chose à la Compagnie.

Diable, ces jésuites étaient plus forts qu'Hébuterne, que Lagrange et di Saint Front, ils savaient toujours tout de tout le monde, ils n'avaient pas besoin de services secrets parce qu'ils étaient un service secret euxmêmes ; ils avaient des frères dans chaque partie du monde et ils suivaient ce qui se disait dans chaque langue née de l'effondrement de la tour de Babel.

Après la chute de la Commune, tous les Français, y compris les anticléricaux, étaient devenus archireligieux. On parlait même d'ériger un sanctuaire à Montmartre en expiation publique de cette tragédie des sans-Dieu. On était donc dans un climat de restauration, autant valait travailler en bon restaurateur.

— D'accord, mon Père, avait-il répondu, dites ce que vous attendez de moi.

— Nous poursuivons dans ta ligne. D'abord, vu que le discours du Rabbin, ce Goedsche le vend pour son propre compte, d'un côté il faudra en faire une version plus riche et stupéfiante, et de l'autre il faudra mettre Goedsche en condition de ne pas continuer à diffuser sa version.

— Et je fais comment pour contrôler ce faussaire ?

— Je dirai à mes frères allemands de l'avoir à l'œil et d'éventuellement le neutraliser. D'après ce que nous savons de sa vie, c'est un individu qu'on peut faire chanter sur beaucoup d'arias. Toi, tu dois à présent travailler pour faire du discours du Rabbin un autre document, plus articulé, et avec davantage de références aux affaires politiques du moment. Regarde le libelle de Joly. Il faut faire ressortir, comment dire, le machiavélisme hébraïque, et les plans qu'ils ont pour la corruption des Etats.

Bergamaschi avait ajouté que, pour rendre plus crédible le discours du Rabbin, il aurait valu la peine de reprendre celui qu'avait débité l'Abbé Barruel et surtout la lettre que lui avait envoyée son grand-père. Peut-être Simonini en conservait-il encore une copie, qui pouvait fort bien passer pour l'original envoyé à Barruel ?

Il en avait retrouvé la copie au fond d'une armoire, dans son petit coffret d'autrefois, et il était convenu avec le Père Bergamaschi d'une compensation pour une pièce aussi importante. Les jésuites étaient avares, mais il se voyait obligé de collaborer. Et voilà qu'au mois de juillet 1878 sortait un numéro du *Contemporain* rapportant les souvenirs du Père Grivel, qui avait été le confident de Barruel, grand nombre d'informations que Simonini connaissait par une autre source, et la lettre de son grand-père. — Le cimetière de Prague viendra plus tard,

… Bergamaschi avait ajouté que, pour rendre plus crédible le discours du Rabbin, il aurait valu la peine de reprendre celui qu'avait débité l'Abbé Barruel et surtout la lettre que lui avait envoyée son grand-père… (p. 341)

avait dit le Père Bergamaschi. Certaines informations explosives, si tu les donnes d'un seul coup, après la première impression les gens oublient. Il faut au contraire les distiller, et chacune des nouvelles informations rallumera aussi le souvenir de la précédente.

Tout en écrivant, Simonini manifeste une patente satisfaction pour ce repêchage de la lettre de son grand-père et, avec un sursaut de vertu, il semble se convaincre qu'en faisant ce qu'il avait fait il s'acquittait d'un legs précis.

Il s'était remis avec entrain à enrichir le discours du Rabbin. En relisant Joly, il avait vu que ce polémiste, évidemment moins sous l'emprise de Sue qu'il n'avait pensé à la première lecture, avait attribué à son Machiavel-Napoléon d'autres infamies qui paraissaient précisément pensées pour les Juifs.

En réunissant ce matériel, Simonini se rendait compte qu'il était trop riche et trop vaste : un bon discours du Rabbin qui eût dû impressionner les catholiques devait contenir mille évocations du plan pour pervertir les mœurs, et même aussi emprunter chez Gougenot des Mousseaux l'idée de la supériorité physique des Juifs, ou chez Brafmann les règles pour exploiter les chrétiens à travers l'usure. A l'inverse, les républicains seraient troublés par les évocations d'une presse de plus en plus contrôlée, tandis qu'entrepreneurs et petits épargnants, se défiant toujours des banques (que l'opinion publique considérait déjà comme le patrimoine exclusif des Juifs), seraient piqués au vif par les évocations des plans économiques du judaïsme international.

C'est ainsi que peu à peu dans son esprit avait fait son chemin une idée qui, lui ne le savait pas, était très hébraïque et cabalistique. Il ne devait pas préparer une seule scène dans le cimetière de Prague et un seul discours du Rabbin, mais plusieurs discours, un pour le curé, l'autre pour le socialiste, un pour les Russes, l'autre pour les Français. Et il ne devait pas préfabriquer tous les discours : il devait produire comme des feuilles séparées qui, mélangées de façons diverses, donneraient son origine à l'un ou à l'autre discours – de façon qu'il pût vendre, à différents acquéreurs, et selon les nécessités de chacun, le bon discours. En somme, en notaire d'expérience, c'était comme s'il protocolait divers témoignages, dépositions ou confessions à fournir après aux avocats pour défendre des causes chaque fois différentes – à telle enseigne qu'il avait commencé à désigner ces notes-là comme les Protocoles – et il se gardait bien de tout montrer au Père Bergamaschi parce que pour ce dernier ne filtraient que les textes à caractère plus nettement religieux.

Simonini conclut ce résumé de son travail de ces années-là par une note intriguée : avec grand soulagement, vers la fin de l'année 1878, il avait appris la disparition, et de Goedsche, probablement étouffé par cette bière qui le gonflait chaque jour davantage, et du pauvre Joly qui – désespéré comme toujours – s'était tiré une balle dans la tête. Paix à son âme, ce n'était pas une méchante personne.

Sans doute pour se rappeler le cher défunt, le diariste avait-il siroté à l'excès. Alors qu'il en écrit, son écriture s'embrouille, et la page s'arrête. Signe qu'il s'était endormi.

Mais le lendemain, s'éveillant presque vers le soir, Simonini trouvait dans son journal une intervention de l'Abbé Dalla Piccola qui, ce matin-là, avait d'une façon ou d'une autre pénétré dans son cabinet, lu ce que son alter ego avait écrit et s'était hâté moralement de préciser.

Préciser quoi ? Que les deux morts de Goedsche et de Joly n'auraient pas dû étonner notre capitaine qui, s'il n'essayait pas forcément d'oublier, n'arrivait certainement pas à bien se rappeler.

Après la publication de la lettre de son grand-père dans *Le Contemporain*, Simonini avait reçu une lettre de Goedsche, dans un français grammaticalement douteux mais très explicite. « Cher Capitaine, – lui disait la lettre –, j'imagine que le matériel paru dans *Le Contemporain* est l'entremets de quelque chose d'autre que vous vous proposez de publier, et nous savons bien qu'une partie de la propriété de ce document est mienne, au point que je pourrais prouver (*Biarritz* à la main) que je suis l'auteur de la totalité, quand vous, vous n'avez rien, même pas pour prouver que vous y avez collaboré en plaçant les virgules. Par conséquent, avant tout je vous somme de surseoir et concorder avec moi une rencontre, pourquoi pas en la présence d'un notaire (mais pas de votre acabit), pour définir la propriété du rapport sur le cimetière de Prague. Si vous ne le faites pas, je donnerai nouvelle publique de votre imposture. Sitôt après, j'irai informer un certain monsieur Joly, qui ne le sait pas encore, que vous l'avez dépouillé d'une de ses créations littéraires. Si vous n'oubliez pas que Joly est avocat de métier, vous comprendrez que ce fait aussi vous procurera de sérieux ennuis. »

Alarmé, Simonini avait sur-le-champ contacté le Père Bergamaschi, qui lui avait dit : — Toi, tu t'occupes de Joly et nous, nous nous occupons de Goedsche.

Tandis qu'il ne savait pas sur quel pied danser, ignorant encore comment s'occuper de Joly, Simonini recevait un billet du Père Bergamaschi : il lui communiquait que le pauvre Herr Goedsche avait expiré sereinement dans son lit, et il l'exhortait à prier pour la paix de son âme, fût-il un damné protestant.

A présent Simonini comprenait ce que voulait dire s'occuper de Joly. Il n'aimait pas faire certaines besognes et après tout c'était lui le débiteur de Joly, mais il ne pouvait certes pas compromettre la bonne réussite de son plan avec Bergamaschi pour quelque scrupule moral, et nous avons tout juste vu comme Simonini voulait désormais faire un usage intensif du texte de Joly, sans devoir être dérangé par les plaintives protestations de son auteur.

En raison de quoi il était allé une fois de plus rue de Lappe et il avait acheté un pistolet, suffisamment petit pour pouvoir être gardé chez soi, d'une puissance minime mais en compensation peu bruyant. Il se rappelait l'adresse de Joly, et il avait remarqué que l'appartement, bien que de dimensions modestes, avait de beaux tapis et de belles tapisseries aux murs, aptes à atténuer beaucoup de bruits. En tout cas il valait mieux agir le matin, quand montait d'en bas le fracas des voitures et des omnibus qui arrivaient du pont Royal et de la rue du Bac, ou filaient en allers-retours le long de la Seine.

Il avait sonné à la porte de l'avocat qui l'avait accueilli avec surprise, mais lui avait aussitôt offert un café. Et Joly s'était répandu sur ses dernières mésaventures. Pour la plupart des gens qui lisaient les journaux, faux jetons comme toujours (lecteurs et rédacteurs, bien entendu), lui, qui avait néanmoins refusé la violence aussi bien que les lubies révolutionnaires, il était resté un communard. Il lui avait paru juste de s'opposer aux ambitions politiques de ce Grévy qui avait posé sa candidature à la présidence de la République, et il l'avait accusé avec une affiche imprimée et placardée à ses frais. Il avait été alors accusé, lui, d'être un bonapartiste qui complotait contre la République, Gambetta avait parlé avec mépris de « plumes vénales qui traînent à leurs basques un casier judiciaire », Edmond About l'avait traité de faussaire. Bref, la moitié de la presse française s'était déchaînée contre lui, et seul *Le Figaro* avait publié son affiche, tandis que tous les autres avaient refusé ses lettres de défense.

A bien y réfléchir, Joly avait gagné sa bataille parce que Grévy avait renoncé à sa candidature, mais il était de ceux qui ne sont jamais contents et veulent que justice soit faite jusqu'au bout. Après avoir défié en duel deux de ses accusateurs, il avait attaqué en justice dix journalistes pour refus d'insertion, diffamation et injures publiques.

— J'ai assuré moi-même ma défense et je vous jure bien, Simonini, que j'ai dénoncé tous les scandales que la presse avait tus, outre ceux dont on avait parlé. Et vous savez ce que je leur ai dit à tous ces voyous (et j'y inclus aussi les juges) ? Messieurs, moi je n'ai pas eu peur de l'empire, qui vous faisait taire vous quand il avait le pouvoir, et à présent je me ris de vous, qui l'imitez dans ses pires manières. Et quand ils cherchaient à m'ôter la parole, j'ai dit : Messieurs, l'empire m'a poursuivi en justice pour incitation à la haine, mépris du gouvernement, et offenses à l'empereur – mais les juges de César m'ont laissé parler. Maintenant, je demande aux juges de la République de m'accorder la même liberté dont je jouissais sous l'empire !

— Et comment ça s'est terminé ?

— J'ai gagné, tous les journaux sauf deux ont été condamnés.

— Et alors, qu'est-ce qui vous afflige encore ?

— Tout. Le fait que l'avocat de la partie adverse, après avoir loué mon œuvre, a dit que j'avais ruiné mon avenir par intempérance passionnelle, et qu'un insuccès implacable suivait mes pas comme châtiment de mon orgueil. Qu'après avoir attaqué celui-ci et celui-là je n'étais devenu ni député ni ministre. Que peut-être j'aurais mieux réussi comme lettré que comme politique. Mais ce n'est même pas vrai, parce que ce que j'ai écrit a été oublié, et après que j'ai gagné mes procès, tous les salons qui comptent m'ont banni. J'ai gagné beaucoup de batailles et pourtant je suis un raté. Il arrive un moment où quelque chose se brise à l'intérieur, et on n'a plus ni énergie ni volonté. On dit qu'il faut vivre, mais vivre est un problème qui à la longue mène au suicide.

Simonini pensait que ce qu'il allait faire était sacro-saint. Il éviterait à ce malheureux un geste extrême et somme toute humiliant, son ultime insuccès. Il était sur le point d'accomplir une bonne œuvre. Et il se débarrasserait d'un témoin dangereux.

Il l'avait prié de feuilleter rapidement un certain document sur lequel il voulait avoir son avis. Il lui avait mis entre les mains une liasse très volumineuse : c'étaient de vieux journaux, mais il aurait fallu de nombreuses secondes avant de bien comprendre de quoi il retournait, et Joly s'était installé dans un fauteuil, tout absorbé à recueillir ces nombreuses feuilles qui lui glissaient des mains.

… Il arrive un moment où quelque chose se brise à l'intérieur, et on n'a plus ni énergie ni volonté. On dit qu'il faut vivre, mais vivre est un problème qui à la longue mène au suicide…
(p. 348)

Tranquillement, alors que l'autre, interdit, commençait de lire, Simonini était passé derrière lui, il lui avait appuyé le canon de son pistolet contre la tête et avait tiré.

Joly s'était affaissé, un léger filet de sang lui coulait d'un trou à la tempe, les bras ballants. Il n'avait pas été difficile de lui mettre le pistolet dans la main. Par chance, cela se passait six ou sept ans avant la découverte d'une poudre miraculeuse qui permettait de relever sur une arme les empreintes, impossibles à confondre, des doigts qui l'avaient touchée. A l'époque où il avait réglé ses comptes avec Joly prévalaient encore les théories d'un certain Bertillon qui se fondaient sur les mensurations du squelette et autres os du suspect. Personne n'aurait pu imaginer que Joly ne s'était pas suicidé.

Simonini avait récupéré le paquet de journaux, il avait lavé les deux tasses où ils avaient consommé le café et il avait laissé l'appartement en bon ordre. Deux jours plus tard, comme il l'avait su par la suite, le concierge de l'immeuble ne voyant plus son locataire avait appelé le commissariat du quartier de Saint-Thomas-d'Aquin. On avait défoncé la porte, et on avait trouvé le cadavre. D'après une brève nouvelle d'un journal, il résultait que le pistolet était sur le sol. A l'évidence Simonini ne le lui avait pas bien assujetti dans la main, mais ça ne changeait rien. Par comble de chance, sur sa table se trouvaient des lettres adressées à sa mère, à sa sœur, à son frère... Dans aucune il n'était explicitement question de suicide, mais elles étaient toutes empreintes d'un profond et noble pessimisme. Elles paraissaient écrites pour l'occasion. Et qui sait si le pauvre n'avait pas eu vraiment l'intention de se suicider, auquel cas Simonini se serait donné beaucoup de peine pour rien.

Ce n'était pas la première fois que Dalla Piccola révélait à son colocataire des choses qu'il n'avait sans doute pu savoir qu'en confession, et que le locataire ne voulait pas se rappeler. Simonini en avait pris un peu ombrage et, en bas de page du journal de Dalla Piccola, il avait écrit deux ou trois phrases irritées.

Certes, le document que lorgne votre Narrateur est pour sûr plein de surprises, et il vaudrait peut-être la peine d'en tirer un jour un roman.

19

OSMAN BEY

11 avril 1897, soir

Cher Abbé, moi je fais de rudes efforts pour reconstituer mon passé et vous, vous m'interrompez à tout bout de champ comme un précepteur pédant qui me signalerait à chaque pas mes fautes d'orthographe… Vous me distrayez. Et me troublez. Bon, d'accord, j'aurais été jusqu'à tuer Joly, mais dans l'intention d'atteindre une fin que justifiaient les petits moyens que j'étais contraint d'utiliser. Prenez exemple sur la sagacité politique et sur le sang-froid du Père Bergamaschi, et contrôlez votre morbide impertinence…

Comme je n'étais plus soumis au chantage ni de Joly ni de Goedsche, je pouvais travailler à mes nouveaux Protocoles Pragois (c'est du moins ainsi que je les désignais). Et je devais concevoir quelque chose de nouveau parce que désormais ma vieille scène du cimetière de Prague était devenue un lieu commun presque romanesque. Après la lettre de mon grand-père, quelques années plus tard *Le Contemporain* publiait le discours du Rabbin comme un véritable rapport fait par un diplomate anglais, un certain

Sir John Readcliff. Puisque le pseudonyme utilisé par Goedsche pour signer son roman avait été Sir John Retcliffe, la provenance du texte ne faisait pas de doute. J'ai ensuite arrêté de calculer les fois où la scène du cimetière a été reprise par des auteurs différents : tandis que j'écris il me semble me rappeler que récemment un dénommé Bournand a publié *Les Juifs nos contemporains* où réapparaît le discours du Rabbin, sauf que John Readcliff est devenu le nom du Rabbin lui-même. Mon Dieu, comment peut-on vivre dans un monde de faussaires ?

Je cherchais donc de nouvelles informations à protocoler, et je ne me refusais pas d'en tirer des ouvrages imprimés, en pensant toujours que – à part le cas malheureux de l'Abbé Dalla Piccola – mes clients potentiels ne me semblaient pas des gens à passer leurs journées en bibliothèque.

Le Père Bergamaschi m'avait dit un jour : — Il est sorti en russe un livre sur le Talmud et les Juifs, d'un certain Lutostansky. Je tâcherai de me le procurer et de le faire traduire par mes frères. Mais dis-moi plutôt, il y a une autre personne à approcher : tu n'as jamais entendu parler d'Osman Bey ?

— Un Turc ?

— Peut-être serbe, mais il écrit en allemand. Un petit livre de lui sur la conquête du monde par les Juifs a déjà été traduit en différentes langues, mais je pense qu'il doit avoir besoin de plus d'informations parce que lui, des campagnes anti-judaïques, il en vit. On dit que la police politique russe lui aurait donné quatre cents roubles pour venir à Paris et étudier à fond l'Alliance Israélite Universelle, et à leur sujet tu avais eu quelques informations par ton ami Brafmann, si ma mémoire est bonne.

— Très peu, en vérité.

— Et alors invente, tu donnes quelque chose à ce Bey et lui te donnera quelque chose en retour.

— Comment je le trouve ?

— C'est lui qui te trouvera.

Je ne travaillais presque plus pour Hébuterne, mais de temps en temps je me tenais en contact avec lui. Nous nous sommes rencontrés devant le portail central de Notre-Dame et je lui ai demandé des informations sur Osman Bey. Il paraît qu'il était connu de la moitié des polices du monde.

— Il est sans doute d'origine hébraïque, comme Brafmann et d'autres ennemis enragés de leur race. Il a une longue histoire, il s'est fait appeler Millinger ou Millingen, et puis Kibridli-Zade, et il y a quelque temps il se faisait passer pour albanais. Il a été expulsé de nombreux pays pour des affaires pas claires, en général des escroqueries ; dans d'autres, il a passé quelques mois en prison. Il s'est consacré aux Juifs parce qu'il a entrevu que l'affaire ne rapportait pas trop mal. A Milan, je ne sais en quelle occasion, il a publiquement rétracté tout ce qu'il répandait sur les Juifs, ensuite il a fait imprimer en Suisse de nouveaux libelles antijudaïques et il est allé faire du porte-à-porte en Egypte pour les vendre. Mais son vrai succès, il l'a eu en Russie où il avait commencé par écrire des histoires sur les homicides des enfants chrétiens. A présent, il se consacre à l'Alliance Israélite, et voilà pourquoi nous aimerions le maintenir loin de la France. Je vous ai dit à plusieurs reprises que nous ne voulons pas ouvrir une polémique avec ces gens-là, ça ne nous arrange pas, du moins pour le moment.

— Mais il va venir à Paris, ou il est déjà arrivé.

— Je vois que désormais vous êtes mieux renseigné que moi. Eh bien, si vous voulez l'avoir à l'œil, nous vous en serons reconnaissants, comme d'habitude.

Et voilà que j'avais deux bonnes raisons pour rencontrer cet Osman Bey, d'un côté pour lui vendre ce que je pouvais sur les Juifs, de l'autre pour tenir Hébuterne au courant de ses mouvements. Une semaine plus tard, Osman Bey s'était manifesté en laissant un billet sous la porte de mon magasin avec l'adresse d'une pension dans le Marais.

Je m'imaginais que c'était un gourmand, et je voulais l'inviter au Grand Véfour pour lui faire savourer une fricassée de poulet marengo et les mayonnaises de volaille. Il y a eu un échange de billets, puis il a refusé toute invitation et il m'a donné rendez-vous le soir même à l'angle de la place Maubert et de la rue Maître-Albert. Je verrais un fiacre s'approcher de moi et je devrais m'avancer en me faisant reconnaître.

Quand le véhicule s'est arrêté à l'angle de la place, par la portière s'est penché un visage que je n'aurais pas voulu croiser de nuit dans une des rues de mon quartier : cheveux longs et dépeignés, nez crochu, yeux d'oiseau de proie, teint terreux, maigreur de contorsionniste, et un tic énervant à l'œil gauche.

— Bonsoir, capiston Simonini, m'a-t-il dit tout à trac, en ajoutant : — A Paris, même les murs ont des oreilles, comme on dit. Par conséquent, l'unique façon de parler tranquilles, c'est de faire un tour dans la ville. Le cocher, d'ici, ne peut nous entendre et, même s'il le pouvait, il est sourd comme un pot.

Et ainsi notre première conversation s'est poursuivie tandis que le soir tombait sur Paris et qu'une pluie légère suintait d'une couverture de brouillard qui lentement avançait jusqu'à presque couvrir le pavement des rues. On aurait dit que le cocher avait reçu mission d'aller s'enfiler droit dans les quartiers les plus déserts et dans les rues les moins éclairées. Nous aurions pu parler tranquillement même boulevard des Capucines, mais à l'évidence Osman Bey aimait la mise en scène.

— Paris paraît désert, regardez les passants, me disait Osman Bey avec un sourire qui lui éclairait la face comme une bougie peut éclairer un crâne (cet homme au visage dévasté avait de très belles dents). Ils remuent comme des spectres. Aux premières lueurs du jour, sans doute se hâteront-ils de regagner leurs sépulcres.

Cela commençait à bien faire : — J'apprécie le style, qui me rappelle le meilleur Ponson du Terrail, mais sans doute pourrions-nous parler de choses plus concrètes. Par exemple, qu'avez-vous à me dire d'un certain Hippolyte Lutostansky ?

— C'est un escroc et un espion. C'était un prêtre catholique, et il a été réduit à l'état laïque parce qu'il avait fait des choses, comment dire, pas très propres avec des petits garçons – et c'est là déjà une fort mauvaise recommandation car, nom de Dieu, on le sait que l'homme est faible, mais si tu es prêtre, tu as le devoir de garder une certaine dignité. Pour toute réponse, il s'est fait moine orthodoxe… Je connais désormais suffisamment la Sainte Russie pour dire que dans ces monastères, éloignés comme ils sont du monde, vieillards et novices se lient d'une réciproque affection… comment dire ? fraternelle. Mais je ne suis pas un intrigant et je ne m'intéresse pas aux affaires des autres. Je sais seulement que votre Lutostansky a touché un tombereau d'argent du gouvernement russe pour raconter les sacrifices humains des Juifs, la sempiternelle histoire du meurtre rituel des enfants chrétiens. Comme si lui, les enfants, il les traitait mieux. Enfin, le bruit court qu'il aurait approché certains milieux hébraïques en disant que, pour une somme donnée, il renierait tout ce qu'il avait publié. Vous pouvez imaginer si les Juifs vont abouler le fric. Non, ce n'est pas un personnage crédible.

Puis il a ajouté : — Ah, j'oubliais. Il est syphilitique.

On m'a dit que les grands narrateurs se décrivent toujours dans leurs personnages.

Ensuite Osman Bey a écouté avec patience ce que j'essayais de lui raconter, il a souri avec compréhension à ma description pittoresque du cimetière de Prague, et il m'a interrogé : — Capitaine Simonini, cela oui a un air de littérature, autant que celle que vous m'imputiez à moi. Je cherche juste des preuves précises des rapports entre l'Alliance Israélite et la maçonnerie et, s'il est possible de ne pas remuer le passé mais de prévoir le futur, des rapports entre les Juifs français et les Prussiens. L'Alliance est une puissance qui est en train de jeter un filet d'or tout autour de la terre pour posséder tout et tout le monde, et c'est ça qu'il faut prouver et dénoncer. Des forces comme celles de l'Alliance ont existé depuis des siècles, même avant l'Empire romain. Voilà pourquoi elles marchent, elles ont trois millénaires de vie. Pensez comment elles ont dominé la France à travers un Juif comme Thiers.

— Thiers était juif ?

— Et qui ne l'est pas ? Ils sont autour de nous, dans notre dos, ils contrôlent nos épargnes, dirigent nos armées, influencent l'Eglise et les gouvernements. J'ai acheté un employé de l'Alliance (les Français sont tous corrompus) et j'ai eu des copies des lettres envoyées aux différents comités hébraïques des pays qui confinent avec la Russie. Les comités s'étendent sur toute la frontière et, tandis que la police surveille les grandes routes, leurs agents de liaison parcourent les champs, les marais, les voies d'eau. C'est une seule et unique toile d'araignée. J'ai communiqué ce complot au Tsar et j'ai sauvé la Sainte Russie. Moi tout seul. J'aime la paix, je voudrais un monde dominé par la douceur et où personne ne comprendrait plus le sens du mot violence. Si disparaissaient du monde tous les Juifs, qui avec leur finance soutiennent les marchands de canons, nous irions au-devant de cent ans de bonheur.

— Et alors ?

— Et alors il faudra un jour tenter l'unique solution raisonnable, la solution finale : l'extermination de tous les Juifs. Les enfants aussi ? Les enfants aussi. Oui, je sais, cela peut paraître une idée à la Hérode, mais quand on a affaire à de la mauvaise semence il ne suffit pas de couper la plante, il faut la déraciner. Si tu ne veux pas de moustiques, tue les larves. Viser l'Alliance Israélite ne peut être qu'un moment de passage. L'Alliance aussi ne pourra être détruite qu'avec l'élimination complète de la race.

A la fin de cette course à travers un Paris désert, Osman Bey m'avait fait une proposition.

— Capitaine, là vous m'avez offert très peu. Vous ne pouvez prétendre que je vous donne des informations intéressantes sur l'Alliance, dont je saurai bientôt tout. Mais je vous propose un pacte : moi, je peux surveiller les Juifs de l'Alliance, mais pas les francs-maçons. Venant de la Russie, mystique et orthodoxe, et sans connaissances particulières des milieux économiques et intellectuels de cette ville, je ne peux m'intégrer chez les maçons. Ceux-ci prennent des gens comme vous, avec un oignon dans la poche du gilet. Il ne devrait pas vous être difficile de vous glisser au milieu d'eux. On me dit que vous revendiquez la participation à une entreprise de Garibaldi, maçon s'il en fut. Alors : vous me parlez des maçons et moi je vous parle de l'Alliance.

— L'accord verbal suffit ?

— Entre gentilshommes, nul besoin de mettre les choses noir sur blanc.

20

DES RUSSES ?

12 avril 1897, 9 heures du matin

Cher Abbé, nous sommes définitivement deux personnes différentes. J'en ai la preuve.

Ce matin – il devait être huit heures – je m'étais réveillé (dans mon lit, oui) et, encore en chemise de nuit, je me suis rendu dans mon cabinet quand j'ai entrevu une silhouette noire qui tentait de s'esquiver par en bas. D'un coup d'œil j'ai aussitôt découvert que quelqu'un avait mis mes papiers en désordre, j'ai saisi la canne à système qui, par chance, se trouvait à portée de ma main, et je suis descendu dans le magasin. J'ai entrevu une ombre noire comme un corbeau de mauvais augure sortir dans la rue, je l'ai suivie et – soit pure déveine, soit que le visiteur importun eût bien préparé sa fuite – j'ai achoppé dans un tabouret qui n'aurait pas dû se trouver à cet endroit-là.

La canne au clair, je me suis précipité, boitant, dans l'impasse : las, ni à droite ni à gauche, personne en vue. Mon visiteur m'avait échappé. Mais c'était vous, je pourrais le jurer. C'est si vrai que je suis retourné dans votre appartement et votre lit était vide.

12 avril, midi

Capiston Simonini,

Je réponds à votre message tout juste après m'être réveillé (dans mon lit). Je vous le jure, je ne pouvais pas être chez vous ce matin parce que je dormais. Mais aussitôt levé, et il devait être autour de onze heures, j'ai été terrorisé par l'image d'un homme, vous certainement, qui à mon entrée s'enfuyait par le couloir des déguisements. Encore en chemise de nuit, je vous ai poursuivi jusque dans votre appartement, je vous ai vu descendre comme un fantôme dans votre immonde boutiquette et filer par la porte. Je me suis heurté moi aussi à un tabouret et, quand je suis sorti dans l'impasse Maubert, toute trace de l'homme était perdue. Mais c'était vous, je pourrais le jurer, dites-moi si j'ai deviné juste, je vous en prie…

12 avril, début d'après-midi

Cher Abbé,

Qu'est-ce qui m'arrive ? De toute évidence je vais mal, c'est comme si par moments je m'évanouissais et puis recouvrais mes esprits en trouvant mon journal altéré par une de vos interventions. Sommes-nous la même personne ? Réfléchissez un instant, au nom du bon sens, sinon de la raison logique : si nos rencontres avaient eu lieu toutes les deux à la même heure, il serait plausible de penser que d'un côté il y avait moi et de l'autre vous. Mais nous deux nous avons eu notre expérience à des heures différentes. Pas de doute : si j'entre chez moi et que je vois s'enfuir quelqu'un, j'ai la certitude que ce quelqu'un est quelqu'un d'autre que moi ; mais que l'autre serait nécessairement vous se fonde sur la conviction, bien peu fondée, que ce matin dans cette maison il n'y eût que nous deux.

S'il n'y avait que nous deux, il en naît un paradoxe. Vous seriez allé farfouiller dans mes affaires à huit heures du matin et moi je vous aurais poursuivi. Puis, à mon tour, je serais allé farfouiller dans les vôtres à onze heures et vous m'auriez poursuivi. Mais pourquoi alors chacun de nous se rappelle l'heure et le moment où un individu s'est introduit chez lui et pas l'heure et le moment où il s'est introduit *lui* chez l'autre ?

Naturellement nous pourrions l'avoir oublié, ou voulu l'oublier, ou nous l'aurions tu pour une raison ou une autre. Mais moi par exemple je sais avec absolue sincérité n'avoir rien passé sous silence. Par ailleurs, l'idée que deux personnes différentes aient eu simultanément et symétriquement le désir de taire quelque chose à l'autre, allons allons, cela me semble assez romanesque, et même Montépin n'aurait pu fricoter une trame de ce genre.

Plus vraisemblable l'hypothèse que les personnes en jeu étaient au nombre de trois. Un mystérieux monsieur Mystère s'introduit chez moi au petit jour, et moi j'ai cru que c'était vous. A onze heures le même Mystère s'introduit chez vous et vous croyez que c'est moi. Cela vous paraît-il si incroyable que ça, avec tous les espions qui sont dans la nature ?

Ce qui ne nous confirme aucunement que nous sommes deux personnes différentes. La même personne, tel Simonini, peut se souvenir de la visite de Mystère à huit heures, puis perdre la mémoire et, tel Dalla Piccola, se souvenir de la visite de Mystère à onze heures.

Par conséquent, l'histoire entière n'aurait pas du tout résolu le problème de notre identité. Elle aurait simplement compliqué notre vie à tous les deux (ou du même nous-mêmes que tous les deux nous sommes) en nous mettant dans les pattes un tiers qui peut entrer chez nous comme si de rien n'était.

Et si au lieu de trois nous étions quatre ? Mystère1 s'introduit à huit heures chez moi et Mystère2 s'introduit à onze heures chez vous. Quels sont les rapports entre Mystère1 et Mystère2 ?

Mais enfin, êtes-vous absolument sûr que celui qui a suivi votre Mystère, c'est vous et pas moi ? Avouez que ça, c'est une bonne question.

Dans tous les cas, je vous avertis. J'ai ma canne à système. Dès que j'apercevrai une autre silhouette chez moi, je ne vais pas y regarder à deux fois, j'estramaçonne ! Difficile que l'autre soit moi, et que je me tue. Je pourrais tuer Mystère (1 ou 2). Mais je pourrais vous tuer vous. Donc, en garde.

12 avril, soir

Vos paroles, lues comme en m'éveillant d'une longue torpeur, m'ont troublé. Et, comme dans un rêve, a affleuré à mon esprit l'image du docteur Bataille (mais qui était-ce ?) : à Auteuil, plutôt éméché, il me donnait un petit pistolet en me disant : « J'ai peur, nous sommes allés trop loin, les maçons nous veulent morts, mieux vaut circuler armés. » J'avais été effrayé, plus du pistolet que de la menace, parce que *je savais* (pourquoi ?) qu'avec les francs-maçons je pouvais traiter. Et le lendemain j'avais fait disparaître l'arme dans un tiroir de mon appartement, ici, rue Maître-Albert.

Cet après-midi vous m'avez effrayé, et je suis allé rouvrir le tiroir. J'ai eu une impression étrange, comme si je répétais ce geste pour la deuxième fois, mais ensuite je me suis secoué. Bannissons les rêves. Vers six heures, je me suis prudemment avancé dans le couloir des déguisements et je me suis dirigé vers chez vous. J'ai vu une silhouette sombre venir vers moi, un homme qui avançait courbé, avec seulement une petite bougie à la main ; vous auriez pu être vous, mon Dieu, mais j'avais perdu la tête ; j'ai tiré et lui, il est tombé à mes pieds sans plus bouger.

Il était mort, un seul coup, au cœur. Moi qui tirais pour la première fois, et j'espère la dernière, de ma vie. Quelle horreur.

J'ai fait ses poches : il n'avait que des lettres écrites en russe. Et puis, en le regardant au visage, il était évident qu'il avait des pommettes hautes et des yeux légèrement obliques de Kalmouk, sans parler de ses cheveux d'un blond presque blanc. Il était certainement slave. Qu'est-ce qu'il me voulait ?

Je ne pouvais pas me permettre de garder ce cadavre dans la maison, je l'ai porté en bas dans votre cave, j'ai ouvert le conduit qui mène à l'égout, cette fois j'ai trouvé le courage de descendre, avec grand effort j'ai traîné le corps jusqu'au pied du petit escalier et, au risque d'étouffer dans les miasmes, je l'ai transporté où je croyais ne trouver que les os de l'autre Dalla Piccola. En revanche, j'ai eu deux surprises. La première, que ces vapeurs et ce moisi souterrains, par quelque miracle de la chimie, science reine de notre époque, avaient contribué à conserver pendant des décennies ce qui devait être ma dépouille mortelle, réduite certes à un squelette mais avec quelques lambeaux d'une matière semblable à du cuir, qui gardait ainsi une forme encore humaine bien que momifiée. La seconde, c'est qu'à côté du présumé Dalla Piccola, j'ai trouvé deux autres corps, l'un d'un homme en soutane, l'autre d'une femme à demi nue, l'un et l'autre en voie de décomposition, mais où il m'a semblé reconnaître quelqu'un qui m'était très familier. De qui étaient ces deux cadavres qui m'ont provoqué comme une tempête dans le cœur, et d'indicibles images

… Il était mort, un seul coup, au cœur… (p. 363)

dans l'esprit ? Je ne le sais pas, je ne veux pas le savoir. Mais nos deux histoires sont beaucoup plus compliquées que ça.

Maintenant ne venez pas me raconter qu'à vous aussi il vous est arrivé semblable chose. Je ne supporterais pas ce jeu de coïncidences croisées.

12 avril, nuit

Cher Abbé, je ne vais pas me promener pour tuer les gens – du moins, sans motif. Mais je suis descendu contrôler dans l'égout, où je n'avais pas fait d'incursion depuis des années. Bon Dieu, les cadavres sont vraiment au nombre de quatre. L'un, c'est moi qui l'ai mis, il y a des siècles ; l'autre, vous l'avez mis vous précisément ce soir, mais les deux autres ?

Qui fréquente mon égout et y dissémine des dépouilles ? Les Russes ? Qu'est-ce que les Russes veulent de moi – de vous – de nous ?

Oh, quelle histoire !

21

TAXIL

Tiré du journal du 13 avril 1897

Simonini se creusait la tête pour comprendre qui était entré chez lui – et chez Dalla Piccola. Il commençait à se rappeler que, dès le début des années 1880, il s'était mis à fréquenter le salon de Juliette Adam (qu'il avait rencontrée dans la librairie de la rue de Beaune comme madame Lamessine), que là il avait connu Juliana Dimitrievna Glinka et, à travers elle, il était entré en contact avec Ratchkovski. Si quelqu'un avait pénétré chez lui (ou chez Dalla Piccola), c'était à n'en pas douter pour le compte d'un de ces deux-là dont il se souvenait à peine maintenant comme des rivaux à la chasse au même trésor. Mais, depuis lors, une quinzaine d'années étaient passées, denses de tant d'événements. Depuis quand les Russes étaient-ils sur ses traces ?

Ou bien n'étaient-ce pas les francs-maçons ? Il avait dû faire quelque chose qui avait pu les irriter, peut-être cherchaient-ils chez lui des documents compromettants qu'il possédait sur eux. En ces années-là, il tentait de contacter le milieu maçonnique, et pour satisfaire Osman Bey et à cause du Père Bergamaschi, qui le talonnait parce que, à Rome, ils étaient sur le point de déchaîner une charge frontale contre la maçonnerie (et les Juifs qui l'inspiraient) : ils avaient besoin de matériel frais – et ils en possédaient si peu que *Civiltà cattolica*, la revue des jésuites, avait été contrainte de republier la lettre du grand-père de Simonini à Barruel, qui était pourtant déjà sortie trois ans avant dans *Le Contemporain*.

Il reconstituait : à cette époque, il se demandait s'il lui convenait d'entrer vraiment dans une loge. Il eût été soumis à une certaine obédience, il aurait dû participer à des réunions, et n'aurait pu refuser des services à ses frères. Tout ça aurait diminué sa liberté d'action. Et, par ailleurs, il n'était pas exclu qu'une loge, pour l'accepter, procédât à des enquêtes sur sa vie actuelle et sur son passé, chose qu'il ne devait pas permettre. Il convenait peut-être mieux de faire chanter un maçon et de l'utiliser comme indicateur. Le notaire qui avait rédigé tant de faux testaments, et pour des fortunes d'une certaine importance, devait bien avoir croisé deux ou trois dignitaires maçonniques.

Et puis, il n'était pas même nécessaire de mettre en branle des chantages explicites. Depuis quelques années, Simonini avait décidé que passer de mouchard à espion international lui avait certainement rapporté quelque chose, mais pas suffisamment pour ses ambitions. Etre espion l'obligeait à une existence quasi clandestine, alors qu'avec l'âge il sentait de plus en plus le besoin d'une vie sociale riche et honorable. Ainsi avait-il découvert sa vraie vocation : ne pas être un espion, mais faire croire publiquement qu'il est un espion, et un espion qui travaille sur différents plans, au point qu'on ne sache jamais pour qui il est en train de recueillir des informations, et combien d'informations il peut avoir engrangées.

Passer pour un espion était très rentable parce que tout le monde cherchait à lui soutirer des secrets jugés inestimables, et on était disposé à beaucoup dépenser pour lui arracher quelques confidences. Mais comme les demandeurs ne voulaient pas se découvrir, ils prenaient prétexte de son activité de notaire, la rémunérant sans sourciller à peine se présentait à eux une note exorbitante et, attention, non seulement en payant trop pour un service notarial insignifiant mais en ne recueillant aucune information. Ils pensaient simplement l'avoir acheté et ils restaient dans l'attente patiente de quelque nouvelle.

Le Narrateur pense que Simonini était en avance sur les temps nouveaux : au fond, avec la diffusion de la presse libre et de systèmes novateurs d'information, depuis le télégraphe jusqu'à la radio désormais imminente, les informations confidentielles devenaient de plus en plus rares, et cela pourrait provoquer une crise de la profession d'agent secret. Mieux valait ne posséder aucun secret et faire croire en posséder. C'était comme vivre de rentes ou jouir des profits d'un brevet : toi, tu te tournes les pouces, les autres se vantent d'avoir reçu de ta bouche des révélations bouleversantes, ta renommée se fortifie, et le fric vient à toi sans coup férir.

Quel type contacter qui, sans subir directement un chantage, pourrait craindre qu'on le fasse chanter ? Le premier nom qui lui était venu à l'esprit était celui de Taxil. Il se rappelait l'avoir connu quand il lui avait fabriqué des lettres (de qui ? à qui ?) et qu'il lui avait parlé avec une certaine suffisance de son adhésion à la loge *Le Temple des amis de l'honneur français*.

C'était Taxil, l'homme qu'il fallait ? Pour éviter de risquer un pas de clerc, il était allé demander des informations à Hébuterne. Son nouveau référent, à la différence de Lagrange, ne changeait jamais le lieu du rendez-vous : c'était toujours une place au fond de la nef centrale de Notre-Dame.

Simonini lui avait demandé ce que les services savaient de Taxil. Hébuterne s'était mis à rire :
— D'habitude c'est nous qui vous demandons des informations à vous, pas le contraire. Pour cette fois, je vais vous satisfaire. Le nom me dit quelque chose, mais ce n'est pas une affaire pour les services, c'est pour les gendarmes. Je vous ferai savoir d'ici quelques jours.

Le rapport était arrivé avant la fin de la semaine et il était sans nul doute intéressant. Il y était avéré que Marie Joseph Gabriel Antoine Jogand-Pagès, dit Léo Taxil, était né à Marseille en 1854, qu'il était allé à l'école chez les jésuites et, comme évidente conséquence, vers dix-huit ans il avait commencé à collaborer aux journaux anticléricaux. A Marseille, il fréquentait des femmes de mauvaise vie, parmi lesquelles une prostituée qui, par la suite, s'était vue condamner à douze ans de travaux forcés pour avoir tué la patronne de la maison, et une autre, arrêtée pour tentative d'homicide sur son amant. Peut-être la police lui imputait-elle, inclémente, même des connaissances occasionnelles, et c'était bizarre parce qu'il apparaissait aussi que Taxil travaillait pour la justice en fournissant des informations sur les milieux républicains qu'il fréquentait. Mais il se peut que les policiers aussi eussent honte de lui car une fois il avait même été dénoncé pour la publicité faite à de prétendus Bonbons du Sérail qui étaient au vrai des pilules aphrodisiaques. Toujours à Marseille, en 1873, il avait envoyé une série de lettres aux journaux locaux, toutes avec de fausses signatures de pêcheurs, en avertissant que la rade était infestée de requins, et créant de la sorte une véritable panique. Plus tard, condamné pour des articles contraires à la religion, il s'était enfui à Genève. Où il avait fait circuler des informations sur l'existence des restes d'une cité romaine au fond du Léman, attirant ainsi des troupeaux de touristes. Pour diffusion de fausses et tendancieuses informations, il était expulsé de Suisse et s'établissait d'abord à Montpellier et puis à Paris où il avait fondé une Librairie anticléricale, rue des Ecoles. Entré récemment dans une loge, peu après il en avait été expulsé pour indignité. Il paraissait qu'à présent son activité anticléricale ne lui rapportait plus comme autrefois et qu'il était criblé de dettes.

Maintenant Simonini commençait à tout se rappeler de Taxil. Il avait produit une série de livres qui en plus d'être anticléricaux étaient nettement antireligieux, comme une *Vie de Jésus* racontée à travers des vignettes fort irrespectueuses (par exemple sur les rapports entre Marie et la colombe du Saint-Esprit). Il avait écrit aussi un roman aux teintes sombres, *Le Fils du jésuite*, qui prouvait combien son auteur était une fripouille ; en effet, il portait en première page une dédicace à Giuseppe Garibaldi (« que j'aime comme un père »), et jusqu'ici rien à redire, mais le frontispice annonçait une « Introduction » de Giuseppe Garibaldi. L'introduction était intitulée « Pensées anticléricales », elle se présentait comme une invective furibonde (« quand un prêtre se présente devant moi, et surtout un jésuite, la quintessence du prêtre, toute la laideur de sa nature me frappe au point de me donner des frissons et de me provoquer la nausée »), mais elle ne nommait aucunement l'œuvre qu'apparemment elle introduisait – il était

ésus, qui avait le gosier altéré comme les autres, éprouva alors le besoin de faire jouer les ficelles de sa toute-puissance. (Chap. XIX.)

… *Vie de Jésus* racontée à travers des vignettes fort irrespectueuses (par exemple sur les rapports entre Marie et la colombe du Saint-Esprit)… (p. 370) donc clair que Taxil avait extrait ce texte garibaldien Dieu sait d'où, en le présentant comme s'il avait été écrit pour son livre.

Avec un personnage de ce genre, Simonini n'avait pas voulu se compromettre. Il avait décidé de se présenter comme le notaire Fournier, et il s'était mis une belle perruque, d'une couleur incertaine, tendant au châtain, bien peignée avec la raie de côté. Il avait ajouté deux rouflaquettes de la même couleur qui lui dessinassent une face effilée, qu'une crème adéquate avait rendue pâle. Il avait cherché devant le miroir à imprimer sur son visage un sourire légèrement hébété qui mît en montre deux incisives d'or – grâce à un menu chef-d'œuvre odontologique qui lui permettait de recouvrir ses dents naturelles. La petite prothèse, entre autres, lui déformait la prononciation, partant, lui altérait la voix.

Et il avait envoyé à son nom, rue des Ecoles, un petit bleu par poste pneumatique, l'invitant pour le lendemain au Café Riche. C'était une bonne façon de se présenter, parce que dans ce local bien des personnages illustres étaient passés et, devant la sole ou la bécasse à la Riche, un parvenu enclin à la vantardise ne résisterait pas.

Léo Taxil avait un visage joufflu à la peau grasse, dominé par deux bacchantes impressionnantes, il exhibait un vaste front et une spacieuse calvitie qu'il épongeait continuellement de sa sueur, une élégance un peu trop appuyée, il parlait à voix haute et avec un insupportable accent marseillais.

Il ne comprenait pas les raisons pour lesquelles ce notaire Fournier voulait lui parler, mais petit à petit il commençait à se flatter qu'il s'agissait d'un observateur curieux de la nature humaine, comme beaucoup de ceux qu'en ces temps-là les romanciers taxaient de

« philosophes », intéressé aux polémiques anticléricales et à ses expériences singulières. Il s'excitait donc à évoquer, la bouche pleine, ses juvéniles prouesses :

— Quand j'ai répandu dans Marseille l'histoire des requins, tous les établissements balnéaires, depuis les Catalans jusqu'à la plage du Prado, ont été abandonnés durant plusieurs semaines, le maire avait dit que les requins étaient certainement venus de la Corse en suivant un bateau qui avait jeté à la mer des restes avariés de viande fumée, la Commission municipale avait demandé que fût envoyée une compagnie de chassepots pour une expédition sur un remorqueur, et cent chassepots sont vraiment arrivés sous le commandement du général Espivent ! Et l'histoire du lac de Genève ? Des correspondants de tous les coins d'Europe sont venus ! On s'était mis à dire que la cité immergée avait été construite à l'époque du *De bello gallico*, quand le lac était si étroit que le Rhône le traversait sans que les eaux se mélangeassent. Les bateliers locaux ont fait des affaires en emmenant les touristes au milieu du lac, et on jetait de l'huile sur l'eau pour y voir mieux... Un célèbre archéologue polonais a envoyé un article dans sa patrie où il disait qu'il avait aperçu sur le fond un carrefour avec une statue équestre ! La caractéristique principale des gens, c'est qu'ils sont prêts à tout croire. D'ailleurs comment l'Eglise aurait-elle pu résister pendant presque deux mille ans sans la crédulité universelle ?

Simonini avait demandé des informations sur *Le Temple des amis de l'honneur français*.

— Il est difficile d'entrer dans une loge ? s'était-il enquis.

— Il suffit d'avoir une bonne condition économique et d'être prêt à payer les cotisations, qui sont salées.

Et de se montrer docile aux dispositions sur la protection réciproque entre frères. Quant à la moralité, on en parle à qui mieux mieux mais encore l'année dernière l'orateur du Grand Collège des Rites était propriétaire d'un bordel rue de la Chaussée-d'Antin, et un des Trente-Trois plus influents de Paris est un espion ou mieux, le chef d'un bureau d'espions, ça revient au même, un certain Hébuterne.

— Mais comment fait-on pour être admis ?

— Il y a les rites ! Si vous saviez ! Je ne sais s'ils croient vraiment à ce Grand Architecte de l'Univers dont ils parlent toujours, mais ils prennent certainement au sérieux leurs liturgies. Si vous saviez ce que j'ai dû faire pour être accepté comme apprenti !

Et là Taxil avait commencé une série de récits à faire dresser les cheveux sur la tête.

Simonini n'était pas certain que Taxil, menteur compulsif, n'était pas en train de lui raconter des contes à dormir debout. Il lui avait demandé s'il n'avait pas l'impression d'avoir dévoilé des choses qu'un adepte aurait dû considérer comme jalousement réservées, et décrit d'une manière plutôt grotesque tout le rituel. Taxil avait répondu avec désinvolture : — Ah, vous savez, je n'ai plus aucun devoir. Ces imbéciles m'ont expulsé.

Il paraît qu'il avait en quelque sorte mis la main à la pâte avec un nouveau journal de Montpellier, *Le Midi Républicain*, qui avait publié dans le premier numéro des lettres d'encouragement et de solidarité de différentes personnes importantes, parmi lesquelles Victor Hugo et Louis Blanc. Et puis, soudain, tous ces prétendus signataires avaient envoyé des lettres à d'autres journaux d'inspiration maçonnique en niant avoir jamais donné ce soutien et en se plaignant, indignés, de l'usage qu'on avait fait de leur nom. Il s'était ensuivi de nombreux procès en loge, où la défense de Taxil consistait, un, à présenter les originaux de ces lettres ; deux, à expliquer le comportement de Hugo par le marasme sénile de l'illustre vieillard – ainsi polluant aussitôt le premier argument avec une inacceptable insulte à une gloire de la Patrie et de la Franc-Maçonnerie.

Voilà, à présent Simonini se souvenait du moment où il avait fabriqué, en tant que Simonini, la lettre de Hugo et celle de Blanc. A l'évidence, Taxil avait oublié l'épisode ; il était si habitué à mentir, et même à se mentir, qu'il parlait de ces lettres avec des yeux lumineux de bonne foi, comme si elles avaient été vraies. Et, s'il se rappelait vaguement un notaire Simonini, il n'avait pas fait le rapport avec le notaire Fournier.

Ce qui comptait, c'est que Taxil professait une haine profonde envers ses ex-compagnons de loge.

Simonini avait tout de suite compris que, en stimulant la veine narrative de Taxil, il récolterait un matériel piquant pour Osman Bey. Mais dans son esprit des plus ardents une autre idée avait aussi éclos, d'abord encore rien qu'une impression, le germe d'une intuition, puis presque un plan parachevé dans ses moindres détails.

Après la première rencontre, au cours de laquelle Taxil s'était montré bonne fourchette, le faux notaire l'avait invité au Père Lathuile, un petit restaurant à la barrière de Clichy, où on mangeait un fameux poulet sauté et, plus renommées encore, les tripes à la mode de Caen – pour ne rien dire de la cave – et, entre deux claquements de lèvres, il lui avait demandé si, avec une digne compensation, il n'écrirait pas pour un éditeur ses mémoires d'ex-maçon. En entendant parler de compensation, Taxil s'était montré plus que favorable à l'idée. Simonini lui avait donné un nouveau rendez-vous, et il s'était rendu sur-le-champ chez le Père Bergamaschi.

— Ecoutez, mon Père, lui avait-il dit. Nous avons sous la main un anticlérical endurci, dont les livres anticléricaux ne rapportent plus comme autrefois. Nous avons en outre un connaisseur du monde maçonnique qui a une dent contre ce monde-là. Il suffirait que Taxil se convertît au catholicisme, désavouât tous ses ouvrages antireligieux, et commençât à dénoncer tous les secrets du monde maçonnique, et vous, les jésuites, vous auriez à votre service un propagandiste implacable.

— Mais une personne ne se convertit pas d'un moment à l'autre, du seul fait que tu le lui dises, toi.

— A mon avis, avec Taxil, ce n'est qu'une question d'argent. Et il suffit de solliciter son goût pour la divulgation de fausses nouvelles, pour le retournement de veste inattendu, et de lui faire entrevoir une place en première page – comment s'appelait le Grec qui avait été jusqu'à incendier le temple de Diane d'Ephèse pour que son nom fût sur toutes les lèvres ?

— Erostrate. Certes, certes, avait dit Bergamaschi absorbé dans ses pensées. Et il avait ajouté : — Et puis les voies du Seigneur sont infinies…

— Combien pouvons-nous lui donner pour une conversion évidente ?

— Une fois dit que les conversions sincères devraient être gratuites, *ad majorem Dei gloriam*, ne faisons pas les chichiteux. Ne lui offre cependant pas plus de cinquante mille francs. Il dira que c'est peu, mais fais-lui remarquer que d'un côté il y gagne son âme, qui n'a pas de prix, et de l'autre, s'il écrit des libelles antimaçonniques, il jouira de notre système de diffusion, ce qui voudra dire des centaines de milliers d'exemplaires.

Simonini n'était pas sûr que l'affaire pût aboutir, aussi s'était-il prémuni en allant chez Hébuterne et en lui racontant qu'il y avait un complot jésuitique pour convaincre Taxil de devenir antimaçon.

— Plût au Ciel, avait dit Hébuterne ; pour une fois mes opinions coïncident avec celles des jésuites. Vous voyez, Simonini, moi, je vous parle en dignitaire, et non des derniers, du Grand Orient, la seule vraie franc-maçonnerie, laïque, républicaine et anticléricale certes, mais pas antireligieuse, parce qu'elle reconnaît un Grand Architecte de l'Univers – et puis chacun est libre de le reconnaître comme le Dieu des chrétiens ou comme une force cosmique impersonnelle. La présence dans notre milieu de ce pendard de Taxil nous embarrasse encore, même s'il a été expulsé. Par ailleurs, il ne nous déplairait pas qu'un apostat commençât à dire des choses si horribles sur la maçonnerie que personne ne pourrait plus y croire. Nous attendons une offensive du Vatican, et j'imagine que le Pape ne se comportera pas en gentilhomme. Le monde maçonnique est pollué de confessions diverses, et un auteur comme Ragon, il y a bien des années déjà, faisait une liste de 75 maçonneries différentes, 52 rites, 34 ordres dont 26 androgynes et 1 400 grades rituels. Et je pourrais vous parler de la maçonnerie templière et écossaise, du rite de Heredom, du rite de Swedenborg, du rite de Memphis et Misraïm, qui avait été institué par ce pendard et escroc de Cagliostro, et puis des supérieurs inconnus de Weishaupt, des satanistes, des lucifériens ou palladiens si on préfère, moi aussi j'en perds la boule. Ce sont surtout les différents rites sataniques qui nous font une très mauvaise publicité, et même des frères respectables y ont contribué, fût-ce pour de simples motifs esthétiques, sans savoir le dommage qu'ils nous causent. Il aura été peu de temps franc-maçon, mais il y a quarante ans Proudhon avait écrit une prière à Lucifer, « Viens ! Satan, viens, le calomnié des prêtres et des rois, que je t'embrasse, que je te serre sur ma poitrine ! » ; l'Italien Rapisardi a écrit *Lucifero*, qui était au fond le sempiternel mythe de Prométhée, et Rapisardi n'est même pas maçon, et pourtant un maçon tel que Garibaldi l'a porté aux nues, et voilà que maintenant c'est parole d'évangile que les maçons adorent Lucifer. Pie IX n'a jamais cessé de trouver à chaque pas le Diable derrière la franc-maçonnerie, et il y a pas mal de temps, le poète Carducci, un peu républicain et un peu monarchiste, grand hâbleur et hélas grand maçon, a écrit un hymne à Satan, allant jusqu'à lui attribuer l'invention des chemins de fer. Par la suite Carducci a dit que Satan était une métaphore, mais voilà que de nouveau le culte de Satan est apparu à tout le monde comme le divertissement principal des maçons. Bref, dans nos milieux il ne serait pas pour nous déplaire qu'une personne déjà disqualifiée depuis longtemps, notoirement expulsée de la maçonnerie, grossière girouette, mît en œuvre une série de libelles violemment diffamatoires contre nous. Ce serait une façon d'émousser les armes mêmes du Vatican, en le poussant du côté d'un pornographe. Accusez un homme d'homicide et vous pourriez être cru, accusez-le de manger des enfants à dîner et à souper comme Gilles de Rais, et personne ne vous prendra au sérieux. Réduisez l'antimaçonnerie au niveau du feuilleton et vous l'aurez réduite à un sujet de colportage. Eh bien oui, nous avons besoin de personnes qui nous ensevelissent dans la boue.

Où l'on voit qu'Hébuterne était un esprit supérieur, supérieur en rouerie à son prédécesseur Lagrange lui-même. Sur le moment, il ne savait pas dire combien le Grand Orient pourrait investir dans cette entreprise, mais quelques jours plus tard il s'était manifesté :
— Cent mille francs. Mais qu'il s'agisse bien d'un flot d'ordures.

Simonini disposait ainsi de cent cinquante mille francs pour acheter des ordures. S'il n'offrait à Taxil, avec la promesse des tirages, que soixante-quinze mille francs, dans la mauvaise passe où ce dernier se trouvait, il accepterait sur le coup. Et soixante-quinze mille resteraient pour Simonini. Une commission de cinquante pour cent, ce n'était pas si mal.

Au nom de qui irait-il faire la proposition à Taxil ? Au nom du Vatican ? Le notaire Fournier n'avait pas l'air d'un plénipotentiaire du Souverain Pontife. Au mieux, il pouvait lui annoncer la visite de quelqu'un comme le Père Bergamaschi ; au fond les prêtres sont faits exprès pour qu'on se convertisse et leur confesse un passé trouble.

Mais à propos de passé trouble, Simonini devait-il se fier au Père Bergamaschi ? Il ne fallait pas laisser Taxil aux mains des jésuites. On avait vu des écrivains athées qui vendaient cent exemplaires chacun de leurs livres et qui, tombant au pied de l'autel et racontant leur expérience de convertis, étaient passés à deux ou trois mille. Au fond, tout compte fait, les anticléricaux se dénombraient parmi les républicains des villes, mais les sanfédistes qui rêvaient au bon temps passé, roi et curé, peuplaient la province et, même en excluant ceux qui ne savaient pas lire (mais pour eux le prêtre lirait), ils étaient légion, comme les diables. En écartant le Père Bergamaschi, on pouvait proposer à Taxil une collaboration pour ses nouveaux libelles : il devrait signer une écriture privée selon laquelle seraient dévolus à qui collaborerait avec lui les dix ou vingt pour cent de ses œuvres futures.

En 1884, Taxil avait porté le dernier coup aux sentiments des bons catholiques en publiant *Les Amours de Pie IX*, diffamant un pape désormais défunt. La même année, le Pontife régnant, Léon XIII, avait publié l'encyclique *Humanum Genus*, qui était une « condamnation du relativisme philosophique et moral de la franc-maçonnerie ». Et, comme avec l'encyclique *Quod Apostolici Muneris* le même Pontife avait « fulminé » les monstrueuses erreurs des socialistes et des communistes, il s'agissait à présent de viser directement la société maçonnique dans l'ensemble de ses doctrines, et de dévoiler les secrets qui subjuguaient ses adeptes soumis à tout crime, car « cette feinte continuelle, ce vouloir demeurer caché, cette façon de lier tenacement les hommes, comme de vils ilotes, à la volonté d'autrui dans un but par eux mal connu, et d'en abuser comme d'aveugles instruments à chaque entreprise, pour mauvaise qu'elle soit, et d'en armer la dextre meurtrière, procurant au crime l'impunité, sont là des excès qui grandement répugnent à la nature ». Pour ne rien dire évidemment du naturalisme et du relativisme de leurs doctrines, qui faisaient de l'humaine raison le seul juge de toute chose. Et avec de telles prétentions, que l'on en vît les résultats : le Pontife dépouillé de son pouvoir temporel, le projet d'anéantir l'Eglise, le mariage devenu simple contrat civil, l'éducation de la jeunesse enlevée aux ecclésiastiques et confiée à des maîtres laïques, et enseigner que « les hommes ont tous les mêmes droits, et sont de condition parfaitement égale ; que chaque homme est, par nature, indépendant ; que personne n'a le droit de commander aux autres ; que vouloir les hommes soumis à une autre autorité en dehors de celle qui émane d'eux-mêmes, est tyrannie ». Si bien que pour les maçons « l'origine de tous les droits et devoirs civils est dans le peuple, ou bien dans l'Etat », et l'Etat ne peut être qu'athée.

Il était évident qu'une fois « la crainte de Dieu disparue avec le respect des lois divines, piétinée l'autorité des Princes, libérée et légitimée la lasciveté des soulèvements, débarrassées de tout frein les passions populaires, perdue, loin de tout châtiment, toute retenue, il ne peut pas ne pas s'ensuivre une révolution et subversion universelles... but délibéré et évidente profession des nombreuses associations de communistes et de socialistes : aux intentions desquels la secte Maçonnique n'a pas de raison de se déclarer étrangère ».

Il fallait faire « exploser » au plus tôt la conversion de Taxil.

A ce moment, le journal de Simonini paraît s'empâter. Comme si notre homme ne se rappelait plus comment Taxil avait été converti, et par qui. Comme si sa mémoire faisait un saut et lui permettait seulement de se souvenir que Taxil, en l'espace de quelques années, était devenu le héraut catholique de l'antimaçonnerie. Après avoir annoncé *urbi et orbi* son retour dans les bras de l'Eglise, le Marseillais publiait d'abord *Les Frères trois-points* (les trois points étaient ceux du trente-troisième grade maçonnique), et *Les Mystères de la Franc-Maçonnerie* (avec de dramatiques illustrations d'évocations sataniques et de rites horripilants) et, sitôt

… le Marseillais publiait d'abord *Les Frères trois-points* (les trois points étaient ceux du trente-troisième grade maçonnique), et *Les Mystères de la Franc-Maçonnerie* (avec de dramatiques illustrations d'évocations sataniques et de rites horripilants)… (p. 381)

après, *Les Sœurs maçonnes*, où on parlait des loges féminines (jusqu'alors inconnues) – et l'année suivante *La Franc-Maçonnerie dévoilée*, et puis encore *La France maçonnique*.

Dès ces premiers livres, il suffisait de la description d'une initiation pour faire frémir le lecteur. Taxil avait été convoqué pour huit heures du soir à la maison maçonnique, accueilli par un frère portier. A huit heures et demie, il se voyait enfermé dans le Cabinet des Réflexions, un cagibi aux murs peints de noir sur lesquels ressortaient des têtes de mort avec deux tibias croisés, et des inscriptions du genre *Si une vaine curiosité te mène ici, va-t'en* ! A l'improviste, la petite flamme du gaz soudain baissait, une fausse paroi glissait sur des coulisses cachées dans le mur, et le profane apercevait un souterrain éclairé de lampes sépulcrales. Une tête humaine, fraîchement coupée, était placée sur un billot, reposant sur des lins ensanglantés et, tandis que Taxil reculait horrifié, une voix qui paraissait sortir du mur lui criait : — Tremble, ô Profane ! tu vois la tête d'un frère parjure qui a divulgué nos secrets !...

Naturellement, observait Taxil, il s'agissait d'un truc, et la tête devait être celle d'un compère qui se cachait dans la cavité dont le billot était creusé ; les lampes étaient fournies d'étoupes imbibées d'alcool camphré qui brûle avec du gros sel brut de cuisine, et c'était le mélange que les prestidigitateurs des foires nomment « salade infernale » : quand elle est allumée elle produit une lumière verdâtre qui donne à la tête du faux décapité une couleur cadavérique. Mais à propos d'autres initiations, il avait appris l'existence de parois constituées d'un miroir opacifié sur quoi, au moment où la flamme du bec s'éteignait, une lanterne magique faisait apparaître des spectres qui s'agitaient et des hommes masqués qui entouraient un individu enchaîné et le criblaient de coups de poignard. Cela pour dire avec quels moyens indignes la loge cherchait à suggestionner les aspirants de nature impressionnable.

Après ça, un dénommé Frère Terrible préparait le profane, lui ôtait chapeau, habit et chaussure droite, lui retroussait la jambe droite du pantalon jusqu'au-dessus du genou, lui découvrait le bras et la poitrine du côté du cœur, lui bandait les yeux, le faisait tourner plusieurs fois sur lui-même et, après lui avoir fait monter et descendre divers escaliers, le menait dans la Salle des Pas Perdus. Une porte s'ouvrait, alors qu'un Frère Expert, au moyen d'un instrument formé de gros ressorts stridents, simulait le bruit d'énormes cadenas. Le postulant se voyait introduit dans une salle où l'Expert lui appuyait sur sa poitrine nue la pointe de son épée et le Vénérable demandait : « Profane, que sentez-vous sur votre poitrine ? Qu'avez-vous sur les yeux ? » L'aspirant devait répondre : « Un épais bandeau me couvre les yeux, et je sens sur ma poitrine la pointe d'une arme. » Et le Vénérable : « Monsieur, ce fer, toujours levé pour punir le parjure, est le symbole du remords qui vous déchirerait le cœur si, pour votre malheur, vous deveniez traître à la société dans laquelle vous voulez entrer ; et le bandeau qui vous couvre les yeux est le symbole de l'aveuglement où se tenait l'homme dominé par les passions et plongé dans l'ignorance et la superstition. »

Ensuite, quelqu'un s'emparait de l'aspirant, lui faisait faire d'autres tours sur lui-même et, quand celui-ci commençait à avoir le tournis, il le poussait devant un grand paravent fait de plusieurs couches de papier fort, semblable aux cerceaux à travers lesquels sautent les chevaux dans les cirques. A l'ordre de l'introduire

… A l'ordre de l'introduire dans la caverne, le malheureux était à toute force poussé contre le paravent, les papiers se déchiraient et lui il tombait sur un matelas disposé de l'autre côté… (p. 384-386)

dans la caverne, le malheureux était à toute force poussé contre le paravent, les papiers se déchiraient et lui il tombait sur un matelas disposé de l'autre côté.

Sans parler de *l'escalier infini*, qui était en réalité une noria, et celui qui le montait, un bandeau sur les yeux, trouvait toujours une nouvelle marche où monter, mais l'escalier tournait toujours vers le bas et par conséquent l'homme au bandeau se trouvait toujours à la même hauteur.

En somme, on allait jusqu'à faire semblant de soumettre l'apprenti à l'extraction de son sang et au marquage par le feu. Pour le sang, un Frère Chirurgien se saisissait de son bras, le piquait assez fort avec la pointe d'un cure-dent, et un autre Frère faisait tomber un filet très mince d'eau tiède sur la saignée du postulant pour lui faire croire que c'était son sang qui s'épanchait. Pour l'épreuve du fer rougi à blanc, un des Experts frottait avec une toile de lin sèche une partie du corps offert et y plaçait un morceau de glace, ou la partie chaude d'une bougie à peine éteinte, ou le pied d'un verre à liqueur réchauffé en y brûlant du papier. Enfin le Vénérable mettait l'aspirant au courant des signes secrets et des mots spéciaux par lesquels les frères se reconnaissent entre eux.

Maintenant, Simonini se souvenait de ces œuvres de Taxil en tant que lecteur, non pas en tant qu'inspirateur. Néanmoins, il se rappelait que, pour chaque nouvel ouvrage de Taxil, avant qu'il ne parût, lui (qui le connaissait donc déjà) il allait en raconter le contenu à Osman Bey, comme s'il s'agissait de révélations extraordinaires. Il est vrai que, la fois d'après, Osman Bey lui faisait remarquer que tout ce qu'il lui avait narré la fois précédente était ensuite paru dans un livre de Taxil, mais Simonini avait beau jeu de répondre que certes, Taxil était son indicateur, et que ce n'était pas sa faute si, après lui avoir révélé les secrets maçonniques, il cherchait ensuite à en tirer des avantages économiques en les publiant dans un livre. On aurait pu à la rigueur le payer pour qu'il ne rendît pas publiques ses expériences – et, ce disant, Simonini regardait Osman Bey de façon éloquente. Mais Osman répondait que l'argent dépensé pour convaincre un bavard de se taire était de l'argent jeté par les fenêtres. Pourquoi Taxil aurait-il dû rester muet précisément sur des secrets qu'il venait de révéler ? Et, comme de juste méfiant, Osman ne donnait en échange à Simonini aucune révélation quant à ce qu'il apprenait de l'Alliance Israélite.

Sur ce, Simonini avait cessé de l'informer. Mais le problème, se disait-il tout en écrivant, est : pourquoi je me souviens que je donnais à Osman Bey des informations obtenues de Taxil mais sans avoir aucun souvenir de mes contacts avec Taxil ?

Bonne question. S'il s'était souvenu de tout, il n'aurait pas été là à écrire ce qu'il était en train de reconstituer. Quelle histoire !

Avec ce sage commentaire, Simonini était allé se coucher, se réveillant ce qu'il croyait être le matin suivant, baigné dans sa transpiration comme après une nuit de cauchemars et de dérangements gastriques. Cependant, en allant s'asseoir à son bureau, il venait de s'apercevoir qu'il ne s'était pas éveillé le lendemain mais bien deux jours plus tard. Alors que lui dormait non pas une mais deux nuits agitées, l'inévitable Abbé Dalla Piccola, non content de semer de cadavres son égout personnel, était intervenu pour raconter des événements qu'à l'évidence il ne connaissait pas.

22

LE DIABLE AU XIXe SIÈCLE

14 avril 1897

Cher capiston Simonini,

encore une fois : là où vous avez des idées confuses, chez moi s'éveillent des souvenirs plus vivaces.

Il me semble donc qu'aujourd'hui je rencontre d'abord monsieur Hébuterne et ensuite le Père Bergamaschi. J'y vais en votre nom, pour recevoir l'argent qu'il me faudra (ou faudrait) donner à Léo Taxil. Ensuite, cette fois au nom du notaire Fournier, je vais trouver Léo Taxil.

— Monsieur, lui dis-je, je ne veux pas me faire un pavois de mon habit pour vous inviter à reconnaître ce Christ Jésus que vous moquez, et que vous alliez en Enfer ne me fait ni chaud ni froid. Je ne suis pas ici à vous promettre la vie éternelle, je suis ici pour vous dire qu'une série de publications qui dénonceraient les crimes de la maçonnerie trouverait un public de bien-pensants que je n'hésite pas à qualifier de très large. Sans doute n'imaginez-vous pas combien peut être profitable à un livre l'appui de tous les couvents, de toutes les paroisses, de tous les archevêchés je ne dis pas de France mais, à la longue, du monde entier. Afin de vous prouver que je ne suis pas ici pour vous convertir mais pour vous faire gagner de l'argent, je vous dirai tout de suite quelles sont mes modestes prétentions. Il suffira que vous signiez un document qui m'assure à moi (ou plutôt à la pieuse congrégation que je représente) vingt pour cent de vos droits à venir, et je vous ferai rencontrer qui, sur les mystères maçonniques, en sait encore davantage que vous.

J'imagine, capiston Simonini, que nous avions établi d'un commun accord que les fameux vingt pour cent sur les droits de Taxil devaient se partager entre nous deux. A fonds perdus, je lui ai fait ensuite une autre offre :

— Il y a aussi soixante-quinze mille francs pour vous ; ne demandez pas d'où ils proviennent, sans doute mon habit pourra vous suggérer quelque chose. Soixante-quinze mille francs qui sont à vous, avant même que vous ne commenciez, sur la confiance, pourvu que demain vous donniez publiquement la nouvelle de votre conversion. Sur ces soixante-quinze mille francs, je dis bien soixante-quinze mille, vous ne devrez payer aucun pourcentage, car avec moi et avec mes commanditaires vous avez affaire à des personnes pour qui l'argent est l'étron du Démon. Comptez : il y a soixante-quinze mille.

J'ai la scène devant les yeux, comme si je regardais un daguerréotype.

J'ai eu aussitôt la sensation que Taxil n'était pas tant impressionné par les soixante-quinze mille francs et la promesse des droits à venir (même si cet argent sur la table lui avait fait briller les yeux), que par l'idée de faire une pirouette de trois cent soixante degrés pour devenir, lui, l'anticlérical endurci, un fervent catholique. Il savourait d'avance la stupéfaction des autres, et les informations qui paraîtraient sur lui dans les gazettes. Bien mieux qu'inventer une cité romaine au fond du Léman.

Il riait, ravi, et déjà faisait des projets sur ses livres à venir, y compris les idées pour les illustrations.

— Oh, disait-il, je vois déjà un traité entier, plus romanesque qu'un roman, sur les mystères de la maçonnerie. Un Baphomet ailé en couverture, et une tête coupée, pour rappeler les rites sataniques des Templiers… Tudieu (pardonnez l'interjection monsieur l'Abbé), ce sera la nouvelle du jour. Aussi bien, malgré ce que racontaient mes méchants livres, être catholique, et croyant, et en bons rapports avec les curés, c'est une fort digne chose, pour ma famille aussi et pour mes voisins qui souvent m'observent comme si c'était moi qui avais crucifié Notre Seigneur Jésus. Mais qui, dites-moi, pourrait m'aider ?

— Je vous ferai connaître un oracle, une créature qui, en état d'hypnose, raconte des choses incroyables sur les rites palladiens.

*

L'oracle devait être Diana Vaughan. C'était comme si je savais tout sur elle. Je me rappelle qu'un matin je suis allé à Vincennes, comme si depuis toujours je connaissais l'adresse de la clinique du docteur Du Maurier. La clinique est une villa de modestes dimensions, avec un jardin petit mais gracieux où s'assoient quelques patients à l'air tranquille à première vue, jouissant du soleil et s'ignorant apathiquement les uns les autres.

Je me suis présenté à Du Maurier en lui rappelant que vous lui aviez parlé de moi. J'ai vaguement cité une association de pieuses dames qui se consacraient à des jeunes femmes au mental perturbé et il m'a semblé qu'il se sentait, lui, soulagé d'un poids.

— Je dois vous prévenir, a-t-il dit, qu'aujourd'hui Diana est dans la phase que j'ai qualifiée de normale. Le capitaine

Simonini vous aura raconté l'histoire ; dans cette phase nous avons la Diana perverse, pour nous entendre, qui se croit l'adepte d'une mystérieuse secte maçonnique. Afin de ne pas l'alarmer, je vous présenterai comme un frère maçon… j'espère que cela n'est pas trop désagréable pour un ecclésiastique…

Il m'a introduit dans une pièce simplement meublée d'une armoire et d'un lit et où, dans un fauteuil recouvert de toile blanche, se trouvait une femme aux traits réguliers et délicats, les cheveux soyeux d'un blond cuivré réunis au sommet de la tête, un regard hautain et la bouche petite et bien dessinée. Ses lèvres s'étaient sur-le-champ plissées en une grimace de raillerie : — Le docteur Du Maurier veut me jeter dans les bras maternels de l'Eglise ? s'est-elle enquise.

— Non, Diana, lui a dit Du Maurier, malgré son habit l'Abbé est un frère.

— De quelle obédience ? a-t-elle aussitôt demandé.

Je m'en suis tiré avec une certaine habileté : — Il ne m'est pas permis de le dire, ai-je murmuré, prudent, et sans doute savez-vous pourquoi…

La réaction avait été appropriée : — Je comprends, a dit Diana. C'est le Grand Maître de Charleston qui vous envoie. Je suis heureuse que vous puissiez lui transmettre ma version des faits. La tenue avait lieu rue Croix-Nivert, dans la loge Les Cœurs Unis Indivisibles, que vous connaissez certainement. Je devais être initiée comme Maîtresse Templière, et je me présentais avec toute l'humilité possible pour adorer le seul dieu bon, Lucifer, et abhorrer le dieu mauvais, Adonaï, ce dieu-père des catholiques. Je m'étais approchée pleine d'ardeur, croyez-moi, de l'autel du Baphomet où m'attendait Sophia Sapho, qui s'est mise à m'interroger sur les dogmes palladiens, et, toujours avec humilité, j'ai répondu : quel est le devoir d'une Maîtresse Templière ?

Exécrer Jésus, maudire Adonaï, vénérer Lucifer. N'est-ce pas cela qu'aurait voulu le Grand Maître ? et, en me le demandant, Diana m'avait saisi par les mains.

— Certes, c'est cela, ai-je répondu cauteleux.

— Et j'ai prononcé l'oraison rituelle, viens viens ô grand Lucifer, ô grand calomnié des prêtres et des rois ! Et je frémissais d'émotion quand toute l'assemblée, chacun levant son poignard, criait : « *Nekam Adonaï, Nekam !* » Mais à cet instant, alors que je montais à l'autel, Sophia Sapho m'a présenté une patène, de celles que je n'avais vues que dans les vitrines des magasins d'objets religieux et, tandis que je me demandais ce que faisait dans ce lieu cette horrible paraphernale du culte romain, la Grande Maîtresse m'a expliqué que, comme Jésus avait trahi le vrai Dieu, qu'il avait souscrit sur le Tabor un pacte scélérat avec Adonaï, et qu'il avait subverti l'ordre des choses en changeant le pain en son propre corps, il était de notre devoir de poignarder cette hostie blasphématoire grâce à quoi les prêtres renouvelaient chaque jour la trahison de Jésus. Dites-moi monsieur, le Grand Maître veut-il que ce geste fasse partie d'une initiation ?

— Il ne me revient pas de me prononcer. Peut-être vaut-il mieux que vous me disiez ce que vous avez fait.

— Je m'y suis refusée, évidemment. Poignarder une hostie signifie croire qu'elle est vraiment le corps du Christ, tandis qu'un palladien doit se refuser de croire à ce mensonge. Poignarder l'hostie est un rite catholique pour catholiques croyants !

— Je crois que vous avez raison, ai-je dit. Je me ferai ambassadeur de votre justification auprès du Grand Maître.

— Merci, frère, a dit Diana, et elle m'a baisé les mains. Ensuite, presque négligemment, elle a déboutonné la partie supérieure de son corsage, montrant une épaule d'une parfaite blancheur, et me regardant d'un air invitant. Mais soudain elle s'est renversée sur le fauteuil, comme en proie à des mouvements convulsifs, le docteur Du Maurier a appelé une infirmière et ensemble ils ont transporté la fille sur le lit. Le docteur a dit : — D'habitude, quand elle a une crise de ce genre, elle passe d'une condition à l'autre. Elle n'a pas encore perdu connaissance, il y a juste contracture de la mâchoire et de la langue. Il suffit d'une légère compression ovarienne...

Peu après la mâchoire inférieure s'est abaissée, déviant à gauche, la bouche s'est mise de travers, restant ouverte, si bien qu'on voyait la langue au fond, recourbée en demi-cercle, la pointe invisible, comme si la malade était sur le point de l'avaler. Puis la langue s'est détendue, s'est allongée brusquement, le bout sorti de la bouche, y rentrant et en ressortant plusieurs fois de suite à grande vitesse, comme de la gueule d'un serpent. Enfin, langue et mâchoire sont revenues à l'état naturel, et la malade a prononcé quelques mots : — La langue... m'écorche le palais... J'ai une araignée dans l'oreille...

Après un court repos, la malade a montré une nouvelle contracture de la mâchoire et de la langue, de nouveau calmée par une compression ovarienne, mais peu après la respiration s'est faite laborieuse, de la bouche sortaient quelques phrases tronquées, le regard était devenu fixe, les pupilles s'étaient dirigées vers le haut, tout le corps se rigidifiait ; les bras s'étaient contractés en exécutant un mouvement de rotation, les poignets se touchaient du côté dorsal, les membres inférieurs s'étaient allongés...

— Pieds en varus équin, a commenté Du Maurier. C'est la phase épileptoïde. Normal. Vous verrez que suivra la phase clownesque...

La face s'est progressivement congestionnée, la bouche s'ouvrait et se fermait par à-coups, et il en sortait une bave blanche sous forme de grosses bulles. A présent, la malade

… comme si la malade était une contorsionniste, son corps se courbait en arc et ne prenait plus appui que sur la nuque et sur les pieds… (p. 395)

poussait des hurlements et des gémissements comme « ouh ! ouh ! », les muscles du visage étaient pris de spasmes, les paupières s'abaissaient et se relevaient alternativement et, comme si la malade était une contorsionniste, son corps se courbait en arc et ne prenait plus appui que sur la nuque et sur les pieds.

Pendant quelques secondes on a eu l'horrible numéro de cirque d'un pantin désarticulé qui paraissait avoir perdu son poids, puis la malade est retombée sur le lit, et elle s'est mise à prendre des attitudes que Du Maurier qualifiait de « passionnelles », d'abord presque de menace, comme si elle voulait repousser un agresseur, ensuite presque de gamine polissonne, comme si elle faisait de l'œil à quelqu'un. Sitôt après elle a pris l'air lubrique d'une racoleuse qui invite le client avec des mouvements obscènes de la langue, après quoi elle s'est mise dans une pose de supplication amoureuse, le regard humide, les bras tendus et les mains jointes, les lèvres avancées comme pour implorer un baiser, enfin ses yeux se sont tellement révulsés qu'ils ne montraient que le blanc de la cornée, et elle a explosé en une pâmoison érotique : — Oh mon bon seigneur, disait-elle d'une voix cassée, oh serpent si chéri, aspic sacré… je suis ta Cléopâtre… ici sur ma poitrine… je t'allaiterai… oh mon amour entre en moi, dedans, tout…

— Diana voit son serpent sacré qui la pénètre, d'autres voient le Sacré-Cœur qui s'accouple avec elles. Voir une forme phallique ou une image masculine dominante et voir celui qui l'a violée dans son enfance, me disait Du Maurier, parfois, c'est presque la même chose pour une hystérique. Peut-être aurez-vous vu des reproductions gravées de la sainte Thérèse du Bernin : vous ne feriez pas la différence avec cette malheureuse. Une mystique est une hystérique qui a rencontré son confesseur avant son médecin.

Entre-temps, Diana avait pris la position d'une crucifiée et elle était entrée dans une nouvelle phase où elle commençait à proférer d'obscures menaces à l'adresse de quelqu'un et à annoncer d'effrayantes révélations, tandis qu'elle se roulait violemment sur le lit.

— Laissons-la se reposer, a dit Du Maurier ; au réveil, elle sera entrée dans la seconde phase, et elle s'affligera des choses horribles qu'elle se rappellera vous avoir racontées. Vous devriez dire à vos pieuses dames de ne pas prendre peur s'il advient des crises de ce genre. Il suffirait de bien la maintenir et de lui enfoncer un mouchoir dans la bouche pour qu'elle ne se morde pas la langue, mais il ne sera pas mal de lui faire avaler quelques gouttes du liquide que je vais vous donner.

Il avait ajouté : — Le fait est qu'il faut garder cette créature en isolement. Et je ne peux plus l'héberger, ce n'est pas une prison ici mais une maison de santé, les gens y circulent, et il est utile, thérapeutiquement indispensable, qu'ils parlent entre eux, et aient ainsi l'impression de vivre une vie normale et sereine. Mes hôtes ne sont pas des fous, ce ne sont que des personnes aux nerfs ébranlés. Les crises de Diana peuvent impressionner les autres patientes, et les confidences qu'elle tend à faire dans sa phase « mauvaise », vraies ou fausses qu'elles soient, troublent tout le monde. J'espère que vos pieuses dames ont la possibilité de l'isoler.

L'impression que j'avais retirée de cette rencontre était que le docteur voulait se débarrasser de Diana et qu'elle fût gardée pratiquement prisonnière. Il appréhendait qu'elle eût des contacts avec les autres, mais il redoutait beaucoup que quelqu'un ne prît au sérieux ce qu'elle racontait. Il se prémunissait donc en clarifiant tout de suite qu'il s'agissait du délire d'une démente.

*

J'avais loué depuis quelques jours la maison d'Auteuil. Rien d'extraordinaire, mais plutôt accueillante. On entrait dans le petit salon typique d'une famille bourgeoise, un divan couleur acajou revêtu d'un vieux velours d'Utrecht, des tentures de damas rouges, une pendule à colonnettes sur la cheminée flanquée de deux vases de fleurs sous cloche de verre, une console appuyée contre un miroir et un pavement de carreaux bien ciré. A côté, une chambre à coucher que j'avais destinée à Diana : les murs étaient tapissés d'un tissu moiré gris perle et le sol était recouvert d'un épais tapis à grandes rosaces rouges ; les rideaux du lit et des croisées étaient de la même étoffe, tissée de larges raies violettes, qui en cassaient la monotonie. Au-dessus du lit était suspendue une chromolithographie qui représentait deux jeunes bergers amoureux, et sur une console se trouvait une pendule marquetée de pierres artificielles avec de part et d'autre deux amours joufflus qui tenaient une touffe de lys disposés en forme de candélabre.

A l'étage supérieur, il y avait deux autres chambres à coucher. L'une, je l'avais réservée à une vieille à demi sourde, et encline à lever le coude, qui avait le mérite de n'être pas du coin et d'être disposée à tout pour gagner quelque chose. Je n'arrive pas à me rappeler qui me l'avait conseillée, mais elle m'a semblé idéale pour veiller sur Diana quand il n'y avait personne à la maison, et savoir la calmer au besoin quand elle avait une de ses attaques.

D'ailleurs, alors que j'écris ces mots je me rends compte que la vieille ne devrait plus avoir de mes nouvelles depuis un mois. Sans doute lui avais-je laissé suffisamment d'argent pour survivre, mais combien de temps ? Il faudrait que je coure à Auteuil, mais je m'aperçois que je ne me souviens pas de l'adresse : Auteuil, où ? Est-il séant que je parcoure toute la zone en frappant à chaque maison pour demander si c'est là que vit une hystérique palladienne à la double personnalité ?

*

En avril, Taxil avait annoncé publiquement sa conversion, et déjà, en novembre, son premier livre était sorti avec de brûlantes révélations sur la franc-maçonnerie, *Les Frères trois-points*. Dans la même période, je l'ai emmené voir Diana. Je ne lui ai pas caché sa double condition, et j'ai dû lui expliquer qu'elle nous était utile non pas dans sa condition de fille timorée, mais dans celle de palladienne impénitente.

Au cours des derniers mois, j'avais étudié à fond la jeune fille, et j'avais tenu sous contrôle ses mutations de condition, les apaisant avec le liquide du docteur Du Maurier. Mais j'avais compris qu'il était énervant d'attendre les crises, imprévisibles, et qu'on devait trouver la manière de faire changer Diana de condition : au fond, il paraît que c'est ainsi que fait le docteur Charcot avec ses hystériques.

Je n'avais pas le pouvoir magnétique de Charcot et j'étais allé chercher en bibliothèque certains traités plus traditionnels, comme *De la cause du sommeil lucide* du vieil (et authentique) Abbé Faria. En m'inspirant de ce livre et de quelques autres lectures, j'avais décidé de serrer entre mes genoux les genoux de la jeune fille, de lui prendre les pouces entre deux doigts et de la fixer dans les yeux, puis, après au moins cinq minutes, retirer mes mains, les poser sur ses épaules, les descendre tout au long des bras jusqu'aux extrémités des doigts, et ce, cinq à six fois, les lui poser ensuite sur la tête, les lui abaisser devant le visage à une distance de cinq ou six centimètres jusqu'au creux de l'estomac, le bout des doigts sous ses côtes, et enfin les lui faire descendre le long du corps jusqu'aux genoux ou même jusqu'à la pointe des pieds.

Au regard de sa pudeur, pour la « bonne » Diana cela tenait trop d'une intrusion, et au début elle se prenait à pousser des cris comme si (Dieu me pardonne) j'attentais à sa virginité, mais l'effet était si certain qu'elle se calmait presque d'un coup, elle s'assoupissait quelques minutes, et s'éveillait dans sa condition première. Il était plus facile de la faire revenir à la condition seconde parce que la Diana « mauvaise » montrait qu'elle éprouvait du plaisir à ces attouchements, et elle cherchait à prolonger ma manipulation en l'accompagnant de malicieux mouvements du corps et de gémissements étouffés ; heureusement qu'après un bref instant elle ne parvenait pas à se soustraire à l'effet hypnotique, et que cette Diana aussi s'assoupissait, autrement j'aurais eu des problèmes soit pour prolonger ce contact, qui me troublait, soit pour brider sa répugnante luxure.

*

Je crois que n'importe quel individu de sexe masculin pouvait considérer Diana comme un être d'un charme singulier, du moins pour autant que je puisse en juger, moi que l'habit et la vocation ont tenu éloigné des misères du sexe ; et Taxil était manifestement un homme aux appétits vivaces.

Le docteur Du Maurier en me cédant sa patiente m'avait aussi remis une mallette pleine de vêtements assez élégants que Diana portait avec elle quand il l'avait internée – signe que sa famille d'origine devait être aisée. Et, avec une évidente coquetterie, le jour où je lui avais dit qu'elle allait recevoir la visite de Taxil, elle s'était pomponnée avec soin. Aussi absente qu'elle pût apparaître, dans l'une et l'autre de ses conditions, elle était très attentive à ces petits détails féminins.

Taxil était resté sur-le-champ fasciné (« beau brin de fille », m'avait-il susurré en claquant des lèvres) et plus tard, quand il avait cherché à imiter mes procédés hypnotiques, il tendait à prolonger ses palpations même quand la patiente était déjà de toute évidence endormie, si bien que je devais intervenir avec de timides : « Il me semble qu'à présent cela suffise. »

J'ai le soupçon que, si je l'avais laissé seul avec Diana quand elle se trouvait dans sa condition première, il se serait autorisé d'autres licences, et elle, elle les lui aurait accordées. Raison pour quoi je faisais en sorte que nos entretiens avec la jeune fille eussent lieu toujours à trois. Mieux, parfois à quatre. Parce que, pour stimuler les mémoires et les énergies de la Diana sataniste et luciférienne (et ses humeurs lucifériennes), j'avais jugé à propos de la mettre aussi en contact avec l'Abbé Boullan.

*

Boullan. Depuis que l'archevêque de Paris l'avait interdit, l'Abbé était allé à Lyon rejoindre la communauté du Carmel, fondée par Vintras, un visionnaire qui officiait avec une grande robe blanche sur laquelle s'étalaient une croix rouge renversée, et un diadème avec symbole phallique indien. Quand Vintras priait, il lévitait, portant à l'extase ses fidèles. Au cours de ses liturgies, les hosties ruisselaient de sang, mais différentes rumeurs parlaient de pratiques homosexuelles, d'ordination de prêtresses de l'amour, de rédemption à travers le libre jeu des sens, bref, toutes choses vers quoi Boullan penchait indubitablement. Tant et si bien qu'à la mort de Vintras, il s'était déclaré son successeur.

… Quand Vintras priait, il lévitait, portant à l'extase ses fidèles… (p. 400)

Il venait à Paris au moins une fois par mois. Pouvoir étudier une créature comme Diana du point de vue démonologique (pour l'exorciser de la meilleure façon – qu'il disait, mais déjà je savais désormais comment il exorcisait) lui paraissait inespéré. A plus de soixante ans, c'était encore un homme vigoureux, au regard que je ne peux éviter de qualifier de magnétique.

Boullan écoutait ce que Diana racontait – et dont Taxil prenait religieusement note –, mais il avait l'air de poursuivre d'autres fins, et parfois il susurrait aux oreilles de la jeune fille des incitations ou des conseils dont nous ne saisissions rien. Néanmoins, il nous était utile parce que, parmi les mystères de la maçonnerie qu'il fallait dévoiler, il y avait certainement les coups de poignard aux hosties consacrées et les formes variées de messes noires : pour ça, Boullan était une autorité. Taxil prenait des notes sur les différents rites démoniaques et au fur et à mesure que ses libelles sortaient, il se répandait de plus en plus sur ces liturgies que ses francs-maçons pratiquaient à tout bout de champ.

*

Après avoir publié quelques livres les uns après les autres, ce peu que Taxil savait sur la maçonnerie était en train de se tarir. Des idées neuves ne lui venaient que de la Diana « mauvaise » qui émergeait sous hypnose et qui, les yeux exorbités, racontait des scènes auxquelles elle avait peut-être assisté, ou dont elle avait entendu parler en Amérique, ou que simplement elle imaginait. C'étaient des histoires à couper le souffle, et je dois dire que, bien qu'étant homme d'expérience (j'ose le croire), j'en étais scandalisé. Un jour, par exemple, elle s'était mise à parler de l'initiation de son ennemie, Sophie Walder, ou Sophia Sapho, si on préfère : nous ne comprenions pas si elle se rendait compte des accents incestueux de toute la scène, et pourtant elle ne la racontait certainement pas sur un ton déprécatoire, mais au contraire avec l'excitation de celle qui, privilégiée, l'aurait vécue.

— C'est son père, disait lentement Diana, qui l'a endormie, et lui a passé un fer chauffé au rouge sur les lèvres... Il devait s'assurer que son corps était isolé de toute embûche qui pût provenir de l'extérieur. Elle avait au cou un bijou, un serpent enroulé... Voilà, son père le lui enlève, ouvre un panier, en tire un serpent vivant, le pose sur son ventre à elle... Il est très beau, il a l'air de danser tout en rampant, il monte vers le cou de Sophia, s'enroule de nouveau pour prendre la place du bijou... A présent, il monte vers le visage, pousse sa langue, qui vibre, vers les lèvres et en sifflant la baise. Comme il est... splendidement... visqueux... A présent Sophia s'éveille, sa bouche écume, elle se lève et reste debout, raide comme une statue, son père lui délace son corset, met à nu ses seins ! Et maintenant, avec une baguette il feint de lui écrire une question sur la poitrine, et les lettres se gravent, rouges, sur sa chair, et le serpent, qui semblait s'être endormi, se réveille en sifflant et remue la queue pour tracer, toujours sur la chair nue de Sophia, la réponse.

— Comment fais-tu pour savoir ces choses, Diana ? lui avais-je demandé.

— Je les sais depuis l'époque où j'étais en Amérique... Mon père m'a initiée au palladisme. Puis je suis venue à Paris, peut-être avait-on voulu m'éloigner... A Paris, j'ai rencontré Sophia Sapho. Elle a toujours été mon ennemie. Quand je n'ai pas voulu faire ce qu'elle voulait, elle m'a confiée au docteur Du Maurier. En lui disant que j'étais folle.

*

Je suis chez le docteur Du Maurier pour retrouver les traces de Diana : — Il faut me comprendre, docteur, ma confrérie ne peut aider cette jeune fille si elle ne sait pas d'où elle vient, qui sont ses parents.

Du Maurier me regarde comme si j'étais un mur : — Je ne sais rien, je vous l'ai dit. Elle m'a été confiée par une parente, qui est morte. L'adresse de la parente ? Cela vous paraîtra étrange, mais je ne l'ai plus. Il y a un an de cela, un incendie s'est déclaré dans mon bureau et beaucoup de documents ont été perdus. Je ne sais rien de son passé.

— Mais elle venait de l'Amérique ?

— Peut-être, cependant elle parle un français sans aucun accent. Dites à vos pieuses dames de ne pas se poser trop de problèmes parce qu'il est impossible que la jeune fille puisse réchapper de l'état où elle se trouve et rentrer dans le monde. Traitez-la donc avec douceur, laissez-la terminer ainsi ses jours – car je vous le dis, à un stade aussi avancé d'hystérie, on ne survit pas très longtemps. Un jour ou l'autre, elle aura une violente inflammation de l'utérus et la science médicale ne pourra plus rien faire.

Je suis convaincu qu'il ment, lui aussi est sans doute un palladien (Grand Orient, mon œil) et il avait accepté de murer vive une ennemie de la secte. Mais ce sont les fruits de mon imagination. Continuer à parler avec Du Maurier est du temps perdu.

J'interroge Diana, aussi bien dans la condition première que dans la condition seconde. On dirait qu'elle ne se souvient de rien. Elle a au cou une chaînette en or où est suspendu un médaillon : y apparaît l'image d'une femme qui lui ressemble beaucoup. Je me suis aperçu que le médaillon pouvait s'ouvrir et je lui ai longtemps demandé de me montrer ce qu'il y avait à l'intérieur, mais elle a refusé avec emphase, peur et sauvage détermination : — C'est ma maman qui me l'a donné, répète-t-elle seulement.

*

Il doit y avoir désormais quatre ans que Taxil a débuté sa campagne antimaçonnique. La réaction du monde catholique a dépassé toutes nos attentes : en 1887, Taxil se voit convoqué par le cardinal Rampolla en audience privée chez le pape Léon XIII. Une légitimation officielle de sa bataille, et le départ d'un grand succès éditorial. Et économique.

C'est à cette période que remonte une note que j'ai reçue, très succincte, mais éloquente : « Abbé révérendissime, il me semble que l'affaire marche au-delà de nos intentions : voulez-vous bien de quelque façon faire le nécessaire ? Hébuterne. »

On ne peut pas reculer. Je ne dis pas pour les droits d'auteur qui continuent à affluer de manière excitante, mais pour l'ensemble de pressions et alliances qui se sont créées avec le monde catholique. Taxil est désormais le héros de l'antisatanisme, et il ne veut certes pas renoncer à cette enseigne.

Entre-temps m'arrivent aussi de succinctes notes du Père Bergamaschi : « Tout va bien, me semble-t-il. Mais les Juifs ? »

Certes, le Père Bergamaschi avait recommandé qu'on arrachât à Taxil des révélations piquantes non seulement sur la maçonnerie mais aussi sur les Juifs. Là, par contre, aussi bien Diana que Taxil se taisaient sur ce point. Pour Diana, la chose ne m'étonnait pas, sans doute dans les Amériques d'où elle venait y avait-il moins de Juifs que chez nous, et le problème lui paraissait étranger. Mais la franc-maçonnerie était peuplée de Juifs, je le faisais remarquer à Taxil.

— Et qu'en sais-je ? répondait-il. Je ne suis jamais tombé sur des maçons juifs, ou bien je ne savais pas qu'ils l'étaient. Je n'ai jamais vu un rabbin dans une loge.

— Ils ne vont pas y aller habillés en rabbins. Mais je sais, par un père jésuite très informé, que Monseigneur Meurin, pas un curé quelconque, un archevêque, prouvera dans un de ses prochains livres que tous les rites maçonniques ont des origines cabalistiques, que c'est la cabale judaïque qui conduit les maçons à la démonolâtrie…

— Et alors, laissons parler Monseigneur Meurin ; courir un lièvre à la fois nous suffit.

Cette réticence de Taxil m'a longtemps intrigué (serait-il juif ? me demandais-je) jusqu'à ce que je découvre qu'au cours de toutes ses entreprises journalistiques et de librairie, il avait encouru de nombreux procès tantôt pour calomnie, tantôt pour obscénité, et il avait dû payer des amendes plutôt salées. Ainsi s'était-il fortement endetté avec quelques usuriers juifs, et il n'avait pas pu encore s'acquitter envers eux (c'est qu'aussi il dépensait allègrement les non négligeables gains de sa nouvelle activité antimaçonnique). Il craignait donc que ces Juifs qui, pour l'heure, se tenaient tranquilles eussent pu, se sentant attaqués, l'envoyer en prison pour dettes.

Pourtant, ne s'agissait-il que de fric ? Taxil était une fripouille, mais capable de certains sentiments ; il était par exemple très attaché à la famille. Ainsi, il avait ses raisons d'éprouver une vague compassion à l'égard des Juifs, victimes de nombreuses persécutions. Il disait que les papes avaient protégé les Juifs du ghetto, fût-ce comme citoyens de deuxième catégorie.

En ces années-là, il s'était monté la tête : se croyant désormais le héraut de la pensée catholique légitimiste et antimaçonnique, il avait décidé de s'adonner à la politique. Je n'arrivais pas à le suivre dans ses machinations, mais il s'était présenté comme candidat à un siège de conseiller municipal dans un quartier de Paris et il était entré en concurrence, et en polémique, avec un journaliste de l'importance de Drumont engagé dans une violente campagne antijuive et antimaçonnique, très écouté auprès des gens d'Eglise, et qui avait commencé d'insinuer que Taxil était un manipulateur – et « insinuer » est sans doute un euphémisme.

En 1889, Taxil avait écrit un libelle contre Drumont et, ne sachant pas comment l'attaquer (antimaçons qu'ils étaient l'un et l'autre), il avait parlé de sa judéophobie comme forme d'aliénation mentale. Et il s'était laissé aller à des récriminations sur les pogroms russes.

Drumont était un polémiste de race et il avait répondu par un autre libelle, où il s'était mis à ironiser sur ce monsieur qui s'élisait paladin de l'Eglise en recevant embrassades et félicitations d'évêques et de cardinaux, quand peu d'années auparavant il avait écrit sur le pape, sur les prêtres et sur les moines, pour ne rien dire de Jésus et de la Vierge Marie, des choses basses et immondes. Pourtant, il y avait pire.

A différentes reprises, il m'était arrivé d'aller discuter avec Taxil, chez lui, là où au rez-de-chaussée il y avait naguère le siège de la Librairie Anticléricale, et nous étions souvent dérangés par son épouse qui venait murmurer quelque chose à l'oreille de son mari. Comme je l'ai compris plus tard, de nombreux et impénitents anticléricaux allaient encore à cette adresse pour chercher les ouvrages anticatholiques du désormais très catholique Taxil qui en avait un stock trop important en magasin pour pouvoir les détruire d'un cœur léger et, par conséquent, avec grande prudence, sa femme en vitrine, lui toujours en coulisses, il continuait d'exploiter cet excellent filon. Je ne m'étais jamais fait d'illusions sur la sincérité de sa conversion : le seul et unique principe philosophique dont il se réclamait était que l'argent *non olet*.

Sauf que Drumont aussi s'en était aperçu, qui donc attaquait le Marseillais non seulement comme quelqu'un de lié en quelque sorte aux Juifs, mais aussi comme anticlérical encore impénitent. Assez pour insinuer de cruels doutes parmi les lecteurs les plus timorés de notre homme.

Il fallait contre-attaquer.

— Taxil, lui avais-je dit, je ne veux pas savoir pourquoi vous ne voulez pas vous engager personnellement contre les Juifs, mais ne pourrait-on pas mettre en scène quelqu'un d'autre qui s'occuperait de l'affaire ?

— Pourvu que je n'y sois pas directement mêlé, avait répondu Taxil. Et il avait ajouté : — De fait, mes révélations ne suffisent plus, et pas même les histoires à dormir debout que nous raconte notre Diana. Nous avons créé un public qui veut davantage, peut-être ne me lit-on plus pour connaître les manigances des ennemis de la Croix mais par pure passion narrative, comme il arrive avec les romans à intrigues où le lecteur est conduit à prendre parti pour le criminel.

*

Et voilà comment était né le docteur Bataille.

Taxil avait découvert, ou retrouvé, un vieil ami, un médecin de la Marine qui avait beaucoup voyagé dans des pays exotiques, fourrant çà et là le nez dans les temples des conventicules religieux variés, mais qui surtout avait une culture démesurée dans le domaine des romans d'aventures, disons, par exemple, les livres de Boussenard ou les rapports débordant de fantaisie de Jacolliot, tels *Le Spiritisme dans le monde* ou *Voyage aux pays mystérieux*. L'idée d'aller chercher de nouveaux sujets dans l'univers de la fiction me trouvait pleinement d'accord (et, d'après vos journaux intimes, j'ai aussi appris que vous n'avez pas fait autre chose en vous inspirant de Dumas et de Sue) : les gens dévorent les aventures de terre ou de mer ou les histoires criminelles par simple plaisir, puis oublient facilement ce qu'ils ont appris et, quand on leur fait prendre pour argent comptant ce qu'ils ont lu dans un roman, ils ne s'avisent que vaguement qu'ils en avaient déjà entendu parler, et ils ont confirmation de leurs croyances.

L'homme retrouvé par Taxil était le docteur Charles Hacks : il était docteur ès accouchements par césarienne, il avait publié quelque chose sur la marine marchande, mais n'avait pas encore exploité son talent de narrateur. Il paraissait en proie à un élitisme aigu et il était visiblement sans le sou. A ce qu'il racontait, si j'ai bien compris, il était sur le point de publier un ouvrage fondamental contre les religions et le christianisme comme « hystérie de la croix », mais devant les propositions de Taxil il se montrait prêt à écrire un millier de pages contre les adorateurs du Diable, à la gloire et à la défense de l'Eglise.

Je me souviens qu'en 1892 nous avions entrepris, pour un ensemble de 240 fascicules qui se suivraient pendant environ trente mois, une œuvre monstre intitulée *Le Diable au XIXe siècle*, avec un grand Lucifer ricanant en couverture, ailes de chauve-souris, queue de dragon, et un sous-titre qui disait « les mystères du spiritisme, la franc-maçonnerie luciférienne, révélations complètes sur le palladisme, la théurgie et la goétie et tout le satanisme moderne, le magnétisme occulte, les médiums lucifériens, la cabale fin-de-siècle, les possessions à l'état latent, les précurseurs de l'Antéchrist ». Le tout attribué à un certain docteur Bataille.

… une œuvre monstre intitulée *Le Diable au* XIX*e siècle*, avec un grand Lucifer ricanant en couverture, ailes de chauve-souris, queue de dragon… (p. 409)

Selon le programme ci-dessus, l'ouvrage ne contenait rien qui n'ait été déjà écrit ailleurs : Taxil ou Bataille avaient pillé toute la littérature précédente, et ils avaient touillé une chaudronnée de cultes souterrains, apparitions diaboliques, rituels terrifiants, retour de liturgies templières avec le sempiternel Baphomet, et ainsi de suite. Même les illustrations étaient copiées sur d'autres livres de sciences occultes, qui s'étaient déjà copiés entre eux. Seules images inédites, les portraits des grands maîtres maçons qui avaient un peu la fonction de ces affiches signalant, dans les prairies américaines, les hors-la-loi à repérer et livrer à la justice, morts ou vifs.

*

On travaillait de façon frénétique : Hacks-Bataille, après d'abondantes doses d'absinthe, racontait à Taxil ses inventions et Taxil les transcrivait, les embellissant, ou bien Bataille s'occupait des détails qui concernaient la science médicale, ou l'art des poisons, et la description des villes et des rites exotiques qu'il avait vraiment vus, tandis que Taxil brodait sur les derniers délires de Diana.

Bataille commençait par exemple à évoquer le rocher de Gibraltar comme un corps spongieux traversé par des conduits, cavités, grottes souterraines où se célébraient tous les rites de toutes les sectes parmi les plus impies, ou les canailleries maçonniques des sectes de l'Inde, ou les apparitions d'Asmodée, et Taxil commençait à tracer le profil de Sophia Sapho. Pour avoir lu le *Dictionnaire infernal* de Collin de Plancy, il suggérait que Sophia devait révéler que les légions infernales étaient au nombre de six mille six cent soixante-six, chaque légion étant composée de six mille six cent soixante-six démons. Bien qu'ivre maintenant, Bataille réussissait à faire le compte et il concluait que, entre diables et diablesses, on arrivait au chiffre de quarante-quatre millions quatre cent trente-cinq mille cinq cent cinquante-six démons. Nous vérifiions, nous disions, étonnés, qu'il avait raison, lui, il tapait de la paume sur la table et s'écriait : « Vous voyez bien que je ne suis pas ivre ! » Et il se gratifiait jusqu'à rouler sous la table.

Ce fut passionnant d'imaginer le laboratoire de toxicologie maçonnique de Naples, où l'on préparait les poisons avec lesquels supprimer les ennemis des loges. Le chef-d'œuvre de Bataille avait été ce que sans aucune raison chimique il appelait la *manne* : on enferme un crapaud dans un bocal plein de vipères et d'aspics, on ne les nourrit que de champignons vénéneux, on ajoute de la digitale et de la ciguë, après quoi on laisse mourir de faim les animaux et on en vaporise les cadavres d'écume de cristal pulvérisée et d'euphorbe, le tout placé ensuite dans un alambic, qui en absorbera l'humidité à feu lent, et enfin en séparant la cendre des cadavres des poussières incombustibles, on obtient ce faisant non pas un mais deux poisons : un, liquide et l'autre en poudre, identiques dans leurs effets létaux.

— J'imagine déjà combien d'évêques ces pages mèneront à l'extase, ricanait Taxil en se grattant l'aine, comme il le faisait dans les moments de grande satisfaction. Et il parlait en connaissance de cause car, pour chaque nouvelle livraison du *Diable*, lui arrivait la lettre de quelque prélat le remerciant pour ses courageuses révélations qui ouvraient les yeux à tant de fidèles.

Par moments, on recourait à Diana. Elle seule pouvait inventer l'*Arcula Mystica* du Grand Maître de Charleston, un petit coffre dont il n'existait au monde que sept exemplaires : en soulevant son couvercle on voyait un mégaphone en argent, comme le pavillon d'un cor de chasse mais plus petit ; à gauche un câble en fils d'argent fixé d'un côté à l'appareil et de l'autre à un machin à enfiler dans l'oreille pour entendre la voix des personnes qui parlent de l'un des six autres exemplaires. A droite, un crapaud vermillon émettait de petites flammes par sa gueule grande ouverte, comme pour assurer que la communication était activée, et sept statuettes d'or représentaient aussi bien les sept vertus cardinales de l'échelle palladique, que les sept plus grands directeurs maçonniques. Ainsi, le Grand Maître qui poussait sur son piédestal une statuette alertait son correspondant de Berlin ou de Naples ; si le correspondant ne se trouvait pas à ce moment-là devant l'Arcula, il ressentait un vent chaud sur son visage, et murmurait par exemple « Je serai prêt dans une heure », et sur la table du Grand Maître le crapaud disait à voix haute « dans une heure ».

Au début, nous nous étions demandé si l'histoire n'était pas un peu grotesque, c'est qu'aussi il y avait déjà des années qu'un certain Meucci avait breveté son télectrophone ou téléphone comme on dit désormais. Mais ces babioles étaient encore des trucs pour riches, nos lecteurs n'étaient pas tenus de les connaître, et une invention extraordinaire comme l'Arcula démontrait une indubitable inspiration diabolique.

Tantôt on se voyait chez Taxil, tantôt à Auteuil ; d'autres fois, on s'était hasardés à travailler dans la taupinière de Bataille, mais la puanteur mêlée qui y régnait (d'alcool de mauvaise qualité, de linge mal lavé et de nourriture passée depuis des semaines) nous avait conseillé d'éviter ces séances.

*

Un des problèmes que nous nous étions posé, c'était comment caractériser le général Pike, le Grand Maître de la Franc-Maçonnerie Universelle qui, depuis Charleston, dirigeait les destinées du monde. Mais il n'y a rien de plus inédit que ce qui a déjà été publié.

A peine avions-nous commencé les publications du *Diable* que sortait le volume attendu de Monseigneur Meurin, archevêque de Port-Louis (où diable était-ce ?), *La Franc-Maçonnerie Synagogue de Satan* ; et le docteur Bataille, qui baragouinait l'anglais, avait trouvé au cours de ses voyages *The Secret Societies*, un livre publié à Chicago en 1873, du général John Phelps, ennemi déclaré des loges maçonniques. Nous n'avions qu'à répéter ce qu'il y avait dans ces livres afin de mieux dessiner l'image de ce Grand Vieux, grand prêtre du palladisme mondial, sans doute fondateur du Ku Klux Klan et participant au complot qui avait mené au meurtre de Lincoln. Nous avions décidé que le Grand Maître du Suprême Conseil de Charleston se parât des titres de Frère Général, Souverain Commandeur, Maître Expert de la Grande Loge Symbolique, Maître Secret, Maître Parfait, Secrétaire Intime, Prévôt et Juge, Maître Elu des Neuf, Illustre Elu des Quinze, Sublime Chevalier Elu, Chef des Douze Tribus, Grand Maître Architecte, Grand Elu Ecossais de la Voûte Sacrée, Parfait et Sublime Maçon, Chevalier d'Orient ou de l'Epée, Prince de Jérusalem, Chevalier d'Orient et d'Occident, Souverain Prince Rose-Croix, Grand Patriarche, Vénérable Maître *ad vitam* de toutes les Loges Symboliques, Chevalier Prussien Noachide, Grand Maître de la Clef, Prince du Liban et du Tabernacle, Chevalier du Serpent de Bronze, Souverain Commandeur du Temple, Chevalier du Soleil, Prince Adepte, Grand Ecossais de Saint André d'Ecosse, Grand Elu Chevalier Kadosch, Parfait Initié, Grand Inspecteur Inquisiteur Commandeur, Clair et Sublime Prince du Royal-Secret, Trente-Trois, Très Puissant et Puissant Souverain Commandeur Général Grand Maître du Conservateur du Palladium Sacré, Souverain Pontife de la Franc-Maçonnerie Universelle.

Et nous citions une de ses lettres où l'on condamnait les excès de certains frères d'Italie et d'Espagne qui, « mus par une haine légitime à l'égard du Dieu des prêtres », glorifiaient son adversaire sous le nom de Satan – créature inventée par l'imposture sacerdotale et dont le nom ne devrait jamais être prononcé dans une loge. Ainsi condamnait-on les pratiques d'une loge génoise qui avait exhibé lors d'une manifestation publique une flamme où était écrit « Gloire à Satan ! », mais on découvrait ensuite que la condamnation était contre le satanisme (superstition chrétienne) alors que la religion maçonnique devait être gardée dans la pureté de la doctrine luciférienne. C'étaient les prêtres, avec leur foi en le Diable, qui avaient créé Satan et les satanistes, sorcières, sorciers, envoûteurs et magie noire, tandis que les Lucifériens étaient adeptes d'une magie lumineuse, comme celle des Templiers, leurs anciens maîtres. La magie noire était celle des fidèles d'Adonaï, le Dieu mauvais adoré par les chrétiens, qui a changé l'hypocrisie en sainteté, le vice en vertu, le mensonge en vérité, la foi envers l'absurde en science théologique, et dont tous les actes attestent la cruauté, la perfidie, la haine pour l'homme, la barbarie, le refus de la science. Lucifer est au contraire le Dieu bon qui s'oppose à Adonaï, comme la lumière s'oppose à l'ombre.

Boullan cherchait à nous expliquer les différences entre les variations des différents cultes de celui qui pour nous était simplement le Démon : — Pour certains, Lucifer est l'ange chu qui désormais s'est repenti et pourrait devenir le futur Messie. D'entre les femmes, sept considèrent Lucifer comme un être féminin, et positif, opposé au Dieu masculin et mauvais. D'autres le voient, oui, comme Satan maudit par Dieu, mais jugent que le Christ n'a pas fait suffisamment pour l'humanité et ils se consacrent donc à l'adoration de l'ennemi de Dieu – et eux sont les vrais satanistes, ceux qui célèbrent les messes noires et ainsi de suite. Il y a les adorateurs de Satan qui ne poursuivent que leur goût pour la maléficerie, envoûtement, sortilège, et d'autres qui font du satanisme une véritable religion. Entre eux, il y a des personnes qui semblent des organisateurs de cénacles culturels, comme Joséphin Péladan, et pire encore Stanislas de Guaita qui cultive l'art de l'empoisonnement. Et puis il y a les palladiens. Un rite pour de rares initiés, dont faisait partie un carbonaro comme Mazzini ; et on dit que la conquête de la Sicile par Garibaldi a été l'œuvre des palladiens, ennemis de Dieu et de la monarchie.

Je lui ai demandé comment il se faisait qu'il accusât de satanisme et magie noire des adversaires comme Guaita et Péladan, alors que, d'après des bavardages parisiens, eux-mêmes l'accusaient lui de satanisme.

— Eh eh, m'a-t-il dit, dans cet univers des sciences occultes, les frontières entre Mal et Bien sont très ténues, et ce qui est Bien pour quelqu'un est Mal pour d'autres. Parfois, même dans les vieilles histoires, la différence entre une fée et une sorcière n'est que d'âge et de grâce.

— Mais comment agissent-ils, ces sortilèges ?

— On dit que le Grand Maître de Charleston était entré en contact avec un certain Gorgas, de Baltimore, chef d'un rite écossais dissident. Il est alors parvenu, en subornant sa lavandière, à posséder un de ses mouchoirs. Il l'a mis à macérer dans de l'eau salée et, chaque fois qu'il ajoutait du sel, il murmurait « Sagrapim melanchtebo rostromouk elias phtig ». Puis il a fait sécher l'étoffe à un feu alimenté avec des branches de magnolia ; ensuite, pendant trois semaines, chaque samedi matin, il prononçait une invocation à Moloch, bras tendus et mouchoir déplié sur ses mains ouvertes, comme pour offrir un don au Démon. Le troisième samedi vers le soir, il a brûlé le mouchoir à une flamme d'alcool, il a placé les cendres sur un plat de bronze, les a laissées reposer toute la nuit, le lendemain matin il a pétri les cendres avec de la cire et en a fait une poupée, un poupon. Ce genre de créations diaboliques se nomment *dagyde*. Il a placé la dagyde sous un globe de cristal alimenté par une pompe pneumatique avec laquelle il a fait, dans le globe, le vide absolu. A ce point-là, son adversaire a commencé à ressentir une série d'atroces douleurs dont il n'arrivait pas à comprendre l'origine.

— Et il en est mort ?

— Ce ne sont que subtilités, peut-être ne voulait-il pas en arriver là. Ce qui compte, c'est qu'avec la magie on peut opérer à distance, et c'est ce que Guaita et compagnie sont en train de faire avec moi.

Il n'a pas voulu m'en dire davantage, mais Diana, qui l'écoutait, le suivait d'un regard adorant.

*

Au moment opportun, sous ma pression, Bataille avait consacré un bon chapitre à la présence des Juifs dans les sectes maçonniques, en remontant jusqu'aux occultistes du XVIIIe siècle, en dénonçant l'existence de cinq cent mille francs-maçons juifs fédérés de façon clandestine à côté des loges officielles, si bien que leurs loges ne portaient pas un nom mais seulement un chiffre.

Nous n'avions pas perdu de temps. Il me semble que, précisément dans ces années-là, quelques journaux avaient commencé à utiliser une belle expression, *antisémitisme*. Nous nous insérions dans un filon « officiel », la méfiance antijudaïque spontanée devenait une doctrine, comme le christianisme ou l'idéalisme.

A ces séances, Diana aussi était présente, qui, lorsque nous avons nommé les loges hébraïques, a prononcé plusieurs fois « Melchisédech, Melchisédech ». Que se rappelait-elle ? Elle avait poursuivi : — Pendant le conseil patriarcal, l'insigne des Juifs francs-maçons… une chaîne d'argent au cou qui tient une plaque en or… représente les Tables de la Loi… La loi de Moïse…

L'idée était bonne, et voilà nos Juifs réunis dans le temple de Melchisédech, à s'échanger des signes de reconnaissance, mots de passe, saluts et serments qui devaient, c'est clair, porter suffisamment la marque juive, comme *Grazzin Gaïzim*, *Javan Abbadon*, *Bamachec Bamearach*, *Adonaï Bego Galchol*. Naturellement dans la loge on ne faisait rien d'autre que menacer la Sainte Eglise Romaine et le sempiternel Adonaï.

Ainsi Taxil (couvert par Bataille) d'un côté contentait ses commanditaires ecclésiastiques et de l'autre il n'irritait pas ses créditeurs juifs. Même si maintenant il aurait pu les payer : au fond, en l'espace des cinq premières années, Taxil avait gagné trois cent mille francs de droits (net) dont, d'ailleurs, soixante mille me revenaient.

*

Vers 1894, me semble-t-il, les journaux n'en finissaient plus de parler du cas d'un capitaine de l'armée, un certain Dreyfus, qui avait vendu des informations militaires à l'ambassade de Prusse. Comme par un fait exprès, le félon était juif. Drumont avait tout de suite sauté sur l'affaire Dreyfus, et il me semblait que les livraisons du *Diable* devaient aussi contribuer aux révélations mirobolantes. Mais Taxil disait qu'il valait mieux ne pas se mêler des histoires d'espionnage militaire.

J'ai compris seulement après ce dont lui avait eu l'intuition : que parler de contribution hébraïque à la maçonnerie était une chose, mais faire entrer Dreyfus dans la danse signifiait insinuer (ou révéler) que Dreyfus non content d'être juif était aussi franc-maçon, et cela aurait été une manœuvre peu prudente étant donné que (depuis que la maçonnerie prospérait de façon toute particulière dans l'armée) nombre de maçons se trouvaient dans les rangs des officiers supérieurs qui poursuivaient Dreyfus en justice.

*

D'un autre côté, d'autres filons à exploiter ne nous manquaient pas – et du point de vue du public que nous avions constitué, nos cartes à jouer étaient meilleures que celles de Drumont.

Environ un an après l'apparition du *Diable*, Taxil nous avait dit : — En fin de compte, tout ce qui paraît dans le *Diable* est l'œuvre du docteur Bataille, pourquoi devrait-on lui prêter foi ? Il faut une palladienne convertie qui puisse révéler les mystères les plus enfouis de la secte. Et puis, a-t-on jamais vu un beau roman sans une femme ? Sophia Sapho, nous l'avons présentée sous un éclairage désavantageux, elle ne peut pas susciter la sympathie des lecteurs catholiques, quand bien même elle se convertirait. On a besoin de quelqu'un qui soit aimable de prime abord, même si elle est encore sataniste, comme si elle avait le visage illuminé par sa conversion imminente, une palladiste ingénue prise au piège par la secte des francs-maçons, qui peu à peu se libère de ce joug et revient dans les bras de la religion de ses ancêtres.

— Diana, ai-je dit alors. Diana est presque l'image vivante de ce que peut être une pécheresse convertie, vu qu'elle est l'une ou l'autre presque à la demande.

Et voilà que dans la livraison 89 du *Diable* Diana entrait en scène.

Diana avait été introduite par Bataille mais, pour rendre plus crédible son apparition, aussitôt elle lui avait écrit une lettre se disant peu satisfaite de la manière dont elle avait été présentée, et même critiquant l'image d'elle qui, dans le style des fascicules du *Diable*, avait été publiée. Je dois dire que son portrait était plutôt masculin et immédiatement nous avons offert de Diana une image plus féminine, en soutenant qu'elle avait été réalisée par un dessinateur qui était allé la trouver dans son hôtel parisien.

Diana débutait avec la revue *Le Palladium régénéré et libre*, se présentant comme l'expression de palladiens sécessionnistes qui avaient le courage de décrire dans ses moindres détails le culte de Lucifer, et les expressions blasphématoires utilisées au cours de ces rites. L'horreur pour le palladisme encore professé était si évidente qu'un certain chanoine Mustel, dans sa *Revue Catholique*, parlait de la dissidence palladiste de Diana comme de l'antichambre d'une conversion. Diana se manifestait en envoyant à Mustel deux billets de cent francs pour ses pauvres. Mustel invitait ses lecteurs à prier pour la conversion de Diana.

Je jure que Mustel, nous ne l'avions ni inventé ni payé nous, mais on eût dit qu'il suivait un scénario écrit par nous. Et, à côté de sa revue, se rangeait aussi *La Semaine Religieuse* inspirée par Monseigneur Fava, archevêque de Grenoble.

Au mois de juin 1895, me semble-t-il, Diana se convertissait et en l'espace de six mois elle publiait, toujours en fascicules, *Mémoires d'une ex-palladiste*. Qui était abonné aux fascicules du *Palladium Régénéré* (lequel naturellement cessait ses publications) pouvait transférer son abonnement aux *Mémoires* ou bien se voir remboursé. J'ai l'impression que, exception faite de quelques fanatiques, les lecteurs avaient accepté le changement d'orientation. Au fond, la Diana convertie racontait des histoires tout aussi extravagantes que la Diana pécheresse, et c'est ça dont le public

… nous avons offert de Diana une image plus féminine…
(p. 420)

avait besoin – ce qui était bien l'idée fondamentale de Taxil : aucune différence entre raconter les amours ancillaires de Pie IX ou les rites homosexuels d'un franc-maçon sataniste. Les gens veulent de l'interdit, c'est tout.

Et Diana, elle en promettait, des choses interdites : « J'écrirai pour faire connaître tout ce qui est arrivé dans les Triangles et que j'ai empêché dans la mesure de mes forces, ce que j'ai toujours méprisé et ce que je croyais être bon. Le public jugera… »

Bravo Diana. Nous avions créé un mythe. Elle, elle ne le savait pas, elle vivait dans le ravissement dû aux drogues que nous lui administrions pour la tenir tranquille, et elle obéissait seulement à nos (mon Dieu, non, à *leurs*) caresses.

*

Je revis des moments de grande excitation. Sur l'angélique Diana convertie se fixaient des ardeurs et des amours de curés, mères de famille, pécheurs repentis. *Le Pèlerin* racontait qu'une certaine Louise, gravement malade, avait été admise au pèlerinage de Lourdes sous les auspices de Diana et que par miracle, elle avait guéri. *La Croix*, le plus grand journal catholique, écrivait : « Nous venons de lire les épreuves du premier chapitre des *Mémoires d'une ex-palladiste* dont miss Vaughan commence la publication, et nous sommes encore en proie à une indicible émotion. Combien est admirable la grâce de Dieu dans les âmes qui se donnent à elle… » Un Monseigneur Lazzareschi, délégué du Saint-Siège près le Comité central de l'Union antimaçonnique, avait fait célébrer pour la conversion de Diana un triduum de remerciement dans l'église du Sacré-Cœur de Rome ; et un hymne à Jeanne d'Arc, attribué à Diana (mais c'était l'aria d'une opérette composée par un ami de Taxil pour je ne sais quel sultan ou calife), avait été exécuté aux fêtes antimaçonniques du Comité romain et chanté aussi dans plusieurs basiliques.

Là aussi, comme si c'était nous qui l'inventions, était intervenue en faveur de Diana une mystique carmélitaine de Lisieux en odeur de sainteté malgré son jeune âge. Cette sœur Thérèse de l'Enfant Jésus et de la Sainte Face, ayant reçu un exemplaire des mémoires de Diana convertie, s'était émue pour cette créature au point de l'insérer comme personnage dans une de ses œuvrettes théâtrales écrites pour ses consœurs, *Le Triomphe de l'humanité*, où un rôle était même dévolu à Jeanne d'Arc. Et, habillée en Pucelle d'Orléans, elle avait envoyé sa photo à Diana.

Tandis que les mémoires de Diana étaient traduites en plusieurs langues, le cardinal vicaire Parocchi la félicitait pour cette conversion qu'il définissait comme un « magnifique triomphe de la Grâce » ; Monseigneur Vincenzo Sardi, secrétaire apostolique, écrivait que la Providence avait permis à Diana de faire partie de cette secte infâme précisément pour qu'elle pût ensuite mieux l'écraser, et la *Civiltà cattolica* affirmait que miss Diana Vaughan, « appelée des ténèbres à la lumière divine, utilise maintenant son expérience au service de l'Eglise avec des publications qui n'ont pas leur équivalent dans leur exactitude et leur utilité ».

*

Je voyais de plus en plus souvent Boullan à Auteuil. Quels étaient ses rapports avec Diana ? Quelques fois, en rentrant inopinément, je les avais surpris dans les bras l'un de l'autre, avec une Diana qui regardait au plafond d'un air extatique. Mais sans doute était-elle entrée dans la deuxième condition, s'était-elle tout juste confessée, et jouissait-elle de sa purification. Plus suspects me semblaient les rapports de la jeune femme avec Taxil. Toujours en rentrant sans crier gare, je l'avais surprise sur le divan, les vêtements en désordre, enlacée à un Taxil au visage cyanotique. Parfait, me suis-je dit, quelqu'un doit bien satisfaire les pulsions charnelles de la Diana « mauvaise », et je ne voudrais pas que ce soit moi. Cela fait déjà une certaine impression d'avoir des rapports charnels avec une femme, on peut imaginer avec une folle.

Quand je me retrouve avec la Diana « bonne », elle pose, virginale, la tête sur mon épaule et en pleurant m'implore de l'absoudre. La tiédeur de cette tête sur ma joue et cette haleine qui sent la pénitence me procurent quelques frissons – raison pour quoi aussitôt je me retire en invitant Diana à aller s'agenouiller devant quelque image sainte et à invoquer le pardon.

*

Dans les cercles palladiens (existaient-ils vraiment ? de nombreuses lettres anonymes paraissent le prouver, c'est qu'aussi il n'y a qu'à parler d'une chose pour la faire exister) on prononçait d'obscures menaces à l'égard de la traîtresse Diana. Et, entre-temps, il était arrivé quelque chose qui m'échappe. J'ai envie de dire : la mort de l'Abbé Boullan. Et pourtant, je me le rappelle nébuleusement à côté de Diana, même dans les années les plus récentes.

J'ai trop exigé de ma mémoire. Il faut que je me repose.

23

DOUZE ANNÉES BIEN EMPLOYÉES

Tiré des journaux des 15 et 16 avril 1897

A ce stade-là, non seulement les pages du journal de Dalla Piccola se croisent, presque furieusement dirais-je, avec celles de Simonini, tous deux parlant parfois du même fait, encore que de points de vue opposés, mais les pages mêmes de Simonini deviennent convulsives comme s'il lui était pénible de se souvenir concurremment d'événements différents, personnages et milieux avec lesquels il s'était trouvé en contact au cours des mêmes années. L'espace de temps que Simonini reconstruit (confondant souvent les temps en plaçant d'abord ce qui, selon toute vraisemblance, a de fortes chances d'être arrivé après) devrait aller de la prétendue conversion de Taxil aux années 1896 ou 97. Au moins une douzaine d'années, en une suite de notations rapides, certaines quasi sténographiques, comme s'il craignait de laisser échapper les choses qui affleurent tout d'un coup à son esprit, en alternance avec de plus diffus comptes rendus de conversations, réflexions, événements dramatiques.

En raison de quoi, se trouvant démuni de cette *vis narrandi* équilibrée qui paraît aussi faire défaut au diariste, le Narrateur se limitera à séparer les souvenirs en différents petits chapitres, comme si les choses étaient arrivées les unes après les autres ou les unes séparées des autres alors que, selon toute probabilité, elles advenaient toutes conjointement – cela revient à avancer que Simonini sortait d'une conversation avec Ratchkovski pour rencontrer Gaviali au cours du même après-midi. Mais, comme on dit, de toute façon...

Le salon Adam

Simonini se rappelle comment, après avoir poussé Taxil sur la voie de la conversion (et pourquoi donc, ensuite, Dalla Piccola le lui avait, pour ainsi dire, ôté des mains, il l'ignore), il avait décidé – sinon de s'affilier carrément à la franc-maçonnerie – de fréquenter des milieux plus ou moins républicains où, se figurait-il, des maçons il en trouverait à la pelle. Et grâce aux bons offices de ceux qu'il avait connus dans la librairie de la rue de Beaune, et en particulier de Toussenel, il avait été admis à fréquenter le salon de cette Juliette Lamessine devenue madame Adam, épouse donc d'un député de la gauche républicaine, fondateur du Crédit Foncier et ensuite sénateur à vie. Par conséquent fric, haute politique et culture ornaient cette maison située d'abord boulevard Poissonnière et puis boulevard Malesherbes, où non seulement l'hôtesse même était un auteur de quelque renommée (jusqu'à publier une vie de Garibaldi), mais où passaient des hommes d'Etat tels Gambetta, Thiers ou Clemenceau, des écrivains tels

Prudhomme, Flaubert, Maupassant, Tourgueniev. Et Simonini y avait croisé, peu avant sa mort, désormais changé en monument de lui-même, pétrifié par l'âge, par le laticlave et par les suites d'une congestion cérébrale, Victor Hugo.

Simonini n'était pas habitué à fréquenter ces milieux. Ce doit être justement dans ces années-là qu'il avait rencontré le docteur Froïde chez Magny (comme il le rappelait dans son journal en date du 25 mars) et il avait souri quand le médecin lui avait raconté que, pour aller souper chez Charcot, il avait dû acheter un frac et une belle cravate noire. A présent, Simonini avait dû lui aussi acheter frac et cravate, non seulement, mais aussi une belle barbe toute neuve, chez le meilleur (et le plus discret) fabricant de perruques de Paris. Toutefois, même si les études de sa jeunesse ne l'avaient pas laissé démuni de quelque culture, et que dans ses années parisiennes il n'avait pas négligé quelques lectures, il se trouvait mal à l'aise dans le vif d'une conversation étincelante, informée, parfois profonde, dont les protagonistes se montraient toujours à la page. Par conséquent, il restait silencieux, il écoutait tout avec attention et il se limitait à faire parfois allusion à certains faits d'armes de la lointaine expédition de Sicile, et Garibaldi, en France, avait encore, comme on dit pour les équidés, une bonne cote.

Il était étourdi. Il s'était préparé à entendre des propos certes républicains, la moindre des choses pour l'époque, mais aussi franchement révolutionnaires ; en revanche, Juliette Adam aimait s'entourer de personnages russes à l'évidence liés au milieu tsariste ; elle était anglophobe, tel son ami Toussenel, et elle publiait dans sa *Nouvelle Revue* une personne comme Léon Daudet, jugé à raison réactionnaire, autant que son père Alphonse était considéré comme un sincère démocrate – mais, soit dit à la louange de madame Adam, tous deux étaient admis dans son salon.

Et d'où pouvait provenir la polémique antijuive, qui animait souvent les conversations, ce n'était pas clair non plus. De la haine socialiste pour le capitalisme hébraïque, dont le représentant était l'illustre Toussenel, ou de l'antisémitisme mystique qu'y faisait circuler Juliana Glinka, très liée au milieu occultiste russe, se souvenant des rites du candomblé brésilien auquel elle avait été initiée toute jeune fille, quand son père servait là-bas comme diplomate, et intime (murmurait-on) de la grande pythonisse de l'occultisme parisien de ces jours-là, madame Blavstsky ?

La défiance de Juliette Adam envers le monde hébraïque n'était pas larvée, et Simonini avait assisté à une soirée de lecture publique où on avait donné des morceaux de l'écrivain russe Dostoïevski, évidemment débiteur de tout ce que ce Brafmann, une rencontre de Simonini, avait révélé sur le grand Kahal.

— Dostoïevski nous dit que pour avoir perdu tant de fois leur territoire et leur indépendance politique, leurs lois et quasiment toute leur foi, et avoir toujours survécu, toujours plus unis qu'avant, ces Juifs si pleins de vitalité, si extraordinairement forts et énergiques, n'auraient pas pu résister sans un Etat au-dessus des Etats existants, un *status in statu*, qu'ils ont conservé toujours et partout fût-ce dans les périodes de leurs plus terribles persécutions, en s'isolant et en restant à l'écart des peuples auprès desquels ils vivaient, sans se fondre avec eux, et en se conformant à un principe fondamental : « Même quand tu seras dispersé à la surface de toute la terre, il n'importe, aie foi : tout ce qui t'a été promis se réalisera, et en attendant vis, méprise, unis-toi, exploite, et attends, attends... »

— Ce Dostoïevski est un grand maître en rhétorique, commentait Toussenel. Vous voyez comme il débute en professant compréhension, sympathie, oserais-je dire respect pour les Juifs : « Serais-je moi aussi un ennemi des Juifs ? Serait-il possible que je sois jamais un ennemi de cette race malheureuse ? Au contraire, je dis et j'écris vraiment tout ce qui est demandé par le sentiment d'humanité et par la justice, tout ce qui est exigence de l'humanité et de la loi chrétienne, tout cela doit être fait pour les Juifs... » Belle prémisse. Mais ensuite il démontre comment cette race malheureuse vise à détruire le monde chrétien. Fort belle manœuvre. Pas nouvelle, parce que vous n'avez peut-être pas lu le Manifeste des communistes de Marx. Cela débute par un formidable coup de théâtre, « un spectre rôde à travers l'Europe », puis il nous offre une histoire à vol d'aigle sur les luttes sociales depuis la Rome antique jusqu'à nos jours, et les pages consacrées à la bourgeoisie comme classe *révolutionnaire* sont à couper le souffle. Marx nous montre cette nouvelle force irréfrénable qui parcourt toute la planète, comme si elle était le souffle créateur de Dieu au commencement de la Genèse. Et, à la fin de cet éloge (qui, je vous le jure, est tout pétri d'admiration) voici qu'entrent en scène les puissances souterraines que le triomphe bourgeois a évoquées : le capitalisme fait éclore de ses propres entrailles ses propres fossoyeurs, les prolétaires. Lesquels proclament, la bouche en cœur : « A présent nous voulons vous détruire et nous approprier tout ce qui était à vous. » Merveilleux. Et ainsi fait Dostoïevski avec les Juifs, il en justifie le complot qui préside à leur survie dans l'histoire, et il les dénonce comme l'ennemi à éliminer. Dostoïevski est un vrai socialiste.

— Ce n'est pas un socialiste, intervenait Juliana Glinka en souriant. C'est un visionnaire, et partant il dit la vérité. Vous voyez comme il va jusqu'à prévenir l'objection apparemment la plus raisonnable, c'est-à-dire que même si au cours des siècles il y a eu un Etat dans l'Etat, ce sont les persécutions qui l'ont engendré, et celui-ci se dissoudrait si le Juif était mis sur un pied d'égalité dans ses droits avec les populations autochtones. Erreur, nous avertit Dostoïevski ! Même si les Juifs obtenaient les droits des autres citoyens, ils n'abandonneraient jamais l'idée arrogante qu'arrivera un Messie qui, avec son épée, pliera tous les peuples. Ce pour quoi les Juifs préfèrent une seule activité, le commerce de l'or et des bijoux ; ainsi, à la venue du Messie, ils ne se sentiront pas liés à la terre qui les a hébergés, et ils pourront emporter aisément sur eux tout leur avoir, quand – comme dit poétiquement Dostoïevski – brillera le rayon de l'aurore et que le peuple élu emportera les cymbales et la timbale et la musette et l'argent et les choses saintes de la vieille Maison.

— En France on a été trop indulgent avec eux, concluait Toussenel, et maintenant ils dominent dans les Bourses et sont les maîtres du crédit. En raison de quoi le socialisme ne peut être qu'antisémite... Ce n'est pas un hasard si les Juifs ont triomphé en France au moment précis où triomphaient les nouveaux principes du capitalisme, qui venaient d'outre-Manche.

— Vous simplifiez par trop les choses, monsieur Toussenel, disait Glinka. En Russie, parmi ceux qui sont empoisonnés par les idées révolutionnaires de ce Marx dont vous chantiez les louanges, il y a nombre de Juifs. Eux, ils sont partout.

1re Année. — N° 25 | Paris et Départements, le Numéro : 10 Centimes. | Samedi 30 Décembre 1893

LA LIBRE PAROLE

ILLUSTRÉE

La France aux Français !

RÉDACTION
14 Boulevard Montmartre

Directeur : EDOUARD DRUMONT

ADMINISTRATION
14, boulevard Montmartre

… et maintenant ils dominent dans les Bourses et sont les maîtres du crédit. En raison de quoi le socialisme ne peut être qu'antisémite… (p. 430)

Et elle se tournait vers les croisées du salon, comme si *Eux* l'attendaient avec leurs poignards au coin de la rue. Simonini pensait, saisi par un retour de ses terreurs infantiles, à Mordecaï qui, la nuit, montait les escaliers.

Travailler pour l'Okhrana

Simonini avait aussitôt repéré dans la Glinka un client possible. Il avait commencé par s'asseoir à côté d'elle, lui faisant une cour discrète – avec un certain effort. Notre homme n'était pas bon juge en matière de charme féminin, mais il se rendait tout de même compte que cette dernière exhibait un museau de fouine et des yeux trop rapprochés de la racine du nez, tandis que Juliette Adam, même si elle n'était plus celle qu'il avait connue vingt ans plus tôt, montrait encore, elle, la belle allure d'une dame à l'attirante majesté.

Néanmoins Simonini ne se compromettait pas beaucoup avec la Glinka, il en écoutait plutôt les divagations, en faisant semblant de s'intéresser au fait que Madame fantasmait sur la façon dont elle avait eu à Würzburg la vision d'un gourou himalayen qui l'avait initiée à je ne sais trop quelle révélation. C'était donc un sujet à qui offrir du matériel antijudaïque adapté à ses inclinations ésotériques. D'autant plus que le bruit courait que Juliana Glinka était la nièce du général Orzheievski, une figure d'un certain relief de la police secrète russe, qu'à travers lui elle avait été en quelque sorte enrôlée dans l'Okhrana, le service secret impérial – et à ce titre elle était rattachée (dépendante, collaboratrice ou concurrente directe, on ne comprenait pas trop en qualité de quoi) au nouveau responsable de toutes les investigations à l'étranger, Piotr Ratchkovski. *Le Radical*, un journal de gauche, avait avancé le soupçon que la Glinka tirait ses propres moyens de subsistance de la dénonciation systématique des terroristes russes en exil – ce qui voulait dire qu'elle ne fréquentait pas seulement le salon Adam, mais aussi d'autres milieux qui échappaient à Simonini.

Il fallait accommoder aux goûts de la Glinka la scène du cimetière de Prague, en éliminant les longueurs sur les projets économiques et en insistant sur les aspects plus ou moins messianiques des discours rabbiniques.

En pêchant un peu entre Gougenot et d'autres littératures de l'époque, Simonini avait laissé libre cours à l'imagination des rabbins sur le retour du Souverain élu par Dieu comme Roi d'Israël destiné à balayer toutes les iniquités des gentils. Et sur le sujet il avait inséré dans l'histoire du cimetière au moins deux pages de fantasmagories messianiques, genre : « Avec toute la puissance et la terreur de Satan, le règne du Roi triomphateur d'Israël s'approche de notre monde non régénéré ; le Roi né du sang de Sion, l'Antéchrist, touche au trône de la puissance universelle. » Mais, considérant que dans le milieu tsariste toute pensée républicaine inspirait une peur bleue, il avait ajouté que seul un système républicain avec vote populaire aurait accordé aux Juifs la possibilité d'introduire, en achetant les majorités, les lois utiles à leurs fins. Ces idiots de gentils, disaient les rabbins du cimetière, pensent, eux, que sous une république il y a une plus grande liberté que sous une autocratie, alors qu'au contraire dans une autocratie ce sont les sages qui gouvernent quand en régime libéral c'est la plèbe qui gouverne, facilement aiguillonnée par les agents juifs. Comment la république pourrait cohabiter avec un Roi du monde ne paraissait pas devoir poser problème : le cas de Napoléon III était encore sous nos yeux pour démontrer que les républiques peuvent créer des empereurs.

Mais, en se rappelant les histoires de son grand-père, Simonini avait eu l'idée d'enrichir les discours des rabbins avec une longue synthèse sur la manière dont avait fonctionné et devait fonctionner le gouvernement occulte du monde. Bizarre que la Glinka n'eût pas fini par se rendre compte que les arguments étaient les mêmes que ceux de Dostoïevski – ou peut-être s'en était-elle rendu compte, et c'est pour cela précisément qu'elle se réjouissait qu'un texte aussi ancien pût confirmer les écrits de Dostoïevski, assurant ainsi son authenticité.

Il apparaissait donc dans le cimetière de Prague que les cabalistes avaient été les inspirateurs des croisades pour redonner à Jérusalem sa dignité de centre du monde, grâce aussi (et là Simonini savait qu'il pouvait pêcher dans un répertoire très riche) aux inévitables Templiers. Et dommage que pour finir les Arabes eussent rejeté les croisés à la mer, et que les Templiers eussent fait la vilaine fin qu'ils avaient faite, sinon le plan aurait réussi avec quelques siècles d'avance.

Dans cette perspective, les rabbins de Prague rappelaient combien l'Humanisme, la Révolution française et la guerre d'Indépendance américaine avaient contribué à miner les principes du christianisme et le respect pour les souverains, préparant la conquête judaïque du monde. Bien sûr, pour réaliser ce plan, les Juifs avaient dû se construire une façade respectable, c'est-à-dire la Franc-Maçonnerie.

Simonini avait habilement recyclé le vieux Barruel, que la Glinka et ses commanditaires russes ne connaissaient évidemment pas, et de fait le général Orzheievski, à qui la Glinka avait envoyé le rapport, avait cru opportun d'en tirer deux textes : l'un, plus court, correspondait plus ou moins à la scène originale du cimetière de Prague, et on l'avait fait publier dans certaines revues de là-bas – en oubliant (ou en arguant que le public l'avait oublié, ou même en ignorant) qu'un discours du Rabbin, extrait du livre de Goedsche, avait circulé plus de dix ans auparavant à Pétersbourg, et que dans les années suivantes il était apparu dans l'*Antisemiten-Katechismus* de Theodor Fritsch ; l'autre était sorti comme pamphlet sous le titre de *Taiana Evreistva* (Les secrets des Juifs), ennobli par une préface d'Orzheievski soi-même, où il était dit que pour la première fois dans ce texte, enfin réapparu à la lumière, on démontrait les rapports profonds entre maçonnerie et hébraïsme, l'un et l'autre hérauts du nihilisme (accusation qui, à cette époque en Russie, apparaissait comme gravissime).

Il va sans dire qu'Orzheievski avait fait parvenir à Simonini une juste rétribution et la Glinka était arrivée au point (redouté et redoutable) d'offrir son corps en récompense de cette admirable entreprise – horreur à laquelle Simonini avait échappé en laissant comprendre, entre tremblements articulés de ses mains et moult et virginaux soupirs, que son sort n'était pas dissemblable du sort de cet Octave de Malivert sur lequel, depuis des décennies, potinaient tous les lecteurs de Stendhal.

A partir de cet instant, la Glinka s'était désintéressée de Simonini, et lui d'elle. Mais un jour, en entrant au Café de la Paix pour un simple déjeuner à la fourchette (côtelettes et rognon au gril), Simonini l'avait croisée, assise à une table avec un bourgeois corpulent à l'aspect assez vulgaire, avec qui elle discutait en un évident état de tension. Il s'était arrêté pour saluer, et la Glinka n'avait pu éviter de le présenter à ce monsieur Ratchkovski, qui l'avait observé avec beaucoup d'intérêt.

Sur le moment Simonini ne saisissait pas les motifs de pareille attention, mais il les avait compris peu de temps après, quand il avait entendu sonner à la porte du magasin et que s'était présenté Ratchkovski en personne. Avec un large sourire et une autoritaire désinvolture il avait traversé la boutique et, une fois l'escalier pour l'étage supérieur repéré, il avait pénétré dans son étude, prenant commodément place sur un crapaud à côté du bureau.

— De grâce, avait-il dit, parlons affaires.

Blond comme un Russe, encore que grisonnant comme un homme qui aurait désormais dépassé la trentaine, Ratchkovski avait des lèvres charnues et sensuelles, un nez proéminent, des sourcils de diable slave, un sourire cordialement cruel et des tons melliflus. Plus semblable à un guépard qu'à un lion, notait Simonini – et il s'était demandé s'il était moins inquiétant d'être convoqué de nuit sur les quais de la Seine par Osman Bey, ou par Ratchkovski tôt le matin dans son bureau de l'ambassade russe, rue de Grenelle. Il avait tranché : Osman Bey.

— Donc, capiston Simonini, avait commencé Ratchkovski, sans doute ne savez-vous pas bien quelle est la chose que vous, en Occident, vous nommez improprement Okhrana, et que les émigrés russes appellent avec mépris Okhranka.

— J'en ai entendu murmurer.

— Pas de murmures, tout à la lumière du soleil. Il s'agit de la *Okrannié otdelenia* qui signifie Département de Sûreté, des services d'information réservés qui dépendent de notre ministère de l'Intérieur. Elle a vu le jour après l'attentat du tsar Alexandre II, pour protéger la famille impériale. Mais peu à peu elle a dû s'occuper de la menace du terrorisme nihiliste, et établir différents départements de surveillance même à l'étranger où prospèrent exilés et émigrés. Et voilà pourquoi je me trouve ici, dans l'intérêt de mon pays. A la lumière du soleil. Ceux qui se cachent sont les terroristes. Compris ?

— Compris. Mais moi ?

— Procédons par ordre. Vous ne devez pas craindre de vous déboutonner avec moi, si par hasard vous aviez des informations sur des groupes terroristes. J'ai su qu'en votre temps vous aviez signalé aux services français de dangereux bonapartistes, et on ne peut dénoncer que les amis, ou au moins des personnes qu'on fréquente. Je ne suis pas une violette. Moi aussi en mon temps j'ai eu des contacts avec les terroristes russes, c'est de l'histoire ancienne, mais c'est pour ça que j'ai fait carrière dans les services antiterroristes où seuls ceux qui ont commencé dans les groupes subversifs travaillent de façon efficace. Pour servir la loi avec compétence, il faut l'avoir violée. Ici, en France, vous avez eu l'exemple de votre Vidocq qui n'est devenu chef de la police qu'après avoir été au bagne. Se méfier des policiers trop, comment dire, propres. Ce sont des muscadins. Mais revenons à nos moutons. Dernièrement nous nous sommes rendu compte qu'au milieu des terroristes militent certains intellectuels juifs. Sur mandat de certaines personnes de la cour du tsar, je cherche à montrer que ceux qui minent la trempe du peuple russe, et en menacent la survie même, sont les Juifs. Vous entendrez dire que je suis considéré comme un protégé du ministre Witte, qui a une renommée de libéral, et qu'il ne me prêterait pas l'oreille sur ces sujets-là. Mais il ne faut jamais servir son maître du moment, sachez-le, il faut se préparer pour celui d'après. Bref, je ne veux pas perdre de temps. J'ai vu ce que vous avez donné à madame Glinka, et j'ai décidé que c'est pour une bonne part à jeter aux ordures. Normal, vous avez choisi la brocante comme couverture, c'est-à-dire celui qui vend des choses usées plus cher que du neuf. Mais il y a des années de cela, dans *Le Contemporain* vous avez mis au jour des documents brûlants que vous aviez reçus de votre grand-père, et je serais étonné si vous n'aviez rien d'autre. On va racontant que vous en sauriez énormément sur énormément de choses (et là Simonini touchait les intérêts de son projet, vouloir paraître plus qu'être un espion). De vous, je voudrais donc du matériel digne de foi. Je sais distinguer le blé de l'ivraie. Je paie. Mais, si le matériel n'est pas bon, je m'irrite. C'est clair ?

— Mais que voulez-vous de précis ?

— Si je le savais, ce n'est pas vous que je paierais. J'ai à mon service des personnes qui savent très bien construire un document, mais je dois leur fournir des contenus. Et je ne peux pas raconter à un bon sujet russe que les Juifs attendent le Messie, chose qui n'importe ni au moujik ni au barine. S'ils attendent le Messie, cela doit être expliqué en référence à leurs poches.

— Mais pourquoi visez-vous en particulier les Juifs ?

— Parce que en Russie il y a les Juifs. Si j'étais en Turquie, je viserais les Arméniens.

— Vous voulez donc que les Juifs soient détruits, comme – peut-être le connaissez-vous – Osman Bey.

— Osman Bey est un fanatique, et d'ailleurs il est juif lui aussi. Mieux vaut le tenir à l'écart. Moi, je ne veux pas détruire les Juifs, j'oserais dire que les Juifs sont mes meilleurs alliés. Je suis intéressé à l'ordre moral du peuple russe et je ne désire pas (ou les personnes à qui j'entends complaire ne désirent pas) que ce peuple dirige ses insatisfactions vers le Tsar. Il leur faut donc un ennemi. Inutile d'aller chercher l'ennemi, que sais-je, chez les Mongols ou chez les Tartares, comme ont fait les autocrates d'autrefois. L'ennemi pour être reconnaissable et redoutable doit être chez soi, ou sur le seuil de sa maison. Partant, les Juifs. La divine Providence nous les a donnés, utilisons-les, bon Dieu, et prions pour qu'il y ait toujours quelques Juifs à craindre ou à haïr. Il faut un ennemi pour donner au peuple un espoir. Quelqu'un a dit que le patriotisme est le dernier refuge des canailles : qui n'a pas de principes moraux se drape d'habitude dans une bannière, et les bâtards se réclament toujours de la pureté de leur race. L'identité nationale est la dernière ressource des déshérités. Or le sentiment de l'identité se fonde sur la haine, sur la haine de qui n'est pas identique. Il faut cultiver la haine comme passion civile. L'ennemi est l'ami des peuples. Il faut toujours quelqu'un à haïr pour se sentir justifié dans sa propre misère. La haine est la vraie passion primordiale. C'est l'amour qui est une situation anormale. C'est pour ça que Christ a été tué : il parlait contre nature. On n'aime pas quelqu'un pour toute la vie, de cette espérance impossible naissent adultère, matricide, trahison de l'ami... Par contre, on peut haïr quelqu'un toute une vie. Pourvu qu'il soit toujours là à attiser notre haine. La haine réchauffe le cœur.

Drumont

Simonini était resté préoccupé par cet entretien. Ratchkovski avait l'air de parler sérieusement, s'il ne lui donnait pas du matériel inédit, il « s'irriterait ».

Pour l'instant, il n'avait pas asséché ses sources, au contraire il avait rassemblé de nombreuses feuilles pour ses protocoles multiples, mais il sentait qu'il fallait quelque chose de plus, pas seulement ces affaires d'Antéchrists qui allait bien pour des personnages comme la Glinka, mais quelque chose qui mordît de plus près l'actualité. En somme, il ne voulait pas brader son cimetière de Prague amendé, mais plutôt en monter le prix. Et donc il attendait.

Il s'était confié au Père Bergamaschi, qui lui aussi le harcelait pour avoir du matériel antimaçonnique.

— Regarde ce livre, lui avait dit le jésuite. C'est *La France juive* d'Edouard Drumont. Des centaines de pages. En voilà un qui, de toute évidence, en sait plus que toi.

Simonini avait à peine feuilleté le volume : — Mais ce sont les mêmes choses qu'avait écrites le vieux Gougenot, il y a plus de quinze ans !

— Et alors ? Ce livre-ci on se l'est arraché, il est clair que ses lecteurs ne connaissaient pas Gougenot. Et tu veux que ton client russe ait déjà lu Drumont ? N'es-tu pas, toi, le maître du recyclage ? Va flairer ce qu'on dit ou ce qu'on fait dans ce milieu.

Il avait été facile d'entrer en contact avec Drumont. Dans le salon Adam, Simonini avait gagné la bienveillance d'Alphonse Daudet ; lequel l'avait invité aux soirées qui se déroulaient, quand ce n'était pas le tour du salon Adam, dans sa maison de Champrosay où, accueillis avec grâce par Julia Daudet, se réunissaient des personnages comme les frères Goncourt, Pierre Loti, Emile Zola, Frédéric Mistral et justement Drumont qui commençait à devenir célèbre après la publication de *La France juive*. Les années suivantes Simonini s'était mis à le fréquenter, d'abord à la Ligue

Antisémitique qu'il avait fondée, et puis à la rédaction de son journal, *La Libre Parole.*

Drumont avait une chevelure léonine et une grande barbe noire, le nez busqué et les yeux ardents, au point qu'on aurait pu le faire passer (à observer l'iconographie courante) pour un prophète juif ; et de fait son antijudaïsme avait quelque chose de prophétique, de messianique, comme si le Tout-Puissant l'avait spécifiquement chargé de détruire le peuple élu. Simonini était fasciné par la rancœur antijudaïque de Drumont. Qui haïssait les Juifs, comment dire, par amour, par élection, par abnégation – par une impulsion qui se substituait aux pulsions sexuelles. Drumont n'était pas un antisémite philosophique et politique comme Toussenel, ni théologique comme Gougenot, c'était un antisémite érotique.

Il suffisait de l'entendre parler pendant les longues et oisives réunions de rédaction.

— J'ai volontiers fait la préface de ce livre de l'Abbé Desportes, sur le mystère du sang chez les Juifs. Et il ne s'agit pas seulement de pratiques médiévales. Aujourd'hui encore, les divines baronnes juives qui tiennent salon mettent du sang d'enfants chrétiens dans les entremets qu'elles offrent à leurs invités.

Et encore : — Le Sémite est mercantile, cupide, intrigant, subtil, rusé, tandis que nous les Aryens nous sommes enthousiastes, héroïques, chevaleresques, désintéressés, francs, confiants jusqu'à la naïveté. Le Sémite est un terrien qui ne voit rien au-delà de la vie présente ; avez-vous jamais trouvé dans la Bible des allusions à l'au-delà ? L'Aryen est toujours pris de passion pour la transcendance, il est un fils de l'idéal. Le dieu chrétien se trouve dans le haut des cieux ; l'hébraïque apparaît tantôt sur une montagne, tantôt

1re Année. — N° 23 Paris et Départements, le Numéro : 10 Centimes. Samedi 16 Décembre 1893

LA LIBRE PAROLE

ILLUSTRÉE

La France aux Français !

RÉDACTION
14 Boulevard Montmartre

Directeur : EDOUARD DRUMONT

ADMINISTRATION
14, boulevard Montmartre

SI NOUS LES LAISSONS FAIRE ....

… Simonini s'était mis à le fréquenter, d'abord à la Ligue Antisémitique qu'il avait fondée, et puis à la rédaction de son journal, *La Libre Parole*… (p. 440-441) dans un buisson, jamais plus haut. Le Sémite est négociant, l'Aryen est agriculteur, poète, moine et surtout soldat, car il brave la mort. Le Sémite n'a aucune faculté créatrice, avez-vous jamais vu des musiciens, des peintres, des poètes juifs, avez-vous jamais vu un Juif qui ait fait des découvertes scientifiques ? L'Aryen est inventeur, le Sémite en exploite les inventions.

Il récitait ce qu'avait écrit Wagner : « Il est impossible d'imaginer qu'un personnage de l'Antiquité ou des temps modernes, héros ou *amoureux*, soit représenté par un Juif sans que nous nous sentions involontairement frappés par tout le ridicule d'une représentation de ce genre. La chose qui nous répugne le plus, c'est l'accent particulier qui caractérise le parler des Juifs. Nos oreilles sont singulièrement écorchées par les sons aigus, sifflants, criards de cet idiome. Il est naturel que la congénitale aridité du tempérament hébraïque qui nous est si antipathique trouve sa plus grande expression dans le chant, qui est la plus vive, la plus authentique manifestation du sentiment individuel. On pourrait reconnaître au Juif une aptitude artistique pour n'importe quel autre art plutôt que celui du chant, qui paraît lui être dénié par la nature même. »

— Et alors, s'était demandé quelqu'un, comment s'explique-t-on qu'ils aient envahi le théâtre musical ? Rossini, Meyerbeer, Menselssohn, ou la Giuditta Pasta, tous des Juifs…

— Sans doute parce qu'il n'est pas vrai que la musique soit un art supérieur, suggérait un autre. Ne disait-il pas, ce philosophe allemand, qu'elle est inférieure à la peinture et à la littérature parce qu'elle dérange même qui ne veut pas l'écouter ? Si quelqu'un joue près de toi une mélodie que tu n'aimes pas, tu es contraint de l'entendre, comme si quelqu'un sortait de sa poche un mouchoir parfumé d'une essence qui te dégoûte. Gloire aryenne est la littérature, aujourd'hui en crise. La musique, en revanche, art sensitif pour ramollis et malades, triomphe. Après le crocodile, le Juif est le plus mélomane de tous les animaux, tous les Juifs sont musiciens. Pianistes, violonistes, violoncellistes, tous des Juifs.

— Oui, mais rien que des exécutants, parasites des grands compositeurs, rétorquait Drumont. Vous avez cité Meyerbeer et Mendelssohn, musiciens de second rang, mais Delibes et Offenbach ne sont pas juifs.

Il en était né une grande discussion à savoir si les Juifs sont étrangers à la musique ou si la musique est l'art juif par excellence, mais les avis étaient discordants. Quand déjà on projetait la tour Eiffel, pour ne rien dire du moment où elle a été achevée, la fureur avait atteint son comble à la Ligue antisémite : c'était l'œuvre d'un Juif allemand, la réponse hébraïque au Sacré-Cœur. De Biez, sans doute l'antisémite le plus batailleur du groupe, disait en faisant partir sa démonstration de l'infériorité israélite du fait qu'eux ils écrivaient, contrairement aux gens normaux : — La forme même de cette fabrication babylonienne démontre que leur cerveau n'est pas fait comme le nôtre…

La conversation roulait alors sur l'alcoolisme, plaie française de l'époque. On disait qu'à Paris on consommait 141 000 hectolitres d'alcool par an !

— L'alcool, disait quelqu'un, est répandu par les Juifs et par la maçonnerie, qui ont perfectionné leur venin traditionnel, l'acqua-toffana. Maintenant, ils fabriquent un toxique qui ressemble à de l'eau et qui contient de l'opium et des cantharides. Il produit langueur et idiotie, et puis mène à la mort. On le met dans les boissons alcoolisées, et il pousse au suicide.

… L'alcool, disait quelqu'un, est répandu par les Juifs et par la maçonnerie, qui ont perfectionné leur venin traditionnel, l'acqua-toffana… (p. 444)

— Et la pornographie ? Toussenel (parfois, même les socialistes peuvent dire la vérité) a écrit que le porc est l'emblème du Juif qui n'a pas honte de se vautrer dans la bassesse et dans l'ignominie. D'autre part le Talmud dit que c'est un bon présage que de rêver d'excréments. Toutes les publications obscènes sont éditées par des Juifs. Allez rue du Croissant, ce marché de journaux pornographiques. C'est une échoppe (de Juifs) l'une après l'autre, des scènes de débauche, des moines qui s'accouplent avec des fillettes, des prêtres qui fouettent des femmes nues, couvertes de leurs seuls cheveux, des scènes priapiques, bamboches de convers ivres. Les gens passent et rient, même des familles avec des enfants ! C'est le triomphe, pardonnez le mot, de l'Anus. Chanoines sodomites, fesses de religieuses qui se font fouailler par des curés cochons...

Un autre thème habituel était le nomadisme israélite.

— Le Juif est nomade, mais pour fuir quelque chose, pas pour explorer de nouvelles terres, rappelait Drumont. L'Aryen voyage, découvre l'Amérique, et les terres inconnues, le Sémite attend que les Aryens découvrent les nouvelles terres et puis il va les exploiter. Et remarquez bien les fables. A part que les Juifs n'ont jamais eu suffisamment d'imagination pour concevoir une belle fable, leurs frères sémites, les Arabes, ont raconté les histoires des *Mille et Une Nuits* où quelqu'un découvre une outre pleine d'or, une caverne avec les diamants des voleurs de grand chemin, une bouteille avec un esprit bienveillant – et tout leur est offert par le ciel. Dans les fables aryennes au contraire, que l'on songe à la conquête du Graal, tout doit être gagné par la lutte et par le sacrifice.

— Cela étant, disait un des amis de Drumont, les Juifs ont quand même réussi à survivre à toutes les adversités…

— Certes, écumait presque de ressentiment Drumont, il est impossible de les détruire. Tous les autres peuples, quand ils émigrent dans un autre milieu, ne résistent pas aux changements du climat, aux nouvelles nourritures, et s'affaiblissent. Eux, au contraire, avec le déplacement ils se fortifient, comme il advient pour les insectes.

— Ils sont comme les romanichels, jamais malades. Même s'ils se nourrissent d'animaux morts. C'est peut-être le cannibalisme qui les aide, et ils enlèvent les enfants pour ça…

— Mais il n'est pas dit que le cannibalisme allonge la vie, voyez les nègres de l'Afrique : ils sont cannibales et pourtant ils tombent comme des mouches dans leurs villages.

— Comment s'explique alors l'immunité du Juif ? Il a une vie moyenne de cinquante-trois ans tandis que les chrétiens en ont une de trente-sept. Phénomène qu'on observe depuis le Moyen Age : ils paraissent mieux résister que les chrétiens aux épidémies. On dirait qu'il y a en eux une peste permanente qui les défend de la peste ordinaire.

Simonini relevait que ces sujets avaient déjà été traités par Gougenot, mais dans le cénacle de Drumont on ne se souciait pas tant de l'originalité des idées que de leur vérité.

— D'accord, disait Drumont, ils résistent mieux que nous aux maladies physiques, mais ils sont davantage sujets aux maladies mentales. Vivre toujours au milieu des transactions, des spéculations et des complots leur altère le système nerveux. En Italie, il y a un aliéné sur trois cent quarante-huit Juifs, et un sur sept cent soixante-dix-huit catholiques. Charcot a fait des études intéressantes sur les Juifs russes, dont nous sommes informés parce qu'ils sont pauvres, alors qu'en France ils sont riches et cachent leurs maux dans la clinique du docteur Blanche, au prix fort. Vous savez que Sarah Bernhardt garde un cercueil blanc dans sa chambre ?

— Ils font des enfants à une vitesse redoublée par rapport à nous. Dans le monde, ils sont désormais plus de quatre millions.

— L'*Exode* le disait déjà, les fils d'Israël se multiplièrent comme des moissons et crûrent en abondance, et ils devinrent très puissants et remplirent la terre.

— Les voilà ici, maintenant. Et ici ils ont été, même quand nous ne soupçonnions pas qu'ils y fussent. Qui était Marat ? Son vrai nom était Mara. D'une famille séfarade chassée d'Espagne qui, pour cacher son origine judaïque, s'était faite protestante. Marat : rongé par la lèpre, mort dans la saleté, un malade mental affecté de manie de persécution et puis de manie d'homicide, Juif typique, qui se venge des chrétiens en envoyant le plus grand nombre d'entre eux à la guillotine. Regardez son portrait au Musée Carnavalet, vous voyez sur-le-champ l'halluciné, le neuropathique, comme Robespierre et d'autres jacobins, cette asymétrie des deux moitiés du visage qui révèle le déséquilibré.

— La Révolution a été faite, éminemment faite par les Juifs, nous le savons. Mais Napoléon, avec sa haine antipapale et ses alliances maçonniques, était-il sémite ?

— Il semblerait, même Disraeli l'a dit. Baléares et Corse ont servi de refuge aux Juifs chassés d'Espagne : devenus ensuite marranes, ils ont pris le nom des maîtres qu'ils avaient servis, comme Orsini et Bonaparte.

Dans toute compagnie, il y a le gaffeur, celui qui pose la mauvaise question au mauvais moment. Et voici qu'émerge la question insidieuse : — Et alors, Jésus ? Il était juif, et pourtant il meurt jeune, il est indifférent à l'argent, il ne pense qu'au royaume des cieux...

La réponse était venue de Jacques de Biez : — Messieurs, que Christ fût juif est une légende que les Juifs eux-mêmes ont fait circuler, tels saint Paul et les quatre évangélistes. En réalité, Jésus était de race celtique, comme nous les Français, qui avons été conquis par les Latins seulement beaucoup plus tard. Et avant d'être émasculés par les Latins, les Celtes étaient un peuple conquérant ; n'avez-vous jamais entendu parler des Galates qui étaient arrivés de Grèce ? Le nom de Galilée vient ainsi des Gaulois qui l'avaient colonisée. D'autre part, le mythe d'une vierge qui aurait accouché d'un fils est un mythe celtique et druidique. Jésus, il suffit de regarder tous les portraits que nous possédons de lui, était blond, avec des yeux bleus. Et il parlait contre les us, les superstitions, les vices des Juifs, et contrairement à tout ce que les Juifs attendaient du Messie, il disait que son Royaume n'était pas de ce monde. Et si les Juifs étaient monothéistes, Christ lance l'idée de la Trinité, en s'inspirant du polythéisme celtique. Voilà pourquoi ils l'ont tué. Juif était Caïphe qui l'a condamné, juif était Judas qui l'a trahi, juif était Pierre qui l'a renié...

La même année où il avait fondé *La Libre Parole*, Drumont avait eu la chance ou l'intuition d'enfourcher le scandale de Panamá.

— Simple, expliquait-il à Simonini avant de lancer sa campagne. Ferdinand de Lesseps, celui-là même qui a ouvert le canal de Suez, est chargé d'ouvrir l'isthme de Panamá. On devait dépenser six cents millions de francs et Lesseps avait créé une société anonyme. Les travaux débutent en 1881 au milieu de mille problèmes, Lesseps a besoin de plus d'argent et lance une souscription publique. Mais il avait utilisé une partie de l'argent récolté pour corrompre des journalistes et cacher les difficultés qui surgissaient au fur et à mesure, comme le fait qu'en 1887 on avait creusé à peine la moitié de l'isthme et on avait déjà dépensé mille quatre cents millions de francs. Lesseps demande de l'aide à Eiffel, le Juif qui a construit cette horrible tour, puis il continue à recueillir des fonds et à les utiliser pour corrompre aussi bien la presse que différents ministres. Ainsi, il y a quatre ans, la Compagnie du Canal a fait faillite et quatre-vingt-cinq mille braves Français qui avaient adhéré à la souscription ont perdu tout leur argent.

— C'est une histoire connue.

— Oui, mais ce que je peux maintenant démontrer c'est que ceux qui ont tenu la main de Lesseps, ce sont des financiers juifs, parmi lesquels le baron Jacques de Reinach (fait baron par les Prussiens !). *La Libre Parole* de demain fera du bruit.

Il avait fait du bruit, entraînant dans le scandale des journalistes, des fonctionnaires du gouvernement, d'ex-ministres, Reinach s'était suicidé, certains personnages importants avaient été conduits en prison, Lesseps s'en était tiré avec la prescription, Eiffel s'en était sorti d'un cheveu, Drumont triomphait comme pourfendeur des mœurs corrompues, mais surtout il nourrissait d'arguments concrets sa campagne antijuive.

Quelques bombes

Avant même de pouvoir approcher Drumont, il semble cependant que Simonini avait été convoqué par Hébuterne, comme d'habitude dans la nef de Notre-Dame.

— Capiston Simonini, lui avait-il dit, il y a des années je vous avais chargé de pousser ce Taxil à une campagne antimaçonnique tellement genre cirque équestre qu'elle se rétorquerait contre les antimaçons les plus vulgaires. L'homme qui, en votre nom, m'avait garanti que l'entreprise serait sous contrôle, c'était l'Abbé Dalla Piccola, dont j'avais pas mal graissé la patte. Mais maintenant il me semble que ce Taxil exagère. Comme c'est vous qui m'avez envoyé l'Abbé, tâchez de faire pression sur lui, et sur Taxil.

Là, Simonini s'avoue à lui-même qu'il a un vide dans la tête : il a l'impression de savoir que l'Abbé Dalla Piccola devait s'occuper de Taxil, mais il ne se souvient pas de l'avoir chargé de quoi que ce soit. Il se rappelle seulement avoir dit à Hébuterne qu'il s'intéresserait à l'affaire. Puis il lui avait dit que pour le moment il continuait à s'intéresser aux Juifs, et qu'il était sur le point de prendre contact avec le milieu de Drumont. Il s'était étonné en s'apercevant combien Hébuterne était favorable à ce groupe. Lui avait-on assez répété, ou pas, s'était alors enquis Simonini, que le gouvernement ne voulait nullement être mêlé à des campagnes anti-israélites ?

— Les choses changent, capitaine – lui avait répondu Hébuterne. Vous voyez, jusqu'à il y a peu les Juifs étaient ou des pauvres diables qui vivaient dans un ghetto, comme il arrive aujourd'hui encore en Russie et à Rome, ou comme chez nous de grands banquiers. Les

Juifs pauvres prêtaient à usure ou pratiquaient la médecine, mais celui qui faisait fortune finançait la cour et s'engraissait sur les dettes du roi, en lui fournissant de l'argent pour ses guerres. Dans ce sens, il se trouvait toujours du côté du pouvoir, sans se mêler de politique. Et, étant intéressé à la finance, il ne s'occupait pas d'industrie. Puis quelque chose s'est passé dont nous nous sommes tardivement rendu compte nous aussi. Après la Révolution, les Etats ont eu besoin d'un volume de financements supérieur à celui que pouvaient fournir les Juifs, et le Juif a graduellement perdu sa position de monopole du crédit. En attendant, peu à peu, et nous nous en rendons compte à peine à présent, la Révolution avait conduit, du moins chez nous, à l'égalité de tous les citoyens. Et, à l'exception comme toujours des pauvres diables des ghettos, les Juifs sont devenus bourgeoisie, la grande bourgeoisie des capitalistes bien sûr, mais aussi la petite bourgeoisie, celle des métiers, des appareils d'Etat, et de l'armée. Vous savez le nombre d'officiers juifs à ce jour ? Plus que vous ne pouvez le croire. Et si encore ce n'était que l'armée : les Juifs se sont graduellement glissés dans le monde de la subversion anarchiste et communiste. Si, avant, les snobs révolutionnaires étaient antijudaïques en tant qu'anticapitalistes, et si les Juifs étaient en fin de compte toujours les alliés du gouvernement en place, aujourd'hui la mode est au Juif *d'opposition*. Et qui d'autre était ce Marx dont parlent tant nos révolutionnaires ? Un bourgeois sans le sou qui vivait sur le dos d'une épouse aristocratique. Et nous ne pouvons pas oublier, par exemple, que tout l'enseignement supérieur est entre leurs mains, depuis le Collège de France jusqu'à l'Ecole des Hautes Etudes, et entre leurs mains se trouvent tous les théâtres de Paris, et une grande partie des journaux, voir le *Journal des débats*, qui est l'organe officiel de la haute finance.

Simonini ne comprenait pas encore ce que, maintenant que les Juifs bourgeois étaient devenus trop envahissants, Hébuterne cherchait sur eux. A sa question, Hébuterne avait fait un geste vague.

— Je ne le sais pas. Nous devons seulement faire attention. Le problème est de savoir si nous pouvons nous fier à cette nouvelle catégorie de Juifs. Notez que je ne suis pas en train de penser aux bizarreries qui circulent au sujet d'un complot israélite pour la conquête du monde ! Ces Juifs bourgeois ne se reconnaissent plus dans leur communauté d'origine, et souvent ils en ont honte, mais ils sont en même temps des citoyens peu sûrs parce qu'ils sont pleinement français depuis peu, et demain ils pourraient trahir, pourquoi pas de mèche avec les Juifs bourgeois prussiens. Au temps de l'invasion allemande, la plupart des espions étaient des Juifs alsaciens.

Ils allaient prendre congé quand Hébuterne avait ajouté : — Incidemment. A l'époque de Lagrange, vous aviez eu affaire avec un certain Gaviali. C'est vous qui l'avez fait arrêter.

— Oui, c'était le chef des terroristes de la rue de la Huchette. Il me semble qu'ils sont tous à Cayenne ou par là-bas.

— Sauf Gaviali. Il s'est récemment évadé et il a été signalé à Paris.

— On peut s'évader de l'île du Diable ?

— On peut s'évader de partout, il suffit d'avoir des tripes.

— Pourquoi ne l'arrêtez-vous pas ?

— Parce qu'un bon fabricant de bombes en ce moment pourrait faire notre affaire. Nous l'avons localisé : il est chiffonnier à Clignancourt. Pourquoi ne le récupérez-vous pas ?

Il n'était pas difficile de trouver les chiffonniers à Paris. Bien que très répandus dans la ville, naguère leur royaume était entre les rues Mouffetard et Saint-Médard. A présent, du moins ceux qu'Hébuterne avait repérés, ils se trouvaient autour de la porte de Clignancourt, et ils vivaient dans une colonie de baraques aux toits de broussaille et, allez savoir pourquoi, à la belle saison, dans cette atmosphère nauséabonde, y fleurissaient des tournesols.

Dans le coin, il y avait un certain restaurant dit Aux Pieds Humides parce que les clients devaient attendre leur tour dans la rue et, une fois entrés, pour un sou ils avaient le droit de plonger une énorme fourchette dans une marmite cabossée où on pêchait ce qu'on pêchait, si tout allait bien un morceau de viande, sinon une carotte – et de dégager.

Les chiffonniers avaient leurs hôtels garnis. Ce n'était pas grand-chose, un lit, une table, deux chaises dépareillées. Au mur, des images saintes ou des gravures de vieux romans trouvés dans les poubelles. Un morceau de miroir, l'indispensable pour la toilette dominicale. Ici, le chiffonnier triait avant tout ses trouvailles : les os, les porcelaines, le verre, les vieux rubans, les tombées de soie. La journée commençait à six heures du matin, et après sept heures du soir si les sergents de ville (ou, comme désormais tout le monde les appelait, les flics) trouvaient encore quelqu'un au travail, ils lui collaient une amende.

Simonini était allé chercher Gaviali là où il aurait dû être. Et, à la fin de sa recherche, dans une bibine où on ne vendait pas que du vin mais aussi de l'absinthe qu'on disait empoisonnée (comme si la normale n'était pas suffisamment poison), on lui avait désigné un individu. Simonini se rappelait que lorsqu'il avait connu Gaviali il n'avait pas encore la barbe, et pour l'occasion il l'avait ôtée. Une vingtaine d'années avaient passé, mais il pensait être encore reconnaissable. Celui qui n'était pas reconnaissable, c'était Gaviali.

Il avait un visage blême, ridé, et la barbe longue. Une cravate jaunâtre, plus semblable à une corde, pendait d'un col graisseux d'où sortait un cou d'une maigreur extrême. Il était coiffé d'un chapeau en loques, portait une redingote verdâtre sur un gilet gondolé, ses souliers étaient crottés comme s'il ne les avait pas nettoyés depuis des années et les lacets faisaient une pâte boueuse avec le cuir. Mais parmi les chiffonniers personne ne prêtait attention à Gaviali parce que personne n'était mieux habillé que lui.

Simonini s'était fait reconnaître, en s'attendant à de cordiales retrouvailles. Mais Gaviali l'avait regardé, le regard dur.

— Vous avez le culot de réapparaître devant moi, capitaine ? avait-il dit. Et, devant le trouble de Simonini, il avait repris : — Vous me prenez vraiment pour un jobard ? J'ai bien vu, ce jour où sont arrivés les gendarmes et qu'ils ont tiré sur nous, que vous avez tiré le coup de grâce à ce malheureux que vous nous aviez envoyé comme votre agent. Et puis, nous tous les survivants, nous nous sommes retrouvés sur le même voilier faisant route pour Cayenne, et vous n'y étiez pas. Facile de compter, deux et deux font quatre. En quinze années d'oisiveté à Cayenne, on devient intelligent ; vous avez conçu notre complot pour ensuite le dénoncer. Ce doit être un métier qui rapporte.

— Et alors ? Vous voulez vous venger ? Vous êtes réduit à un déchet d'homme, si votre hypothèse est juste, la police devrait me prêter l'oreille, et il suffit que j'avertisse qui il faut et vous retournez à Cayenne.

— Par pitié, capitaine. Les années à Cayenne m'ont rendu sage. Quand on fait le conspirateur, on doit compter sur la rencontre d'un mouchard. C'est comme jouer aux gendarmes et aux voleurs. Et puis, voyez-vous, quelqu'un a dit qu'avec les années tous les révolutionnaires deviennent des défenseurs du trône et de l'autel. Trône et autel peu m'importe, mais je la considère comme terminée, la saison des grands idéaux. Avec cette prétendue troisième République on ne sait même plus où trouver le tyran à abattre. Je suis encore bon à une seule chose : faire des bombes. Et le fait que vous veniez me chercher signifie que vous voulez des bombes. C'est d'accord, pourvu que vous payiez. Vous voyez où j'habite. Changer de logis et de restaurant, ça me suffirait. Qui dois-je envoyer à la mort ? Comme tous les révolutionnaires d'autrefois, je suis devenu un vendu. C'est un métier que vous devriez bien connaître.

— De vous je veux des bombes, Gaviali, je ne sais pas encore de quelle sorte, ni où. On en parlera le moment venu. Je peux vous promettre de l'argent, un coup d'éponge sur votre passé, et de nouveaux papiers.

Gaviali s'était déclaré au service de n'importe qui payait bien et Simonini pour l'heure lui avait filé suffisamment pour survivre sans ramasser des chiffons pendant au moins un mois. Rien ne vaut le bagne pour vous rendre prêt à obéir à qui commande.

Ce que devrait faire Gaviali, Hébuterne l'avait dit plus tard à Simonini. En décembre 1893, un anarchiste, Auguste Vaillant, avait lancé un petit engin explosif (rempli de clous) dans la Chambre des députés au cri de : « Mort à la bourgeoisie ! Longue vie à l'anarchie ! » Un geste symbolique : — Si j'avais voulu tuer, j'aurais chargé la bombe de grosses balles, avait dit Vaillant au procès ; je ne peux certes pas mentir pour vous donner le plaisir de me couper le cou. Afin de faire un exemple, on lui avait quand même coupé le cou. Mais le problème n'était pas là : les services étaient inquiets que des gestes de ce genre pussent apparaître héroïques, et donc engendrer l'imitation.

— Il y a les mauvais maîtres, avait expliqué Hébuterne à Simonini, qui justifient et encouragent la terreur et l'agitation sociale, alors qu'eux sont bien tranquilles dans leurs clubs et dans leurs restaurants à parler de poésie et à boire du champagne. Voyez ce petit folliculaire de quatre sous, Laurent Tailhade (qui, pour siéger aussi dans l'hémicycle, jouit de la sorte d'une double influence sur l'opinion publique). Il a écrit sur Vaillant : « Qu'importent les victimes, si le geste fut beau ? » Pour l'Etat, les Tailhade sont plus dangereux que les Vaillant parce qu'à eux il est difficile de tailler la tête. Il faut donner une leçon publique à ces intellectuels qui ne paient jamais l'octroi.

La leçon devait être organisée par Simonini, et par Gaviali. Quelques semaines après, chez Foyot, juste à l'angle où Tailhade allait consommer ses repas coûteux, une bombe avait explosé, et Tailhade y avait laissé un œil (Gaviali était un vrai génie, la bombe était conçue de façon que la victime ne dût pas mourir mais dût être blessée juste ce qu'il fallait). Les journaux gouvernementaux avaient eu beau jeu d'écrire des commentaires, genre « et alors, monsieur Tailhade, le geste fut-il beau ? » Beau coup pour le gouvernement, pour

Gaviali et pour Simonini. Et Tailhade, outre son œil, y avait laissé sa réputation.

Le plus satisfait était Gaviali, et Simonini pensait qu'il était bon de redonner vie et crédit à quelqu'un qui les avait infortunément perdus par les hasards infortunés de la vie.

En ces mêmes années, Hébuterne avait confié d'autres tâches à Simonini. Le scandale de Panamá cessait désormais d'impressionner l'opinion publique, car les informations, quand elles sont toujours les mêmes, le temps passant suscitent l'ennui, Drumont s'était maintenant désintéressé de l'affaire, mais d'autres soufflaient encore sur les braises et à l'évidence le gouvernement était préoccupé pour les (comment dirait-on aujourd'hui ?) retours de flamme. Il fallait détourner l'attention publique des reliquats de cette histoire désormais vieillie, et Hébuterne avait demandé à Simonini d'organiser quelques belles émeutes pouvant occuper les premières pages des gazettes.

Organiser une émeute, ce n'est pas facile, avait dit Simonini, et Hébuterne lui avait suggéré que les plus enclins à faire du tapage, c'étaient les étudiants. Faire commencer quelque chose par les étudiants et puis y glisser quelques spécialistes du désordre public était la chose la plus opportune.

Simonini n'était pas en contact avec le monde estudiantin, mais il avait tout de suite pensé que, chez les étudiants, l'intéressaient ceux qui avaient des propensions révolutionnaires, mieux encore : anarchistes. Qui connaissait le mieux de tous la sphère des anars ? Celui qui par métier les infiltrait et les dénonçait : Ratchkovski, donc. Il s'était alors mis en contact avec Ratchkovski lequel, en montrant toutes ses dents de loup dans un sourire qui se voulait amical, lui avait demandé comment et pourquoi.

— Je veux seulement quelques étudiants capables de faire du vacarme sur ordre.

— Facile, avait dit le Russe, allez au Château-Rouge.

Le Château-Rouge était en apparence un point de ralliement des misérables du Quartier latin, rue Galande. Avec sa façade rouge guillotine, il s'ouvrait au fond d'une cour, et à peine entré on était asphyxié par une puanteur de gras rance, de moisi, de soupes cuites et recuites qui, au cours des années, avaient laissé comme des traces tactiles sur ces murs couverts de graisse. Sans qu'on puisse en comprendre la cause, vu que dans ce lieu il fallait apporter sa nourriture car la maison ne disposait que du vin et des assiettes. Une brume pestifère, composée de fumée de tabac et d'émanations de becs de gaz, paraissait assoupir des grappes de clochards assis même à trois ou quatre de chaque côté de la table, endormis les uns sur l'épaule des autres.

Dans les deux salles intérieures cependant il n'y avait pas de vagabonds mais bien de vieilles tapineuses grossièrement embijoutées, des jeunes putains de quatorze ans à l'air déjà insolent, yeux cernés et signes pâles de la tuberculose, et des malfrats du quartier aux bagues voyantes serties de pierres en toc et aux redingotes meilleures que les hardes de la première salle. Dans cette confusion infecte circulaient des dames bien habillées et des messieurs en habit du soir, parce que visiter le Château-Rouge était devenu une sensation à ne pas manquer : le soir tard, après le théâtre, des voitures de luxe arrivaient, et le Tout-Paris allait jouir des ivresses de la canaille – dont une grande partie était probablement payée, avec l'absinthe gratuite, par le patron du local, comme attraction des bons

… Dans les deux salles intérieures cependant il n'y avait pas de vagabonds mais bien de vieilles tapineuses grossièrement embijoutées, des jeunes putains de quatorze ans à l'air déjà insolent, yeux cernés et signes pâles de la tuberculose, et des malfrats du quartier aux bagues voyantes serties de pierres en toc et aux redingotes meilleures que les hardes de la première salle… (p. 459)

bourgeois qui pour la même absinthe paieraient le double de son prix.

Au Château-Rouge, sur indication de Ratchkovski, Simonini avait pris contact avec un certain Fayolle, de profession marchand de fœtus. C'était un homme âgé qui passait ses soirées au Château-Rouge, dépensant en eau-de-vie à quatre-vingts degrés ce qu'en une journée il gagnait en rôdant d'hôpital en hôpital pour recueillir fœtus et embryons qu'il revendait ensuite aux étudiants de l'Ecole de médecine. Il puait et l'alcool et la chair décomposée, et l'odeur qu'il répandait le contraignait à rester isolé même dans les puanteurs du Château ; mais il jouissait, disait-on, de nombreuses connaissances dans le milieu des étudiants, et surtout parmi ceux qui faisaient depuis des années profession d'étudiant, plus enclins aux mille licences qu'à l'étude des fœtus, et prêts à faire du tapage dès que s'en présentait l'occasion.

Or le hasard voulait que justement ces jours-là les jeunes du Quartier latin fussent irrités à l'égard d'une vieille perruque, le sénateur Béranger, qu'ils avaient aussitôt surnommé Père la Pudeur, lequel venait de proposer une loi qui entendait réprimer les outrages aux bonnes mœurs dont les premières victimes étaient (disait-il) précisément les étudiants. Le prétexte avait été les exhibitions d'une certaine Sarah Brown qui, à demi nue et bien en chair (et probablement moite de transpiration, frémissait d'horreur Simonini), se donnait en spectacle au Bal des Quat'z Arts.

Gare à ne pas ôter aux étudiants les honnêtes plaisirs du voyeurisme. Le groupe que Fayolle contrôlait projetait déjà d'aller au moins une nuit faire du chahut sous les fenêtres du sénateur. Il s'agissait là de savoir quand ils avaient l'intention d'y aller, et faire en sorte que se tinssent prêts dans les parages d'autres individus désireux d'en découdre. Pour une somme modique, Fayolle penserait à tout. Simonini n'avait plus qu'à informer Hébuterne du jour et de l'heure.

Ainsi, à peine les étudiants avaient-ils commencé à faire du raffut qu'était arrivée une compagnie de soldats ou peut-être bien de gendarmes. Sous toutes les latitudes, rien de mieux que la police pour stimuler chez les étudiants de belliqueuses passions, quelques pierres avaient volé, surtout des cris, mais un fumigène tiré par un soldat pour enfumer la scène était entré dans l'œil d'un pauvre type qui par hasard passait par là. Voici le mort, indispensable. On peut imaginer la suite, barricades sur-le-champ et début d'une véritable révolte. A ce point-là, les cogneurs enrôlés par Fayolle étaient entrés dans la danse. Les étudiants arrêtaient un omnibus, demandaient poliment aux passagers de descendre, détachaient les chevaux et renversaient la voiture pour en faire des barricades, mais les autres forcenés intervenaient aussitôt, et ils mettaient le feu à la voiture. En peu de temps, on était passé de la protestation tapageuse à l'émeute et de l'émeute à un embryon de révolution. De quoi préoccuper les premières pages des journaux pendant un bon moment, et adieu Panamá.

Le bordereau

1894 était l'année où Simonini avait gagné le plus d'argent. Presque par hasard, même s'il faut toujours un peu aider le hasard.

En ce temps-là, le ressentiment de Drumont pour la présence de trop nombreux Juifs dans l'armée s'était exacerbé.

— Personne ne le dit, se tourmentait-il, parce que si on parle de ces traîtres potentiels à la Patrie placés, ici, au sein de la plus glorieuse de nos institutions, et que l'on dit à la ronde que l'institution militaire est empoisonnée par quantité de ces Juifs (il prononçait « ces Juëfs, ces Juëfs », en une forte protrusion labiale, comme pour prendre un fougueux contact immédiat et féroce avec la race tout entière des infâmes Israélites), il y a de quoi faire perdre foi en notre Armée, mais il faudra bien que quelqu'un en parle. Savez-vous comment le Juif cherche à présent à se rendre respectable ? En faisant une carrière d'officier, ou en hantant les salons de l'aristocratie comme artiste et pédéraste. Ah, ces duchesses sont lasses de leurs adultères avec des gentilshommes vieux genre, ou avec des chanoines de bonnes familles, et elles ne sont jamais rassasiées du bizarre, de l'exotique, du monstrueux, elles se laissent attirer par des personnages fardés et parfumés de patchouli comme peau de femme. Mais que se pervertisse la bonne société, cela m'importe très peu, les marquises qui forniquaient avec les différents Louis ne valaient pas mieux, tandis que si on pervertit l'Armée nous touchons à la fin de la civilisation française. Je suis pour ma part convaincu que la plupart des officiers juifs forment un réseau d'espions prussiens, mais les preuves me manquent, les preuves.

Trouvez-les ! criait-il aux rédacteurs de son journal.

A la rédaction de *La Libre Parole*, Simonini avait connu le commandant Esterhazy : dandy jusqu'au bout des ongles, il vantait continuellement ses origines nobiliaires, son éducation viennoise, il faisait allusion à des duels passés et futurs, on le savait criblé de dettes, les rédacteurs l'évitaient quand il s'approchait d'une manière réservée parce qu'ils prévoyaient la demande du tapeur, et le fric prêté à Esterhazy, on le savait, ne s'appelait pas reviens. Légèrement efféminé, il portait sans cesse un mouchoir brodé à la bouche, et certains disaient qu'il était tuberculeux. Sa carrière militaire avait été bizarre, d'abord officier de cavalerie dans la campagne militaire de 1866 en Italie, puis dans les zouaves pontificaux, ensuite il avait participé à la guerre de 1870 dans la Légion étrangère. On murmurait qu'il avait quelque chose à voir avec le contre-espionnage militaire, mais évidemment il ne s'agissait pas de ces informations qu'on porte épinglées à son uniforme. Drumont le tenait en haute considération, sans doute pour s'assurer un contact dans les milieux militaires.

Esterhazy avait invité un jour Simonini à souper au Bœuf à la Mode. Après avoir commandé un mignon d'agneau aux laitues et discuté la liste des vins, Esterhazy en était venu au fait : — Capiston Simonini, notre ami Drumont est à la recherche de preuves qu'il ne trouvera jamais. Le problème n'est pas de découvrir s'il existe des espions prussiens d'origine judaïque dans l'armée. Seigneur, en ce monde il y a des espions partout et nous ne nous scandaliserions pas pour un de plus ou un de moins. Le problème politique est de *démontrer* qu'ils existent. Vous conviendrez que, pour agrafer un espion ou un conspirateur, il n'est pas nécessaire de trouver des preuves, il est plus facile et plus économique de les fabriquer, et si possible de fabriquer l'espion lui-même. Or donc, dans l'intérêt de la Nation, nous devons choisir un officier juif, suffisamment soupçonnable pour quelque faiblesse bien à lui, et montrer qu'il a transmis des informations importantes à l'ambassade de Prusse à Paris.

— Qu'entendez-vous quand vous dites *nous* ?

— Je vous parle au nom de la Section de Statistique du Service des Renseignements français, dirigée par le lieutenant-colonel Sandherr. Peut-être savez-vous que cette section, au nom si neutre, s'occupe principalement des Allemands : au début, elle s'intéressait à ce qu'ils font chez eux, informations de tout genre, à partir de journaux, de rapports d'officiers en voyage, des gendarmeries, de nos agents des deux côtés de la frontière, en cherchant à en savoir le plus possible sur l'organisation de leur armée, combien de divisions de cavalerie ils ont, à combien se monte la solde des troupiers, tout, en somme. Mais ces derniers temps, le Service a décidé de s'occuper aussi de ce que les Allemands font chez nous. Certains grognent contre la fusion de l'espionnage et du contre-espionnage, mais les deux activités sont strictement liées. Il faut savoir ce qui arrive à l'ambassade d'Allemagne, parce que c'est un territoire étranger et ça, c'est de l'espionnage ; mais c'est là qu'on recueille des informations sur nous, et le savoir c'est du contre-espionnage. Or, à l'ambassade travaille pour nous une madame Bastian qui se trouve au service de nettoyage, et feint d'être analphabète, alors qu'elle lit et comprend même l'allemand. Vider chaque jour les corbeilles de papiers jetés dans les bureaux de l'ambassade fait partie de son travail, et donc nous transmettre notes et documents que les Prussiens (vous savez combien ils sont obtus) croyaient condamnés à la destruction. Il s'agit donc de produire un document où l'un de nos officiers annoncerait des nouvelles très secrètes sur les armements français. Dès lors, on supposera que l'auteur doit être quelqu'un qui a accès aux informations réservées, et on le démasquera. Nous avons donc besoin d'une note, d'une petite liste, disons d'un bordereau. Voilà pourquoi nous nous adressons à vous qui êtes, en la matière, d'après ce qu'on dit, un artiste.

Simonini ne s'était pas demandé comment les agents du Service pouvaient connaître ses talents. Sans doute par Hébuterne. Il avait remercié pour le compliment, et dit : — J'imagine qu'il faudrait que je reproduise l'écriture d'une personne précise.

— Nous avons déjà repéré le candidat idéal. C'est un certain capitaine Dreyfus, alsacien évidemment, qui est en service à la Section en tant que stagiaire. Il a épousé une femme riche et il se donne des airs de tombeur, si bien que tous ses collègues le supportent à grand-peine, et ils ne le supporteraient pas davantage fût-il chrétien. Il ne trouvera aucune solidarité. C'est une excellente victime sacrificielle. En possession du document, on fera quelques contrôles et on reconnaîtra l'écriture de Dreyfus. Il reviendra ensuite aux gens comme Drumont de faire éclater le scandale public, de dénoncer le danger judaïque et en même temps de sauver l'honneur des Forces Armées qui ont su aussi magistralement le repérer et le neutraliser. C'est clair ?

On ne peut plus clair. Aux premiers jours d'octobre, Simonini s'était trouvé en présence du lieutenant-colonel Sandherr. Visage terreux et insignifiant. La physionomie parfaite pour un chef des services d'espionnage et contre-espionnage.

— Voilà ici un exemple de l'écriture de Dreyfus, et ici le texte à transcrire, lui avait dit Sandherr en lui tendant deux feuilles. Comme vous voyez, la note doit être adressée à l'attaché militaire de l'ambassade, von Schwarzkoppen, et annoncer l'arrivée de documents militaires sur le frein hydraulique du canon de 120, et

Le Judaïsme, voilà l'ennemi...

Edouard Drumont

… Il reviendra ensuite aux gens comme Drumont de faire éclater le scandale public… (p. 466)

autres détails de ce genre. C'est de ça que les Allemands sont gourmands.

— Ne conviendrait-il pas d'insérer déjà quelques détails techniques ? avait demandé Simonini. Cela paraîtrait plus compromettant encore.

— J'espère que vous vous rendez compte, avait dit Sandherr, qu'une fois le scandale éclaté, ce bordereau sera du domaine public. Nous ne pouvons pas donner en pâture aux journaux des informations techniques. Au fait, capitaine Simonini. Pour vous mettre à votre aise, je vous ai préparé une pièce, avec le nécessaire pour écrire. Papier, plume et encre sont ceux qu'on utilise dans ces bureaux. Je veux une chose soignée, allez donc lentement, et sans lésiner sur les essais, afin que l'écriture soit parfaite.

Ainsi avait fait Simonini. Le bordereau était un document sur papier pelure d'une trentaine de lignes, dix-huit d'un côté et douze de l'autre. Simonini avait pris soin que les lignes de la première page fussent plus espacées que celles de la deuxième à l'écriture plus hâtive, car c'est ce qui arrive quand on écrit une lettre dans un état d'agitation, on débute de façon détendue pour ensuite accélérer. Mais il avait aussi pris en compte qu'un document de la sorte, on le jette au panier, et d'abord on le déchire, il serait donc parvenu au service de la statistique en plusieurs morceaux, à recomposer après, et donc il valait mieux espacer même les lettres, pour faciliter le collage ; mais pas au point de s'écarter du modèle d'écriture donnée.

En somme, il avait fait du bon travail.

Sandherr avait ensuite communiqué le bordereau au ministre de la Guerre, le général Mercier, et dans le même temps il ordonnait un contrôle sur les documents de tous les officiers qui circulaient dans la Section. A la fin, ses collaborateurs les plus sûrs l'informaient que l'écriture était celle de Dreyfus, qui était mis aux arrêts le 15 octobre. Deux semaines durant, la nouvelle fut astucieusement cachée, mais toujours en laissant filtrer quelques indiscrétions, pour titiller la curiosité des journalistes, et puis on avait commencé à murmurer un nom, au début sous le sceau du secret, et enfin on avait admis que le coupable était le capitaine Dreyfus.

A peine autorisé par Sandherr, Esterhazy avait aussitôt informé Drumont, qui parcourait les salles de la rédaction en agitant le message du commandant tout en criant « Les preuves, les preuves, voici les preuves ! »

La Libre Parole du 1er novembre titrait en gros caractères : « Haute trahison. Arrestation de l'officier juif A. Dreyfus ». La campagne avait commencé, la France tout entière s'enflammait d'indignation.

Mais ce matin même, alors qu'en rédaction on trinquait à l'heureux événement, était tombée sous l'œil de Simonini la lettre où Esterhazy avait donné la nouvelle de l'arrestation de Dreyfus. Elle était restée sur la table de Drumont, tachée par son verre, mais très lisible. Et sous l'œil de Simonini, qui avait passé plus d'une heure à imiter l'écriture présumée de Dreyfus, il apparaissait clair comme le jour que cette écriture, sur laquelle il s'était si bien exercé, était semblable en tout point à celle d'Esterhazy. Personne n'a, plus qu'un faussaire, de sensibilité pour ces choses-là.

Que s'était-il passé ? Sandherr, au lieu de lui donner une feuille écrite par Dreyfus, lui en avait-il donné une écrite par Esterhazy ? Etait-ce possible ? Bizarre, inexplicable, mais irréfutable. L'avait-il fait par erreur ?

Intentionnellement ? Mais en ce cas, pourquoi ? Ou bien Sandherr lui-même avait-il été trompé par un subordonné, qui lui avait récupéré le modèle erroné ? Si la bonne foi de Sandherr avait été abusée, il fallait l'informer de l'échange. Mais si c'était Sandherr qui était de mauvaise foi, il y avait du risque à montrer qu'on avait compris son manège. Informer Esterhazy ? Mais si Sandherr avait échangé exprès les écritures pour nuire à Esterhazy, en informant la victime Simonini se serait mis à dos tous les services. Se taire ? Et si un jour les services le lui avaient imputé à lui, cet échange ?

Simonini n'était pas responsable de l'erreur, il tenait à le préciser, et surtout il tenait à ce que ses faux fussent, pour ainsi dire, authentiques. Il avait décidé de risquer et il s'était rendu chez Sandherr qui, sans doute parce qu'il craignait une tentative de chantage, s'était d'abord montré réticent à le recevoir.

Quand enfin Simonini lui avait appris la vérité (la seule véridique d'ailleurs, dans cette histoire de mensonges), Sandherr, plus terreux que d'habitude, paraissait ne pas vouloir y croire.

— Colonel, avait dit Simonini, vous aurez certes conservé une copie photographique du bordereau. Procurez-vous un échantillon de l'écriture de Dreyfus et un d'Esterhazy, et confrontons les trois textes.

Sandherr avait donné quelques ordres, peu après il avait les trois feuilles sur son bureau, et Simonini lui donnait des preuves : — Regardez, par exemple, ici. Dans tous les mots avec un double *s*, comme *adresse* ou *intéressant*, dans le texte d'Esterhazy le premier des deux *s* est toujours plus petit et le second plus grand, et ils ne sont presque jamais unis. Voilà ce que j'ai remarqué ce matin, parce que ce style m'avait particulièrement absorbé quand j'écrivais le bordereau.

A présent, regardez l'écriture de Dreyfus, que je vois pour la première fois : c'est stupéfiant, des deux *s*, le plus grand est le premier et le second est petit, et ils sont toujours unis. Vous voulez que je continue ?

— Non, ça me suffit. Je ne sais pas comment s'est produite l'équivoque, j'enquêterai. Le problème à présent, c'est que désormais le document se trouve entre les mains du général Mercier qui pourrait toujours vouloir le confronter avec un échantillon de l'écriture de Dreyfus, mais ce n'est pas un expert en écritures, et il y a bien toujours des analogies entre ces deux écritures. Il suffit que personne ne lui donne l'idée de chercher aussi un échantillon de l'écriture d'Esterhazy. Mais je ne vois pas pourquoi il devrait penser précisément à Esterhazy – si vous ne parlez pas. Tâchez d'oublier toute cette histoire et, s'il vous plaît, ne venez plus dans ces bureaux. Votre rémunération sera ajustée de façon adéquate.

Après quoi, Simonini n'avait pas dû recourir à des informations confidentielles pour savoir ce qui se passait, l'affaire Dreyfus remplissait tous les journaux. Dans l'état-major aussi il y avait des personnes capables de quelque prudence, qui avaient demandé des preuves certaines de l'attribution du bordereau à Dreyfus. Sandherr avait eu recours à un expert en écritures célèbre, Bertillon, qui avait relevé, oui, que l'écriture du bordereau n'était pas exactement égale à celle de Dreyfus, mais qu'il s'agissait d'un cas évident d'autofalsification : Dreyfus avait altéré (encore qu'en partie seulement) son écriture pour faire croire que quelqu'un d'autre avait écrit la lettre. Malgré ces détails bien négligeables, le document était sûrement de la main de Dreyfus.

Qui aurait osé en douter, quand désormais *La Libre Parole* harcelait chaque jour l'opinion publique en avançant même le soupçon que l'affaire se dégonflerait parce que Dreyfus était juif et qu'il serait protégé par les Juifs ? Il y a quarante mille officiers dans l'armée, écrivait Drumont, comment se fait-il que Mercier ait confié les secrets de la Défense nationale à un juif alsacien cosmopolite ? Mercier était un libéral, depuis un bon bout de temps sous la pression de Drumont et de la presse nationaliste, qui l'accusaient de philosémitisme. Il ne pouvait passer pour le défenseur d'un Juif félon. Il n'était donc en rien intéressé à enterrer l'enquête, au contraire il se montrait très actif.

Drumont martelait : « Pendant longtemps les Juifs étaient demeurés étrangers à l'armée qui s'était maintenue dans sa pureté française. À présent qu'ils se sont infiltrés jusque dans l'armée nationale, ils vont être les maîtres de la France, et Rothschild se fera communiquer par eux les plans de mobilisation… Et vous aurez compris dans quel but. »

La tension était à son comble. Le capitaine des dragons Crémieu-Foa écrivait à Drumont en lui disant qu'il insultait ainsi tous les officiers juifs, et il lui demandait réparation. Les deux se battaient en duel, et, pour augmenter la confusion voilà que Crémieu-Foa avait pour témoin qui ? Esterhazy… Le marquis de Morès, de la rédaction de *La Libre Parole*, défiait à son tour Crémieu-Foa, mais les supérieurs de l'officier lui interdisaient de participer à un nouveau duel et le consignaient dans sa caserne, si bien qu'à sa place croisait le fer le capitaine Mayer, qui mourait, un poumon perforé. Débats incendiaires, protestations contre cette résurgence des guerres de Religion… Et Simonini considérait, ravi, les bruyants résultats d'une seule heure de son travail de copiste.

En décembre, on convoquait le Conseil de guerre, et dans le même temps on produisait un autre document, une lettre aux Allemands de l'attaché militaire italien Panizzardi, où était nommée « cette canaille de D... » qui lui aurait vendu les plans de quelques fortifications. *D* était-ce Dreyfus ? Personne n'osait le mettre en doute, et seulement bien après on découvrirait que c'était un certain Dubois, un employé du ministère qui vendait des informations à dix francs l'une. Trop tard, le 22 décembre Dreyfus était reconnu coupable, et au début du mois de janvier il était dégradé à l'Ecole militaire. En février, on l'embarquerait pour l'île du Diable.

Simonini était allé assister à la cérémonie de la dégradation qu'il se rappelle, dans son journal, comme terriblement suggestive : les troupes alignées sur les quatre côtés de la cour, Dreyfus qui arrive et doit parcourir presque un kilomètre entre ces ailes de vaillants militaires qui, encore qu'impassibles, ont l'air de lui communiquer leur mépris, le général Darras qui met son sabre au clair, la fanfare qui sonne, Dreyfus en grande tenue qui marche vers le général escorté par quatre artilleurs commandés par un sergent, Darras qui prononce la sentence de dégradation, un géant officier des gendarmes, le casque empanaché, s'approche du capitaine, lui arrache galons, boutons, numéro de régiment, lui ôte son épée et la brise sur son genou en jetant les deux tronçons aux pieds du traître.

Dreyfus paraissait impassible, ce qu'une bonne partie de la presse prendrait pour un signe de sa félonie. Simonini avait cru l'entendre s'écrier, au moment de la dégradation « Je suis innocent ! », mais d'une façon

Le Petit Journal

Le Petit Journal

SUPPLÉMENT ILLUSTRÉ

Le Supplément illustré

Huit pages : CINQ centimes

ABONNEMENTS

Sixième année

DIMANCHE 13 JANVIER 1895

Numéro 217

LE TRAITRE

Dégradation d'Alfred Dreyfus

… un géant officier des gendarmes, le casque empanaché, s'approche du capitaine, lui arrache galons, boutons, numéro de régiment, lui ôte son épée et la brise sur son genou en jetant les deux tronçons aux pieds du traître… (p. 473) mesurée, sans perdre la position du garde-à-vous. Somme toute, observait, sarcastique, Simonini, le petit Juif s'était tellement identifié à sa dignité (usurpée) d'officier français qu'il ne parvenait pas à mettre en doute les décisions de ses supérieurs – comme si, parce qu'ils avaient décidé eux qu'il était un traître, lui il devait accepter la chose sans que le doute l'effleure. Peut-être en cet instant ressentait-il réellement sa trahison, et l'affirmation de son innocence faisait-elle, pour lui, seulement partie obligée du rite.

C'est ce que Simonini croyait se rappeler, mais dans un de ses gros cartons il avait retrouvé un article d'un certain Brisson, publié dans *La République française*, le lendemain, qui disait tout le contraire :

« Au moment où le général lui a jeté au visage cette apostrophe déshonorante, il a levé le bras et s'est écrié : "Vive la France, je suis innocent !"

Le sous-officier a accompli son devoir. L'or qui couvrait l'uniforme gît à terre. On ne lui a pas même laissé les bandes rouges, distinctives de son arme. Dans son dolman devenu complètement noir, le képi soudain obscurci, on dirait que Dreyfus a déjà endossé la tenue du galérien... Il continue à crier : "Je suis innocent !" De l'autre côté de la grille, la foule, qui n'entrevoit qu'une silhouette, explose en imprécations et sifflets stridents. Dreyfus entend ces malédictions et sa rage s'exaspère encore.

Quand il passe devant un groupe d'officiers, il distingue ces mots : "Va-t'en, Judas !" Dreyfus se retourne, furieux, et répète encore : "Je suis innocent, je suis innocent !"

Maintenant, il nous est possible de distinguer ses traits. Pendant quelques instants, nous le fixons, en

espérant y lire une révélation suprême, un reflet de cette âme que jusqu'à présent seuls les juges ont pu approcher, en en scrutant les plis les plus cachés. Mais ce qui domine sa physionomie, c'est la colère, une colère exaltée jusqu'au paroxysme. Ses lèvres sont tendues en une effroyable grimace, son œil est injecté de sang. Et nous comprenons que, si le condamné apparaît si ferme et marche d'un pas si martial, c'est parce qu'il est comme fouetté par cette fureur qui tend ses nerfs à les rompre…

Que renferme l'âme de cet homme ? A quelles raisons obéit-il en protestant de cette façon de son innocence, avec une énergie désespérée ? Espère-t-il peut-être confondre l'opinion publique, lui inspirer des doutes, projeter des soupçons sur la loyauté des juges qui l'ont condamné ? Une idée nous vient, vive comme un éclair : s'il n'était pas coupable, quelle épouvantable torture ! »

Simonini ne montre pas qu'il a eu le moindre remords parce qu'il était sûr de la culpabilité de Dreyfus, vu qu'il en avait décidé lui-même. Certes, la différence entre ses souvenirs et cet article lui disait combien l'affaire avait troublé un pays entier et que chacun avait vu dans la séquence des faits ce qu'il voulait voir.

Mais au fond, que Dreyfus allât donc au diable, ou à l'île qui en porte le nom. Ce n'étaient plus ses affaires.

La rétribution, qu'en son temps on lui avait fait parvenir de façon discrète, avait été de loin supérieure à ses attentes.

En tenant Taxil à l'œil

Tandis que tout cela se passait, Simonini se souvient bien qu'il n'ignorait pas ce que Taxil était en train de goupiller. Surtout parce qu'on parlait beaucoup de lui dans le milieu de Drumont, où l'affaire Taxil avait été considérée d'abord avec un scepticisme amusé, et puis avec une irritation scandalisée. Drumont se jugeait comme un antimaçon, un antisémite et un catholique sérieux – à sa manière il l'était – et il ne supportait pas que sa cause fût soutenue par une fripouille. Que Taxil fût une fripouille, c'était depuis longtemps le sentiment de Drumont, et il l'avait déjà attaqué dans *La France juive* en soutenant que tous ses livres anticléricaux avaient été publiés par des éditeurs juifs. Mais en ces années-là leurs rapports s'étaient ultérieurement détériorés pour des raisons politiques.

Par l'Abbé Dalla Piccola, nous avons su que l'un et l'autre avaient été candidats à une élection de conseillers municipaux à Paris, visant le même type d'électorat. Raison pour quoi la bataille était devenue ouverte.

Taxil avait écrit un *Monsieur Drumont, étude psychologique* où il critiquait avec quelques sarcasmes l'excessif antisémitisme de son adversaire, en observant que l'antisémitisme était plus typique dans la presse socialiste et révolutionnaire que chez les catholiques. Drumont avait répondu avec *Testament d'un antisémite*, mettant en doute la conversion de Taxil, rappelant la boue qu'il avait jetée sur les choses sacrées, et agitant d'inquiétantes interrogations au sujet de sa non-belligérance avec le monde hébraïque.

Si nous considérons qu'en cette même année 1892 naissait *La Libre Parole*, journal de combat politique capable de dénoncer le scandale de Panamá, et *Le*

Diable au XIXe siècle, qu'il était difficile de considérer comme une publication crédible, on comprend pourquoi, dans la rédaction du journal de Drumont, les sarcasmes au regard de Taxil étaient à l'ordre du jour, et qu'on suivît avec des sourires perfides ses malheurs successifs.

Plus que par les critiques, observait Drumont, Taxil était desservi par ses soutiens non désirés. Sur le cas de cette mystérieuse Diana s'escrimaient des dizaines d'aventuriers plutôt suspects, qui vantaient une familiarité avec une femme qu'ils n'avaient sans doute jamais vue.

Un certain Domenico Margiotta avait publié *Souvenirs d'un Trente-Troisième. Adriano Lemmi, Chef Suprême des Francs-Maçons*, et l'avait envoyé à Diana en se déclarant solidaire de sa révolte. Dans sa lettre, ce Margiotta se proclamait Secrétaire de la Loge Savonarola de Florence, Vénérable de la Loge Giordano Bruno de Palmi, Souverain Grand Inspecteur Général, 33e degré du Rite Ecossais Ancien et Accepté, Prince Souverain du Rite de Memphis Misraïm (95e degré), Inspecteur des Loges Misraïm en Calabre et Sicile, Membre Honororaire du Grand Orient National de Haïti, Membre Actif du Suprême Concile Fédéral de Naples, Inspecteur Général des Loges Maçonniques des Trois Calabres, Grand Maître *ad vitam* de l'Ordre Maçonnique Oriental de Misrïam ou d'Egypte de Paris (90e degré), Commandant de l'Ordre des Chevaliers Défenseurs de la Maçonnerie Universelle, Membre Honoraire *ad vitam* du Concile Suprême et Général de la Fédération Italienne de Palerme, Inspecteur Permanent et Délégué Souverain du Grand Directoire Central de Naples, et Membre du Nouveau Palladium Réformé. Il aurait dû être un haut dignitaire franc-maçon, mais il disait qu'il venait de quitter la maçonnerie. Drumont disait qu'il s'était converti à la foi catholique parce que la direction suprême et secrète de la secte ne lui était pas échue, comme il l'aurait espéré, mais à un certain Adriano Lemmi.

Et sur le ténébreux Adriano Lemmi, Margiotta racontait qu'il aurait débuté sa carrière comme voleur, quand à Marseille il avait falsifié une lettre de crédit de la maison Falconet & C. de Naples et qu'il avait dérobé une bourse de perles et 300 francs-or à l'épouse d'un médecin de ses amis, alors qu'elle était en train de préparer une tisane dans sa cuisine. Après un séjour en prison, il avait débarqué à Constantinople, où il s'était mis au service d'un vieux marchand de primeurs juif, lui disant qu'il était prêt à renier son baptême et à se faire circoncire. Aidé par les Juifs, il avait ensuite fait carrière dans la maçonnerie.

Voilà, concluait Margiotta, que « la race maudite de Judas, d'où dérivent tous les maux de l'humanité, avait usé de toute son influence pour faire monter au Gouvernement Suprême et Universel de l'ordre maçonnique un des leurs, et le plus malfaisant de tous ».

Ces accusations allaient très bien pour le monde ecclésiastique, et le livre que Margiotta avait publié en 1895, *Le Palladisme, Culte de Satan-Lucifer dans les Triangles Maçonniques*, s'ouvrait avec des lettres d'approbation des évêques de Grenoble, de Montauban, d'Aix, de Limoges, de Mende, de Tarentaise, de Pamiers, d'Oran, d'Annecy, et de Ludovico Piavi, patriarche de Jérusalem.

Le malheur, c'est que les informations de Margiotta impliquaient la moitié des hommes politiques italiens, et en particulier la figure de Crispi, ex-lieutenant de Garibaldi et, à cette époque, Premier ministre du

Royaume. Tant qu'on publiait et vendait des nouvelles fantasmagoriques sur les rites maçonniques, on était au fond tranquille, mais si on entrait dans le vif des rapports entre maçonnerie et pouvoir politique, on risquait d'irriter quelques personnages très vindicatifs.

Taxil aurait dû le savoir, mais il cherchait d'évidence à reprendre ce terrain que Margiotta était en train de lui soustraire, et voici que sortait, sous le nom de Diana, un livre de presque quatre cents pages, *Le 33e Crispi*, où se mêlaient des faits notoires, comme le scandale de la Banca Romana où Crispi avait été impliqué, des nouvelles sur son pacte avec le démon Haborym et sa participation à une tenue palladiste pendant laquelle l'immanquable Sophia Walder avait annoncé qu'elle était enceinte d'une fille qui aurait à son tour engendré l'Antéchrist.

— Des trucs d'opérette, se scandalisait Drumont. Ce n'est pas comme ça qu'on mène une lutte politique !

Et pourtant la chanson avait eu l'oreille bienveillante du Vatican, et cela mettait Drumont encore davantage hors de lui. Le Vatican avait un compte à régler avec Crispi, qui avait fait ériger sur une place romaine un monument à Giordano Bruno, victime de l'intolérance ecclésiastique, et le jour de l'inauguration Léon XIII le passait en prière d'expiation au pied de la statue de saint Pierre. On peut imaginer la joie du Pontife en lisant ces documents anti-crispiens : il charge son secrétaire, Monseigneur Sardi, d'envoyer à Diana non seulement l'habituelle « bénédiction apostolique », mais aussi un vif remerciement et une incitation à continuer dans l'œuvre méritoire du dévoilement de la « secte inique ». Et que la secte fût inique, on le voyait dans le livre de Diana où Haborym apparaissait avec trois têtes, une humaine avec des cheveux de flammes, une de chat et une de serpent – encore que Diana précisât avec rigueur scientifique qu'elle, elle ne l'avait jamais vu sous cette forme (à son invocation, il s'était présenté comme un beau vieillard à la barbe argentée et fluante, sans plus).

— Ils ne se soucient même pas de respecter la vraisemblance ! Comment fait une Américaine arrivée depuis peu en France, s'indignait Drumont, pour connaître tous les secrets de la politique italienne ? Certes, les gens n'ont cure de ces choses et Diana vend, mais le Souverain Pontife, le Souverain Pontife sera accusé de prêter foi à n'importe quelles sornettes ! Il faut défendre l'Eglise contre ses propres faiblesses !

Les premiers doutes sur l'existence même de Diana se trouvaient ouvertement exprimés dans *La Libre Parole*, bien entendu. Sitôt après intervenaient dans la polémique des publications d'inspiration explicitement religieuse comme *L'Avenir* et *L'Univers*. Dans d'autres milieux catholiques, on s'évertuait, jusqu'à l'impensable, à prouver l'existence de Diana : *Le Rosier de Marie* publiait le témoignage du président de l'Ordre des avocats de Saint-Pierre, Lautier, qui affirmait avoir vu Diana en compagnie de Taxil, Bataille et le dessinateur qui l'avait portraiturée, mais il s'agissait de quelque temps auparavant, quand Diana était encore palladienne. Cependant, sa conversion imminente devait rayonner sur son visage, car l'auteur la décrivait ainsi : « C'est une jeune femme de vingt-neuf ans, gracieuse, distinguée, de taille supérieure à la moyenne, un air ouvert, franc et honnête, le regard scintillant d'intelligence qui témoigne résolution et habitude du commandement. Elle s'habille avec élégance et goût, sans affectation et sans cette abondance de bijoux qui caractérise si ridiculement la majorité des riches étrangères... Yeux peu communs, tantôt bleu de mer, tantôt jaune or vif. » Quand on lui avait offert une chartreuse, elle avait refusé, par haine pour tout ce qui sentait l'Eglise. Elle n'avait bu que du cognac.

Taxil avait été *magna pars* dans l'organisation d'un grand congrès antimaçonnique à Trente, en septembre 1896. Mais c'est là précisément que s'étaient intensifiés les soupçons et les critiques de la part des catholiques allemands. Un certain Père Baumgarten avait demandé le certificat de naissance de Diana, et le témoignage du prêtre en présence de qui elle avait abjuré. Taxil avait proclamé qu'il avait les preuves dans sa poche, mais sans jamais les montrer.

Un abbé Garnier, dans *Le Peuple Français*, le mois suivant le congrès de Trente, était allé jusqu'à émettre le soupçon que Taxil serait une mystification maçonnique ; un certain Père Bailly, dans l'influent *La Croix*, prenait lui aussi ses distances ; et la *Kölnische Volkszeitung* rappelait que Bataille-Hacks, encore l'année même où débutaient les livraisons du *Diable*, blasphémait le nom de Dieu et de tous ses saints. Entraient en lice pour défendre Diana l'éternel chanoine Mustel, la *Civiltà Cattolica* et un secrétaire du cardinal Parocchi qui lui écrivait « pour la fortifier contre la tempête de calomnies qui ne craignait pas de mettre en doute jusqu'à son existence ».

Drumont ne manquait pas de relations dans différents milieux, ni de flair journalistique ; Simonini ne comprenait pas comment il avait fait, mais il avait réussi à dénicher Hacks-Bataille, probablement l'avait-il surpris pendant une de ses crises d'éthylisme où il inclinait de plus en plus à la mélancolie et à la repentance ; et puis voici le coup de théâtre : Hacks, d'abord dans la *Kölnische Volkszeitung* et puis dans *La Libre Parole*, avouait son faux. Avec candeur, il écrivait : « Quand l'encyclique *Humanum Genus* a paru, j'avais pensé qu'on avait de quoi frapper la monnaie avec la crédulité et la bêtise insondables des catholiques. Il suffisait de trouver un Jules Verne pour donner une apparence terrible à ces histoires de brigands. J'ai été ce Verne, voilà tout... Je racontais des scènes abracadabrantes que je situais dans des contextes exotiques, sûr que personne ne viendrait vérifier... Et les catholiques ont tout gobé. Tant ces gens sont niquedouilles que même aujourd'hui, si je leur disais que je les ai tournés en ridicule, ils ne me croiraient pas. »

Lautier, dans *Le Rosier de Marie*, écrivait que peut-être il avait été trompé et celle qu'il avait vue n'était-elle pas Diana Vaughan ; et enfin paraissait une première attaque jésuite sous la plume d'un certain Père Portalié qui signait dans la très sérieuse revue *Etudes*. Comme si cela ne suffisait pas, des journaux écrivaient que Monseigneur Northrop, évêque de Charleston (où devait résider Pike, le Grand Maître des Grands Maîtres), s'était rendu en personne à Rome pour assurer Léon XIII que les maçons de sa ville étaient des gens bien et que dans leurs temples il n'y avait aucune statue de Satan.

Drumont triomphait. Taxil avait eu son compte, la lutte antimaçonnique et la lutte antijudaïque revenaient entre des mains sérieuses.

24

UNE NUIT À LA MESSE

17 avril 1897

Cher Capitaine,

vos dernières pages totalisent une incroyable quantité d'événements, et il est clair que vous viviez ces événements quand moi j'en vivais d'autres. Vous étiez évidemment informé (par force, avec le boucan que faisaient Taxil et Bataille) de ce qui se passait autour de moi, et peut-être vous en souvenez-vous davantage que je ne parviens à reconstituer de mon côté.

Si maintenant nous sommes en avril 1897, mon histoire avec Taxil et Diana a duré une douzaine d'années, où trop de choses sont arrivées. Par exemple, quand avons-nous fait disparaître Boullan ?

Ce devrait être quand nous avions commencé, depuis moins d'un an, les publications du *Diable*. Boullan est venu un soir à Auteuil, bouleversé, s'essuyant sans cesse les lèvres avec un mouchoir où s'accumulait une écume blanchâtre.

— Je suis mort, a-t-il dit, ils sont en train de me tuer.

Le docteur Bataille avait décidé qu'un bon verre d'alcool

fort le remettrait d'aplomb, Boullan n'avait pas refusé, puis avec des mots entrecoupés il nous avait raconté une histoire de sortilèges et de maléfices.

Il nous avait déjà dit ses exécrables rapports avec Stanislas de Guaita et son Ordre Kabbalistique de la Rose-Croix, et avec ce Joséphin Péladan qui, par la suite, mu par son esprit de dissidence, avait fondé l'Ordre de la Rose-Croix Catholique – des personnages dont évidemment *Le Diable* s'était déjà occupé. A mon avis, il y avait peu de différences entre les rosicruciens de Péladan et la secte de Vintras dont Boullan était devenu Grand Pontife, tous des gens qui circulaient avec des dalmatiques couvertes de signes cabalistiques, et on ne comprenait pas bien s'ils étaient du côté du bon Dieu ou du côté du Diable, mais c'est sans doute justement pour cela que Boullan se trouvait à couteaux tirés avec le milieu de Péladan. Ils allaient ratissant sur le même territoire et tentant de séduire les mêmes âmes perdues.

Les amis fidèles de Guaita le présentaient comme un gentilhomme raffiné (il était marquis), lequel collectionnait des grimoires constellés de pentacles, œuvres de Lulle et de Paracelse, manuscrits de son maître ès magie blanche et noire, Eliphas Lévi, et d'autres ouvrages hermétiques d'insigne rareté. Il passait ses jours, disait-on, dans un petit appartement au rez-de-chaussée de l'avenue Trudaine, où il ne recevait que des occultistes et restait parfois pendant des semaines sans sortir. Mais c'est là dans ces pièces, selon d'autres voix, qu'il luttait contre une larve gardée prisonnière dans une armoire et, saturé d'alcool et de morphine, il donnait corps aux ombres que produisaient ses délires.

Qu'il fréquentât des disciplines sinistres, le prouvaient dès le titre ses *Essais sur les sciences maudites*, où il dénonçait les intrigues lucifériennes ou lucifériennes, sataniques ou

… il luttait contre une larve gardée prisonnière dans une armoire et, saturé d'alcool et de morphine, il donnait corps aux ombres que produisaient ses délires… (p. 485)

satanesques, diaboliques ou démoniaques de Boullan, dépeint comme un perverti qui avait « érigé la fornication en pratique liturgique ».

L'histoire était ancienne, dès 1887 Guaita et son entourage convoquaient un « tribunal initiatique » qui avait condamné Boullan. S'agissait-il d'une condamnation morale ? Boullan soutenait depuis longtemps que c'était une condamnation physique, et il se sentait sans cesse attaqué, frappé, blessé par des fluides occultes, javelots de nature impalpable que Guaita et les autres lui lançaient même d'une grande distance.

Et à présent Boullan se sentait à la dernière extrémité.

— Chaque soir, au moment où je m'endors, je sens des coups, des coups de poing, des revers de main – et ce n'est pas une illusion de mes sens malades, croyez-moi, parce que, au même moment, mon chat s'agite comme s'il était traversé par une commotion électrique. Je sais que Guaita a modelé une figure de cire qu'il perce avec une aiguille, et moi je ressens des douleurs lancinantes. J'ai tenté de lui lancer un contre-sortilège pour le rendre aveugle, mais Guaita a perçu le piège, il est plus puissant que moi dans ces arts, et il m'a relancé le maléfice. Mes yeux se brouillent, mon souffle devient lourd, je ne sais pendant combien d'heures je pourrai encore survivre.

Nous n'étions pas sûrs qu'il nous racontait la vérité, mais là n'était pas la question. Le pauvre se sentait réellement mal. Et alors Taxil avait eu un de ses coups de génie :

— Faites-vous passer pour mort, avait-il dit, faites savoir par des gens de confiance que vous avez passé l'arme à gauche alors que vous étiez en voyage à Paris, ne retournez plus à Lyon, trouvez-vous un refuge ici en ville, coupez votre barbe et vos moustaches, devenez un autre. Comme Diana, réveillez-vous dans la peau d'une autre personne mais, à la différence de Diana, restez-y. Jusqu'au moment

… il se sentait sans cesse attaqué, frappé, blessé par des fluides occultes, javelots de nature impalpable que Guaita et les autres lui lançaient même d'une grande distance… (p. 487)

où, vous croyant mort, Guaita et compagnie cesseront de vous tourmenter.

— Et comment je vis, si je ne suis plus à Lyon ?

— Vous vivrez ici, chez nous, à Auteuil, du moins tant que la fièvre ne sera pas retombée, et que vos adversaires ne seront pas démasqués. Au fond Diana a de plus en plus besoin d'assistance et vous nous êtes davantage utile ici chaque jour que comme visiteur de passage.

— Mais, avait ajouté Taxil, si vous avez des amis sûrs, avant de vous faire passer pour mort, écrivez-leur des lettres dominées par le présage de votre disparition, et accusez clairement Guaita et Péladan, afin que ce soient vos inconsolables disciples qui déchaînent une campagne contre vos assassins.

Ainsi en avait-il été. La seule personne au courant de la feinte était madame Thibault, l'assistante, prêtresse, confidente (et sans doute quelque chose d'autre encore) de Boullan, qui avait fourni à ses amis parisiens une touchante description de son agonie, et je ne sais pas comment elle s'en est tirée avec les fidèles de Lyon, peut-être aura-t-elle fait ensevelir un cercueil vide. Peu de temps après, elle était engagée comme gouvernante par un des amis et défenseurs posthumes de Boullan, Huysmans, un écrivain en vogue – et je suis convaincu que certains soirs, quand je ne me trouvais pas à Auteuil, elle est venue rendre vite à son vieux complice.

A la nouvelle de sa mort, le journaliste Jules Bois avait attaqué Guaita dans *Gil Blas*, lui imputant et la pratique de la sorcellerie et le meurtre de Boullan ; quant au *Figaro*, il publiait un entretien avec Huysmans qui expliquait par le menu comment avaient agi les sortilèges de Guaita. Toujours dans *Gil Blas*, Bois reprenait les accusations, demandait une autopsie pour voir si foie et cœur avaient vraiment subi l'impact des dards fluidiques de Guaita, et il sollicitait une enquête judiciaire.

Guaita répliquait, encore dans *Gil Blas*, en ironisant sur ses pouvoirs mortifères (« eh bien oui, je manipule les poisons les plus subtils avec un art infernal, je les volatilise pour en faire affluer les vapeurs toxiques, à des centaines de lieues de distance, vers les narines de ceux qui ne me sont pas sympathiques, je suis le Gilles de Rais du siècle à venir »), et il provoquait en duel aussi bien Huysmans que Bois.

Bataille ricanait en observant qu'avec tous ces pouvoirs magiques, d'un côté comme de l'autre, personne n'était parvenu à égratigner personne, mais un journal de Toulouse insinuait que quelqu'un avait vraiment eu recours à la sorcellerie : un des chevaux du landau qui transportait Bois pour le duel s'était abattu sans raison, on avait changé de cheval et lui aussi était tombé comme une masse, le landau avait versé et Bois était arrivé au champ clos couvert d'ecchymoses et de griffures. Par surcroît, il aurait dit ensuite qu'une de ses balles était restée bloquée dans le canon du pistolet sous l'effet d'une force surnaturelle.

Les amis de Boullan avaient aussi soufflé aux gazettes que les Rose-Croix de Péladan avaient fait célébrer une messe à Notre-Dame, mais au moment de l'élévation ils avaient brandi, menaçants, des poignards en direction de l'autel. Va savoir. Pour *Le Diable*, c'étaient là des nouvelles fort alléchantes, et moins incroyables que d'autres auxquelles les lecteurs étaient habitués. Sauf qu'il fallait mettre aussi Boullan en cause, et sans faire des ronds de jambe.

— Vous êtes mort, lui avait dit Bataille, et ce qu'on peut raconter sur ce disparu ne doit plus vous intéresser. Par ailleurs, au cas où vous devriez réapparaître un jour, nous aurions créé autour de vous une aura de mystère qui ne pourra que vous servir. Ne vous souciez donc pas de ce que nous écrirons, ce ne sera pas sur vous mais sur le personnage Boullan, qui n'existe plus désormais.

Boullan avait accepté et, peut-être, dans son délire narcissique, jouissait-il de lire tout ce que Bataille continuait à imaginer sur ses pratiques occultes. Mais au vrai, désormais seule Diana paraissait le magnétiser. Il la poursuivait avec une assiduité morbide, et j'en avais presque peur pour elle de plus en plus hypnotisée par ses inventions, comme si elle ne vivait pas suffisamment hors de la réalité.

*

Vous avez parfaitement raconté ce qui nous est arrivé par la suite. Le monde catholique s'était divisé en deux, et une partie avait mis en doute l'existence même de Diana Vaughan. Hacks avait trahi et le château que Taxil avait construit s'écroulait. Nous étions à présent traqués et par la meute de nos adversaires et par la meute des nombreux imitateurs de Diana, comme ce Margiotta que vous avez évoqué. Nous comprenions que nous avions poussé un peu trop loin le bouchon, l'idée d'un diable à trois têtes qui banquetait avec le chef du gouvernement italien était difficile à faire digérer.

Il m'avait suffi de quelques rares rencontres avec le Père Bergamaschi pour me convaincre que, même si les jésuites romains de *Cilviltà Cattolica* étaient encore décidés à soutenir la cause de Diana, désormais les jésuites français (que l'on voie l'article du Père Portalié que vous citez) étaient déterminés à enterrer toute l'histoire. Un autre bref entretien avec Hébuterne m'avait persuadé que même les francs-maçons avaient hâte que la farce prît fin. Pour les catholiques, il s'agissait d'en finir en catimini afin de ne pas jeter à nouveau le discrédit sur la hiérarchie ; pour les maçons au contraire on réclamait un désaveu éclatant de façon que toutes les années de propagande antimaçonnique de Taxil fussent taxées de pure scélératesse.

C'est ainsi qu'un jour j'avais reçu en même temps deux messages. L'un, du Père Bergamaschi, disait : « Je vous autorise à offrir à Taxil cinquante mille francs pour qu'il tire un trait sur toute l'affaire. Fraternellement en Xt, Bergamaschi. » L'autre, d'Hébuterne, disait : « Alors, finissons-en. Offrez à Taxil cent mille francs, s'il confesse publiquement qu'il a tout inventé. »

Des deux côtés mes arrières étaient couverts, il ne me restait plus qu'à procéder – naturellement après avoir encaissé les sommes promises par mes commanditaires.

La défection de Hacks avait facilité ma tâche. Il ne me restait plus qu'à pousser Taxil à la conversion ou même reconversion si l'on veut. Comme au début de cette entreprise, j'avais de nouveau à ma disposition cent cinquante mille francs et pour Taxil soixante-quinze mille suffisaient car j'avais des arguments plus convaincants que le fric.

— Taxil, nous avons perdu Hacks, et il serait difficile d'exposer Diana à une confrontation publique. Je vais penser à la manière de la faire disparaître. Mais c'est vous qui me causez du souci : d'après les bruits que j'ai recueillis, il paraîtrait que les maçons ont décidé d'en finir avec vous, et vous-même avez écrit combien leurs vengeances sont sanglantes. Avant, l'opinion publique catholique vous aurait défendu, mais à présent vous voyez que les jésuites aussi sont en train de se défiler. Et voici que s'offre à vous une occasion extraordinaire : une loge, ne me demandez pas laquelle parce qu'il s'agit d'une chose très confidentielle, vous offre soixante-quinze mille francs si vous déclarez publiquement que vous vous êtes joué de tout le monde. Vous saisissez l'avantage que la maçonnerie en retire : elle se nettoie de la merde que vous lui aviez jetée et en badigeonne les catholiques, qui font alors figure de gobe-mouches. Quant à vous, la publicité qui vous viendra de ce coup de théâtre fera que vos prochains ouvrages se vendront davantage que les précédents, qui se vendaient déjà de moins en moins chez les catholiques. Il vous faut reconquérir le public anticlérical et franc-maçon. Vous y avez intérêt.

Je n'avais pas besoin d'insister beaucoup : Taxil est un pitre et à l'idée de s'exhiber dans une nouvelle pitrerie, ses yeux pétillaient.

— Ecoutez, cher Abbé, moi je loue une salle, et je communique à la presse que tel jour apparaîtra Diana Vaughan, et qu'elle présentera même au public une photo du démon Asmodée, qu'elle a prise avec l'autorisation de Lucifer en personne ! Disons que sur une affiche je promets que parmi les intervenants sera tirée au sort une machine à écrire d'une valeur de quatre cents francs, il ne sera pas nécessaire de procéder au tirage car évidemment je me présenterai pour dire que Diana n'existe pas – et si elle n'existe pas, il est normal que la machine à écrire n'existe pas non plus. Déjà je vois la scène : je finirai dans tous les journaux, et en première page. Magnifique. Donnez-moi le temps de bien organiser l'événement, et (si cela ne vous ennuie pas) demandez une avance sur ces soixante-quinze mille francs, pour les frais…

Le lendemain, Taxil avait trouvé la salle, celle de la Société de Géographie, mais elle ne serait libre que le lundi de Pâques. Je me rappelle avoir dit : — Ce sera presque dans un mois, donc. Entre-temps, ne vous faites plus voir à droite et à gauche, de façon à ne pas susciter d'autres cancans. Moi, pendant ce temps, je réfléchirai sur la manière de régler le sort de Diana.

Taxil avait eu un moment d'hésitation, tandis que sa lèvre

tremblait, et avec elle tremblaient ses bacchantes : — Vous ne voudriez pas… éliminer Diana, avait-il dit.

— Quelle bêtise, avais-je répondu, n'oubliez pas que je suis un religieux. Je la ramènerai là où je l'ai prise.

Il m'a semblé égaré à l'idée de perdre Diana, mais la peur de la vengeance maçonnique était plus forte que n'était ou n'avait été son attirance pour Diana. En plus d'une canaille, c'est un veule. Comment aurait-il réagi si je lui avais dit que, oui, j'avais l'intention d'éliminer Diana ? Sans doute, par peur des maçons, aurait-il accepté l'idée. Pourvu qu'il ne dût pas, lui, accomplir l'acte.

Le lundi de Pâques tombera le 19 avril. Si donc en donnant congé à Taxil je parlais d'un mois d'attente, le fait devait se passer autour du 19 ou 20 mars. Aujourd'hui, c'est le 17 avril. En recomposant petit à petit les événements des dix dernières années, je suis donc arrivé à il y a un peu plus d'un mois. Et si ce journal intime devait me servir à moi aussi, comme à vous, pour découvrir l'origine de mon désarroi, il ne s'est rien passé. Ou peut-être l'événement crucial est-il advenu précisément au cours des quatre dernières semaines.

Maintenant, c'est comme si j'avais peur de me rappeler davantage.

18 avril, à l'aube

Alors que Taxil déambulait, furieux, à travers la maison et se mettait dans tous ses états, Diana ne se rendait pas compte de ce qui se passait. Dans les alternances entre ses deux conditions, elle suivait nos conciliabules, les yeux écarquillés, et elle ne paraissait s'éveiller que lorsqu'un nom de personne ou de lieu sillonnait son esprit comme un faible éclair.

Elle se réduisait de plus en plus à quelque chose de végétal, avec une seule manifestation animale, une sensualité toujours plus excitée, qui prenait indépendamment pour cible Taxil, Bataille quand il était encore parmi nous, Boullan, naturellement et – bien que je tentasse de ne lui offrir aucun prétexte – moi aussi.

Diana s'était intégrée à notre compagnie quand elle avait un peu plus de vingt ans, et aujourd'hui elle en avait plus de trente-cinq. Taxil disait pourtant, avec des sourires de plus en plus lubriques, qu'en mûrissant elle devenait de plus en plus fascinante, comme si une femme, passé les trente ans, était encore désirable. Pourtant il est vrai aussi que sa vitalité quasiment sylvestre donnait parfois à son regard un charme paré de mystère.

Mais ce sont là perversions dont je ne suis pas expert. Mon Dieu, pourquoi m'attardé-je sur la forme charnelle de cette femme, qui ne devait être pour nous qu'un malheureux instrument ?

*

J'ai dit que Diana ne se rendait pas compte de ce qui nous arrivait. Peut-être me trompé-je : au mois de mars, sans doute parce qu'elle ne voyait plus ni Taxil ni Bataille, elle s'était échauffée. Elle était en proie à une crise hystérique, le démon (disait-elle) la hantait cruellement, la blessait, la mordait, lui tordait les jambes, la frappait au visage – et elle me montrait des signes bleuâtres autour de ses yeux. Sur ses paumes, commençaient à apparaître des traces de plaies qui ressemblaient à des stigmates. Elle se demandait pourquoi les puissances infernales agissaient si sévèrement, et qui plus est à l'égard d'une palladienne dévote de Lucifer, et elle s'agrippait à mes vêtements, comme pour demander de l'aide.

J'ai pensé à Boullan qui, question maléfices, était plus calé que moi. De fait, à peine l'ai-je appelé, Diana l'a pris par les bras en commençant à trembler. Boullan lui a posé les mains sur la nuque, et en lui parlant avec douceur il l'a calmée, puis il lui a craché dans la bouche.

— Et qui te fait croire, ma fille (lui a-t-il dit), que celui qui te soumet à ces sévices est ton seigneur Lucifer ? Tu ne penses pas que, en mépris et punition de ta foi palladienne, ton ennemi est l'Ennemi par excellence, c'est-à-dire cet éon que les chrétiens appellent Jésus-Christ, ou l'un de ses saints présumés ?

— Mais monsieur l'Abbé, a dit Diana déconcertée, si je suis palladienne, c'est parce que je ne reconnais aucun pouvoir au Christ prévaricateur, à telle enseigne que j'ai refusé un jour de poignarder l'hostie parce que je jugeais fou de reconnaître une présence réelle dans ce qui n'était qu'un grumeau de farine.

— Là tu te trompes, mon enfant. Tu vois ce que font les chrétiens, qui reconnaissent la souveraineté de leur Christ sans considérer pour autant que le Diable n'existe pas ; mieux, ils en craignent les embûches, l'inimitié, les séductions. Ainsi devons-nous faire : si nous croyons au pouvoir de notre Seigneur Lucifer, c'est parce que nous pensons que son ennemi Adonaï, pourquoi pas sous les espèces du Christ, existe spirituellement et se manifeste à travers son infamie. Tu devras donc te plier à piétiner l'image de ton ennemi de la seule façon qui soit permise à un luciférien de foi.

— Qui est ?

— La messe noire. Tu ne pourras jamais obtenir la bienveillance de Lucifer notre Seigneur, si ce n'est en célébrant à travers la messe noire ton refus du Dieu chrétien.

Diana m'avait semblé convaincue, et Boullan m'avait demandé de pouvoir la conduire à un rassemblement de fidèles satanistes, dans sa tentative de la convaincre que satanisme et luciférianisme ou palladisme avaient les mêmes fins et la même fonction purificatrice.

Il ne me plaisait pas d'autoriser Diana à sortir de la maison, mais il fallait bien lui octroyer un brin de répit.

*

Je trouve l'Abbé Boullan en conversation confidentielle avec Diana. Il lui dit :

— Ça t'a plu, hier ?

Que s'est-il passé, hier ?

L'Abbé continue : — Eh bien, justement demain soir je devrai célébrer une autre messe solennelle dans une église déconsacrée à Passy. Soirée admirable, c'est le 21 mars, l'équinoxe de printemps, date riche de significations occultes. Mais si tu acceptes de venir, il faudra que je te prépare spirituellement, maintenant, et toute seule, en confession.

Je suis sorti, et Boullan est resté avec elle pendant plus d'une heure. Quand enfin il m'a rappelé, il a dit que Diana irait le lendemain soir à l'église de Passy, mais elle désirait que je l'accompagne.

— Oui, monsieur l'Abbé, m'a dit Diana avec des yeux insolitement scintillants, et les joues enflammées, oui, je vous en prie.

J'aurais dû refuser, mais j'étais pris de curiosité, et je ne voulais pas apparaître comme un cagot aux yeux de Boullan.

*

J'écris et je tremble, ma main court toute seule sur la feuille de papier, je ne suis plus en train de me souvenir, je revis, c'est comme si je racontais quelque chose qui se passe en cet instant…

C'était le soir du 21 mars. Vous, capitaine, vous avez commencé votre journal le 24 mars, en racontant que j'aurais perdu la mémoire le 22 au matin. S'il est donc arrivé quelque chose de terrible, ce doit avoir été le soir du 21.

Je cherche à reconstituer mais ça m'est pénible, je crains d'avoir la fièvre, mon front est brûlant.

Une fois Diana prise à Auteuil, je donne une certaine adresse au fiacre. Le cocher me regarde de travers, comme s'il se méfiait d'un client comme moi, malgré mon habit ecclésiastique mais, devant l'offre d'un bon pourboire, il commence à rouler sans rien dire. Il s'éloigne de plus en plus du centre vers la périphérie sur des routes qui deviennent de plus en plus sombres, jusqu'au moment où il tourne dans un chemin que longent des masures abandonnées et qui finit en cul-de-sac sur la façade presque en ruine d'une vieille chapelle.

Nous descendons, et le cocher paraît avoir une grande hâte de s'en aller, à tel point que, après lui avoir payé la course, lorsque je fouille dans mes poches pour trouver encore quelques francs, il s'écrie « Peu importe, monsieur l'Abbé, merci quand même ! » et il renonce au pourboire pour repartir au plus vite.

— Il fait froid, et j'ai peur, dit Diana en se serrant contre moi. Je me rétracte, mais en même temps, comme elle ne montre pas son bras et que je le sens sous les affaires qu'elle porte, je me rends compte qu'elle est étrangement vêtue : un manteau avec capuche la couvre toute de la tête aux pieds, si bien que dans cette obscurité on pourrait la prendre pour un moine, et de ceux qui surgissent au fond des souterrains des monastères dans ces romans de style gothique à la mode au début de ce siècle. Je ne le lui avais jamais vu, mais je dois cependant dire qu'il ne m'était jamais passé par l'esprit d'inspecter la malle avec tout ce qu'elle avait emporté avec elle en quittant la maison du docteur Du Maurier.

Le portillon de la chapelle est à demi ouvert. Nous entrons dans une nef unique, éclairée par une série de cierges qui brûlent sur l'autel et par de nombreux tripodes allumés qui font couronne à l'autel tout autour d'une petite abside. L'autel est couvert d'un drap noir, semblable à ceux qu'on utilise pour des funérailles. En hauteur, au lieu du crucifix ou d'une autre icône, apparaît une statue du démon sous la forme d'un bouc, le phallus tendu, disproportionné, long d'au moins trente centimètres. Les bougies ne sont pas blanches ou ivoire mais noires. Au centre, dans un tabernacle, on voit trois crânes.

— L'Abbé Boullan m'en a parlé, me susurre Diana, ce sont les reliques des trois Mages, les vrais, Théobens, Menser et Saïr. Ils ont été avertis de l'extinction d'une étoile filante et ils se sont éloignés de la Palestine pour n'être pas des témoins de la naissance du Christ.

Face à l'autel, disposés en demi-cercle, se trouve une troupe de jeunes, garçons à droite et filles à gauche. La si verte jeunesse des deux groupes fait qu'on noterait peu de différence entre les deux sexes, et cet aimable amphithéâtre pourrait paraître habité par de gracieux androgynes dont les différences sont encore plus estompées par la couronne de roses fanées qu'ils portent sur la tête, si ce n'est que les garçons sont nus, et qu'on les distingue par leur membre qu'ostentoirement ils se montrent les uns aux autres, tandis que les filles sont couvertes de courtes tuniques de tissu presque transparent qui en caressent les seins menus et la courbe naissante des hanches, sans rien cacher. Ils sont tous très beaux, même si les visages expriment plus de malice que d'innocence, ce qui certainement accroît leur charme – et je dois avouer (curieuse situation où moi, curé, je me confesse à vous, capitaine !) qu'au moment où j'éprouve, je ne dis pas de la terreur mais au moins de la crainte devant une femme ayant atteint la maturité, il m'est difficile de me soustraire à la séduction d'une créature impubère.

Ces enfants de chœur singuliers passent derrière l'autel pour en rapporter de petits encensoirs qu'ils distribuent aux assistants, puis certains d'entre eux approchent des tripodes les rameaux résineux, les enflamment, et vont en attiser les cassolettes d'où se libèrent une fumée dense et un parfum énervant de drogues exotiques. D'autres parmi ces éphèbes nus distribuent de petites coupes et l'une m'est offerte à moi aussi. — Buvez, monsieur l'Abbé, me dit un garçon au regard effronté, cela sert à entrer dans l'esprit du rite.

J'ai bu et maintenant je vois et je sens comme si tout se déroulait dans le brouillard.

Voici qu'entre Boullan. Il porte une chlamyde blanche avec dessus une planète rouge où se plante un crucifix renversé. A l'intersection des deux bras de la croix, il y a l'image d'un bouc noir qui, droit sur ses pattes postérieures, tend ses cornes en avant... Mais au premier mouvement que fait l'Abbé, comme par hasard ou négligence, en fait par une perverse coquetterie, la chlamyde s'ouvre en montrant un phallus de proportions remarquables telles que je ne l'aurais jamais supposé chez un être flasque comme Boullan, et déjà en érection, grâce à certaine drogue que l'Abbé a évidemment absorbée avant. Ses jambes sont bandées dans deux bas noirs mais complètement transparents, comme ceux (hélas désormais reproduits dans *Charivari* et d'autres hebdomadaires, visibles même par abbés et curés, qu'ils le voulussent ou non) de Céleste Mogador quand elle dansait le cancan au Bal Mabille.

Le célébrant a tourné le dos aux fidèles et a commencé sa messe en latin, avec les androgynes pour répondants.

— *In nomine Astaroth et Asmodei et Beelzébuth. Introibo ad altare Satanae.*

— *Qui laetificat cupidatem nostram.*

— *Lucifer omnipotens, emitte tenebram tuam et afflige inimicos nostros.*

— *Ostende nobis, Domine Satanas, potentiam tuam, et exaudi luxuriam meam.*

— *Et blasphemia mea ad te veniat.*

Ensuite Boullan a tiré de son habit une croix, il l'a placée sous ses pieds et piétinée à plusieurs reprises : — O Croix, je t'écrase en mémoire et vengeance des anciens Maîtres du Temple. Je te piétine parce que tu as été l'instrument de la fausse sanctification du faux dieu Christ Jésus.

Et à cet instant Diana, sans me prévenir et comme par une subite illumination (mais certainement sur les instructions que Boullan lui a données hier en confession), traverse la nef entre les deux ailes de fidèles et se place, droite, au pied de l'autel. Ensuite, se retournant vers les fidèles (ou infidèles qu'ils fussent), d'un geste hiératique elle laisse glisser d'un coup capuche et manteau, resplendissant nue. Me manquent les mots, capiston Simonini, mais c'est comme si je la voyais, dévoilée telle Isis, le visage couvert seulement d'un masque noir de tulle illusion.

Je suis pris d'une sorte de sanglot en voyant pour la première fois une femme dans toute l'insoutenable violence de son corps dénudé. Ses cheveux d'or roux qu'elle tient d'habitude chastement enroulés en chignon tombent libres, caressent, impudiques, ses fesses d'une rondeur maléfiquement parfaite. Dans cette statue païenne on remarque la superbe du col gracile qui se dresse telle une fine colonne au-dessus des épaules d'une blancheur marmoréenne, tandis que les seins (et je vois pour la première fois les mamelles d'une femme) se dressent d'une fierté ferme et d'un orgueil satanique. Entre eux, seul résidu non charnel, le médaillon que Diana ne quitte jamais.

Diana se tourne et monte avec lubrique mollesse les trois degrés qui mènent à l'autel, et puis, aidée par l'officiant, elle s'y allonge, la tête abandonnée sur un oreiller de velours frangé d'argent, tandis que ses cheveux fluent en débordant de la table, le ventre légèrement arqué, les jambes écartées de façon à montrer la toison cuivrée qui cèle l'entrée de sa féminine caverne, tandis que le corps resplendit, sinistre, au reflet rougeâtre des bougies. Mon Dieu, je ne sais avec quels mots décrire ce que je vois, c'est comme si ma naturelle horreur pour la chair des femmes et la crainte qu'elle m'inspire s'étaient dissoutes pour ne laisser place qu'à une sensation nouvelle, comme si une liqueur jamais savourée se répandait à travers mes veines...

Boullan a placé sur la poitrine de Diana un petit phallus en ivoire et sur son ventre une toile brodée où il a posé un calice fait d'une pierre sombre.

Du calice il a extrait une hostie et il ne s'agit certes pas d'une de celles déjà consacrées dont vous, capiston Simonini, vous faites commerce, mais bien d'une hostie que Boullan, toujours prêtre de la Sainte et Romaine Eglise à tous les effets, même si désormais probablement excommunié, est sur le point de consacrer sur le ventre de Diana.

Et il dit : — *Suscipe, Domine Satanas, hanc hostiam, quam ego indignus famulus tuus offero tibi. Amen.*

A la suite de quoi, il prend l'hostie et, après l'avoir abaissée deux fois vers le sol, élevée deux fois vers le ciel, et tournée aussi bien à droite qu'à gauche, il la montre aux fidèles en disant : — Du sud j'invoque la bienveillance de Satan, de l'est j'invoque la bienveillance de Léviathan, que s'ouvrent grand les portails des enfers, et viennent à moi, appelées par ces noms, les Sentinelles du Puits de l'Abîme. Notre Père, qui êtes aux Enfers, maudit soit votre nom, que votre règne s'annihile, que votre volonté soit méprisée, sur la terre comme en Enfer ! Que le nom de la Bête soit loué !

Et le chœur des petits jeunes, à pleine voix : — Six six six !

Le nombre de la Bête !

A présent Boullan s'écrie : — Que Lucifer soit magnifié, lui dont le Nom est Infortune. O maître du péché, des amours contre nature, des bienfaisants incestes, de la divine sodomie, Satan, c'est toi que nous adorons ! Et toi, Jésus, je te force à t'incarner en cette hostie, de façon que nous puissions renouveler tes souffrances et une fois de plus te tourmenter avec les clous qui t'ont crucifié et te transpercer de la lance de Longin !

— Six six six, répètent les enfants.

Boullan élève l'hostie et prononce : — Au début était la chair, et la chair était auprès de Lucifer et la chair était Lucifer. Elle était au début auprès de Lucifer : tout a été fait par elle, et sans elle rien n'a été fait de tout ce qui existe. Et la chair s'est faite verbe et elle est venue habiter parmi nous, dans les ténèbres, et nous en avons vu l'opaque splendeur de fille unique de Lucifer, pleine de hurlements et de fureur, et de désir.

Il fait glisser l'hostie sur le ventre de Diana puis la lui immerge dans le vagin. En l'extrayant il l'élève vers la nef, s'écriant à pleine voix : — Prenez et mangez !

Deux des androgynes se prosternent devant lui, soulèvent sa chlamyde et conjointement baisent son membre dressé. Puis le groupe entier des adolescents se précipite à ses pieds et, tandis que les garçons commencent à se masturber, les filles s'arrachent à tour de rôle leurs voiles et roulent les unes sur les autres en lançant des hurlements de volupté. L'air s'emplit d'autres parfums, toujours plus insoutenablement violents, et tous les assistants, de plus en plus, poussant d'abord des soupirs de désir puis des brames de lasciveté, se dénudent en commençant à s'accoupler sans distinction de sexe ou d'âge, et je vois au milieu des vapeurs une mégère plus que septuagénaire, toute peau ridée, les seins réduits à deux feuilles de salade, des jambes de squelette, se rouler par terre alors qu'un adolescent baise à bouche que veux-tu, vorace, ce qui en était la vulve.

Je ne suis plus qu'un tremblement, je regarde autour de moi pour comprendre comment sortir de ce lupanar, l'espace où je suis recroquevillé est tellement saturé d'un souffle empoisonné que c'est comme si je vivais dans un épais nuage, ce que j'ai bu au début m'a certainement drogué, je n'arrive plus à raisonner et je vois tout désormais comme à travers un brouillard rougeâtre. Et c'est dans ce brouillard que j'aperçois Diana, toujours nue, son léger masque disparu, qui descend de l'autel alors que la foule des insensés, tout en ne cessant de mener sa confusion charnelle, s'efforce au mieux de faire une aile à son passage. Elle vient vers moi.

Saisi de la terreur de me réduire comme cette masse de forcenés, je recule mais finis contre une colonne, Diana arrive derrière moi, haletante, oh, mon Dieu, ma plume flageole, mon esprit vacille, larmoyant de dégoût que je suis (à présent comme alors), incapable même de crier parce qu'elle a envahi ma bouche avec quelque chose qui n'est pas à moi, je me sens rouler par terre, les parfums m'étourdissent, ce corps qui cherche à se confondre avec le mien me procure une excitation pré-agonique, endémené telle une hystérique de la Salpêtrière je touche (je touche de mes mains, comme si je le voulais !) cette chair étrangère, je pénètre sa blessure avec une démente curiosité de chirurgien, je prie cette jeteuse de sorts de me laisser, je la mords pour me défendre et elle, elle me crie de le refaire, je tire en arrière ma tête renversée en pensant au docteur Tissot, je sais que de ce manquement viendra l'amaigrissement de tout mon corps, la pâleur terreuse de mon visage désormais mourant, la vue embrumée et des sommeils houleux, l'enrouement du gosier, les douleurs des bulbes oculaires, l'invasion méphitique de taches rouges sur ma face, le vomissement de matières calcinées, les palpitations du cœur – et enfin, avec la syphilis, la cécité.

Et, tandis que déjà je ne vois plus rien, tout d'un coup j'éprouve la plus déchirante et indicible et insupportable sensation de ma vie, comme si tout le sang de mes veines jaillissait soudain d'une blessure de chacun de mes membres tendus jusqu'au spasme, du nez, des oreilles, de la pointe des doigts, même de l'anus, au secours au secours, je crois comprendre ce qu'est la mort que fuit avec horreur tout vivant, la cherchât-il par l'instinct innaturel de multiplier sa propre lignée…

Je n'arrive plus à écrire, je ne suis plus dans le ressouvenir, je suis en train de revivre, l'expérience est insoutenable, je voudrais de nouveau perdre tout souvenir…

*

C'est comme si je revenais à moi après une pâmoison, je retrouve Boullan à mes côtés, qui tient Diana par la main, de nouveau couverte de son manteau. Boullan me dit qu'il y a une voiture à la porte : il faudrait que je ramène Diana à la maison, parce qu'elle est épuisée. Elle grelotte, et murmure des mots incompréhensibles.

Boullan est extraordinairement serviable, et d'abord je pense qu'il veut se faire pardonner quelque chose – au fond c'est lui qui m'a entraîné dans cette écœurante aventure. Mais quand je lui dis qu'il peut s'en aller et que c'est moi qui vais m'occuper de Diana, il insiste pour nous accompagner, me rappelant que lui aussi habite à Auteuil. Comme s'il était jaloux. Pour le provoquer, je lui dis que je ne vais pas à Auteuil mais ailleurs, que j'emmène Diana chez un ami sûr.

Il pâlit, comme si je lui soustrayais une proie qui lui appartient.

— N'importe, dit-il, je viens moi aussi, Diana a besoin d'aide.

Une fois monté dans le fiacre, je donne sans y penser l'adresse de la rue Maître-Albert, comme si j'avais décidé qu'à partir de cette nuit Diana devait commencer à disparaître d'Auteuil. Boullan me regarde sans comprendre, mais se tait, et monte, en s'emparant de la main de Diana.

Pas un mot pendant tout le trajet, je les fais entrer dans mon appartement. Je renverse Diana sur le lit, la saisissant par un poignet et lui parlant pour la première fois après tout ce qui s'était passé, en silence, entre nous. Je lui hurle :
— Pourquoi, pourquoi ?

Boullan cherche à s'interposer, mais je le pousse violemment contre le mur, où il glisse à terre – alors, à présent seulement, je m'aperçois combien ce démon est fragile et maladif, moi en comparaison je suis un Hercule.

Diana se démène, son manteau s'ouvre sur son sein, je ne supporte pas de revoir ses chairs, je tente de la couvrir, ma main se prend à la chaînette de son médaillon, dans le bref corps-à-corps elle se casse, le médaillon reste entre mes mains, Diana tente de le reprendre, je me retire au fond de la pièce et ouvre le petit reliquaire.

Y apparaissent une forme en or qui sans aucun doute reproduit les Tables mosaïques de la Loi, et quelque chose d'écrit en hébreu.

— Qu'est-ce que ça signifie ? demandé-je en me rapprochant de Diana étendue sur le lit, les yeux écarquillés, que veulent dire ces signes derrière le portrait de ta mère ?

— Maman, murmure-t-elle d'une voix absente, maman était juive… Elle croyait en Adonaï…

… Maman, murmure-t-elle d'une voix absente,
maman était juive… (p. 506)

Il en est donc ainsi. Non seulement je me suis uni avec une femme, race du démon, mais avec une Juive – parce que la descendance entre eux, je le sais, passe par la mère. Et donc, si par hasard dans cette étreinte ma semence avait fécondé ce ventre impur, je donnerais vie à un Juif.

— Tu ne peux pas me faire ça, m'écrié-je, et je me précipite sur la prostituée, je lui serre le cou, elle se débat, j'augmente la pression, Boullan est revenu à lui et se jette sur moi, de nouveau je l'écarte d'un coup de pied à l'aine, et je le vois s'évanouir dans un coin, je me jette encore sur Diana (oh, vraiment j'avais perdu la raison !), peu à peu ses yeux paraissent sortir de leurs orbites, sa langue se tend, enfle, hors de sa bouche, j'entends un dernier souffle, et puis son corps s'abandonne, inanimé.

Je me recompose. Je considère l'énormité de mon geste. Dans son coin Boullan gémit, presque émasculé. J'essaie de me reprendre et je ris : ça ira comme ça ira, je ne serai jamais le père d'un Juif.

Je me recompose. Je me dis que je dois faire disparaître le cadavre de la femme au sous-sol, dans le cloaque – qui désormais devient plus accueillant que votre cimetière de Prague, capitaine. Mais il fait noir, il faudrait que je tienne une lampe, parcourir tout le couloir jusque chez vous, descendre dans la boutique et de là dans les égouts. J'ai besoin de l'aide de Boullan qui est en train de se relever de terre en me fixant avec le regard d'un dément.

En cet instant je comprends aussi que je ne pourrai pas laisser sortir de cette maison le témoin de mon crime. Je me souviens du pistolet que m'avait donné Bataille, j'ouvre le tiroir où je l'avais caché, je le pointe sur Boullan qui continue à me fixer, halluciné.

— Je regrette, l'Abbé, lui dis-je, si vous voulez sauver votre peau, aidez-moi à faire disparaître ce corps si doux.

— Oui, oui, dit-il comme en une extase érotique. Dans son désarroi, Diana morte, langue hors de la bouche et yeux exorbités, doit lui paraître aussi désirable que la Diana nue qui avait abusé de moi pour son plaisir.

Par ailleurs, moi non plus je ne suis pas lucide. Comme dans un rêve j'enroule Diana dans son manteau, je tends à Boullan une lampe allumée, je saisis la morte par les pieds et la traîne le long du couloir jusque chez vous, puis la descends dans le magasin par l'escalier en colimaçon, et de là dans les égouts, à chaque marche le cadavre tape la tête d'un coup sinistre, et enfin je l'aligne à côté des restes de Dalla Piccola (l'autre).

Boullan me semble désormais devenu fou. Il rit.

— Que de morts, dit-il. Peut-être est-ce mieux ici-bas que là-dehors dans le monde, où Guaita m'attend... Pourrais-je rester avec Diana ?

— Mais qu'à cela ne tienne, l'Abbé, je ne pourrais désirer mieux.

Je sors le pistolet, tire, et l'atteins au milieu du front.

Boullan tombe de travers, presque sur les jambes de Diana. Je dois me pencher, le soulever et le lui placer à ses côtés. Ils gisent comme deux amants.

*

Et voilà que juste à présent, tout en racontant, j'ai redécouvert, avec anxieuse mémoire, ce qui s'était passé un instant avant que je la perde.

Le cercle s'est refermé. Maintenant, je sais. Maintenant, à l'aube du 18 avril, dimanche de Pâques, j'ai écrit ce qui s'était passé le 21 mars en pleine nuit, à celui que je croyais être l'Abbé Dalla Piccola...

25

S'ÉCLAIRCIR LES IDÉES

Tiré des journaux du 18 au 19 avril 1897

Alors là, celui qui se fût mis à lire les lignes de Dalla Piccola par-dessus l'épaule de Simonini aurait vu que le texte s'interrompait comme si la plume, que la main ne parvenait plus à tenir, avait tracé spontanément, alors que le corps glissait à terre, un long griffonnage dépourvu du moindre sens qui finissait par dépasser la feuille de papier en souillant le feutre vert du bureau. Et après, sur une feuille suivante, il semblait que c'était le capitaine Simonini qui avait repris la plume.

Lequel s'était réveillé habillé en prêtre, avec la perruque de Dalla Piccola, se sachant désormais sans l'ombre d'un doute Simonini. Il avait aussitôt vu, ouvertes sur le bureau, et couvertes par une écriture hystérique devenant peu à peu et de plus en plus confuse, les dernières pages qu'y avait couchées le prétendu Dalla Piccola : au fur et à mesure de sa lecture il transpirait, et son cœur palpitait, et avec lui se souvenait, jusqu'au moment où l'écriture de l'Abbé a pris

fin et lui (l'Abbé) ou bien lui (Simonini) se sont, non... s'*est* évanoui.

A peine était-il revenu à lui, et son esprit peu à peu se désembrumant, tout lui devenait clair. En guérissant il comprenait, et il savait qu'il ne faisait qu'un avec Dalla Piccola ; ce que la vieille au soir Dalla Piccola s'était rappelé, il se le rappelait désormais lui aussi, en somme il se rappelait que dans les habits de l'Abbé Dalla Piccola (pas le prêtre aux dents en avant qu'il avait tué, mais l'autre qu'il avait fait renaître et personnifié pendant des années), il avait vécu l'expérience terrible de la messe noire.

Ensuite, qu'était-il arrivé ? Sans doute dans leur corps-à-corps Diana avait-elle eu le temps de lui arracher sa perruque, sans doute avait-il dû se libérer de sa soutane pour pouvoir traîner le cadavre de la malheureuse jusqu'aux égouts, et puis, presque hors de soi, il était rentré d'instinct dans sa chambre de la rue Maître-Albert, où il s'était réveillé le matin du 22 mars, incapable de comprendre où se trouvaient ses vêtements.

Le contact charnel avec Diana, la révélation de son origine si ignominieuse, et son nécessaire, presque rituel, homicide, avaient été trop pour lui, et cette même nuit il avait perdu la mémoire, ou bien ils l'avaient perdue ensemble, Dalla Piccola et Simonini, et les deux personnalités s'étaient alternées tout au long de ce mois. Probablement, comme il était arrivé à Diana, il passait d'une condition à l'autre à travers une crise, un raptus épileptique, un évanouissement, qui sait, mais il ne s'en rendait pas compte et chaque fois il s'éveillait différent, pensant avoir simplement dormi.

La thérapie du docteur Froïde avait marché (même si ce dernier ne saurait jamais qu'elle marchait). En racontant au fur et à mesure à cet autre lui-même les souvenirs qu'il extrayait péniblement, comme en sommeil, de la torpeur de sa mémoire, Simonini était parvenu au point crucial, à l'événement traumatique qui l'avait plongé dans l'amnésie et avait fait de lui deux personnes distinctes, chacune d'elles se rappelant une partie de son passé, sans que lui, ou cet autre qui était pourtant toujours lui-même, eussent réussi à recomposer leur unité, et chacun aurait tenté de cacher à l'autre la raison terrible, immémorable, de cet effacement.

A se ressouvenir, Simonini se sentait justement épuisé et, pour s'assurer que vraiment il était rené à une nouvelle vie, il avait fermé le journal et décidé de sortir et de s'exposer à n'importe quelle rencontre, sachant désormais qui il était. Il éprouvait le besoin d'un repas complet, mais pour ce jour-là il ne voulait encore s'accorder aucune gourmandise car ses sens avaient déjà été mis à dure épreuve. Tel un ermite de la Thébaïde, il ressentait un besoin de pénitence. Il était allé chez Flicoteaux, et avec treize sous il avait réussi à mal manger de façon raisonnable.

De retour chez lui, il avait jeté sur le papier quelques détails qu'il finissait de reconstituer. Il n'y aurait eu aucune raison de continuer un journal intime, commencé pour se rappeler ce que désormais il savait, mais ce journal était désormais devenu une habitude. En présumant qu'existât un Dalla Piccola distinct de lui, il avait cultivé pendant un peu plus d'un mois l'illusion qu'existait quelqu'un avec qui dialoguer, et tout en dialoguant il s'était rendu compte de combien il avait été toujours seul, dès son enfance. Peut-être (hasarde le Narrateur) avait-il scindé sa personnalité justement pour se créer un interlocuteur.

A présent, le moment était venu de s'apercevoir que l'Autre n'existait pas et que même le journal est un entretien solitaire. Il s'était cependant accoutumé à cette monodie, et il décidait de continuer comme ça. Ce n'est pas qu'il s'aimât particulièrement, mais l'aversion qu'il ressentait pour les autres allait jusqu'à le pousser à se supporter.

Il avait mis en scène Dalla Piccola – le sien, quand il avait déjà occis le vrai – lorsque Lagrange lui avait demandé de s'occuper de Boullan. Il pensait que pour bien des affaires un ecclésiastique aurait éveillé moins de soupçons qu'un laïc. Et il ne lui déplaisait point de remettre au monde quelqu'un qu'il avait supprimé.

Quand il avait acheté, pour une bouchée de pain, la maison et le magasin de l'impasse Maubert, il n'avait pas utilisé tout de suite la pièce et la sortie de la rue Maître-Albert, préférant établir son adresse dans l'impasse afin de pouvoir disposer du magasin. Une fois Dalla Piccola entré en scène, il avait meublé la pièce avec des meubles peu coûteux et y avait situé la demeure fantôme de son Abbé fantôme.

Dalla Piccola avait servi non seulement pour fouiner dans les milieux satanistes et occultistes mais aussi pour des apparitions au chevet d'un mourant, appelé par un parent proche (ou lointain) qui deviendrait ensuite le bénéficiaire du testament que Simonini forgerait – si bien que, si quelqu'un avait douté de ce document inattendu, il y aurait eu le témoignage d'un homme d'Eglise, lequel pouvait jurer que le testament coïncidait avec les dernières volontés que le moribond lui avait susurrées. Jusqu'à ce que, avec l'affaire Taxil, Dalla Piccola fût devenu essentiel et eût pratiquement pris en charge toute l'entreprise durant plus de dix ans.

En qualité de Dalla Piccola, Simonini avait pu approcher aussi le Père Bergamaschi et Hébuterne parce que son déguisement était très efficace. Dalla Piccola était sans barbe, blondasse, avec des sourcils touffus, et surtout il portait des lunettes bleues qui lui cachaient le regard. Comme si cela n'avait pas suffi, il s'était ingénié à inventer une autre écriture, plus petite et presque féminine ; et il s'était mis aussi à modifier sa voix. Vraiment, quand il était Dalla Piccola, en plus de parler et d'écrire de manière différente, Simonini pensait de manière différente, se coulant tout entier dans son rôle.

Dommage qu'à présent Dalla Piccola dût disparaître (destin de tous les abbés de ce nom), mais il fallait que Simonini se débarrassât complètement de l'affaire, aussi bien pour effacer la mémoire des événements honteux qui l'avaient mené au trauma, que parce que le lundi de Pâques Taxil, selon sa promesse, allait faire une abjuration publique, et enfin parce que, Diana désormais disparue, il valait mieux faire perdre toute trace de l'entier complot, au cas où quelqu'un se fût posé d'inquiétantes questions.

Il n'avait à sa disposition que ce dimanche et le matin du lendemain. Il avait endossé à nouveau les habits de Dalla Piccola pour rencontrer Taxil, lequel pendant presque un mois s'était rendu tous les deux ou trois jours à Auteuil sans les trouver, ni lui ni Diana, avec la vieille qui disait ne rien savoir, et déjà il craignait un enlèvement de la part des francs-maçons. Il avait répondu que Du Maurier lui avait enfin donné l'adresse de la vraie famille de Diana, à Charleston, et qu'il avait trouvé le moyen de la rembarquer pour l'Amérique. Juste à temps pour que Taxil pût mettre en scène sa dénonciation des micmacs. Il lui avait passé cinq mille francs d'avance sur les soixante-quinze mille promis et ils s'étaient donné rendez-vous l'après-midi suivant à la Société de Géographie.

Encore dans la peau de Dalla Piccola, il s'était ensuite rendu à Auteuil. Grande surprise de la vieille qui elle aussi ne voyait plus ni lui ni Diana depuis presque un mois, et elle ne savait quoi dire au pauvre monsieur Taxil qui s'était présenté tant de fois. Il lui avait raconté la même histoire, Diana avait retrouvé sa famille, et elle était repartie en Amérique. Une généreuse indemnité de licenciement a clos le bec à la mégère, qui avait rassemblé ses hardes et s'en était allée dans l'après-midi.

Dans la soirée, Simonini avait brûlé tous les documents et les traces de l'association de ces années passées, et, tard dans la nuit, il avait apporté en cadeau à Gaviali une caisse avec tous les habits et les froufrous de Diana. Un chiffonnier ne se demandait jamais d'où pouvaient provenir les choses qui lui tombaient entre les mains. Le lendemain matin, il s'était rendu chez le propriétaire et, alléguant une mission imprévue dans des terres lointaines, il s'était dédit de tout, payant même les six mois à venir, sans discuter. Le propriétaire s'était rendu avec lui dans la maison pour vérifier si les meubles et les murs étaient en bon état, il avait repris les clefs et fermé à double tour.

Il s'agissait seulement de « tuer » (pour la seconde fois) Dalla Piccola. Il suffisait de peu. Simonini avait ôté son grimage d'abbé, il avait rangé la soutane dans le couloir, et voilà que Dalla Piccola avait disparu de la surface de la terre. Par précaution, il avait aussi éliminé de l'appartement le prie-Dieu et les livres de piété, les transférant dans le magasin comme marchandise à vendre à d'improbables amateurs, et voilà qu'il se retrouvait avec un pied-à-terre quelconque à utiliser pour quelque autre personnification.

De toute cette histoire, il ne restait plus rien, si ce n'est dans les souvenirs de Taxil et de Bataille. Mais Bataille, après sa trahison, ne se ferait certes plus revoir ; quant à Taxil, son histoire se conclurait l'après-midi même.

L'après-midi du 19 avril, dans ses vêtements normaux, Simonini était allé se régaler au spectacle de la rétractation de Taxil. Taxil n'avait connu, outre Dalla Piccola, qu'un pseudo-notaire Fournier, sans barbe, châtain et avec deux dents en or, et il avait vu le Simonini barbu une seule fois, quand il était allé se faire falsifier les lettres de Hugo et de Blanc, mais il y avait une quinzaine d'années de cela et il avait probablement oublié le visage de ce copiste. Simonini qui, pour parer à toute éventualité, s'était affublé d'une barbe blanche et de lunettes vertes le faisant passer pour un membre de l'Institut, pouvait donc s'asseoir, tranquille, au parterre et jouir du spectacle.

C'est un événement dont avaient donné la nouvelle tous les journaux. La salle était bondée : curieux, fidèles de Diana Vaughan, maçons, journalistes et même des délégués de l'archevêque et du nonce apostolique.

Taxil avait parlé avec aplomb et faconde tout à fait méridionaux. Surprenant l'auditoire qui s'attendait à la présentation de Diana et à la confirmation de tout ce que Taxil avait publié ces quinze dernières années, il avait débuté en polémiquant avec les journalistes catholiques et introduit le noyau de ses révélations sur un « Mieux vaut en rire qu'en pleurer, dit la sagesse des nations. » Il avait abordé son goût pour la mystification (ce n'est pas pour rien qu'on est enfant de Marseille, avait-il dit au milieu des éclats de rire du public). Pour convaincre le public qu'il était un manœuvrier matois, il avait raconté avec grand goût l'histoire des requins de Marseille et de la cité submergée du Léman. Mais rien n'égalait la plus grande mystification de sa vie. Et le voilà qui narre son apparente conversion et la façon dont il avait blousé confesseurs et directeurs de conscience qui devaient s'assurer de la sincérité de son repentir.

Déjà ce début avait été interrompu : d'abord par des éclats de rire et puis par des interventions violentes de différents prêtres, de plus en plus scandalisés. Certains se levaient et sortaient de la salle, d'autres empoignaient les chaises comme pour le lyncher. En somme, un fort beau tumulte sur lequel la voix de Taxil parvenait encore à se faire entendre, qui racontait comment, pour complaire à l'Eglise après l'*Humanum Genus*, il s'était décidé à casser du sucre sur les francs-maçons. Mais au fond, disait-il, les maçons aussi devraient m'être reconnaissants parce que ma publication des rituels n'a pas été étrangère à leur décision de supprimer des pratiques désuètes devenues ridicules pour tout maçon ami du progrès. Quant aux catholiques, je m'étais assuré dès les premiers jours de ma conversion que nombre d'entre eux sont convaincus que le Grand Architecte de l'Univers – l'Etre Suprême des maçons – est le Diable. Fort bien, je n'avais plus qu'à broder sur cette conviction.

Le tohu-bohu continuait. Quand Taxil avait cité sa conversation avec Léon XIII (le pape avait demandé « Mon enfant, que désirez-vous ? » et Taxil avait répondu « Saint-Père, mourir à vos pieds, en ce moment, serait ma plus grande félicité ! »), les hurlements étaient devenus un chœur, qui criait « Respectez Léon XIII ; vous n'avez pas le droit de prononcer son nom ! » ; qui s'exclamait « Et nous, nous écoutons tout ça ? C'est révoltant ! », qui : « Oh !... le pendard ! Oh !... l'immonde orgie ! », tandis que la majorité de l'assistance ricanait.

— C'est ainsi, narrait Taxil, que j'ai fait croître l'arbre du luciférisme contemporain, où j'ai introduit un rituel palladique de mon entière fabrication, de la première à la dernière ligne.

Ensuite, il avait raconté comment d'un vieil ami alcoolique il avait fait le docteur Bataille, comment il avait inventé Sophia Walder ou Sapho, et comment enfin il avait écrit lui-même tous les ouvrages signés Diana Vaughan. Diana, avait-il dit, n'était qu'une protestante, une copiste dactylographe, représentante d'une fabrique américaine de machines à écrire, une femme intelligente, spirituelle, et d'une élégante simplicité comme le sont en général les protestantes. Il avait commencé par l'intéresser aux diableries, elle s'était prise au jeu, et elle était devenue sa complice. Elle prenait goût à cette fripouillerie, à correspondre avec des évêques et des cardinaux, à recevoir des lettres du secrétaire particulier du Souverain Pontife, à renseigner le Vatican sur les complots lucifériens...

— Mais, poursuivait Taxil, nous avons vu aussi des milieux maçonniques croire à nos simulations. Quand Diana a révélé qu'Adriano Lemmi avait été nommé par le Grand Maître de Charleston son successeur au Suprême Pontificat Luciférien, certains maçons italiens, parmi lesquels un député au Parlement, avaient pris la nouvelle au sérieux, et protesté parce que

… Diana, avait-il dit, n'était qu'une protestante, une copiste dactylographe, représentante d'une fabrique américaine de machines à écrire, une femme intelligente, spirituelle, et d'une élégante simplicité comme le sont en général les protestantes… (p. 518)

Lemmi ne les avait pas informés, et ils avaient constitué en Sicile, à Naples et à Florence trois Suprêmes Conseils Palladiens Indépendants, nommant Miss Vaughan membre d'honneur. Le tristement célèbre monsieur Margiotta a écrit qu'il avait connu mademoiselle Vaughan, alors que c'était moi qui lui avais parlé d'une rencontre qui n'avait jamais eu lieu et lui il avait feint, ou avait vraiment cru se la rappeler. Les éditeurs eux-mêmes ont été mystifiés, mais ils n'ont pas à s'en plaindre parce que je leur ai permis de publier des ouvrages qui peuvent rivaliser avec les *Mille et Une Nuits*.

— Messieurs, avait-il poursuivi, quand on s'aperçoit qu'on a été daubé, le mieux qui reste à faire, c'est d'en rire avec le parterre. Monsieur l'Abbé Garnier (avait-il dit en se référant à l'un de ses critiques les plus acharnés qui se trouvait dans la salle), en déchargeant votre bile vous ferez trop rire de vous.

— Vous êtes une canaille ! s'était écrié Garnier en agitant sa canne tandis que ses amis essayaient de le retenir.

— Par ailleurs, avait continué Taxil, séraphique, nous ne pouvons critiquer ceux qui ont cru à nos diables qui apparaissaient aux cérémonies d'initiation. Les bons chrétiens ne croient-ils pas, peut-être, que Satan a transporté Jésus-Christ soi-même sur le sommet d'une montagne, d'où il lui a montré tous les royaumes de la terre… Et comment pouvait-il les lui montrer tous si la terre est ronde ?

— Bravo ! criaient les uns.

— Au moins ne blasphémez pas, criaient les autres.

— Messieurs, concluait maintenant Taxil, j'avoue que j'ai commis un infanticide : le palladisme à présent est mort parce que son père l'a assassiné.

Le tintamarre était à présent arrivé à son comble.

L'Abbé Garnier était monté sur une chaise et tentait de haranguer les spectateurs ; mais sa voix était couverte par les ricaneries de certains, par les menaces de certains autres. Taxil restait à la tribune d'où il avait parlé, en regardant fièrement la foule en tumulte. C'était son heure de gloire. S'il voulait être couronné roi de la mystification, il avait atteint son objectif.

Il fixait fièrement ceux qui défilaient devant lui en agitant le poing ou la canne au cri de « Vous n'avez pas honte ? », avec l'air du type qui ne comprend pas. De quoi devait-il avoir honte ? Du fait que tout le monde parlait de lui ?

Celui qui s'amusait le plus, c'était Simonini, en pensant à tout ce qui attendait Taxil au cours des jours prochains.

Le Marseillais chercherait Dalla Piccola pour avoir son fric. Mais il ne saurait pas où le trouver. S'il allait à Auteuil, il trouverait une maison vide, ou peut-être déjà habitée par quelqu'un d'autre. Il n'avait jamais su que Dalla Piccola avait une adresse rue Maître-Albert. Il ne savait pas où retrouver le notaire Fournier, et il ne lui viendrait jamais à l'esprit de le rapprocher de celui qui, tant d'années avant, falsifiait pour lui la lettre de Hugo. Boullan serait introuvable. Il n'avait jamais su qu'Hébuterne, qu'il connaissait vaguement comme dignitaire maçon, avait eu affaire avec son histoire et il avait toujours ignoré l'existence du Père Bergamaschi. Bref, Taxil ne saurait pas à qui demander sa rémunération que Simonini, donc, empochait non pas à moitié mais en totalité (moins malheureusement les cinq mille francs d'avance).

Il était amusant de penser au pauvre mariole errant dans Paris à la recherche d'un abbé et d'un notaire qui n'ont jamais existé, d'un sataniste et d'une palladienne dont les cadavres reposaient dans un égout inconnu, d'un Bataille qui, même si on le retrouvait lucide, ne saurait rien lui dire, et d'un paquet de francs fini dans un vase d'élection indu. Vitupéré par les catholiques, vu avec soupçon par les francs-maçons qui avaient le droit de craindre une nouvelle volte-face, devant sans doute payer encore de nombreuses dettes aux typographes, sans savoir où donner de sa pauvre tête transpirante.

Mais, songeait Simonini, cet arsouille de Marseillais l'avait bien mérité.

26

LA SOLUTION FINALE

10 novembre 1898

Voilà désormais un an et demi que je me suis libéré de Taxil, de Diana et, ce qui compte le plus, de Dalla Piccola. Si j'étais malade, je suis guéri. Grâce à l'auto-hypnose, ou au docteur Froïde. Et pourtant j'ai passé ces derniers mois au milieu de bien des angoisses. Si j'étais croyant, je dirais que j'ai ressenti des remords et que j'ai été tourmenté. Mais des remords pour quoi et tourmenté par qui ?

Le soir même où je me suis réjoui d'avoir berné Taxil, j'ai fêté ça dans une joie sereine. Je regrettais seulement de ne pas pouvoir partager avec quelqu'un ma victoire, mais je suis habitué à me satisfaire tout seul. Je suis allé, comme l'avaient fait les diasporés de Magny, chez Brébant-Vachette. Avec ce que j'avais gagné grâce à la faillite de l'entreprise Taxil, je pouvais tout me permettre. Le maître d'hôtel m'a reconnu, mais ce qui compte, c'est que moi je l'ai reconnu lui. Il s'est attardé à me décrire la salade Francilion créée après les triomphes de la pièce d'Alexandre Dumas – le fils, mon Dieu comme je vieillis.

On fait cuire des pommes de terre dans du bouillon, on les coupe en rondelles, et quand elles sont encore tièdes on les assaisonne, sel, poivre, huile d'olive et vinaigre d'Orléans, plus un demi-verre de vin blanc, un Château d'Yquem si possible, et on ajoute des herbes aromatiques coupées menu. On fait en même temps cuire au court-bouillon des moules de grande taille (mais accompagnées d'un tiers des pommes de terre seulement) avec une branche de céleri. On mélange ensuite le tout que l'on couvre avec de fines lamelles de truffe cuites au champagne. Le tout deux heures avant de servir, pour que le plat arrive à table froid comme il convient.

Et pourtant je ne suis pas serein, et je ressens le besoin de clarifier mon état d'âme en reprenant ce journal, comme si j'étais encore en cure chez le docteur Froïde.

C'est que des choses inquiétantes ont continué à se passer et je vis dans une continuelle insécurité. Avant tout, je me tourmente encore pour savoir qui peut bien être le Russe qui gît dans l'égout. Lui, et peut-être étaient-ils deux, ils étaient ici, dans ces pièces, le 12 avril. L'un d'eux est-il encore revenu ? A plusieurs reprises il m'est arrivé de ne plus trouver quelque chose – de peu de valeur, une plume, un paquet de feuilles – et de les retrouver ensuite où j'aurais juré ne les avoir jamais mis. Quelqu'un est passé ici, il a farfouillé, il a déplacé, il a trouvé ? Quoi ?

Les Russes, cela veut dire Ratchkovski, mais l'homme est un sphinx. Il est venu me trouver deux fois, toujours pour me réclamer ce qu'il croit être le matériel encore inédit hérité de mon grand-père, et j'ai tergiversé, d'un côté parce que je n'ai pas encore mis au point un dossier satisfaisant, de l'autre pour exciter son désir.

La dernière fois, il m'a dit qu'il n'était pas disposé à patienter davantage. Il a insisté pour savoir si ce n'était qu'une question de prix. Je ne suis pas avide, lui ai-je dit, mon grand-père m'a vraiment laissé des documents où est complètement protocolé tout ce qui a été dit cette nuit-là au cimetière de Prague, mais je ne les ai pas à portée de main, il faudrait que je quitte Paris pour aller les quérir quelque part. Alors allez-y, m'a dit Ratchkovski. Puis il a fait une allusion très vague aux ennuis que je pourrais avoir avec les suites de l'affaire Dreyfus. Qu'en sait-il, lui ?

En vérité, que Dreyfus ait été expédié à l'île du Diable n'a pas fait taire les bruits sur son affaire. Au contraire, ceux qui le jugent innocent, ou les dreyfusards comme on dit désormais, ont commencé à parler et différents graphologues se sont mobilisés pour discuter l'expertise de Bertillon.

Tout avait commencé dès la fin de l'année 1895, quand Sandherr avait quitté le service (il paraît qu'il était affecté de paralysie progressive, ou quelque chose de ce genre) et qu'il avait été remplacé par un certain Picquart. Ce Picquart s'est tout de suite révélé comme un fouinard, il continuait évidemment à ruminer l'affaire Dreyfus, même si elle avait trouvé sa conclusion des mois auparavant, et voilà qu'en mars de l'année dernière il découvrait dans les sempiternelles corbeilles à papiers de l'ambassade l'ébauche d'un télégramme que l'attaché militaire allemand voulait envoyer à Esterhazy. Rien de compromettant, mais pourquoi cet attaché militaire devait-il entretenir des rapports avec un officier français ? Picquart a mieux surveillé Esterhazy, il a cherché des spécimens de son écriture, et il s'est aperçu que l'écriture du commandant ressemblait à celle du bordereau de Dreyfus.

Je l'ai su parce que la nouvelle avait transpiré dans *La Libre Parole*, et Drumont s'en prenait à ce fouilleur qui voulait remettre en question une affaire heureusement résolue.

— Je sais qu'il est allé dénoncer le fait aux généraux Boisdeffre et Gonse qui, grâce au ciel, ne lui ont pas prêté attention. Nos généraux ne sont pas malades des nerfs.

Vers novembre, j'ai croisé Estherazy à la rédaction, il était très nerveux et il a demandé de me parler en privé. Il est venu chez moi, accompagné d'un certain commandant Henry.

— Simonini, on murmure que le bordereau serait de ma main. Vous avez bien copié à partir d'une lettre ou d'une note de Dreyfus, n'est-ce pas ?

— Mais naturellement. Le modèle, c'est Sandherr qui me l'a fourni.

— Je le sais, mais pourquoi ce jour-là Sandherr ne m'a-t-il pas convoqué moi aussi ? Pour que je ne vérifie pas le modèle de l'écriture de Dreyfus ?

— Moi, j'ai fait ce qu'on m'a demandé.

— Je le sais, je le sais. Mais il vous convient de m'aider à solutionner le rébus. Parce que si vous aviez été utilisé pour quelque cabale dont je n'identifie pas les raisons, il pourrait être opportun à quelqu'un d'éliminer un témoin dangereux comme vous. La chose vous touche donc de près.

Je n'aurais jamais dû m'impliquer avec les militaires. Je ne me sentais pas tranquille. Et puis Esterhazy m'a expliqué ce qu'il attendait de moi. Il m'a donné le modèle d'une lettre de l'attaché italien Panizzardi, et le texte d'une lettre que je devrais produire, où Panizzardi parlait à l'attaché militaire allemand de la collaboration de Dreyfus.

— Le commandant Henry, a-t-il conclu, se chargera de trouver ce document et de le faire parvenir au général Gonse.

J'ai fait mon travail, Esterhazy m'a remis un millier de francs, ensuite je ne sais pas ce qui est arrivé, mais, fin 1896, Picquart était transféré au 4e Fusiliers en Tunisie.

Cependant, juste au moment où j'étais occupé à liquider Taxil, il semble que Picquart ait fait bouger des amis, et les choses se sont compliquées. Il s'agissait bien sûr de nouvelles officieuses qui, d'une façon ou d'une autre, parvenaient aux journaux ; la presse dreyfusarde (et elle n'abondait pas) les donnait pour certaines, tandis que la presse antidreyfusarde en parlait comme de calomnies. Des cartes-télégrammes adressées à Picquart avaient paru, d'où l'on déduisait que c'était lui l'auteur du tristement célèbre petit bleu des Allemands à Esterhazy. D'après ce que j'ai compris, c'était une manœuvre d'Esterhazy et d'Henry. Un beau jeu de lawn-tennis où il n'était pas nécessaire d'inventer des accusations parce qu'il suffisait de faire rebondir vers l'adversaire celles qui te parvenaient à toi. Mais bon Dieu, l'espionnage (et le contre-espionnage) sont des choses trop sérieuses pour les laisser entre les mains des militaires ; des professionnels comme Lagrange et Hébuterne n'avaient jamais combiné des méli-mélo de ce genre, mais que peux-tu attendre de gens qui un jour sont bons pour le Service Informations et le lendemain pour le 4e Fusiliers en Tunisie, ou qui sont passés des Zouaves pontificaux à la Légion étrangère ?

Et puis la dernière manœuvre avait servi d'ailleurs à bien peu de chose, et une enquête sur Esterhazy avait été ouverte. Et si, pour se libérer de tout soupçon, ce dernier avait raconté que le bordereau, c'est moi qui l'avais écrit ?

*

Pendant une année, j'ai mal dormi. Chaque nuit j'entendais des bruits dans la maison, j'avais la tentation de me lever et de descendre au magasin, mais j'avais peur d'y rencontrer un Russe.

*

Il y a eu en janvier de cette année un procès à huis clos où Esterhazy a été complètement lavé de toute accusation et de tout soupçon. Picquart a été puni avec soixante jours de forteresse. Mais les dreyfusards ne lâchent pas prise, un écrivain plutôt vulgaire comme Zola a publié un article enflammé (*J'accuse... !*), un groupe d'écrivaillons et de prétendus scientifiques est entré en lice, demandant la révision du procès. Qui sont ces Proust, France, Sorel, Monet, Renard, Durkheim ? Jamais vu chez Adam. De ce Proust, on me dit que c'est une tapette de vingt-cinq ans, auteur d'écrits heureusement inédits, et Monet un barbouilleur dont j'ai vu un tableau ou deux où ce dernier paraît regarder le monde avec des yeux chassieux. Que viennent faire un lettré ou un peintre dans les décisions d'un tribunal militaire ? O pauvre France, comme se plaint Drumont. Si ces prétendus « intellectuels », comme les appelle Clemenceau, l'avocat des causes perdues, s'occupaient des rares choses en quoi ils devraient être compétents…

Il s'est ouvert un procès à Zola qui, c'est heureux, a été condamné à un an de prison. Il y a encore une justice en France, dit Drumont, qui a été élu en mai député d'Alger, et il y aura donc un bon groupe antisémite à la Chambre, et celui-ci servira à défendre les thèses antidreyfusardes.

Tout paraissait aller pour le mieux ; en juillet, Picquart avait été condamné à huit mois de détention. Zola avait fui à Londres ; je pensais que désormais plus personne ne pourrait rouvrir l'affaire, quand un certain capitaine Guignet est sorti de l'ombre pour démontrer que la lettre où Panizzardi accusait Dreyfus était un faux. J'ignore comment il pouvait l'affirmer, étant donné que j'avais travaillé à la perfection. En tout cas, les hauts commandements l'ont écouté et, puisque la lettre avait été découverte et diffusée par le commandant Henry, on s'est mis à parler d'un « faux Henry ». Fin août, poussé dans ses retranchements, Henry a avoué, il a été incarcéré au Mont-Valérien, et le lendemain il s'est coupé la gorge avec son rasoir. Je disais bien, ne jamais laisser certaines choses entre les mains des militaires. Comment ?! Tu mets aux arrêts un homme soupçonné de trahison et tu lui laisses son rasoir ?

— Henry ne s'est pas suicidé. Il *a été* suicidé ! soutenait Drumont, furibond. Il y a encore trop de Juifs à l'Etat-Major ! Nous ouvrirons une souscription publique pour financer un procès de réhabilitation d'Henry !

Mais quatre ou cinq jours après, Esterhazy s'enfuyait en Belgique et de là en Angleterre. Presque un aveu de culpabilité. Le problème était pourquoi donc il ne s'était pas défendu en rejetant la faute sur moi.

*

Alors que je me tracassais de la sorte, l'autre nuit j'ai de nouveau entendu des bruits dans la maison. Le lendemain matin, j'ai trouvé le magasin mais aussi la cave sens dessus dessous, et la porte du petit escalier, qui donne sur l'égout, ouverte.

Alors que je me demandais si je ne devais pas moi aussi m'enfuir comme Esterhazy, Ratchkovski a sonné à la porte du magasin. Sans même monter à l'étage, il s'est

… Il y a encore trop de Juifs à l'Etat-Major !… (p. 529)

assis sur une chaise à vendre, si jamais quelqu'un avait un jour l'audace de la désirer, et il avait aussitôt commencé :

— Qu'est-ce que vous diriez si je communiquais à la Sûreté que dans la cave là en dessous se trouvent quatre cadavres, à part le fait que l'un d'eux est celui d'un de mes hommes que je cherchais partout ? Je suis fatigué d'attendre. Je vous donne deux jours pour aller récupérer les protocoles dont vous m'avez parlé, et j'oublierai ce que j'ai vu en bas. Cela me semble un pacte honnête.

Que Ratchkovski sût désormais tout de mon égout, cela ne m'étonnait plus. Et vu que tôt ou tard je devrais lui donner quelque chose, j'ai plutôt cherché à tirer un autre avantage du pacte qu'il me proposait. Je me suis enhardi à relancer : — Vous pourriez m'aider à résoudre un problème que j'ai avec les services des Forces armées…

Il s'est mis à rire : — Vous avez peur qu'on ne découvre que c'est vous l'auteur du bordereau ?

Décidément, cet homme sait tout. Il a joint les mains comme pour rassembler ses pensées et il a tenté de m'expliquer.

— Probablement n'avez-vous rien compris à cette affaire et craignez-vous seulement que quelqu'un ne vous mêle à tout ça. Soyez tranquille. La France entière a besoin, pour des raisons de sécurité nationale, que le bordereau passe pour authentique.

— Pourquoi ?

— Parce que l'artillerie française prépare son arme la plus innovatrice, le canon de 75, et il faut que les Allemands continuent à croire que les Français travaillent encore sur le canon de 120. Il fallait que les Allemands vinssent à savoir qu'un espion était sur le point de vendre leurs secrets du canon de 120, pour croire que c'était là où ça faisait mal. Vous observerez, en personne de bon sens, que les Allemands auraient dû se dire : « Oh, palsambleu, mais si ce bordereau était authentique, nous aurions dû en savoir quelque chose, avant qu'on le jette dans la corbeille à papier ! » Et donc on aurait dû avaler la feuille. Et pourtant ils sont tombés dans le piège parce que dans le milieu des services secrets personne ne dit jamais tout aux autres, on pense toujours que son voisin de bureau est un agent double, et ils se sont probablement accusés à tour de rôle : « Comment ? Il était arrivé une nouvelle de pareille importance et même pas l'attaché militaire ne le savait, qui pourtant en apparaissait comme le destinataire ; ou bien il le savait et il l'avait tu ? » Imaginez un peu quelle tempête de soupçons réciproques, quelqu'un là-bas y a été de sa tête. Il fallait et il faut que tout le monde croie au bordereau. Et voilà pourquoi il était urgent d'envoyer au plus vite Dreyfus à l'île du Diable, afin d'éviter que, pour se défendre, il ne se mît à dire qu'il était impossible qu'il ait fait l'espion pour le canon de 120 car, si c'était le cas, il l'aurait fait pour le canon de 75. Il paraît même que quelqu'un serait allé jusqu'à lui placer sous le nez un pistolet en l'invitant à échapper, par le suicide, au déshonneur qui l'attendait. Ainsi aurait-on évité tous les risques d'un procès public. Mais Dreyfus a la tête dure et il a insisté pour se défendre, parce qu'il pensait qu'il n'était pas coupable. Un officier ne devrait jamais penser. En outre, à mon avis, ce scélérat ne savait rien sur le canon de 75, difficile d'imaginer que certaines choses arrivent sur le bureau d'un stagiaire. Mais il valait toujours mieux être prudent. C'est clair ? Si on apprenait que le bordereau est votre œuvre, tout le coup monté s'écroulerait et les Allemands comprendraient que le canon de 120 est une fausse piste – durs à la comprenette oui, les alboches, mais pas complètement bouchés. Vous me direz qu'en réalité non seulement les services allemands mais aussi les français sont entre les mains d'une clique qui cafouille. C'est évident, sinon ces hommes travailleraient pour l'Okhrana, qui marche un peu mieux et, comme vous le voyez, a des indicateurs chez les uns et chez les autres.

— Mais Esterhazy ?

— Notre muscadin est un agent double, il faisait semblant d'espionner Sandherr pour les Allemands de l'ambassade mais pendant ce temps il espionnait les Allemands de l'ambassade pour Sandherr. Il avait mis du cœur à monter le cas Dreyfus, mais Sandherr s'était rendu compte que désormais il était presque grillé, que les Allemands commençaient à le soupçonner. Sandherr savait très bien qu'il vous avait donné un modèle de l'écriture d'Esterhazy. Il s'agissait d'accuser Dreyfus mais, si les choses avaient mal tourné, il était toujours possible de rejeter la responsabilité du bordereau sur Esterhazy. Naturellement Esterhazy a compris trop tard dans quel piège il était tombé.

— Mais alors pourquoi n'a-t-il pas donné mon nom ?

— Parce qu'ils l'auraient démasqué et il aurait fini ses jours dans quelque forteresse, si ce n'est dans un canal. Alors que comme ça, il peut se rouler les pouces à Londres, avec un bon apanage, aux frais des services. Que l'on continue à l'attribuer à Dreyfus, ou que l'on décide que le traître est Esterhazy, le bordereau doit rester authentique. Personne n'attribuera jamais la faute à un faussaire comme vous. Là, vous êtes blindé. Moi, en revanche, je peux vous créer bien des ennuis avec ces cadavres qui se trouvent en bas. Or donc, sortez-moi les données qui me servent. Après-demain, un jeune homme qui travaille pour moi, du nom de Golovinski, viendra chez vous. Vous n'aurez pas à produire les documents originaux in fine parce qu'ils devront être en russe, et ce sera à lui de le faire. Vous tâcherez de lui fournir le matériel nouveau, authentique et convaincant, pour remuscler votre dossier sur le cimetière de Prague qui désormais est connu *lippis et tonsoribus*. Je veux dire : que l'origine des révélations soit une réunion dans ce cimetière, ça me va même bien, mais l'époque où la réunion s'est déroulée doit demeurer imprécise, et vous devez traiter de sujets actuels, pas de fantaisies moyenâgeuses.

Il fallait que je me creuse la cervelle.

*

J'avais devant moi presque deux jours et deux nuits entières pour rassembler les centaines de notes et de coupures de presse que j'avais recueillies au cours d'une fréquentation de Drumont de plus d'une décennie. Je ne pensais pas devoir les utiliser parce qu'il s'agissait de choses toutes publiées dans *La Libre Parole*, mais sans doute était-ce pour les Russes du matériel inconnu. Il s'agissait de faire un tri. L'intérêt de ces Golovinski et Ratchkovski ne résidait certes pas dans le fait que les Juifs fussent plus ou moins nuls en musique, ou comme explorateurs. Mais plus captivant était plutôt le soupçon qu'ils préparent la ruine économique des braves gens.

Je vérifiais ce que j'avais déjà utilisé pour les précédents discours du Rabbin. Les Juifs se proposaient de s'emparer des chemins de fer, des exploitations minières, des forêts, de l'administration des impôts, des grandes propriétés foncières, ils visaient à la magistrature, au barreau, à l'instruction publique, ils voulaient s'infiltrer dans la philosophie, dans la politique, dans la science, dans l'art, et surtout dans la médecine parce que le médecin entre dans les familles, plus que le prêtre. Il fallait saper la religion, répandre la libre pensée, supprimer des programmes scolaires les leçons de catéchisme, accaparer le commerce de l'alcool, et le contrôle de la presse. Bon Dieu, à quoi prétendraient-ils encore ?

Il ne m'était certes pas impossible de recycler ce matériel. Ratchkovski aurait dû connaître des discours du Rabbin la seule version que j'avais donnée à la Glinka, où il était question de sujets spécifiquement religieux et apocalyptiques. Mais il est certain qu'à mes textes précédents je devais ajouter quelque chose de nouveau.

J'ai diligemment passé en revue tous les thèmes qui pouvaient toucher de près les intérêts d'un lecteur moyen. J'ai transcrit dans une belle écriture datant de plus d'un demi-siècle, sur du papier dûment jauni : et voilà que j'avais les documents qui m'avaient été transmis par mon grand-père comme réellement rédigés au cours des réunions israélites, dans ce ghetto où, jeune, il avait vécu, les traduisant des protocoles que les rabbins avaient enregistrés après leur séance dans le cimetière de Prague.

Lorsque le lendemain Golovinski est entré au magasin, je me suis étonné que Ratchkovski pût confier des tâches aussi importantes à un jeune moujik mou et myope, mal habillé, avec l'air du dernier de la classe. Puis, en parlant, je me suis aperçu qu'il était plus avisé qu'il ne paraissait. Il parlait un mauvais français avec un lourd accent russe mais il a tout de suite demandé comment il se faisait que les rabbins du ghetto de Turin écrivaient en français. Je lui ai dit qu'au Piémont, en ces temps-là, toutes les personnes alphabétisées parlaient le français, et la chose l'a convaincu. Je me suis posé après la question de savoir si mes rabbins du cimetière parlaient hébreu ou yiddish, mais du moment que les documents étaient désormais en français, la chose n'avait aucun intérêt.

— Vous voyez, lui disais-je, dans cette feuille par exemple on insiste sur la façon de répandre la pensée des philosophes athées pour démoraliser les gentils. Et écoutez ici : « Nous devons arracher de l'esprit des chrétiens jusqu'à la conception même de Dieu et la remplacer par des calculs arithmétiques et des besoins matériels. »

J'avais calculé que personne n'aime les mathématiques. Me rappelant les plaintes de Drumont contre la presse obscène, j'avais pensé que, au moins aux yeux des bien-pensants l'idée de la diffusion de divertissements faciles et fades destinés aux grandes masses apparaîtrait excellente pour un complot. Ecoutez celle-ci, disais-je à Golovinski : « Pour empêcher le peuple de se découvrir une quelconque nouvelle ligne de conduite politique, nous le distrairons par toutes sortes de divertissements : jeux gymniques, passe-temps, passions de différentes nature, guinguettes, et nous l'inviterons à prendre part à des concours artistiques et sportifs… Nous encouragerons l'amour du luxe effréné et nous augmenterons les salaires, ce qui ne soulagera pas les ouvriers, car, en même temps, nous élèverons le prix des objets de première nécessité, sous le prétexte de mauvaises récoltes. Nous voulons aussi miner la production dans sa base en semant des germes d'anarchie parmi les ouvriers et en flattant leur goût pour l'alcool. Nous chercherons à diriger l'opinion publique vers toutes les sortes de théories imaginatives qui pourraient sembler progressives ou libérales. »

— Bon, bon, disait Golovinski. Mais y a-t-il quelque chose qui aille bien pour les étudiants, à part cette histoire de mathématiques ? En Russie, les étudiants sont importants, ce sont des têtes brûlées à tenir à l'œil.

— Voici : « Lorsque nous serons au pouvoir, nous supprimerons des programmes d'éducation tous les sujets qui pourraient troubler le cerveau de la jeunesse ; nous en ferons des enfants obéissants, qui aimeront leur souverain. Aux classiques et à l'étude de l'histoire ancienne, qui contiennent plus de mauvais exemples que de bons, nous substituerons l'étude des problèmes de l'avenir. Nous effacerons de la mémoire humaine le passé qui pourrait nous être défavorable. Par une éducation systématique, nous nous chargerons de faire disparaître tout ce qui pourrait rester de cette indépendance de la pensée, dont nous nous sommes si largement servis, depuis un certain temps, pour aboutir à nos fins… Sur les livres de moins de trois cents pages, nous doublerons l'impôt, et ces mesures obligeront également les écrivains à publier de si longs ouvrages qu'ils seront peu lus du public. Nous-mêmes publierons des livres bon marché, afin d'instruire et de fixer l'esprit public. L'impôt réduira la production de la littérature purement récréative, et celui qui voudrait nous attaquer avec sa plume ne trouverait pas d'éditeur. » Quant aux journaux, le plan hébraïque prévoit une liberté de presse fictive, qui serve au plus grand contrôle de l'opinion. Nos rabbins disent qu'il faudra accaparer le plus grand nombre de périodiques, de façon qu'ils expriment des opinions apparemment différentes en donnant ainsi l'impression d'une libre circulation des idées, tandis qu'en réalité ils refléteront tous les idées des dominateurs judaïques. Ils observent qu'acheter les journalistes ne sera pas difficile parce qu'ils constituent une maçonnerie et aucun éditeur n'aura le courage de révéler la trame qui les entretisse tous dans le même tissu parce que personne n'est admis dans le monde des journaux s'il n'a pas pris part à quelque louche affaire dans sa vie privée. « Naturellement on devra interdire à tout journal de donner des nouvelles concernant les crimes pour que le peuple croie que le nouveau régime a supprimé jusqu'à la délinquance. Mais on ne doit pas se préoccuper outre mesure des brides mis à la presse parce que la presse, qu'elle soit libre ou non, la populace ne s'en aperçoit même pas, enchaînée qu'elle est au travail et à la pauvreté. Quel besoin ont les travailleurs prolétaires des baveux qui obtiennent le droit de bavasser ? »

— Ça c'est bon, observait Golovinski, parce que chez nous les têtes brûlées se lamentent toujours d'une prétendue censure gouvernementale. Il faut faire comprendre qu'avec un gouvernement juif, ce serait pire.

— Pour ça, j'ai mieux encore : « Il faut garder à l'esprit la veulerie, l'instabilité et le manque de pondération de la foule. La force de la foule est aveugle, dépourvue de raison dans le discernement ; et elle prête l'oreille tantôt à droite, tantôt à gauche. Est-il possible à la masse de juger avec calme et d'administrer sans jalousie les affaires de l'Etat qu'il ne lui faudra pas confondre avec ses propres intérêts ? Peut-elle servir de défense contre un ennemi étranger ? C'est impossible, car un plan, divisé en autant de parties qu'il y a de cerveaux dans la masse, perd sa valeur et devient inintelligible et inexécutable. Seul un autocrate peut concevoir de vastes projets et assigner à toute chose son rôle particulier dans le mécanisme de la machine gouvernementale… Sans le despotisme absolu, pas de civilisation possible, car la civilisation ne peut avancer que sous la protection d'un chef, quel qu'il soit, pourvu qu'il ne soit pas entre les mains de la masse. » Or donc, et regardez cet autre document, puisqu'on n'a jamais vu qu'une constitution soit sortie de la volonté d'un peuple, le plan de commandement doit jaillir d'une seule tête. Et lisez ceci : « Comme un Vishnou aux cent mains nous contrôlerons tout. Nous n'aurons plus recours même à la police : un tiers de nos sujets surveillera les deux autres tiers. »

— Excellent.

— Et encore : « La foule est barbare et le prouve en toute occasion. Considérez ces brutes alcoolisées stupéfiées par la boisson, dont la liberté tolère un usage illimité ! Allons-nous nous permettre et permettre à nos semblables de les imiter ? Chez les chrétiens, le peuple est abruti par l'alcool, la jeunesse est détraquée par la débauche prématurée à laquelle l'ont incitée nos agents… Seule la force pure est victorieuse et politique ; la violence doit être le principe ; la ruse et l'hypocrisie, la règle. Ce mal est le seul moyen d'arriver au bien. Ne nous laissons donc pas arrêter devant la corruption, la tromperie et la trahison, la fin justifie les moyens. »

— Chez nous, on parle beaucoup de communisme, qu'en pensent les rabbins de Prague ?

— Lisez ça : « En politique, n'hésitons pas à confisquer la propriété, si nous pouvons ainsi acquérir soumission et pouvoir. Nous tenons à passer pour les libérateurs du travailleur, en feignant de l'aimer par principe de fraternité proclamé par notre maçonnerie. Nous nous dirons venus pour le délivrer de cette oppression en lui suggérant d'entrer dans les rangs de nos armées de socialistes, d'anarchistes et de communistes. Mais l'aristocratie, qui exploitait les classes laborieuses, avait tout intérêt à ce qu'elles fussent bien nourries, saines et fortes. Notre intérêt veut, au contraire, la dégénérescence des Gentils. Notre force consiste à maintenir le travailleur dans un état constant de besoin et d'impuissance, parce que ainsi nous l'assujettissons à notre volonté ; et, dans son entourage, il ne trouvera jamais ni pouvoir ni énergie pour se dresser contre nous. » Et ajoutez ça : « Nous créerons une crise économique universelle par tous les moyens détournés possibles et à l'aide de l'or qui est entièrement entre nos mains. Simultanément nous jetterons à la rue, dans toute l'Europe, des foules énormes d'ouvriers. Ces masses seront alors heureuses de se précipiter sur ceux que, dans leur ignorance, elles ont jalousés dès l'enfance : elles mettront à sac leurs biens et répandront leur sang. Nous, on ne nous fera pas de mal, parce que le moment de l'attaque nous sera connu et que nous prendrons des mesures pour protéger nos intérêts. »

— Vous n'avez pas quelque chose sur Juifs et francs-maçons ?

— Pensez donc ! Voici un texte fort clair : « Tant que nous n'aurons pas atteint le pouvoir, nous tâcherons de créer et de multiplier les Loges de francs-maçons dans toutes les parties du monde. Ces Loges seront les principaux lieux où nous recueillerons nos renseignements en même temps qu'elles seront des centres de propagande. Dans ces Loges, nous resserrerons les liens de toutes les classes socialistes et révolutionnaires de la société. Presque tous les agents de la police internationale et secrète seront des membres de nos Loges. La plupart de ceux qui entrent dans les sociétés secrètes sont des aventuriers qui, pour une raison ou pour une autre, veulent se frayer un chemin dans la vie et qui ne sont point d'esprit sérieux. Avec de tels hommes, il nous sera facile de poursuivre notre but. Il est bien naturel que nous soyons le seul peuple à diriger les entreprises maçonniques. »

— Formidable !

— Souvenez-vous aussi que les Juifs riches observent avec intérêt l'antisémitisme dirigé contre les Juifs pauvres, parce que l'antisémitisme pousse les chrétiens, ceux au cœur le plus tendre, à éprouver de la compassion pour la race entière.

J'avais aussi récupéré beaucoup de pages, exagérément techniques, que Joly avait consacrées aux mécanismes de prêts et de taxes d'intérêt. Je n'en comprenais pas grand-chose, et je n'étais pas sûr que, depuis les temps où Joly écrivait, les taxes n'avaient pas changé, mais je faisais confiance à ma source et je passais à Golovinski des pages et des pages qui probablement trouveraient un lecteur attentif dans le commerçant ou dans l'artisan endetté ou carrément tombé dans le tourbillon de l'usure.

Enfin, ces jours-ci j'étais témoin des discussions qui se tenaient à *La Libre Parole* sur le chemin de fer métropolitain qu'on devait construire à Paris. C'était une vieille histoire, on en parlait depuis des dizaines d'années, mais ce n'est qu'au mois de juillet 1897 qu'a été approuvé un projet officiel et seulement ces derniers temps qu'ont débuté les premiers travaux d'excavation pour une ligne Porte de Vincennes-Porte Maillot. Peu de chose encore, mais déjà une compagnie du Métro s'est constituée et depuis plus d'un an *La Libre Parole* a commencé une campagne contre les nombreux actionnaires juifs qui y apparaissent. Il me semblait donc utile de lier le complot judaïque aux métropolitains, et par conséquent j'avais proposé : « En ce temps-là toutes les villes auront des chemins de fer métropolitains et des passages souterrains : à partir d'eux nous ferons sauter en l'air toutes les villes du monde, et avec elles leurs institutions et leurs documents. »

— Mais, avait demandé Golovinski, si la réunion de Prague s'est passée il y a si longtemps, comment faisaient les rabbins pour être au courant des chemins de fer métropolitains ?

— Avant tout, si vous allez voir la dernière version du discours du Rabbin parue il y a une dizaine d'années dans *Le Contemporain*, la réunion dans le cimetière de Prague aurait eu lieu en 1880, quand, me semble-t-il, il existait déjà un métropolitain à Londres. Et puis il suffit que le projet ait le ton de la prophétie.

Golovinski avait beaucoup apprécié ce passage, qui lui paraissait dense de promesses. Puis il avait observé :
— Vous n'avez pas l'impression que beaucoup d'idées exprimées dans ces documents se contredisent entre elles ? Par exemple, on veut d'un côté interdire le luxe et les plaisirs superflus et punir l'ivresse, et de l'autre dispenser sport et divertissements, et alcooliser les ouvriers…

— Les Juifs disent toujours une chose et son contraire, ce sont des menteurs par nature. Mais si vous produisez un document de nombreuses pages, les gens ne le liront pas tout d'un trait. On doit viser à obtenir des mouvements de répulsion, un à la fois, et quand quelqu'un se scandalise sous le coup d'une affirmation lue aujourd'hui, il ne se souvient plus de celle qui l'avait scandalisé hier. Et puis, si vous lisez bien, vous voyez que les rabbins de Prague veulent utiliser luxe, divertissements et alcool pour réduire la populace en esclavage *maintenant*, mais quand ils auront obtenu le pouvoir ils les contraindront aux bonnes mœurs.

— C'est juste, pardon.

— Eh, c'est que ces documents, je les ai médités pendant des dizaines d'années, dès mon enfance, j'en connais donc toutes les nuances, ai-je conclu avec un légitime orgueil.

— Vous avez raison. Mais j'aimerais terminer sur quelques affirmations très fortes, quelque chose qui reste dans l'esprit, pour symboliser la noirceur judaïque. Par exemple : « Nous avons une ambition illimitée, une âpreté au gain dévoratrice, un désir de vengeance impitoyable et une haine intense. »

… j'aimerais terminer sur quelques affirmations très fortes, quelque chose qui reste dans l'esprit, pour symboliser la noirceur judaïque. Par exemple : « Nous avons une ambition illimitée, une âpreté au gain dévoratrice, un désir de vengeance impitoyable et une haine intense »… (p. 542)

— Pas mal pour un roman-feuilleton. Mais vous semble-t-il que les Juifs, qui sont tout sauf des sots, prononceraient des mots de ce genre, qui les condamnent ?

— Pour ma part, je ne me soucierais pas beaucoup de cet aspect. Les rabbins parlent dans leur cimetière, certains de n'être pas écoutés par des profanes. Ils n'ont pas de pudeur. Il faut pourtant bien que les foules s'indignent.

Golovinski était un bon collaborateur. Il prenait ou feignait de prendre mes documents pour authentiques, mais il n'hésitait pas à les altérer quand cela lui convenait. Ratchkovski avait choisi l'homme qu'il fallait.

— Je pense, avait conclu Golovinski, avoir suffisamment de matériel à rassembler sous le nom de Protocoles de la réunion des rabbins dans le cimetière de Prague.

Le cimetière de Prague m'échappait des mains, mais j'étais probablement en train de collaborer à son triomphe. Avec un soupir de soulagement, j'ai invité Golovinski à souper chez Paillard, à l'angle de la rue de la Chaussée-d'Antin et du boulevard des Italiens. Cher, mais exquis. Golovinski a montré qu'il appréciait le poulet archiduc et le canard à la presse. Mais, sans doute, un type qui vient des steppes se serait empiffré de choucroute avec une égale passion. J'aurais pu épargner, et éviter les regards soupçonneux que les serveurs jetaient sur un client qui mastiquait de manière si bruyante.

Mais il mangeait avec plaisir et, étaient-ce les vins ou une réelle passion, religieuse ou politique, va savoir, ses yeux brillaient d'excitation.

— Il en ressortira un texte exemplaire, disait-il, d'où émerge leur haine profonde de race et de religion. La haine bouillonne dans ces pages, on dirait qu'elle déborde d'un récipient plein de fiel... Beaucoup comprendront que nous sommes arrivés au moment de la solution finale.

— J'ai déjà entendu utiliser cette expression par Osman Bey, vous le connaissez ?

— De renommée. Mais c'est évident, cette race maudite doit être extirpée à tout prix.

— Ratchkovski ne paraît pas de cet avis ; il dit que les Juifs lui servent vivants pour avoir un bon ennemi.

— Balivernes. Un bon ennemi, on le trouve toujours. Et n'allez pas croire que, parce que je travaille pour Rachkovski, je partage toutes ses idées. Lui-même me l'a enseigné : alors qu'on travaille pour le maître d'aujourd'hui, il faut se préparer à servir le maître de demain. Ratchkovski n'est pas éternel. Dans la Sainte Russie, il y a des gens plus radicaux que lui. Les gouvernements de l'Europe occidentale sont trop craintifs pour se décider à une solution finale. La Russie est au contraire un pays plein d'énergies, et d'espérances hallucinées, qui pense toujours à une révolution totale. C'est de là-haut que nous devons nous attendre au geste décisif, pas de ces Français qui continuent à se barbouiller d'égalité et de fraternité, ou de ces rustauds d'Allemands, incapables de grands gestes…

J'en avais déjà eu l'intuition lors de mon entretien nocturne avec Osman Bey. Après la lettre de mon grand-père, l'Abbé Barruel n'avait pas donné suite à ses accusations par peur d'un massacre généralisé, mais ce que voulait mon grand-père c'était probablement ce que vaticinaient Osman Bey et Galovinski. Sans doute grand-père m'avait-il condamné à réaliser son rêve. Oh Dieu, bien sûr, il ne me revenait pas à moi en personne, et c'est heureux, d'éliminer un peuple entier mais, fût-ce de façon modeste, je donnais ma contribution.

Et, au fond, c'était aussi une activité rentable. Les Juifs ne me paieraient jamais pour exterminer tous les chrétiens, me disais-je, parce que les chrétiens sont trop nombreux, et, si c'était possible, ils s'en chargeraient, eux. En revanche, avec les Juifs, tout compte fait, ce serait possible.

Je ne devais pas les liquider moi qui (en général) répugne à la violence physique, mais je savais certes comment on devrait faire, parce que j'avais vécu les journées de la Commune. Tu prends des brigades bien entraînées et endoctrinées, et, toute personne au nez crochu et aux cheveux frisés que tu rencontres, au mur. Y passeraient aussi quelques chrétiens mais, comme disait cet évêque à ceux qui devaient attaquer Béziers que les Albigeois occupaient : par prudence tuons-les tous. Ensuite, Dieu reconnaîtra les siens.

C'est écrit dans leurs Protocoles, la fin justifie les moyens.

27

JOURNAL INTERROMPU

20 décembre 1898

Après avoir remis à Golovinski tout le matériel que j'avais encore pour les Protocoles du cimetière, je me suis senti vidé. Comme dans ma jeunesse, après ma licence en droit ; je me demandais : « Et maintenant ? » Guéri par ailleurs de ma conscience divisée, je n'ai même plus personne à qui me raconter.

J'ai mis un terme au travail d'une vie, commencé avec la lecture du *Balsamo* de Dumas dans le grenier turinois. Je songe à mon grand-père, à ses yeux ouverts sur le vide tandis qu'il évoquait le fantôme de Mordecaï. Grâce aussi à mon œuvre, les Mordecaï du monde entier s'avancent vers un bûcher majestueux et terrible. Mais moi ? Il est une mélancolie du devoir accompli, plus vaste et impalpable que celle que l'on connaît sur les paquebots.

Je continue à produire des testaments olographes, à vendre quelques dizaines d'hosties par semaine, mais Hébuterne ne me cherche plus, sans doute me trouve-t-il trop vieux, et ne parlons pas des types de l'Armée, où mon nom doit être effacé jusque dans la tête de ceux qui encore se le rappelaient – s'il en existe encore, depuis que Sandherr gît paralytique dans quelque hôpital, et qu'Esterhazy joue au baccara dans quelque bordel de luxe à Londres.

Ce n'est pas que j'aie besoin d'argent, j'en ai accumulé suffisamment, mais je m'ennuie. J'ai des dérangements gastriques et je ne parviens même pas à me consoler avec de la bonne cuisine. Je me fais des bouillons chez moi, et si je vais souper au restaurant je ne dors plus de toute la nuit. Parfois, je vomis. J'urine plus souvent que d'habitude.

Je continue à fréquenter *La Libre Parole*, mais toutes les fureurs antisémites de Drumont ne m'excitent plus. Sur ce qui s'est passé dans le cimetière de Prague, ce sont les Russes qui travaillent maintenant.

L'affaire Dreyfus va son cours à lente ébullition ; aujourd'hui, ce qui fait du bruit, c'est l'intervention inopinée d'un catholique dreyfusard dans un journal qui a toujours été férocement antidreyfusard comme *La Croix* (ah, les beaux temps où *La Croix* se battait pour soutenir Diana !). Hier, les premières pages étaient occupées par la nouvelle d'une violente manifestation antisémite place de la Concorde. Dans un journal humoristique, Caran d'Ache a publié une double vignette : dans la première, on voit une famille nombreuse harmonieusement assise autour d'une table tandis que le patriarche avertit de ne pas parler de l'affaire Dreyfus ; sous la seconde, il est écrit qu'ils en ont parlé, et on voit une rixe furibonde.

L'affaire divise les Français et, d'après ce qu'on lit çà et là, le reste du monde. Refera-t-on le procès ? En attendant, Dreyfus est encore au bagne de Cayenne. C'est pas volé.

Je suis allé chez le Père Bergamaschi, je l'ai trouvé vieilli et fatigué. Par force, si moi j'ai soixante-huit ans, lui il devrait en avoir à présent quatre-vingt-cinq.

… Je suis allé chez le Père Bergamaschi, je l'ai trouvé vieilli et fatigué… (p. 548)

— Je voulais justement te saluer, Simonino, m'a-t-il dit. Je retourne en Italie finir mes vieux jours dans une de nos maisons. J'ai travaillé, et même trop, à la gloire de notre Seigneur. Toi, plutôt, tu ne vis pas encore au milieu de trop d'intrigues ? Maintenant, j'ai les intrigues en horreur. Comme tout était limpide aux temps de ton grand-père, les carbonari d'un côté et nous de l'autre, on savait qui et où était l'ennemi. Je ne suis plus celui d'autrefois

Il a désormais perdu la tête. Je l'ai fraternellement embrassé et je m'en suis allé.

*

Hier soir, je passais devant Saint-Julien-le-Pauvre. Juste à côté du portail était assis un déchet d'homme, un cul-de-jatte aveugle, tête chauve couverte de cicatrices violâtres, qui tirait avec peine une mélodie d'un petit pipeau dans une narine, et de l'autre narine produisait un sifflement sourd, alors que sa bouche s'ouvrait comme celle d'un qui se noierait, pour reprendre souffle.

Je ne sais pourquoi, mais j'ai eu peur. Comme si la vie était devenue une sale affaire.

*

Je n'arrive pas à bien dormir, j'ai des sommeils agités, où Diana m'apparaît, échevelée et pâle.

Souvent, au petit matin, je passe voir ce que font les ramasseurs de mégots. J'ai toujours été fasciné par eux. Dès le potron-minet, tu les vois rôder avec leur sac puant attaché à leur taille par une corde, et un bâton au bout ferré avec quoi ils harponnent le clope, même s'il se trouve sous une table. Il est amusant d'observer comme dans les cafés en plein air ils sont chassés à coups de pied par les serveurs qui, parfois, les aspergent avec le siphon de l'eau de Seltz.

Nombre d'entre eux ont passé la nuit le long de la Seine et là on peut les voir le matin, assis sur les quais, séparer de la cendre la tripe encore humide de salive ou laver leur chemise souillée de sucs de tabac, et attendant qu'elle sèche au soleil tandis qu'ils continuent leur tri. Les plus hardis ne recueillent pas que des mégots de cigare mais aussi de cigarette, où séparer le papier mouillé du scaferlati est une entreprise encore plus dégoûtante.

Et puis on les voit s'égailler sur la place Maubert et alentour pour vendre leur marchandise, et à peine ont-ils gagné quelque chose qu'ils entrent dans un bistrot boire de l'alcool toxique.

J'observe la vie des autres pour passer le temps. C'est que je vis en retraité, ou en vétéran.

*

C'est étrange, mais c'est comme si j'avais la nostalgie des Juifs. Ils me manquent. Depuis ma jeunesse, j'ai construit, je voudrais dire pierre à pierre funéraire, mon cimetière de Prague, et c'est à présent comme si Golovinski me l'avait volé. Qui sait ce qu'ils en feront à Moscou. Il est possible qu'ils réunissent mes protocoles en un unique document sec et bureaucratique, dénué de toute son atmosphère d'antan. Personne ne voudra le lire, j'aurais gaspillé ma vie à produire un témoignage sans but. Ou peut-être est-ce ainsi que les idées de mes rabbins (ils étaient bien toujours *mes* rabbins) se répandront de par le monde et accompagneront la solution finale.

*

J'avais lu quelque part qu'avenue de Flandre il existe, au fond d'une vieille cour, un cimetière de Juifs portugais. Depuis la fin du XVIIe siècle se dressait là l'hôtel d'un certain Camot qui avait autorisé les Juifs, pour la plupart allemands, à y ensevelir leurs morts, cinquante francs pour un adulte et vingt pour un enfant. Plus tard, l'hôtel était passé à un dénommé Matard, écorcheur, qui s'était mis à enterrer, à côté des Juifs, les dépouilles des chevaux et des bœufs qu'il écorchait, raison pour quoi les Juifs avaient protesté ; les Portugais avaient acquis un terrain à côté pour y ensevelir les leurs, tandis que les Juifs des pays du Nord avaient trouvé un autre terrain à Montrouge.

Il avait été fermé au début de ce siècle, mais on peut encore y entrer. On y trouve une vingtaine de pierres funéraires, certaines écrite en hébraïque et d'autres en français. J'en ai vu une curieuse qui racontait : « Le Dieu suprême m'a rappelé au vingt-troisième anniversaire de ma vie. Je préfère ma situation à l'esclavage. Ici repose le bienheureux Samuel Fernandez Patto, mort le 28 avril de la deuxième année de la République française une et indivisible ». Précisément, républicains, athées et juifs.

L'endroit est sordide, mais il m'a servi à imaginer le cimetière de Prague dont je n'ai vu que des images. J'ai été un bon narrateur, j'aurais pu devenir un artiste : à partir de quelques rares traces, j'avais construit un lieu magique, le centre obscur et lunaire du complot universel. Pourquoi ai-je laissé échapper ma création ? J'aurais pu faire s'y dérouler tant d'autres choses…

*

Ratchkovski est revenu. Il m'a dit qu'il avait encore besoin de moi. Je me suis irrité : — Vous ne respectez pas les pactes. Je croyais que nous étions à égalité, lui ai-je dit.

Moi, je vous ai fourni un matériel extraordinaire, et vous, vous n'avez pas moufté sur mon égout. Mais plutôt, c'est moi qui attends encore quelque chose. Vous n'allez pas croire qu'un matériel aussi précieux serait gratuit.

— C'est vous qui ne respectez pas les pactes. Les documents payaient mon silence. A présent, vous voulez aussi de l'argent. Bien, je ne discute pas, alors l'argent paiera les documents. Vous me devez donc encore quelque chose pour le silence sur votre égout. Et puis, Simonini, nous n'allons pas marchander, cela n'est pas dans votre intérêt de m'indisposer. Je vous ai dit que pour la France il est essentiel que le bordereau soit jugé authentique, mais ce n'est pas le cas pour la Russie. Il ne me coûterait rien de vous jeter en pâture à la presse. Vous passeriez le reste de votre vie dans les salles des tribunaux. Ah, j'oubliais. Histoire de reconstituer votre passé, j'ai parlé avec ce Père Bergamaschi, et avec monsieur Hébuterne, et ils m'ont dit que vous leur aviez présenté un Abbé Dalla Piccola qui avait monté l'affaire Taxil. J'ai cherché à retrouver cet Abbé et on dirait qu'il s'est dissous dans l'air, avec tous ceux qui collaboraient à l'affaire Taxil dans une maison d'Auteuil, sauf Taxil qui erre dans Paris à la recherche lui aussi de cet Abbé disparu. Je pourrais vous faire incriminer pour son assassinat.

— Il n'y a pas de corps.

— Il y en a quatre autres là-dessous. Qui a mis dans un égout quatre cadavres peut fort bien en avoir dispersé un autre ailleurs.

J'étais entre les mains de ce misérable : — D'accord, ai-je cédé, que voulez-vous ?

— Dans le matériel que vous avez donné à Golovinski, il se trouve un passage qui m'a beaucoup frappé. Le projet d'utiliser les métropolitains pour miner les grandes villes. Mais pour que l'on y croie, il faudrait qu'une bombe explose en sous-sol.

— Et où, à Londres ? Ici le métropolitain n'existe pas encore.

— Mais les excavations ont commencé, il y a déjà des percements le long de la Seine : je n'ai pas besoin que Paris saute en l'air. Il me suffit que s'écroulent deux ou trois poutres de soutènement, mieux encore si c'est un morceau du manteau routier. Une petite explosion, mais qui s'entendra comme une menace et une confirmation.

— J'ai compris. Mais en quoi cela me concerne-t-il ?

— Vous avez déjà travaillé avec les explosifs et vous avez sous la main des experts, d'après ce que je sais. Considérez les choses du bon côté. A mon avis, tout devrait se passer sans incident parce que la nuit ces premières trouées ne sont pas surveillées. Mais admettons que par un bien malheureux hasard, l'auteur de l'attentat soit découvert. S'il est français, il risque quelques années de prison ; si c'est un Russe, cela fait éclater une guerre franco-russe. Ça ne peut pas être un des miens.

J'étais sur le point de réagir de façon violente ; il ne pouvait pas me pousser à une action aussi folle, je suis un homme tranquille, et d'un certain âge. Et puis je me suis refréné. A quoi était due l'impression de vide que je ressentais depuis des semaines, sinon au sentiment que je n'étais plus un protagoniste ?

En acceptant cette mission, je revenais en première ligne. Je contribuais à donner du crédit à mon cimetière de Prague, à le rendre plus vraisemblable et donc plus vrai qu'il ne l'avait jamais été. Une fois encore, tout seul, je défaisais une race.

— Il faut que je parle avec la bonne personne, ai-je répondu, et je vous ferai savoir dans quelques jours.

*

Je suis allé chercher Gaviali ; il travaille encore comme chiffonnier mais, grâce à mon aide, il a des papiers en règle et quelques sous de côté. Hélas, en moins de cinq ans la sénilité l'a épouvantablement marqué – Cayenne laisse des traces. Ses mains tremblent et il parvient avec peine à lever son verre, que généreusement je lui ai rempli plusieurs fois. Il bouge avec difficulté, il n'arrive presque plus à se pencher et je me demande comment il peut faire pour ramasser les chiffons.

Il réagit avec enthousiasme à ma proposition : — C'est plus comme autrefois, que tu pouvais pas te servir de certains explosifs parce qu'ils te laissaient pas le temps de t'éloigner. A présent, tout se fait avec une bonne bombe à horlogerie.

— Comment ça marche ?

— Simple. On prend un petit réveil quelconque et on le règle sur l'heure voulue. A l'heure H, une aiguille du petit réveil se déclenche et, au lieu d'activer la sonnerie, si vous le reliez de bonne façon, elle active un détonateur. Le détonateur fait détoner la charge, et boum. Quand vous êtes à cent lieues de là.

Le lendemain, il est arrivé chez moi avec un machin terrorisant dans sa simplicité : comment était-ce imaginable que cet écheveau ténu de fils et ce gros oignon de père prévôt pût provoquer une explosion ? Et pourtant c'est ce qui se passe, disait Gaviali avec orgueil.

Deux jours plus tard, je suis allé explorer les percements en cours, de l'air du curieux, en posant même quelques questions aux ouvriers. J'en ai repéré un où il était facile de descendre de la chaussée au niveau immédiatement inférieur, au débouché d'une galerie soutenue par des étançons. Je ne veux pas savoir où mène la galerie et si elle mène quelque part : il suffirait de déposer la bombe à son entrée et le tour serait joué.

J'ai affronté Gaviali, bille en tête : — La plus grande estime pour votre savoir, mais les mains vous tremblent et vos jambes flageolent, vous ne sauriez descendre dans la cavité et qui sait ce que vous combineriez avec les tic-tac dont vous me parlez.

Ses yeux sont devenus humides : — C'est vrai, je suis un homme fini.

— Qui pourrait faire le travail pour vous ?

— Je ne connais plus personne, n'oubliez pas que mes meilleurs camarades sont encore à Cayenne, et c'est vous qui les y avez envoyés. Assumez donc vos responsabilités. Vous voulez faire exploser la bombe ? Allez la placer vous-même.

— Sottises, je ne suis pas un expert.

— Pas besoin d'être un expert quand un expert vous a instruit. Regardez bien ce que j'ai posé sur cette table, c'est l'indispensable pour faire fonctionner une bonne bombe à retardement. Un réveil quelconque, comme celui-ci, pourvu qu'on en connaisse le mécanisme interne qui déclenche la sonnerie à l'heure demandée. Puis une batterie qui, une fois le réveil activé, actionne le détonateur. Moi, je suis un homme à l'ancienne et j'utiliserais cette pile dite Daniell Cell. Dans ce type de batterie, à la différence de la voltaïque, on utilise surtout des éléments liquides. Il s'agit de remplir un petit récipient à moitié avec du sulfate de cuivre et pour l'autre moitié de sulfate de zinc. Dans la couche de cuivre, on insère une coupelle de cuivre et dans celle de zinc, une coupelle de zinc. Les extrémités des deux coupelles représentent évidemment les deux pôles de la pile. C'est clair ?

— Jusque-là, oui.

… Je ne veux pas savoir où mène la galerie et si elle mène quelque part : il suffirait de déposer la bombe à son entrée et le tour serait joué… (p. 555-556)

— Bien. Le seul problème, c'est qu'avec une Daniell Cell il faut faire attention en la transportant mais, tant qu'elle n'est pas raccordée au détonateur et à la charge, quoi qu'il arrive il n'arrive rien, et quand elle sera raccordée elle reposera sur une surface plane, j'espère, sinon l'opérateur serait un imbécile. Pour le détonateur, n'importe quelle petite charge est suffisante. Enfin, venons-en à la charge proprement dite. Dans le temps, vous vous le rappellerez, je faisais encore l'éloge de la poudre noire. Maintenant, il y a environ dix ans, on a découvert la balistite, dix pour cent de camphre et nitroglycérine et collodion en égale quantité. Dans les débuts, ça présentait le problème de la trop grande volatilité du camphre et de la subséquente instabilité du produit. Mais depuis que les Italiens la produisent à Avigliana, elle paraît devenue fiable. Je serais encore indécis sur l'utilisation, depuis que les Anglais l'ont découverte, de la cordite où le camphre a été remplacé par la vaseline à cinquante pour cent, et pour le reste ils ont pris cinquante pour cent de nitroglycérine et trente-sept de fulmicoton dissous dans l'acétone, le tout tréfilé comme des spaghettis rêches. A présent, je vais voir quoi choisir, mais ce ne sont que petites différences. Donc, avant tout il faut mettre les aiguilles à l'heure fixée, ensuite on raccorde le réveil à la pile et celle-ci au détonateur, et le détonateur à la charge, puis on active le réveil. Recommandation : ne jamais inverser l'ordre des opérations ; évidemment, si le type commence par raccorder et puis active, et après fait tourner les aiguilles… boum ! Compris ? Après quoi, on va chez soi, ou au théâtre, ou au restaurant : la bombe fera tout elle-même. C'est clair ?

— Clair.

— Capitaine, je n'ose pas dire qu'un enfant pourrait la mettre en marche, mais certainement un ancien capitaine des garibaldiens pourra le faire. Vous avez la main ferme, l'œil sûr, vous devez seulement accomplir les petites opérations que je vous dis. Il suffit que vous les accomplissiez dans le bon ordre.

*

J'ai accepté. Si j'y arrive, je redeviendrai jeune d'un coup, capable de courber à mes pieds tous les Mordecaï de ce monde. Et la petite putain du ghetto de Turin. *Gagnu*, hein ? Je vais te faire voir, moi.

J'ai besoin de me libérer de l'odeur de Diana en chaleur qui, dans les nuits d'été, me persécute depuis un an et demi. Je me rends compte de n'avoir existé que pour défaire cette race maudite. Ratchkovski a raison, la haine seule réchauffe le cœur.

Il faut que j'aille accomplir mon devoir en grande tenue. J'ai mis mon frac et la barbe des soirées chez Juliette Adam. Presque par hasard, j'ai découvert au fond d'une de mes armoires encore une petite réserve de cette cocaïne de Park & Davis que j'avais procurée au docteur Froïde. Qui sait comment elle était restée ici. Je n'ai jamais essayé, mais, si lui avait raison, cela devrait me donner un coup de pouce. J'y ai ajouté trois petits verres de cognac. A présent, je me sens comme un lion.

Gaviali voudrait venir avec moi, mais je ne le lui permettrai pas, avec ses mouvements désormais trop lents, il pourrait me gêner.

J'ai très bien compris comment marche l'affaire. Je mettrai au point une bombe qui fera date.

Gaviali me donne les derniers conseils : — Et faites attention à ci, et faites attention à ça.

Que diable, je ne suis pas encore un ramolli.

INUTILES PRÉCISIONS ÉRUDITES

Historique

Le seul personnage inventé de cette histoire est le protagoniste, Simon Simonini – alors que le capitaine Simonini, son grand-père, lui, n'est pas inventé, même si l'Histoire ne le connaît que comme le mystérieux auteur d'une lettre à l'Abbé Barruel.

Tous les autres personnages (sauf quelques figures mineures d'accompagnement tels le notaire Rebaudengo ou Ninuzzo) ont réellement existé et ont fait et dit ce qu'ils font et disent dans le roman. Cela ne vaut pas seulement pour les personnages qui apparaissent avec leur vrai nom (et, bien qu'à beaucoup il puisse apparaître invraisemblable, un personnage comme Léo Taxil a vraiment existé), mais aussi pour des figures qui apparaissent avec un nom d'emprunt, uniquement parce que, par économie narrative, j'ai fait dire et faire à une seule personne (inventée) ce qui en réalité était dit ou fait par deux (historiquement réelles).

Mais, à y bien repenser, encore que résultant d'un collage, raison pour quoi on lui attribue des choses que réalisent en fait différentes personnes, même Simon

Simonini a en quelque sorte existé. Mieux, pour tout vous dire, lui, il est encore parmi nous.

L'histoire et l'intrigue

Le Narrateur se rend compte que, dans la trame assez chaotique des journaux intimes ici reproduits (avec nombreux allers-retours, autrement dit ce que les cinéastes nomment flash-backs), le lecteur pourrait ne pas réussir à se référer au déroulement linéaire des faits, depuis la naissance de Simonino jusqu'à la fin de ses journaux intimes. C'est la fatale dyscrasie entre *story* et *plot*, comme disent les Anglo-Saxons, ou pire, comme disaient les formalistes russes (tous juifs), entre *fabula* et *sjužet* ou *intrigue*. Le Narrateur, à vrai dire, a souvent peiné pour s'y retrouver, mais il pense qu'un bon lecteur pourrait se passer de ces subtilités et jouir également de l'histoire. Quoi qu'il en soit, dans l'éventualité d'un lecteur excessivement intraitable, ou à la peu foudroyante comprenette, voici un tableau qui éclaire les rapports entre les deux niveaux (communs, en vérité, à tout roman – comme on disait autrefois – *bien fait*).

Dans la colonne *Intrigue* sont enregistrées les successions des pages de journal, correspondant aux chapitres, telles que le lecteur les lit. Par contre, dans la colonne *Histoire* on reconstruit la succession réelle des événements que, dans des moments différents, Simonini ou Dalla Piccola évoquent et reconstituent.

Chapitre	Intrigue	Histoire
1. LE PASSANT QUI EN CE MATIN GRIS	Le Narrateur commence à suivre le journal intime de Simonini	
2. QUI SUIS-JE ?	Journal 24 mars 1897	
3. CHEZ MAGNY	Journal 25 mars 1897 (Evocation des repas chez Magny pour l'année 1885-1886)	
4. DU TEMPS DE MON GRAND-PÈRE	Journal 26 mars 1897	1830-1855 Enfance et adolescence jusqu'à la mort du grand-père
5. SIMONINO CARBONARO	Journal 27 mars 1897	1855-1859 Travail chez le notaire Rebaudengo et premiers contacts avec les Services
6. AU SERVICE DES SERVICES	Journal 28 mars 1897	1860 Entretien avec les chefs des Services piémontais
7. AVEC LES MILLE	Journal 29 mars 1897	1860 Sur l'*Emma* avec Dumas Arrivée à Palerme Rencontre avec Nievo Premier retour à Turin
8. L'*ERCOLE*	Journal 30 mars-1er avril 1897	1861 Disparition de Nievo Second retour à Turin et exil à Paris
9. PARIS	Journal 2 avril 1897	1861… Premières années à Paris
10. DALLA PICCOLA PERPLEXE	Journal 3 avril 1897	
11. JOLY	Journal 3 avril 1897, nuit	1865 En prison pour espionner Joly Piège pour les carbonari

Chapitre	Intrigue	Histoire
12. UNE NUIT À PRAGUE	Journal 4 avril 1897	1865-1866 Première version de la scène au cimetière de Prague Rencontres avec Brafmann et Gougenot
13. DALLA PICCOLA DIT NE PAS ÊTRE DALLA PICCOLA	Journal 5 avril 1897	
14. BIARRITZ	Journal 5 avril 1897, fin de matinée	1867-1868 Rencontre à Munich avec Goedsche Meurtre de Dalla Piccola
15. DALLA PICCOLA DE NOUVEAU EN VIE	Journaux 6 et 7 avril 1897	1869 Lagrange parle de Boullan
16. BOULLAN	Journal 8 avril 1897	1869 Dalla Piccola chez Boullan
17. LES JOURNÉES DE LA COMMUNE	Journal 9 avril 1897	1870 Les journées de la Commune
18. PROTOCOLES	Journal 10 et 11 avril 1897	1871-1879 Retour du Père Bergamaschi Enrichissement à la scène du cimetière de Prague Meurtre de Joly
19. OSMAN BEY	Journal 11 avril 1897	1881 Rencontre avec Osman Bey
20. DES RUSSES ?	Journaux 12 avril 1897	
21. TAXIL	Journal 13 avril 1897	1884 Simonini rencontre Taxil

Chapitre	Intrigue	Histoire
22. LE DIABLE AU XIXe SIÈCLE	Journal 14 avril 1897	1884-1896 L'histoire de Taxil anti-maçonnique
23. DOUZE ANNÉES BIEN EMPLOYÉES	Journaux 15 et 16 avril 1897	1884-1896 Les mêmes années vues par Simonini (c'est l'époque où Simonini rencontre les psychiatres chez Magny, comme il est raconté au chapitre 3)
24. UNE NUIT À LA MESSE	Journal 17 avril 1897 (qui se conclut à l'aube du 18 avril)	1896-1897 Faillite de l'entreprise Taxil 21 mars 1897 Messe noire
25. S'ÉCLAIRCIR LES IDÉES	Journaux 18 et 19 avril 1897	1897 Simonini comprend et liquide Dalla Piccola
26. LA SOLUTION FINALE	Journal 10 novembre 1898	1898 La solution finale
27. JOURNAL INTERROMPU	Journal 20 décembre 1898	1898 Préparation de l'attentat

Сергѣй Нилусъ.

Великое въ маломъ и антихристъ,

как близкая политическая возможность.

ЗАПИСКИ ПРАВОСЛАВНАГО.

(ИЗДАНІЕ ВТОРОЕ. ИСПРАВЛЕННОЕ И ДОПОЛНЕННОЕ).

ЦАРСКОЕ СЕЛО.
Типографія Царскосельскаго Комитета Краснаго Креста.
1905.

Première édition des Protocoles des Sages de Sion, parue dans l'ouvrage *Le Grand dans le Petit* de Sergueï Nilus

Date	Faits posthumes
1905	Paraît en Russie l'ouvrage *Le Grand dans le Petit* de Sergueï Nilus ; un texte y est publié avec la présentation suivante : « Il m'a été remis, par un ami personnel aujourd'hui défunt, un manuscrit qui décrit, avec une précision et une clarté extraordinaires, le plan et le développement d'une sinistre conjuration mondiale… Ce document est parvenu entre mes mains il y a environ quatre ans avec la garantie absolue qu'il s'agit de la traduction véridique de documents (originaux) volés par une femme à l'un des chefs les plus puissants, et les plus hautement initiés de la Maçonnerie… Le vol a été accompli à la fin d'une assemblée secrète des "Initiés" en France – pays qui est le nid de "la conspiration maçonnique hébraïque". A ceux qui désirent voir et entendre, j'ose lever le voile sur ce manuscrit sous le titre de *Protocoles des Anciens Sages de Sion*. » Les *Protocoles* sont immédiatement traduits en de très nombreuses langues.
1921	Le *London Times* découvre les rapports avec le livre de Joly et dénonce les *Protocoles* comme un faux. Depuis lors les *Protocoles* sont continuellement republiés comme authentiques.
1925	Hitler, *Mein Kampf* (I.11) : « Comment l'existence de ce peuple repose sur un mensonge continu, cela apparaît dans les célèbres *Protocoles des Sages de Sion*. Ils sont fondés sur une falsification, pleurniche chaque semaine le *Frankfurter Zeitung* : et c'est la meilleure preuve qu'ils sont vrais… Quand ce livre deviendra le patrimoine commun du peuple entier, on pourra considérer le danger hébraïque éliminé. »
1939	Henri Rollin, *L'Apocalypse de notre temps* : « On peut les considérer comme l'œuvre la plus diffuse dans le monde après la *Bible*. »

RÉFÉRENCES ICONOGRAPHIQUES

p. 168 *Victoire de Calatafimi*, 1860, copyright Mary Evans Picture Library / Archives Alinari.

p. 214 Honoré Daumier, *Un jour où l'on ne paye pas…* (Le Public au Salon, 10, pour *Le Charivari*), 1852, copyright BNF.

p. 445 Honoré Daumier, *Et dire qu'il y a des personnes qui boivent de l'eau dans un pays qui produit du bon vin comme celui-ci !* (*Croquis parisiens* pour *Le Journal amusant*), 1864, copyright BNF.

p. 474 *Le Petit Journal*, 13 janvier 1895, copyright Archives Alinari.

Toutes les autres illustrations sont tirées des archives iconographiques de l'Auteur.

Table

Du même auteur :

L'Œuvre ouverte, Ed. du Seuil, 1965.

La Structure absente, Mercure de France, 1972.

La Guerre du faux, traduction de Myriam Tanant avec la collaboration de Piero Caracciolo, Grasset, 1985.

Lector in fabula, traduction de Myriem Bouzaher, Grasset, 1985.

Pastiches et postiches, traduction de Bernard Guyader, Messidor, 1988 ; 10/18, 1996.

Sémiotique et philosophie du langage, traduction de Myriem Bouzaher, PUF, 1988.

Le Signe : histoire et analyse d'un concept, adaptation de J.-M. Klinkenberg, Labor, 1988.

Les Limites de l'interprétation, traduction de Myriem Bouzaher, Grasset, 1992.

De Superman au surhomme, traduction de Myriem Bouzaher, Grasset, 1993.

La Recherche de la langue parfaite dans la culture européenne, traduction de Jean-Paul Manganaro ; préface de Jacques Le Goff, Ed. du Seuil, 1994.

Six promenades dans les bois du roman et d'ailleurs, traduction de Myriem Bouzaher, Grasset, 1996.

Art et beauté dans l'esthétique médiévale, traduction de Maurice Javion, Grasset, 1997.

Comment voyager avec un saumon, traduction de Myriem Bouzaher, Grasset, 1998.

KANT ET L'ORNITHORYNQUE, traduction de Julien Gayrard, Grasset, 1999.

CINQ QUESTIONS DE MORALE, traduction de Myriem Bouzaher, Grasset, 2000.

DE LA LITTÉRATURE, traduction de Myriem Bouzaher, Grasset, 2003.

A RECULONS COMME UNE ÉCREVISSE. *Guerres chaudes et populisme médiatique*, Grasset, 2006.

DIRE PRESQUE LA MÊME CHOSE. *Expériences de traduction*, traduction de Myriem Bouzaher, Grasset, 2007.

HISTOIRE DE LA LAIDEUR, traduction de Myriem Bouzaher et François Rosso, Flammarion, 2007.

HISTOIRE DE LA BEAUTÉ, traduction de Myriem Bouzaher et François Rosso, Flammarion, 2007.

N'ESPÉREZ PAS VOUS DÉBARRASSER DES LIVRES, avec Jean-Claude Carrière et Jean-Philippe de Tonnac, Grasset, 2009.

DE L'ARBRE AU LABYRINTHE, traduction d'Hélène Sauvage, Grasset, 2010.

Romans

LE NOM DE LA ROSE, traduction de Jean-Noël Schifano, Grasset, 1982 ; édition augmentée d'une *Apostille* traduite par Myriem Bouzaher, Grasset, 1985.

LE PENDULE DE FOUCAULT, traduction de Jean-Noël Schifano, Grasset, 1990.

L'ILE DU JOUR D'AVANT, traduction de Jean-Noël Schifano, Grasset, 1996.

BAUDOLINO, traduction de Jean-Noël Schifano, Grasset, 2002.

LA MYSTÉRIEUSE FLAMME DE LA REINE LOANA, *roman illustré*, traduction de Jean-Noël Schifano, Grasset, 2005.

Achevé d'imprimer en août 2012 en France par
CPI BRODARD ET TAUPIN
La Flèche (Sarthe)
N° d'impression : 70008
Dépôt légal 1re publication : mai 2012
Édition 02 – août 2012
LIBRAIRIE GÉNÉRALE FRANÇAISE
31, rue de Fleurus – 75278 Paris Cedex 06

31/6283/1